DE ZWARTE MAGIËRS

EERSTE BOEK - HET MAGIËRSGILDE

TRUDI CANAVAN
DE ZWARTE MAGIËRS

EERSTE BOEK - HET MAGIËRSGILDE

UITGEVERIJ M

Oorspronkelijke titel: The Magicians' Guild
Vertaling: Karin Langeveld
Omslagontwerp: Rudy Vrooman
Omslagbeeld: J.P. Targete

Dit boek is opgedragen aan mijn vader, Denis Canavan. Hij is degene die mij ertoe aangezet heeft iets te gaan doen met mijn twee grootste passies: nieuwsgierigheid en creativiteit

Eerste druk: augustus 2003

ISBN 90 225 3590 8 / NUR 337

© 2001 Trudy Canavan
© 2003 voor de Nederlandse taal: De Boekerij bv, Amsterdam
Uitgeverij M is een imprint van De Boekerij bv, Amsterdam

Dankwoord

Veel mensen hebben mij gesteund met aanmoedigingen en opbouwende kritiek tijdens het schrijven van deze trilogie. Mijn dank gaat uit naar:

Ma en pa, omdat ze geloofden dat ik alles kon zijn wat ik wilde; Yvonne Hardingham, de grote zus die ik nooit gehad heb; Paul Marshall, vanwege zijn onvermoeibare vermogen om te lezen en te herlezen; Steven Pemberton, voor liters thee en een aantal uitermate belachelijke voorstellen; Anthony Mauriks, voor de discussies over wapens en de demonstraties; Mike Hughes, die zo dom was om een romanfiguur te willen worden; Shelley Muir voor haar vriendschap en haar eerlijkheid; Julia Taylor, voor haar gulheid en Dirk Strasser, die het heeft aangedurfd.

Ook bedank ik Jack Dann, die me vertrouwen gaf in mijn vermogen om te schrijven toen ik dat het hardst nodig had; Jane Williams, Victoria Hammond en vooral Gail Bell omdat ze mij verwelkomd hebben in de groep niet-sf schrijvers in het Varuna Writers' Centre, en Carol Boothman, voor haar wijsheid.

En ik mag ook niet vergeten om de volgende mensen te bedanken: Ann Jeffree, Paul Potiki, Donna Johansen, Sarah Endacott, Anthony Oakman, David en Michelle Le Blanc, en Les Peterson.

Mijn warme dankbaarheid gaat ook uit naar Peter Bishop en het Varuna-team. Jullie hebben me op meer manieren geholpen dan ik zou kunnen opschrijven.

En uiteindelijk een speciaal bedankje voor Fran Bryson, mijn agent en mijn held, die mijn boeken een stap verder heeft gebracht, en Linda Funnell, omdat ze 'ja, graag' heeft gezegd.

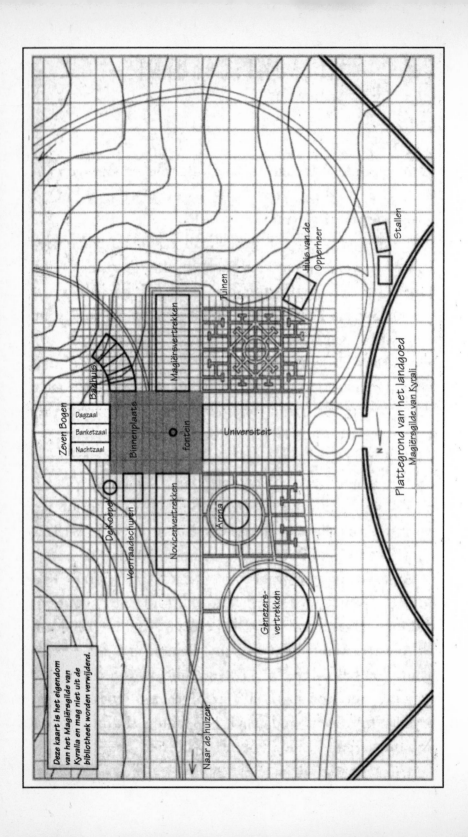

Plattegrond van het landgoed
Magiërsgilde van Kyralii

Deze kaart is het eigendom van het Magiërsgilde van Kyralia en mag niet uit de bibliotheek worden verwijderd.

Naar de huizen.

Zeven Bogen
Dagzaal
Banketzaal
Nachtzaal

Badhuis

Binnenplaats

Magiërsvertrekken

Tuinen

Huis van de Opperheer

Stallen

fontein

Universiteit

De Koepel

Voorraadschuren

Novicenvertrekken

Arena

Genezers-vertrekken

N

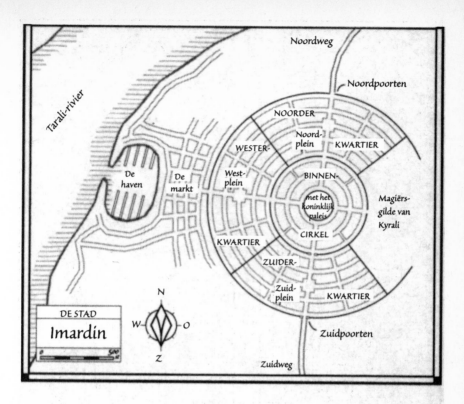

Noordweg

Noordpoorten

NOORDER

Noord-
plein

WESTER-

KWARTIER

Tarali-rivier

Westplein

West-
plein

De
haven

De
markt

BINNEN-
met het
koninklijk
paleis

Magiërs-
gilde van
Kyrali

KWARTIER

CIRKEL

ZUIDER-

Zuid-
plein

KWARTIER

Zuidpoorten

Zuidweg

DE STAD
Imardin

N
W   O
Z

500

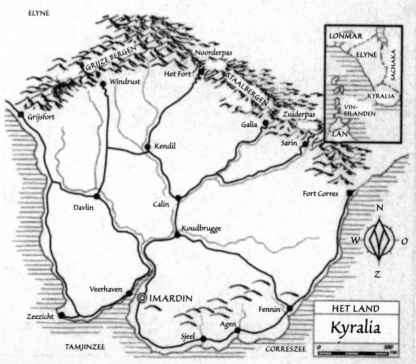

ELYNE

GRIJZE BERGEN

Noorderpas

Het Fort

STAALBERGEN

Windrust

Zuiderpas

Grijsfort

Galia

Sarin

Kendil

Fort Corres

Davlin

Calin

Koudbrugge

Veerhaven

IMARDIN

Fennin

Zeezicht

Agen

Sjeel

TAMJINZEE

CORRESZEE

LONMAR

ELYNE

SACHAKA

KYRALIA

VIN-
EILANDEN

LAN

N
W   O
Z

HET LAND
Kyralia

1000

Deel Een

1

De Opruiming

In Imardin zegt men dat de wind een ziel heeft, en dat hij daarom huilt als hij door de smalle straten waait, uit verdriet om hetgeen hij daar aantreft. Op de dag van de Opruiming floot de wind tussen de deinende masten in de jachthaven, snelde door de Westpoort naar binnen en blies krijsend tussen de gebouwen door. En toen, alsof hij beschaamd werd door de aanblik van de zwaar gehavende zielen die hij daar ontmoette, zwakte hij af tot een laag, jammerend gefluit.

Tenminste, dat was de indruk die Sonea kreeg. Terwijl een nieuwe ijzige windvlaag tegen haar lichaam beukte, sloeg ze beide armen om haar borst en trok haar versleten jas vaster om haar lichaam heen. Ze keek fronsend naar de smerige modder die bij iedere stap over haar voeten spatte. De oude lappen die ze in haar veel te grote laarzen had gepropt waren al doornat, en haar tenen staken van de koude.

Een onverwachte beweging rechts van haar trok haar aandacht, en ze stapte opzij voor een man met verwarde grijze haren die vanuit een steegje haar kant op kwam en voorover op zijn knieën viel. Sonea reikte hem haar hand toe, maar de oude man scheen het niet op te merken. Hij krabbelde overeind en liep achter de gebogen figuren aan die verderop in de straat liepen.

Sonea zuchtte en keek langs de rand van haar capuchon. Een soldaat leunde tegen de muur in de steeg. Zijn mond was vertrokken in een minachtende grijns; zijn blik gleed van de ene figuur naar de andere. Ze keek hem met half dichtgeknepen ogen aan, maar toen hij zijn hoofd haar richting op draaide, keek ze snel een andere kant op.

Vervloek alle soldaten, dacht ze. *Ik hoop dat ze allemaal giftige faren in hun laarzen vinden.* De namen van een paar vriendelijke soldaten kwamen in haar op, en even voelde ze zich schuldig. Ze was echter niet in de stemming om uitzonderingen te maken.

Ze liep gelijk op met de schuifelende figuren om haar heen, volgde hen de straat uit en een bredere doorgaande weg op. Aan weerszijden stonden huizen van twee en drie verdiepingen hoog. In de ramen op de bovenverdiepingen waren overal gezichten te zien. Een goed geklede man hield een kleine jongen omhoog zodat ook hij naar de mensen beneden hen in de

11

straat kon kijken. De man had zijn neus opgetrokken, en terwijl hij naar beneden wees maakte de jongen een grimas, alsof hij iets smerigs te eten had gekregen.

Sonea keek hen nijdig aan. *Ze zouden een stuk minder zelfgenoegzaam kijken als ik nu een steen door de ruit gooide.* Ze keek zonder echt enthousiasme om zich heen, maar als er al stenen lagen, dan waren ze onder de modder verborgen.

Een paar passen verder zag ze een tweetal soldaten staan, in de ingang van een steeg. Ze waren gekleed in jassen van stijf, gekookt leer en droegen ijzeren helmen. Ze zagen eruit alsof ze twee keer zo groot waren als de bedelaars die ze bewaakten. Ze droegen houten schilden en aan hun middel een kebin – een ijzeren staaf die ze konden gebruiken als wapenstok, maar met een haak net boven het handvat die bedoeld was om een eventuele aanvaller zijn mes afhandig te maken. Sonea richtte haar blik op de grond en liep langs de twee mannen heen.

'...hebben ze afgesneden voor ze op het plein waren,' hoorde ze de ene soldaat zeggen. 'Een stuk of twintig. De bendeleider is fors. Hij heeft een litteken op zijn nek, en...'

Sonea's hart sloeg een slag over. *Zou het kunnen...?*

Een paar passen voorbij de soldaten was een deur met een klein portiek. Ze sprong naar binnen en draaide haar hoofd om zodat ze de soldaten kon zien. Plotseling zag ze twee donkere ogen naar haar staren vanuit de deuropening. Een vrouw staarde naar haar, met wijd open, verbaasde ogen. Sonea stapte achteruit. Ook de vreemdelinge ging naar achteren, en glimlachte toen Sonea lachte.

Het is maar een spiegelbeeld! Sonea strekte haar hand uit en voelde een vierkant stuk gepolijst metaal tegen een van de muren. Er waren woorden in het oppervlak gegraveerd, maar ze wist te weinig van letters om te kunnen lezen wat er stond.

Ze bestudeerde haar spiegelbeeld. Een smal gezicht met holle wangen. Kort, donker haar. Niemand had haar ooit knap genoemd. Ze slaagde er nog altijd in om te doen alsof ze een jongen was als ze dat wilde. Haar tante zei dat ze meer op haar lang geleden gestorven moeder leek dan op haar vader, maar Sonea had het vermoeden dat Jonna gewoon weigerde om welke overeenkomst dan ook te zien met haar afwezige zwager.

Sonea leunde voorover in de richting van de reflectie. Haar moeder was een mooie vrouw geweest. *Misschien als ik mijn haar laat groeien, en wat meer vrouwelijke kleren draag...* dacht ze. *Maar ach, waarom zou ik?* Ze snoof in zelfspot en wendde zich af, boos dat ze zich door dit soort fantasieën had laten afleiden.

'...een minuut of twintig geleden,' zei een stem vlak bij haar. Ze verstijfde toen ze zich herinnerde waarom ze eigenlijk dat portiek was ingestapt.

'En waar willen ze hen precies in de val lokken?'

'Kweetniet, Mol.'

'Ik wou dat ik erbij kon zijn. Ik heb gezien wat ze vorig jaar met Porlen hebben uitgehaald, de ellendelingen. Het duurde weken voor de uitslag weg was, en hij kon dagenlang niet uit zijn ogen kijken. Ik vraag me af of het me zou lukken om... Hola! Je gaat de verkeerde kant op, jongen!'

Sonea negeerde de uitroep van de soldaat. Ze wist dat hij en zijn metgezel bij de steeg zouden blijven staan om te voorkomen dat anderen misbruik zouden maken van de afleiding om achter hen langs te glippen. Ze begon te rennen, door de nog altijd aanzwellende menigte heen. Van tijd tot tijd stond ze even stil, op zoek naar bekende gezichten.

Ze twijfelde geen moment over welke bende de soldaten hadden gesproken. Verhalen over wat de jongelui van Harrin tijdens de laatste Opruiming hadden uitgehaald waren de hele lange, koude winter van het afgelopen jaar steeds opnieuw verteld. Het had haar destijds geamuseerd dat haar oude vrienden nog altijd kattenkwaad uithaalden, hoewel ze het met haar tante eens was dat het beter voor haar was dat ze ver uit de buurt bleef van hun wandaden. Blijkbaar waren de soldaten nu van plan wraak te nemen.

En dat bewijst maar weer dat Jonna gelijk had. Sonea maakte een grimas. *Als ze wist wat ik ging doen, zou ze me halfdood slaan, maar ik moet Harrin waarschuwen.* Ze keek weer naar de gezichten in de menigte. *Tenslotte ben ik niet van plan om weer lid te worden van de bende. Ik moet alleen goed kijken of ik een uitkijk kan vinden... daar!*

In de schaduw van een deuropening leunde een jonge knaap, die zijn omgeving met een soort berustende vijandigheid gadesloeg. Ondanks zijn uiterlijk vertoon van desinteresse, schoot zijn blik van de ene steeg naar de andere. Toen zijn ogen haar blik opvingen, schikte Sonea wat aan haar capuchon terwijl ze tegelijkertijd een beweging maakte die door de meeste mensen als een obsceen gebaar zou worden opgevat. Zijn ogen vernauwden zich, en hij gaf een snel teken terug.

Nu ze zeker wist dat hij een uitkijk was, liep ze door de menigte zijn kant op. Ze bleef een paar stappen van de deur staan en deed alsof ze haar veter moest vastmaken.

'Bij wie hoor jij?' vroeg hij terwijl hij de andere kant opkeek.

'Niemand.'

'Dat was een oud teken.'

'Ik ben een tijdje weggeweest.'

Hij zweeg even. 'Wat wil je?'

'Ik hoorde de soldaten,' zei ze tegen hem. 'Ze zijn van plan iemand in de val te lokken.'

De uitkijk maakte een geringschattend geluid. 'En waarom zou ik jou geloven?'

'Ik trok vroeger met Harrin op,' zei ze terwijl ze opstond.

De jongen keek haar even aan en deed toen een stap naar voren. Hij greep haar arm. 'Laten we eens zien of hij je nog herkent, dan.'

Sonea's hart sloeg een slag over toen hij haar de menigte in begon te trekken. De modder was glibberig, en ze wist dat ze voorover zou vallen als ze haar voeten probeerde schrap te zetten. Ze vloekte binnensmonds.

'Je hoeft me niet naar hem toe te brengen,' zei ze. 'Geef gewoon mijn naam door, dan weet hij wel dat het goed zit.'

De jongen negeerde haar. Iedere soldaat die ze passeerden keek hen met een blik vol wantrouwen aan. Sonea draaide haar arm, maar de jongen was snel. Hij trok haar een zijstraat in.

'Luister nou,' zei ze. 'Ik heet Sonea. Hij kent me. Cery ook.'

'Dan vind je het vast niet erg om hem terug te zien,' zei de jongen over zijn schouder.

Ook de zijstraat was vol mensen, en iedereen leek haast te hebben. Ze hield zich vast aan een lantarenpaal en bracht hem tot stilstand.

'Ik kan niet mee. Mijn tante wacht op me. Laat me los...' De menigte liep hen voorbij en de straat werd leger. Sonea keek op en kreunde. 'Jonna vermoordt me als ze het te weten komt.'

Een rij soldaten stond breeduit over de straat, de schilden hoog geheven. Een aantal jongens liepen voor hen langs en schreeuwden beledigingen en hatelijkheden. Terwijl Sonea naar hen keek, zag ze een van hen iets gooien. Het projectiel trof een schild en explodeerde in een wolk van rood stof. Een juichkreet steeg op vanuit de groep jongeren, en de soldaten deden een paar stappen achteruit.

Een eindje van de jongelui vandaan stonden twee bekende figuren. De een was wat breder en langer dan ze zich herinnerde, en stond met zijn handen op zijn heupen. Twee jaar groei had voorgoed een einde gemaakt aan het jongensachtige uiterlijk van Harrin, maar aan zijn houding te zien kreeg ze de indruk dat hij verder niet erg veranderd was. Hij was altijd de onbetwiste leider van de bende geweest, die snel klaar stond met zijn vuisten om iedere stommeling een lesje te leren.

Naast hem stond een jongen die bijna half zo lang was. Sonea glimlachte onwillekeurig. Cery was absoluut niet gegroeid sinds ze hem voor het laatst gezien had, en ze kon zich wel voorstellen hoe vervelend hij dat moest vinden. Ondanks zijn kleine postuur was Cery altijd gerespecteerd geweest in de bende, omdat zijn vader voor de Dieven gewerkt had.

Terwijl de jongen haar dichterbij trok, zag ze Cery aan zijn vinger likken en deze in de lucht houden, waarna hij knikte. Harrin riep iets. De jongens trokken kleine bundeltjes uit hun kleding en gooide die naar de soldaten. Een rode wolk dreef tegen de schilden aan, en Sonea grinnikte toen de mannen begonnen te vloeken en uitroepen van pijn slaakten.

Toen kwam, vanuit een steegje achter de soldaten, een enkele eenzame figuur de straat op. Sonea keek op en haar bloed stolde in haar aderen.

'Magiër!' hijgde ze.

De jongen naast haar snakte even naar adem toen hij de in een gewaad gehulde figuur zag. 'Hola! Magiër!' riep hij. De jongeren en de soldaten gingen rechtop staan en wendden zich tot de nieuwkomer.

Plotseling stak er een hete wind op, die hen allemaal achteruit blies. Een onaangename geur vulde Sonea's neus en haar ogen begonnen te tranen toen het rode stof in haar gezicht werd geblazen. De wind ging abrupt weer liggen, en ineens was het doodstil. Sonea veegde de tranen van haar gezicht, knipperde en keek naar de grond, in de hoop dat er ergens verse sneeuw lag waarmee ze de bijtende pijn te lijf kon gaan. Het enige dat ze zag was modder, gladde modder, zonder enige voetafdruk. Maar dat kon helemaal niet. Haar blik werd helderder, en ze zag dat er kleine golfjes door de modder trokken, in kringen die vanaf de voeten van de magiër naar buiten liepen.

'Wegwezen!' riep Harrin. Onmiddellijk sprongen de jongens bij de soldaten vandaan en renden langs Sonea heen. Met een kreet trok de uitkijk haar de andere kant op en sleepte haar achter hen aan.

Haar mond werd droog toen ze zag dat er een tweede rij soldaten aan het eind van de straat stond. Ze waren nu al in de val gelopen! *En ik samen met hen!*

De jongen trok haar mee, achter de bende van Harrin aan, terwijl de jongens in de richting van de soldaten renden. Toen ze dichterbij kwamen, hieven de soldaten hun schilden op om hen op te vangen, maar enkele passen voor ze de rij bereikten, zwenkten ze af, een smal steegje in. Sonea kwam achter hen aan en zag een tweetal mannen in uniform tegen een muur bij de ingang liggen.

'Bukken!' klonk een bekende stem.

Een hand greep haar vast en trok haar omlaag. Ze kromp in elkaar toen haar knieën de keien onder de modder raakten. Achter haar hoorde ze iemand roepen, en toen ze omkeek zag ze een massa wapens en schilden in de smalle ruimte tussen de gebouwen, en een grote wolk rode stof om hen heen.

'*Sonea?*'

De stem was bekend, en klonk uitermate verbaasd. Ze keek omhoog en grinnikte toen ze Cery naast zich zag zitten.

'Ze vertelde me dat de soldaten van plan waren jullie in de val te lokken,' zei de uitkijk tegen hem.

Cery knikte. 'Dat wisten we.' Een trage glimlach gleed over zijn gezicht. Toen keek hij langs haar heen naar de soldaten in de steeg, en de glimlach verdween. 'Kom mee, allemaal. Tijd om te gaan!'

Hij pakte haar hand, trok haar overeind en leidde haar tussen de jongens door die de soldaten bekogelden. Terwijl ze daar liepen, zagen ze een verblindende witte flits die de hele steeg verlichtte.

'Wat was dat?' hijgde Sonea terwijl ze probeerde het beeld van de steeg, dat op haar netvlies gebrand scheen, weg te knipperen.

'De magiër,' siste Cery.

'Rennen!' riep Harrin, die blijkbaar vlakbij stond. Half verblind strompelde Sonea naar voren. Ze voelde iemand tegen haar rug opbotsen en viel. Cery pakte haar armen, trok haar overeind en leidde haar verder.

Ze sprongen de steeg uit en Sonea zag dat ze zich weer op de hoofdstraat bevonden. De jongens gingen langzamer lopen, zetten hun capuchons op en verspreidden zich, sjokkend en met gebogen schouders, in de menigte. Sonea deed hetzelfde, en Cery en zij liepen enkele minuten in stilte naast elkaar. Een lange jongen ging naast Cery lopen en keek om de rand van zijn capuchon naar haar.

'Hola! Kijk nou eens wie we daar hebben!' Harrins ogen vlogen wijd open. 'Sonea! Wat doe jij hier?'

Ze glimlachte. 'Betrokken raken bij jouw streken, Harrin.'

'Ze hoorde dat de soldaten iets van plan waren, en kwam ons zoeken,' legde Cery uit.

Harrin maakte een wegwerpgebaar. 'We wisten dat ze iets in hun schild voerden, dus we hebben gezorgd dat we een uitweg hadden.'

Sonea dacht aan de soldaten die in de steeg hadden gelegen en knikte. 'Dat had ik moeten weten.'

'Maar waar heb jij al die tijd gezeten? Het is... jaren geleden.'

'Twee jaar. We woonden in het Noorderkwartier. Oom Ranel heeft een kamer voor ons gevonden in een pension.'

'Ik heb gehoord dat de huren in die pensions belachelijk hoog zijn – alles kost twee keer zoveel, omdat je binnen de stadsmuren woont.'

'Dat is zo, maar we redden het net.'

'Hoe dan?' vroeg Cery.

'We repareerden schoenen en kleding.'

Harrin knikte. 'Vandaar dat we je al zo lang niet meer gezien hebben.'

Sonea glimlachte. *Daarom, en omdat Jonna me uit jouw bende wilde houden.* Haar tante had haar vriendschap met Harrin en zijn kameraden niet goedgekeurd. Absoluut niet...

'Het klinkt niet erg opwindend,' mompelde Cery.

Ze keek hem aan en zag dat hij misschien niet veel gegroeid was in de afgelopen jaren, maar dat zijn gezicht niet langer jongensachtig was. Hij droeg een nieuwe overjas met rafels, die hij blijkbaar zelf korter geknipt had, en die hij ongetwijfeld had volgestopt met slothaken, messen, hebbedingetjes en snoep in allerlei zakken en buideltjes in de voering. Ze had zich altijd afgevraagd wat Cery zou moeten doen als hij te oud werd voor zakkenrollen en sloten openpeuteren.

'Het was in ieder geval veiliger dan een leven met jullie,' zei ze tegen hem.

Cery's ogen vernauwden zich. 'Dat klinkt naar Jonna's geklets.'

Ooit zou die opmerking haar gekwetst hebben. Ze glimlachte. 'Jonna's geklets heeft ons wel uit de sloppenwijk gehaald.'

'Maar als jullie een kamer in een pension hebben, wat doe je dan hier?' vroeg Harrin.

Sonea fronste en haar stemming versomberde. 'De koning heeft de mensen uit de pensions laten zetten,' antwoordde ze. 'Hij zegt dat hij niet wil dat er te veel mensen in één gebouw wonen, omdat het niet hygiënisch is. Vanochtend zijn we door de soldaten uit ons huis gezet.'

Harrin fronste en vloekte. Sonea keek naar Cery en zag dat de plagerige blik in zijn ogen verdwenen was. Ze keek een andere kant op. Ze was blij met hun begrip, maar het troostte haar niet.

Een enkel woord van het Paleis had in één ochtend alles weggenomen waar zij en haar oom en tante zo hard voor gewerkt hadden. Er was geen tijd geweest om na te denken over de gevolgen terwijl ze hun eigendommen bijeengeraapt hadden voordat ze naar buiten gesleurd werden.

'Waar zijn Jonna en Ranel dan?' vroeg Harrin.

'Ze hebben me vooruit gestuurd om te zien of we een kamer kunnen krijgen op ons vorige adres.'

Cery keek haar recht in de ogen. 'Kom naar mij als het niet lukt.'

Ze knikte. 'Dank je.'

De menigte sjokte langzaam vanaf de straat naar een groot geplaveid plein. Dit was het Noordplein, waar iedere week een kleine markt werd gehouden. Zij ging er vaak heen met haar tante – maar dat was nu verleden tijd.

Een paar honderd mensen stonden bijeen op het plein. Terwijl een gestage stroom doorliep naar de Noordpoorten, bleven anderen staan – sommigen in de hoop dat ze hun familie en vrienden nog konden vinden voordat ze het verwarrende doolhof van de sloppenwijken betraden, anderen omdat er nu eenmaal altijd mensen zijn die niet in beweging komen tot ze gedwongen worden.

Cery en Harrin bleven staan bij de rand van de vijver in het midden van het plein. Een beeld van koning Kalpol rees op uit het water. De lang geleden gestorven koning was bijna veertig jaar oud geweest toen hij de bandieten uit de bergen verjoeg, maar hier was hij geportretteerd als een jonge man. In zijn rechterhand had hij een kopie van zijn beroemde, met edelstenen bezette zwaard, in zijn linker een al even rijk versierde beker.

Ooit had er een ander beeld gestaan, maar dat was dertig jaar geleden weggehaald. Hoewel er in de loop der jaren diverse beelden van koning Terrel waren geplaatst, waren ze allemaal, op één na, vernietigd. Het gerucht ging dat zelfs dat ene overgebleven beeld, dat veilig binnen het paleis stond, beschadigd was. Ondanks alles wat hij verder nog had gedaan, zouden de inwoners van Imardin koning Terrel nooit anders kunnen zien dan als de man die de jaarlijkse Opruiming had ingesteld.

Haar oom had het verhaal vaak genoeg verteld. Dertig jaar geleden, nadat een aantal invloedrijke leden van de Huizen hadden geklaagd dat de straten niet veilig waren, had de koning de soldaten bevolen alle bedelaars, dakloze zwervers en mogelijke misdadigers uit de stad te verwijderen. De sterksten onder hen waren woedend geworden. Met wapens die ze van de rijkere smokkelaars en dieven hadden gekregen, vochten ze terug. De straatgevechten en het oproer maakten dat de koning het Magiërsgilde om hulp vroeg.

De rebellen hadden geen wapens waarmee ze het tegen magie konden opnemen. Ze werden gevangengenomen en uit de sloppenwijken verdreven. De koning was zo blij met de festiviteiten die de Huizen daarna organiseerden, dat hij had verklaard dat de stad voortaan iedere winter ontdaan zou worden van daklozen. Toen de oude koning vijf jaar geleden was gestorven, hadden veel mensen de hoop gekoesterd dat de Opruiming nu zou ophouden, maar Terrels zoon, koning Merin, had de traditie voortgezet.

Sonea keek om zich heen en kon zich moeilijk voorstellen dat de zwakke, ziek uitziende mensen om haar heen ooit een bedreiging zouden kunnen zijn. Toen zag ze dat een aantal jongens zich rondom Harrin verzameld had en hun leider met verwachtingsvolle blikken aankeek. Ze voelde plotseling haar maag ineenkrimpen van de zenuwen.

'Ik moet gaan,' zei ze.

'Nee, niet weggaan,' protesteerde Cery. 'We hebben elkaar nog maar net teruggevonden.'

Ze schudde haar hoofd. 'Ik ben al te lang weg. Misschien zijn Jonna en Ranel ondertussen al in de sloppenwijken.'

'Dan zit je toch al in de problemen,' zei Cery schouderophalend. 'Ben je nog altijd bang voor een uitbrander?'

Ze keek hem verwijtend aan, maar hij glimlachte onbekommerd terug.

'Hier.' Hij duwde iets in haar hand. Toen ze keek, zag ze dat het een klein pakje papier was.

'Is dit het spul dat jullie naar de soldaten gegooid hebben?' vroeg ze.

Cery knikte. 'Papeastof. Je ogen gaan ervan tranen en je krijgt er uitslag van.'

'Het helpt niet tegen magiërs, lijkt me.'

Hij grinnikte. 'Ik heb er ooit eentje te pakken gekregen. Hij zag me niet aankomen.'

Sonea wilde het pakketje teruggeven, maar Cery wuifde het weg.

'Hou maar,' zei hij. 'We hebben er hier niets aan. De magiërs trekken altijd een beschermende barrière op.'

Ze schudde haar hoofd. 'Dus dan gaan jullie maar stenen gooien? Waarom neem je de moeite?'

'Omdat het goed voelt.' Cery keek achterom naar de weg. Zijn ogen waren staalgrijs. 'Als we het niet deden, zou het net lijken alsof de Opruiming ons koud laat. We kunnen toch niet toestaan dat ze ons uit de stad verdrijven zonder dat we zelfs maar proberen er iets tegen te ondernemen, wel dan?'

Ze haalde haar schouders op en keek naar de jongens. Hun ogen schitterden van opwinding. Ze had altijd al het gevoel gehad dat het nutteloos en dwaas was om dingen naar magiërs te gooien.

'Maar jij en Harrin komen bijna nooit in de stad,' zei ze.

'Nee, maar ik vind dat we dat wel zouden moeten kunnen als we dat willen,' grinnikte Cery. 'En dit is de enige keer dat we heibel kunnen trappen zonder dat de Dieven zich ermee bemoeien.'

Sonea rolde met haar ogen. 'Dus dat is het!'

'Hola! Kom op!' brulde Harrin boven het geluid van de menigte uit.

Terwijl de jongens juichend wegliepen, keek Cery haar vol verwachting aan. 'Kom mee,' drong hij aan. 'Het wordt leuk!'

Sonea schudde haar hoofd.

'Je hoeft niet mee te doen. Je kunt ook gewoon kijken,' zei hij. 'Dan kom ik later met je mee om je te helpen onderdak te zoeken.'

'Maar...'

'Hier.' Hij strekte zijn hand uit en maakte haar sjaal los. Hij maakte er een driehoek van, drapeerde deze over haar hoofd en maakte de punten onder haar kin vast. 'Nu lijk je wat meer op een meisje. Zelfs als de soldaten besluiten ons te achtervolgen – en dat doen ze nooit – zullen ze niet zo snel denken dat jij er iets mee te maken hebt.' Hij gaf haar een tikje op de wang. 'Zo, dat ziet er beter uit. Ik laat je niet zomaar weer verdwijnen.'

Ze zuchtte. 'Goed dan.'

De menigte was gegroeid en de bende begon zich een weg naar voren te banen tussen de opeengepakte mensen door. Tot Sonea's verbazing werd er nergens gescholden of teruggeduwd terwijl ze zich met hun ellebogen naar voren werkten. In plaats daarvan staken de mannen en vrouwen hun in het voorbijgaan stenen en overrijp fruit toe terwijl ze hen op fluisterende toon aanmoedigden. Terwijl ze achter Cery aan liep, langs de rijen verwachtings-volle gezichten, merkte ze dat er een gevoel van opwinding in haar omhoog borrelde. Verstandige mensen zoals haar oom en tante hadden het Noord-plein al lang verlaten. De mensen die er nu nog stonden, waren uit op een relletje – het maakte hen niet uit dat het verzet geen enkele zin had.

Uiteindelijk bereikten de jongens de rand van de massa, waar minder mensen stonden. Sonea zag dat er nog altijd mensen uit een van de zijstraten het plein op kwamen. In de andere zijstraat zag ze in de verte de hoge poort oprijzen. En vóór hen...

Sonea verstijfde en voelde al haar zelfvertrouwen wegebben. Terwijl Cery verder liep, deed zij enkele passen achteruit en bleef achter een oudere vrouw staan. Op nog geen twintig passen afstand stond een rij magiërs.

Ze haalde diep adem en ademde langzaam weer uit. Ze wist dat de ma-giërs hun plaats niet zouden verlaten. Ze zouden de menigte negeren tot het tijd werd ze van het plein te verdrijven. Het was nergens voor nodig om bang te zijn.

Ze slikte en dwong zich de andere kant op te kijken, naar de jongens. Harrin, Cery en de anderen liepen verder naar voren, langs de enkele laatko-mer die aan de rand van de groep was blijven staan.

Ze keek weer naar de magiërs en huiverde. Ze was nog nooit eerder zo dicht bij hen in de buurt geweest, en had nog nooit eerder de kans gehad hen te bestuderen.

Ze droegen een soort uniform: gewaden met wijde mouwen, die met een brede riem rond het middel waren vastgesnoerd. Volgens haar oom Ranel was dit het soort kleding dat enkele honderden jaren geleden in de mode geweest was, maar het was nu verboden voor gewone mensen om zich net zo te kleden als de magiërs. Het waren allemaal mannen. Vanaf de plaats waar zij stond zag ze er negen, sommigen alleen, anderen in paren. Ze maakten deel uit van een lang cordon rondom het hele plein, wist ze. Enkelen waren niet ouder dan twintig, terwijl anderen er hoogbejaard uitzagen. Een van de dichtstbijzijnden, een blonde man van een jaar of dertig, was knap om te zien, op een gladde, goed verzorgde manier. De anderen zagen er verbazend gewoon uit.

In haar ooghoek zag ze een plotselinge beweging. Ze draaide zich om en zag hoe Harrin zijn arm naar voren zwaaide. Een kei vloog in de richting van de magiërs. En hoewel ze wist wat er zou gebeuren, hield ze toch haar adem in.

De kei knalde tegen een harde, onzichtbare barrière en viel op de grond. Sonea blies haar ingehouden adem uit terwijl meer van de jongens met stenen begonnen te gooien. Een aantal van de in lange gewaden gehulde mannen keek op om te zien hoe de projectielen afketsten op het onzichtbare scherm. Anderen keken even naar de jongens en gingen toen verder met hun gesprek.

Sonea staarde naar de plaats waar de barrière van de tovenaars hing. Ze zag niets. Ze deed een stap naar voren, pakte een van de stenen in haar zak, zwaaide haar arm naar achteren en wierp de steen met al haar kracht. De steen viel uit elkaar toen hij de onzichtbare muur raakte, en even bleef er een stofwolkje met één platte zijde in de lucht hangen.

Ze hoorde een zacht gegniffel in haar buurt en draaide zich om naar de oude vrouw, die naar haar grinnikte.

'Die ging goed,' zei ze kakelend. 'Laat maar zien wat je kunt. Toe maar!'

Sonea liet haar hand weer in een van haar zakken glijden en pakte een grotere steen. Ze deed een paar stappen in de richting van de magiërs en glimlachte. Ze had de geërgerde uitdrukking op enkele gezichten wel gezien. Het was duidelijk dat ze er niet van hielden tegenstand te krijgen, maar om een of andere reden wilden ze de jongens niet direct aanpakken.

Achter de stofwolk klonk het geluid van stemmen. De knappe blonde magiër keek even om en wendde zich toen weer tot zijn metgezel, een oudere man met grijze strepen in zijn haar.

'Zielig ongedierte is het,' zei hij met een sneer. 'Hoe lang nog voor we voorgoed van ze af zijn?'

Sonea voelde een knoop in haar maag losschieten, en ze greep de steen steviger vast. Ze trok hem uit haar zak en testte het gewicht. Een zware. Ze wendde zich weer tot de magiërs en riep alle woede op die ze voelde over het feit dat ze uit hun huis waren gegooid, samen met alle haat die ze voor de magiërs had leren voelen in de loop van haar leven, en smeet de steen in de richting van de man die gesproken had. Ze volgde de steen in de lucht, en toen deze vlak bij de onzichtbare muur was, verzamelde ze al haar gedachten op dit ene punt, en wenste dat de steen dwars door de barrière zou gaan en doel zou treffen.

Een golf van blauw licht knalde naar buiten, en de steen kwam met een doffe klap tegen de slaap van de magiër aan. Even stond hij doodstil, starend naar niets, en toen begaven zijn knieën het en zakte hij ineen. Zijn metgezel stapte haastig naar voren om hem op te vangen.

Sonea staarde met open mond van verbazing naar de oudere magiër die zijn vriend voorzichtig op de grond legde. De scheldkanonnade van de jongens stierf langzaam weg. Stilte spreidde zich uit als een rookwolk boven de menigte.

Toen klonken er uitroepen, en nog twee magiërs kwamen naar voren en lieten zich naast hun gevallen metgezel op hun knieën vallen. Harrins vrienden, en anderen in de menigte, begonnen te juichen. Het plein werd plotseling weer rumoerig. De mensen mompelden en schreeuwden en probeerden elkaar uit te leggen wat er gebeurd was.

Sonea keek naar haar handen. *Het is gelukt. Ik heb de barrière doorbroken. Maar dat kan helemaal niet! Tenzij... tenzij ik magie heb gebruikt.*

Ze voelde zich van top tot teen verkillen toen ze zich herinnerde hoe ze haar woede en haat op de steen had gericht, hoe ze in gedachten het pad van het projectiel had gevolgd en met haar wil de barrière had doorbroken. Er kriebelde iets diep in haar binnenste, alsof daar iets zat dat niets liever wilde dan dat ze haar actie zou herhalen.

Ze keek op en zag dat inmiddels diverse magiërs rond de gevallen man waren gaan staan. Sommigen zaten gehurkt of geknield, maar de meesten stonden rechtop en staarden naar de mensen op het plein, met zoekende blikken. *Ze zoeken mij*, besefte ze plotseling. Alsof hij haar gedachte kon horen, draaide een van hen zich om en bleef haar aankijken. Ze verstijfde van angst, maar toen schoten zijn ogen weg en dwaalden verder door de massa.

Ze weten niet wie het was. Ze slaakte een zucht van verlichting. Toen ze zich omdraaide, zag ze dat de massa ineens enkele passen achter haar stond. Ook de jongens liepen achteruit. Met het hart in de keel volgde ze hen.

Toen kwam de oudere magiër overeind. In tegenstelling tot de anderen, richtte hij zijn blik zonder aarzelen op haar. Hij wees op haar en de rest van de magiërs draaiden zich om en staarden weer haar kant op. Toen hun handen omhoog kwamen, voelde ze een schok van angst door haar lichaam schieten. Ze draaide zich om en rende zo snel ze kon de menigte in. Uit haar ooghoek zag ze de rest van de jongens wegrennen. Haar blik vertroebelde even toen snelle lichtflitsen de gezichten voor haar raakten, en toen klonk er geschreeuw. De hitte spoelde over haar heen, en ze viel hijgend op haar knieën.

Er schalde een bevel over het plein: 'Stop!'

Ze voelde geen pijn. Toen ze naar beneden keek, snakte ze naar adem van opluchting toen ze zag dat haar lichaam nog intact was. Ze keek op; de mensen renden nog altijd, zonder acht te slaan op het vreemd versterkte bevel dat nog altijd nagalmde.

De geur van brandend vlees bereikte haar neus. Sonea draaide zich om en zag een lichaam, met het gezicht naar beneden, op de keien liggen, een paar passen van haar vandaan. Hoewel de hongerige vlammen aan zijn kleren knaagde, bewoog hij niet. Toen zag ze de verschroeide massa die ooit een arm was geweest, en haar maag draaide zich om.

'Doe haar geen kwaad!'

Ze krabbelde overeind en wendde zich af van het lijk. Mensen liepen links en rechts langs haar heen. Vluchtende jongens. Met grote moeite dwong ze zich te gaan rennen.

Ze haalde de massa in bij de Noorderpoort en baande zich een weg erdoorheen. Ze vocht om vooruit te komen, duwde en klauwde naar alles en iedereen op haar pad, tot ze diep in de massa verborgen was. Ze voelde de stenen nog altijd haar zakken verzwaren, en begon ze eruit te halen. Iemand greep haar bij de benen, zodat ze viel, maar ze krabbelde overeind en worstelde verder.

Handen pakten haar ruw van achteren beet. Ze worstelde en haalde diep adem om te gaan gillen, maar de handen draaiden haar om, en ze staarde recht in de bekende blauwe ogen van Harrin.

2

Het Magiërsdebat

Hoewel hij ontelbare malen de Gildehal betreden had sinds hij dertig jaar geleden was afgestudeerd, had heer Rothen daar nog maar zelden de echo van zo'n groot aantal stemmen gehoord.

Hij keek naar de zee van mannen en vrouwen in lange gewaden. Er hadden zich kleine groepjes gevormd: de gebruikelijke cliques en facties, zag hij. Anderen liepen rond en voegden zich dan weer bij de ene, dan weer bij de andere groep. Handen bewogen met expressieve gebaren en af en toe klonk er een luide uitroep of een heftige ontkenning boven het geroezemoes uit.

Vergaderingen waren over het algemeen waardige, ordelijke aangelegenheden, maar tot de administrateur arriveerde om orde op zaken te stellen, stonden en liepen de deelnemers over het algemeen overal in de zaal te praten. Toen Rothen in de richting van de menigte liep, hoorde hij hier en daar fragmenten van gesprekken die vanaf het dak leken te komen. De Gildehal had een vreemde akoestiek, waardoor gesprekken vaak op vreemde manieren weergalmden, vooral als er met stemverheffing gesproken werd.

Niet-begaafde bezoekers dachten vaak dat het effect iets met magie te maken had, maar in werkelijkheid was het een onbedoeld gevolg van de verbouwing van het gebouw tot vergaderzaal. Het oorspronkelijke gebouw was onderverdeeld geweest in kamers voor magiërs en hun leerlingen, leslokalen en vergaderzalen. Vier eeuwen later had het enorme, en snel groeiende ledenaantal het Gilde ertoe aangezet nieuwe gebouwen neer te zetten. Maar aangezien ze het niet over hun hart konden verkrijgen om hun eerste thuisbasis tegen de vlakte te gooien, hadden ze besloten de binnenmuren ervan te verwijderen en stoelen toe te voegen. Sindsdien hadden alle Gildevergaderingen, acceptatie- en afstudeerceremoniën en rechtszittingen in deze zaal plaatsgevonden.

Een lange figuur in een paars gewaad stapte uit de menigte naar voren en kwam naar Rothen toe. Rothen glimlachte toen hij de enthousiaste uitdrukking op het gezicht van de jonge magiër zag. Dannyl had meer dan eens geklaagd dat er nooit iets interessants gebeurde in het Gilde.

'Wel, oude vriend, hoe is het afgelopen?' vroeg Dannyl.

Rothen sloeg zijn armen over elkaar. 'Oude vriend, het zou wat!'

'Oude vijand dan,' zei Dannyl terwijl hij een wegwerpgebaar maakte. 'Wat had de administrateur te zeggen?'

'Niets. Hij heeft me alleen maar gevraagd te beschrijven wat er precies gebeurd is. Het schijnt dat ik de enige ben die haar gezien heeft.'

'Dan heeft ze geluk gehad,' zei Dannyl. 'Waarom probeerden de anderen haar te vermoorden?'

Rothen schudde zijn hoofd. 'Ik geloof niet dat dat echt hun bedoeling was.'

Het geluid van een gong overstemde het geroezemoes, en de versterkte stem van de administrateur van het Gilde vulde de zaal.

'Willen alle magiërs zich naar hun plaats begeven?'

Rothen keek om en zag de grote toegangsdeuren van de zaal dichtzwaaien. De groepjes in gewaden gehulde gedaanten vielen uiteen toen de diverse magiërs zich naar hun stoelen aan weerszijden van de zaal begaven. Dannyl liep naar voren.

'We hebben uitzonderlijk gezelschap vandaag.'

Rothen volgde de blik van zijn vriend. De hogere magiërs namen plaats op hun zetels. Om hun hoge positie en autoriteit binnen het Gilde te benadrukken waren hun stoelen in vijf lange rijen voor in de zaal neergezet. Deze verhoogde stoelen waren te bereiken via twee smalle trappen. In het midden van de hoogste rij stond een grote stoel versierd met goud en met het embleem van de koning erop geborduurd: een gestileerde nachtvogel. Deze stoel was leeg, maar de twee ernaast waren bezet door twee magiërs met gouden sjerpen om hun middel.

'De raadsheren van de koning,' mompelde Rothen. 'Interessant.'

'Ja,' zei Dannyl. 'Ik vroeg me al af of koning Merin deze vergadering belangrijk genoeg zou vinden om aanwezig te zijn.'

'In ieder geval niet belangrijk genoeg om zelf te komen.'

'Nee, natuurlijk niet,' reageerde Dannyl met een glimlach. 'Dan zouden we ons al te zeer gaan inhouden.'

Rothen haalde zijn schouders op. 'Het maakt weinig uit, Dannyl. Zelfs als de raadsheren er niet bij waren zou niemand van ons iets zeggen dat we niet zouden willen zeggen waar de koning bij was. Nee, ze zijn hier om er zeker van te zijn dat we meer zullen doen dan alleen maar over dit meisje praten.'

Inmiddels stonden ze voor de plaatsen die ze normaal gesproken bezetten, dus gingen ze zitten. Dannyl leunde achterover in zijn stoel en keek de zaal rond. 'Al deze drukte, vanwege één enkel ongewassen straatkind.'

Rothen gniffelde. 'Ze heeft heel wat commotie veroorzaakt, nietwaar?'

'Fergun is er niet.' Dannyls ogen vernauwden zich tot spleetjes toen hij naar de rijen tegenover hen keek. 'Maar zijn volgelingen zijn er wel.'

Hoewel Rothen het niet goedkeurde dat zijn vriend in het openbaar zijn weerzin tegen een andere magiër uitsprak, moest hij hier toch om glimlachen. 'Ik meen me te herinneren dat er in het rapport van de geneesheer stond dat de klap nogal wat verwarring en opwinding veroorzaakt heeft, en dat hij het onder deze omstandigheden verstandiger vond om Fergun te verdoven.'

Dannyl slaakte heel zachtjes een vreugdekreet. 'Fergun sláápt dus! Hij zal woedend zijn als hij beseft dat hij deze vergadering heeft gemist!'

Er weerklonk weer een gongslag, en de zaal viel stil.

'En je kunt je wel voorstellen dat administrateur Lorlen uitermáte teleurgesteld was dat heer Fergun zijn versie van het gebeuren niet kon geven,' fluisterde Rothen heel zachtjes.

Dannyl slikte zijn lach in.

Rothen keek naar de hogere magiërs en zag dat ze allemaal op hun plaatsen zaten. Alleen administrateur Lorlen stond nog, met de gong in zijn ene hand en de hamer in de andere.

Lorlen keek ongewoon serieus. Ook Rothen werd ernstig toen hij besefte dat dit de eerste crisis was voor de magiër sinds zijn aanstelling. Lorlen had bewezen dat hij zeer wel in staat was om de dagelijkse gang van zaken in het Gilde te regelen, maar er waren vast en zeker meerdere magiërs die zich afvroegen hoe hij een crisis als deze zou aanpakken.

'Ik heb deze vergadering belegd opdat we kunnen spreken over hetgeen hedenochtend op het Noordplein is voorgevallen,' begon Lorlen. 'We hebben twee uitermate ernstige zaken te bespreken: de dood van een onschuldige omstander, en het bestaan van een magiër over wie wij geen enkele zeggenschap hebben. Om te beginnen zullen we het over de eerste, meest ernstige zaak hebben. Ik vraag heer Rothen naar voren te komen, als ooggetuige van de gebeurtenis.'

Dannyl keek Rothen verrast aan en glimlachte toen. 'Natuurlijk. Het is vast jaren geleden sinds je daar hebt gestaan. Succes.'

Rothen stond op en keek zijn vriend met een dodelijke blik aan. 'Bedankt dat je me eraan herinnert hoe lang het geleden is. Maar het zal wel lukken.'

De verzamelde magiërs draaiden allemaal het hoofd terwijl ze Rothen volgden op zijn weg van zijn stoel naar de overzijde van de zaal, waar hij voor de hoge magiërs bleef staan. Hij boog even in de richting van de administrateur. Lorlen knikte naar hem.

'Vertel ons wat u gezien heeft, heer Rothen.'

Rothen zweeg even om zijn gedachten op een rijtje te zetten. Het was de bedoeling dat een spreker voor het Gilde zijn gedachten zo kort en duidelijk mogelijk onder woorden bracht, zonder overbodige toevoegingen.

'Toen ik vanochtend op het Noordplein kwam, stond heer Fergun al op zijn plaats,' begon hij. 'Ik ben naast hem gaan staan en heb mijn kracht in het schild laten stromen. Een aantal opgeschoten jongens begon met stenen te gooien, maar zoals gewoonlijk negeerden we hen.' Hij keek op naar de hogere magiërs en zag dat ze hem aandachtig aankeken. Even voelde hij zich nerveus worden, maar hij onderdrukte dit gevoel. Het was inderdaad lang geleden dat hij de hele vergadering had toegesproken.

'Het volgende moment zag ik uit mijn ooghoek een blauw licht, en ik voelde een storing in het schild. Ik zag een projectiel mijn kant op komen, maar voordat ik kon reageren had het heer Fergun al op de slaap geraakt, zodat hij het bewustzijn verloor. Ik ving hem op toen hij viel en liet hem langzaam op de grond zakken, waarna ik keek of zijn wond ernstig was. Toen er anderen naar ons toe waren gekomen om hem te helpen, ging ik op zoek naar degene die de steen had gegooid.'

Rothen glimlachte wrang toen hij zich herinnerde hoe het precies was gegaan. 'Ik zag dat de meeste jongens verward en verrast keke. Een jonge vrouw stond in totale verbijstering naar haar handen te staren. Toen mijn collega's aankwamen, verloor ik haar uit het oog. Toen zij de stenengooier niet konden ontdekken, vroegen ze mij wat ik had gezien.'

Hij schudde zijn hoofd. 'Ik wees in haar richting, maar zij dachten dat ik een jongen naast haar aanwees... en ze sloegen terug.'

Lorlen gebaarde naar Rothen dat hij even moest pauzeren. Hij keek naar de magiërs in de rij voor hem, en zijn blik bleef uiteindelijk rusten op heer Balkan, het Hoofd van de Strijders.

'Heer Balkan, u heeft degenen die de jongen hebben gedood onder-vraagd. Wat heeft dat opgeleverd?'

De magiër, die in een rood gewaad gehuld was, stond op. 'Alle negentien betrokken magiërs geloofden dat een van de jongens in de menigte schuldig was, omdat ze niet verwachtten dat een meisje eventueel opgeleid zou kun-nen zijn als wilde magiër. Ze waren stuk voor stuk van plan de jongen te verdoven, zonder hem daadwerkelijk iets aan te doen. Uit hetgeen mij door getuigen van de aanslag is verteld, leid ik af dat het inderdaad zo gegaan is. Ik heb uit de diverse rapporten ook de conclusie getrokken dat een aantal van de spreuken gelijktijdig moet zijn uitgesproken, zodat hun kracht werd gebundeld. Hierdoor is de jongen gestorven.'

Rothen dacht terug aan het rokende lichaam dat hij gezien had, en voelde dat hij misselijk werd. Hij keek naar de vloer. Zelfs als de diverse spreuken niet waren samengesmolten, dan nog zouden negentien afzonderlijke ver-dovingsspreuken het lichaam van de jongen behoorlijk hebben aangetast. Hij voelde zich verantwoordelijk. Als hij zelf sneller had ingegrepen, voor-dat de anderen de tijd hadden gehad om te reageren...

'Dit feit brengt ons tot een lastige vraag,' zei Lorlen. 'Het is onwaarschijn-lijk dat het volk ons zal geloven als we zeggen dat we gewoonweg een fout gemaakt hebben. Een verontschuldiging is niet genoeg. We moeten probe-ren iets goed te maken. Zullen we de familie van de jongen smartengeld betalen?'

'Als we ze kunnen vinden,' merkte een van de hogere magiërs op.

'Ik ben bang dat alleen smartengeld niet genoeg zal zijn om de schade aan onze reputatie te herstellen,' zei Lorlen fronsend. 'Hoe kunnen we het res-pect en het vertrouwen van de bevolking terugwinnen?'

Er werd hier en daar wat gemompeld, en iemand zei hardop: 'Smarten-geld is genoeg.'

'Na verloop van tijd zijn de mensen het wel weer vergeten,' zei een ander. 'We hebben gedaan wat we konden.'

En op zachtere toon, rechts van Rothen: '... een jongen uit de sloppenwijk. Wat maakt het uit?'

Rothen zuchtte. Hoewel de woorden hem niet verbaasden, voelde hij toch een bekende woede in zich opkomen. Het Gilde was wettelijk verplicht anderen te beschermen – en de wet maakte geen verschil tussen rijk en arm. Hij had echter diverse magiërs horen beweren dat de bewoners van de sloppenwijken allemaal dieven waren die de bescherming van het Gilde niet verdienden.

'We kunnen niet veel méér doen,' zei heer Balkan. 'De hogere klassen zullen aanvaarden dat de dood van de jongen een ongeluk was. De armen zullen dat afwijzen, maar we kunnen niets doen om hen van gedachten te laten veranderen.'

Administrateur Lorlen keek de hogere magiërs om beurten aan. Ze knikten allemaal.

'Goed dan,' zei hij. 'We zullen deze zaak gedurende de eerstvolgende vergadering nogmaals bespreken, als we de gevolgen van deze tragedie beter kunnen overzien.' Hij haalde diep adem, ging rechtop staan en keek de zaal in. 'En nu verder naar de tweede zaak: de wilde magiër. Heeft behalve heer Rothen nog iemand anders het meisje gezien, of gezien hoe zij de steen gooide?'

Het bleef stil. Lorlen fronste, teleurgesteld. De vergaderingen van het Gilde werden meestal overheerst door de drie afdelingshoofden: vrouwe Vinara, heer Balkan en heer Sarrin. Vrouwe Vinara, Hoofd der Genezers, was een praktisch ingestelde, strenge vrouw, die soms verrassend meelevend kon zijn. De brede heer Balkan was opmerkzaam en lette erop dat hij iedere zaak altijd van alle kanten bekeek, maar als er een moeilijke of snelle beslissing genomen moest worden, deed hij dit ook zonder aarzeling. De oudste van het drietal, heer Sarrin, was vaak vrij hard in zijn oordeel, maar erkende altijd de denkbeelden van de anderen.

Lorlen richtte zich op dit moment vooral tot deze drie magiërs. 'We moeten beginnen met het bekijken van alle feiten die door diverse getuigen kunnen worden geverifieerd. Hoe ongelooflijk het ook klinkt, het lijdt geen twijfel dat er een steen door het magische schild is gebroken. Heer Balkan, hoe is dat mogelijk?'

De krijgsheer haalde zijn schouders op. 'Het schild dat we gebruiken om stenen tegen te houden tijdens de Opruiming is zwak: sterk genoeg om projectielen tegen te houden, maar niet bestand tegen magie. De blauwe flits en het gevoel van verstoring dat de magiërs die het schild ophielden hebben gevoeld maakt duidelijk dat er magie is gebruikt. Maar om magie door een schild te laten dringen, moet de spreuk gericht zijn. Ik denk dat de aanvaller een slagspreuk gebruikt heeft – een simpele versie – en die met de steen heeft meegestuurd.'

'Maar hoe verklaart u dan dat er een steen gebruikt is?' vroeg vrouwe Vinara. 'Waarom niet alleen die slagspreuk?'

'Om de aanval te verdoezelen?' stelde heer Sarrin voor. 'Als de magiërs een spreuk hadden zien aankomen, zouden ze het veld hebben kunnen versterken.'

'Dat is mogelijk,' zei Balkan, 'maar de kracht van de spreuk is alleen gebruikt om de barrière te doorbreken. Als de aanvaller kwaad in de zin gehad had, zou heer Fergun nu meer problemen hebben dan een blauwe plek op zijn slaap.'

Vinara fronste. 'Dus de aanvaller verwachtte niet veel van de aanval? Waarom deed zé het dan toch?'

'Om haar kracht te demonstreren, misschien – of om ons te laten schrikken,' antwoordde Balkan.

Sarrins gerimpelde gezicht drukte afkeer uit. Rothen schudde zijn hoofd.

Balkan zag de beweging en keek met een glimlach naar beneden. 'U bent het er niet mee eens, heer Rothen?'

'Ze verwachtte helemaal niet dat ze iets zou bereiken,' zei Rothen tegen hem. 'Aan haar gezicht te zien was ze duidelijk geschokt en verbijsterd door wat ze gedaan had. Ik geloof stellig dat ze ongetraind is.'

'Onmogelijk,' zei Sarrin terwijl hij zijn hoofd schudde. 'Iemand moet haar kracht hebben losgemaakt.'

'En haar geleerd hebben die te beheersen, mogen we hopen,' voegde vrouwe Vinara hieraan toe. 'Anders hebben we een heel ander, veel ernstiger probleem.'

Er werd druk gespeculeerd in de zaal, en Lorlen hief een hand op om het geroezemoes een halt toe te roepen.

'Toen heer Rothen me vertelde wat hij gezien had, heb ik heer Solend naar mijn kamer geroepen om te vragen of hij in de kronieken van het Gilde ooit iets had gelezen over magiërs wier krachten zich zonder hulp manifesteerden. Het blijkt dat onze aanname dat de kracht van een magiër slechts door een andere magiër kan worden losgemaakt niet juist is.

Er is geschreven dat zich in de eerste eeuwen van het bestaan van het Gilde diverse nieuwe leerlingen hebben aangemeld die al magie gebruikten. Hun krachten waren op natuurlijke wijze ontstaan op het moment dat ze lichamelijk volwassen werden. Aangezien wij onze novicen aannemen en initiëren als ze nog vrij jong zijn, gebeurt het niet meer dat krachten zich spontaan ontwikkelen.' Lorlen gebaarde naar de zetels aan één kant van de zaal. 'Ik heb heer Solend gevraagd alles wat hij te weten kon komen over dit fenomeen te verzamelen, en ik wil hem nu verzoeken naar voren te komen en ons te vertellen wat hij ontdekt heeft.'

Een stokoude man stond op en baande zich een weg door de rijen mannen en vrouwen in gewaden. Hij liep de trap af. Iedereen wachtte in stilte tot de oude geschiedkundige op het podium stond, naast Rothen. Solend knikte even stijfjes naar de hogere magiërs.

'Tot vijfhonderd jaar geleden,' begon de oude man op knorrige toon, 'was het de gewoonte dat een man of vrouw die magie wilde leren bedrijven een individuele magiër zocht om zich aan te melden als leerling. Zo iemand werd dan getest en al dan niet aangenomen, waarbij niet alleen werd gekeken naar kracht en talent, maar ook naar hoeveel hij of zij kon betalen. Vandaar dat enkele leerlingen al zo goed als volwassen waren bij aanvang van hun opleiding, omdat er vele jaren werk, of misschien een erfenis of iets dergelijks, nodig waren voordat ze hun opleiding konden betalen.

Soms verscheen er echter een jonge man of vrouw met al "losgemaakte" krachten, zoals het in die tijd werd genoemd. Dergelijke mensen, de zogenaamde "natuurtalenten", werden nooit weggestuurd. Dit had twee redenen. Ten eerste waren ze altijd bijzonder krachtig. Ten tweede was het noodzakelijk dat ze de Beheersing onder de knie kregen.' De oude man zweeg even, en sprak toen op hogere toon verder. 'We weten wat er gebeurd als novicen niet in staat zijn om Beheersing te leren. Als deze jonge vrouw een natuurtalent is, moeten we ervan uitgaan dat ze veel sterker is dan de gemiddelde novice, misschien zelfs sterker dan de gemiddelde magiër. Als we haar niet vinden en haar Beheersing leren, zal ze vroeg of laat een gevaar voor de stad vormen.'

'Als haar kracht zich tenminste spontaan heeft geopenbaard,' merkte Balkan op.

De oude man knikte. 'Het is natuurlijk mogelijk dat ze wel degelijk door iemand is opgeleid.'

'Dan moeten we haar vinden – samen met degenen die haar opgeleid hebben,' sprak iemand.

De zaal vulde zich weer met discussies, maar Lorlen slaagde erin erbovenuit te komen. 'Als ze een wilde magiër is, dan moeten we haar en haar leraren naar de koning brengen, dat schrijft de wet ons voor. Als ze een natuurtalent is, moeten we haar Beheersing leren. Hoe dan ook, we moeten haar zien te vinden.'

'Hoe?' riep iemand.

Lorlen keek omlaag. 'Heer Balkan?'

'We moeten de sloppenwijken systematisch doorzoeken,' antwoordde de krijgsheer. Hij keek op naar de adviseurs van de koning. 'We zullen hulp nodig hebben.'

Lorlens wenkbrauw kroop omhoog en zijn blik volgde die van de krijgsheer. 'Het Gilde doet een formeel verzoek om de assistentie van de stadswacht.'

De adviseurs keken elkaar aan en knikten.

'Ingewilligd,' sprak een van de twee.

'We moeten zo snel mogelijk beginnen,' ging Balkan verder. 'Liefst vanavond nog.'

'Als we de hulp van de stadswacht willen, hebben we iets meer tijd nodig. Ik stel voor dat we morgenochtend beginnen,' zei Lorlen.

'En hoe zit het dan met de lessen?'

Lorlen keek naar de magiër die naast hem zat. 'Ik denk niet dat een extra dag huiswerk maken de novicen kwaad zal doen.'

'Een dag maakt niet veel uit,' zei de ietwat zure rector van de universiteit, Jerik. 'Maar vinden we haar wel in één dag?'

Lorlen tuitte zijn lippen. 'We zullen morgenavond weer bijeenkomen als we haar niet gevonden hebben, zodat we kunnen bespreken wie de zoektocht moeten voortzetten.'

'Mag ik een voorstel doen, administrateur Lorlen?'

Rothen keek verrast op toen hij de stem hoorde. Hij draaide zich om en zag Dannyl tussen het publiek staan.

'Jawel, heer Dannyl,' antwoordde Lorlen.

'De sloppenbewoners zullen ons hinderen, en het meisje zal zich vast en zeker verborgen houden. Misschien hebben we meer kans op succes als we de sloppen in vermomming betreden.'

Lorlen fronste. 'Wat voor vermomming stelt u voor?'

Dannyl haalde zijn schouders op. 'Hoe minder opvallend we eruitzien, des te meer kans op succes. Ik stel voor dat een aantal van ons zich kleden als sloppenbewoners. Misschien dat ze ontdekken wie we zijn als we onze mond opendoen, maar...'

'Absoluut niet,' gromde Balkan. 'Stel je voor dat een van ons werd betrapt in de kleding van een vieze bedelaar? We zouden in de hele Alliantie belachelijk gemaakt worden.'

Diverse stemmen vielen hem bij.

Lorlen knikte langzaam. 'Daar ben ik het mee eens. Wij, als magiërs, hebben het recht om ieder huis in de stad te betreden. Onze zoektocht zal belemmerd worden als we onze gewaden niet dragen.'

'Hoe weten we naar wie we zoeken?' vroeg Vinara.

Lorlen keek naar Rothen. 'Kunt u zich herinneren hoe ze eruitzag?'

Rothen knikte. Hij deed een paar passen naar achteren, sloot zijn ogen en riep de herinnering op aan een klein, mager meisje met een smal, kinderlijk gezicht. Hij riep zijn kracht op, opende zijn ogen en focuste zijn gedachten. Er verscheen een lichte vlek voor zijn ogen die zich al snel vormde tot een half doorzichtig beeld van het gezicht. Terwijl zijn herinneringen de rest aanvulden, verschenen haar haveloze kleren: een kleurloze doek om haar hoofd, een dikke trui met capuchon, een lange broek. Toen de illusie compleet was, keek hij omhoog naar de hogere magiërs.

'Is dat degene die ons aanviel?' mompelde Balkan. 'Dat is bijna nog een kind.'

'Een klein pakketje met een grote verrassing erin,' zei Sarrin droogjes.

'Stel dat dit niet degene is die ons aanviel?' vroeg Jerik. 'Stel dat heer Rothen zich vergist?'

Lorlen keek Rothen aan en glimlachte even. 'Voor dit moment kunnen we alleen maar aannemen dat hij het goed gezien heeft. We horen snel genoeg of de roddelaars in de stad het met ons eens zijn, en wie weet vinden we nog getuigen.' Hij knikte naar de illusie. 'Genoeg, heer Rothen.'

Rothen maakte een gebaar en de illusie verdween. Toen hij weer opkeek zag hij heer Sarrin met een schattende blik naar hem kijken.

'Wat doen we met haar als we haar gevonden hebben?' vroeg vrouwe Vinara.

'Als ze een wilde magiër is, passen we de wet toe,' zei Lorlen. 'Zo niet, dan zullen we haar leren haar krachten te beheersen.'

'Natuurlijk. Maar als dat gebeurd is, wat dan?'

'Ik geloof dat vrouwe Vinara bedoelt te vragen of we haar in ons midden kunnen opnemen,' zei Balkan.

De zaal vulde zich meteen weer met stemmen.

'Nee! Ze is vast en zeker een dief!'

'Ze heeft een van ons aangevallen! Ze moet gestraft worden, niet beloond!'

Rothen schudde zijn hoofd en zuchtte terwijl hij het protest aanhoorde. Hoewel het niet verboden was kinderen uit de lagere klassen te testen, zocht het Gilde alleen in de Huizen naar nieuwe magiërs.

'Het Gilde heeft al eeuwenlang geen novicen van buiten de Huizen geaccepteerd,' zei Balkan zacht.

'Maar als Solend gelijk heeft, is ze misschien wel uitzonderlijk sterk,' bracht Vinara hem in herinnering.

Rothen onderdrukte een glimlach. De meeste vrouwelijke magiërs werden uiteindelijk genezers, en hij wist dat vrouwe Vinara gaarne bereid zou zijn de lage afkomst van het meisje te negeren als ze er op die manier een krachtige hulp bij kon krijgen.

'"Kracht is geen zegening als de magiër corrupt blijkt,"' citeerde Sarrin. 'Ze kan een dief zijn, of zelfs een hoer. Wat zou de invloed van iemand met een dergelijke achtergrond op de andere novicen zijn? Hoe kunnen we zeker weten dat ze onze eed in ere zal houden?'

Vinara trok haar wenkbrauwen op. 'Dus u wilt haar laten zien waartoe ze in staat zou zijn, om vervolgens haar krachten te binden en haar terug te laten keren naar haar armoedige bestaan?'

Sarrin knikte. Vinara keek naar Balkan, die zijn schouders ophaalde. Rothen slikte zijn protesten in en dwong zich te blijven zwijgen. Vanaf de rij boven hen keek Lorlen zwijgend naar de drie magiërs, zonder te laten merken wat hij zelf dacht.

'We zouden haar in ieder geval een kans moeten geven,' zei Vinara. 'Als er een mogelijkheid is dat ze zich aan onze regels zou kunnen houden en een jonge vrouw zou kunnen worden met verantwoordelijkheidsgevoel, dan moeten we haar die kans ook geven.'

'Hoe verder haar krachten zich ontwikkelen, des te moeilijker het zal worden om die uiteindelijk weer te binden,' bracht Sarrin haar in herinnering.

'Dat weet ik,' zei Vinara terwijl ze voorover leunde, 'maar het is niet onmogelijk. Denk u eens in wat onze beloning zal zijn als we haar opnemen. Een beetje gulheid en vriendelijkheid zal meer doen om de schade aan onze reputatie na het incident van vanochtend te herstellen dan haar krachten te blokkeren en haar terug te sturen naar de sloppen.'

Balkan trok een wenkbrauw op. 'Dat is waar, en misschien hoeven we niet eens naar haar te zoeken als we bekend maken dat ze welkom is bij ons. Als ze eenmaal hoort dat ze een magiër zou kunnen worden, met de bijbehorende positie en rijkdom, dan komt ze vanzelf.'

'En de wens om die positie en rijkdom te behouden is waarschijnlijk genoeg om haar ertoe te bewegen zich voorgoed af te keren van haar walgelijke manier van leven,' voegde Sarrin eraan toe.

Vrouwe Vinara knikte. Ze keek de zaal in, waarna haar blik op Rothen bleef rusten. 'Wat denkt u ervan, heer Rothen?'

Rothen maakte een grimas. 'Ik vraag me af of ze na vanochtend nog wel iets zou geloven van wat wij beweren.'

'Dan heeft het ook weinig zin om te zien of ze vanzelf hierheen komt,' was de conclusie van Lorlen. 'We beginnen morgen met zoeken, zoals afgesproken.' Hij tuitte zijn lippen en keek naar boven.

Rothen keek ook omhoog. Tussen de zetels van de koning en de stoel van de administrateur was nog een enkele stoel, gereserveerd voor de leider van het Gilde: opperheer Akkarin. De magiër in het zwarte gewaad had de hele vergadering lang niets gezegd, maar dat was niet ongewoon. Hoewel Akkarin soms met enkele goed gekozen, milde woorden de richting van een debat volkomen kon veranderen, zei hij meestal niets.

'Opperheer, heeft u redenen om aan te nemen dat er wilde magiërs in de sloppen zijn?' vroeg Lorlen.

'Nee. Er zijn geen wilde magiërs in de sloppen,' antwoordde Akkarin.

Rothen stond dicht genoeg in de buurt om de snelle blik te zien tussen Balkan en Vinara. Hij onderdrukte een glimlach. Het gerucht ging dat de opperheer buitengewoon scherpe zintuigen had, en bijna alle magiërs hadden ontzag voor hem.

Lorlen knikte en wendde zich weer tot de zaal. Hij sloeg op de gong, en terwijl de klap nagalmde door de ruimte, zakte het niveau van het geroezemoes tot een zwak, zoemend geluid.

'De beslissing of het meisje wel of niet opgeleid kan worden zal moeten wachten tot ze gevonden is, zodat we haar karakter kunnen lezen. Voorlopig zullen we ons richten op de taak haar te vinden. De zoektocht begint hier, morgen, op het vierde uur. Zij die geloven dat ze een geldige reden hebben om in het Gilde achter te blijven dienen een verzoekschrift te schrijven en dit vanavond nog aan mijn helper te overhandigen. Ik verklaar deze vergadering voor gesloten.'

De zaal vulde zich weer met het geruis van gewaden en het kletteren van laarzen. Rothen deed een stap naar achteren toen de eerste van de hogere magiërs uit zijn zetel opstond en naar de zijingang van de zaal schreed. Hij draaide zich om en wachtte op Dannyl, die zich door de menigte heen naar hem toe haastte.

'Heeft u heer Kerrin gehoord?' vroeg Dannyl. 'Hij wil het meisje laten straffen omdat ze zijn goede vriend Fergun heeft aangevallen. Ik denk persoonlijk dat ze geen beter slachtoffer had kunnen kiezen.'

'Hoor eens, Dannyl...' begon Rothen.

'En nu willen ze ook nog dat we het afval in de sloppen gaan doorzoeken,' zei een stem achter hen.

'Ik weet niet wat tragischer is: dat ze die jongen vermoord hebben, of dat ze het meisje hebben gemist,' zei een ander.

Vol afschuw draaide Rothen zich om en staarde naar de man die gesproken had: een oude alchemist die het te druk had met somber naar de vloer staren om zijn blik op te merken. Terwijl de oude magiër naar buiten schuifelde, schudde Rothen zijn hoofd.

'Ik stond op het punt om je te vermanen dat je niet zo onbeleefd moest zijn, Dannyl, maar dat heeft niet veel zin, is het wel?'

'Nee,' stemde Dannyl in terwijl hij opzij stapte om administrateur Lorlen en de opperheer langs te laten.

'En als we haar niet vinden?' vroeg de administrateur aan zijn metgezel.

De opperheer lachte laag. 'O, je zult haar wel vinden, hoe dan ook – hoewel ik durf te beweren dat de meeste magiërs morgen de voorkeur zullen geven aan het meer spectaculaire, minder geurige alternatief.'

Rothen schudde nogmaals zijn hoofd terwijl de twee hogere magiërs wegliepen. 'Ben ik dan de enige die het iets kan schelen wat er met dat arme kind gebeurt?'

Hij voelde Dannyls hand op zijn schouder.

'Natuurlijk niet, maar ik hoop dat je niet van plan was om hèm de les te lezen, mijn oude vriend.'

3

Oude vrienden

'Ze is een mol.'

De stem was mannelijk, jong en onbekend. *Waar ben ik?* vroeg Sonea zich af. Om te beginnen lag ze op iets zachts. Een bed? *Ik kan me niet herinneren dat ik op een bed ben gaan liggen...*

'Absoluut niet.' Dat was de stem van Harrin. Ze besefte dat hij haar verdedigde, en pas toen drong de betekenis van de woorden van de vreemde stem tot haar door, en ze voelde een grote, ietwat verlate opluchting. Mol was een woord voor 'spionne' in de sloppenwijken. Als Harrin het met hem eens geweest was, zou ze nu in de problemen zitten... Maar wiens spion dan?

'Wat kan ze anders zijn?' zei de stem. 'Ze heeft magie. Magiërs hebben een opleiding van jaren nodig. Wie doet dat soort dingen hier bij ons?'

Magie? De herinneringen kwamen ineens terug, in een ware stortvloed: het plein, de magiërs...

'Magie of niet, ik ken haar al net zo lang als Cery,' zei Harrin. 'Ze heeft altijd aan onze kant gestaan.'

Sonea hoorde nauwelijks wat hij zei. In gedachten zag ze zichzelf de steen gooien, zag ze de flits waarmee de steen de barrière doorbrak en de magiër raakte. *Dat heb ik gedaan*, dacht ze. *Maar dat is niet mogelijk...*

'Maar je zei zelf al dat ze een paar jaar weggeweest is. Wie weet met wie ze in die tijd heeft opgetrokken.'

Toen herinnerde ze zich weer hoe ze iets binnen in zichzelf had opgeroepen. Iets dat ze helemaal niet zou moeten hebben...

'Ze is bij haar familie geweest, Burril,' zei Harrin. 'Ik geloof haar, Cery gelooft haar, en dat is genoeg.'

... en het Gilde weet dat ik het was! De oude magiër had haar gezien, haar aangewezen aan de anderen. Ze huiverde toen ze terugdacht aan het rokende lijk.

'Ik heb je gewaarschuwd.' Burril was duidelijk nog niet overtuigd, maar zo te horen had hij zich erbij neergelegd. 'Als ze jullie verraadt, vergeet dan niet wie jullie heeft gew...'

'Ik denk dat ze wakker wordt,' mompelde een tweede bekende stem. Cery. Hij was vlakbij.

Harrin zuchtte. 'Wegwezen, Burril.'

Sonea hoorde voetstappen wegsterven, een deur die sloot.

'Je hoeft niet meer te doen alsof je slaapt, Sonea,' mompelde Cery.

Een hand raakte haar gezicht aan, en ze knipperde met haar ogen. Cery leunde over haar heen en grijnsde.

Sonea hees zich overeind en steunde op haar ellebogen. Ze lag op een oud bed in een onbekende kamer. Terwijl ze haar benen op de grond liet zakken, keek Cery haar schattend aan.

'Je ziet er beter uit,' zei hij.

'Ik voel me prima,' zei ze instemmend. 'Wat is er gebeurd?' Ze keek op naar Harrin, die vóór haar kwam staan. 'Waar ben ik? Hoe laat is het?'

Cery lachte. 'Ze is in orde.'

'Weet je het niet meer?' Harrin zakte door zijn knieën zodat hij haar in de ogen kon kijken.

Sonea schudde haar hoofd. 'Ik kan me herinneren dat ik door de sloppenwijken liep, maar...' Ze spreidde haar handen. 'Ik weet niet hoe ik hier ben gekomen.'

'Harrin heeft je gedragen,' zei een meisjesstem. 'Hij zei dat je in slaap viel terwijl je liep.'

Sonea draaide zich om en zag een jonge vrouw achter zich op een stoel zitten. Haar gezicht zag er bekend uit.

'Donia?'

Het meisje glimlachte. 'Klopt.' Ze tikte met haar voet op de vloer. 'Dit is het bolpakhuis van mijn vader. Hij vond het goed dat we je hierheen brachten. Je hebt de hele nacht geslapen.'

Sonea keek nogmaals de kamer rond, en glimlachte toen ze zich herinnerde hoe Harrin en zijn vrienden Donia vroeger omkochten om bekers bol voor hen te stelen. Het was een sterke drank waardoor ze aangeschoten raakten.

Gellins bolpakhuis was in de buurt van de Buitenmuur, tussen de betere huizen in het deel van de sloppenwijken dat de Noordkant genoemd werd. De bewoners van dit gebied noemden de sloppenwijken 'de Buitenkring', ondanks het feit dat men in het gebied volhield dat de sloppenwijken geen deel van de stad waren.

Sonea nam aan dat ze in een van de kamers waren die Gellin aan gasten verhuurde. Het was een klein hokje, net groot genoeg voor een bed, de versleten stoel waar Donia op zat, en een kleine tafel. Oude, verkleurde papieren schermen bedekten de ramen. Aan het zachte licht dat erdoorheen scheen, leidde Sonea af dat het vroeg in de ochtend was.

Harrin wendde zich tot Donia en wenkte. Terwijl het meisje opstond, legde Harrin een hand om haar middel en trok haar naar zich toe. Ze schonk hem een glimlach vol genegenheid.

'Denk je dat je iets te eten voor ons kunt regelen?' vroeg hij.

'Ik zal zien wat ik kan doen.' Ze slenterde naar de deur en glipte naar buiten.

Sonea keek Cery vragend aan en hij beantwoordde de blik met een voldane grijns. Harrin liet zich in de stoel vallen en keek met een frons naar Sonea op. 'Weet je zeker dat je in orde bent? Je was gisteren helemaal van de kaart.'

Ze haalde haar schouders op. 'Ik voel me best. Alsof ik heel goed geslapen heb.'

'Dat heb je ook. De hele dag, bijna.' Hij keek haar nogmaals aan, met diezelfde schattende blik. 'Wat is er gebeurd, Sonea? Jij was degene die de steen gooide, nietwaar?'

Sonea slikte. Haar keel was op slag droog. Ze vroeg zich even af of hij haar zou geloven als ze het ontkende.

Cery legde een hand op haar schouder en kneep er zachtjes in. 'Maak je geen zorgen, Sonea. We zullen niemand iets vertellen als jij dat niet wilt.'

Ze knikte. 'Ik was het, maar... ik weet niet wat er gebeurde.'

'Heb je magie gebruikt?' vroeg Cery opgewonden.

Sonea keek de andere kant op. 'Ik weet het niet. Ik wilde dat de steen door de barrière heen zou breken... en het gebeurde.'

'Je hebt het schild van de magiërs doorbroken,' zei Harrin. 'Daar is magie voor nodig, nietwaar? Stenen kunnen er normaal gesproken niet doorheen.'

'En er was een soort lichtflits,' zei Cery.

Harrin knikte. 'Denk je dat je het nog eens zou kunnen doen?'

Sonea staarde hem aan. 'Nog eens?'

'Niet hetzelfde, natuurlijk. We kunnen niet van je verwachten dat je steeds maar stenen naar magiërs gaat gooien – ik geloof niet dat ze dat leuk vinden. Maar als het werkt, dan weet je zeker dat je magie kunt gebruiken.'

Ze huiverde. 'Ik geloof niet dat ik dat wil weten.'

Cery lachte. 'Waarom niet? Denk je eens in wat je dan allemaal kunt doen! Het zou fantastisch zijn!'

'In ieder geval zou niemand je ooit meer lastig vallen,' zei Harrin tegen haar.

Ze schudde haar hoofd. 'Dat zie je verkeerd. Ze zouden nog meer redenen hebben om me dwars te zitten.' Ze fronste. 'Iedereen heeft een hekel aan de magiërs, dus zullen ze ook aan mij een hekel krijgen.'

'Iedereen haat de magiërs van het Gilde,' zei Cery tegen haar. 'Die zijn allemaal afkomstig uit de Huizen. Ze geven alleen om zichzelf. Iedereen weet dat jij een slopper bent, net als wij.'

Een *slopper*. Na twee jaar in de stad waren haar oom en tante opgehouden zichzelf te omschrijven met de naam die de bewoners van de sloppenwijken zichzelf hadden gegeven. Het was ze gelukt uit de sloppenwijken te komen. Ze hadden zichzelf arbeiders genoemd.

'De sloppers zouden het fantastisch vinden om hun eigen magiër te hebben,' hield Cery vol, 'vooral als je goede dingen voor hen kunt doen.'

Sonea schudde haar hoofd. 'Goede dingen? Magiërs doen nooit iets goeds. Waarom zouden de sloppers denken dat ik anders ben?'

'Wat dacht je van genezen?' zei hij. 'Heeft Ranel geen slecht been? Jij zou daar iets aan kunnen doen!'

De adem stokte in haar keel. Ze dacht aan de pijn die haar oom leed, en begreep plotseling waarom Cery zo enthousiast was. Het zou fantastisch zijn als ze iets aan het been van haar oom kon doen. En als ze hem kon helpen, waarom anderen dan niet?

Toen dacht ze aan Ranels mening over de 'zalvers' die zijn been hadden behandeld. Ze schudde haar hoofd nogmaals. 'De mensen vertrouwen de zalvers niet, waarom zouden ze mij dan wel vertrouwen?'

'Dat is omdat de mensen denken dat de zalvers niet alleen genezen, maar ook zelf de ziekte veroorzaken,' wierp Cery tegen. 'Ze zijn bang dat ze alleen maar zieker zullen worden.'

'Ze zijn nog banger voor magie. Ze denken misschien wel dat ik door de magiërs ben gestuurd om hen uit te roeien.'

Cery lachte. 'Dat is belachelijk. Niemand zal dat denken.'

'En Burril dan?'

Hij trok een scheef gezicht. 'Burril is een schijtluis. Niet iedereen denkt zoals hij.'

Sonea snoof, niet overtuigd. 'Hoe dan ook, ik weet niets van magie. Als iedereen denkt dat ik kan genezen zullen ze in drommen achter me aankomen, terwijl ik helemaal niets kan doen om hen te helpen.'

Cery fronste. 'Dat is zo.' Hij keek op naar Harrin. 'Ze heeft gelijk. Er kunnen problemen van komen. Zelfs als Sonea weer iets met magie wilde proberen, zouden we het toch voorlopig geheim moeten houden.'

Harrin maakte een tuitmondje en knikte toen. 'Als iemand vraagt of je iets van magie weet, Sonea, zullen we zeggen dat je helemaal niets gedaan hebt – dat de magiërs hun concentratie even kwijt waren of zo, en dat de steen daarom door de barrière ging.'

Sonea staarde hem aan. De mogelijkheid die hij opperde vervulde haar met nieuwe hoop. 'Misschien is dat wel wat er gebeurd is! Misschien heb ik helemaal niets gedaan.'

'Als het je niet meer lukt om magie te gebruiken, weet je dat zeker,' zei Cery terwijl hij haar op de schouder klopte. 'En als het wel lukt, zorgen we dat niemand erachter komt. Over een paar weken zal iedereen denken dat de magiërs een fout gemaakt hebben, en over een maand of twee is iedereen je vergeten.'

Er werd op de deur geklopt, en Sonea schrok. Harrin stond op en liet Donia binnen. Het meisje droeg een dienblad met bekers en een grote schaal met brood.

'Hier,' zei ze terwijl ze het blad op een tafeltje zette. 'Ieder een beker bol, om de terugkeer van een goede vriendin te vieren. Harrin, vader wil dat je iets voor hem doet.'

'Dan kan ik beter gaan vragen wat hij wil,' zei Harrin. Hij pakte zijn beker en dronk die in één teug leeg. 'Ik zie je nog wel, Sonea.' Hij pakte Donia om het middel en trok haar de kamer uit. Ze giechelde. Sonea schudde haar hoofd en de deur sloot zich achter hen.

'Hoe lang is dat al aan de gang?'

'Die twee?' vroeg Cery met een mond vol brood. 'Bijna een jaar, denk ik. Harrin zegt dat hij met haar gaat trouwen en de herberg zal erven.'

Sonea lachte. 'Weet Gellin ervan?'

Cery glimlachte. 'Hij heeft Harrin er nog niet uitgeschopt.'

Ze pakte een stukje van het donkere brood. Het was van currengraan gemaakt, en er waren kruiden overheen gestrooid. Terwijl ze erin beet, liet haar maag haar weten dat hij al bijna een etmaal niet gevuld was, en ze merkte dat ze uitgehongerd was. De bol was zuur, maar welkom na het zoute brood. Toen ze klaar waren met eten liet Sonea zich met een zucht in een stoel vallen.

'Als Harrin het straks druk heeft met het beheer van een herberg, Cery, wat ga jij dan doen?'

Hij haalde zijn schouders op. 'Van alles. Bol stelen van Harrin. Zijn kinderen leren hoe ze een slot open kunnen peuteren. In ieder geval zal ik het warm genoeg hebben in de winter. En wat ben jij van plan?'

'Ik weet het nog niet. Jonna en Ranel zeiden – o!' Ze sprong overeind. 'Ik heb hen helemaal niet meer gezien. Ze weten niet waar ik ben!'

Cery wuifde het weg. 'Die komen wel.'

Ze zocht naar haar geldbuidel en vond die, vol en zwaar, rond haar middel.

'Dat is nogal wat spaargeld,' merkte Cery op.

'Ranel zei dat we alle drie iets mee moesten nemen, en los van elkaar naar de sloppen moesten gaan. Het zou wel heel ongelukkig zijn als we alle drie een wachtpost tegen het lijf zouden lopen.' Ze keek hem met samengeknepen ogen aan. 'Ik weet hoeveel ik erin heb gestopt.'

Hij lachte. 'Ik ook, en alles is er nog. Kom mee, ik zal je helpen zoeken.'

Hij stond op en liep de deur uit, een korte gang in. Sonea liep achter hem aan een smalle trap af, die uitkwam in een bekende gelagkamer. Het rook er zoals altijd sterk naar bol, er werd gelachen, gepraat, en af en toe op gemoedelijke toon gevloekt. Een grote man hing over de tapkast waar de stroperige likeur werd uitgeschonken.

'Morgen, Gellin!' riep Cery.

De man vernauwde zijn ogen tot spleetjes en tuurde met een bijziende blik naar Sonea. Toen grijnsde hij.

'Ha! Dat is de kleine Sonea, toch?' Gellin liep naar hen toe en pakte haar bij de schouder. 'Niet meer zo klein, inmiddels. Ik weet nog hoe je vroeger altijd bol kwam jatten, meisje. Een kleine charmante dievegge, dat was je.'

Sonea grinnikte en keek Cery aan. 'Ja, en het was altijd helemaal mijn eigen idee. Nietwaar, Cery?'

Cery spreidde zijn handen en knipperde onschuldig met zijn ogen. 'Hoe bedoel je, Sonea?'

38

Gellin gniffelde. 'Dat komt ervan als je met dieven omgaat. Hoe gaat het met je ouders?'

'Met tante Jonna en oom Ranel, bedoelt u?'

Hij maakte een handgebaar. 'Die, ja.'

Sonea haalde haar schouders op en legde snel uit dat haar familie uit hun pension gegooid was. Gellin knikte meelevend.

'Ze vragen zich waarschijnlijk af waar ik uithang,' zei ze tegen hem. 'Ik...'

Sonea maakte een luchtsprong van schrik toen de deur van de herberg hard werd dichtgeslagen. Het werd ineens doodstil, en iedereen keek naar de ingang, waar Harrin tegen de deurpost leunde, hijgend en met een bezweet voorhoofd.

'Pas een beetje op met die deur!' riep Gellin.

Harrin keek op. Toen hij Sonea en Cery zag werd hij bleek, en hij liep naar hen toe, haastig tussen de tafels door laverend. Hij pakte Sonea bij een arm en trok haar door een deur de keuken in. Cery volgde hen op de voet.

'Wat is er aan de hand?' fluisterde Cery.

'De magiërs doorzoeken de sloppenwijken,' hijgde Harrin.

Sonea staarde hem vol afschuw aan. 'Ze zoeken mij,' fluisterde ze.

Harrin knikte grimmig, en wendde zich toen tot Cery. 'Wat moeten we nu?'

'Waar zijn ze?'

'Vlakbij. Ze zijn bij de Buitenmuur begonnen en werken naar buiten toe.'

Cery floot. 'Zo dichtbij.'

Sonea drukte haar hand tegen haar borstkas. Haar hart sloeg veel te snel. Ze voelde zich misselijk.

'We hebben maar een paar minuten,' zei Harrin. 'We moeten maken dat we hier wegkomen. Ze doorzoeken alle gebouwen.'

'Dan moeten we zorgen dat we haar ergens verbergen waar ze al geweest zijn.'

Sonea leunde tegen de muur. Haar knieën knikten toen ze terugdacht aan het zwartgeblakerde lijk. 'Ze zullen me vermoorden!' hijgde ze.

Cery keek haar aan. 'Nee, Sonea,' zei hij op ferme toon.

'Ze hebben die jongen vermoord...' Ze huiverde.

Hij pakte haar bij de schouders. 'We zullen het niet laten gebeuren, Sonea.'

Zijn blik was doordringend, en zijn uitdrukking ongewoon streng. Ze staarde terug, zocht naar een teken van twijfel, maar vond die niet.

'Vertrouw je mij?' vroeg hij.

Ze knikte.

Hij schonk haar een snelle glimlach. 'Kom mee, dan.'

Hij trok haar bij de muur weg en duwde haar door de keuken. Harrin liep vlak achter hen. Ze gingen een tweede deur door en stapten een modderige steeg in. Sonea rilde toen ze de koude winterlucht door haar kleren voelde dringen.

Ze stopten aan het eind van de steeg, en Cery droeg hun op daar te blijven staan terwijl hij keek of de kust veilig was. Hij liep naar het begin van de steeg, loerde om de hoek en rende toen terug. Hij schudde zijn hoofd en joeg hen met een armgebaar terug de steeg in.

Halverwege bleef hij staan en trok een klein rooster los dat laag in een van de muren was aangebracht. Harrin keek zijn vriend vol twijfel aan, ging toen plat op de grond liggen en kroop door het gat. Sonea volgde hem een donkere gang in. Terwijl Harrin haar overeind hielp, gleed Cery naar binnen. Het rooster sloeg geruisloos weer dicht; blijkbaar werd het regelmatig gesmeerd.

'Weet je het zeker?' fluisterde Harrin.

'De Dieven hebben het te druk met voorkomen dat de magiërs hun spullen vinden om zich nu druk te maken om ons,' zei Cery tegen hem. 'Bovendien zullen we niet lang hier beneden blijven. Hou je hand op mijn schouder, Sonea.'

Ze gehoorzaamde en greep zijn jas vast. Harrins hand rustte stevig op haar schouder. Terwijl ze de gang door liepen staarde ze met wild kloppend hart naar de duisternis voor hen.

Uit de vraag van Harrin had ze afgeleid dat ze een Dievenpad betreden hadden.

Het was verboden om zonder toestemming het ondergrondse netwerk van gangen te gebruiken, en ze had vreselijke verhalen gehoord over de straffen die de Dieven oplegden aan overtreders.

Zo lang ze zich kon herinneren had iedereen Cery bij wijze van grap Diefjesmaat genoemd. Maar hun plagerijtjes hadden altijd een ondertoon van angst en respect gehad. Zijn vader was een smokkelaar geweest, wist ze, en het was mogelijk dat Cery zekere contacten en privileges van hem geërfd had. Ze had er echter nooit bewijzen voor gezien en had altijd vermoed dat hij de speculaties aanmoedigde om zijn plaats als Harrins tweede man in de bende te kunnen behouden. Het was best mogelijk dat hij helemaal geen binding met de Dieven had, en dan gingen ze een wisse dood tegemoet.

Maar het was altijd nog beter om het risico te lopen de Dieven tegen het lijf te lopen dan een zekere dood onder ogen te zien als ze boven bleef. De Dieven waren in ieder geval niet naar haar op zoek.

De weg werd nog donkerder, tot Sonea alleen nog maar diverse tinten zwart zag. Toen naderden ze een tweede rooster en werd het weer lichter. Cery sloeg een zijgang in, en toen nogmaals, en daar was het weer aardedonker. Ze gingen nog diverse malen een hoek om voordat Cery stilstond.

'Hier zouden ze al geweest moeten zijn,' mompelde Cery tegen Harrin. 'We zullen lang genoeg blijven om iets te kopen, en dan gaan we verder. Jij moet de anderen opzoeken en je ervan verzekeren dat niemand iets heeft losgelaten over Sonea. Anders krijgen sommigen misschien het idee dat ze ons onder druk kunnen zetten met de dreiging dat ze de magiërs zullen zeggen waar wij zijn.'

'Ik verzamel iedereen,' stelde Harrin hem gerust. 'Ik zal uitvissen of iemand gekletst heeft, en dan draag ik ze op hun bekken te houden.'

'Prima,' zei Cery. 'En denk erom, we zijn hier om ikkerpoeder te kopen, en meer niet.'

Er klonken wat vage geluiden in het donker, een deur ging open en ze stapten naar buiten in het volle daglicht – en in een kooi vol met rassoekvogels.

Toen de vogels de indringers in de gaten kregen begonnen ze met hun kleine, nutteloze vleugeltjes te klapperen en indringend te krijsen. Het geluid weerkaatste tegen de vier muren van een kleine binnenplaats. Een vrouw verscheen in een deuropening. Ze zag Sonea en Harrin in het hok en fronste nijdig.

'Hé daar! Wie zijn jullie?'

Sonea draaide zich om naar Cery en zag dat hij op zijn hurken achter haar zat en met zijn hand over de stoffige grond streek. Hij stond op en grijnsde naar de vrouw.

'We komen je bezoeken, Laria,' zei hij.

De vrouw keek naar hem. Haar frons verdween en maakte plaats voor lachrimpels. 'Ceryni! Fijn om je weer te zien. Zijn dit vrienden van je? Welkom! Welkom! Kom binnen, ik heb raka klaarstaan.'

'Hoe is het met de handel?' vroeg Cery terwijl ze het hok uitstapten en Laria naar binnen volgden, een klein kamertje in. Een smal bed vulde de helft van het vertrek en een fornuis en tafel zo'n beetje de andere helft.

Ze fronste haar voorhoofd. 'Druk. Had bezoek vandaag, nog geen uur geleden. Heel nieuwsgierig.'

'Bezoekers met gewaden?' vroeg Cery.

Ze knikte. 'Ik ben me dood geschrokken. Ze zochten overal, maar zagen niks, als je begrijpt wat ik bedoel. De soldaten wel. Ik weet zeker dat die terugkomen, maar dan is er niets meer te vinden.' Ze grinnikte. 'Dan vissen ze achter het net.' Ze zweeg even, zette water op en vroeg toen: 'Wat brengt je hierheen?'

'Het gebruikelijke.'

Laria's ogen begonnen te schitteren. 'Dus je wilt een paar nachtjes laat naar bed? Hoeveel geef je?'

Hij glimlachte. 'Als ik het me goed herinner, ben je mij nog iets schuldig.'

De vrouw tuitte haar lippen en vernauwde haar scherpe ogen tot smalle spleetjes. 'Wacht hier.' Ze verdween naar buiten.

Met een zucht liet Cery zich op het bed vallen, dat luid protesteerde. 'Wees maar niet nerveus, Sonea,' zei hij. 'Ze zijn hier al geweest. Ze zullen echt niet meer terugkomen.'

Ze knikte. Haar hart ging nog altijd als een razende tekeer en haar maag was ook niet helemaal in orde. Ze haalde diep adem en leunde tegen de muur. Terwijl het water stond te koken pakte Cery een pot met een of ander donker poeder en deed dat in de bekers die Laria had klaargezet. Een geruststellend, bekend, scherp aroma vulde de kamer.

'Nu weten we het dus zeker, Sonea,' zei Harrin terwijl Cery hem een beker aangaf.

Ze fronste. 'Wat weten we?'

'Dat je inderdaad magie moet hebben gebruikt.' Hij grinnikte. 'Ze zouden niet overal naar je zoeken als zij er niet van overtuigd waren, wel dan?'

Met een ongeduldig gebaar sloeg Dannyl het vocht van zijn gewaad. Kleine stoomwolkjes kwamen uit de stof omhoog. De soldaten deinsden achteruit, een ijzige windvlaag blies de nevel weg en de vier mannen gingen weer op hun plaatsen staan.

Ze liepen in formatie – twee mannen naast hem, twee achter hem. Een belachelijke maatregel. De sloppers waren heus niet zo stom om hen aan te vallen. Bovendien wist Dannyl dat de soldaten in geval van nood eerder door hem beschermd zouden willen worden dan andersom.

Hij zag een van de mannen nadenkend naar hem kijken, en voelde zich even schuldig. Aan het begin van de dag waren ze nerveus en onderdanig geweest. Aangezien hij de hele dag met ze zou moeten optrekken, had Dannyl zijn best gedaan om aanspreekbaar en vriendelijk te zijn.

Voor hen was dit een soort uitje – in ieder geval was het een stuk plezieriger dan urenlang bij een van de poorten op wacht staan, of door de straten van de stad patrouilleren. Ondanks hun enthousiasme voor het binnenvallen van smokkelaarsopslagplaatsen en hoerententen waren ze niet erg nuttig geweest bij het zoeken. Maar hij had niemand nodig om sloten te forceren of kratten te openen, en de sloppers waren behulpzaam geweest, al was het misschien met tegenzin.

Dannyl zuchtte. Hij had genoeg gezien om te beseffen dat deze mensen eraan gewend waren dingen waarvan ze niet wilden dat ze werden gevonden goed te verstoppen. Hij had ook een heleboel onderdrukte glimlachjes gezien op de gezichten die naar hem keken. Hoeveel kans hadden een kleine honderd magiërs om een enkel doodgewoon meisje te vinden tussen de tienduizenden bewoners van de sloppenwijken?

Helemaal geen. Dannyl klemde zijn kaken opeen toen hij zich de woorden herinnerde die heer Balkan de vorige avond gesproken had: 'Stel je voor dat een van ons werd betrapt in de kleding van een vieze bedelaar? We zouden in de hele Alliantie belachelijk gemaakt worden.' Hij snoof. *En op deze manier maken we ons niet belachelijk?*

Een scherpe stank vulde Dannyls neusgaten. Hij keek met een nijdige blik naar de verstopte goot. De mensen in de buurt deinsden haastig achteruit. Met enige moeite slaagde hij erin diep adem te halen en zijn gezicht weer in de plooi te krijgen.

Hij vond het niet prettig om mensen bang te maken. Indruk maken? Dat wel. Ontzag inboezemen? Dat was nog beter. Maar niet bang maken. Het maakte hem onrustig dat de mensen altijd opzij sprongen als hij naderde en hem aanstaarden als hij langsliep. De kinderen waren brutaler, volgden hem, maar renden snel weg als hij omkeek. Mannen en vrouwen, jong en oud, staarden hem vol wantrouwen aan. Ze zagen er allemaal gehard en sluw uit. Hij vroeg zich af hoeveel van hen voor de Dieven werkten...

Dannyl bleef abrupt staan.

De Dieven...

De soldaten hielden ook stil en keken hem vragend aan. Hij negeerde hen.

Als de verhalen op waarheid berustten, dan wisten de Dieven meer van de sloppenwijken dan wie ook. Wisten zij misschien waar dit meisje te vinden was? En als dat zo was, zouden ze haar ook kunnen halen? Zouden ze het Gilde willen helpen? Voor de juiste prijs misschien...

Hoe zouden de andere magiërs reageren als hij voorstelde dat ze een overeenkomst zouden sluiten met de Dieven?

Ze zouden geschokt zijn. Verontwaardigd.

Hij keek naar de ondiepe, stinkende goot die als afvoer diende. De magiërs zouden wellicht meer openstaan voor zijn idee nadat ze een paar dagen door de sloppenwijken gezworven hadden. Dus hoe langer hij wachtte met zijn voorstel, des te groter zijn kans op goedkeuring was.

Anderzijds gaf ieder uur dat voorbij ging het meisje meer kans om een goede schuilplaats te vinden. Dannyl tuitte zijn lippen. Het zou geen kwaad kunnen om te zien of de Dieven eventueel een overeenkomst zouden willen sluiten voordat hij het idee aan het Gilde voorlegde. Als hij wachtte op toestemming van het Gilde, en de Dieven niet wilden meewerken, zou hij heel veel tijd en moeite verspild hebben.

Hij wendde zich tot de oudste soldaat. 'Kapitein Garrin, weet u hoe u in contact kunt komen met de Dieven?'

De wenkbrauwen van de kapitein schoten zo ver omhoog dat ze onder de rand van zijn helm verdwenen. Hij schudde zijn hoofd. 'Nee, mijn heer.'

'Ik weet het wel, heer.'

Dannyl keek naar de jongste van de vier soldaten, een lange, magere jongen die Ollin heette.

'Vroeger woonde ik hier, heer,' gaf Ollin toe, 'voordat ik soldaat werd. Er zijn altijd mensen die een boodschap naar de Dieven kunnen brengen, voor iemand die weet waarnaar hij moet zoeken.'

'Ik begrijp het.' Dannyl beet op de binnenkant van zijn wang terwijl hij nadacht. 'Vind zo iemand voor me. Vraag hem of de Dieven eventueel met ons zouden willen samenwerken. Laat hem het antwoord direct naar mij brengen – naar niemand anders.'

Ollin knikte, en keek naar de kapitein. De mond van de oudere man was afkeurend dichtgeknepen, maar hij knikte en gebaarde naar een van de andere soldaten. 'Neem Keran maar mee.'

Dannyl keek hoe het tweetal terugliep door de straat en liep toen verder, diep in gedachten. Een bekende figuur stapte uit een huis even verderop in de straat. Dannyl glimlachte en vergrootte zijn passen.

Rothen!

De man stopte. De wind sloeg onder zijn gewaad zodat het om hem heen zwaaide.

Dannyl? Rothens gedachte was zwak en onzeker.

Ik ben hier. Dannyl stuurde een kort beeld van de straat naar de andere magiër, samen met het gevoel van nabijheid. Rothen draaide zich naar hem om en rechtte zijn rug toen hij Dannyl zag. Toen hij dichterbij kwam, zag Dannyl dat Rothens blauwe ogen wijd open stonden, met een geschrokken, verwarde uitdrukking.

'Iets gevonden?'

'Nee.' Rothen schudde zijn hoofd. Hij keek naar de bouwvallige huisjes rondom hem. 'Ik had er geen idee van dat het er hier zo uitzag.'

'Net een harrelhol, vind je niet?' Dannyl gniffelde. 'Een echte troep.'

'Ja, dat ook, maar ik bedoelde eigenlijk de mensen.' Rothen gebaarde naar enkele voorbijgangers. 'De toestand hier is zo afschuwelijk... Ik had me nooit voorgesteld...'

Dannyl haalde zijn schouders op. 'We hebben geen enkele kans om haar te vinden, Rothen. We zijn gewoon met veel te weinig.'

Rothen knikte. 'Denk je dat een van de anderen meer geluk heeft gehad?'

'Als dat zo was, had er wel iemand contact met ons opgenomen.'

'Daar heb je gelijk in.' Rothen fronste. 'Ik vroeg me vandaag ineens af hoe we er zo zeker van kunnen zijn dat ze nog wel in de stad is? Misschien is ze wel naar het platteland gevlucht.'

Dannyl knikte. 'Ik ben bang dat je gelijk hebt. Ik ben hier klaar. Laten we naar het Gilde teruggaan.'

4

De zoektocht wordt hervat

De vroege ochtendzon gaf de bevroren ramen een gouden gloed. Binnen was het aangenaam warm; het vertrek werd verwarmd door een gloeiende bol, zwevend achter een matglazen paneel in de muur. Rothen maakte de riem van zijn gewaad vast en liep naar buiten, naar de ontvangstkamer, om zijn vrienden te begroeten.

Een tweede paneel stelde de lichtbol in staat de slaapkamer en de ontvangstkamer tegelijkertijd te verwarmen. Een oudere magiër stond er aan de andere kant voor, met zijn handen tegen het glas. Hoewel hij over de tachtig was, was Yaldin nog altijd gezond en scherpzinnig. Hij genoot het lange leven en de goede gezondheid die magische krachten met zich meebrachten.

Dannyl stond naast Yaldin. Zijn ogen waren half gesloten, en hij zag eruit alsof hij ieder moment in slaap kon vallen.

'Goedemorgen,' zei Rothen. 'Het ziet ernaar uit dat het vandaag helder weer zal worden.'

Yaldin glimlachte scheef. 'Heer Davin denkt dat we nog een paar warme dagen zullen hebben voordat het echt winter wordt.'

Dannyl fronste. 'Davin zegt dat al weken.'

'Hij heeft dan ook niet gezegd wanneer het zou gebeuren,' gniffelde Yaldin, 'alleen maar dat het zou gebeuren.'

Rothen glimlachte. Er was een oud gezegde in Kyralia: 'De zon schikt zich niet naar de wensen van koningen, en zelfs niet naar die van magiërs.' Heer Davin, een excentrieke alchemist, was drie jaar geleden begonnen met een studie van het weer, vastbesloten om het tegendeel te bewijzen. De laatste tijd had hij 'voorspellingen' losgelaten op het Gilde die redelijk juist waren, hoewel Rothen vermoedde dat zijn succes eerder het gevolg was van geluk dan van genialiteit.

De voordeur ging open en Rothens bediende, Tania, kwam binnen. Ze droeg een blad naar de tafel en zette het daar neer. Op het blad stonden een stel kleine kopjes versierd met bladgoud en een bord met een grote stapel zoete, uitbundig versierde gebakjes. 'Sumi, heren?' vroeg ze.

Dannyl en Yaldin knikten enthousiast. Terwijl Rothen hen liet plaatsnemen, schepte Tania afgemeten lepels gedroogde blaadjes in een gouden pot, waarna ze er heet water op goot.

Yaldin zuchtte en schudde zijn hoofd. 'Om eerlijk te zijn weet ik niet waarom ik me heb aangemeld als vrijwilliger om vandaag te gaan zoeken. Ik zou het niet gedaan hebben als Ezrille er niet op gestaan had. Ik zei nog tegen haar: "Hoe groot is de kans op succes als slechts de helft van ons gaat?" En zij antwoordde: "Groter dan als er niemand zou gaan."'

Rothen glimlachte. 'Jouw vrouw is een verstandige dame.'

'Ik zou toch denken dat er meer van ons geïnteresseerd zouden zijn om te helpen nadat de adviseurs van de koning hebben aangekondigd dat de koning wil dat ze wordt opgeleid, als ze inderdaad geen wilde magiër blijkt te zijn,' zei Dannyl.

Yaldin maakte een grimas. 'Ik neem aan dat enkelen hun steun hebben ingetrokken bij wijze van protest. Ze willen geen meisje uit de sloppenwijken in het Gilde.'

'Welnu, ze hebben geen keus meer. En er is in ieder geval één man bij gekomen,' bracht Rothen hen in herinnering terwijl hij een kopje sumi aannam van Tania.

'Fergun.' Dannyl maakte een onbeleefd geluid. 'Dat meisje had harder moeten gooien.'

'Dannyl!' Rothen schudde zijn vinger naar de jongere magiër. 'Fergun is de enige reden waarom het halve Gilde nog zoekt. Hij was heel overtuigend op de vergadering gisteravond.'

Yaldin glimlachte grimmig. 'Ik betwijfel of hij dat lang zal blijven. Ik ben meteen in bad gegaan toen ik gisteren thuiskwam, maar Ezrille zei dat ik nog altijd naar de sloppenwijken stonk.'

'Ik hoop dat onze kleine magiër niet zo stinkt,' zei Dannyl met een scheve grijns naar Rothen, 'anders denk ik dat de eerste les die we haar moeten leren is hoe ze zich moet wassen.'

Rothen huiverde toen hij terugdacht aan het ondervoede, vieze gezicht van het meisje, de ogen wijd open toen ze besefte wat ze gedaan had. Hij had de hele nacht van de sloppenwijken gedroomd. Hij was in hutjes geweest met muren van modder, aangestaard door ziek uitziende mensen, oude kereltjes in lompen, magere kinderen die half bedorven voedsel aten, mismaakte kreupelaars...

Een beleefde klop op de deur onderbrak zijn gedachtegang. Hij wendde zich tot de deur en gaf een mentaal bevel. De deur ging naar binnen open en een jongeman in de kleding van een boodschapper stapte de kamer binnen.

'Heer Dannyl.' De boodschapper maakte een diepe buiging voor de jongste magiër.

'Spreek,' beval Dannyl.

'Kapitein Garrin heeft een boodschap voor u, heer. Hij zei dat ik u moest zeggen dat de soldaten Ollin en Keran beroofd en mishandeld zijn. De man die u zocht wenst niet met magiërs te spreken.'

Dannyl staarde de bediende aan en fronste terwijl hij over dit nieuws nadacht. Toen de stilte wat al te lang duurde, begon de jongeman onrustig met zijn voeten te schuiven.

'Zijn ze zwaar gewond?' vroeg Rothen.

De boodschapper schudde zijn hoofd. 'Kneuzingen, heer. Niets gebroken.'

Dannyl stuurde hem met een handgebaar weg. 'Bedank de kapitein voor zijn boodschap. Je kunt gaan.'

De boodschapper maakte een tweede buiging en vertrok.

'Waar ging dat allemaal over?' vroeg Yaldin toen de deur gesloten was.

Dannyl tuitte zijn lippen. 'Blijkbaar zijn de Dieven ons niet goed gezind.'

Yaldin snoof zacht en pakte een gebakje. 'Dat lijkt mij ook niet! Waarom zouden ze...?' De oude magiër zweeg plotseling en keek de jongere met samengeknepen ogen aan. 'Je hebt toch niet...'

Dannyl haalde zijn schouders op. 'Het was de moeite van het proberen waard. Tenslotte weten zij alles wat er in de sloppenwijken gebeurt.'

'Je hebt geprobeerd om contact te zoeken met de Dieven!'

'Ik heb geen enkele wet overtreden voor zover ik weet.'

Yaldin kreunde en schudde zijn hoofd.

'Nee, Dannyl,' zei Rothen, 'maar de koning en de Huizen zullen er niet van gecharmeerd zijn als het Gilde zaken gaat doen met de Dieven.'

'Wie zei dat er zaken gedaan werden?' Dannyl glimlachte en nam een slok uit zijn kopje. 'Denk er eens over na. De Dieven kennen de sloppenwijken veel beter dan wij. Ze hebben veel meer kans dan wij om het meisje te vinden – en ik weet zeker dat ze liever zelf zouden zoeken dan moeten toezien hoe wij in hun domein rondsnuffelen. We hoeven de koning alleen maar te vertellen dat we de Dieven ertoe hebben overgehaald of gedwongen om het meisje aan ons over te dragen, en meer toestemming hebben we niet nodig.'

Rothen fronste. 'Het zal heel wat overredingskracht vergen om de hogere magiërs hierin te laten toestemmen.'

'Ze hoeven het voorlopig niet te weten.'

Rothen sloeg zijn armen over elkaar. 'Jawel,' zei hij op ferme toon.

Dannyl kromp even in elkaar. 'Je zult wel gelijk hebben, maar ik weet zeker dat ze het mij zouden vergeven als het werkte en ik hun een manier aan de hand deed om de koning te overtuigen.'

Yaldin snoof. 'Misschien is het maar goed dat het niet werkte.'

Rothen stond op en liep naar het raam. Hij veegde wat ijsbloemen weg en keek naar de netjes aangelegde, keurig onderhouden tuinen. Hij dacht aan de rillende, hongerige mensen die hij gezien had. Leefde dat meisje ook zo? Had hun speurtocht haar uit een of ander bouwvallig krot gejaagd zodat ze nu op straat zwierf? Het werd winter, ze zou kunnen sterven van de kou of de honger voordat haar krachten onstabiel en gevaarlijk werden.

Hij tikte met zijn vingers op het raamkozijn. 'Er zijn diverse groeperingen van Dieven, nietwaar?'

'Jazeker,' antwoordde Dannyl.

'Spreekt de man met wie je contact hebt opgenomen voor hen allemaal?'

'Ik weet het niet,' gaf Dannyl toe. 'Misschien niet.'

'Het zou geen kwaad kunnen om te proberen daar achter te komen, niet?'

Yaldin staarde naar Rothen en sloeg met zijn vlakke hand tegen zijn voorhoofd. 'Jullie twee brengen ons in grote problemen,' kreunde hij.

Dannyl klopte de oude man op de schouder. 'Maak je geen zorgen, Yaldin, er is maar een van ons nodig om dat te doen.' Hij grijnsde naar Rothen. 'Laat het maar aan mij over. En laten we ondertussen zorgen dat de Dieven aangemoedigd worden om ons te helpen. Ik wil die ondergrondse gangen die we gisteren hebben gevonden wel eens nader inspecteren. Ik durf te wedden dat ze graag zouden zien dat we geen reden hadden om daar rond te snuffelen.'

'Ik vind deze ondergrondse kamers niet prettig,' zei Donia. 'Ze hebben geen ramen. Ik voel me heel ongemakkelijk.'

Sonea fronste en krabde aan de kleine bijtwondjes die ze die nacht had opgelopen. Haar tante waste de bedden en dekens regelmatig met een of ander kruidenmengsel dat ongedierte verjoeg, en voor de eerste keer in haar leven miste Sonea haar properheid. Ze zuchtte en keek het stoffige vertrek rond. 'Ik hoop dat Cery geen problemen krijgt omdat hij me hier verbergt.'

Donia haalde haar schouders op. 'Hij doet al jaren van alles voor Opia en de meisjes van de Dansende Schoentjes. Ze vinden het niet erg als je een paar dagen in hun voorraadkamer logeert. Zijn moeder werkte hier, weet je.' Donia zette een grote houten kom op de tafel voor Sonea. 'Doe je hoofd naar beneden.'

Sonea gehoorzaamde en kromp in elkaar toen het ijzig koude water over haar hoofd stroomde. Na een paar keer spoelen pakte Donia de kom, die nu vol met troebel groen water was. Ze droogde Sonea's haren af met een versleten handdoek voordat ze achteruit stapte en haar werk kritisch bekeek.

'Dat heeft niets opgeleverd,' zei ze hoofdschuddend.

Sonea betastte haar haar. Het was nog kleverig van de pasta die Donia erop gesmeerd had. 'Helemaal niets?'

Donia leunde naar voren en trok wat aan Sonea's haren. 'Nou ja, het is wat lichter, maar niet zo blond dat het gelijk opvalt.' Ze zuchtte. 'We kunnen het niet nog korter knippen. Maar...' Ze deed een stap naar achteren en haalde haar schouders op. 'De magiërs zoeken een meisje, dus je hebt kans dat ze je misschien toch niet vinden. Je ziet eruit als een jongen met dat haar, in ieder geval op het eerste gezicht.' Ze zette haar handen op haar heupen. 'Waarom heb je het eigenlijk zo kort geknipt?'

Sonea glimlachte. 'Om op een jongen te lijken. Dan word ik niet zo vaak lastig gevallen.'

'In het pension?'

'Nee. Ik deed meestal de boodschappen en de bestellingen voor Jonna en Ranel. Ranel is te langzaam, vanwege zijn been, en Jonna was beter in het werk dan ik. Ik vond het vreselijk om de hele dag opgesloten te zitten in het pension, dus ging ik er meestal op uit.' Sonea maakte een grimas. 'De eerste keer dat ik spullen moest afleveren bij een koopman zag ik een paar werklui en stalknechten een bakkersmeisje lastig vallen. Ik wilde dat niet, dus ik begon me te gedragen en te kleden alsof ik een jongen was.'

Donia trok haar wenkbrauwen op. 'En dat werkte?'

'Meestal wel.' Sonea glimlachte wrang. 'Soms is het niet zo handig om eruit te zien als een jongen. Er is een keer een meisje verliefd op me geworden! En een andere keer werd ik in een hoek gedreven door een tuinman. Ik wist zeker dat hij ontdekt had dat ik een meisje was, tot hij me vastgreep. Hij viel bijna flauw, en toen werd hij helemaal rood en liet me beloven dat ik het niemand zou vertellen. Nou ja, ieder z'n meug, zal ik maar zeggen.'

Donia gniffelde. 'De meiden hier noemen dat soort kerels "goudmijnen". Opia rekent veel meer voor jongens, omdat de soldaten haar zouden ophangen als ze erachter kwamen. Maar voor meisjes gelden die wetten niet. Kun je je Kalia nog herinneren?'

Sonea knikte en dacht terug aan het magere meisje dat in een bolhuis in de buurt van de markt had gewerkt.

'Het bleek dat haar vader haar al jarenlang aan klanten verkocht,' zei Donia hoofdschuddend. 'Zijn eigen dochter! Vorig jaar is ze van huis weggelopen en bij Opia gaan werken. Ze zegt dat ze op die manier in ieder geval nog een deel van het geld in handen krijgt. Zoiets doet me beseffen hoe goed ik het zelf heb. Vader zorgt er wel voor dat niemand me lastig valt. Het ergste dat ik...'

Ze zweeg en keek naar de deur. Toen haastte ze zich naar het sleutelgat en keek naar buiten. Met een opgeluchte glimlach op haar gezicht deed ze de deur open.

Cery glipte naar binnen en gaf Donia een bundeltje. Hij bekeek Sonea met een kritische blik.

'Je ziet er niet anders uit.'

Donia zuchtte. 'De verf pakte niet. Kyraliaans haar is niet eenvoudig te veranderen.'

Hij haalde zijn schouders op en knikte in de richting van het bundeltje. 'Ik heb kleren voor je meegebracht, Sonea.' Hij liep terug naar de deur. 'Klop maar als je klaar bent.'

Toen de deur achter hem dichtging, pakte Donia het bundeltje en begon het uit te pakken. 'Nog meer jongenskleren,' snoof ze terwijl ze een broek en een hemd met hoge kraag naar Sonea gooide. Ze vouwde een bundel dikke, warme stof open en knikte goedkeurend. 'Mooie mantel, dat wel.'

Sonea trok de kleren aan. Toen ze de mantel om haar schouders sloeg, werd er op de deur geklopt.

'We vertrekken,' zei Cery tegen hen terwijl hij de kamer binnenkwam. Harrin volgde hem, met een kleine lamp in zijn hand. Toen Sonea hun grimmige gezichten zag, sloeg haar hart een slag over.

'Zijn ze nu al aan het zoeken?' vroeg ze.

Cery knikte en liep naar een oude houten kast achter in de kamer. Hij deed hem open en trok aan de planken. Ze gleden gladjes naar voren, en de spullen die erop stonden tikten slechts zachtjes tegen elkaar. De achterwand van de kast ging naar binnen open. Erachter was een donkere rechthoek.

'Ze zoeken alweer een paar uur,' zei Harrin tegen Sonea terwijl ze door de verborgen deur de gang in kropen.

'Zo lang al?'

'Je raakt hierbinnen al snel je gevoel voor tijd kwijt,' legde hij uit. 'Buiten is het al halverwege de ochtend.'

Cery en Donia kwamen achter hen door de deur. Sonea hoorde een heel licht piepje en zag dat Harrin zijn lamp een klein stukje opengeschoven had, zodat de vochtige muren van de gang zichtbaar werden. Cery trok de kast weer in fatsoen, sloot de geheime deur en draaide zich om naar Harrin.

'Geen licht. Ik weet de weg beter in het donker.'

Harrin sloot het luikje en de gang verdween weer.

'Ook niet praten,' zei Cery tegen hen. 'Sonea, pak mijn jas en hou je andere hand tegen de muur.'

Ze reikte naar voren en pakte het ruwe materiaal van zijn lange jas in haar hand. Een andere hand lag licht op haar schouder. Hun voetstappen galmden in de gang terwijl ze begonnen te lopen.

Geen straaltje licht begeleidde hen terwijl ze op de tast diverse afslagen namen. Een lichte echo van druipend water kwam en ging en kwam weer terug. Het bordeel van Opia lag aan de rivier, wist Sonea, dus waarschijnlijk liepen deze gangen onder het water door. De gedachte was niet erg opbeurend.

Cery stopte en zijn lange jas gleed uit Sonea's handen toen hij plotseling omhoog begon te gaan. Ze stak haar hand uit en raakte iets aan dat van hout was gemaakt. Een ladder. Bang dat ze Cery zou kwijtraken als ze te lang aarzelde, haastte ze zich de ladder op, zodat ze een laars in haar gezicht kreeg. Ze slikte haar uitroep nog net in en klom wat voorzichtiger verder. Achter haar hoorde ze de schoenen van Donia en Harrin zachtjes over de houten sporten glijden.

Een vierkant van iets lichter zwart verscheen boven aan de ladder. Ze volgde Cery door het luik dat toegang gaf tot een lange, rechte gang. Zwak licht filterde door de scheuren in een van de muren. Ze liepen ongeveer dertig meter door de gang. Toen bleef Cery plotseling stilstaan, vlak voor een bocht.

De gang vóór hen was wat lichter, alsof er ergens voorbij de hoek een lichtbron was. Ze zag Cery's silhouet afgetekend tegen de muur. Een stem, mannelijk en beschaafd, drong tot hen door.

'Aha! Alweer een verborgen gang. Kom, dan kijken we hoe ver deze gaat.'

'Ze zijn in de gangen!' fluisterde Donia.

Cery draaide zich om en wuifde dringend naar Sonea. Die had geen aanmoediging nodig. Ze draaide zich om en zag Harrin en Donia al op hun tenen terugsluipen door de gang. Ze volgde hen. Hoewel ze zo snel en zo geruisloos mogelijk liepen, klonken hun voetstappen luid in de smalle ruimte. Sonea spitste haar oren en verwachtte ieder moment iemand te horen roepen. De contouren van de omgeving werden steeds duidelijker naarmate het licht dichter bij de bocht kwam.

De gang vóór hen strekte zich uit in een oneindige duisternis. Ze keek over haar schouder. Het licht achter hen was nu zo helder dat ze zeker wist dat de magiër bijna bij de hoek was. Over een paar tellen zou hij hen zien.

Ze hapte sissend naar adem toen een paar handen haar van achteren beetpakten en haar tot stoppen dwongen. Cery duwde haar tegen de muur en oefende druk uit op haar schouders. De stenen leken achter haar in te storten, en ze struikelde naar achteren.

Haar rug sloeg tegen een tweede muur aan. Cery schoof haar opzij, leunde tegen een zijmuur en ging toen in de kleine nis naast haar staan. Ze voelde zijn puntige elleboog in haar zij steken en hoorde het hoge, schraperige geluid van stenen die over elkaar heen schoven. Met een klik kwamen ze op hun plaats terecht.

In de kleine ruimte galmde hun ademhaling met het geluid van donderslagen. Met heftig kloppend hart spande Sonea haar oren in tot ze het geluid van doffe stemmen hoorden, dwars door de stenen heen. Sonea leunde voorover en tuurde door een kier tussen twee stenen.

Een gloeiende bol van licht zweefde net voor haar door de lucht. Gefascineerd keek ze hoe de bol uit het zicht verdween, felle nabeelden achterlatend op haar netvlies. Toen verscheen een bleke hand, gevolgd door een paars gewaad en de borstkas van een man. Een man in een gewaad en een lange mantel – een magiër!

Haar hart ging als een razende tekeer. Hij was zo dichtbij dat ze hem bijna kon aanraken. Slechts een dunne muur van stenen stond tussen hen in.

Hij hield zijn pas in. 'Wacht eens even.' De magiër klonk verwonderd. Hij stond zwijgend stil en draaide zich toen langzaam naar haar om.

Ze bevroor van angst. Hij was de magiër van het Noordplein – de man die haar had gezien. De man die had geprobeerd haar aan te wijzen aan de anderen. Zijn gezicht had een verwarde uitdrukking, alsof hij iets hoorde, en hij leek recht naar haar te staren, dwars door de dunne muur heen, recht in haar ogen.

Haar mond was droog en voelde alsof hij vol met stof zat. Ze slikte moeizaam en onderdrukte haar opkomende paniek. Het kloppen van haar hart leek luid genoeg om haar te verraden. Kon hij dat horen? Of kon hij haar horen ademhalen?

Misschien kan hij mijn gedachten lezen. Sonea voelde haar knieën slap worden. Men zei dat magiërs tot dat soort dingen in staat waren. Ze deed haar ogen stijf dicht. *Hij ziet me niet,* zei ze tegen zichzelf. *Ik besta niet. Ik ben er niet. Ik ben niets. Niemand ziet mij. Niemand hoort mij...*

Een vreemd gevoel schoot door haar heen, alsof iemand een deken over haar hoofd had gegooid zodat al haar zintuigen gedeeltelijk verdoofd waren. Ze huiverde toen ze besefte dat ze iets magisch gedaan had – maar deze keer met zichzelf.

Of misschien heeft de magiër me op een of andere manier betoverd, dacht ze plotseling. Geschrokken opende ze haar ogen en zag dat ze de duisternis in staarde. De magiër en zijn lamp waren verdwenen.

Dannyl bekeek het gebouw vóór hen met afkeur. Het was een van de meest recente gebouwen van het Gilde, zonder de grandeur en de schoonheid van de oudere gebouwen. Hoewel sommigen de moderne stijl prezen, vond Dannyl het gebouw even belachelijk pretentieus als zijn naam.

De Zeven Bogen was een platte rechthoek met zeven gevels met strakke bogen, zonder enige versiering. Binnen waren drie vertrekken: de dagzaal, waar belangrijke gasten werden ontvangen, de banketzaal en de nachtzaal, waar de magiërs eens in de vier weken een avond bijeenkwamen om te ontspannen, dure wijn te drinken en te roddelen.

Hij en Rothen waren naar dit laatste vertrek onderweg. Het was een kille avond, maar de vaste bezoekers van de nachtzaal lieten zich daar niet door weerhouden. Dannyl glimlachte toen hij binnenkwam. Zodra hij binnen was kon hij de architectonische blunder waardoor het gebouw ooit was ontstaan vergeten en genieten van de smaakvolle aankleding.

Hij keek om zich heen met een nieuwe waardering voor de luxe, na een tweede dag in de vochtige, kille steegjes van de sloppenwijken. Donkerblauw-met-gouden versierde horren bedekten de ramen. Stoelen met zachte kussens stonden overal in de zaal opgesteld. De muren waren gedecoreerd met schilderijen en beeldhouwwerken van de beste kunstenaars van het land.

Er waren meer magiërs dan anders, viel hem op. Terwijl hij en Rothen verder de zaal in liepen, herkende hij een aantal normaal gesproken wat minder sociale magiërs. Toen viel zijn oog op een in het zwart geklede gedaante, en hij stond stil.

'De opperheer doet ons de eer aanwezig te zijn vanavond,' mompelde hij.

'Akkarin? Waar?' Rothen keek het vertrek rond en zijn wenkbrauwen gingen omhoog toen hij de man in het zwart ontdekte.

'Interessant. Hoe lang is dat nu geleden? Een maand? Twee maanden?'

Dannyl knikte terwijl hij een glas wijn van een langslopende bediende aanpakte. 'Minstens.'

'Is dat administrateur Lorlen daar naast hem?'

'Natuurlijk,' zei Dannyl. Hij zweeg even en dronk een slokje uit zijn glas. 'Lorlen praat met iemand, maar ik zie niet wie het is.'

Lorlen keek op en zijn blik gleed door de zaal tot hij op Dannyl en Rothen rustte. Een hand ging omhoog.

Dannyl, Rothen, ik wil jullie graag spreken.

Verrast en lichtelijk geschrokken volgde Dannyl Rothen door de zaal. Ze stopten achter de stoel die Lorlens tweede metgezel aan Dannyls blik had onttrokken. Een zeer deftige stem bereikte hun oren.

'De sloppenwijken vormen een lelijke smet op onze stad. Ze zijn een broeinest van criminele activiteiten en ziekten. De koning had ze nooit zo groot mogen laten worden. Dit is een uitgelezen kans om Imardin ervan te verlossen.'

Dannyl trok zijn gezicht in de plooi en keek naar de man in de stoel. Keurig gekapte blonde haren glommen in het licht van de zaal. De ogen van de man waren half gesloten, zijn benen over elkaar geslagen in de richting van de opperheer. Een kleine vierkante pleister zat op zijn slaap.

'Hoe zou hij dat moeten doen, heer Fergun?' vroeg Lorlen op milde toon.

Fergun haalde zijn schouders op. 'Het zou niet moeilijk zijn om het gebied plat te gooien. De huisjes zijn niet bepaald stevig en er is weinig voor nodig om de tunnels eronder te laten instorten.'

'Maar iedere stad groeit,' voerde Lorlen aan. 'Het is niet meer dan natuurlijk dat de mensen buiten de muren gaan bouwen als er binnen geen ruimte is. Er zijn nu al delen van de sloppenwijken die netter zijn dan de rest. Op de gebouwen daar is niets aan te merken en de straten hebben een goed afwateringssysteem. De bewoners van die gebieden noemen de rest van de sloppenwijken de Buitenkring.'

Fergun leunde voorover. 'Maar zelfs onder die huizen liggen verborgen gangen. Ik verzeker jullie dat de bewoners zeer verdacht zijn. Alle huizen boven op dergelijke tunnels moeten beschouwd worden als onderdeel van criminele activiteiten, en als zodanig worden afgebroken.'

Akkarins wenkbrauwen gingen licht omhoog na deze woorden. Lorlen keek de opperheer met een glimlach aan. 'Kon het probleem van de Dieven maar zo eenvoudig worden opgelost.' Hij keek naar Rothen en glimlachte. 'Goedenavond, heer Rothen, heer Dannyl.'

Fergun keek op. Zijn ogen gleden van Dannyl naar Rothen en hij glimlachte. 'Ah, heer Rothen.'

'Goedenavond, opperheer, administrateur,' zei Rothen met een knikje in de richting van de hogere magiërs. 'En heer Fergun, al wat opgeknapt?'

'Ja, ja,' zei Fergun terwijl hij de pleister op zijn gezicht even aanraakte. 'Dank u voor de belangstelling.'

Dannyls gezicht vertoonde geen enkele emotie. Het was onbeleefd, maar niet ongewoon, dat Fergun 'vergat' hem te begroeten. Dat hij dit in aanwezigheid van de opperheer had gedaan verbaasde hem echter.

Lorlen vouwde zijn handen ineen. 'Het is me opgevallen dat jullie twee vandaag langer dan de meeste anderen in de sloppenwijken zijn gebleven. Hebben jullie nog enige aanwijzingen ontdekt die ons kunnen vertellen waar het meisje is?'

Rothen schudde zijn hoofd en begon met een beschrijving van hun pogingen om de ondergrondse gangen te volgen. Dannyl zweeg, keek naar de opperheer en voelde een bekende nervositeit opkomen. *Het is alweer tien jaar geleden dat ik ben afgestudeerd, maar ik reageer nog altijd als een novice als hij in de buurt is,* bedacht hij.

Dannyls taken en interesses brachten hem zelden in contact met de leider van het Gilde. Zoals altijd voelde hij milde verbazing over de jeugdigheid van Akkarin. Hij dacht na over de discussies die vijf jaar geleden waren losgebarsten toen een jonge magiër tot opperheer was verkozen. De leiders van het Gilde werden gekozen uit de sterkste magiërs, maar meestal gaf men de voorkeur aan ouderen, die rijper waren en meer ervaring hadden.

Hoewel Akkarin had aangetoond machtiger te zijn dan welke magiër dan ook, waren het vooral zijn kennis en zijn diplomatieke vaardigheden, die hij in het buitenland had opgedaan, die het Gilde ervan overtuigd hadden hem te kiezen. Van de leider van het Gilde verwachtte men kracht, vaardigheden, waardigheid en autoriteit, en Akkarin had al deze kwaliteiten in overvloed. Tijdens de verkiezingen die hij gewonnen had, had iemand in het midden gebracht dat leeftijd er weinig toe deed. De belangrijkste beslissingen werden altijd in stemming gebracht en het dagelijkse bestuur was in handen van de Gilde-administrateur.

Hoewel dit redelijk had geklonken, had Dannyl de indruk dat er nog altijd vragen waren omtrent de leeftijd van de opperheer. Het was hem opgevallen dat Akkarin inmiddels het ouderwetse, deftige kapsel had waar de oudere mannen de voorkeur aan gaven – lange haren die netjes achter in de nek waren samengebonden. Ook Lorlen droeg zijn haar tegenwoordig zo.

Dannyl observeerde de administrateur, die aandachtig naar Rothen stond te luisteren. Als beste vriend van de opperheer was Lorlen de assistent van de vorige Gilde-administrateur geworden. Toen deze twee jaar geleden was teruggetreden had Lorlen zijn plaats ingenomen.

Lorlen was zeer geschikt gebleken voor de positie. Hij was efficiënt, had overwicht en, wat nog wel het belangrijkste was, hij was benaderbaar. Het was geen gemakkelijke baan, en Dannyl benijdde Lorlen niet. Hij moest lange dagen maken. Van alle posities binnen het Gilde bracht die van Lorlen het meeste werk met zich mee.

Lorlen schudde zijn hoofd toen Rothen aan het eind was gekomen van zijn beschrijving van hun speurtocht van de afgelopen dag. 'Van wat ik over de sloppenwijken gehoord heb, kan ik me niet voorstellen dat we haar ooit zullen vinden.' Hij zuchtte. 'De koning heeft verordonneerd dat de haven morgen weer open moet.'

Fergun fronste. 'Nu al? Maar stel dat ze per schip ontsnapt?'

'Ik betwijfel of het embargo had kunnen voorkomen dat ze Imardin verliet als ze dat wilde.' Lorlen keek op naar Rothen en glimlachte wrang. 'Zoals de voormalig mentor van heer Rothen vroeger altijd zei: "Kyralia zou heel goed bestuurd worden als regeren illegaal werd verklaard.'

Rothen grinnikte. 'Ja, heer Margen had wel vaker dit soort opmerkingen. Ik geloof echter niet dat we alle mogelijkheden al hebben uitgeput. Dannyl maakte me er vanochtend op attent dat de mensen die de grootste kans hebben dit meisje te vinden de bewoners zelf zijn. Ik denk dat hij gelijk heeft.'

Dannyl staarde zijn vriend aan. Rothen was toch zeker niet van zins iets te zeggen over hun plannen om contact te zoeken met de Dieven?

'Waarom zouden ze ons helpen?' vroeg Lorlen.

Rothen keek met een glimlach Dannyls kant op. 'We zouden een beloning kunnen uitloven.'

Dannyl blies langzaam de adem uit die hij tot dan toe had ingehouden. *Je had me wel eens mogen waarschuwen, oude vriend!*

'Een beloning!' riep Lorlen uit. 'Ja, misschien werkt dat.'

'Een prima idee,' stemde Fergun in. 'We zouden ook boetes moeten opleggen aan hen die ons hinderen.'

Lorlen keek Fergun verwijtend aan. 'Een beloning is genoeg. Maar pas als ze echt gevonden is, want anders komt de hele bevolking van de sloppenwijken vertellen dat ze haar gezien hebben.' Hij fronste. 'Hmm. We zouden mensen er wel van moeten weerhouden haar zelf op te pakken...'

'We zouden een beschrijving van het meisje en de voorwaarden voor het ontvangen van de beloning op straathoeken kunnen aanplakken, met daarbij de waarschuwing dat men niet moet proberen haar te benaderen,' stelde Dannyl voor. 'We zouden mensen ook moeten aanmoedigen ons te komen vertellen waar ze gezien is, dan weten we ongeveer waar ze zich normaal gesproken ophoudt.'

'We zouden een kaart van de sloppenwijken kunnen laten tekenen waarop we kunnen bijhouden waar ze gezien wordt,' stelde Fergun voor.

'Hmm. Dat zou heel nuttig zijn,' zei Dannyl op een toon alsof hij niet wilde laten merken dat hij aangenaam verrast was door de suggestie. Hij dacht terug aan het doolhof van gangen en straatjes en wist dat een taak als deze Fergun maandenlang uit hun vaarwater zou houden. Rothen kneep zijn ogen tot spleetjes en keek Dannyl aan, maar zei niets.

'Zorgt u voor de aankondiging van de beloning?' vroeg Lorlen aan Dannyl.

'Morgen,' knikte Dannyl.

'Ik zal de rest van de zoekers morgenochtend op de hoogte brengen,' zei Lorlen. Hij keek met een glimlach naar Rothen en Dannyl. 'Nog meer ideeën?'

'Dit meisje moet toch eigenlijk een aanwezigheid hebben,' zei de opperheer zachtjes. 'Ze is niet opgeleid en zou niet weten hoe ze die moest verbergen – of zelfs dat ze er een heeft. Heeft iemand daar al naar gezocht?'

Even was iedereen stil, en toen grinnikte Lorlen schaapachtig. 'Dat we daar niet aan gedacht hebben! Niemand heeft het over een aanwezigheid gehad.' Hij schudde zijn hoofd. 'Ik geloof dat we allemaal vergeten zijn wat wij zijn – en wat zij is.'

'Een aanwezigheid,' zei Rothen zacht. 'Ik denk dat ik...'

Lorlen fronste toen Rothen zijn zin niet afmaakte. 'Ja?'

'Ik zal morgen een mentale zoektocht organiseren,' bood Rothen aan.

Lorlen glimlachte. 'Dan hebben jullie allebei een drukke dag voor de boeg.'

Rothen boog het hoofd. 'Dan kunnen we maar beter vroeg naar bed gaan. Goedenacht, administrateur, opperheer, heer Fergun.'

De drie magiërs reageerden met een knikje. Dannyl volgde Rothen, die haastig naar de deuren van de nachtzaal liep. Terwijl ze de koele buitenlucht betraden, zuchtte Rothen luid.

'Nu besef ik het pas!' Hij sloeg met zijn vlakke hand tegen zijn voorhoofd.

'Wat besef je?' vroeg Dannyl verwonderd.

'Vandaag, toen ik een van de gangen volgde, voelde ik iets. Alsof iemand naar me keek.'

'Een aanwezigheid?'

'Misschien.'

'Heb je het onderzocht?'

Rothen knikte. 'Het was heel vreemd. Wat ik voelde had zich eigenlijk vlak naast me moeten bevinden, maar er was niets anders te zien dan een bakstenen muur.'

'Heb je naar een verborgen deur gezocht?'

'Nee, maar...' Rothen aarzelde en fronste. '... het hield ineens op.'

'Het hield op?' Dannyl keek hem verbijsterd aan. 'Hoe kan het nou gewoon ophouden? Een aanwezigheid houdt niet zomaar op – tenzij hij wordt verborgen. En ze heeft niet geleerd om dat te doen.'

'Of misschien wel?' Rothen glimlachte grimmig. 'Als het zo was, dan heeft ze het van iemand geleerd, of anders heeft ze het zelf ontdekt.'

'Het is niet moeilijk te leren,' zei Dannyl, 'en we leren het de kinderen door verstoppertje met ze te spelen.'

Rothen knikte langzaam terwijl hij over de mogelijkheid nadacht. Toen haalde hij zijn schouders op. 'Het lijkt me dat we morgen beter kunnen terugkeren om te zien of ik wat hulp kan vinden. Ik verwacht dat veel mensen die de sloppenwijken liever niet fysiek betreden wel hun medewerking zouden willen verlenen aan een mentale speurtocht. Ik wil dat jij er ook bij bent, Dannyl. Jij hebt een uitzonderlijk goed vermogen op dit gebied.'

Dannyl haalde zijn schouders op. 'Als je het zo brengt, kan ik niet echt weigeren, nietwaar?'

'We kunnen het beste vroeg beginnen. Aan jou de taak om die aankondigingen van de beloning zo snel mogelijk te laten drukken en ophangen.'

'Jakkes,' zei Dannyl met een grimas. 'Alweer vroeg opstaan.'

5

De beloning

'Cery?'

Cery tilde zijn hoofd op van de tafel en knipperde met zijn ogen. Hij nam aan dat het ochtend was, hoewel dat altijd moeilijk in te schatten was als je onder de grond zat. Hij ging rechtop zitten en keek naar het bed. De kaars was nog maar een stompje en gaf niet veel licht meer, maar hij kon nog net Sonea's ogen zien glinsteren.

'Ik ben wakker,' zei hij terwijl hij zich strekte om de stijve spieren van zijn schouders los te maken. Hij pakte de kaars op van de tafel en liep ermee naar het bed. Sonea lag met haar hoofd op haar armen naar het lage plafond te staren. Hij voelde een vreemde maar niet onaangename onrust in zich op-komen terwijl hij naar haar keek. Hij herinnerde zich nog dat hij zich twee jaar geleden ook zo gevoeld had, net voordat ze was opgehouden de bende te bezoeken. Nadat ze verdwenen was, had hij zich, te laat, gerealiseerd dat hij altijd geweten had dat ze hen op een dag zou verlaten.

'Goedemorgen,' zei hij.

Ze slaagde erin te glimlachen, maar die glimlach veranderde niets aan de gekwelde blik in haar ogen. 'Wie was die jongen op het plein – die jongen die gedood werd?'

Hij ging aan het voeteneind van het bed zitten en zuchtte. 'Ik geloof dat hij Arrel heette. Ik kende hem niet echt. Hij was de zoon van een vrouw die vroeger in de Dansende Schoentjes werkte, geloof ik.'

Ze knikte langzaam. Lange tijd bleef ze zwijgend zitten, haar wenkbrau-wen gefronst.

'Heb je Jonna en Ranel sinds gisteren nog gezien?' vroeg ze uiteindelijk.

Hij schudde zijn hoofd. 'Nee.'

'Ik mis ze.' Ze lachte plotseling. 'Nooit gedacht dat ik ze zo erg zou missen, eigenlijk.' Ze draaide zich op haar zij en keek hem aan. 'Ik mis hen meer dan mijn moeder. Is dat niet vreemd?'

'Zij hebben je bijna je hele leven verzorgd,' bracht hij haar in herinnering. 'En je moeder is al heel lang dood.'

Ze knikte. 'Soms zie ik haar in mijn dromen, maar als ik wakker word kan ik me niet meer herinneren hoe ze eruitzag. Ik kan me het huis waar we woonden wel herinneren. Het was verbazingwekkend.'

'Jullie huis?' Dit was nieuw voor hem.

Ze schudde haar hoofd. 'Moeder en vader waren bedienden bij een van de Families, maar ze werden eruitgegooid toen iemand mijn vader ervan beschuldigde dat hij gestolen had.'

Cery glimlachte. 'En was dat zo?'

'Waarschijnlijk wel.' Ze gaapte. 'Jonna geeft hem de schuld van alles dat ik doe wat in haar ogen slecht of verkeerd is. Ze keurt diefstal af, zelfs als het van een gemene rijkaard is.'

'Waar zit je pa dan nu?'

Ze haalde haar schouders op. 'Hij is weggegaan na moeders dood. Kwam ooit een keer opdagen toen ik zes was, gaf Jonna een beetje geld en verdween weer.'

Cery krabbelde aan de was die langs de kandelaar was gelopen. 'De Dieven hebben mijn pa dood gemaakt toen ze ontdekten dat hij hen bedroog.'

Haar ogen gingen wijd open. 'O, wat erg! Ik wist dat hij dood was, maar dit heb je me nog nooit verteld.'

Hij haalde zijn schouders op. 'Het is niet verstandig om iedereen te laten weten dat je pa een mol was. Hij nam stomme risico's en werd gepakt. Tenminste, dat is wat ma zegt. Hij heeft me wel een heleboel geleerd.'

'Zoals het Dievenpad.'

Hij knikte.

'Daar hebben wij nu gebruik van gemaakt, toch?'

Hij knikte nogmaals.

Ze grinnikte. 'Dus het is wel waar? Jij bent echt lid van de Dieven?'

'Nee,' antwoordde hij terwijl hij de andere kant op keek. 'Mijn pa heeft me het Pad laten zien.'

'Dus je hebt wel toestemming?'

Hij haalde zijn schouders op. 'Ja en nee.'

Sonea fronste, maar zei verder niets.

Cery keek naar de kaars en dacht terug aan die ene dag, nu drie jaar geleden, dat hij een van de tunnels was binnengeglipt om te ontsnappen aan een soldaat die het niet prettig had gevonden dat zijn zakken werden leeggehaald. Een schaduw was in de duisternis verschenen, had Cery bij de kraag gevat en hem naar een kamer aan een van de gangen gebracht, waar hij hem had opgesloten. Ondanks al Cery's vaardigheden met het openmaken van sloten, was hij er niet in geslaagd zich te bevrijden. Enkele uren later was de deur opengegaan en had hij een lamp gezien die zo fel brandde dat hij slechts het silhouet van de man daarachter kon zien.

'Wie ben je?' had de vreemdeling gevraagd. 'Hoe heet je?'

'Ceryni,' had hij gepiept.

Er was een stilte gevallen en toen was het licht dichterbij gekomen. 'Zo, ben jij Ceryni,' zei de vreemdeling op geamuseerde toon. 'Je komt me bekend voor, ratje. Aha, wacht, nu zie ik het. De zoon van Torrin. Je weet wat de prijs is voor het gebruik van het Pad zonder toestemming van de Dieven?'

Cery had doodsbang geknikt.

'Welnu dan, kleine Ceryni, je hebt je aardig wat op de hals gehaald, maar ik denk dat ik je wel wat speling kan geven. Gebruik het Pad niet al te vaak – maar als het moet, dan mag je er gebruik van maken. En als iemand ernaar vraagt kun je zeggen dat Ravi je toestemming gegeven heeft. Maar onthoud goed dat je me nu iets schuldig bent. Als ik je ergens om vraag, dan zul je het voor me doen. En als je te brutaal wordt, zal ik zorgen dat je nooit meer op welk pad dan ook zult lopen. Begrepen?'

Cery had weer geknikt, te bang om iets te zeggen.

De vreemdeling had gegniffeld. 'Mooi. Verdwijn nu maar.' Het licht was verdwenen en onzichtbare handen hadden Cery naar de dichtstbijzijnde uitgang gebracht en naar buiten gesmeten.

Sinds die tijd had hij het Dievenpad zelden betreden. De paar keer dat hij teruggekeerd was in het doolhof had hij zich verbaasd hoeveel hij zich nog herinnerde. Soms was hij anderen tegengekomen, maar ze hadden hem nooit tegengehouden of vragen gesteld.

In de afgelopen twee dagen had hij echter meer regels van de Dieven omzeild dan hij zou willen. Als iemand hem nu tegenhield, moest hij maar hopen dat Ravi's naam nog altijd enige invloed had. Maar hij was niet van plan dit tegen Sonea te zeggen, ze zou te bang worden.

Hij keek op haar neer en voelde weer dat vreemde, ongemakkelijke ge- kriebel. Hij had altijd gehoopt dat ze ooit terug zou komen, maar eigenlijk had hij het nooit echt geloofd. Ze was anders. Bijzonder. Hij had altijd geweten dat ze op een dag de sloppen achter zich zou laten.

Ze was inderdaad bijzonder, maar hij had nooit kunnen raden hoe anders ze wel niet was. Ze had magische krachten! Maar ze had ook een hele slechte timing. Waarom had ze dat niet kunnen ontdekken tijdens het maken van een kop raka, of onder het schoenen poetsen? Waarom uitgerekend in het bijzijn van het Magiërsgilde?

Ze had het echter gedaan, en nu moest hij zijn uiterste best doen om haar uit hun handen te houden. En zo konden ze in ieder geval heel veel tijd samen doorbrengen. Zelfs als het betekende dat hij zijn afspraak met Ravi in gevaar bracht, was het dat waard. Maar hij vond het vreselijk om haar zo ongerust te zien...

'Maak je geen zorgen, Sonea. Zolang de magiërs in de tunnels rondslui- pen zullen de Dieven niet letten op...'

'Sst!' zei ze terwijl ze een hand ophield om hem het zwijgen op te leggen.

Hij staarde naar haar terwijl ze het bed uitstapte en naar het midden van de kamer liep. Ze draaide helemaal rond, staarde geconcentreerd naar de muren en liet haar blik alle kanten op glijden. Hij spande zijn oren in maar hoorde niets ongewoons.

'Wat is er?'

Ze schudde haar hoofd, en kromp plotseling in elkaar. Een blik van verbazing en angst gleed over haar gezicht.

Hij sprong geschrokken overeind. 'Wat is er?' herhaalde hij.

'Ze zoeken.'

'Ik hoor niets.'

'Nee, jij niet,' zei ze met trillende stem. 'Ik kan ze zien, maar niet echt. Meer alsof ik ze hoor, maar dat is het ook niet, want ik weet niet wat ze zeggen. Het lijkt wel...' Ze ademde diep in en draaide zich om terwijl haar ogen iets zochten dat aan zijn zintuigen voorbij ging. 'Ze zoeken met hun gedachten.'

Cery staarde haar hulpeloos aan. Als hij nog getwijfeld had aan haar magische krachten, dan was dat nu wel voorbij.

'Zien ze je?'

Ze keek hem angstig aan. 'Ik weet het niet.'

Hij balde zijn vuisten en ontspande ze weer. Hij was er zeker van geweest dat hij haar verborgen zou kunnen houden, maar er was geen enkele veilige plaats waar hij haar nu nog heen kon brengen: zelfs de dikste muren zouden haar niet kunnen beschermen tegen iets als dit.

Hij haalde diep adem, stapte naar voren en pakte haar handen. 'Kun je zorgen dat ze je niet zien?'

Ze spreidde haar handen. 'Hoe? Ik weet niet eens hoe ik magie moet gebruiken.'

'Probeer het!' moedigde hij haar aan. 'Probeer iets. Wat dan ook!'

Ze schudde haar hoofd. Toen verstijfde ze, haar adem stokte en ze trok wit weg. 'Die ene leek me recht aan te kijken...' Ze keek om naar Cery. 'Maar hij ging langs me heen. Ze kijken allemaal langs me heen.'

Hij zocht haar blik. 'Weet je het zeker?'

Ze knikte. 'Ja.'

Ze trok haar handen los uit de zijne, ging op het bed zitten en staarde nadenkend voor zich uit. 'Ik denk dat ik gisteren iets gedaan heb, toen die magiër ons bijna te pakken had. Ik heb mezelf onzichtbaar gemaakt of zoiets. Ik denk dat hij me gevonden zou hebben als het niet gelukt was.' Plotseling keek ze op, ontspande zich en grinnikte naar hem. 'Het is net of ze blind zijn.'

Cery zuchtte van verlichting. 'Ik maakte me echt zorgen, Sonea. Ik kan je verbergen voor de ogen van de magiërs, maar ik ben bang dat het te veel gevraagd is als ik je ook nog voor hun gedachten verborgen moet houden. Ik denk dat ik je beter ergens anders heen kan brengen. Ik zit te denken aan een plaats aan het Pad die misschien wel een paar dagen geschikt zal zijn.'

De Gildezaal was leeg, op het geluid van fluisterende adem na. Rothen deed zijn ogen open en keek naar de rijen gezichten. Zoals altijd voelde hij zich lichtelijk gegeneerd terwijl hij keek hoe de andere magiërs in gedachten aan het werk waren. Hij kreeg onwillekeurig het gevoel dat hij hen zat te bespieden, dat hij iets persoonlijks van hen zag.

Maar hij voelde ook een kinderlijk soort geamuseerdheid terwijl hij hun gezichten bestudeerde. Sommige magiërs fronsten, anderen keken verbaasd of verrast. De meesten leken te slapen, hun gezichten glad en sereen.

Rothen glimlachte toen hij iemand heel zacht hoorde snurken. Heer Sharrel lag achterover in zijn stoel met zijn kale hoofd op zijn borstkas. Blijkbaar waren de oefeningen die hij had gedaan om zijn gedachten leeg te maken wat al te effectief geweest.

Hij is niet de enige die zijn gedachten niet bij zijn werk kan houden, nietwaar, Rothen?

Rothen keek rond en zag Dannyl een oog opendoen en glimlachen. Rothen schudde afkeurend het hoofd en keek naar de anderen om te zien of zijn vriend hun concentratie had verbroken, maar dat was niet het geval. Dannyl haalde heel licht zijn schouders op en sloot zijn ogen weer.

Rothen zuchtte. Ze zouden haar ondertussen gevonden moeten hebben. Hij keek naar de lange rijen magiërs. Nog een half uur, besloot hij. Hij sloot zijn ogen, haalde diep adem en begon opnieuw met zijn ontspanningsoefeningen.

Laat op de ochtend was de mist die over de stad had gehangen opgelost in het vrolijke zonlicht. Dannyl stond bij het raam en genoot een ogenblik van de stilte. De drukpersen waren weliswaar efficiënter dan schrijvers, maar ze maakten veel herrie; het suizen en hameren galmde in zijn oren.

Hij tuitte zijn lippen. Nu de laatste stapel aanplakbiljetten met de aankondiging van de beloning waren uitgeprint en rondgestuurd, was hij verder vrij. De mentale zoektocht had gefaald, en Rothen was alweer in de sloppenwijken. Dannyl wist niet zeker of hij blij moest zijn dat hij naar buiten kon met dit mooie weer, of chagrijnig omdat hij weer tussen de krotten moest gaan zwerven.

'Heer Dannyl,' zei een stem, 'er staat een grote groep mensen buiten de poorten van het Gildeterrein. Ze willen u spreken.'

Dannyl draaide zich verbaasd om en zag administrateur Lorlen in de deuropening staan.

'Nu al?' riep hij uit.

Lorlen knikte en zijn lippen plooiden zich tot een verbaasde glimlach. 'Ik weet niet hoe ze hier zijn gekomen. Ze hebben twee stel poortwachters weten te omzeilen en waren al in de Binnenste Kring voordat we er erg in hadden.'

'Hoeveel?'

'Ongeveer tweehonderd,' antwoordde Lorlen. 'En allemaal zeggen ze te weten waar het vermiste meisje is.'

Dannyl probeerde zich een voorstelling te maken van een dergelijke groep Dieven en bedelaars voor de poorten, en sloeg zich met een kreun tegen het voorhoofd.

'Precies,' zei Lorlen. 'Wat bent u nu van plan?'

Dannyl leunde tegen de tafel en dacht na. Het was nog geen uur geleden dat hij de eerste boodschappers had uitgestuurd met exemplaren van het aanplakbiljet. De mensen bij de poort waren waarschijnlijk de eersten van een lange reeks informanten die nog zouden volgen.

'We hebben een plek nodig waar we hen kunnen ondervragen,' bedacht hij hardop.

'Niet in het Gilde,' zei Lorlen, 'anders gaan de mensen verhalen verzinnen alleen maar om de kans te krijgen ons te bekijken.'

'Ergens in de stad dan.'

Lorlen trommelde zacht met zijn vingers op de deurpost. 'De soldaten hebben diverse verblijven in de stad. Ik zal zorgen dat één daarvan voor ons wordt ingericht.'

Dannyl knikte. 'Kunt u vragen of ze enkele soldaten achterlaten om de orde te handhaven?'

De administrateur knikte. 'Ik weet zeker dat ze graag zullen blijven.'

'Ik zal zien of ik vrijwilligers kan vinden om me te helpen de informanten te ondervragen.'

'Het klinkt alsof u weet waar u mee bezig bent,' zei Lorlen terwijl hij achteruit stapte.

Dannyl glimlachte en boog zijn hoofd. 'Dank u, administrateur.'

'Als u nog iets anders nodig hebt, stuur mij dan maar een boodschap,' zei Lorlen, waarna hij wegliep.

Dannyl liep de kamer door en verzamelde alle pennen en gereedschappen die hij had gebruikt om het aanplakbiljet mee te maken en legde alles terug in de rijk versierde schrijfdoos. Hij nam de doos onder zijn arm, liep de gang in en ging haastig op weg naar zijn eigen vertrekken. Onderweg zag hij een novice die uit een van de klaslokalen kwam en naar de trap liep.

'Jij daar!' riep Dannyl.

De jongen verstijfde voordat hij zich omdraaide. Zijn ogen keken even recht in die van Dannyl, maar hij sloeg ze meteen neer en boog. Dannyl liep met grote passen de gang door en duwde de schrijfdoos in zijn handen.

'Breng deze naar de Magiërsbibliotheek en zeg tegen heer Jullen dat ik hem later zal komen halen.'

'Jawel, heer Dannyl,' zei de novice. Hij boog nogmaals, waarbij hij bijna de doos liet vallen, en haastte zich toen weg.

Dannyl liep naar het eind van de gang en begon de trap af te lopen. Een aantal magiërs stond bij de ingang en staarde door de grote poorten van de universiteit naar het hek. Larkin, een jonge alchemist die kort geleden was afgestudeerd, keek op toen Dannyl onder aan de trap was.

'Dit zijn uw informanten, heer Dannyl?' vroeg hij grijnzend.

'Premiejagers,' zei Dannyl droog.

'U brengt ze hier niet naar binnen,' zei een ruwe stem.

Dannyl herkende de zure toon van de rector van de universiteit, en draaide zich naar hem om. 'Zou u dat liever hebben, rector Jerrik?'

'Absoluut niet!'

Achter hem hoorde Dannyl een zacht, blaffend lachje van Larkin, en het kostte hem moeite om niet te glimlachen. Jerrik zou nooit veranderen. Ook vroeger, toen Dannyl nog maar een novice was, was hij al dezelfde oude, zure man.

'Ik stuur ze naar een van de soldatenverblijven,' zei Dannyl tegen de oude magiër. Hij draaide zich om en liep tussen de andere magiërs door, de trap af.

'Succes,' riep Larkin.

Dannyl hief een hand op bij wijze van antwoord. Hij keek naar het hek van de poorten van het Gildeterrein en zag een donkere, krioelende massa mensen tegen de rijk versierde spijlen gedrukt staan. Dannyl maakte een grimas en zocht naar een bekend gedachtenpatroon.

Rothen!

Ja?

Kijk!

Dannyl stuurde een mentaal beeld van het schouwspel. Hij voelde dat de ander schrok; een gevoel dat snel overging in geamuseerdheid toen Rothen besefte wie deze mensen waren.

Informanten, nu al! Wat ga je doen?

Ik ga ze vragen om later terug te komen, antwoordde Dannyl, *en hun duidelijk maken dat we niemand geld geven tot we het meisje hebben.* Zo snel en helder als hij in gedachtentaal kon, legde hij uit dat administrateur Lorlen zou zorgen voor een ontmoetingsplaats in de stad waar ze de 'informanten' konden ondervragen.

Zal ik terugkomen om je te helpen?

Ik zou je niet kunnen tegenhouden als ik het zou willen.

Hij voelde de vrolijkheid van de oudere magiër, en toen verdween Rothens aanwezigheid uit zijn gedachten.

Toen Dannyl dichter bij het hek kwam, kon hij de mensen zien die tegen de spijlen gedrukt stonden en elkaar opzij duwden. Een heuse spraakverwarring bereikte zijn oren toen ze allemaal tegelijk tegen hem begonnen te roepen. De poortwachters keken Dannyl aan met een mengeling van opluchting en nieuwsgierigheid.

Hij stopte een pas of tien van het hek vandaan. Hij ging rechtop staan om zijn lengte zo goed mogelijk te benutten, sloeg zijn armen over elkaar en wachtte. Toen de menigte uiteindelijk stil werd, deed Dannyl iets met de lucht voor zijn mond zodat zijn stem verder reikte.

'Hoeveel van jullie zijn hier met informatie over het meisje dat wij zoeken?'

Alle stemmen verhieven zich in antwoord.

Dannyl knikte en hief een hand op om hen weer tot rust te manen. 'Het Gilde is blij met uw hulp in deze zaak. U zult de gelegenheid krijgen om ons persoonlijk te spreken. We zijn bezig een soldatenverblijf klaar te maken voor dit doel. De locatie van dat verblijf zal over een uur op deze poorten en die van de stad worden aangeplakt. Ik verzoek u in de tussentijd naar huis terug te keren.'

Er werd wat gemopperd achter in de groep. Dannyl stak zijn kin omhoog en sprak de aanwezigen waarschuwend toe. 'Er zal geen beloning worden uitgekeerd tot het meisje veilig onder onze hoede is. Pas dan zal het geld betaald worden, en alleen aan hen die nuttige informatie hebben verstrekt. Ga niet zelf op het meisje af. Ze is misschien ge...'

'Ze is al hier!' gilde iemand.

Ondanks alles voelde Dannyl toch even hoop opvlammen. Er kwam beweging in de menigte en mensen mopperden toen een vrouw zich een weg naar voren baande. Ze stak een magere hand tussen de tralies door en wenkte hem. Haar andere hand hield de arm vast van een mager jong meisje in dunne, versleten kleren.

'Dit is ze!' verklaarde de vrouw terwijl ze hem met grote ogen aanstaarde.

Dannyl bekeek het meisje aandachtig. Ze had kort, slordig geknipt haar rondom een mager gezichtje met holle wangen. Het meisje was beklagenswaardig mager en haar kleren hingen los om haar vormeloze lichaam. Toen ze Dannyls blik op zich gericht zag, barstte ze in tranen uit.

Hij voelde twijfel opkomen, omdat hij plotseling besefte dat hij zich het gezicht van het meisje dat Rothen huze n had laten zien in de Gildehal niet meer kon herinneren.

Rothen?

Ja?

Hij stuurde een beeld van het meisje.

Zij is het niet.

Dannyl zuchtte opgelucht. 'Zij is het niet,' zei hij hoofdschuddend. Hij draaide zich om.

'Hela!' protesteerde de vrouw. Hij keerde zich weer om en zag haar nijdig naar hem kijken. Hij hield haar blik vast en ze sloeg haar ogen al snel neer. 'Weet u het zeker, heer?' vroeg ze smekend. 'U hebt haar niet van dichtbij bekeken.'

De zee van gezichten keek hem verwachtingsvol aan en hij besefte dat ze er geen genoegen mee zouden nemen als hij het meisje alleen maar oppervlakkig bekeek. Tenzij hij hen ervan kon overtuigen dat het onmogelijk was hem voor de gek te houden, zouden ze allerlei jonge meisjes brengen in de hoop op een beloning – en hij kon niet van Rothen vragen dat hij ieder meisje dat naar hen gebracht werd zou bekijken.

Hij liep langzaam naar het hek. Het meisje huilde nog steeds, maar toen Dannyl dichterbij kwam werd ze wit van angst.

Dannyl strekte een hand uit en glimlachte. Het meisje staarde ernaar en deinsde achteruit, maar de vrouw naast haar pakte haar arm en duwde die door de tralies van het hek.

Dannyl pakte de hand en zond een mentale vraag naar haar. Hij voelde onmiddellijk een bron van slapende kracht in haar bewustzijn. Verrast stond hij even stil voordat hij haar hand losliet en achteruit stapte. 'Zij is het niet,' herhaalde hij.

De mensen begonnen weer te roepen, maar deze keer klonk het minder dwingend. Dannyl liep een paar stappen achteruit en hief zijn armen op. Ze deinsden achteruit.

'Ga nu,' riep Dannyl. 'Kom vanmiddag maar terug.'

Hij draaide zich zo snel om dat zijn gewaad dramatisch opbolde en schreed weg. Een zachte uitroep van ontzag klonk op uit de menigte. Met een glimlach verlengde hij zijn passen.

Maar zijn glimlach verdween toen hij nadacht over de krachtbron die hij in het bedelaarsmeisje had ontdekt. De kracht was niet buitengewoon sterk geweest. Als ze de dochter van een Huis was geweest zouden ze haar waarschijnlijk niet naar het Gilde hebben gestuurd om te worden opgeleid, omdat ze voor haar familie waardevoller zou zijn als bruid om de magische bloedlijnen in haar Huis te versterken. Een tweede of derde zoon daarentegen zou wel als novice zijn aangenomen, tot grote vreugde van zijn ouders, want zelfs een zwakke magiër bracht prestige mee voor de familienaam.

Dannyl schudde zijn hoofd terwijl hij naar de ingang van de universiteit terugliep. Het was natuurlijk toeval dat net dat ene meisje uit de sloppenwijken dat hij getest had magisch potentieel bezat. Misschien was ze wel de dochter van een hoer en een magiër. Dannyl maakte zich geen enkele illusie over de seksuele voorkeuren van de andere magiërs.

Toen herinnerde hij zich de woorden van heer Solend: *'Als deze jonge vrouw een natuurtalent is, moeten we ervan uitgaan dat ze veel sterker is dan de gemiddelde novice, misschien zelfs sterker dan de gemiddelde magiër.'* Het meisje dat ze zochten zou wel eens even sterk kunnen zijn als hijzelf. Of zelfs nog sterker...

Hij huiverde. Plotseling was het niet meer zo moeilijk om je voor te stellen dat er dieven en moordenaars waren die in het geheim gebruik maakten van de krachten die slechts de magiërs van het Gilde geacht werden te bezitten. Het was een angstaanjagende gedachte, en hij wist dat hij zich de volgende keer dat hij in de sloppenwijken liep een stuk minder onkwetsbaar zou voelen.

De lucht van de zolder was heerlijk warm. Laat middaglicht stroomde door twee smalle raampjes naar binnen en maakte lichte vierkantjes op de muur. Het aroma van reberwol vocht met de geur van de rook. Hier en daar zaten groepjes kinderen, gehuld in dekens, zachtjes te praten.

Sonea keek naar hen vanuit de hoek van het vertrek waarin ze zich had geïnstalleerd. Toen het luik van de zolder openging keek ze verlangend op, maar de jongen die binnen kwam was niet Cery. De andere kinderen begroetten hem echter enthousiast.

'Heb je het al gehoord?' zei hij terwijl hij op een bundeltje dekens neerplofte. 'De magiërs zeggen dat ze een beloning uitloven voor iedereen die hun kan vertellen waar dat meisje is.'

'Een beloning!'

'Echt waar?'

'Hoeveel?'

De ogen van de jongen vlogen wijd open. 'Honderd goudstukken.'

Een opgewonden gemompel ging door de kinderschaar. Ze verzamelden zich rond de nieuwkomer en vormden een kring van verwachtingsvolle gezichten. Enkelen keken nadenkend naar Sonea.

Ze dwong zich naar hen te blijven kijken zonder ook maar een enkele emotie te tonen. Ze hadden haar enkele malen vreemd aangekeken sinds ze was binnengekomen. Deze zolder was bedoeld voor dakloze kinderen. Het huis stond in een stadsdeel waar de sloppenwijken aan de marktplaatsen grensden, en vanuit de kleine ramen had je uitzicht op de jachthaven. Ze was eigenlijk te oud om hier te mogen verblijven, maar Cery kende de eigenaar – een vriendelijke, gepensioneerde koopman met de naam Norin – en had hem een dienst beloofd in ruil voor haar onderdak.

'De magiërs willen dat meisje echt hebben, nietwaar?' vroeg een van de meisjes.

'Ze willen niet dat iemand anders dan zijzelf magie kan gebruiken,' antwoordde een breedgeschouderde jongen.

'Nu zullen er wel heel veel mensen naar haar op zoek gaan,' zei de nieuwkomer terwijl hij wijs met zijn hoofd knikte. 'Dat is een heleboel geld.'

'Het is bloedgeld, Ral,' reageerde het meisje terwijl ze haar neus optrok.

'Nou en?' zei Ral. 'Er zijn mensen zat die daar niets om zullen geven. Die willen gewoon geld zien.'

'Nou, ik zou haar niet verraden,' zei ze. 'Ik haat de magiërs. Ze hebben mijn neef verbrand, jaren geleden.'

'Echt waar?' vroeg een ander meisje met een nieuwsgierige schittering in haar ogen.

'Het is echt waar,' knikte het eerste meisje. 'Tijdens de Ontruiming. Gilen deed natuurlijk wel vervelend. Hij heeft er misschien wel om gevraagd. Een van de magiërs nam hem te grazen. Eén kant van zijn gezicht was helemaal verbrand. Hij heeft nu een heel breed rood litteken.'

Sonea huiverde. Verbrand. Ze dacht terug aan het verkoolde lichaam op het plein en keek weg van de andere kinderen. De zolder was ineens een stuk minder gezellig. Ze wilde opstaan en vertrekken, maar Cery had haar in ferme bewoordingen opgedragen hier te blijven en geen aandacht op zich te vestigen.

'Mijn oom heeft ooit geprobeerd om een magiër te beroven,' zei een meisje met lange haren vol klitten.

'Dan was je oom een stommeling,' mompelde een jongen naast haar.

Ze fronste naar hem en maakte een schoppende beweging, maar hij ontweek haar zonder moeite.

'Hij wist niet dat het een magiër was,' legde het meisje uit. 'Hij droeg een hele wijde mantel over zijn gewaad.'

De jongen snoof, en het meisje hief haar vuist. 'Zei je iets?' vroeg hij onschuldig.

'Hij probeerde zijn buidel los te snijden,' ging het meisje verder, 'maar de magiër had die betoverd zodat hij het zou merken als iemand hem aanraakte. Hij draaide zich heel snel om, sloeg toe met zijn magie en brak mijn oom z'n armen.'

'Allebei zijn armen?' vroeg een van de kleinere jongens.

Ze knikte. 'Zonder hem aan te raken. Hij hield gewoon een hand omhoog, zo,' – ze stak haar hand op met de palm naar voren – 'en de magie smeet mijn oom tegen de grond alsof hij een mep kreeg van een onzichtbare reus. Mijn oom heeft het me zelf verteld.'

'Jeetje!' fluisterde de jongen. De kamer was enkele minuten stil en toen klonk er een andere stem.

'Mijn zusje is vermoord door de magiërs.'

Iedereen draaide zich om naar een magere jongen die in kleermakerszit aan de rand van de kring zat.

'We liepen op een plein. Het was er heel druk,' vertelde hij. 'In de straat achter ons verschenen een stel magiërs die met hun lichten zwaaiden, en iedereen begon te rennen. Ma liet mijn kleine zusje vallen en ze kon niet stoppen om haar op te rapen omdat er zoveel rennende mensen waren. Pa is teruggegaan en hij heeft haar gevonden. Ik hoorde dat hij ze vervloekte, en zei dat het hun schuld was dat ze dood was. De schuld van de magiërs.' Hij kneep zijn ogen half dicht en keek nijdig naar de vloer. 'Ik haat ze!'

Diverse kinderen in de kring knikten instemmend. Iedereen zat even in gedachten verzonken. Toen maakte het eerste meisje een voldaan geluidje.

'Zie je nou wel?' zei ze. 'Zou jij de magiërs helpen? Ik niet. Dat meisje dat die steen gooide heeft die lui eens goed op hun nummer gezet. Ik hoop dat ze de volgende keer er nog een paar te pakken neemt.'

De kinderen knikten en keken elkaar aan. Sonea slaakte in stilte een zucht van verlichting. Toen hoorde ze het luik weer opengaan, en glimlachte toen ze Cery de zolder op zag kruipen. Hij beantwoordde haar glimlach en ging naast haar zitten.

'We zijn verraden,' mompelde hij. 'Het huis wordt doorzocht. Volg me.'

Haar hart sloeg een slag over. Ze keek hem aan en zag dat zijn glimlach zijn ogen niet bereikte. Hij kwam overeind en ze sprong op om hem te volgen. Enkele kinderen staarden naar haar toen ze voorbij liep, maar ze ontweek hun blikken. Ze voelde hun belangstelling toenemen toen Cery bleef staan om de deuren van een grote kast achter in de kamer open te maken.

'Er zit hier een geheime deur naar de gangen,' mompelde hij terwijl hij zijn hand naar binnen stak. Hij trok zachtjes ergens aan, fronste en trok harder. 'Hij is van buitenaf afgesloten.' Hij vloekte binnensmonds.

'Zitten we hier vast?' vroeg Sonea.

Hij wierp een blik over zijn schouder. De meeste kinderen zaten nu naar hen te kijken. Hij sloot de deur van de kast en liep naar een van de ramen. 'Het heeft geen zin meer om te proberen ze voor de gek te houden. Kun je nog klimmen?'

'Het is lang geleden...' Ze keek omhoog. In het schuine dak, dat bijna tot aan de vloer liep, zaten enkele ramen.

'Help me eens naar boven,' zei Cery.

Ze vouwde haar handen ineen en maakte een grimas toen hij erop klauterde. Het kostte haar moeite te blijven staan terwijl Cery op haar schouders klom. Hij pakte een nokbalk, hervond zijn evenwicht en trok een mes uit zijn kleren waarmee hij aan de sluiting van het raam begon te morrelen.

Ergens beneden in het huis hoorde Sonea het geluid van een dichtslaande deur, en toen het gedempte geluid van stemmen. Sonea voelde een steek van angst toen het luik openging, maar het was slechts Norins nicht Yalia.

De vrouw liet haar blik over de kinderen glijden, en zag toen Sonea staan, met Cery op haar schouders.

'De deur?' vroeg ze.

'Afgesloten,' antwoordde hij.

Ze fronste en keek naar de kinderen. 'De magiërs zijn binnen,' zei ze tegen hen. 'Ze gaan het huis doorzoeken.'

De kinderen begonnen vragen te stellen. Boven Sonea's hoofd hoorde ze Cery inventief vloeken. Ze liet hem bijna vallen toen hij abrupt zijn gewicht verplaatste.

'Hola! Sonea, je bent niet echt geschikt als ladder.'

Plotseling voelde ze zijn gewicht niet meer op haar schouders. Cery's voet zwaaide en schopte haar tegen de borst. Sonea slikte een vloek in terwijl ze zich bukte om zijn zwaaiende benen te ontwijken.

'Ze zullen ons niets doen,' zei Yalia tegen de kinderen. 'Dat zouden ze niet durven. Ze zien meteen dat jullie veel te jong zijn. Ze hebben alleen belangstelling voor...'

'Hé, Sonea!' fluisterde Cery scherp.

Ze keek op en zag dat hij zijn benen door het raam had gestoken en nu voorover hing met zijn hand naar haar uitgestrekt.

'Kom op!'

Ze greep zijn handen. Met verrassend veel kracht trok Cery haar omhoog tot ze het raamkozijn kon pakken. Ze hing even stil en klom toen langs het kozijn omhoog tot ze de bovenkant vast had. Ze zwaaide haar benen omhoog, haakte haar laarzen achter de rand van het kozijn en werkte zich naar buiten.

Uitgeput van de inspanning bleef ze even plat tegen de koude dakpannen liggen. De lucht was ijzig en de kou begon ogenblikkelijk door haar kleren heen te dringen. Toen ze haar hoofd optilde zag ze een zee van daken. De zon hing laag boven de horizon.

Cery stak zijn hand uit om het raam te sluiten, maar bevroor toen. Het geluid van het openslaande zolderluik bereikte hen, en ze hoorden de kinderen angstig en vol ontzag mompelen. Sonea kroop naar het raam en gluurde naar binnen.

Een man in een rood gewaad stond naast het open luik en staarde zonder te knipperen met een blik vol haat de kamer rond. Zijn haren waren bleek en strak achterover gekamd. Hij had een klein, rood litteken op zijn slaap. Sonea drukte zich weer plat tegen het dak. Haar hart bonkte als een razende. Het gezicht van de magiër kwam haar bekend voor, maar ze durfde niet nogmaals te kijken om zekerheid te krijgen.

Zijn stem bereikte hun oren.

'Waar is ze?' vroeg hij.

'Wie bedoelt u?' vroeg Yalia.

'Dat meisje. Men heeft me verteld dat ze hier zit. Waar hebben jullie haar verborgen?'

'Ik heb niemand verborgen,' klonk de stem van een oude man. Sonea nam aan dat het Norin was.

'Wat is dit dan voor plek? Wat doen al deze bedelaars hier?'

'Ik laat ze hier overnachten. Ze hebben geen onderdak en het is koud buiten.'

'Was het meisje hier?'

'Ik vraag niet naar hun namen. Zelfs al was het meisje dat u zoekt hier, dan zou ik dat niet weten, want ik ken de kinderen niet.'

'Ik denk dat je liegt, ouwe,' zei de magiër op duistere toon. Verscheidene kinderen begonnen luid te snikken.

Cery pakte Sonea's mouw en trok eraan, maar ze reageerde niet.

'Ik vertel de waarheid,' zei de oude koopman. 'Ik heb geen idee wie de kinderen zijn aan wie ik onderdak verleen.'

'Heb je er enig idee van wat de straf is voor het verbergen van vijanden van het Gilde, ouwe?' vroeg de magiër bits. 'Als je me niet laat zien waar je het meisje verstopt hebt, dan zal ik je huis steen voor steen laten afbreken.'

'Sonea,' fluisterde Cery.

Ze draaide zich om en staarde hem aan. Hij maakte een dringend gebaar en begon langs het dak omlaag te kruipen. Sonea dwong haar armen en benen om in beweging te komen en volgde hem.

Ze durfde niet te snel te gaan omdat ze bang was dat de magiër haar dan zou horen. Langzaam maar zeker bereikte ze de rand van het dak. Toen keek ze achterom en zag dat Cery was verdwenen. Vanuit haar ooghoek merkte ze echter een beweging op en toen zag ze zijn handen die de dakgoot onder haar vasthielden.

'Sonea,' siste hij, 'je moet naar beneden komen en mij volgen.'

Langzaam boog ze haar knieën en gleed naar beneden tot ze in de dakgoot lag. Ze keek over de rand en zag Cery hangen, twee verdiepingen boven de grond. Hij knikte naar een huis van slechts één verdieping dat vlak naast het huis van de koopman stond.

'Daar gaan we heen,' zei hij tegen haar. 'Kijk naar mij en doe wat ik doe.'

Cery strekte een hand uit naar de muur en pakte een regenpijp die van de goot naar de grond liep. Toen hij er met zijn volle gewicht aan ging hangen begon de pijp angstaanjagend te kraken, maar Cery klom snel naar beneden via de houders waarmee de pijp aan de muur was vastgemaakt. Hij stapte het andere dak op en wenkte haar.

Sonea haalde diep adem, pakte de goot stevig beet en liet zich van het dak rollen. Ze bleef even hangen aan haar handen en greep zich toen vast aan de pijp. Ze klom zo snel ze kon omlaag en stapte op het dak van het andere huis.

Cery grinnikte. 'Makkelijk, toch?'

Ze wreef over haar vingers, die rood waren van de scherpe randen van de klemmen, en haalde haar schouders op. 'Ja en nee.'

'Kom mee, laten we maken dat we hier wegkomen.'

Ze liepen voorzichtig over het dak, waarbij ze zich aan uitsteeksels moesten vasthouden om niet door de ijzige wind te worden weggeblazen. Ze klommen op het volgende dak en daar vandaan lieten ze zich via een regenpijp in een steegje tussen de huizen zakken.

Cery legde een vinger op zijn mond en liep de steeg door. Hij stopte halverwege, keek om zich heen om zich ervan te verzekeren dat ze nog altijd alleen waren en tilde een rooster uit de muur. Hij liet zich op zijn buik zakken en kroop snel het gat in. Sonea volgde hem.

Ze stopten even in de donkere gang om uit te rusten. Langzaam maar zeker raakten haar ogen aan het donker gewend, tot ze de muren van een smalle gang kon zien. Cery staarde de duisternis in, in de richting van Norins huis.

'Arme Norin,' fluisterde Sonea. 'Wat zullen ze met hem doen?'

'Ik weet het niet, maar het klonk niet best.'

Sonea voelde een steek van zelfverwijt. 'En het is mijn schuld.'

Hij staarde haar aan. 'Nee,' gromde hij. 'Het is de schuld van de magiërs — en van degene die ons heeft verraden.' Hij keek met een frons de gang door. 'Ik zou het liefst teruggaan om te zien of ik erachter kan komen wie het was, maar eerst moet ik zorgen dat jij veilig bent.'

Toen ze hem aandachtig aankeek merkte ze een hardheid in zijn gezicht op die ze nooit eerder gezien had. Zonder hem zou ze al dagen geleden gevangengenomen zijn, en misschien nu al dood zijn.

Ze had hem nodig, maar wat ging het hem kosten om haar te helpen? Hij had anderen al van alles beloofd om hun hulp te verkrijgen, en had een beroep gedaan op personen die bij hem in het krijt stonden, en dat alles omwille van haar. Bovendien liep hij het risico dat de Dieven hem zouden straffen voor het gebruik van hun tunnels.

En dan waren er ook nog de magiërs. Norin zou zijn huis kwijtraken omdat ze hem ervan verdachten dat hij haar verborgen hield. Wat zouden de magiërs dan wel niet met Cery doen? *Heb je er enig idee van wat de straf is voor het verbergen van vijanden van het Gilde, ouwe?'*

Ze huiverde en pakte zijn arm. 'Je moet me iets beloven, Cery.'

Hij keek haar verbaasd aan. 'Beloven?'

Ze knikte. 'Ja. Als ze me te pakken krijgen, moet jij doen alsof je mij niet kent.' Hij deed zijn mond open om te protesteren, maar ze sprak gewoon verder. 'Als ze jou in mijn gezelschap zien, moet je wegrennen. Zorg dat ze jou niet ook te pakken krijgen.'

Hij schudde zijn hoofd. 'Sonea, ik zou niet...'

'Beloof het! Ik... ik zou het niet kunnen verdragen als ze jou zouden doden omdat je mij hebt geholpen.'

Cery's ogen gingen nog wat wijder open, en toen legde hij met een glimlach een hand op haar schouder.

'Ze krijgen je niet te pakken,' zei hij tegen haar. 'En mocht het ze toch lukken, dan zal ik je bevrijden. Dat beloof ik je.'

6

Ondergrondse ontmoetingen

Op het bord op het bolhuis stond: 'Het Moedige Mes'. Geen naam die vertrouwen opwekte. Maar toen Dannyl een snelle blik naar binnen wierp zag hij dat het in de zaal rustig was. Anders dan in alle andere bolhuizen die hij betreden had, waren de klanten hier kalm en spraken ze op zachte toon.

Hij duwde de deur open en stapte naar binnen. Een paar drinkers keken zijn kant op, maar de meesten negeerden hem. Een welkome afwisseling. Toch voelde hij zich slecht op zijn gemak. Waarom was deze plek zo anders dan alle andere die hij had bezocht?

Hij was tot voor vandaag nooit eerder in een bolhuis geweest, en had ook nooit de behoefte gehad, maar de soldaat die hij had opgedragen om contact te leggen met de Dieven had hem specifieke instructies gegeven: ga een bolhuis binnen, zeg tegen de eigenaar wie u wilt spreken en betaal de prijs als de gids verschijnt. Dat was blijkbaar de gebruikelijke procedure.

Natuurlijk kon hij niet in zijn gewaad een bolhuis binnengaan en dan verwachten dat ze zouden meewerken, dus was hij tegen het oordeel van zijn collega's ingegaan en had de eenvoudige kleren van een koopman aangetrokken. Hij had zijn vermomming met zorg gekozen. Hoe simpel hij zich ook zou kleden, zijn ongewone lengte, duidelijke gezondheid en beschaafde manier van spreken kon hij niet verbergen. Hij had voor zichzelf een verleden verzonnen vol ongelukkige investeringen en schulden. Niemand wilde hem geld lenen. De Dieven waren zijn laatste hoop. Een koopman in die situatie zou natuurlijk net zo slecht op zijn gemak zijn als Dannyl was in deze situatie.

Hij haalde diep adem en liep in de richting van de bar. De man erachter was mager, met hoge jukbeenderen en een grimmig gezicht. Hij had zwart haar met zilveren strepen erdoor, en keek Dannyl met harde ogen aan.

'Wat mag het zijn?'

'Iets te drinken.'

De man pakte een houten beker en vulde die vanuit een van de vaten achter de toonbank. Dannyl pakte een koperen en een zilveren muntje uit zijn beurs. Hij verborg het zilver en liet het koper in de hand van de man vallen.

'Dus u zoekt een mes?' vroeg de barman zacht.

Dannyl keek de man verbaasd aan.

De man glimlachte grimmig. 'Waarom zou u anders hier in Het Moedige Mes zijn? Heeft u dit al eerder gedaan?'

Dannyl schudde zijn hoofd en dacht snel na. Aan de toon van de man te horen was er geheimhouding nodig als hij een 'mes' wilde. Er was geen wet die steekwapens verbood, dus 'mes' betekende vast iets anders, iets illegaals. Hij had geen idee wat het zou kunnen zijn, maar de man had al laten merken dat hij illegale zaken verwachtte, en dat leek hem een goede start.

'Ik wil geen mes,' zei Dannyl met een nerveuze glimlach. 'Ik zoek contact met de Dieven.'

De man trok zijn wenkbrauwen op. 'O?' Hij keek Dannyl met samengeknepen ogen aan. 'Er is wel wat voor nodig om ze zover te krijgen dat ze willen praten, weet u.'

Dannyl opende zijn hand zodat het zilveren muntje te zien was, en sloot hem weer toen de man achter de bar het wilde pakken. De man snoof en draaide zich om.

'Hédaar, Kollin!'

Er verscheen een jongen in de deur achter de toonbank. Hij nam Dannyl met zijn scherpe ogen op van zijn laarzen tot zijn haar.

'Breng deze man naar het slachthuis,' zei de barman.

Kollin keek naar Dannyl en wenkte. Toen Dannyl de jongen wilde volgen, versperde de barman hem de weg en stak zijn hand uit.

'Dat kost geld. Zilver.'

Dannyl keek weifelend naar de uitgestoken hand.

'Wees maar niet bang dat ik je afzet,' zei de barman. 'Als ze zouden ontdekken dat ik dat deed, zouden ze me villen en mijn huid aan de muur spijkeren als waarschuwing voor anderen.'

Hoewel Dannyl zich afvroeg of hij voor de gek gehouden werd, drukte hij toch het zilveren muntje in de uitgestoken hand. De man stapte opzij en liet Dannyl door.

'Volg mij en zeg niets,' zei Kollin. Hij liep een kleine keuken binnen, opende een tweede deur en keek zorgvuldig om zich heen voor hij naar buiten ging.

De jongen liep snel en leidde Dannyl door een waar doolhof van smalle straatjes. Ze passeerden deuren waaruit de geur van vers brood, gekookt vlees en groenten kwam, of het scherpe aroma van leerolie. Opeens bleef de jongen staan en gebaarde naar de ingang van een steegje. Het smalle straatje lag vol afval en modder, en liep na twintig stappen dood.

'Slachthuis. Ga uw gang,' zei de jongen terwijl hij naar het steegje wees. Hij draaide zich om en rende weg.

Dannyl liep aarzelend het steegje in. Geen deuren. Geen ramen. Niemand die hem begroette. Aan het eind van het steegje zuchtte hij. Blijkbaar hadden ze hem toch bedrogen. Gezien de bijnaam van deze plek verwachtte hij minimaal een overval. Hij draaide zich om en zag drie zwaargebouwde mannen bij de ingang van de steeg staan.

'Hallo! Zoekt u iemand?'

'Ja.' Dannyl liep naar hen toe. Ze droegen alle drie zware overjassen en handschoenen. De man in het midden had een litteken op zijn wang. Ze staarden hem kil aan. *Een stel ordinaire straatrovers,* dacht Dannyl.

Hij stopte op enkele passen afstand van hen vandaan en glimlachte. 'Dus dit is het slachthuis. Hoe treffend. En jullie zijn mijn nieuwe escorte?'

De middelste man stak een hand uit. 'Dat kost geld.'

'Ik heb mijn geld al gegeven aan de man in Het Moedige Mes.'

De man fronste. 'U zoekt een mes?'

'Nee.' Dannyl zuchtte. 'Ik wil de Dieven spreken.'

De man keek zijn metgezellen aan, die grinnikten. 'Wie?'

'De man met de grootste invloed.'

De man in het midden gniffelde. 'Gorin, dus.' Een van zijn metgezellen deed zijn best zijn grijns te verbergen. Nog nagrinnikend gebaarde de leider dat Dannyl hem moest volgen. 'Kom mee.'

De andere twee mannen stapten opzij. Dannyl volgde zijn nieuwe gids naar het begin van een bredere straat. Toen hij achterom keek zag hij dat de twee anderen hen met een brede grijns nakeken.

Ze liepen door een opeenvolging van kronkelstraatjes en steegjes, tot Dannyl zich begon af te vragen of de achterkant van alle bakkerijen, leerlooiers, kleermakers en bolhuizen er hetzelfde uitzag. Hij herkende een uithangbord en stond stil.

'We zijn hier al eerder geweest. Waarom lopen we in kringetjes?'

De man draaide zich om en keek Dannyl aan. Daarna liep hij naar een muur vlak bij hen. Hij boog zich voorover, pakte een ventilatierooster en trok eraan. Het rooster draaide naar voren open.

De man gebaarde naar het gat. 'U eerst.'

Dannyl zakte door zijn knieën en keek naar binnen. Hij zag niets. Met moeite bedwong hij de neiging om een lichtbol te maken en stak een been in het gat. Hij vond geen grond onder zijn voet en keek zijn begeleider vragend aan.

'De gang ligt laag, de straat komt hier ongeveer tot je borstkas,' zei deze. 'Ga maar.'

Dannyl pakte de rand van het gat en klom naar binnen. Hij vond een richel waar hij zijn voet op kon laten steunen, trok zijn tweede been naar binnen en liet dit zakken tot zijn voet op de grond stond. Toen hij een stap naar achteren deed voelde hij de muur tegen zijn schouder. De rover volgde hem met een geoefend gebaar. Dannyl zag niet veel meer dan een schaduw in de duisternis, en probeerde zo ver mogelijk bij de man uit de buurt te blijven.

'Volg mij,' zei de man en liep de gang in. Dannyl bleef een paar stappen achter hem, met zijn handen tegen de muren aan weerszijden. Ze liepen enkele minuten door de gangen, waarbij ze heel veel bochten maakten, en toen stopten de voetstappen voor Dannyl en hoorde hij iemand ergens op kloppen.

'Het is nog een behoorlijk eind,' zei de man. 'Weet u het zeker? Als u nu van gedachten verandert, breng ik u terug.'

'Waarom zou ik dat doen?' vroeg Dannyl.

'Gewoon, het zou kunnen.'

Er verscheen een streepje licht naast hem, dat langzaam breder werd. In dat licht zag hij het silhouet van een andere man. Het licht was zo fel dat Dannyl zijn gezicht niet kon zien.

'Deze is voor Gorin,' zei zijn gids. Hij keek naar Dannyl, maakte een snel gebaar en verdween weer in de schaduwen.

'Gorin, hè?' zei de man in de deuropening. Aan zijn stem was niet te horen of hij twintig was of zestig. Hoe heet je?'

'Larkin.'

'Wat doe je voor de kost?'

'Ik verkoop simbamatten.' De laatste jaren waren overal in Imardin mattenmakers opgedoken.

'Een behoorlijk concurrerende markt.'

'Dat moet je mij vertellen.'

De man gromde iets. 'Waarom wil je Gorin spreken?'

'Dat vertel ik alleen aan Gorin zelf.'

'Natuurlijk.' De man haalde zijn schouders op en strekte zijn hand uit naar de binnenmuur van de kamer. 'Draai je om,' beval hij. 'Vanaf hier krijg je een blinddoek.'

Dannyl aarzelde even en draaide zich toen met tegenzin om. Hij had wel zoiets verwacht. Er werd een doek over zijn ogen gebonden en hij voelde hoe de man er een knoop in legde op zijn achterhoofd. Het licht van de lamp scheen erdoorheen, maar meer dan de grove weefsels van de stof kon hij niet zien.

'Volg mij, alsjeblieft.'

Weer liep Dannyl met zijn handen langs de muren. Zijn nieuwe gids zette er flink de pas in. Dannyl telde zijn stappen en bedacht dat hij, zodra hij de gelegenheid had, moest kijken hoeveel afstand hij met duizend passen kon afleggen.

Plotseling voelde hij iets tegen zijn borst, waarschijnlijk een hand, en hij stopte. Hij hoorde een deur opengaan en werd naar binnen geduwd. De geur van kruiden en bloemen kwam hem tegemoet, en hij voelde iets zachts onder zijn voeten, waarschijnlijk een tapijt.

'Blijf hier staan. Laat de blinddoek om.'

De deur ging weer dicht.

Hij hoorde het vage geluid van voetstappen en stemmen boven zijn hoofd, en nam aan dat hij zich onder een van de wat luidruchtigere bolhuizen van de stad bevond. Hij luisterde naar de geluiden en begon zijn ademhaling te tellen. Toen dat hem begon te vervelen voelde hij aan de blinddoek. Hij hoorde een zacht geluid achter zich, als het geluid van een blote voet op tapijt. Hij draaide zich om, greep de blinddoek om die af te doen, maar stopte toen hij de deur hoorde opengaan. Hij ging rechtop staan en liet de blinddoek los.

De deur ging niet open. Hij wachtte en concentreerde zich op de stilte in het vertrek. Iets trok zijn aandacht. Iets subtielers dan het geluid dat hij eerder had gehoord.

Een aanwezigheid.

Er stond iemand achter hem. Hij haalde diep adem, strekte zijn armen en deed alsof hij de omgeving aftastte. Toen hij zich omdraaide, bewoog de aanwezigheid opzij.

Er was iemand in de kamer, iemand die niet opgemerkt wilde worden. Het tapijt dempte het geluid van voetstappen en de herrie van het bolhuis zorgde dat een onwillekeurige beweging of geluid hierbinnen niet werd opgemerkt. De geur van bloemen in de lucht was sterk genoeg om de geur van een menselijk lichaam te maskeren. Alleen zijn vermogens als magiër, die gewone mensen niet hadden, maakten hem erop opmerkzaam dat er iemand in de kamer was.

Het was een test. Hij had niet het idee dat de andere aanwezige getest werd op zijn vermogen om onopgemerkt te blijven. Nee, deze test was voor hem. Om te zien of hij iets merkte. Om te zien of hij misschien een magiër was.

Hij zocht mentaal de omgeving af en merkte een tweede, vagere aanwezigheid op. Deze stond stil. Hij strekte weer zijn armen en bewoog naar voren. De eerste aanwezige sprong om hem heen, maar hij negeerde dit. Na tien stappen vond hij de muur. Hij hield zijn handen op het ruwe oppervlak en begon langs de muur te lopen in de richting van de tweede aanwezige. De eerste liep weg en sprong toen plotseling op hem af. Hij voelde een zachte bries in zijn nek. Hij negeerde dit alles en schuifelde verder. Toen vond hij de deurpost, en vervolgens een arm en een mouw. De blinddoek werd van zijn gezicht gehaald en hij staarde naar een oudere man.

'Sorry dat ik je heb laten wachten,' zei de man. Dannyl herkende de stem en wist dat dit zijn gids was. Was hij eigenlijk de kamer wel uit geweest?

De gids gaf geen verdere verklaring, maar deed de deur open. 'Volg mij, alsjeblieft.'

Dannyl keek even de kamer rond, die nu leeg was, en stapte toen de gang in.

Ze liepen in een kalmer tempo verder. De lantaarn in de hand van de man schommelde. Hij zag dat de muren stevig gemaakt waren. Bij iedere hoek was een paneel in de stenen ingemetseld, met daarop een inscriptie die bestond uit vreemde tekens. Het was onmogelijk te raden hoe laat het moest zijn, maar hij wist dat er enige uren voorbij waren gegaan sinds hij het eerste bolhuis had betreden. Hij was blij dat hij zo slim was geweest om te beseffen dat hij getest werd. Zouden ze hem naar de Dieven gebracht hebben als hij had laten merken dat hij een magiër was? Hij dacht het niet.

Misschien zou hij nog vaker op de proef worden gesteld – hij moest voorzichtig zijn. Hij wist niet of hij Gorin daadwerkelijk te spreken zou krijgen, maar in de tussentijd moest hij zo veel mogelijk te weten zien te komen van de mensen met wie hij wilde onderhandelen.

Hij keek zijn metgezel vragend aan. 'Wat is een "mes"?'

De oude man gromde: 'Een moordenaar.'

Dannyl knipperde met zijn ogen en onderdrukte toen een glimlach. 'Het Moedige Mes' was dus een zeer toepasselijke naam. Brutaal ook. Hij vroeg zich af hoe de eigenaar ermee wegkwam.

Maar dat was iets waar hij zich later altijd nog het hoofd over kon breken. Op dit moment waren er nuttiger dingen om te leren.

'Zijn er verder nog termen die ik zou moeten kennen?'

De oude man glimlachte. 'Als iemand je een "boodschapper" stuurt, dan word je bedreigd, of wordt een eerdere bedreiging waargemaakt.'

'Ik snap het.'

'En een mol is iemand die de Dieven verraad. Dat wil je niet zijn. Die leven meestal niet lang.'

'Ik zal het onthouden.'

'En als alles goed gaat, dan ben jij een cliënt. Ligt eraan wat je komt doen.' Hij stopte, draaide zich om en keek Dannyl recht in het gezicht. 'En dat gaan we nu ontdekken.'

Hij klopte tegen de stenen muur. Er volgde een stilte en toen zwaaide de muur naar binnen open. De oude man gebaarde naar de opening.

De kamer die Dannyl betrad was klein. Er stond een tafel klem tussen de muren, zodat de man die aan de andere kant op een stoel zat onbereikbaar werd. Achter hem stonden twee deuren half open.

'Larkin de mattenverkoper,' zei de man. Zijn stem was verbazend diep.

Dannyl boog het hoofd. 'En u bent?'

De man glimlachte. 'Gorin.'

Er was geen stoel voor bezoekers. Dannyl ging dichter bij de tafel staan. Gorin was niet aantrekkelijk, maar zijn indrukwekkende omvang was eerder een gevolg van spieren dan van vet. Zijn haar was dik en krullend en een wollige baard bedekte zijn kaken. Hij leek inderdaad wel wat op het beest waarnaar hij vernoemd was, het gigantische trekdier dat schuiten over de Taralirivier trok. Dannyl vroeg zich af of deze schurk zich voor de grap zo noemde – een uiting van ironie van de man die waarschijnlijk de machtigste onder de Dieven was.

'U bent de leider van de Dieven?' vroeg Dannyl.

Gorin glimlachte. 'Niemand leidt de Dieven.'

'Hoe weet ik dan of ik de goede persoon voor me heb?'

'U wilt een overeenkomst? Dan ben ik de persoon met wie u die sluit.' Hij spreidde zijn handen. 'Als u de overeenkomst breekt, ben ik degene die u straft. Beschouw me als een soort kruising tussen uw vader en uw koning. Ik help u, maar als u me verraadt, zal ik u doden. Begrijpt u?'

Dannyl tuitte zijn lippen. 'Ik dacht aan een wat evenwichtiger relatie. Vaders onder elkaar, misschien? Het idee van "koningen onder elkaar" is nogal hoog gegrepen, hoewel het me wel bevalt.'

Gorin glimlachte weer, maar niet met zijn ogen. 'Wat wilt u, Larkin de mattenverkoper?'

'Ik wil dat u me helpt om iemand te vinden.'

'Aha.' De Dief knikte. Hij pakte een notitieblokje, een pen en een inktpot. 'Wie?'

'Een meisje. Tussen de veertien en de zestien. Klein, donker haar, mager.'

'Weggelopen?'

'Ja.'

'Waarom?'

'Misverstand.'

Gorin knikte meelevend. 'Waar denkt u dat ze is?'

'De sloppen.'

'Als ze leeft, zal ik haar vinden. Als ze niet leeft, of we haar binnen een bepaalde termijn niet gevonden hebben – we zullen later overeenkomen hoe lang – dan bent u mij niets schuldig. Hoe heet ze?'

'Dat weten we nog niet.'

'U weet niet...' Gorin keek op en vernauwde zijn ogen tot spleetjes. 'We?'

Dannyl stond zichzelf toe even te glimlachen. 'Jullie moeten nodig iets doen aan die test.'

Gorin zette grote ogen op. Hij slikte en leunde achterover. 'Is dat zo?'

'Wat waren jullie van plan met me te doen als ik niet geslaagd was voor jullie test?'

'Dan hadden we u ergens op een stil plekje achtergelaten.' Hij likte zijn lippen en haalde zijn schouders op. 'Maar u bent er. Wat wilt u?'

'Precies wat ik zei: ik wil dat jullie me helpen om dat meisje te vinden.'

'En zo niet?'

Dannyls glimlach vervaagde. 'Dan zal ze sterven. Haar eigen krachten zullen haar doden en een deel van de stad verwoesten – hoewel ik niet weet hoe groot dat deel zal zijn, want ik heb er geen idee van hoe sterk ze is.' Hij stapte naar voren, zette zijn handen op de tafel en keek de Dief recht in de ogen. 'Als u ons helpt, zal daar een beloning tegenover staan – hoewel u moet begrijpen dat er grenzen zijn aan wat we in het openbaar kunnen doen.'

Gorin staarde hem zwijgend aan en legde toen de pen en het papier opzij. Hij leunde achterover in zijn stoel en draaide zijn hoofd een stukje opzij.

'Hé, daar, Dagan! Breng onze bezoeker een stoel!'

De kamer was donker en muf. Tegen een van de muren stonden kratten opgestapeld, waarvan er veel kapot waren. In de hoeken van het vertrek lagen plassen water op de vloer en alles was bedekt met een dikke laag stof.

78

'Dus dit is waar je vader vroeger zijn spullen verborg?' vroeg Harrin.

Cery knikte. 'Pa z'n oude opslagplaats.' Hij veegde het stof van een van de kratten en ging zitten.

'Er is hier geen bed,' zei Donia.

'We maken er wel een,' antwoordde Harrin. Hij liep naar de kratten en begon erin te rommelen.

Sonea was in de deuropening blijven staan, geschrokken bij het vooruit-zicht dat ze de nacht zou moeten doorbrengen op zo'n koude, onplezierige plek. Ze zuchtte en ging onder aan de trap zitten. Ze waren die nacht al drie keer verkast om te voorkomen dat ze werd gevonden door mensen die op de beloning uit waren. Ze voelde zich alsof ze al dagen niet meer geslapen had. Ze sloot haar ogen en doezelde weg. Harrins gesprek met Donia leek van heel ver weg te komen, net als het geluid van de voetstappen achter haar.

Voetstappen?

Ze opende haar ogen, keek achterom en zag een licht opgloeien in het donker.

'Er komt iemand aan!'

'Wat?' Harrin rende de kamer door en staarde de gang in. Hij luisterde even en trok Sonea toen overeind. Hij wees naar de andere kant van de kamer. 'Ga daarheen. Verstop je.'

Terwijl Sonea bij de deur vandaan liep, stond Cery op en ging naast Harrin staan. 'Er komt hier nooit iemand,' zei hij. 'Het stof op de trap was niet aangeraakt.'

'Dan zijn ze ons gevolgd.'

Cery staarde de gang in en vloekte. Hij wendde zich tot Sonea. 'Dek je gezicht af. Misschien zoeken ze iets anders.'

'We gaan niet weg?' vroeg Donia.

Cery schudde zijn hoofd. 'Er is geen uitweg. Vroeger was er een gang, maar de Dieven hebben die jaren geleden dichtgemetseld. Daarom heb ik jullie niet eerder hierheen gebracht.'

De voetstappen waren nu duidelijk hoorbaar. Harrin en Cery stapten bij de deur vandaan en wachtten. Sonea trok haar capuchon over haar hoofd en ging met Donia achter in de kamer staan.

Ze zagen laarzen, en toen een broek, een borstkas en vervolgens gezich-ten toen de nieuwkomers de trap af kwamen. Vier jongens stapten naar binnen. Ze keken naar Harrin en Cery. Toen ze Sonea zagen, keken ze elkaar enthousiast aan.

'Burril,' zei Harrin. 'Wat doe jij hier?'

Een breedgeschouderde jongeman met gespierde armen liep naar voren en ging voor Harrin staan. Sonea voelde een rilling langs haar rug glijden. Dit was de jongen die haar er eerder van had beschuldigd dat ze een spionne was. Toen ze de andere jongens bekeek, besefte ze met een schok dat ze een van hen kende. Ze herinnerde zich Evin als een van de wat rustigere leden van Harrins bende. Hij had haar geleerd hoe ze vals kon spelen met tegelen.

Nu zag ze echter geen spoor meer van de oude vriendschap. Hij keek haar kil aan en speelde met een ijzeren staaf in zijn handen. Sonea huiverde en keek opzij.

De twee andere jongens hadden planken bij zich. Blijkbaar hadden ze deze primitieve slagwapens ergens onderweg gevonden. Sonea berekende de kansen. Vier tegen vier. Ze betwijfelde of Donia ooit had leren vechten, of dat een van hen in staat zou zijn een van Burrils metgezellen te verslaan. Misschien konden ze er samen eentje uitschakelen. Ze pakte een plank uit een van de gebroken kratten.

'We willen het meisje,' zei Burril.

'O, dus je bent mol geworden, Burril?' vroeg Harrin met een ondertoon van minachting in zijn stem.

'Ik zou jou hetzelfde kunnen vragen,' antwoordde Burril. 'We hebben je al dagen niet gezien. En toen hoorden we van de beloning. Het is ons wel duidelijk dat jij van plan was het geld zelf te houden.'

'Nee, Burril,' zei Harrin op ferme toon. Hij keek de andere jongens aan. 'Sonea is een goede vriendin. En ik verkoop mijn vrienden niet.'

'Ze is geen vriendin van ons,' zei Burril met een blik op zijn metgezellen.

Harrin sloeg zijn armen over elkaar. 'Dus zo staan de zaken? Het heeft niet lang geduurd voor je de leiding over wilde nemen. Je kent de regels, Burril. Je staat achter me, of je ligt eruit.' Hij keek nogmaals naar de andere jongens. 'Dat geldt ook voor jullie. Willen jullie deze mol volgen?'

Hoewel de jongens bleven staan, staarden ze beurtelings naar Burril, Harrin en elkaar. Ze waren op hun hoede.

'Honderd goud,' zei Burril zacht. 'Willen jullie zoveel geld opgeven om deze idioot te volgen? We zouden als koningen kunnen leven.'

De gezichten van de andere jongens verhardden zich.

Harrin kneep zijn ogen half dicht. 'Wegwezen, Burril.'

Plotseling had Burril een mes in zijn hand, en hij wees ermee naar Sonea. 'Niet zonder het meisje. Geef haar hier.'

'Nee.'

'Dan moeten we haar zelf maar halen.'

Burril deed een stap in de richting van Harrin. Terwijl Burrils metgezellen om hem heen gingen staan, ging Cery naast zijn vriend staan, met zijn handen in zijn zakken.

'Kom nou, Harrin,' zei Burril op vleiende toon. 'We hoeven dit niet te doen. Geef haar aan ons. We kunnen het geld delen, net als vroeger.'

Harrins gezicht was vertrokken van woede en minachting. Hij trok zijn mes en sprong naar voren. Burril sprong opzij en haalde uit met zijn mes. Sonea snakte naar adem toen ze het mes door Harrins mouw zag gaan en een felle rode streep achter zag laten. Terwijl Evin met de ijzeren staaf zwaaide, sprong Harrin opzij.

Donia pakte Sonea's arm. 'Stop hen, Sonea,' zei ze dringend. 'Doe iets met je magie!'

Sonea staarde het meisje aan. 'Maar... maar ik weet niet hoe!'

'Probeer gewoon iets, het maakt niet uit wat!'

De twee andere jongens liepen op Cery af, die twee dolken uit zijn zakken trok. De jongens aarzelden toen ze de wapens zagen. Sonea zag dat de dolken met banden aan zijn handen bevestigd waren, zodat hij zijn handen kon blijven gebruiken zonder de messen te laten vallen. Ze glimlachte, ondanks alles. Hij was geen steek veranderd.

Toen de zwaardere jongen naar hem uithaalde, ving Cery diens pols op en trok hem naar voren, zodat de jongen door zijn eigen momentum zijn evenwicht verloor. De jongen struikelde en zijn houten stok viel op de grond, terwijl Cery zijn arm verdraaide. Daarna rukte Cery de arm omhoog, zodat de jongen om zijn as tolde, en sloeg hem tegen het hoofd met de achterkant van een van de dolken.

De jongen viel op zijn knieën. Cery dook weg toen de tweede aanvaller met een plank naar hem zwaaide. Achter hem ontweek Harrin een volgende uithaal van Burril. Toen de vechtenden even uiteenweken, schoot Evin tussen hen door en rende naar Sonea.

Zijn handen waren leeg, zag Sonea tot haar opluchting. Ze had er geen idee van waar de ijzeren staaf gebleven was. Misschien had hij hem in zijn jaszak gestoken...

'Doe iets!' piepte Donia terwijl ze nog harder in Sonea's arm kneep.

Sonea keek naar de lat in haar handen en besefte dat ze niet kon proberen te herhalen wat ze op het Noordplein gedaan had. Toen was er een magisch schild geweest waar ze doorheen moest, en ze dacht niet dat het Evin zou tegenhouden als ze met planken zou gaan gooien.

Ze moest iets anders proberen. Misschien kon ze iets doen om de plank harder te laten slaan. *Zou ik dat kunnen?* Ze keek op naar Evin. *Zou ik dat wel moeten proberen? Wat als ik nu iets echt vreselijks doe met hem?*

'Doe het!' siste Donia. Ze deinsde achteruit terwijl Evin dichterbij kwam.

Sonea haalde diep adem, gooide de lat naar Evin en probeerde met haar wil ervoor te zorgen dat het projectiel hem hard zou treffen. Hij sloeg de lat opzij zonder dat hij zelfs maar langzamer ging lopen. Toen hij bij Sonea was aangekomen, ging Donia voor haar staan.'

'Hoe kun je dit doen, Evin?' vroeg ze. 'Je was onze vriend. Ik kan me herinneren dat jij en Sonea samen tegelden. Is dit...'

Evin pakte Donia bij een schouder en duwde haar opzij. Sonea schoot naar voren en stompte hem met al haar kracht in zijn maag. Hij hoestte en strompelde een stap achteruit. Ze sloeg weer, en hij probeerde haar klappen af te weren. Deze keer richtte ze op zijn gezicht.

Een gesmoorde kreet vulde de kamer. Ze keek op en zag Cery's tegenstander achteruit deinzen terwijl hij zijn arm vastgreep. Toen sloeg er iets tegen haar borst en viel ze zelf achterover. Terwijl ze op de grond terechtkwam draaide ze zich om en probeerde buiten bereik van Evin te rollen, maar hij wierp zich met zijn volle gewicht op haar en hield haar vast.

'Laat haar los!' gilde Donia. Het meisje boog zich over Evin heen, een houten lat in haar handen. De lat kwam met een knal op Evins hoofd neer en hij gilde. Hij rolde opzij, en de tweede klap van Donia raakte zijn slaap. Hij werd slap en zonk ineen op de vloer.

Donia zwaaide met haar wapen naar de bewusteloze jongen en keek toen met een grijns naar Sonea. Ze stak haar hand uit en hielp Sonea overeind. Ze keerden zich om en zagen dat Burril en Harrin nog altijd aan het vechten waren. Ze keek naar de twee jongens die Cery hadden aangevallen. De ene hield zijn handen in zijn zij gedrukt, de ander leunde tegen de muur en hield een hand tegen zijn hoofd gedrukt.

'Ha!' riep Donia uit. 'Volgens mij winnen we!'

Burril stapte bij Harrin vandaan en keek haar aan. Hij deed een greep in een van zijn zakken en maakte een abrupt gebaar. Een rode nevel wolkte op rond Harrins hoofd.

Harrin vloekte luid toen het papeastof in zijn ogen begon te branden. Hij knipperde heftig en liep bij Burril vandaan. Toen Donia aanstalten maakte om naar Harrin toe te lopen, pakte Sonea haar bij de arm en trok haar achteruit.

Harrin dook weg toen Burril op hem afkwam, maar deze keer was hij niet snel genoeg. Er volgde een kreet van pijn en Harrins mes viel op de grond. Cery sprong op Burril af, die zich net op tijd omdraaide om de aanval af te slaan. Harrin bleef in zijn ogen wrijven, maar had zich ondertussen op zijn hurken laten zakken en greep naar zijn mes.

Burril duwde Cery opzij, haalde weer een handvol papeastof tevoorschijn en smeet het spul naar Cery. Die bukte te laat. Hij kromp ineen van de pijn en struikelde naar achteren terwijl Burril op hem afkwam.

'Hij zal ze vermoorden!' riep Donia.

Sonea greep ook een houten plank. Ze sloot haar ogen, concentreerde zich en probeerde zich te herinneren wat ze op het Noordplein had gedaan. Ze greep de plank stevig vast, verzamelde al haar woede en haar angst en gooide de plank met al haar kracht naar Burril.

Hij kreunde toen de plank zijn rug raakte en draaide zich naar haar om.

Donia bekogelde hem met alles wat ze maar vinden kon en schreeuwde onderwijl naar Sonea: 'Gebruik je magie!'

'Dat heb ik geprobeerd! Het werkt niet.'

'Probeer het nog eens,' hijgde Donia.

Burrils hand gleed weer in zijn jaszak, en hij haalde er een pakketje uit. Toen Sonea het herkende, voelde ze een grote woede in zich opkomen. Ze rukte een stuk hout uit een van de kapotte kratten en zette zich schrap om het naar hem te smijten. Toen aarzelde ze.

Misschien concentreerde ze zich te veel op hard gooien. Magie was niet een fysiek iets. Ze keek hoe Donia een doos naar Burril gooide. Het was niet noodzakelijk dat ze zelf iets gooide...

Ze concentreerde zich op de doos en gaf hem een mentale duw, opdat hij Burril hard genoeg zou raken om hem tegen de grond te slaan.

Ze voelde iets loskomen in haar geest.

Een lichtflits schoot door de kamer en de doos vloog in brand. Burril gilde toen hij het brandende ding op zich af zag komen en dook opzij. De doos viel op de grond en bleef liggen in een plas water. Het vocht verdampte sissend.

Het pakje papeastof was uit Burrils vingers geglipt. Hij staarde haar aan. Met een glimlach bukte Sonea zich om nog een lat te pakken. Toen ging ze weer rechtop staan en keek hem met samengeknepen ogen aan.

Burril zag doodsbleek. Zonder zich om zijn handlangers te bekommeren, haastte hij zich naar de deur en strompelde de trap op.

Sonea hoorde een kreunend geluid en zag dat Evin weer bij bewustzijn was gekomen en haar met grote ogen aanstaarde. Hij deed twee stappen naar achteren en rende toen naar de deur. Toen de twee andere jongens zagen dat hun metgezellen ervandoor gingen, krabbelden ze haastig overeind en volgden hen.

Toen hun voetstappen wegstierven, vulde Harrins schaterlach het hele vertrek. Hij stond op, wankelde even en liep toen voorzichtig naar de deur. 'Wat is het probleem?' riep hij. 'Dachten jullie dat ze zich zomaar zou laten meenemen?' Met een grijns draaide hij zich om, knipperde met zijn ogen en keek Sonea aan. 'Goed gedaan!'

'Mooie finale, 'stemde Cery in. Hij wreef in zijn ogen en maakte een grimas. Toen pakte hij een fles uit een jaszak en begon zijn ogen te wassen met de vloeistof die de fles bevatte. Donia haastte zich naar Harrin toe en bekeek zijn verwondingen.

'Die moeten verbonden worden. Ben jij gewond, Cery?'

'Nee.' Cery gaf haar de fles.

Donia begon Harrins gezicht te wassen. De huid was rood en vlekkerig. 'Dat gaat dagenlang pijn doen. Denk je dat je hem zou kunnen genezen, Sonea?'

Sonea fronste en schudde haar hoofd. 'Ik weet het niet. Het was niet de bedoeling dat die doos in brand zou vliegen. Stel dat ik Harrin wil genezen en hem in plaats daarvan verbrand?'

Donia keek Sonea met grote ogen aan. 'Wat een afschuwelijke gedachte.'

'Je moet oefenen,' zei Cery.

Sonea keek hem aan. 'Ik heb tijd nodig om te oefenen, en een plek waar ik het ongestoord kan doen.'

Hij trok een doek uit zijn jaszak en maakte zijn dolken schoon. 'Als dit nieuws eenmaal de ronde doet, zullen de mensen het wel uit hun hoofd laten om je zelf te komen halen. Dat geeft ons wat tijd.'

'Helemaal niet,' zei Harrin. 'Je kunt er vergif op innemen dat Burril en de anderen niet gaan rondbazuinen wat hier is gebeurd. En al zouden ze dat wel doen, je hebt altijd gekken die denken dat ze meer succes zullen hebben.'

Cery fronste en vloekte toen.

'Dan kunnen we maar beter zorgen dat we zo snel mogelijk hier wegko-men,' zei Donia. 'Waar moeten we nu heen, Cery?'

Hij krabde op zijn hoofd, en glimlachte toen. 'Wie heeft hier geld?'

Harrin en Donia keken naar Sonea.

'Dat is niet van mij,' protesteerde ze. 'Het is van Jonna en Ranel.'

'Ik denk niet dat ze bezwaar zouden maken als je het gebruikte om je leven ermee te redden,' zei Donia tegen haar.

'Ze zouden het waarschijnlijk eerder heel stom vinden als je dat niet deed,' voegde Cery eraan toe.

Met een zucht pakte Sonea de gesp van de geldbuidel om haar middel. 'Ik zal ze alles terugbetalen als ik deze ellende overleef.' Ze keek Cery aan. 'Je kunt ze maar beter zo snel mogelijk vinden.'

'Dat zal ik doen. Zodra je veilig bent,' verzekerde hij haar. 'We moeten ons opsplitsen in twee groepen. Over een uur zien we elkaar weer. Ik weet een plek waar niemand je zal gaan zoeken. We kunnen er maar een paar uur blijven, maar dan hebben we in ieder geval de kans om na te denken over onze volgende stappen.'

7

Gevaarlijke bondgenoten

Rothen kwam alleen uit de stallen terug en ging langzamer lopen toen hij in de tuinen aankwam. De lucht was koud, maar niet te koud, en de stilte was welkom na de drukte van de stad. Hij haalde diep adem en zuchtte.

Hoewel hij ontelbare informanten had gesproken, waren er niet veel geweest die hem nuttige informatie hadden kunnen verstrekken. De meeste mensen koesterden de hoop dat ze juist dat kleine stukje informatie hadden, hoe onbelangrijk ook, waarmee het meisje kon worden opgepakt, zodat zij hun beloning konden incasseren. Een enkeling was zelfs alleen maar gekomen om zijn of haar grieven tegen het Gilde te spuien.

Anderen hadden echter gerapporteerd dat ze eenzame meisjes hadden gezien die zich verborgen hielden. Na een paar zoektochten in de sloppenwijken was duidelijk geworden dat er heel veel straatkinderen in donkere hoekjes verstopt zaten. Gesprekken met andere magiërs die informanten ondervroegen gaven aan dat zij dezelfde teleurstellingen te verwerken hadden gekregen.

Het zou zoveel gemakkelijker zijn geweest als er op de aankondiging van de beloning een beeltenis van het meisje had gestaan. Hij dacht met weemoed aan zijn vroegere mentor, heer Margen, die zonder veel succes had geprobeerd om mentale beelden op papier over te brengen. Dannyl had op zijn beurt de uitdaging aangenomen, maar was tot nu toe ook maar weinig opgeschoten.

Hij vroeg zich af hoe het Dannyl verging op dit moment. Het korte mentale gesprek met zijn vriend had hem duidelijk gemaakt dat de jongere magiër ongedeerd was en tegen zonsondergang zou terugkeren. Ze konden niets zeggen over Dannyls werkelijke reden om de sloppenwijken te bezoeken, omdat het altijd mogelijk was dat andere magiërs hun gesprek opvingen. Niettemin had Rothen een ondertoon van zelfingenomenheid bespeurd in de conversatie met zijn vriend.

'... weet... Rothen...'

Toen hij zijn eigen naam hoorde, keek Rothen op. De brede heggen van de tuin onttrokken de spreker aan het oog, maar Rothen wist zeker dat hij de stem had herkend.

'... deze dingen kunnen niet overhaast gedaan worden.'

De stem was van administrateur Lorlen. Hij en de man tegen wie hij sprak kwamen dichter bij de plek waar Rothen stond. Omdat hij het idee had dat ze vlak langs hem zouden lopen, liep Rothen naar een van de bankjes in de tuinen. Hij ging zitten en luisterde aandachtig naar de conversatie, die steeds beter te verstaan was.

'Ik heb uw verzoek genoteerd, Fergun,' zei Lorlen geduldig. 'Meer kan ik niet doen. Als ze is gevonden zal de zaak op de gebruikelijke manier worden afgehandeld. Op dit moment hou ik me alleen maar bezig met het vinden van het meisje.'

'Maar waarom al dit... dit gedoe? Rothen was niet de eerste die haar kracht ontdekte. Dat was ik. Hij heeft toch geen kans tegen mijn verzoek?'

De stem van de administrateur was kalm terwijl hij sprak, maar hij liep snel. Rothen glimlachte in zichzelf toen hij het paar voorbij hoorde komen.

'Het is geen "gedoe", Fergun,' zei Lorlen streng. 'Het is de wet van het Gilde. De wet zegt...'

'"De eerste magiër die magisch potentieel ontdekt in een ander heeft het recht om zijn of haar mentor te worden,"' citeerde Fergun. 'En ik was de eerste die het effect van haar macht ondervond, niet Rothen.'

'Niettemin kan er niets aan deze zaak gedaan worden tot het meisje gevonden is...'

Het tweetal was nu langs Rothen gelopen, en hun stemmen vervaagden. Hij stond op van de bank en liep in de richting van de magiërsverblijven.

Dus Fergun was van plan om mentor van dit meisje te worden. Toen Rothen had aangeboden die verantwoordelijkheid op zich te nemen, had hij niet gedacht dat een andere magiër dit zou willen doen. Zeker niet Fergun, die de lagere klassen met minachting bekeek.

Hij schudde zijn hoofd. Dat zou Dannyl niet leuk vinden. Zijn vriend had al een hekel aan Fergun sinds ze allebei novicen waren. Als hij het nieuws hoorde, zou dat zijn vaste voornemen om het meisje zelf te vinden nog meer versterken.

Het was jaren geleden sinds Cery voor het laatst in een badhuis geweest was, en hij had nog nooit de binnenkant van een van de duurdere privé-vertrekken gezien. Hij was schoon geschrobd, voor het eerst in dagen weer warm en gekleed in een dikke omslagdoek, dus was hij in een opperbeste stemming toen hij achter het meisje met de handdoeken aan in de richting van een droogkamer liep. Sonea zat daar al, op een simbamat, met een omslagdoek om haar magere lichaam en een gezicht dat gloeide als gevolg van de verzorging door de meisje van het badhuis. Toen hij haar daar zo ontspannen zag zitten, verbeterde zijn stemming nog meer.

Hij grinnikte naar haar. 'Hoi! Wat een verwennerij! Ik weet zeker dat Jonna het hiermee eens zou zijn!'

Sonea kromp in elkaar, en Cery had onmiddellijk spijt van zijn woorden. 'Sorry, Sonea.' Hij grinnikte verontschuldigend. 'Ik had je er niet aan moeten herinneren.' Hij ging naast haar op de mat zitten en leunde tegen de muur. 'Als we niet te hard praten, zijn we hier veilig,' zei hij op fluistertoon.

Ze knikte. 'En wat nu? We kunnen moeilijk hier blijven.'

'Weet ik. Ik heb er al over nagedacht.' Hij zuchtte. 'Het ziet er slecht uit, Sonea. Het zou normaal gesproken niet zo moeilijk zijn om je verborgen te houden voor de magiërs, maar nu met die beloning ligt het anders. Ik kan niemand meer vertrouwen. Ik kan geen beroep meer doen op mensen die me iets schuldig zijn... En ik weet niet waar ik je nu nog zou kunnen verbergen.'

Ze werd bleek. 'Wat moeten we dan nu?'

Hij aarzelde. Na het gevecht had hij beseft dat er nog maar één optie was. Ze zou het niet leuk vinden. Hijzelf vond het trouwens ook geen prettig vooruitzicht. Had hij maar iemand die hij kon vertrouwen. Hij schudde zijn hoofd en keek haar recht in de ogen.

'Ik denk dat we de Dieven om hulp moeten vragen.'

Sonea's ogen vlogen wijd open. 'Ben je gek geworden?'

'Ik zou pas echt gek zijn als ik niet probeerde hulp te vinden. Vroeg of laat zal iemand je zien en verraden.'

'En de Dieven dan? Waarom zouden zij dat niet doen?'

'Omdat jij iets hebt dat zij willen.'

Ze fronste en keek hem toen met een donkere blik aan. 'Magie?'

'Precies. Ik wed dat ze het prachtig zouden vinden als ze hun eigen magiër hadden.' Hij streek met zijn vingers over de mat. 'Als zij je eenmaal beschermen, ben je veilig. Niemand zal de Dieven een voet dwars durven zetten. Zelfs niet voor honderd goudstukken.'

Ze sloot haar ogen. 'Jonna en Ranel hebben altijd gezegd dat je nooit meer van de Dieven af komt als je eenmaal met hen in zee gaat. Ze verstrikken je in hun netten. Je blijft altijd bij hen in de schuld staan.'

Cery schudde zijn hoofd. 'Ik weet dat je akelige verhalen gehoord hebt. Dat heeft iedereen. Maar je moet je gewoon aan hun regels houden, dan behandelen zij jou ook eerlijk. Dat zei mijn pa altijd.'

'Ze hebben je pa anders mooi vermoord.'

'Dat was zijn eigen schuld. Hij heeft hen verraden.'

'Maar als...' Ze zuchtte en schudde haar hoofd. 'Ik heb feitelijk geen keus. Als ik het niet doe, zal het Gilde me vinden. Ik denk dat ik beter slavin van de Dieven kan zijn dan dood.'

Cery maakte een grimas. 'Zo zal het niet gaan. Als je eenmaal geleerd hebt je krachten te beheersen, ben je belangrijk en machtig. De Dieven zullen je alle vrijheid geven. Ze moeten wel. Uiteindelijk zullen ze je niet kunnen dwingen om iets te doen dat je niet wilt, toch?'

Ze keek hem aan, lang en onderzoekend. 'Je weet het niet zeker, is het wel?'

Hij dwong zich haar blik te beantwoorden. 'Ik weet zeker dat je geen andere keus hebt. Ik weet ook zeker dat ze je eerlijk zullen behandelen.'

'Dus?'

Hij beet op zijn lip. 'Ik weet alleen niet zeker wat je voor ze zult moeten doen in ruil voor hun hulp.'

Ze knikte, leunde tegen de muur en staarde enkele minuten lang zwijgend naar de tegenoverliggende wand. 'Als jij denkt dat ik het moet doen, dan doe ik het, Cery,' zei ze uiteindelijk. 'Ik ben liever schatplichtig aan de Dieven dan dat ik me overgeef aan het Gilde.'

Hij keek naar haar witte gezichtje en voelde de inmiddels bekende onrust opkomen, alleen was het deze keer eerder een schuldgevoel. Ze was bang, maar ze zou de Dieven met haar gebruikelijke onverzettelijke vastberadenheid tegemoet treden. Die gedachte maakte het voor hem alleen maar erger. Hoewel hij zich niet langer kon wijsmaken dat hij haar zou kunnen beschermen, voelde het als verraad om haar mee te nemen naar de Dieven. Hij wilde haar niet nogmaals kwijtraken.

Maar hij had geen keus.

Hij stond op en liep naar de deur. 'Ik ga Harrin en Donia zoeken,' zei hij. 'Red jij het zo?'

Ze keek hem niet aan en knikte.

Het meisje met de handdoeken stond in de gang buiten de kamer. Hij vroeg naar Harrin en Donia, en het meisje gebaarde in de richting van de volgende kamer. Hij liep naar de deur en klopte.

'Binnen,' riep Harrin.

Harrin en Donia zaten allebei op simbamatten. Donia was bezig haar haren te drogen met een handdoek.

'Ik heb het haar verteld, en ze heeft ermee ingestemd.'

Harrin fronste. 'Ik weet nog steeds niet zeker of we het wel moeten doen. Kunnen we haar niet de stad uit krijgen?'

Cery schudde zijn hoofd. 'Ik denk niet dat we ver zouden komen. Je kunt er zeker van zijn dat de Dieven ondertussen alles van haar weten: waar ze is geweest, waar ze heeft gewoond, hoe ze eruitziet, wie haar ouders waren, wie haar oom en tante zijn. Het zal niet zo moeilijk zijn om Burril en zijn maatjes zover te krijgen dat...'

'Als ze zoveel weten,' onderbrak Donia hem, 'waarom zijn ze haar dan niet gewoon komen halen?'

'Zo werken ze niet,' antwoordde Cery. 'Ze houden ervan om overeenkomsten te sluiten. Dan weten de mensen waar ze aan toe zijn en wordt voorkomen dat ze problemen gaan maken. Ze zouden ons hun bescherming hebben kunnen aanbieden, maar dat hebben ze niet gedaan. Daaruit leid ik af dat ze niet zeker weten of ze wel over magische krachten beschikt. Maar als ze merken dat wij haar de stad uit proberen te krijgen, zullen ze het zekere voor het onzekere nemen en haar verraden. Daarom is het beter om met hen samen te werken.'

Donia en Harrin keken elkaar aan. 'Wat denkt ze er zelf van?' vroeg Donia.

Cery trok een gezicht. 'Ze kent de verhalen. Ze is bang, maar ze weet dat we geen andere keus hebben.'

Harrin stond op. 'Weet je het zeker, Cery? Ik dacht dat je verliefd op haar was. Als we dit doen zie je haar misschien nooit meer.'

Cery knipperde verbaasd met zijn ogen en voelde dat hij rood werd. 'Denk je dan dat ik haar ooit nog zou zien als de magiërs haar in handen kregen?'

Harrins schouders zakten omlaag. 'Nee.'

Cery begon te ijsberen. 'Ik ga met haar mee. Ze heeft iemand nodig die weet hoe het er bij de Dieven aan toe gaat.'

Harrin greep Cery bij de arm, staarde hem diep in de ogen en liet hem weer los. 'Dus dan zullen we jou ook niet meer zo vaak zien?' vroeg hij.

Cery voelde zich schuldig. Harrin was al door vier leden van zijn bende in de steek gelaten en was niet zeker van de rest. En nu liet ook zijn beste vriend hem in de steek. 'Ik kom zo vaak ik kan. Gellin denkt toch al dat ik voor de Dieven werk.'

Harrin glimlachte. 'Goed dan. Wanneer breng je haar naar hen toe?'

'Vanavond.'

Donia legde een hand op Cery's arm. 'Maar als ze haar nu niet willen?'

Cery glimlachte grimmig. 'Ze willen haar wel, reken maar.'

De gang tussen de magiërsvertrekken was stil en leeg. Dannyls voetstappen galmden terwijl hij naar Yaldins deur liep. Hij klopte en wachtte. Hij hoorde vage stemmen achter de deur. Een vrouwenstem klonk boven alles uit: 'Wàt heeft hij gedaan?'

Een ogenblik later ging de deur open. Ezrille, de vrouw van Yaldin, keek hem met een afwezige glimlach aan en stapte naar achteren zodat Dannyl de kamer binnen kon gaan. Er stonden een aantal stoelen met dikke kussens rond een lage tafel, en in twee daarvan zaten Yaldin en Rothen.

'Hij heeft de soldaten bevolen de man uit zijn huis te gooien,' zei Yaldin in antwoord op Ezrilles eerdere vraag.

'Omdat hij kinderen op zijn zolder laat slapen? Dat is afschuwelijk!' riep Ezrille uit terwijl ze naar Dannyl gebaarde dat hij kon gaan zitten.

Yaldin knikte. 'Goedenavond, Dannyl. Wil je een kop sumi?'

'Goedenavond,' antwoordde Dannyl. 'Sumi zou heel welkom zijn, dank je. Het is een lange dag geweest.'

Rothen keek hem vragend aan, en Dannyl haalde zijn schouders op. Hij wist dat Rothen vol ongeduld wachtte op het verslag van zijn ontmoeting met de Dieven, maar Dannyl wilde eerst weten waardoor Ezrille, die altijd zo rustig en vergevingsgezind was, zo boos was geworden. 'Heb ik wat gemist?' vroeg hij.

'Gisteren is een van onze zoekers een informant gevolgd naar een huis in het betere deel van de sloppenwijken,' legde Rothen uit. 'De eigenaar van het huis stond dakloze kinderen toe op zijn zolder te slapen, en volgens de informant was er ook een ouder meisje bij. Onze collega houdt vol dat het meisje en haar metgezel vlak voordat hij binnenkwam ontsnapten, met de hulp van de eigenaar. Dus heeft hij de soldaten opgedragen de man en zijn gezin op straat te gooien.'

Dannyl fronste. 'Onze collega? Wie...?' Hij keek met samengeknepen ogen naar Rothen. 'Bedoel je Fergun?'

'Inderdaad.'

Dannyl maakte een onbeleefd geluid en glimlachte toen Ezrille hem een dampende kop sumi aangaf. 'Dank je.'

'En is het uiteindelijk ook gebeurd?' vroeg Ezrille. 'Is de man uit zijn huis gezet?'

'Lorlen heeft het bevel natuurlijk herroepen,' zei Yaldin, 'maar tegen die tijd had Fergun al het hele huis op z'n kop gezet – hij zei dat hij op zoek was naar geheime bergplaatsen.'

Ezrille schudde zijn hoofd. 'Ik kan niet geloven dat Fergun zo... zo...'

'Haatdragend kan zijn?' Dannyl snoof. 'Het verbaast me dat hij niet besloten heeft de arme man te ondervragen.'

'Dat zou hij niet durven,' zei Yaldin minachtend.

'Zeker nu niet,' stemde Dannyl in.

Rothen zuchtte en leunde achterover in zijn stoel. 'Er is meer. Ik hoorde vanavond iets interessants: Fergun wil mentor worden van het meisje.'

Dannyl voelde zijn bloed verkillen.

'Fergun?' Ezrille fronste. 'Hij is niet krachtig. Ik dacht dat het Gilde liever niet zag dat zwakkere magiërs een novice onder hun hoede nemen.'

'Dat is zo,' zei Yaldin. 'Maar het is niet verboden.'

'Hoe groot is de kans dat hij zijn zin krijgt?'

'Hij zegt dat hij de eerste was die haar krachten ontdekte, omdat hij de eerste was die de effecten ervan gevoeld heeft,' zei Rothen tegen haar.

'Is dat een goed argument?'

'Ik hoop het niet,' mompelde Dannyl. Het nieuws verontrustte hem. Hij kende Fergun goed. Te goed. Wat wilde Fergun, met zijn minachting voor de lagere klassen, met dit meisje aanvangen? 'Misschien is hij van plan wraak te nemen vanwege de vernedering op het Noordplein.'

Rothen fronste. 'Hoor eens, Dannyl...'

'Het is een mogelijkheid die je in overweging moet nemen,' onderbrak Dannyl hem.

'Fergun gaat zich heus niet al deze toestanden op de hals halen, enkel en alleen vanwege een blauwe plek, hoe zwaar zijn ego ook is aangetast,' zei Rothen op ferme toon.

'Hij wil gewoon degene zijn die haar te pakken krijgt – en hij wil niet dat de mensen dat ooit vergeten.' Dannyl keek de andere kant op. Rothen had nooit begrepen dat zijn hekel aan Fergun meer was dan een restje wrevel dat was overgebleven van hun dagen als novicen. Dannyl had maar al te goed ervaren hoe geobsedeerd Fergun kon zijn als het om wraak ging.

'Ik voorzie een heleboel gekibbel en getouwtrek over dit onderwerp,' zei Yaldin gniffelend. 'Het arme meisje heeft er geen idee van hoeveel stof ze doet opwaaien binnen het Gilde. Het gebeurt niet vaak dat twee magiërs elkaar het recht op mentorschap betwisten.'

Rothen snoof zacht. 'Ik weet zeker dat ze zich daar op dit moment niet mee bezig houdt. Na wat er op het Noordplein is gebeurd, is ze er waarschijnlijk van overtuigd dat we van plan zijn haar te doden.'

Yaldins glimlach stierf weg. 'Helaas kunnen we haar niet van het tegendeel overtuigen totdat we haar gevonden hebben.'

'O, dat weet ik nog zo net niet,' zei Dannyl zacht.

Rothen keek op. 'Heb jij een suggestie, Dannyl?'

'Ik denk dat mijn nieuwe vriend bij de Dieven zo zijn eigen manier heeft om informatie rond te sturen in de sloppenwijken.'

'Vriend?' Yaldin lachte ongelovig. 'Noem je hen nu al vrienden?'

'Relaties, dan,' zei Dannyl met een plagerige glimlach.

'Ik neem dus aan dat je succes hebt gehad?' vroeg Rothen.

'Een beetje. Het is een begin,' zei Dannyl schouderophalend. 'Ik geloof dat ik een van hun leiders gesproken heb.'

Ezrilles ogen vlogen wijd open. 'Wat was hij voor iemand?'

'Hij heet Gorin.'

'Gorin?' zei Yaldin fronsend. 'Wat een vreemde naam.'

'Het schijnt dat de leiders namen van dieren aannemen. Ik neem aan dat ze daarbij op hun eigen uiterlijk afgaan, want hij heeft wel wat weg van dat dier. Hij is enorm groot, en heel harig. Je zou bijna verwachten dat hij hoorns had.'

'Wat zei hij?' vroeg Rothen nieuwsgierig.

'Hij heeft niets beloofd. Ik heb hem verteld hoe gevaarlijk het is om in de buurt te zijn van een magiër die niet heeft geleerd zijn of haar eigen krachten te beheersen. Maar hij leek zich vooral te interesseren voor wat het Gilde ervoor overhad om haar te vinden.'

Yaldin fronste. 'De hogere magiërs zullen het er niet mee eens zijn dat we zaken doen met de Dieven.'

Dannyl wuifde het weg. 'Natuurlijk niet. Ik heb hem dat ook verteld, en dat begreep hij wel. Ik denk dat hij geld zou accepteren.'

'Geld?' Yaldin schudde zijn hoofd. 'Ik weet niet...'

Dannyl spreidde zijn handen. 'Aangezien we al een beloning uitloven, zal het niet veel uitmaken als een van de Dieven die krijgt. Iedereen weet dat het geld naar iemand in de sloppen zal gaan, dus moeten ze ook verwachten dat die iemand niet van onbesproken gedrag zal zijn.'

Ezrille rolde met haar ogen. 'Alleen jij kan zoiets redelijk laten klinken, Dannyl.'

Dannyl grinnikte. 'En het wordt nog veel mooier. Als we dit goed aanpakken, zal iedereen zichzelf feliciteren met het feit dat ze de Dieven ertoe gebracht hebben ons een dienst te verlenen.'

Ezrille lachte. 'Ik hoop niet dat de Dieven dit beseffen, want dan zouden ze wel eens kunnen weigeren je te helpen.'

'Voorlopig moet het in ieder geval geheim blijven,' zei Dannyl. 'Ik wil niet dat hier ophef over ontstaat tot ik zeker weet of Gorin ons al dan niet wil helpen. Kan ik erop rekenen dat jullie je mond houden?'

Ezrille knikte enthousiast. Rothen boog eenmaal het hoofd. Yaldin fronste en haalde toen zijn schouders op.

'Best. Maar wees voorzichtig, Dannyl. Het is niet alleen je eigen huid die je op het spel zet.'

'Dat weet ik.' Dannyl glimlachte. 'Dat weet ik.'

Het reizen langs het Dievenpad bij lamplicht bleek sneller en interessanter te zijn dan te moeten tasten in het duister. De muren van de gangen waren van een grote verscheidenheid aan steen gemaakt. Er waren symbolen in de muren gekerfd en hier en daar stonden tekens bij de diverse kruispunten.

De gids stopte bij een kruising, zette de lamp op de vloer en haalde een paar lappen zwarte stof uit zijn jaszak. 'Vanaf hier moeten jullie een blinddoek voor.'

Cery knikte en bleef stil staan terwijl de man de lap stof rond zijn ogen bond. Daarna ging de man achter Sonea staan, en zij sloot haar ogen toen het ruwe materiaal strak om haar hoofd werd gebonden. Ze voelde een hand op haar schouder, toen een tweede om haar pols, die haar de gang door begon te trekken.

Hoewel ze probeerde te onthouden in welke richting ze gingen, was ze al snel de kluts kwijt. Ze schuifelden door de duisternis en hoorden allerlei vage geluiden: stemmen, voetstappen, druppelend water en enkele geluiden die ze niet kon thuisbrengen. De blinddoek kriebelde op haar huid, maar ze durfde niet te krabben omdat ze bang was dat de gids misschien zou denken dat ze probeerde te kijken.

Toen de gids weer stopte slaakte ze een zucht van verlichting. Haar blinddoek werd afgenomen. Ze keek Cery aan en hij glimlachte geruststellend terug.

De gids pakte een gladde stok uit zijn jas en stak die door een gat in de muur. Na een korte pauze draaide een deel van de muur naar binnen, en een grote, gespierde man kwam naar buiten.

'Ja?'

'Cery en Sonea, voor Faren,' zei de gids.

De man knikte, opende de deur iets verder en maakte een hoofdgebaar naar Sonea en Cery. 'Ga maar naar binnen.'

Cery aarzelde en wendde zich tot de gids. 'Ik had gevraagd of ik Ravi kon spreken.'

De man glimlachte scheef. 'Dan zal Ravi wel willen dat je Faren spreekt.'

Cery haalde zijn schouders op en liep naar binnen. Sonea volgde hem, en vroeg zich af of een Dief die naar een giftig, achtpotig insect genoemd was gevaarlijker was dan een Dief met de naam van een knaagdier.

Ze kwamen een kleine kamer binnen. Twee zwaargebouwde mannen zaten op stoelen aan weerszijden van het vertrek naar hen te kijken. De eerste sloot de deur naar de gang en opende toen een deur aan de overzijde van het kamertje. Hij gebaarde dat ze door moesten lopen.

Aan de muren van de volgende kamer hingen lampen die warme gele lichtkringen op het plafond wierpen. De vloer was bedekt met een groot kleed dat was afgezet met franje met goudkleurige punten. Achter in de kamer, achter een tafel, zat een man met een donkere huid, gekleed in zwarte, nauwsluitende kleding. Schokkend gele ogen keken hen onderzoekend aan.

Sonea staarde terug. De Dief was een Lonmar, een lid van het trotse woestijnvolk dat ver ten noorden van Kyralia woonde. Lonmar waren een zeldzame verschijning in Imardin; er waren er niet veel die buiten hun eigen rigide cultuur wilden leven. De Lonmar beschouwden diefstal als een ernstig vergrijp. Ze geloofden dat iemand die iets stal, hoe klein ook, een deel van zijn of haar ziel verloor. Maar hier zat dan toch een Lonmarse Dief.

De man kneep zijn ogen half dicht. Sonea besefte dat ze stond te staren en keek snel naar de grond. Hij leunde achterover in zijn stoel, glimlachte en wenkte haar met een lange, bruine vinger.

'Kom eens dichterbij, meisje.'

Sonea liep naar voren tot ze vlak bij de tafel stond.

'Dus jij bent degene die het Gilde zoekt?'

'Ja.'

'Sonea, nietwaar?'

'Ja.'

Faren tuitte zijn lippen. 'Ik verwachtte een veel imposantere verschijning.' Hij haalde zijn schouders op, leunde voorover en zette zijn ellebogen op de tafel. 'En hoe moet ik weten dat jij bent wie je zegt dat je bent?'

Sonea keek over haar schouder. 'Cery zei dat jullie zouden weten dat ik het was, dat jullie mij vast al in de gaten zouden houden.'

'Is dat zo?' Faren gniffelde en zijn blik gleed in de richting van haar vriend. 'Slimme jongen, die kleine Ceryni, net als zijn vader. Ja, we houden jou – jullie allebei – al enige tijd in de gaten, maar Cery het langst. Kom eens hier, Cery.'

Cery ging naast Sonea staan.

'Ravi stuurt je de groeten.'

'Van het ene knaagdier aan het andere?' zei Cery met een lichte trilling in zijn stem.

Even flitsten de witte tanden, maar Farens grijns verdween snel, en zijn gele ogen gleden weer naar Sonea.

'Dus jij hebt magie?'

Sonea slikte om haar keel te smeren. 'Ja.'

'Heb je er iets mee gedaan sinds je kleine verrassing op het Noordplein?'

'Ja.'

Farens wenkbrauwen schoten omhoog. Hij streek met een hand door zijn haar. Bij zijn slapen had hij enkele grijze haren, maar zijn gezicht vertoonde geen enkele rimpel. Hij had veel ringen aan zijn vingers, sommige met grote stenen. Sonea had nog nooit zulke grote edelstenen gezien aan de handen van een sloppenbewoner; maar deze man was natuurlijk geen gewone slopper.

'Je hebt een slecht moment uitgekozen om je bewust te worden van je krachten, Sonea,' zei Faren tegen haar. 'De magiërs zijn erop gebrand je te vinden. Hun zoektochten zijn bijzonder lastig voor ons – en de beloning die is uitgeloofd is ongetwijfeld bijzonder lastig voor jullie. Zou het niet veel beter zijn als wij je aan hen overdroegen en de beloning opstrijken? Dan houden de zoektochten op, ik word nog een beetje rijker dan ik al ben, en die lastige magiërs verdwijnen...'

Ze keek Cery weer aan. 'We kunnen ook een overeenkomst sluiten.'

Faren haalde zijn schouders op. 'Dat kan. Wat heb je te bieden?'

'Mijn vader zei dat je hem iets schuldig was...' begon Cery.

De gele ogen keken hem vernietigend aan. 'Je vader is al zijn rechten kwijtgeraakt toen hij ons bedroog,' snauwde Faren.

Cery boog zijn hoofd, maar stak toen zijn kin naar voren en keek de Dief recht in de ogen. 'Mijn vader heeft me veel geleerd. Misschien kan ik...'

Faren snoof en wuifde met zijn hand. 'Misschien dat je ons ooit tot nu kunt zijn, kleine Ceryni, maar helaas heb je niet het soort vrienden die je vader had – en je vraagt veel. Weet je dat op het verbergen van een wilde magiër voor het Gilde de doodstraf staat? Er is niets dat de koning vreselijker vind dan het idee dat er ergens een magiër rondloopt die dingen doet die hij niet heeft bevolen.' Zijn ogen gleden naar Sonea en hij glimlachte sluw. 'Maar het is een interessant idee. Een idee dat mij heel erg aanspreekt.' Hij vouwde zijn handen. 'Wat heb je gedaan met je krachten, sinds de Opruiming?'

'Ik heb iets in brand gestoken.'

Farens ogen schitterden. 'Werkelijk? En verder nog iets?'

'Nee.'

'Waarom laat je nu niet wat zien.'

Ze staarde hem aan. 'Nu?'

Hij gebaarde naar een van de boeken op de tafel. 'Probeer dit eens te bewegen.'

Sonea keek Cery aan. Haar vriend knikte bijna onmerkbaar. Ze beet op haar lip en hield zichzelf voor dat ze zich op het moment dat ze ermee instemde de Dieven om hulp te vragen, erbij had neergelegd dat ze haar magie zou moeten gebruiken, hoe ongemakkelijk ze zich er ook bij voelde.

Faren leunde achterover in zijn stoel. 'Toe maar.'

Sonea haalde diep adem, staarde naar het boek en probeerde het met haar wil te laten bewegen.

Er gebeurde niets.

Met een frons dacht ze terug aan het Noordplein, en aan haar gevecht tegen Burril. Ze was beide keren boos geweest, herinnerde ze zich. Ze sloot haar ogen en dacht aan de magiërs. Ze hadden haar leven verwoest. Het was hun schuld dat ze zichzelf verkocht aan de Dieven omdat ze bescherming nodig had. Ze voelde de woede omhoog komen, opende haar ogen en projecteerde de kwaadheid op het boek.

De lucht kraakte en een flits verlichtte de kamer. Faren sprong achteruit en vloekte toen het boek in brand vloog. Hij pakte een glas en gooide haastig de inhoud over het boek om het vuur te doven.

'Het spijt me,' zei Sonea haastig. 'Het ging de vorige keer ook al niet precies zoals ik wilde. Ik zal...'

Faren hief een hand op om haar tot zwijgen te manen, en grinnikte toen. 'Ik denk dat je iets hebt dat de moeite van het beschermen waard is, kleine Sonea.'

8

Boodschappen in de duisternis

Rothen keek de volle Nachtzaal rond en besefte dat het een vergissing was geweest zo vroeg te komen. Iedereen die hem zag bestookte hem met vragen, zodat hij steeds opnieuw hetzelfde verhaal moest vertellen.

'Ik lijk wel een novice die formules uit zijn hoofd moet opdreunen,' mopperde hij tegen Dannyl.

'Misschien moet je iedere avond een verslag schrijven en dat aan een spijker aan je deur hangen.'

'Ik denk niet dat het zou helpen. Ik weet zeker dat ze zouden denken dat ze een essentieel stukje informatie mislopen als ze mij niet persoonlijk ondervragen.' Rothen keek naar de groepjes druk pratende magiërs. 'En ze willen het om een of andere reden allemaal alleen van mij horen. Waarom vallen ze jou niet lastig?'

'Respect voor je overduidelijk hogere leeftijd,' antwoordde Dannyl.

Rothen keek zijn vriend met samengeknepen ogen aan. 'Overduidelijk?'

'Aha, hier is wijn om je arme, overwerkte stembanden mee te smeren.' Dannyl wenkte een bediende met een blad.

Rothen nam een glas en nipte er waarderend van. Om onnaspeurbare redenen was hij de officieuze coördinator van de zoektocht naar het meisje geworden. Iedereen behalve Fergun en zijn vrienden vroeg Rothen om instructies. Daardoor kon hij minder tijd besteden aan het zoeken zelf, en hij werd vaak uit zijn concentratie gehaald door mentale communicatie van collega's die wilden dat hij de meisjes die ze gevonden hadden identificeerde.

Rothen kromp ineen toen hij een hand op zijn schouder voelde. Toen hij opkeek zag hij administrateur Lorlen naast zich staan.

'Goedenavond, heer Rothen, heer Dannyl,' zei Lorlen. 'De opperheer wil u spreken.'

Rothen keek naar de andere kant van de zaal, waar de opperheer in zijn favoriete stoel zat. Het geroezemoes zakte af tot een gezoem van belangstelling naarmate meer mensen Akkarins aanwezigheid opmerkten. *Blijkbaar moet ik mijn lesje nogmaals opzeggen*, dacht Rothen terwijl hij en Dannyl naar de Gildeleider toestapten.

De opperheer keek op toen hij hen zag aankomen en begroette hen met een bijna onzichtbare hoofdbeweging. Zijn lange vingers omklemden een wijnglas.

'Ga zitten, alstublieft,' zei Lorlen met een gebaar naar twee lege stoelen. 'Vertel ons hoe het ervoor staat met uw speurtocht.'

Rothen en Dannyl namen plaats. 'We hebben meer dan tweehonderd informanten gesproken,' begon Rothen. 'De meesten van hen hadden geen nuttige informatie. Een enkeling had een meisje dat hij ervan verdacht het gezochte te zijn opgesloten, ondanks onze waarschuwing dat niemand haar mocht benaderen. We hebben op aanwijzing van informanten enkele plaatsen bezocht waar het meisje geacht werd zich verborgen te houden, maar dat liep in alle gevallen op een teleurstelling uit. En dat is helaas alles dat ik tot nu toe te melden heb.'

Lorlen knikte. 'Heer Fergun gelooft dat iemand haar beschermt.'

Dannyl kneep zijn lippen tot een smalle streep, maar zei niets.

'De Dieven?' stelde Rothen voor.

Lorlen haalde zijn schouders op. 'Of een wilde magiër. Ze had snel in de gaten hoe ze haar aanwezigheid moest verbergen.'

'Een wilde magiër?' Rothen keek naar Akkarin en herinnerde zich diens bewering dat er geen wilde magiërs in de sloppen waren. 'Denkt u dat er reden is om aan te nemen dat zich daar inmiddels wel een bevindt?'

'Ik heb iemand magie voelen gebruiken,' zei Akkarin zacht. 'Niet veel, en niet lang. Ik geloof dat ze alleen aan het experimenteren is, aangezien een leraar haar inmiddels wel zou hebben geleerd hoe ze haar activiteiten moest afschermen.'

Rothen staarde de opperheer aan. Dat Akkarin dergelijke zwakke magische gebeurtenissen in de stad kon voelen was verbazingwekkend. Onrustbarend zelfs. Toen de donkere ogen van de man hem aankeken, sloeg Rothen snel zijn blik neer.

'Dat is... interessant nieuws,' zei hij.

'Zou u... zou u haar kunnen traceren?' vroeg Dannyl.

Akkarin tuitte zijn lippen. 'Ze gebruikt af en toe magie, soms in korte uitbarstingen, soms enkele uren achtereen. Als u erop zou wachten en u zou zich concentreren, zou u ze ook kunnen voelen, maar u zou de tijd niet hebben om haar te vangen, tenzij ze haar krachten langere tijd achtereen aanwendde.'

'Maar iedere keer dat ze het doet, kunnen wij dichterbij komen,' zei Dannyl nadenkend. 'We zouden ons door de hele stad kunnen verspreiden en afwachten. Iedere keer dat ze experimenteert kunnen we dichterbij komen, en uiteindelijk komen we er dan wel achter waar ze zit.'

De opperheer knikte. 'Ze bevindt zich in het noordelijk deel van de Buitencirkel.'

'Dan beginnen we daar morgen,' zei Dannyl. 'Maar we moeten ervoor waken dat ze merkt wat we aan het doen zijn. Als iemand haar beschermt, zijn er misschien helpers die uitkijken naar magiërs.' Hij trok een wenkbrauw op naar de opperheer. 'We zouden aanzienlijk meer kans op succes hebben als we ons vermomden.'

De hoeken van Akkarins mond krulden omhoog. 'Mantels zouden uw gewaden heel effectief kunnen bedekken.'

Dannyl knikte snel. 'Natuurlijk.'

'Jullie hebben maar één kans,' waarschuwde Lorlen. 'Als ze ontdekt dat jullie haar gebruik van magie kunnen peilen, zal ze proberen ons te dwarsbomen door na ieder experiment te verhuizen.'

'Dan moeten we snel zijn – en hoe meer magiërs er meedoen, des te sneller we haar kunnen vinden.'

'Ik zal meer vrijwilligers vragen.'

'Dank u, administrateur.' Dannyl boog zijn hoofd.

Lorlen glimlachte en leunde achterover in zijn stoel. 'Ik had niet gedacht dat ik nog eens blij zou zijn te horen dat onze kleine vluchtelinge is begonnen haar krachten te gebruiken.'

Rothen fronste. *Ja,* dacht hij, *maar iedere keer dat ze het doet loopt ze een grotere kans de beheersing erover te verliezen.*

Hoewel het pakje klein was, was het ook behoorlijk zwaar. Er klonk een bons toen Cery het op de tafel liet vallen. Faren pakte het op en scheurde het papier eraf. Het was een kleine houten doos. Toen hij hem opende, verschenen er kleine kringetjes van weerkaatst licht op de Dief en de muur achter hem.

Cery keek naar de inhoud en voelde zijn borstkas samentrekken toen hij de glanzende munten zag. Faren trok een houten blok met vier pennen erin naar zich toe. Cery keek hoe de Dief de munten op de pennen begon te zetten. De gaten in de munten pasten precies om de vier pennen: goud op de ronde, zilver op de vierkante en de grote koperstukken op de driehoekige pen. De laatste pen, voor de kleine koperstukken waar Cery het meest mee bekend was, bleef leeg. Toen de stapel goud tien munten hoog was, zette Faren die op een 'kap', een houten stokje met stoppers aan beide kanten, en legde die opzij.

'Ik heb nog een klusje voor je, Cery.'

Cery trok zijn blik met tegenzin los van de rijkdom voor hem, ging rechtop staan en fronste toen de betekenis van Farens woorden tot hem doordrong. Hoeveel van dit soort 'klusjes' zou hij nog moeten opknappen voordat hij Sonea mocht zien? Het was meer dan een week geleden dat Faren haar had meegenomen. Hij slikte zijn ergernis in en knikte tegen de Dief.

'Wat is het?'

Faren leunde achterover in zijn stoel, met een geamuseerde blik in zijn gele ogen. 'Dit is misschien een klusje dat beter bij jouw talenten past. Een tweetal bandieten valt de laatste tijd winkels binnen rond het centrum van de Noordkant – winkels van mannen met wie ik een overeenkomst heb. Ik wil dat jij voor me ontdekt waar dat tweetal zich bevindt, en ze een bood-schap stuurt op zo'n manier dat zij zeker weten dat ik op ze let. Kun je dat?'

Cery knikte. 'Hoe zien ze eruit?'

'Ik heb een van mijn mannen naar de winkels gestuurd om de eigenaren te ondervragen. Hij zal de details met je doorspreken. Neem dit.' Hij gaf Cery een opgevouwen stukje papier. 'Wacht buiten.'

Cery draaide zich om en aarzelde toen. Hij keek om naar Faren en vroeg zich af of dit een goed moment was om naar Sonea te vragen.

'Binnenkort,' zei Faren. 'Morgen, als alles goed gaat.'

Cery knikte, liep naar de deur en ging naar buiten. Toen hij de wantrou-wende blik zag waarmee de zwaargebouwde bewakers hem bekeken, glim-lachte hij naar hen. Het is niet verstandig om iemands bedienden tegen je in het harnas te jagen, had zijn vader hem geleerd. Het beste is om te zorgen dat ze je heel graag gaan mogen. Het tweetal leek zo op elkaar dat ze vast en zeker broers waren – hoewel een van hen een groot litteken op zijn wang had, waardoor ze eenvoudig uit elkaar te houden waren.

'Ik moet hier wachten,' zei hij tegen hen. Hij gebaarde naar een stoel. 'Is die vrij?'

De man met het litteken haalde zijn schouders op. Cery ging zitten en keek de kamer rond. Zijn ogen werden naar een felgroen stuk stof getrok-ken dat aan de muur hing. Er was een gouden motief op geborduurd.

'Hé! Is dat wat ik denk dat het is?' zei hij terwijl hij weer opstond.

De man met het litteken grinnikte. 'Inderdaad.'

'Een zadellint van Donderwind?' fluisterde Cery vol ontzag. 'Waar heb-ben jullie dat vandaan?'

'Mijn neef is staljongen in Huis Arran,' antwoordde de man. 'Hij heeft het voor me weten te bemachtigen.' Hij streelde het stuk stof. 'Dat paard heeft twintig goud voor me gewonnen.'

'Ze zeggen dat zijn nakomelingen ook hard gaan.'

'Er zal er nooit meer een zijn zoals hij.'

'Heb je de wedstrijd ook gezien?'

'Nee. Jij wel?'

Cery grinnikte. 'Ik ben langs de tolwachters geslopen. Een simpel trucje. Ik wist niet dat het Donderwinds grote dag zou zijn, ik had gewoon mazzel.' De ogen van de bewaker werden verdacht mistig terwijl hij naar Cery's beschrijving van de wedstrijd luisterde.

Ze werden onderbroken door een klop op de deur. De zwijgende bewa-ker opende de deur en liet een lange, pezige man binnen met een zuur gezicht en een zwarte overjas.

'Ceryni?'

Cery stapte naar voren. De man keek hem met opgetrokken wenkbrauw aan en gebaarde toen dat hij hem moest volgen. Cery knikte naar de beide bewakers en liep de gang in.

'Ik moet je op de hoogte brengen,' zei de man.

Cery knikte. 'Hoe zien die lui eruit?'

'De een is mijn lengte, maar zwaarder, de ander is kleiner en mager. Ze hebben kort zwart haar – uit wat ik gehoord heb, maak ik op dat ze het zelf knippen. Er is iets vreemds met de ogen van de grootste. De ene winkelier zei dat ze een rare kleur hadden, een andere zei dat hij scheel keek. Verder zijn het gewone, gemiddelde sloppers.'

'Wapens?'

'Messen.'

'Weet je waar ze wonen?'

'Nee, maar een van de winkeliers heeft ze vanavond in het bolhuis gezien. Jij gaat daar nu ook heen, dan kun je ze volgen. Ze nemen vast en zeker een omweg naar huis, en zullen waarschijnlijk proberen te voorkomen dat ze gevolgd worden.'

'Natuurlijk. Wat is hun stijl?'

De man keek met een ondefinieerbare uitdrukking achterom. 'Ruw. Ze hebben de winkeliers en hun familieleden in elkaar geslagen. Maar ze zijn niet blijven hangen. Ze zijn vertrokken zodra ze hadden wat ze zochten.'

'Wat hebben ze meegenomen?'

'Vooral geld. Een beetje drank, als dat er was. We zijn er bijna.'

Ze kwamen de tunnels uit in een donkere straat. De gids deed zijn lamp uit en bracht Cery naar een bredere straat, waar ze bleven staan in de schaduw van een portiek. Het geluid van dronken stemmen vestigde hun aandacht op een bolhuis aan de overzijde van de straat.

De gids maakte een snel, vragend gebaar. Cery volgde de blik van de man en zag iets bewegen in een steegje in de buurt.

'Ze zijn nog hier. We zullen wachten.'

Cery leunde tegen de deur. Zijn metgezel bleef zwijgend staan en keek geconcentreerd naar het bolhuis. Het begon te regenen. De druppels kletterden op de daken en vormden plassen. Terwijl ze stonden te wachten klom de zon boven de huizen uit en verlichtte de hele straat, voordat de grijze wolken ervoor schoven zodat er nog slechts een spookachtige gloed aan de hemel te zien was.

Mannen en vrouwen kwamen in kleine groepjes het bolhuis uit. Toen een grote groep mannen de straat op kwam, lachend en dronken waggelend, verstijfde Cery's metgezel. Toen Cery beter keek, zag hij twee figuren langs de feestvierders glippen. De wachtpost in de steeg gebaarde met zijn handen en Cery's metgezel knikte.

'Dat zijn ze.'

Cery knikte en liep de regen in. Hij bleef in de schaduwen terwijl hij de twee mannen volgde. De een was duidelijk stomdronken; de ander liep met veel zelfvertrouwen om de plassen heen. Cery zorgde dat hij op gepaste afstand bleef, en luisterde hoe de dronken man zijn metgezel berispte omdat deze te weinig gedronken had.

'D'rgebeurtniks, Tull'n,' zei hij met dubbele tong. 'Wezijnslimmerd'nzij.'

'Kop dicht, Nig.'

Het tweetal volgde een kronkelige route door de sloppen. Van tijd tot tijd bleef Tullin staan en keek achterom. Hij merkte Cery in de schaduwen echter niet op. Uiteindelijk was hij het gezwets van zijn vriend zat en ging hij enkele tientallen meters voor hem lopen. Ze kwamen aan bij een verlaten winkel.

Toen het stel naar binnen was gegaan, kwam Cery dichterbij om het gebouw aan een nader onderzoek te onderwerpen. Er lag een uithangbord op straat. Hij herkende het woord voor raka. Hij tastte naar het opgevouwen stukje papier in zijn borstzak en dacht na over de boodschap die het bevatte.

Faren wilde dat de twee kerels de stuipen op het lijf gejaagd zou worden. De boodschap moest hun duidelijk maken dat de Dieven alles van ze wisten: wie ze waren, waar ze zich verborgen hielden, wat ze gedaan hadden, en hoe gemakkelijk het voor de Dieven zou zijn om hen een kopje kleiner te maken. Cery beet op zijn lip en dacht na.

Hij kon het briefje gewoon onder de deur door schuiven, maar dat was te gemakkelijk. Het zou de kerels niet zo laten schrikken als de ontdekking dat iemand hun schuilplaats binnen was gegaan. Hij zou moeten wachten tot ze weer naar buiten kwamen en dan naar binnen gaan en het briefje ergens neerleggen, goed in het zicht.

Of toch niet? Ze zouden zeker schrikken als ze thuiskwamen en het briefje op de tafel vonden, maar ze zouden nog veel erger schrikken als ze wakker werden en ontdekten dat er iemand binnengedrongen was terwijl ze sliepen.

Met een glimlach bekeek Cery de schuilplaats. De verlaten winkel was er een in een rij, en deelde aan weerszijden een muur met een andere winkel. Daardoor was er alleen een voordeur en een achterdeur waardoor hij naar binnen kon. Cery liep naar het eind van de straat en ging de steeg in die achter de huizen liep. Overal stonden lege kratten en lagen hopen vuil. Hij telde de deuren, en wist dat hij de goede winkel had toen hij de stinkende zakken met rottende rakabladeren tegen de muur zag staan. Hij zakte door zijn knieën en keek door het sleutelgat van de achterdeur.

Er brandde een lamp binnen. Nig lag in een bed tegen de muur en snurkte zacht. Tullin ijsbeerde en wreef over zijn gezicht. Toen het lamplicht op zijn gezicht viel, zag Cery zijn vreemd gevormde oog met de diepe schaduw eronder.

De grote man kon blijkbaar de slaap niet vatten – misschien maakte hij zich zorgen dat de Dieven zouden kunnen binnenkomen. Alsof hij Cery's gedachten gelezen had, liep Tullin plotseling naar de achterdeur. Cery verstijfde en stond klaar om weg te rennen, maar Tullin maakte geen aanstalten om de deurkruk te pakken. In plaats daarvan sloot hij zijn vingers rond iets in de lucht en streek erlangs. Een draad, dacht Cery. Hij hoefde niet te zien wat er boven de deur hing om te weten dat Tullin een val gezet had voor onverwacht bezoek.

Tevreden liep Tullin naar het tweede bed. Hij trok een mes uit zijn riem en legde dit op een tafeltje, en vulde toen de olielamp bij. Na een laatste blik om zich heen strekte hij zich uit op het bed.

Cery dacht na over de deur. Raka kwam in Imardin aan als lange rissen bonen, in hun eigen bladeren gewikkeld. De bonen werden door de verkoper losgesneden van de stengels en daarna geroosterd. De bladeren en stengels werden meestal in een afvoer gegooid die naar een groot vat buiten leidde. Deze vaten werden door jongens verzameld die de inhoud weer verkochten aan boeren in de buurt van de stad.

Cery liep langs de muur en vond het luik van de afvoer. Deze was van binnenuit afgesloten met een simpele grendel. Niet moeilijk te openen. Hij pakte een flesje uit zijn jas en een lang, dun rietje. Hij zoog wat olie op in het rietje en smeerde de grendel en de scharnieren van het luik. Daarna stopte hij het flesje en het rietje weer weg, pakte wat andere instrumenten en begon aan de grendel te morrelen. Het ging niet snel, maar zo had Tullin in ieder geval de tijd om in slaap te vallen. Toen het luik vrij was, opende Cery het voorzichtig en keek naar de kleine ruimte erachter. Hij stopte de werktuigen weer in zijn zak, pakte een stukje gepolijst metaal uit de doek waarin het gewikkeld was en stak het in het afvoergat, zodat hij in het spiegelende oppervlak van het metaal Tullins valstrik kon bestuderen.

Hij lachte bijna hardop om wat hij zag. Er hing een hark boven de deur. Het eind van het handvat was met touw aan de bovenste deurpost vastgebonden, en de ijzeren tanden hingen aan een nokbalk, waarschijnlijk aan een spijker. Een stuk touw liep van de tanden naar de deurknop.

Al te simpel, bedacht Cery. Hij zocht naar nog meer valstrikken, maar vond er geen. Hij trok zijn arm terug uit het afvoergat, liep naar de deur en pakte weer zijn olie. Een snelle inspectie van het slot vertelde hem dat dit geforceerd was, waarschijnlijk door de bandieten zelf toen ze de winkel voor de eerste keer binnendrongen.

Cery pakte een klein doosje uit zijn jas, opende het en pakte er een dun mesje uit. Uit een andere zak haalde hij een stuk gereedschap met een scharnier, een erfstuk van zijn vader. Hij maakte dit stuk gereedschap aan het mesje vast, stak het geheel door het sleutelgat en zocht de deurknop. Toen hij die had gevonden, liet hij het mesje erlangs glijden tot hij de lichte druk van het touwtje voelde. Hij drukte er stevig tegen.

Hij liep terug naar het afvoergat en zag in zijn spiegel dat de draad nu los van de balk hing, waar het geen kwaad meer kon. Tevreden borg hij zijn gereedschap op, waarna hij een paar doeken om zijn laarzen bond. Hij haalde diep adem en maande zichzelf tot kalmte.

Cery opende de deur zonder geluid te maken. Hij sloop naar binnen en keek naar de slapende mannen.

Zijn vader had altijd gezegd dat de beste manier om naar iemand toe te sluipen was om juist niet te sluipen. Hij bekeek de twee bandieten. Ze sliepen allebei, en de dronken man snurkte zacht. Cery liep de kamer door en keek naar de voordeur. Er stak een sleutel in het slot. Hij draaide zich om en keek nogmaals naar de mannen.

Tullins mes glom in het duister. Cery liep naar de bandiet toe en pakte behoedzaam het mes. Toen liep hij naar de tafel in het midden van de kamer, trok Farens boodschap uit zijn borstzak, vouwde het briefje open en pinde het met het mes aan het tafelblad vast.

Dat moet genoeg zijn. Hij liep naar de voordeur en pakte de sleutel. Toen hij hem omdraaide, klikte het slot. Tullins oogleden bewogen even, maar zijn ogen gingen niet open. Cery deed de deur open en stapte naar buiten. Daarna sloeg hij de deur met een klap dicht.

Hij hoorde binnen iemand roepen. Hij rende naar het donkere portiek van de volgende winkel en keek wat er gebeurde. Een ogenblik later vloog de deur van de winkel waar de bandieten zaten wijd open en Tullin keek naar buiten. Zijn gezicht zag er bleek uit in het vale maanlicht. In het huis klonk een protest, gevolgd door een uitroep van afschuw. Tullin fronste en ging weer naar binnen.

Met een glimlach glipte Cery de donkere nacht in.

Sonea vervloekte Faren binnensmonds en staarde vertwijfeld naar de tak die in de haard voor haar lag. Het ding weigerde hardnekkig om in brand te vliegen. Nadat ze met enkele andere zaken had geëxperimenteerd, had ze besloten dat hout het veiligste materiaal was om mee te werken als ze met magie experimenteerde. Het was niet goedkoop – hout werd in de bergen in het noorden gekapt en dreef via de Taralirivier naar de stad – maar het was niettemin vervangbaar en er was genoeg van in de kamer.

Ze keek om zich heen. De aanblik van de kamer was genoeg om haar ervan te overtuigen dat het de moeite en frustratie waard was om te blijven proberen. Overal om haar heen stonden glimmend gewreven tafels en stoelen met dikke kussens, en in de kamer hiernaast stonden zachte bedden, en een ruime voorraad voedsel en drank. Faren behandelde haar als een geëerde gast van een van de grote Huizen, maar ze voelde zich een gevangene. Deze schuilplaats had geen ramen, en bevond zich geheel onder de grond. Hij kon alleen via het Dievenpad bereikt worden, en werd dag en nacht bewaakt. Slechts Farens meest vertrouwde medewerkers, zijn 'familie', wist ervan.

Ze was nu veilig voor zowel de magiërs als de sloppers die de beloning wilden opstrijken, en haar grootste vijand was de verveling. Nadat ze zes dagen naar de muren had gestaard was zelfs de luxe aankleding van de kamer niet langer een afleiding, en hoewel Faren zo af en toe langskwam had ze weinig anders te doen dan experimenteren met magie.

Misschien was dat ook wel de bedoeling van Faren. Ze keek naar de tak en voelde weer een steek van frustratie. Hoewel ze een aantal malen per dag haar krachten had aangeroepen sinds ze hier was gekomen, deden ze nooit wat ze wilde. Als ze iets wilde verbranden, bewoog het voorwerp. Als ze zei dat het moest bewegen, explodeerde het. En als ze het wilde breken, vloog

103

het in brand. Toen ze dit tegen Faren zei, had hij geglimlacht en gezegd dat ze moest blijven oefenen.

Met een grimas concentreerde Sonea zich weer op de tak. Ze haalde diep adem en staarde naar het stuk hout. Ze vernauwde haar ogen tot spleetjes en probeerde het hout te dwingen over de stenen van de haard te bewegen. Er gebeurde niets.

Ze zuchtte en ging weer op haar hurken zitten. De magie had alleen gewerkt op momenten dat ze boosheid of haat voelde. Hoewel ze die emoties kon oproepen door aan iets te denken dat haar kwaad maakte, was het uitputtend en deprimerend om dit te doen. Maar de magiërs deden niet anders, bracht ze zichzelf in herinnering. Hadden zij een voorraad woede en haat om uit te putten? Ze huiverde. Wat waren dat voor mensen?

Ze staarde naar een stuk wol en besefte dat zij hun voorbeeld moest volgen. Ze zou haar woede en haar haat moeten verzamelen, opslaan voor het geval ze magie nodig had. Als ze dat niet deed, zou ze falen en dan zou Faren haar bij het Gilde afleveren.

Ze sloeg haar armen om haar lichaam en voelde een verstikkende wanhoop over zich komen. *Ik zit in de val,* dacht ze. *Ik heb twee keuzes: ik word een van hen, of ik laat mij door hen vermoorden.*

Een zacht knetterend geluid bereikte haar oren. Ze sprong overeind en draaide zich om. Heldere oranje vlammen speelden over het oppervlak van een klein tafeltje. Sonea's hart begon als een razende te kloppen.

Heb ik dat gedaan? vroeg ze zich af. *Maar ik was niet kwaad.*

Het vuur begon harder te knetteren en laaide hoger op. Sonea vroeg zich koortsachtig af wat ze moest doen. Wat zou Faren zeggen als hij ontdekte dat zijn schuilplaats in vlammen was opgegaan? Sonea snoof. Hij zou waarschijnlijk geïrriteerd zijn, en waarschijnlijk een beetje teleurgesteld dat zijn tamme magiër dood was.

Rook kringelde naar boven en langs het plafond. Sonea kroop op handen en knieën naar voren, pakte een tafelpoot en sleepte het tafeltje opzij. De vlammen laaiden hoog op toen het tafeltje bewoog, en Sonea kromp ineen toen ze de hitte voelde. Ze tilde het tafeltje op en gooide het in de open haard. Daar bleef het in de vuurkorf liggen en brandde rustig verder.

Sonea zuchtte en keek hoe het vuur het hout verteerde. Ze had in ieder geval iets nieuws ontdekt. Tafels gingen niet spontaan in vlammen op. Blijkbaar was ook wanhoop een emotie die magie kon oproepen.

Woede, haat en wanhoop, bedacht ze. *Wat is het toch heerlijk om magiër te zijn.*

'Voelde je dat?' vroeg Rothen met nauwelijks verholen opwinding.

Dannyl knikte. 'Ja. Maar het is niet wat ik verwacht had. Ik had altijd het idee dat het voelen van magie zou lijken op het voelen hoe iemand zingt. Dit voelde meer als een hoestbui.'

'Een magische hoestbui,' gniffelde Rothen. 'Een interessante manier om het te omschrijven.'

'Stel dat je niet kunt zingen of spreken, zou je dan alleen rauwe klanken voortbrengen? Misschien is dit wel de klank van onbeheerste magie.' Dannyl knipperde met zijn ogen en stapte bij het raam vandaan. Hij wreef over zijn ogen. 'Het is laat, en ik word wat al te abstract voor mijn eigen bestwil. Laten we gaan slapen.'

Rothen knikte, maar bleef bij het raam staan. Hij staarde naar de laatste lichten van de stad.

'We luisteren al uren. We schieten er niets mee op als we ermee doorgaan,' drong Dannyl aan. 'We weten nu dat we haar kunnen voelen. Laten we ermee kappen, Rothen. Morgen moeten we weer helder zijn.'

'Het is ongelooflijk om te bedenken dat ze zo dichtbij is, zonder dat we haar hebben kunnen vinden,' zei Rothen zacht. 'Ik vraag me af wat ze probeerde te doen.'

'Rothen,' zei Dannyl op strenge toon.

De oudere magiër zuchtte en wendde zich af van het raam. Hij glimlachte bleekjes. 'Goed dan. Ik zal proberen wat te slapen.'

'Mooi.' Tevreden liep Dannyl naar de deur. 'Ik zie je morgen.'

'Welterusten, Dannyl.'

Dannyl keek nog even achterom terwijl hij de deur sloot, en was blij te zien dat zijn vriend naar de slaapkamer liep. Hij wist dat Rothens verlangen om het meisje op te sporen inmiddels ver uitgestegen was boven zijn plichts-besef. Terwijl hij de gang doorliep, glimlachte hij in zichzelf.

Jaren geleden, toen Dannyl nog een novice was, had Fergun vervelende geruchten over hem verspreid uit wraak voor een grap die Dannyl met hem had uitgehaald. Dannyl had niet verwacht dat iemand Fergun serieus zou nemen, maar toen de leraren en leerlingen hem anders waren gaan behan-delen, en hij beseft had dat hij niets kon doen om hun vertrouwen weer terug te winnen, was hij zijn respect voor zijn medemagiërs kwijtgeraakt. Hij had zich niet langer geïnteresseerd voor zijn studie en was steeds verder achterop geraakt.

Toen had Rothen hem apart genomen en was met schijnbaar eindeloos geduld en optimisme begonnen om Dannyl de vreugde in het leren en de magie terug te geven. Het leek wel alsof hij een onbedwingbare neiging had om jongelingen die in problemen waren geraakt te redden. Hoewel Dannyl zeker wist dat zijn vriend even vastberaden was als altijd, vroeg hij zich onwillekeurig toch af of Rothen echt bereid was dit meisje op te leiden. Er was vast een groot verschil tussen een chagrijnige novice en een meisje uit de sloppen waarvan zo goed als vaststond dat ze de magiërs haatte.

Eén ding was zeker: het leven zou een stuk interessanter worden als ze eenmaal gevonden was.

9

Onwelkom bezoek

En kille wind sloeg de regen uiteen in vlagen en greep naar winterjassen. Cery trok zijn overjas dichter om zich heen en dook dieper weg in zijn sjaal terwijl hij het bolhuis verliet. Hij maakte een grimas toen de regen in zijn gezicht sloeg en keerde zich toen vastberaden naar de wind.

Het was aantrekkelijk warm geweest in het bolhuis met Harrin. Donia's vader was in een gulle bui geweest, maar zelfs gratis bol kon Cery er niet toe verleiden te blijven – niet nu Faren hem eindelijk had toegestaan Sonea te bezoeken.

Cery gromde toen een lange man die na hem het bolhuis verliet zich langs hem heen wurmde. Hij keek naar de rug van de vreemdeling. Een koopman, raadde Cery, afgaande op de manier waarop de regen op zijn nieuwe mantel en laarzen glom. Hij mompelde een belediging en sjokte verder.

Toen Cery teruggekeerd was van de winkel van de twee bandieten had Faren hem gevraagd wat hij gedaan had. De Dief had Cery's verhaal aangehoord zonder goedkeuring of afkeuring te laten blijken, en had geknikt.

Hij test mij om te zien hoe nuttig ik ben, bedacht Cery. *Hij wil weten wat mijn grenzen zijn. Ik vraag me af wat hij hierna van me zal vragen.*

Hij keek de straat af. Een paar sloppers haastten zich door de regen. Niets ongewoons. Vóór hem was de koopman blijven staan. Hij stond stil naast een gebouw, zonder dat Cery kon zien waarom.

Cery liep door en keek op naar de koopman toen hij deze voorbij liep. De vreemdeling had zijn ogen gesloten en fronste alsof hij zich concentreerde. Cery stapte de volgende steeg in en keek achterom, precies op tijd om te zien hoe de man snel zijn hoofd ophief en zijn blik op de weg richtte.

Nee, ónder de weg! dacht Cery. Zijn huid begon te prikken.

Hij keek nog wat beter, en bestudeerde de kleren van de koopman. Zijn laarzen zagen er bekend maar ongewoon uit. Een klein symbool glom in het vale licht...

Cery's hart sloeg een slag over. Hij draaide zich om en begon te rennen.

In de regen zag Rothen de lange man in de mantel op de straathoek tegenover hem.

We zijn dichtbij, zond Dannyl. *Ze is ergens in een van deze huizen.*

We hoeven alleen maar een manier te vinden om binnen te komen, zei Rothen.

Het was een lange, frustrerende dag geweest. Het meisje had af en toe een paar keer achter elkaar haar magie gebruikt, en op die momenten waren ze een eind opgeschoten. Maar op andere momenten wachtten ze uren tot het meisje heel kort iets probeerde, om daarna weer uren stil te blijven.

Hij had al snel gemerkt dat zijn mantel weliswaar zijn gewaad verborg, maar hem ook het uiterlijk gaf van iemand die te goed gekleed was voor de sloppen. Hij had zich ook gerealiseerd dat een aantal mannen in mantels bij elkaar zeer zeker ook de aandacht zouden trekken. Vandaar dat hij de meeste magiërs had bevolen weg te gaan naarmate ze dichter bij het meisje kwamen.

Hij hoorde iets zoemen aan de rand van zijn waarnemingsvermogen, en dacht weer aan het meisje. Dannyl kwam in beweging en liep een steeg in. Rothen vroeg het na bij de andere zoekenden, en besloot dat het meisje ergens onder het huis links van hen moest zijn.

Ik denk dat hier een ingang tot de tunnels is, zond Dannyl. *Een ventilatierooster in de muur, zoals we wel eerder gezien hebben.*

Dichterbij zullen we niet kunnen komen zonder dat we ontdekt worden, zond Rothen aan de andere zoekenden. *Het is tijd. Makin en ik zullen de voorkant in de gaten houden. Kiano en Yaldin kunnen een oogje houden op de achterdeur. Dannyl en Jolen zullen de tunnels binnen gaan, aangezien dat waarschijnlijk de weg is waarlangs ze zal willen ontsnappen.*

Toen iedereen had aangegeven op zijn plaats te staan, droeg hij Dannyl en Jolen op te gaan. Terwijl Dannyl het rooster voor de toegang tot de tunnels verwijderde, begon hij beelden te sturen van wat hij zag. Hij klom door de opening en liet zich op de vloer van de tunnel vallen. Hij maakte een lichtbol en keek naar heer Jolen die hem volgde. Ze gingen ieder een andere kant op, de gangen in.

Na ongeveer honderd passen stond Dannyl stil en zond zijn licht voor hem uit. De bol zweefde enkele meters en bereikte toen een zijgang.

Ik denk dat dit onder de straat door loopt. Ik ga terug. Een moment later zond heer Jolen een beeld van een smalle trap naar beneden. Hij ging naar beneden en stopte toen er een man voor hem opdook. De nieuweling staarde naar Jolens lichtbol, draaide zich om en vluchtte een zijgang in.

We zijn gezien, zond Jolen.

Doorgaan, antwoordde Rothen.

Dannyl zond geen beelden meer, zodat Rothen precies kon volgen waar Jolen heen ging: Jolen was onder aan de trap gekomen en sloeg een smalle gang. Toen hij bij een hoek aankwam, voelde Rothen dat een gevoel van paniek Jolens gedachten overspoelde. Verwarring volgde, toen alle anderen vragen begonnen te zenden.

Ze hebben de gang laten instorten, zei Jolen terwijl hij een beeld zond van een muur van puin. *Dannyl liep achter mij, maar ik zie hem niet meer, alleen puin.*

Rothen voelde een steek van paniek. *Dannyl?*

Er volgde een stilte, toen de zwakke mentale stem van Dannyl: *Ik zit vast*

107

in het puin. Wacht... ik ben vrij. Niets aan de hand. Ga verder, Jolen. Het is duidelijk
dat ze willen voorkomen dat wij hierlangs gaan. Ga verder en vind haar! Ga, herhaalde
Dannyl.

Jolen draaide het puin de rug toe en haastte zich de gang door.

Er klonk een bel. Sonea keek op van de haard en kwam overeind. Een paneel
in de muur gleed open en Faren stapte erdoor. Hij was gekleed in het zwart
en zijn vreemde ogen schitterden. Hij zag eruit als een gevaarlijk insect. Hij
glimlachte en gaf haar een pakje gewikkeld in een lap stof met een touw
eromheen. 'Dit is voor jou.'

Ze draaide het om in haar handen. 'Wat is het?'

'Maak maar open,' zei Faren terwijl hij zijn lange ledematen opvouwde
om in een van de stoelen te gaan zitten.

Sonea ging tegenover hem zitten en maakte het touw los. De lap stof viel
open en ze zag een oud boek met een leren kaft. Een groot aantal pagina's
was losgelaten uit de band.

Ze keek op naar Faren en fronste. 'Een oud boek?'

Hij knikte. 'Kijk naar de titel.'

Sonea keek omlaag en toen weer naar hem. 'Ik kan niet lezen.'

Hij knipperde verrast met zijn ogen. 'Natuurlijk.' Hij schudde zijn hoofd.
'Sorry, dat had ik kunnen weten. Het is een boek over magie. Ik heb iemand
opdracht gegeven om bij alle geldleners, tweedehands winkels en helers
langs te gaan. Blijkbaar verbranden de magiërs hun oude boeken, maar
volgens de eigenaar van de winkel die het boek leverde was dit exemplaar
aan hem verkocht door een ongehoorzame bediende die een extraatje wilde
verdienen. Kijk er eens in.'

Ze opende de kaft en vond een opgevouwen stuk papier. Ze pakte het en
voelde meteen hoe dik het perkament was. Papier van die kwaliteit kostte
vaak meer dan een maaltijd voor een grote familie, of een nieuwe mantel.
Ze vouwde het open en zag de zwarte letters op de pagina, in perfecte lijnen.
Toen zag ze het symbool in de hoek en snakte naar adem. Het was een ruit
met een Y erdoorheen – het symbool van het Gilde.

'Wat is het?' zei ze.

'Een brief,' antwoordde Faren. 'Gericht aan jou.'

'Aan mij?'

Hij knikte.

'Maar hoe wisten ze waar ze hem heen moesten sturen?'

'Dat wisten ze niet, maar ze hebben hem gegeven aan iemand die ze
kenden die contact heeft met de Dieven, en die heeft de brief weer aan ons
gegeven.'

Ze stak hem de brief toe. 'Wat staat er?'

Hij pakte het vel papier aan. 'Er staat: "Aan de jongedame met magische
krachten. Omdat we je niet persoonlijk kunnen spreken, sturen we deze
boodschap via de Dieven in de hoop dat zij in staat zullen zijn je te bereiken.

We willen je ervan verzekeren dat we niet van plan zijn je op welke manier dan ook kwaad te doen. En je kunt er ook zeker van zijn dat we niet van plan waren jou, of die jonge man, kwaad te doen op de dag van de Opruiming. Zijn dood was een tragisch ongeval.

We willen je leren hoe je je krachten in bedwang kunt houden, en je de gelegenheid bieden je aan te sluiten bij het Gilde. Je bent welkom bij ons." Hij is getekend: "Heer Rothen van het Magiërsgilde.'"

Sonea staarde vol ongeloof naar de boodschap. Het Gilde wilde haar, een meisje uit de sloppen, als nieuw lid?

Het was vast een truc, besloot ze. Een poging om haar uit haar tent te lokken. Ze herinnerde zich de magiër die op de zolder had gestaan en die haar een vijand van het Gilde genoemd had. Hij had niet geweten dat ze luisterde, dus waarschijnlijk sprak hij de waarheid.

Faren vouwde het perkament op en liet het in een zak glijden. Toen ze zijn sluwe glimlach zag, voelde Sonea een steek van wantrouwen. Hoe wist ze zeker dat hij werkelijk had voorgelezen wat er stond?

Maar waarom zou hij het verzinnen? Hij wilde dat ze voor hém werkte, niet voor de magiërs. Tenzij hij haar uittestte...

De Dief trok een wenkbrauw op. 'Wat denk je ervan, kleine Sonea?'

'Ik geloof ze niet.'

'Waarom niet?'

'Ze zouden nooit een slopper aannemen.'

Hij wreef over de arm van zijn stoel. 'Maar als je nu eens tot de ontdekking kwam dat ze wel willen dat je een van hen wordt? Misschien doet het Gilde een poging om de gunst van de mensen terug te winnen.'

Sonea schudde haar hoofd. 'Het is een truc. Het was geen vergissing dat ze de slopper vermoord hebben, ze hebben alleen de verkeerde gedood.'

Faren knikte langzaam. 'Dat zeggen de meeste getuigen ook. Welnu, we zullen de uitnodiging van het Gilde afslaan en belangrijkere dingen regelen.' Hij wees naar het boek op haar schoot. 'Ik weet niet of je er wat aan zult hebben. Ik zal iemand hierheen sturen om het voor te lezen. Misschien kun je beter zelf leren lezen.'

'Mijn tante heeft me een klein beetje geleerd,' zei Sonea terwijl ze in het boek bladerde. 'Maar dat was lang geleden.' Ze keek op. 'Mag ik Jonna en Ranel binnenkort zien? Ik weet zeker dat Jonna me zou kunnen leren lezen.'

Hij schudde zijn hoofd. 'Niet tot de magiërs ophouden met...' Hij fronste en hield zijn hoofd schuin.

Een vaag zoemend geluid bereikte Sonea's oren. 'Wat is dat?'

Faren stond op. 'Wacht hier,' zei hij, en verdween in de duisternis achter het paneel.

Sonea legde het boek opzij en liep naar de open haard. Het paneel gleed weer open en Faren stapt de kamer weer in.

'Snel,' zei hij kortaf, 'volg mij – en hou je gedeisd.'

Hij liep langs haar heen. Sonea staarde hem een seconde lang na en volgde hem toen naar de andere kant van de kamer. Hij pakte een klein voorwerp uit zijn zak en streek daarmee over de panelen.

Sonea kwam dichter bij hem staan en zag een knoest in het hout naar voren komen tot hij een halve vingerlengte de kamer in stak. Faren pakte het uitsteeksel vast en trok eraan.

Een deel van de muur draaide naar binnen. Faren pakte Sonea bij de arm en trok haar de duisternis in. Nadat hij de knoest terug in het hout had gedrukt, stapte hij ook naar binnen en sloot de deur.

Ze stonden samen in de duisternis. Toen haar ogen zich hadden aangepast, zag ze dat er vijf kleine gaten in de deur zaten, op schouderhoogte. Faren hield zijn oog voor één daarvan.

'Er zijn snellere manieren om de kamer uit te komen,' zei hij tegen haar, 'maar aangezien we weinig tijd hadden, dacht ik dat het beter was om de deur te kiezen die bijna onmogelijk kan worden geopend. Kijk.'

Hij deed een stap achteruit. Sonea knipperde toen er plotseling een vlam verscheen in de duisternis. Faren stak een lamp aan en schoof de luikjes ervan dicht tot er nog maar een heel klein streepje licht in de gang viel. Hij hield de lamp omhoog en wees naar de diverse metalen grendels en de ingewikkeld uitziende raderen aan de achterzijde van de deur.

'Wat gebeurt er?' vroeg ze.

Farens gele ogen glommen in het vage licht terwijl hij alle grendels terugschoof. 'Slechts een handjevol magiërs is nu nog naar je op zoek. Mijn spionnen weten inmiddels hoe ze eruitzien, hoe ze heten en waar ze zijn.' Faren gniffelde. 'We hebben een aantal valse informanten op hen afgestuurd, zodat ze het te druk hadden om echt te gaan zoeken.

Maar vandaag gedroegen ze zich vreemd. Er kwamen er meer de sloppen in dan normaal, en ze droegen mantels over hun gewaden. Ze stonden overal in de sloppen opgesteld en leken ergens op te wachten. Ik weet niet wat ze hoorden of zagen, maar zo af en toe verplaatsten ze zich. En iedere keer dat ze dat deden kwamen ze dichter bij dit gebouw. En zojuist vertelde Ceryni me dat hij dacht dat de magiërs het op jou gemunt hadden. Hij zei dat ze waarschijnlijk konden voelen dat je magie gebruikte. Ik geloofde het niet tot...'

Faren zweeg even en toen verdween het zilveren streepje licht plotseling en was het weer donker in de gang. Sonea hoorde hem naar de muur lopen. Ze kroop naar de deur en keek door een van de gaatjes.

De ingang van de kamer stond open, een donkere rechthoek. Eerst dacht Sonea dat de kamer leeg was, maar toen zag ze een man naar hen toe komen vanuit een van de zijkamers. Zijn groene gewaad golfde rond zijn benen toen hij stilstond.

'Mijn mensen zijn erin geslaagd hen tegen te houden door de gang in te laten storten,' fluisterde Faren, 'maar deze is erdoor gekomen. Wees niet bang. Niemand kan door deze deur heen. Hij is...' Hij hield zijn adem in. 'Hm, interessant.'

Sonea keek weer door het gaatje en voelde haar hart een slag overslaan. De magiër leek haar recht aan te kijken.

'Kan hij ons horen?' vroeg Faren. 'Ik kan het me niet voorstellen, want ik heb de muren vaak genoeg getest.'

'Misschien ziet hij de deur,' stelde Sonea voor.

'Nee, dan zou hij heel wat nauwkeuriger moeten kijken. En zelfs als hij op zoek was naar deuren, dan zijn er vijf uitgangen uit deze kamer. Waarom zou hij juist deze kiezen?'

De magiër liep naar hen toe en bleef staan. Hij staarde naar het hout en sloot zijn ogen. Sonea voelde een al te bekend gevoel over zich heen spoelen. Toen de magiër zijn ogen weer opende fronste hij niet meer, en keek hij recht naar Faren.

'Hoe weet hij dat?' siste Faren. 'Doe jij iets magisch, nu?'

'Nee,' antwoordde Sonea, zelf verbaasd over de beslistheid in haar stem. 'Ik kan mezelf verbergen voor hem. Hij voelt jouw aanwezigheid.'

'De mijne?' Faren draaide zijn hoofd van het kijkgat weg en staarde haar aan.

Sonea haalde haar schouders op. 'Vraag me niet hoe.'

'Kun je mij ook verbergen?' Faren klonk gespannen. 'Kun je ons allebei verbergen?'

Sonea trok haar hoofd bij het gat vandaan. Zou dat kunnen? Ze kon niet verbergen wat de magiër opmerkte zonder dat ze het zelf kon voelen. Ze keek naar Faren, en ze kreeg een vreemde gewaarwording, alsof ze haar zintuigen had uitgestrekt – alsof ze nog een zintuig had dat noch gehoor, noch gezichtsvermogen was – en ze *voelde* zijn aanwezigheid.

Faren vloekte. 'Stop daarmee!' hijgde hij.

Er tikte iets tegen de muur. Faren deinsde achteruit.

'Hij probeert de deur te openen,' zei hij. 'Ik was bang dat hij zou proberen hem met geweld te openen. Nu hebben we wat meer tijd.' Hij opende de lamp weer een stukje en gebaarde dat ze hem moest volgen.

Ze hadden nog maar een paar stappen gelopen toen het geluid van een schuivende grendel klonk. Faren keerde zich om en vloekte. Hij hief de lamp op tot hij de deur kon zien.

De grendels gleden één voor één opzij, zo te zien helemaal uit zichzelf. Sonea zag dat de raderen van het deurmechaniek begonnen te draaien, en toen werd alles donker en viel de lamp met veel lawaai op de grond.

'Rennen!' siste Faren. 'Volg mij!'

Sonea stak een hand uit zodat die de muur raakte en rende achter het geluid van Farens voetstappen aan. Ze hadden nog geen twintig meter gerend toen ze een streepje licht zag en haar eigen schaduw op de grond. Het geluid van laarzen galmde door de gang achter haar.

Plotseling was de gang gevuld met een helder licht, en haar schaduw werd snel korter. Hitte bereikte haar oor, en ze dook opzij toen een bal licht langs haar heen schoot. De lichtbol schoot ook langs Faren en werd toen groter, als een soort gloeiende muur. Faren remde zo snel af dat hij bijna uitgleed, en draaide zich om in de richting van hun achtervolger. Zijn gezicht leek bleek in het witte licht. Sonea kwam naast hem staan en draaide zich ook om. Een gedaante in een mantel liep naar hen toe. Met heftig kloppend hart liep Sonea achteruit tot ze de vibrerende hitte van de muur achter zich kon voelen.

Faren gromde diep in zijn keel, balde zijn vuisten en begon terug te lopen de gang door, in de richting van de magiër. Sonea was verbaasd en staarde hem aan.

'Jij daar!' Faren wees naar de magiër. 'Wie denk je dat je bent? Dit is mijn domein. Dit is verboden terrein!' Zijn stem galmde in de gang.

De magiër ging langzamer lopen en keek de Dief wantrouwend aan. 'Volgens de wet mogen we gaan waar we willen,' zei de magiër.

'De wet zegt ook dat jullie mensen geen kwaad mogen doen, en hun eigendommen niet mogen vernietigen,' kaatste Faren terug. 'Me dunkt dat jullie beide dingen gedaan hebben in de afgelopen weken.'

De magiër stond stil en hief bezwerend zijn handen op. 'Het was niet de bedoeling die jongen te doden. Het was een vergissing.' Hij keek naar Sonea, en ze voelde een rilling langs haar rug lopen. 'We moeten je zoveel uitleggen. Je moet leren om je krachten te bedwingen...'

'Begrijp je dan niet dat ze helemaal geen zin heeft om magiër te worden?' siste Faren. 'Ze wil niets met jullie te maken hebben. Laat haar met rust!'

'Dat kan ik niet,' zei de magiër hoofdschuddend. 'Ze moet met ons mee...'

'Nee!' riep Faren.

De ogen van de magiër verkilden, en Sonea voelde een huivering door zich heen trekken.

'Niet doen, Faren!' riep ze uit. 'Hij gaat je vermoorden!'

Faren negeerde haar, zette zijn benen wijd uiteen en legde zijn handen op de muren aan weerszijden.

'Als je haar wilt hebben,' gromde hij, 'dan moet je via mij.'

De magiër aarzelde, zette een stap naar voren en keerde Faren zijn handpalmen toe. Een metalig geluid vulde de gang.

De magiër zwaaide met zijn armen en zakte in de grond.

Sonea staarde verbijsterd naar de vloer waar de magiër had gestaan. Er was een donker vierkant verschenen.

Faren liet zijn handen langs zijn lichaam zakken en lachte. Nog altijd met kloppend hart kroop Sonea naar voren tot ze naast hem stond. Ze keek omlaag en zag dat het donkere vierkant in werkelijkheid een gat was.

'Wat is er gebeurd?'

Farens lach ging over in een zacht gegrinnik. Hij stak een hand omhoog en trok aan een steen in de muur. Hij stak zijn hand in het gat daarachter, greep iets vast en trok eraan, met een kreun van inspanning. Langzaam verscheen er een luik dat op zijn plaats klikte tot het gat in de grond weer dicht was. Faren schopte er wat stof overheen.

'Dat ging bijna te gemakkelijk,' zei hij terwijl hij zijn handen afveegde aan een zakdoek. Hij grinnikte naar Sonea en maakte een theatrale buiging. 'Wat vond je van mijn optreden?'

Sonea voelde een glimlach om haar lippen verschijnen. 'Ik geloof dat ik nog steeds wakker ben.'

'Ha!' Faren trok zijn wenkbrauwen op. 'Jij vond het in ieder geval overtuigend. "Niet doen, Faren! Hij vermoordt je!"' zei hij met een hoog stemmetje. Hij legde een hand op zijn borst en glimlachte. 'Je bezorgdheid om mijn veiligheid doet mijn hart goed.'

'Geniet er maar van. Je weet nooit hoe lang het nog duurt.' Ze tikte met haar teen tegen het luik. 'Waar komt dit gat uit?'

Hij haalde zijn schouders op. 'In een put gevuld met ijzeren staken.'

Ze staarde hem aan. 'Bedoel je dat hij... dood is?'

'Als een pier,' zei Faren met glimmende ogen.

Sonea keek naar het luik. Dat kon toch niet... Maar als Faren zei... hoewel de magiër er misschien in geslaagd was om...

Plotseling voelde ze zich misselijk en koud. Ze had nooit gedacht dat een van de magiërs gedood zou kunnen worden. Gewond raken, dat wel. Maar dood? Wat zou het Gilde doen als ze ontdekten dat een van hun magiërs dood was?

'Sonea.' Faren legde een hand op haar schouder. 'Hij is niet dood. De valkuil leidt naar het riool. Hij is bedoeld als ontsnappingsroute. Als hij eruit komt, stinkt hij erger dan de Tarali, maar hij leeft nog wel.'

Sonea knikte opgelucht.

'Maar bedenk goed wat hij met je wilde doen, Sonea. Er kan misschien een dag komen dat jij zult moeten doden om je vrijheid te bewaren.' Faren trok een wenkbrauw op. 'Heb je daar al over nagedacht?'

Zonder op een antwoord te wachten draaide hij zich om en keek naar de barrière van licht en hitte die nog altijd in de gang hing. Hij schudde zijn hoofd en begon terug te lopen in de richting van de deur. Sonea stapte nerveus over het luik en volgde hem.

'We kunnen niet terug,' bedacht hij hardop terwijl ze liepen, 'voor het geval de andere magiërs een andere ingang hebben gevonden. We zullen...' Hij liep dichter langs de muur en inspecteerde die. 'Aha, daar is hij.' Hij raakte een deel van de muur aan.

Ze snakte naar adem toen de vloer onder haar vandaan klapte. Iets hards sloeg tegen haar achterste en ze gleed langs een glad, steil oppervlak. De lucht werd snel warmer en begon onaangenaam te ruiken.

Plotseling zweefde ze door de lucht en viel in het donker. Water vulde haar oren en neus, maar ze hield haar mond goed dicht. Toen ze haar voeten bewoog, voelde ze de bodem, en ze richtte zich op en kwam met haar hoofd boven water. Ze deed haar ogen op tijd open om Faren de tunnel uit te zien vliegen en in de poel te zien duikelen. Hij spetterde en ging vloekend overeind staan.

'Gadver!' brulde hij. Hij wreef over zijn ogen en vloekte nogmaals. 'Verkeerde luik!'

Sonea sloeg haar armen over elkaar. 'Dus waar is die magiër uiteindelijk terechtgekomen?'

Faren keek op en zijn gele ogen glommen kwaadaardig. 'De afvoer voor het afval van de bolbrouwerij een paar huizen verder. Als hij daar uitkomt, zal hij wekenlang naar gefermenteerde tugorpuree stinken.'

Sonea snoof en begon naar de rand van de poel te waden. 'En dat is erger dan dit?'

Hij haalde zijn schouders op. 'Voor een magiër waarschijnlijk wel. Ik heb gehoord dat ze het spul haten.' Hij volgde haar de poel uit en keek haar speculerend aan. 'Ik denk dat ik je een bad en schone kleren schuldig ben, nietwaar?'

'Omdat je me bijna niet hebt kunnen beschermen?' Sonea haalde haar schouders op. 'Het is voldoende, maar dan ben je me nog iets schuldig voor deze duik in het riool.'

Hij grinnikte. 'Ik zal zien wat ik kan doen.'

10

Partij kiezen

Hoewel de lucht scherp was, met de kou van de invallende winter, en de lucht grijs zag van de laaghangende wolken, voelde Rothen zich beter zodra hij buiten stond. Het was studiedag. Voor de meeste magiërs was de vijfde en laatste dag van de week een rustdag. Voor novicen was het een dag die gedeeltelijk besteed werd aan studie, en voor de leraren was het de dag waarop ze lessen voorbereidden en nakeken.

Rothen liep meestal een uur in de tuin te wandelen voordat hij terugging naar zijn kamer om aan zijn lesmateriaal te werken. Hij had deze week echter niets voor te bereiden. Nu hij benoemd was tot officiële coördinator van de zoektocht waren zijn plichten als leerkracht aan een andere magiër overgedragen.

Hij bracht nu het grootste deel van zijn tijd door met het coördineren van vrijwilligers. Dat was een uitputtend karwei – voor hemzelf, maar ook voor de vrijwilligers. Ze hadden de laatste twee weken naar het meisje gezocht, ook op studiedagen. Rothen wist dat enkelen hun hulp zouden intrekken als er nog meer beslag werd gelegd op hun tijd, dus had hij besloten de zoektocht een dag te laten rusten.

Toen hij de hoek om kwam, zag hij de Arena van het Gilde. Acht gedraaide torens staken omhoog vanaf de cirkelvormige basis en ondersteunden een sterk schild dat de omgeving beschermde tegen de krachten die gedurende de lessen in krijgskunst werden aangewend. Er stonden vier novicen op het veld, maar vandaag was er geen spectaculaire magische krachtmeting te zien.

In plaats daarvan stonden de novicen in paren en zwaaiden met gecontroleerde bewegingen met een zwaard. Enkele passen van hen verwijderd stond Fergun, ook met een zwaard in zijn hand, hen aandachtig te bestuderen.

Rothen keek naar hen en moest zijn best doen om zijn afkeer te verbergen. De novicen konden hun tijd toch zeker beter gebruiken voor hun studie dan voor deze overbodige krijgskunsten?

Zwaardvechten was geen vast onderdeel van het lesrooster van de universiteit. De novicen die het graag wilden leren offerden hun vrije tijd ervoor op. Het was een hobby, en Rothen wist dat het gezond was voor jonge mensen om een interesse te hebben die niets met magie van doen had en die hen uit hun muffe kamers joeg.

Hij had echter altijd geloofd dat gewaden en zwaarden niet goed bij elkaar pasten. Er waren al veel te veel manieren waarop een magiër een ander kon verwonden. Waarom moest daar dan nog een niet-magische methode bijkomen?

Twee magiërs stonden met aandacht te kijken aan de rand van de Arena. Rothen herkende Ferguns vriend heer Kerrin, en heer Elben, een leraar alchemie. Beiden waren leden van het machtige Huis Maron, net als Fergun. Hij glimlachte. Novicen en magiërs werden geacht de politieke vriendschappen en vijandschappen van hun Huis achter zich te laten als ze tot het Gilde toetraden, maar er waren er maar weinig die dit deden.

Terwijl hij stond te kijken riep Fergun een van de novicen bij zich. Leraar en novice begroetten elkaar en zakten door de knieën. Rothen hield zijn adem in toen de leerling met flitsend zwaard naar voren kwam, vol zelfvertrouwen. Fergun stapte ook naar voren, en zijn wapen werd een waas, zo snel bewoog het. De novice stond ineens stokstijf stil en keek naar beneden, waar Ferguns zwaard al tegen zijn borstkas drukte.

'Heeft u ook zin om u bij Ferguns leerlingen te voegen?' vroeg een bekende stem achter hem.

Rothen draaide zich om. 'Op mijn leeftijd, administrateur?' Hij schudde zijn hoofd. 'Zelfs als ik dertig jaar jonger was, zou ik er de waarde niet van inzien.'

'Het scherpt de reflexen, heeft men mij verteld, en het is een nuttig hulpmiddel bij het aanleren van discipline en concentratie,' zei Lorlen. 'Heer Fergun heeft ondertussen wat steun gekregen, en heeft ons gevraagd of we zouden willen overwegen zwaardvechten op te nemen in het curriculum van de universiteit.'

'Dat zou heer Balkan moeten beslissen, neem ik aan?'

'Gedeeltelijk. Het Hoofd van de Krijgers moet het aan de hogere magiërs voorleggen en in stemming brengen. Wanneer en of hij dat doet, is zijn beslissing.' Lorlen spreidde zijn handen. 'Ik hoorde dat u had besloten de zoekers een dag rust te gunnen.'

Rothen knikte. 'Ze hebben de laatste weken lange dagen gemaakt, soms tot diep in de nacht.'

'De afgelopen vier weken hebben jullie het allemaal druk gehad,' stemde Lorlen in. 'En maakt u nog enige vorderingen?'

'Niet veel,' gaf Rothen toe. 'Niet sinds vorige week. Elke keer dat we haar ergens voelen, vertrekt ze naar een andere plek.'

'Zoals Dannyl al voorspelde.'

'Ja, maar we zoeken naar een terugkerend patroon in haar bewegingen. Als ze teruggaat naar een van haar vorige schuilplaatsen, kunnen we hen misschien op dezelfde manier vinden als de eerste keer, alleen zal het dan langer duren.'

116

'En hoe zit het met de man die haar hielp te ontsnappen? Denkt u dat hij een van de Dieven was?'

Rothen haalde zijn schouders op. 'Misschien. Hij beschuldigde heer Jolen ervan dat hij zijn territorium had betreden, hetgeen wel suggereert dat het zo is, maar ik vind het moeilijk te geloven dat een Lonmar tot de Dieven behoort. Misschien is de man een beschermer en was zijn beschuldiging bedoeld om Jolen naar het luik te lokken.'

'Dus het is mogelijk dat ze niet bij de Dieven betrokken is?'

'Het is mogelijk, maar niet waarschijnlijk. Ik betwijfel of ze geld heeft om beschermers in dienst te nemen. De mannen die Jolen in de tunnel tegen-kwam, en in het comfortabele vertrek waar ze zich verborgen hield, zijn het bewijs dat er een persoon met veel geld achter haar staat.'

'Hoe dan ook, het is geen goed nieuws,' verzuchtte Lorlen met een blik op de novicen in de Arena. 'De koning is hier niet gelukkig mee, en hij zal niet gelukkig zijn tot we haar onder onze hoede hebben.'

'Ik ook niet.'

Lorlen knikte. Hij tuitte zijn lippen en keek Rothen aan. 'Er is nog iets dat ik met u wil bespreken.'

'Ja?'

Lorlen aarzelde, alsof hij zijn woorden met zorg koos. 'Heer Fergun wil haar mentor worden.'

'Ja, dat weet ik.'

Lorlens wenkbrauwen vlogen omhoog. 'U bent onverwacht goed geïn-formeerd, heer Rothen.'

Rothen glimlachte. 'Ja, inderdaad onverwacht. Ik heb het per ongeluk ontdekt.'

'Bent u nog steeds van plan uzelf aan te bieden als haar mentor?'

'Ik heb er nog niet over nagedacht. Zou het verstandig zijn?'

Lorlen schudde zijn hoofd. 'Ik zie geen reden om erover te speculeren tot ze gevonden is. Maar u begrijpt dat ik een hoorzitting zal moeten organise-ren als ze gevonden is en u allebei haar mentor wilt worden.'

'Dat begrijp ik.' Rothen aarzelde. 'Mag ik u iets vragen?'

'Natuurlijk.'

'Heeft Fergun een sterk argument in zijn voordeel?'

'Misschien. Hij zegt dat hij de eerste is die de consequenties van de magie van het meisje heeft gevoeld, dus dat hij de eerste was die wist dat ze kracht bezat. U gaf aan dat u haar zag nadat ze haar krachten had gebruikt, en dat u aan haar gezicht kon zien dat zij het was. Dat betekent dat u haar krachten niet hebt gevoeld, en ook niet gezien heeft dat zij ze gebruikte. Het is onduidelijk hoe de wet in dit geval dient te worden toegepast, en als het erop aankomt dat de wet wordt opgerekt in deze situatie, dan is het vaak de meest eenvoudige interpretatie die de stemming wint.'

Rothen fronste. 'Ik begrijp het.'

Lorlen gebaarde naar Rothen dat hij hem moest volgen en begon met afgemeten passen naar de Arena te lopen. 'Fergun is er erg op gebrand,' zei hij zacht, 'en heeft veel steun, maar er zijn anderen die u zouden steunen.'

Rothen knikte. 'Het is geen gemakkelijke beslissing. Zou u liever hebben dat ik het Gilde niet in opschudding bracht door tegen hem in te gaan? Dat voorkomt een heleboel problemen.'

'Wat ik liever zou hebben?' Lorlen grinnikte en keek Rothen recht in de ogen. 'Het zou de problemen niet groter of kleiner maken als u het wel deed.' Hij glimlachte scheef en boog het hoofd. 'Goedendag, heer Rothen.' Hij liep naar de twee mannen die een eindje verderop de lessen van de novicen stonden te bekijken.

'Goedendag,' antwoordde Rothen. Hij bleef staan bij de rand van de trap rondom de Arena en staarde peinzend naar de novicen, die weer in paren stonden opgesteld en met elkaar oefenden. Rothen dacht na over de manier waarop Lorlen hem had aangekeken toen hij tegen hem sprak. Die blik suggereerde dat er een diepere betekenis achter de woorden van de administrateur stak. Hij keek naar Lorlen, die naast de twee toeschouwers ging staan. 'Gegroet, heer Kerrin, heer Elben,' hoorde hij hem zeggen.

'Administrateur.' De beide mannen bogen het hoofd en keken toen snel weer naar de Arena, waar een van de novicen een verraste uitroep had geslaakt.

'Een uitstekende leraar, die heer Fergun,' zei heer Elben enthousiast, met een gebaar naar de Arena. 'We zeiden juist tegen elkaar dat hij een prima mentor zou zijn voor dat meisje uit de sloppen. Na een paar maanden van zijn strikte regels zal ze even goed opgevoed en gedisciplineerd zijn als de besten van ons.'

'Heer Fergun heeft verantwoordelijkheidsgevoel,' zei Lorlen. 'Ik kan geen enkele goede reden geven waarom hij geen novice zou kunnen begeleiden.'

Maar tot op heden heeft hij weinig interesse vertoond in die richting, dacht Rothen. Hij wendde zich af en liep verder door de tuin.

Het was niet ongewoon om iemands mentor te worden, bedacht hij. Elk jaar werden er enkele novicen uitgezocht voor speciale begeleiding, maar alleen zij die buitengewoon veel talent of kracht hadden. Hoe sterk of getalenteerd dit meisje uit de sloppen ook mocht zijn, of niet mocht zijn, ze zou in ieder geval alle mogelijke hulp en steun nodig hebben bij haar aanpassing aan het leven in het Gilde. Als hij haar mentor werd, zou hij zich ervan kunnen verzekeren dat ze de juiste hulp kreeg.

Hij betwijfelde of Fergun om dezelfde reden haar mentor wilde worden. Als de woorden van heer Elben een indicatie waren, dan was Fergun blijkbaar van plan het redeloze, onopgevoede meisje te veranderen in een makke, gehoorzame novice. Hij zou een zekere mate van lof en bewondering oogsten als het hem zou lukken.

Hoe Fergun dit wilde bereiken was een interessant vraagstuk, aangezien zij waarschijnlijk uitermate sterk was, terwijl hij slechts weinig kracht bezat. Hij zou haar niet kunnen stoppen als ze van plan was ongehoorzaam te zijn.

Om die reden, en diverse andere, werd magiërs meestal ontraden om mentor te worden van novicen die sterker waren dan zij. Zwakkere magiërs werden zelden mentor, want daarmee brachten ze alleen maar hun eigen tekortkomingen onder de aandacht – en het schaadde de kracht van de novicen.

Maar dit zwerfmeisje was een ander geval. Niemand zou erom geven als Ferguns discipline haar vermogen om te leren aantastte. Wat de meesten van hen betreft had ze geluk dat ze zelfs maar iets van een opleiding kreeg aangeboden.

En als hij faalde, wie zou Fergun dan de schuld geven? Hij zou haar achtergrond als excuus gebruiken... en als hij haar opleiding verwaarloosde, zou niemand daar vragen over stellen...

Rothen schudde zijn hoofd. Hij begon net als Dannyl te denken. Fergun wilde het meisje helpen, en dat was op zich een nobel gebaar. Anders dan Rothen, die al een aantal novicen onder zijn hoede gehad had, kon Fergun er een zeker aanzien mee winnen – en er was niets mis met die redenering. In ieder geval dacht Lorlen duidelijk van niet.

Hoewel? Wat had Lorlen nou precies gezegd? *'Het zou de problemen niet groter of kleiner maken als u het wel deed.'*

Rothen gniffelde toen de betekenis van Lorlens woorden eindelijk tot hem doordrong. Als hij gelijk had, dan geloofde Lorlen dat het net zo problematisch zou zijn om Fergun zijn zin te geven als om een dispuut te laten ontstaan over wie haar mentor mocht worden. En zo'n dispuut zou beslist een heleboel problemen met zich meebrengen.

Dat betekende dus dat Lorlen geheel tegen zijn gewoonte in aan Rothen had laten merken dat hij achter hem stond.

Zoals altijd zwegen Sonea's beschermers terwijl ze haar door de tunnels leidden. Op de eerste weken na, die ze op één plaats had doorgebracht, was ze bijna onophoudelijk in beweging gebleven sinds de dag van de Opruiming. Het welkome verschil was dat ze nu niet langer bang was om ontdekt te worden terwijl ze reisde.

De voorste bewaker stopte bij een deur en klopte aan. Een bekend, donker gezicht verscheen in de deuropening.

'Blijf hier en bewaak de deur,' beval Faren. 'Kom binnen, Sonea.'

Ze stapte de kamer in en voelde haar hart een sprongetje maken toen ze de kleinere gedaante naast hem zag staan.

'Cery!'

Hij grinnikte en omhelsde haar. 'Hoe gaat het ermee?'

'Goed,' zei ze. 'En met jou?'

'Ik ben blij dat ik je weer zie.' Hij keek haar onderzoekend aan. 'Je ziet er beter uit.'

'Ik heb in ieder geval al een paar dagen lang geen magiër gezien,' zei ze met een zijdelingse blik op Faren.

De Dief gniffelde. 'Blijkbaar hebben we hen voor de gek weten te houden.'

De kamer was klein maar gezellig. Er brandde een groot vuur in de open haard. Faren bracht hen naar een paar stoelen. 'Nog vooruitgang, Sonea?'

Ze kromp in elkaar. 'Nee, nog niets. Ik blijf het proberen, maar het gaat nooit zoals ik wil.' Ze fronste. 'Hoewel ik nu wel bijna altijd iets voor elkaar krijg. Vroeger kwam het wel voor dat ik een paar pogingen ondernam zonder dat er iets gebeurde.'

Faren leunde achterover en glimlachte. 'Dus toch vooruitgang. Hebben de boeken geholpen?'

Ze schudde haar hoofd. 'Ik begrijp ze niet.'

'Is de lezer niet duidelijk?'

'Nee, dat is het niet. Hij leest prima voor. Maar er zijn te veel vreemde woorden, en zinnen die ik niet kan volgen.'

Faren knikte. 'Als je meer tijd had om te studeren zou je er misschien achterkomen wat ze betekenen. Ik ben nog altijd op zoek naar meer boeken.' Hij keek hen beiden schattend aan. 'Ik ben ook bezig om een aantal geruchten te onderzoeken. Men zegt al jaren dat er een Dief is die bevriend is met een man die iets van magie weet. Ik heb altijd gedacht dat het een verzinsel was dat in de wereld was gebracht om ervoor te zorgen dat de rest van ons geen gekke dingen doet, maar ik onderzoek nu toch maar of er een kern van waarheid in schuilt, voor de zekerheid.'

'Een magiër?' vroeg Cery.

Faren haalde zijn schouders op. 'Ik weet het niet. Ik betwijfel het. Waarschijnlijk is hij gewoon iemand die wat trucjes kent die op magie lijken. Als hij echter verstand heeft van echte magie kan hij wel nuttig zijn. Ik breng jullie op de hoogte zodra ik meer weet.' Hij glimlachte. 'Cery heeft nog wel het een en ander aan nieuwtjes voor je.'

Cery knikte. 'Harrin en Donia hebben je oom en tante gevonden.'

'Echt waar?' Sonea schoof naar voren in haar stoel. 'Waar zijn ze? Gaat het goed met ze? Hebben ze onderdak kunnen vinden? Heeft Harrin...'

Cery gebaarde met zijn handen. 'Hola! Eén vraag tegelijk graag!'

Sonea grinnikte en leunde voorover. 'Sorry. Vertel me alles wat je weet.'

'Welnu,' begon hij, 'blijkbaar hebben ze niet de kamer gevonden waar ze vroeger woonden, maar ze hebben een betere een paar straten verder. Ranel heeft iedere dag naar je gezocht. Ze hadden gehoord dat de magiërs een meisje zochten, maar geloofden niet dat jij dat kon zijn.' Hij gniffelde. 'Jonna ging behoorlijk tekeer toen Harrin vertelde dat je bij ons was tijdens de Opruiming, maar toen vertelde hij wat je gedaan had. Eerst geloofden ze hem niet. Hij vertelde hun hoe we geprobeerd hadden je te verbergen, en over de beloning, en hoe je nu door de Dieven werd beschermd. Harrin zegt dat ze minder kwaad waren dan hij gedacht had – niet toen hij alles eenmaal had uitgelegd.'

'Heeft hij nog een boodschap voor mij meegekregen?'

'Ze zeiden dat hij je moest zeggen dat je goed voor jezelf moest zorgen, en uit moest kijken wie je vertrouwde.'

'Dat laatste kwam van Jonna.' Sonea glimlachte weemoedig. 'Het is fijn om te weten dat ze onderdak hebben – en dat ze nu weten dat ik er niet gewoon vandoor gegaan ben.'

'Ik denk dat Harrin bang was dat Jonna hem zou villen omdat hij je had uitgenodigd met ons mee te gaan. Hij zegt dat ze van tijd tot tijd bij de herberg zullen komen om te horen of er nieuws is. Heb je nog een boodschap voor hen?'

'Alleen dat ik het goed maak, en dat ik veilig ben.' Ze keek naar Faren. 'Denk je dat ik ze een keer zal mogen zien?'

Hij fronste. 'Ja, maar pas als ik zeker weet dat het veilig is. Het is mogelijk – hoewel niet waarschijnlijk – dat de magiërs weten wie ze zijn en zullen proberen jou te vinden via hen.'

Sonea snakte naar adem. 'En als ze weten wie ze zijn en hen bedreigen? Of hen kwaad doen als ik me niet overgeef?'

De Dief glimlachte. 'Ik denk niet dat ze zoiets zullen doen. Zeker niet in het openbaar. En als ze het in het geheim probeerden...' Hij knikte naar Cery. 'We vinden wel een oplossing, Sonea, maak je maar geen zorgen.'

Cery glimlachte vaag. Sonea was verrast door de suggestie van samenwerking die van de mannen uitging, en ze keek haar vriend aandachtig aan. Cery's schouders waren gespannen, en als hij naar Faren keek verscheen er een frons op zijn voorhoofd. Ze had niet verwacht dat hij volkomen ontspannen zou zijn in de aanwezigheid van een Dief, maar hij zag er wat al te nerveus uit.

Ze wendde zich tot de Dief. 'Mogen Cery en ik elkaar even onder vier ogen spreken? Alleen wij tweeën?'

'Natuurlijk.' Hij stond op en liep naar de deur. Toen draaide hij zich om. 'Cery, ik heb morgen als je klaar bent een klusje voor je. Niet dringend. Neem er de tijd voor. Ik zie je morgen, Sonea.'

'Tot morgen,' zei ze.

Toen de deur achter de Dief gesloten was, keek Sonea naar Cery. 'Ben ik hier veilig?' vroeg ze.

'Voorlopig.'

'En later?'

Hij haalde zijn schouders op. 'Dat ligt aan je magie.'

Ze voelde een steek van angst. 'En als het me nooit gaat lukken?'

Hij leunde voorover en pakte haar hand. 'Het gaat lukken. Je hebt alleen oefening nodig. Als het gemakkelijk was, zou er geen Gilde zijn, wel dan? Ik heb gehoord dat het vijf jaar duurt voordat novicen goed genoeg zijn om "heer dit-of-dat" te worden.'

'Weet Faren dat ook?'

Hij knikte. 'Hij zal je de tijd geven.'

'Dan ben ik veilig.'

Hij glimlachte. 'Ja.'

Sonea zuchtte. 'En jij?'

'Ik maak mezelf nuttig.'

Ze keek hem recht in de ogen. 'Ben je Farens slaaf geworden?'

Hij keek een andere kant op.

'Je hoeft niet te blijven,' zei ze tegen hem. 'Ik ben veilig. Dat heb je zelf gezegd. Maak dat je wegkomt voordat ze hun klauwen in je zetten.'

Hij schudde zijn hoofd, stond op en liet haar hand los. 'Nee, Sonea. Je hebt een bekende nodig die bij je in de buurt blijft. Iemand die je kunt vertrouwen. Ik wil je niet alleen bij hen achterlaten.'

'Maar je kunt toch niet Farens slaaf worden alleen maar opdat ik iemand heb om mee te praten? Ga terug naar Harrin en Donia. Ik weet zeker dat Faren het goed zal vinden als je me af en toe komt bezoeken.'

Hij liep naar de deur en draaide zich naar haar om. 'Ik wil dit doen, Sonea.' Zijn ogen schitterden. 'Iedereen praat altijd alsof ik al mijn hele leven voor de Dieven werk. Nu heb ik de kans om het echt te doen.'

Sonea staarde hem aan. Was dit werkelijk wat hij wilde? Zou iemand die zo vriendelijk was als Cery er werkelijk voor kiezen om... ja, wat eigenlijk? Een meedogenloze moordenaar te worden, uit op het vergaren van rijkdommen? Ze keek een andere kant op. Dat was Jonna's mening over de Dieven. Cery had altijd gezegd dat de Dieven ook hielpen en beschermden, en niet alleen smokkelden en stalen.

Ze kon en mocht hem niet tegenhouden als dit was wat hij altijd al had willen doen. Als het werk tegenviel, was hij slim genoeg om te zorgen dat hij er zelf weer van loskwam. Ze slikte, en haar keel voelde ineens droog aan.

'Als dit is wat je werkelijk wilt,' zei ze, 'dan moet dat maar. Maar wees voorzichtig.'

Hij haalde zijn schouders op. 'Dat ben ik altijd.'

Ze glimlachte. 'Het zou heerlijk zijn als je vaak langs kon komen.'

Hij grinnikte. 'Niemand zal me ervan kunnen weerhouden.'

Het bordeel stond in het donkerste, smerigste deel van de sloppen. Zoals de meeste bordelen had ook dit een bolhuis op de begane grond, met boven kamers voor de mooiere meisjes. Alle andere handel vond plaats in kleine hokjes achter het gebouw.

Toen Cery binnenkwam dacht hij aan Farens woorden. *'Hij kent de meeste gezichten. Hij zal jou niet herkennen. Doe alsof je een nieuweling bent. Geef hem een goede prijs voor wat hij heeft. Breng het spul dan naar mij.'*

Een aantal meisjes kwam naar hem toe terwijl hij door het vertrek liep. Ze zagen er bleek en vermoeid uit. Een laag vuurtje dat weinig warmte gaf brandde in een haard aan een zijde van het vertrek. Cery glimlachte naar de meisjes, deed alsof hij hen keurde, en liep toen, zoals hem verteld was, naar een mollig meisje uit Elyne, met een veer op haar schouder getatoeëerd.

'Zin in een lolletje?' vroeg ze.

'Misschien later,' zei hij tegen haar. 'Ik heb gehoord dat je boven een kamer hebt waar ik iemand kan ontmoeten.'

Haar ogen vlogen wijd open, en ze knikte snel. 'Ja, dat is zo. Boven. Laatste deur rechts. Ik breng je wel.'

Ze pakte zijn hand en leidde hem naar de trap. Hij voelde haar hand trillen in de zijne. Terwijl ze de trap beklommen keek hij omlaag en zag dat een aantal van de meisjes hem met angstige ogen nakeek. Het maakte hem onrustig. Eenmaal boven keek hij voorzichtig om zich heen voordat hij de gang in liep. Het meisje met de tatoeage liet zijn hand los en gebaarde naar de achterste kamers.

'De laatste deur.'

Hij duwde een muntstuk in haar hand en liep verder. Toen hij bij de deur kwam, deed hij hem voorzichtig open en keek naar binnen. Het kamertje was klein, met slechts een kleine tafel en twee stoelen. Cery stapte naar binnen en onderzocht snel alles. Er zaten wat kijkgaten in de muren. Hij vermoedde dat er een luik onder de versleten simbamat op de grond zat. Een klein raam keek uit op een blinde muur en verder niets.

Hij opende het raam en keek naar de muur. Het bordeel was ongewoon stil voor een dergelijke tent. Ergens ging een deur open en hij hoorde voetstappen dichterbij komen op de gang. Cery ging bij de tafel staan en deed alsof hij op zijn hoede was. Er kwam een man binnen.

'Ben jij een opkoper?' vroeg de man met een rauwe stem.

Cery haalde zijn schouders op. 'Dat is wat ik doe.'

De ogen van de man keken alle kanten op. Hij zou knap kunnen zijn geweest als zijn gezicht niet zo uitgemergeld was, en het licht in zijn ogen niet zo wild en kil.

'Ik heb iets te verkopen,' zei de man. Zijn handen, die hij tot dan toe diep in zijn zakken had gehouden, kwamen naar buiten. De ene was leeg, in de andere hing een schitterende ketting. Cery hield zijn adem in. Hij hoefde geen verrassing voor te wenden. Een dergelijk sierraad kon alleen maar afkomstig zijn van een rijke man of vrouw – als het echt was. Cery stak zijn hand uit naar de ketting, maar de man trok hem terug.

'Ik zal toch eerst moeten zien of het echt is,' legde Cery uit.

De man fronste en keek hem met een harde, wantrouwende blik aan. Vervolgens spreidde hij de ketting met tegenzin uit op de tafel.

'Kijk,' zei hij. 'Maar kom er niet aan.'

Cery boog zich voorover om de stenen te bekijken. Hij had er geen idee van hoe hij het verschil tussen echte of valse edelstenen zou kunnen zien – dat was iets dat hij zichzelf zou moeten aanleren – maar hij had vaak genoeg gezien hoe eigenaren van pandjeshuizen sierraden bekeken.

'Draai het om,' beval hij.

De man draaide de ketting om.

Toen Cery goed keek, zag hij een naam in de zetting gegraveerd staan. 'Hou hem in het licht.'

De man hield de ketting omhoog in zijn ene hand en keek hoe Cery er met samengeknepen ogen naar tuurde. 'Wat denk je?'

'Voor twintig zilver neem ik hem.'

De man liet de hand met de ketting erin vallen. 'Dat ding is minstens vijftig goudstukken waard.'

Cery snoof. 'En van wie zou je dat hier in de sloppen willen krijgen?'

De mond van de man trilde. 'Twintig goud.'

'Vijf,' zei Cery.

'Tien.'

Cery maakte een grimas. 'Zeven.'

'Op tafel ermee.'

Cery deed een greep in zijn zak, telde de munten en pakte de helft eruit. Hij nam nog wat munten uit de diverse plaatsen waar hij Farens geld had weggestopt, maakte zes stapeltjes ter waarde van één goudstuk elk, en trok toen met een zucht een glanzende gouden munt uit zijn laars.

'Leg hem neer,' zei Cery.

De ketting viel op de tafel naast het geld. Cery pakte hem op en liet hem in zijn zak glijden. De man pakte het geld, keek naar het kleine fortuin in zijn handen en grinnikte. Zijn ogen glommen van plezier.

'Een goede koop, jongen. Je zult het prima doen.' Hij liep achteruit de kamer uit en haastte zich weg.

Cery liep naar de deur en zag de man naar een van de andere deuren lopen en naar binnen gaan. Toen hij de gang instapte, hoorde hij de verraste uitroep van een meisje.

'We zullen nu nooit meer uit elkaar gaan' zei de rauwe stem.

Toen Cery langs de kamer kwam, keek hij opzij. Het meisje met de tatoeage zat op de rand van het bed. Ze staarde Cery met wijd open, angstige ogen aan. De man stond achter haar en keek naar de munten in zijn hand. Cery liep door en ging de trap af, terug naar de begane grond.

Hij trok een chagrijnig, teleurgesteld gezicht zodra hij in het bolhuis was. De meisjes zagen zijn uitdrukking en lieten hem met rust. De mannelijke klanten keken ook naar hem, maar niemand riep iets of kwam naar hem toe.

Het was buiten maar een klein beetje kouder dan binnen. Cery dacht aan het gebrek aan klanten in het bordeel en voelde iets van medelijden met de hoertjes toen hij de straat overstak en in de beschaduwde steeg verdween.

'Je ziet er verveeld uit, kleine Ceryni.'

Cery draaide zich om. Het kostte hem onrustbarend lange tijd voor hij de donkere man in de schaduwen zag staan. Zelfs toen hij Faren gevonden had, merkte hij tot zijn ergernis dat hij slechts een paar gele ogen zag en af en toe het wit van zijn tanden.

'Heb je gekocht wat ik vroeg?'

'Ja.' Cery trok de ketting uit zijn zak en reikte hem Faren aan. Hij voelde geschoeide handen langs de zijne glijden, en toen werd de ketting uit zijn hand genomen.

'Ja, dat is hem.' Faren zuchtte en keek naar het bordeel. 'Het werk is nog niet gedaan, Cery. Er is nog iets dat ik je zou willen vragen.'

'Ja?'

'Ik wil dat je teruggaat en die man vermoordt.'

Cery voelde een kou opkomen in zijn maagstreek, een gevoel dat al te veel leek op hoe hij zich altijd had voorgesteld dat een mes in de ingewanden moest voelen. Hij kon even niet denken, maar toen begonnen zijn hersenen als een razende te werken.

Dit was een test. Faren wilde alleen maar weten hoe ver hij zijn nieuwe man kon krijgen.

Wat moest hij doen? Cery had geen idee wat er zou gebeuren als hij weigerde. En dat wilde hij. Heel erg. Dit besef was zowel een opluchting als een bron van zorgen. Al wilde hij niet doden, dat betekende nog niet dat hij het niet zou kunnen... maar als hij zich voorstelde dat hij de straat zou oversteken en zijn mes in het lichaam van de man zou steken, kon hij zich er niet toe zetten in beweging te komen.

'Waarom?' Terwijl hij sprak wist hij al dat hij één test niet had gehaald.

'Omdat ik hem dood wil hebben,' antwoordde Faren.

'W-waarom wil je hem dood hebben?'

'Wil je dat ik verantwoording afleg?'

Cery raapte zijn moed bijeen. *Laten we eens zien hoe ver ik hiermee kan gaan.* 'Ja.'

Faren snoof geamuseerd. 'Goed dan. De man van wie je deze ketting hebt gekocht heet Verran. Hij was in dienst van een andere Dief, zo nu en dan, maar gebruikte wat hij in zijn werk leerde soms om zelf wat bij te verdienen. De Dief tolereerde dit, tot enkele nachten geleden, toen Verran het in zijn hoofd haalde om een bepaald huis een clandestien bezoek te brengen. Het huis was het eigendom van een rijke koopman die een over-eenkomst had met de Dief. Toen Verran het huis betrad, was de dochter van de koopman thuis, met enkele bedienden.' Faren zweeg, en Cery hoorde hem sissen van woede. 'De Dief heeft mij het recht verleend om Verran te straffen. Zelfs als ze was blijven leven zou hij de dood hebben verdiend.'

De gele ogen keken Cery aan. 'Natuurlijk vraag je je nu af of ik dit allemaal verzin. Je moet zelf besluiten of je me al dan niet kunt vertrouwen.'

Cery knikte en keek naar het bordeel aan de overzijde. Als hij iets moest beslissen zonder alle feiten te kennen, dan vertrouwde hij op zijn instinct. Wat zei die op dit moment?

Hij dacht aan de kille, wilde blik in de ogen van de man, en de angst in de ogen van het mollige meisje. Ja, die man was tot vreselijke daden in staat. Toen dacht hij aan de andere hoertjes; de spanning in de lucht; het gebrek aan klanten. De enige twee mannen die in het bolhuis hadden gezeten waren in gesprek met de eigenaar. Waren zij vrienden van Verran? Er was daar iets raars aan de hand.

En Faren? Cery dacht na over alles wat hij inmiddels van deze man wist.

125

Hij vermoedde dat de Dief meedogenloos kon zijn als hij tot het uiterste werd gedreven, maar in alle andere zaken was Faren eerlijk en oprecht geweest. En hij had werkelijk nijdig geklonken toen hij het over Verrans misdaad had.

'Ik heb nog nooit iemand vermoord,' gaf Cery toe.

'Ik weet het.'

'Ik weet niet of ik het kan.'

'Je zou het kunnen als iemand Sonea bedreigde, nietwaar?'

'Ja, maar dit is anders.'

'Is dat zo?'

Cery keek de Dief met samengeknepen ogen aan.

Faren zuchtte. 'Nee, dat is niet wat ik bedoelde. Dat is niet mijn manier van werken. Ik ben je aan het testen, dat besef je vast en zeker zelf ook wel. Je hoeft die man niet te doden. Het is belangrijker dat je mij leert vertrouwen, en je eigen grenzen leert kennen.'

Cery's hart sloeg een slag over. Hij had verwacht dat hij getest zou worden, maar Faren had hem zoveel verschillende dingen opgedragen dat Cery zich was gaan afvragen wat de Dief eigenlijk zocht. Was hij iets met hem van plan? Iets anders?

Misschien was dit een test die Cery nogmaals zou moeten ondergaan, als hij ouder was. Als hij niet in staat was te doden als het nodig was, of het niet wilde, dan zou hij zichzelf of anderen in gevaar kunnen brengen. En als een van die anderen Sonea was...

Plotseling was alle aarzeling en besluiteloosheid verdwenen.

Faren keek naar het bordeel aan de andere kant van de straat en zuchtte. 'Ik wil die kerel echt dood hebben. Ik zou het zelf doen, als... Laat maar. We vinden hem nog wel een keer.' Hij draaide zich om en liep enkele stappen de steeg in, maar hij stopte toen hij plotseling besefte dat Cery hem niet gevolgd was.

'Cery?'

Cery stak een hand in zijn jas en trok zijn dolken. Farens ogen schoten naar de messen, die glommen in het vale licht uit de ramen van het bordeel. Hij deed een stap naar achteren.

Cery glimlachte. 'Ik ben zo terug.'

11

Veilige doorgang

Na een half uur werd de stank van bol bijna prettig. Het aroma had een gezellige, warme ondertoon dat op een of andere manier troost bood. Dannyl keek naar de kom voor hem op de tafel.

Hij herinnerde zich verhalen over onhygiënische brouwerijen en vaten bol waar verdronken ravi in dreven, en had zich er nog niet toe kunnen zetten het stroperige brouwsel te proberen. Deze avond had hij echter nog iets meer om zich zorgen over te maken. Stel dat de sloppers wisten wat hij was, wat zou hen er dan van weerhouden zijn drankje te vergiftigen?

Zijn angsten waren waarschijnlijk ongegrond. Hij had zijn gewaad weer verruild voor de kleding van een koopman, en had ervoor gezorgd dat ze er niet al te netjes uitzagen. De andere klanten hadden hem even bekeken, waarbij hun ogen voornamelijk in de richting van de beurs aan zijn riem waren gegleden, en hadden hem vervolgens genegeerd.

Niettemin bleef Dannyl het vervelende gevoel houden dat iedere man en vrouw in het vertrek wist wie en wat hij was. Ze waren allemaal chagrijnig, verveeld en lusteloos. Ze schuilden hier voor de storm buiten. Soms hoorde hij iemand vloeken op het weer, soms vervloekten ze het Gilde. In eerste instantie had dit hem geamuseerd. Het leek wel of de sloppers het veiliger vonden om het Gilde de schuld te geven dan de koning.

Een van de sloppers, een man met een litteken op zijn gezicht, bleef naar hem staren. Dannyl rechtte zijn schouders en keek het vertrek rond. Terwijl hij zich schrap zette om de blik van de starende man te ontmoeten, merkte hij dat deze ineens heel erg geïnteresseerd was in zijn handen. Dannyl zag de goudbruine huid van de man en zijn brede gezicht voordat hij weer naar zijn drankje keek.

Hij had mannen en vrouwen van allerlei volkeren gezien in de bolhuizen die hij had bezocht. De korte Elynes waren het meest talrijk, aangezien hun vaderland het dichtst bij Kyralia lag. De Vindo met hun bruine huid waren vaker te zien in de sloppen dan in de rest van de stad, aangezien de meesten van hen uit hun land wegtrokken op zoek naar werk. De atletisch gebouwde Lan, die normaal gesproken in stamverband leefden, en de aristocratische Lonmar waren zeldzamer.

Dit was de eerste Sachakan die hij in jaren gezien had. Hoewel Sachaka een buurland van Kyralia was, werd reizen tussen de beide landen bemoeilijkt door de hoge bergrug tussen de landen en de woestijn daarachter. De weinige koopmannen die deze route geprobeerd hadden, vertelden over een barbaars volk dat vocht om in de woestijn te overleven, en een corrupte stad waar weinig te handelen viel.

Het was niet altijd zo geweest. Vele eeuwen geleden was Sachaka een groot keizerrijk geweest, bestuurd door machtige magiërs. Toen ze een oorlog met Kyralia en haar nieuw gevormde Gilde verloren, was dit alles veranderd.

Dannyl voelde een hand op zijn schouder. Hij draaide zich om en zag een donkerharige man achter zich staan. De man schudde zijn hoofd en liep weer weg.

Met een zucht stond Dannyl op en liep door de menigte naar de deur. Toen hij buiten was, liep hij weg door de plassen in de steeg. Er waren drie weken voorbij gegaan sinds het Gilde het meisje had weten te vinden in haar ondergrondse schuilplaats en heer Jolen door de Lonmar voor de gek was gehouden. Sindsdien had Gorin al viermaal geweigerd om Dannyl te spreken.

Administrateur Lorlen wilde liever niet geloven dat de Dieven dit meisje beschermden. Dannyl begreep wel waarom. Niets maakt een koning onrustiger dan de aanwezigheid van een wilde magiër in zijn rijk. De Dieven werden getolereerd. Ze zorgden dat de criminaliteit binnen de perken bleef en kostten de staat niets meer dan de belastingen die ze ontdoken door te smokkelen. Zelfs als de koning ze had kunnen vinden en verwijderen, wist hij dat er anderen zouden komen die hun plaats zouden innemen.

Maar de koning zou in staat zijn de sloppen tot de grond toe af te breken – en nog dieper – als hij zonder twijfel wist dat er een wilde magiër in de stad rondliep.

Dannyl vroeg zich af of de Dieven dit wel beseften. Hij had de mogelijkheid niet geopperd in zijn gesprekken met Gorin, aangezien hij niet onredelijk of dreigend wilde overkomen. In plaats daarvan had hij de Dief gewaarschuwd voor de gevaren die dit meisje met zich meedroeg.

Toen hij aan het eind van de steeg was, stak hij gehaast een bredere straat over en dook weer weg in de smalle ruimte tussen twee huizen. Vanaf dit punt waren de sloppen een doolhof. De wind joeg door het smalle steegje en jammerde als een hongerig kind. Af en toe was het doodstil, en tijdens een van deze momenten hoorde Dannyl het geluid van voetstappen achter zich. Hij draaide zich om.

De steeg was verlaten. Hij haalde zijn schouders op en liep verder.

Hoewel hij probeerde het gevoel te negeren, wilde zijn verbeelding het idee niet loslaten dat hij gevolgd werd. In de pauze tussen zijn eigen stappen hoorde hij het kraken van andere schoenen en als hij achterom keek zag hij af en toe vanuit zijn ooghoek iets bewegen. De overtuiging groeide, en Dannyl werd nijdig op zichzelf.

Hij sloeg een hoek om, manipuleerde het slot van een deur en ging het gebouw in.

Tot zijn opluchting was de kamer leeg. Hij sloot de deur, keek door het sleutelgat en snoof zacht toen hij zag dat de steeg nog altijd leeg was. Maar toen zag hij ineens iemand opdoemen.

Hij fronste toen hij de littekens op het brede gezicht herkende. De zoekende ogen van de Sachakan schoten van links naar rechts. Dannyl zag iets glimmen en toen hij beter keek zag hij een gemeen uitziend mes in de gehandschoende hand van de man.

Dannyl gniffelde zacht. *Je hebt geluk dat ik je hoorde*, dacht hij. Even dacht hij erover de overvaller te bespringen en naar de dichtstbijzijnde soldatenpost te slepen, maar hij besloot dit maar niet te doen. Het werd nacht, en hij verlangde naar de warmte van zijn eigen kamers.

De Sachakan keek naar de grond en liep terug. Dannyl telde tot honderd, glipte de deur weer uit en liep door. Blijkbaar was zijn angst dat de sloppers wisten wie hij was totaal ongegrond. Geen enkele slopper was stom genoeg om een magiër aan te vallen met alleen een mes.

Sonea zat over een groot boek gebogen toen Cery haar schuilplaats binnenkwam. Ze keek op en glimlachte.

'Hoe gaat het met de magie?' vroeg hij.

Haar glimlach verdween. 'Zoals gewoonlijk.'

'Het boek helpt niet?'

Ze schudde haar hoofd. 'Het is nu vijf weken geleden sinds ik begonnen ben met oefenen, maar het enige dat beter gaat is het lezen. Ik kan moeilijk leren lezen in ruil voor Farens bescherming.'

'Je kunt het niet overhaasten,' zei hij. *Zeker niet als je maar één keer per dag kunt oefenen*, voegde hij er in stilte aan toe.

Sinds ze bijna gevangengenomen was, was er een groep magiërs die met alle geduld van de wereld iedere schuilplaats van Faren omsingelde zodra ze magie gebruikt had, waardoor ze gedwongen werden steeds een nieuwe plaats te zoeken. Cery wist dat Faren bij iedereen in de sloppen zijn schulden aan het inlossen was. Hij wist ook dat de Dief geloofde dat Sonea iedere munt en iedere dienst die hij aan haar spendeerde waard was.

'Wat denk je dat je nodig hebt om je magie te laten werken?' vroeg hij.

Ze liet haar kin op haar hand rusten. 'Ik heb iemand nodig die het me kan laten zien.' Ze keek Cery met opgetrokken wenkbrauwen aan. 'Heeft Faren nog iets gezegd over die persoon over wie hij inlichtingen zou inwinnen?'

Cery schudde zijn hoofd. 'Niet tegen mij. Ik heb iets opgevangen, maar dat klonk niet hoopvol.'

Ze zuchtte. 'Ik neem niet aan dat jij ergens een vriendelijke magiër zou kunnen vinden die de geheimen van het Gilde aan de Dieven wil vertellen? Misschien kun je er een voor me ontvoeren.'

Cery lachte, maar stopte toen hij ineens een idee kreeg. 'Denk je dat...'

'Stil!' siste Sonea. 'Luister!'

Cery sprong overeind naar het raam bij de straat en keek naar de schaduwen onder hen. In plaats van een wachtpost liep er een onbekende figuur in de schaduw. Cery greep Sonea's mantel van de rugleuning van een stoel en gooide die naar haar toe.

'Stop dit onder je bloes,' zei hij, 'en volg mij.'

Hij pakte een emmer water die naast de tafel stond en gooide die op de laatste vonkjes in de haard. Het hout siste en stoom rees omhoog de schoorsteen in. Hij trok het rooster eruit, dook naar binnen en begon in de schoorsteen omhoog te klimmen, waarbij hij de tenen van zijn laarzen in de voegen tussen de ruwe, hete bakstenen zette.

'Je meent het niet,' mompelde Sonea van beneden.

'Schiet op,' spoorde hij haar aan. 'We moeten over de daken.'

Ze vloekte binnensmonds en begon te klimmen.

De zon kwam achter de regenwolken vandaan en de daken baadden in het gouden licht van de zonsondergang. Cery liep naar de schaduw van een schoorsteen.

'Het is nog te licht,' zei hij. 'We zullen gezien worden. Ik denk dat we hier moeten wachten tot het donker is.'

Sonea ging naast hem zitten. 'Zijn we ver genoeg uit de buurt?'

Hij keek achterom naar de schuilplaats. 'Ik denk het wel.'

Ze keek om zich heen. 'We zitten op de Bovenweg, nietwaar? Die bruggen van touw en hout, de handgrepen...'

Hij grinnikte toen hij haar weemoedige blik zag. 'Het lijkt zo lang geleden.'

'Dat was het ook. Vaak kan ik niet eens meer geloven dat we al die dingen die we als kinderen uithaalden werkelijk gedurfd hebben.' Ze schudde haar hoofd. 'Nu zou ik de moed niet meer hebben.'

Hij haalde zijn schouders op. 'We waren nog maar kinderen.'

'Kinderen die huizen binnenslopen en dingen stalen.' Ze glimlachte. 'Kun jij je die keer nog herinneren dat we bij de vrouw naar binnen waren geslopen die al die pruiken had? Jij ging opgekruld op de vloer liggen en wij gooiden al die dingen over je heen. En toen ze binnenkwam begon jij heel hard te kreunen.'

Cery lachte. 'Wat kon die gillen, zeg!'

Haar ogen glommen in het licht van de ondergaande zon. 'Ik kreeg me toch een problemen toen Jonna ontdekte dat ik iedere nacht naar buiten glipte en met jou meeging.'

'Dat heeft je er anders niet van weerhouden,' bracht hij haar in herinnering.

'Nee. Tegen die tijd had jij me geleerd hoe ik sloten open kon peuteren.'

Hij keek haar aandachtig aan. 'Waarom ben je eigenlijk opgehouden om met ons mee te gaan?'

Ze zuchtte en trok haar knieën op tegen haar borstkas. 'Alles werd anders. Harrins jongens begonnen me anders te behandelen. Alsof ze zich plotseling herinnerden dat ik een meisje was, en begonnen te denken dat ik andere dingen van hen wilde. Het was niet leuk meer.'

'Ik heb dat nooit gedaan...' Hij aarzelde en verzamelde zijn moed. 'Maar je wilde ook niet meer met mij mee.'

Ze schudde haar hoofd. 'Dat lag niet aan jou, Cery. Ik denk dat ik het zat werd. Ik moest volwassen worden en ophouden met doen alsof. Jonna zei altijd dat eerlijkheid een groot goed was, en dat stelen verkeerd was. Ik dacht zelf niet dat stelen echt zo verkeerd was als je geen keus had, maar dat was niet wat wij deden. Ik was bijna blij dat we naar de stad verhuisden, omdat ik er toen niet meer zo over na hoefde te denken.'

Cery knikte. Misschien was het beter geweest dat ze was weggegaan. De jongens van Harrins bende waren niet altijd even vriendelijk geweest tegen de jonge vrouwen die hun pad kruisten.

'Was het beter om in de stad te werken?'

'Een beetje. Maar ook daar kun je problemen krijgen als je niet voorzichtig bent. De soldaten zijn het ergste, omdat niemand ze tegenhoudt als ze je lastig vallen.'

Hij fronste toen hij zich probeerde voor te stellen dat ze al te geïnteresseerde soldaten van zich af moest slaan. Was er wel een plaats waar ze veilig was? Hij schudde zijn hoofd en wenste dat hij haar ergens heen kon brengen waar geen soldaten of magiërs waren die haar lastig konden vallen.

'Dat boek zijn we kwijt, denk ik,' zei Sonea plotseling.

Cery dacht aan het dikke boek dat op de tafel in de schuilplaats was blijven liggen en vloekte.

'Ik had er toch niet veel aan.'

Er klonk geen spijt in haar stem. Cery fronste. Er moest voor haar een andere manier zijn om magie te leren. Hij beet zachtjes op zijn lip toen het idee dat ze al eerder in zijn hoofd geplant had weer terugkwam.

'Ik denk dat ik je uit de sloppen breng,' zei hij. 'De magiërs zullen vannacht overal zijn.'

Ze fronste. 'Uit de sloppen?'

'Ja,' antwoordde hij. 'Je bent veiliger in de stad.'

'In de stad? Weet je dat zeker?'

'Waarom niet?' Hij glimlachte. 'Dat is de laatste plaats waar ze je zullen zoeken.'

Ze dacht hierover na en haalde haar schouders op. 'Hoe komen we daar?'

'Via de Bovenweg.'

'Maar daarmee komen we niet door de poorten.'

Cery grinnikte. 'Dat is ook niet nodig. Kom mee.'

De Buitenmuur torende hoog boven de sloppenwijk uit. Hij was tien passen dik en werd onderhouden door de stadswacht, hoewel het al vele eeuwen geleden was dat Imardin werd bedreigd door een invasie. Er liep een weg om de muur heen die de gebouwen van de sloppen op afstand hield.

Niet ver van deze weg daalden Cery en Sonea van de daken af, een steeg in. Cery pakte haar arm, trok haar in de richting van enkele stapels dozen en glipte daar tussendoor. De lucht erbinnen was scherp, een mengeling van hout en oud fruit.

Cery ging op zijn hurken zitten en tikte op de grond. Tot Sonea's verbazing klonk het geluid metaalachtig en hol. De grond kwam in beweging en er verscheen een grote ronde metalen plaat, die naar buiten openklapte. Een breed gezicht dook op in het gat, omkranst door een kring van duisternis. Uit het gat steeg een misselijkmakende stank op.

'Hallo, Tul,' zei Cery.

De man grinnikte naar hem. 'Hoe is-t-ie, Cery?'

Cery grinnikte. 'Prima. Wil je een schuld inlossen?'

'Tuurlijk.' De ogen van de man begonnen te schitteren. 'Doorgang?'

'Voor twee,' zei Cery.

De man knikte en verdween in de stank. Cery glimlachte naar Sonea en gebaarde naar het gat. 'Na jou.'

Ze zette haar voet in de opening en vond een ladder. Snel nam ze nog een laatste teug schone lucht voordat ze langzaam afdaalde in het stinkende gat. Ze hoorde het geluid van stromend water in de duisternis, en de lucht was zwaar van het vocht. Toen haar ogen aan het schemerduister gewend raakten, zag ze dat ze op een smalle richel stond aan de rand van een ondergronds riool. Het plafond was zo laag dat ze moest bukken.

Het dikke gezicht van de man die ze gesproken hadden hoorde bij een al even gezet lichaam. Cery bedankte de man en gaf hem iets dat hem een brede grijns ontlokte.

Ze lieten Tul op zijn post achter en Cery leidde haar naar een doorgang in de richting van de stad. Na een paar honderd passen verscheen een tweede figuur met een ladder. De man was misschien ooit lang geweest, maar zijn rug was gebogen alsof hij zich had aangepast aan de kromming van de rioolbuis. Hij keek op en hield hen vanonder zijn zware oogleden in de gaten toen ze dichterbij kwamen.

Plotseling draaide hij zich om. Verderop in de tunnel klonk een vaag gerinkel.

'Snel,' raspte hij tegen hen. Cery greep Sonea bij de arm en trok haar mee toen hij begon te rennen.

De man pakte iets uit zijn jas en begon er met een oude lepel op te hameren. Het geluid was oorverdovend in de tunnel.

Toen ze bij de ladder waren stopte hij en ze hoorden nog meer geratel achter hen. Hij gromde en begon wild met zijn armen te zwaaien. 'Omhoog! Omhoog!' riep hij.

Cery klauterde haastig naar boven. Er klonk een geluid van metaal en er verscheen een licht gat. Cery klom erdoorheen en verdween. Terwijl Sonea hem volgde hoorde ze vanuit de verte een vaag, rommelend geluid. De man met de bochel klauterde achter hen aan en trok de ladder omhoog.

Sonea keek om zich heen. Ze stonden in een smal steegje, gehuld in de vallende avondschemering. Toen ze het lage geluid weer hoorde, keek ze naar de tunnel. Het geluid werd nu snel sterker, een diep gebrul dat plotseling gedempt werd toen de gebochelde man voorzichtig het luik sloot. Een ogenblik later voelde ze een vage trilling onder haar voeten. Cery leunde dicht naar haar toe tot zijn mond bijna haar oor raakte.

'De Dieven gebruiken deze tunnels al jaren om de Buitenmuur te ontwijken,' mompelde hij. 'Toen de soldaten van de stadswacht dat ontdekten, maakten ze er een gewoonte van de riolering te spoelen. Geen slecht idee, eigenlijk, ze blijven zo een stuk schoner. Natuurlijk ontdekten de Dieven op welke tijdstippen ze dat deden, en ze gingen als vanouds verder met hun praktijken. Toen besloot de stadswacht om ze op onregelmatige tijden te spoelen.'

Hij gebaarde dat ze dichterbij moest komen, ging naast het luik zitten en maakte het voorzichtig open. Enkele centimeters van haar gezicht vandaan stroomde het water, en het gebrul klonk luid in de straat. Snel deed Cery het luik weer dicht.

'Daarom maakte die man dus zo'n kabaal,' fluisterde ze.

Cery knikte. 'Ze waarschuwen elkaar.' Hij wendde zich af en gaf iets aan de man met de bochel, waarna hij haar een steegje in trok, waar uitstekende stenen van het dak hen in staat stelden naar boven te klimmen. Het werd kouder, dus Sonea trok haar mantel onder haar bloes vandaan en hing die om haar schouders.

'Ik hoopte dat we iets dichterbij konden komen,' mompelde Cery, 'maar...' Hij haalde zijn schouders op. 'Mooi uitzicht heb je hiervandaan, nietwaar?'

Ze knikte. Hoewel de zon net onder de horizon was gezakt, gloeide de hemel nog na. De laatste stormwolken hingen boven het Zuiderkwartier, maar dreven langzaam weg naar het oosten. De stad spreidde zich voor hen uit, badend in oranje licht.

'Je kunt zelfs een stukje van het koninklijk paleis zien,' wees Cery.

Boven de hoge Binnenmuur zagen ze de torens van het paleis en een grote, glimmende koepel.

'Ik ben er nog nooit geweest,' fluisterde Cery, 'maar eens gaat het me lukken.'

Sonea lachte. 'Jij? In het koninklijk paleis?'

'Ik heb met mezelf afgesproken,' zei hij, 'dat ik alle grote gebouwen in de stad minstens één keer in mijn leven van binnen zal zien.'

'Waar ben je al geweest?'

Hij wees naar de hekken in de Binnenmuur. Door de tralies zag ze de muren en daken van de grote huizen daarbinnen, verlicht door de gele gloed van straatlantaarns. 'Een paar van de grote huizen.'

Ze snoof ongelovig. Als ze boodschappen deed voor Jonna en Ranel had ze af en toe in de Binnencirkel moeten zijn. Overal op de straten patrouilleerden soldaten die iedereen aanspraken die niet goed gekleed was of het tenue van de bedienden van een van de Huizen droeg. Klanten hadden haar een muntje gegeven waarmee ze kon aantonen dat ze inderdaad in de Binnencirkel moest zijn.

Bij ieder bezoek had ze nieuwe wonderen ontdekt. Ze herinnerde zich de prachtige huizen in fantastische kleuren en vormen, met balkons of met torens die zo rank waren dat ze eruitzagen alsof ze onder hun eigen gewicht zouden moeten instorten. Zelfs de vertrekken van de bedienden waren luxueus geweest.

De simpelere huizen die ze nu om zich heen zag waren bekender. In het Noorderkwartier woonden de kooplieden en de minder belangrijke families. Ze hadden maar weinig bedienden en gebruikten voor bijna alles de diensten van ambachtslieden. Jonna en Ranel hadden in de twee jaar dat ze daar werkten een groep vaste klanten aan zich weten te binden.

Sonea keek naar de beschilderde schermen in de ramen rondom haar. Achter enkele daarvan zag ze de schaduwen van mensen. Ze dacht aan alle klanten die haar oom en tante waren kwijtgeraakt toen de soldaten hen uit hun pension gezet hadden, en ze zuchtte. Toen wendde ze zich tot Cery. 'Waar gaan we heen?'

Hij glimlachte. 'Volg mij maar.'

Ze liepen verder over de daken. Anders dan in de sloppen, waren de bewoners van deze huizen meestal niet zo vriendelijk om touwbruggen of handgrepen voor de dieven op hun plaats te laten hangen. Cery en Sonea moesten vaak afdalen als ze bij een straat of steeg kwamen. Op de hoofdwegen liepen soldaten, dus moeten ze steeds wachten tot die voorbij gemarcheerd waren voordat ze zo snel mogelijk naar de overkant renden.

Na een uur stopten ze om uit te rusten, en zodra de maan als een klein sikkeltje aan de hemel was verschenen gingen ze verder. Sonea liep zwijgend achter Cery aan en concentreerde zich op haar voeten in het zwakke licht. Toen hij eindelijk weer stopte, voelde ze een golf van vermoeidheid over zich heen spoelen, en kreunend ging ze zitten.

'Ik hoop dat we er nu bijna zijn,' zei ze. 'Ik ben uitgeput.'

'Het is niet ver meer,' verzekerde Cery haar. 'Hier moeten we nog langs.'

Ze volgde hem over een muur en belandde in een grote, nette tuin. De bomen waren lang en symmetrisch aangeplant. Hij leidde haar naar de schaduw van een muur die geen einde leek te hebben.

'Waar zijn we?'

'Wacht maar,' antwoordde Cery.

Haar voet bleef haken en ze viel tegen een boom. De ruwe bast verbaasde haar. Ze keek om zich heen. Overal stonden bomen, in eindeloze rijen, als wachtposten. In het donker zagen ze er vreemd en sinister uit, als een woud van grijparmen.

Een woud? Ze fronste, en plotseling werd ze ijskoud. *Er zijn geen tuinen in het Noorderkwartier, en er is maar één bos in heel Imardin...*

Haar hart begon als een razende te kloppen. Ze rende achter Cery aan en greep hem bij de arm. 'Zeg, wat ben je van plan?' hijgde ze. 'We zijn op het terrein van het Gilde!'

Zijn tanden schitterden in het duister. 'Inderdaad.'

Ze staarde hem aan. Hij zag eruit als een zwart silhouet in het maanverlichte bos, en ze kon zijn gezicht niet zien. Een beangstigend vermoeden kwam in haar op. Hij zou toch niet... nee, dat kon niet... niet Cery. Nee, hij zou haar nooit verraden aan de magiërs.

Ze voelde zijn hand op haar schouder. 'Maak je geen zorgen, Sonea. Denk eens na. Waar zijn de magiërs? In de sloppen. Je bent hier veiliger dan daar.'

'Maar... hebben ze dan geen bewakers?'

'Een paar wachtposten bij de poort, dat is alles.'

'Patrouilles?'

'Nee.'

'Een magische muur?'

'Nee.' Hij lachte zachtjes. 'Ik neem aan dat ze denken dat mensen te bang voor hen zijn om in te breken.'

'Hoe weet je dat allemaal zo zeker?'

Hij gniffelde. 'Ik ben hier al eerder geweest.'

Ze snakte naar adem. 'Waarom?'

'Nadat ik had besloten dat ik alle grote gebouwen in de stad wilde bezoeken, ben ik hierheen gekomen om wat rond te neuzen. Ik kon nauwelijks geloven hoe eenvoudig het was. Ik heb natuurlijk niet geprobeerd om ergens een gebouw binnen te komen, maar ik heb door de ramen naar de magiërs gekeken.'

Sonea keek vol ongeloof naar zijn gezicht, dat verborgen was in de schaduw. 'Je hebt in het Gilde gespioneerd?'

'Natuurlijk. Het was reuze interessant. Ze hebben plekken waar ze de nieuwe magiërs dingen leren, en gebouwen waar ze wonen. De laatste keer dat ik hier was zag ik de genezers aan het werk. Dat was echt bijzonder. Ze hadden daar een jongen met snijwonden in zijn hele gezicht. Toen de genezer hem aanraakte, verdwenen ze. Zomaar. Echt verbijsterend.' Hij zweeg en ze zag dat hij in het zwakke licht haar kant op keek. 'Weet je nog dat je zei dat je iemand zocht die je kon leren om magie te gebruiken? Misschien kun je iets opsteken door naar hen te kijken.'

'Maar... dit is het Gilde, Cery.'

Hij haalde zijn schouders op. 'Ik zou je niet hierheen brengen als ik dacht dat het echt gevaarlijk kon zijn, wel dan?'

Sonea schudde haar hoofd. Ze voelde zich vreselijk schuldig dat ze even aan hem getwijfeld had. Als hij haar had willen verraden, zou hij de magiërs wel hebben geholpen haar te pakken te krijgen in hun schuilplaats. Maar hij zou haar nooit verraden.

En als dit een val is, ben ik al verdoemd.

Ze zette de gedachte met kracht van zich af en dacht na over wat Cery had voorgesteld.

'Denk je dat we het echt kunnen?'

'Natuurlijk.'

'Het is waanzin, Cery.'

Hij lachte. 'Kom in ieder geval kijken. We lopen naar de weg, en dan zie je zelf hoe eenvoudig het is. Als je niet wilt, gaan we terug. Kom maar.'

Ze verbeet haar angst en volgde hem tussen de bomen door. Het bos werd dunner, en ze kon de muren tussen de bomen door zien schemeren. Cery bleef in de schaduwen terwijl hij naar voren sloop tot hij minder dan twintig passen van de weg verwijderd was, en toen rende hij naar voren en verborg zich achter een dikke boom.

Sonea rende achter hem aan en duwde haar rug tegen een andere boom. Haar benen leken bijna al hun kracht te zijn verloren, en ze voelde zich licht in haar hoofd en duizelig. Cery grinnikte en wees tussen de bomen door.

Ze keek op naar het gebouw vóór hen en snakte naar adem.

12

De laatste plaats waar ze zullen zoeken

Het gebouw was zo groot dat het leek alsof het de sterren raakte. Op iedere hoek stond een toren. Daartussen glommen witte muren in het maanlicht. Aan de voorzijde van het gebouw stonden grote bogen, boven op elkaar, en in iedere boog hing een gordijn van steen. Een brede trap leidde naar een paar gigantische poorten die wijd open stonden.

'Het is prachtig,' fluisterde Sonea.

Cery lachte zacht. 'Ja, hè? Zie je die deuren? Ze zijn bijna vier keer zo hoog als een volwassen man.'

'Ze zijn vast heel zwaar. Ik vraag me af hoe ze ze sluiten?'

'Met magie, neem ik aan.'

Sonea verstijfde toen een gestalte in een blauw gewaad in de deuropening verscheen. De man stopte even en liep toen de trap af in de richting van een kleiner gebouw rechts van de hal.

'Maak je geen zorgen. Ze kunnen ons niet zien,' verzekerde Cery haar.

Sonea blies de adem die ze had ingehouden langzaam uit en dwong zich niet langer naar de figuur in de verte te kijken. 'Wat is daarbinnen?'

'Klaslokalen. Dit is de universiteit.'

Aan de zijkant van het gebouw bevonden zich drie rijen ramen. De onderste twee gingen grotendeels verborgen achter bomen, maar ze zag warm geel licht tussen de takken door. Links van het gebouw was een grote tuin. Cery wees naar een gebouw rechts daarvan.

'Daar wonen de novicen,' zei hij. 'Er is net zo'n gebouw aan de andere kant van de universiteit, waar de magiërs wonen. En daar' – hij wees naar een rond gebouw een paar honderd passen links van hen – 'is de plaats waar de genezers hun werk doen.'

'Wat is dat?' vroeg Sonea, en ze wees naar een groep vreemde, gebogen masten die ergens midden in de tuin leken te staan.

Cery haalde zijn schouders op. 'Geen idee,' gaf hij toe. 'Daar ben ik nog niet achtergekomen.'

Hij gebaarde naar de weg vóór hen. 'Deze leidt naar de huizen waar de bedienden wonen,' zei hij, naar links wijzend. 'En daar aan die kant liggen de stallen.' Hij wees naar rechts. 'Er zijn nog wat gebouwen achter de universiteit, en een tuin vóór het gebouw waar de magiërs wonen. O, en daar op de heuvel staan nog meer huizen die onderdak bieden aan de magiërs.'

'Zoveel gebouwen,' zuchtte ze. 'Hoeveel magiërs zijn er eigenlijk?'

'Hier wonen er meer dan honderd,' antwoordde hij. 'En er zijn er nog meer die elders wonen. Sommigen in de stad, anderen op het platteland, en nog veel meer in andere landen. Er wonen hier ook honderden bedienden. Ze hebben dienstmeisjes, stalknechten, koks, schrijvers, tuinmannen en zelfs boeren.'

'Boeren?'

'Ze hebben akkers in de buurt van de huizen waar de bedienden wonen.'

Sonea fronste. 'Waarom kopen ze hun eten niet gewoon?'

'Ik heb gehoord dat ze allerlei gewassen verbouwen waar ze medicijnen van maken.'

'O.' Sonea keek naar Cery. Ze was diep onder de indruk. 'Hoe ben je zoveel over het Gilde te weten gekomen?'

Hij grinnikte. 'Ik heb heel veel vragen gesteld, vooral na de vorige keer dat ik heb rondgesnuffeld.'

'Waarom?'

'Ik was nieuwsgierig.'

'Nieuwsgierig?' Sonea snoof. 'Alleen maar nieuwsgierig?'

'Iedereen wil graag weten wat ze daarbinnen doen. Jij niet, dan?'

Sonea aarzelde. 'Nou ja... soms wel.'

'Natuurlijk. Jij hebt zelfs meer reden dan andere mensen. Heb je er zin in om een paar magiërs te bespioneren?'

Sonea keek omhoog naar de gebouwen. 'Hoe kunnen we naar binnen kijken zonder dat ze ons zien?'

'De tuin loopt helemaal door tot aan de muren van de gebouwen,' zei Cery. 'De paden zijn dubbel aangelegd, evenwijdig aan elkaar en gescheiden door een strook groen die is omzoomd door heggen. Als je tussen de heggen loopt ziet niemand je.'

Sonea schudde haar hoofd. 'Alleen jij zou zoiets waanzinnigs kunnen bedenken.'

Hij glimlachte. 'Maar je weet ook dat ik nooit onnodige risico's neem.'

Ze beet op haar lip. Ze schaamde zich nog altijd dat ze heel even had gedacht dat hij haar misschien wel verraden had. Hij was altijd de slimste van Harrins bende geweest. Als het mogelijk was om het Gilde te bespioneren, dan zou hij weten hoe dat gedaan kon worden.

Ze wist dat ze hem eigenlijk moest opdragen haar terug te brengen naar Faren. Als iemand hen ontdekte... Het was te beangstigend om over na te denken. Cery keek haar verwachtingsvol aan. *Het zou jammer zijn om het niet te proberen*, zei een stemmetje in haar achterhoofd. *Misschien zie je nog wel iets nuttigs.*

'Goed dan.' Ze zuchtte. 'Waar gaan we eerst heen?'

Cery grinnikte en wees naar het gebouw van de genezers. 'We zullen daar de tuinen in gaan, waar de weg donker is. Volg mij maar.'

Hij liep terug het bos in en sloop tussen de bomen door. Na een paar honderd passen liep hij terug naar waar de weg stopte, naast een boom.

'De magiërs zijn druk aan het studeren op dit moment,' mompelde hij. 'Of ze zijn al in hun eigen kamers. We hebben de tijd tot de avondklassen voorbij zijn, en dan moeten we een goede schuilplaats hebben. Op dit moment hoeven we alleen maar uit te kijken voor bedienden. Stop je mantel onder je bloes. Die zit alleen maar in de weg.'

Ze gehoorzaamde.

Cery pakte haar bij de hand en liep naar de weg. Sonea keek vol twijfel naar de ramen van de universiteit.

'En als ze naar buiten kijken? Dan zien ze ons.'

'Maak je geen zorgen,' zei hij. 'De kamers zijn allemaal goed verlicht, dus ze zien niets buiten, tenzij ze helemaal tegen het raam aan zouden gaan staan. En ze hebben het veel te druk met wat ze dan ook uitvoeren om uit het raam te gaan staan kijken.'

Hij pakte haar bij de arm en trok haar de weg over. Ze hield haar adem in en keek opnieuw naar de ramen om te zien of er niemand naar buiten keek, maar ze zag nergens een menselijke gestalte. Toen ze in de schaduw van de tuin waren, slaakte ze een zucht van verlichting.

Cery liet zich op zijn hurken zakken en kroop onder een heg door. Sonea volgde hem en merkte dat het net van bladeren en takken zo dicht was dat ze er niet door konden.

'Het is behoorlijk gegroeid sinds de laatste keer dat ik hier was,' mompelde Cery. 'We zullen moeten kruipen.'

Ze lieten zich op hun buik zakken en wurmden zich naar voren, onder het dichte bladerdak door. Om de tien meter moesten ze zich langs een boom heen wringen. Nadat ze ongeveer honderd meter gekropen hadden, stopte hij.

'We zijn vlak voor het gebouw van de genezers,' zei hij tegen haar. 'We moeten een pad oversteken, en dan tussen de bomen langs de muur gaan zitten. Ik ga eerst. Kijk of het pad verlaten is, en volg mij dan.'

Hij kroop verder en verdween uit het zicht. Sonea kroop naar het gat dat hij gemaakt had en keek erdoor naar buiten. Er liep een pad langs de heg. Ze zag het gat waar Cery zich aan de andere kant door de heg had gewerkt.

Ze kroop naar buiten, rende het pad over en kroop snel weer onder de heg. Ze vond Cery in de ruimte daarachter, met zijn rug tegen de stam van een grote boom en zijn gezicht naar de muur.

'Denk je dat je hier tegenop kunt klauteren?' vroeg Cery zacht terwijl hij op de muur tikte. 'Je zult naar de tweede verdieping moeten. Daar zijn de leslokalen.'

Sonea bekeek de muur, die was opgetrokken uit grote stenen. Het cement ertussen was oud en brokkelig. Twee richels liepen rond het gebouw en vormden de basis voor de ramen. Zodra ze bij een raam was, zou ze op de richel kunnen zitten en naar binnen kunnen kijken.

'Makkelijk,' fluisterde ze.

Hij kneep zijn ogen half dicht en zocht in zijn zakken. Hij pakte een klein potje, opende het en smeerde donkere pasta op haar gezicht.

'Daar. Nu zie je er net zo uit als Faren.' Hij grinnikte, maar werd meteen weer ernstig. 'Blijf achter de bomen. Als ik iemand zie komen, dan roep ik als een mulloek. Blijf zitten waar je zit en hou je stil.'

Ze knikte, keerde zich om naar de muur en zette voorzichtig haar tenen in een voeg. Ze groef met haar vingers in het kruimelige cement terwijl ze een nieuw steunpunt voor haar voeten zocht. Het duurde niet lang voor ze net boven Cery's hoofd tegen de muur hing. Ze keek omlaag en zag zijn tanden glinsteren toen hij naar haar grijnsde.

Haar spieren protesteerden terwijl ze zich ophees, maar ze hield niet op tot ze bij de tweede richel was. Daar stopte ze even om op adem te komen, waarna ze door het dichtstbijzijnde raam naar binnen keek.

Het raam was zo groot als een deur en bestond uit vier grote glazen ruiten. Ze gleed voorzichtig over de richel tot ze iets kon zien van het vertrek erachter.

Binnen zat een grote groep magiërs in bruine gewaden. Ze keken allemaal vol aandacht naar iets in de hoek van het vertrek. Ze aarzelde, bang dat iemand zou opkijken en haar zou zien, maar niemand keek naar buiten. Met heftig bonzend hart gleed ze naar voren tot ze kon zien waar ze naar staarden.

In de hoek stond een man in een donkergroen gewaad. Hij hield een uit hout gesneden beeltenis van een arm omhoog waarop allemaal gekleurde lijnen en woorden stonden getekend. De magiër gebruikte een korte stok om de diverse woorden aan te wijzen.

Sonea voelde een rilling van opwinding. De stem van de magiër werd gedempt door het glas, maar ze kon hem wel verstaan als ze goed luisterde.

Terwijl ze dat deed, voelde ze een bekende frustratie in zich opkomen. Het grootste deel van de lezing van de magiër bestond uit vreemde woorden en zinnen. Hij had net zo goed een andere taal kunnen spreken. Ze stond op het punt om toe te geven aan de pijn in haar vingers en terug te keren naar Cery, toen de spreker zich omdraaide en luid riep: 'Breng Jenia naar binnen!'

De novicen keken allemaal tegelijk naar de open deur. Een jonge vrouw kwam binnen, met een oudere bediende. Haar arm was verbonden en hing in een mitella die achter in haar nek was vastgeknoopt.

De vrouw glimlachte breed en lachte om iets dat een van de novicen zei. De leraar keek hen streng aan en de klas werd stil.

'Jenia heeft vanmiddag haar arm gebroken toen ze van haar paard viel,' zei hij tegen hen. Hij gebaarde naar de vrouw dat ze moest gaan zitten. Toen hij het verband van haar arm begon te halen, verdween haar glimlach. De onderarm was blauw en dik.

De leraar koos twee leerlingen uit, en het tweetal streek voorzichtig over de arm, stapten achteruit en gaven hun diagnose. De leraar knikte tevreden.

'Nu,' zei hij, harder, zodat de hele klas het kon horen, 'moeten we allereerst iets doen om de pijn te stoppen.'

Op een teken van de leraar pakte een van de novicen de hand van de vrouw. Hij sloot zijn ogen, en even was het stil in het lokaal. Een blik van opluchting gleed over het gezicht van de vrouw. De novice liet haar los en knikte naar zijn leraar.

'Het is altijd beter om het lichaam zichzelf te laten genezen,' ging de magiër verder, 'maar we kunnen het zover repareren dat de botten weer aan elkaar zitten en de blauwe plekken verdwijnen.'

De andere novice liet zijn palm langzaam langs de arm van de vrouw glijden. Waar hij haar aanraakte, verdween de kneuzing. Toen de jongen zijn hand terugtrok, glimlachte de vrouw en bewoog voorzichtig haar vingers.

De leraar onderzocht de arm en bond de mitella weer om. De vrouw keek er misprijzend naar, maar hij droeg haar op de arm minstens twee weken niet te gebruiken. Een van de novicen zei iets en de hele klas lachte.

Sonea ging bij het raam vandaan. Ze was zojuist getuige geweest van de legendarische genezende gave van de magiërs, iets dat weinig sloppers ooit te zien kregen. Het was net zo verbazingwekkend als ze zich had voorgesteld.

Maar ze had niets geleerd over hoe het gedaan werd. *Dit is vast een klas voor gevorderde leerlingen*, bedacht ze. Nieuwe leerlingen zouden niet weten hoe ze een dergelijke verwonding moesten behandelen. Als ze een klas nieuwelingen vond, zou ze misschien wel begrijpen wat er werd onderwezen.

Ze klom omlaag. Toen haar voeten de grond raakten, pakte Cery haar arm.

'Heb je iemand zien genezen?' fluisterde hij.

Ze knikte.

Cery grinnikte. 'Ik zei toch dat het makkelijk was.'

'Voor jou misschien,' zei ze terwijl ze haar pijnlijke handen wreef. 'Ik heb te lang niet geklommen.' Ze liep naar het volgende raam, dwong haar vermoeide vingers de rand van de stenen te pakken en hees zich weer omhoog.

De leraar in de volgende klas was een vrouw, ook in een groen gewaad. Ze was stil en keek naar de novicen die over hun tafels gebogen zaten en druk schreven op grote vellen papier terwijl ze door versleten, in leer gebonden boeken bladerden. Sonea kreeg last van haar pijnlijke armen en liet zich omlaag zakken.

'En?' vroeg Cery.

Ze schudde haar hoofd. 'Niets bijzonders.'

Achter het volgende raam was een klas novicen bezig met het mengen van vloeistoffen, gedroogde poeders en pasta's in kleine potjes. Het raam daarna bood uitzicht op een enkele jonge man in een groene mantel die lag te doezelen met zijn hoofd op een boek.

'Verder brandt nergens licht,' zei Cery toen ze weer op de grond stond.

141

'Ik denk dat er hier niet veel meer te zien is.' Hij wees naar de universiteit. 'Daar zijn meer klassen die we kunnen bekijken.'

Ze knikte. 'Laten we gaan.'

Ze wrongen zich onder de heg vandaan, renden naar de overkant van het pad en duwden daar de bladeren opzij. Halverwege de tuin stopte Cery en wees naar een gat in de heg.

Sonea keek tussen de bladeren door en zag dat ze bij de vreemde masten waren die ze vanuit de verte had gezien. Ze waren naar binnen gebogen, alsof ze elkaar begroetten met een buiging, en liepen taps toe. Ze stonden op regelmatige afstanden rondom een ronde stenen vloer die in de grond was gezet.

Sonea huiverde. Een vaag bekende vibratie hing hier in de lucht. Onrustig legde ze haar hand op Cery's rug. 'Laten we doorlopen.'

Cery knikte, en met een laatste blik op de masten leidde hij haar verder.

Ze moesten nog twee paden oversteken voor ze bij de muur van de universiteit waren. Cery legde zijn hand op de stenen.

'Je kunt hier niet tegenop klimmen,' zei hij. 'Maar er zijn genoeg ramen op de begane grond.'

Sonea raakte de muur aan. Over de hele hoogte van de muur liepen verticale richels en dalen, zonder dat er ergens naden of scheuren zichtbaar waren. Het leek wel alsof het hele gebouw uit een enkel gigantisch blok steen gemaakt was.

Cery ging achter een boom staan en vouwde zijn handen ineen. Sonea zette haar voet op zijn handen, hees zich omhoog en keek over de venster- bank naar binnen.

Een man in een paars gewaad schreef met houtskoolstokjes op een bord. Zijn stem bereikte haar oren, maar ze wist niet wat hij zei. De tekeningen op het bord waren even onbegrijpelijk als het verhaal van de genezer. Teleurge- steld en gefrustreerd gebaarde ze naar Cery dat hij haar moest laten zakken.

Ze kropen langs de voet van het gebouw naar het volgende raam. Wat zich daarbinnen afspeelde was al even mysterieus als wat er in de voorgaande lokalen gebeurde. Novicen zaten stijf rechtop in hun stoelen, de ogen ge- sloten. Achter iedere zittende novice stond er een die zijn handpalmen tegen de slapen van de zittende gedrukt hield. De leraar, een streng uitziende man in een rood gewaad, keek zwijgend toe.

Sonea stond op het punt weg te gaan toen de leraar ineens begon te praten.

'Kom maar terug.' Zijn stem klonk onverwacht kalmerend voor een man met zo'n hard gezicht. De staande novicen wreven over hun eigen slapen en maakten vreemde grimassen.

'Zoals jullie zien is het onmogelijk om in de gedachten van anderen te kijken als die dat niet willen,' vertelde de leraar. 'Of eigenlijk is het niet geheel onmogelijk, zoals onze eigen opperheer heeft bewezen, maar het is ver buiten het bereik van gewone magiërs als jullie en ikzelf.'

Zijn ogen gleden naar het raam. Sonea dook snel naar beneden. Cery liet haar zakken en ze drukte zich met haar rug tegen de muur, onder de vensterbank. Ze gebaarde naar Cery dat hij hetzelfde moest doen.

'Wat heb je gezien?' fluisterde hij.

Sonea legde een hand op haar hart, dat als een razende tekeer ging. 'Ik weet het niet zeker.' Was de magiër nu haastig op weg naar buiten, vast van plan de tuinen te doorzoeken? Of stond hij bij het raam te wachten tot ze onder de vensterbank vandaan zouden komen?

Ze slikte. Haar mond was droog. Ze wendde zich tot Cery en stond op het punt voor te stellen dat ze het bos in zouden rennen, maar slikte haar woorden in voordat ze haar mond open had gedaan. Boven haar klonk weer het gedempte geluid van de stem van de leraar, die iets uitlegde aan zijn leerlingen. Ze sloot haar ogen en zuchtte van opluchting.

Cery leunde naar voren en keek voorzichtig omhoog naar het raam. Toen richtte hij zijn blik op haar en haalde zijn schouders op.

'Gaan we door?'

Ze haalde diep adem en knikte. Ze stonden op, liepen langs het gebouw en stopten onder het volgende raam. Cery hielp Sonea weer omhoog.

Toen ze naar binnen keek zag ze iets flitsends bewegen. Ze staarde verbaasd naar het tafereel vóór haar. Enkele novicen sprongen heen en weer en deden hun best om een lichtpuntje te ontwijken dat door de kamer schoot. Op een stoel in een van de hoeken stond een magiër in een rood gewaad toe te kijken, een arm gestrekt. Hij brulde naar de novicen: 'Stilstaan! Verdedig je!'

Vier van de novicen stonden al stil. Als het heldere lichtpuntje in hun buurt kwam, werd het teruggekaatst, als een vlieg die tegen een ruit botste. Steeds meer novicen volgen hun voorbeeld, maar het lichtpuntje was snel. Enkele minder getalenteerde jonge magiërs hadden al kleine rode vlekjes op hun gezicht en handen.

Plotseling was het lichtpuntje verdwenen. De leraar sprong van de stoel en kwam verend op zijn voeten terecht. De novicen ontspanden zich en grinnikten naar elkaar. Bang dat ze per ongeluk haar kant op zouden kijken, liet Sonea zich weer zakken.

Door het volgende raam zag ze hoe een magiër in een paars gewaad een vreemde proef deed met gekleurde vloeistoffen. Verderop zag ze een groep novicen aan het werk met zwevende bolletjes gekleurd glas die ze in ingewikkelde, gloeiende sculpturen veranderden. En nog verderop luisterde ze naar een man in een rood gewaad die een verhaal afstak over vuur maken.

Plotseling klonk in het hele Gildegebouw het galmen van een zware bel. De magiër keek verrast op en de novicen begonnen op te staan. Sonea dook weg van het raam.

Cery liet haar zakken. 'Die bel geeft aan dat de klassen voorbij zijn,' zei hij. 'We moeten hier stil blijven zitten. De magiërs zullen het gebouw verlaten en naar hun eigen kamers gaan.'

143

Ze gingen dicht tegen een boom aangedrukt zitten. Even bleef het stil, toen hoorde Sonea stemmen aan de andere kant van de heg.

'... lange dag,' zei een vrouw. 'We hebben te weinig personeel nu iedereen geveld wordt door dat nieuwe virus. Ik hoop dat die zoektocht snel over is.'

'Ja,' stemde een andere vrouw in. 'Maar de administrateur is uitermate redelijk. Hij geeft het grootste deel van het werk aan krijgers en alchemisten.'

'Dat is zo,' zei de eerste. 'Maar vertel eens, hoe is het met de vrouw van heer Malkin? Ze moet nu toch zeker al acht maanden zwanger zijn...'

De stemmen van de vrouwen vervaagden en ze hoorde een jongen lachen.

'... had jou mooi tuk. Hij heeft je bijna in elkaar geslagen, Kamo!'

'Het was maar een trucje, echt waar,' zei een jongen met een zwaar Vins accent. 'Het zal een tweede keer niet werken.'

'Ha!' zei weer een andere jongen. 'Dit wás de tweede keer!'

De jongens barstten in lachen uit. Toen hoorde Sonea een ander stel voetstappen links van haar naderen. De jongens vielen stil.

'Heer Sarrin,' mompelden ze respectvol toen de voetstappen bij hen waren. Toen de stappen weer wegstierven, begonnen de jongens weer harder te praten en elkaar te plagen. Ze liepen voorbij en ze hoorde ze niet meer.

Nog meer magiërs passeerden hun schuilplaats. De meesten zwegen. Langzaam maar zeker werd het weer rustiger op het terrein, en uiteindelijk was het stil. Tegen de tijd dat Cery zijn hoofd weer naar buiten stak, hadden ze een uur in de heg verborgen gezeten.

'We gaan terug naar het bos,' zei hij tegen haar. 'Er valt nu niets meer te zien, de lessen zijn gestopt voor vandaag.'

Ze volgde hem het pad over, door de volgende heg. Ze kropen de hele tuin door en renden de weg over, het bos in. Cery ging onder een boom zitten en keek haar opgewonden en grijnzend aan.

'Dat was niet zo moeilijk, wel dan?'

Sonea keek naar het Gilde en voelde een glimlach op haar gezicht verschijnen. 'Nee!'

'Zie je wel. Denk je eens in: terwijl de magiërs zich overal in de sloppen suf lopen te zoeken, zijn wij hier op hun terrein aan het spioneren!'

Ze lachten zachtjes, maar toen haalde Sonea diep adem en zuchtte.

'Ik ben blij dat het voorbij is,' gaf ze toe. 'Gaan we nu terug?'

Cery tuitte zijn lippen. 'Er is nog iets dat ik wil proberen, nu we hier toch zijn.'

Sonea keek hem wantrouwend aan. 'Wat?'

Hij negeerde haar vraag, stond op en liep weg tussen de bomen door. Ze aarzelde even voor ze achter hem aan begon te rennen. Toen ze dieper in het bos kwamen, werd het donkerder, en Sonea struikelde over verborgen takken en wortels. Cery ging rechtsaf. Ze voelde een ander oppervlak onder haar voeten en besefte dat ze weer de weg overstaken.

Nu liep de grond glooiend omhoog. Na een paar honderd passen staken ze een smal pad over en werd de helling steiler. Cery bleef staan en wees. 'Kijk.'

Een lang gebouw van twee verdiepingen was tussen de bomen door zichtbaar.

'Het gebouw van de novicen,' zei Cery. 'Dit is de achterkant. Kijk, je kunt zo naar binnen gluren.'

Door een van de ramen zag ze een deel van een kamer. Een eenvoudig, stevig bed stond tegen de ene muur en een smalle tafel en een stoel langs de andere. Er hingen twee bruine gewaden aan haken aan de muur.

'Niet erg luxueus.'

Cery knikte. 'Zo zijn ze allemaal.'

'Maar ze zijn toch rijk?'

'Ik denk dat ze pas hun eigen spullen mogen kopen als ze echte magiërs zijn.'

'Hoe zien de kamers van de magiërs eruit?'

'Mooi.' Zijn ogen glansden. 'Kijken?'

Sonea knikte.

'Kom mee dan.'

Hij liep dieper het bos in, de helling op. Toen ze bij de andere kant van het bos waren, zag Sonea dat achter de universiteit nog meer gebouwen stonden, rondom een grote, geplaveide binnenplaats. Een van de gebouwen ging omlaag langs de helling, als een lange trap. Het glinsterde alsof het helemaal van gesmolten glas gemaakt was. Een tweede gebouw zag eruit als een omgekeerde kom, rond, glad en wit. Het hele gebied werd verlicht door twee rijen lange, buisvormige lampen op hoge palen.

'Waar dienen deze gebouwen voor?' vroeg Sonea.

Cery bleef staan. 'Ik weet het niet zeker. Ik denk dat dat glazen gebouw een badhuis is. Maar de andere...' Hij haalde zijn schouders op. 'Ik weet het niet.'

Hij liep door, het bos weer in. Toen ze opnieuw een gebouw van het Gilde zagen, waren ze voorbij de binnenplaats achter het gebouw waar de magiërs woonden. Cery vouwde zijn armen en fronste.

'Ze hebben allemaal schermen voor hun ramen,' zei hij. 'Hm. Misschien als we langs de andere kant gaan?'

Tegen de tijd dat ze weer terug onder de bomen waren voelde Sonea dat haar benen pijn begonnen te doen. Hoewel de bomen hier dichter bij het gebouw stonden, durfden ze niet te dichtbij te komen en zag ze alleen wat meubilair door een open raam waar Cery naar wees. Plotseling won haar vermoeidheid het van haar nieuwgierigheid, en ze liet zich op de grond vallen.

'Ik weet niet hoe ik ooit terug moet komen in de sloppen,' kreunde ze. 'Mijn benen willen me geen stap meer dragen.'

Cery grinnikte en ging naast haar zitten. 'Je bent wel heel erg slap geworden in de afgelopen jaren.'

Ze keek hem vernietigend aan. Hij grinnikte en keek naar het Gilde.

'Ga hier even zitten en rust uit,' zei hij terwijl hij opstond. 'Er is nog iets dat ik wil doen. Ik zal snel zijn.'

Sonea fronste. 'Waar ga je heen?'

'Dichterbij. Geen zorgen, ik ben zo weer terug.' Hij draaide zich om en verdween in de schaduwen.

Ze was te moe om zich te ergeren, en staarde naar het bos. Ze zag een platte, grijze vorm tussen de bomen door. Het verbaasde haar dat ze op nog geen veertig passen van een gebouw zat, en ze vroeg zich af waarom Cery haar daar niet op gewezen had. Misschien had hij het niet gezien. Ze stond op en begon in de richting van het gebouw te lopen. Het was van een andere, donkerder steensoort dan de rest van de gebouwen van het Gilde, en was bijna verborgen door de schaduw van de bomen.

Het had een heg rondom, net als de universiteit. Na een paar stappen voelde Sonea het harde steen van een pad onder haar voeten. De donkere kamers leken haar uit te nodigen dichterbij te komen.

Ze keek om en vroeg zich af hoe lang het zou duren voor Cery terug was. Als ze voortmaakte, zou ze door de ramen kunnen kijken en terug zijn voordat Cery er weer was.

Ze sloop langs het pad, ging achter de heg staan en keek door het raam. De kamer binnen was donker en ze zag niet veel. Wat meubilair en verder niets. Ze liep van raam naar raam, maar er was nergens iets bijzonders te zien. Teleurgesteld wilde ze weggaan, maar plotseling verstijfde ze. Ze hoorde voetstappen achter zich.

Ze dook weg achter de heg en keek naar een gestalte die langs het gebouw kwam lopen. Hoewel ze weinig meer zag dan een silhouet, zag ze wel dat de man geen gewaad droeg. Een bediende?

De man liep naar de zijkant van het gebouw, opende een deur en ging naar binnen. Sonea hoorde de grendel achter hem dichtschuiven en slaakte een zucht van verlichting. Ze zette haar handen schrap om op te staan, maar stopte toen ze ergens vlak bij haar iets hoorde rinkelen.

Ze keek om zich heen en zag een klein rooster in de muur, net boven de grond. Ze liet zich op handen en knieën zakken en bekeek het nauwkeuriger. Het was een luchtrooster, vol met zand, maar erdoorheen zag ze een wenteltrap die naar een open deur leidde.

Achter die deur was een kamer, verlicht door de gouden gloed van een ongeziene lamp. Een man met lang haar in een zwarte mantel kwam binnen haar gezichtsveld. Een paar schouders ontnamen haar even het zicht toen een ander de trap afdaalde naar de kamer. Sonea ving een glimp op van de kleding van een bediende voordat de nieuwkomer uit haar blikveld verdween.

Ze hoorde een stem, maar verstond de woorden niet. De man in de mantel knikte. 'Het is gebeurd,' zei hij terwijl hij een gesp losmaakte en de mantel van zijn schouders trok.

Sonea's adem stokte in haar keel toen ze zag wat hij eronder droeg: de versleten kleren van een bedelaar.

En de kleren zaten vol bloedspetters.

De man keek naar zichzelf en er verscheen een uitdrukking van afkeer op zijn gezicht. 'Heb je mijn gewaad voor me?' vroeg hij.

De bediende mompelde iets. Sonea kon nog maar net voorkomen dat ze een kreet van afschuw slaakte. Deze man was een magiër!

Hij trok de met bloed bevlekte tuniek uit over zijn hoofd, waardoor een leren riem rond zijn middel zichtbaar werd. Aan de riem hing een grote schede voor een dolk. Hij deed de riem af, gooide riem en tuniek op een tafel en trok een grote kom water en een handdoek naar zich toe. De magiër doopte de doek in het water en schrobde snel alle bloedvlekken van zijn blote borst. Elke keer dat hij de handdoek uitspoelde werd het water roder.

Toen verscheen er een arm met een bundeltje zwart materiaal. De magiër nam het aan en verdween uit het zicht.

Sonea ging achterover zitten. Een zwart gewaad? Ze had nog nooit een magiër in een zwart gewaad gezien. Geen van de magiërs in de Opruiming was in het zwart gekleed geweest. Zijn positie binnen het Gilde moest uniek zijn. Ze boog zich weer voorover en dacht aan het bloed op de kleren. Misschien was hij een officiële moordenaar.

De magiër verscheen weer in het zicht. Hij droeg nu het zwarte gewaad en had zijn haren gekamd en in een staart gebonden. Hij pakte de riem en maakte de dolk los.

Sonea snakte naar adem. Het gevest van de dolk glom in het licht. Het was versierd met rode en groene edelstenen. De magiër keek lange tijd naar het gebogen lemmet en veegde het toen af aan een doek. Hij keek naar de verborgen bediende.

'Het gevecht heeft me verzwakt,' zei hij. 'Ik heb je kracht nodig.'

Ze hoorde een gemompeld antwoord. De benen van de bediende verschenen in zicht, en toen de rest van zijn lichaam, op zijn hoofd na, omdat hij zich op zijn knieën liet zakken en zijn arm uitstak.

De magiër pakte zijn pols, draaide hem naar boven en liet de dolk licht over de huid van de man glijden. Bloed welde op en de magiër legde zijn hand over de wonde alsof hij die wilde genezen.

Sonea voelde iets in haar oren fladderen. Ze ging rechtop zitten, met het idee dat er een of ander insect in haar oor gekropen was, maar het zoemen ging door. Ze voelde een koude rilling toen ze besefte dat het geluid van ergens binnen in haar hoofd kwam.

Het stopte even plotseling als het was begonnen. Toen Sonea weer door het rooster keek, zag ze dat de magiër de bediende had losgelaten. Hij draaide zich langzaam rond, met zijn blik op de muren gericht.

'Vreemd,' zei hij. 'Het lijkt wel of...'

Hij zoekt niet naar iets dat aan de muur hangt, besefte Sonea plotseling. *Hij zoekt iets buiten de muren!*

Angst overspoelde haar. Snel sprong ze op en rende de heg door, ver weg van het huis.

Niet rennen, zei ze tegen zichzelf. *Geen geluid maken.* Ze bedwong de neiging om naar de bomen te rennen en dwong zich langzaam te lopen. Ze versnelde haar pas toen ze bij het pad was, en kromp ineen bij ieder takje dat onder haar voeten kraakte. Het bos leek donkerder dan eerst, en ze voelde paniek in zich opkomen toen ze besefte dat ze niet meer wist waar ze had gezeten toen Cery haar had achtergelaten.

'Sonea?'

Ze sprong op toen iemand uit de schaduwen kwam. Toen herkende ze het gezicht van Cery, en ze slaakte een zucht van opluchting. In zijn armen had hij iets zwaars.

'Kijk,' zei hij, en hij hield zijn last omhoog.

'Wat is dat?'

Hij grinnikte. 'Boeken!'

'Boeken?'

'Boeken over magie.' Zijn grijns verdween. 'Waar zat je nou? Ik ben net terug en...'

'Ik was daar.' Ze wees naar het huis en huiverde. Het leek nu dreigender, als een wild dier aan de rand van de tuin. 'We moeten weg! Nu!'

'Daar?' riep Cery uit. 'Daar woont hun leider, de opperheer.'

Ze greep hem bij de arm. 'Ik denk dat een van zijn magiërs me gehoord heeft.'

Cery's ogen vlogen wijd open. Hij keek over haar schouder, draaide zich om en rende met haar het bos door, ver weg van het donkere gebouw.

13

Een machtige invloed

og maar een stuk of twintig magiërs hadden zich in de Nachtzaal verzameld toen Rothen binnenkwam. Toen hij zag dat Dannyl er nog niet was, liep hij naar een paar stoelen.

'Het raam was open,' zei een stem. 'Wie het ook was is door het raam naar binnen gekomen.'

Rothen hoorde de wanhoop in de stem en keek wie er sprak. Hij zag Jerrik in de buurt staan, in gesprek met Yaldin. Omdat hij nieuwsgierig was waarom de rector zo van streek was, liep hij naar de twee mannen.

'Gegroet.' Rothen knikte beleefd. 'U klinkt alsof u ergens mee zit, rector.'

'We hebben een handige dief onder onze novicen,' legde Yaldin uit. 'Jerrik is een paar waardevolle boeken kwijt.'

'Een dief?' vroeg Rothen verrast. 'Welke boeken?'

'*De Leer van de Zuidelijke Magiërs, De Kunsten van de Minken Archipel* en het *Handboek van Vuurmaken*,' zei Jerrik.

Rothen fronste. 'Een vreemde combinatie van boeken.'

'Dure boeken,' zei Jerrik treurig. 'Het heeft me twintig goudstukken gekost om die kopieën te laten maken.'

Rothen floot zachtjes tussen zijn tanden. 'Dan heeft je dief een oog voor waarde.' Hij fronste. 'Maar dergelijke zeldzame boeken zijn niet makkelijk te verbergen. Ze zijn groot, voor zover ik me kan herinneren. U zou de vertrekken van de novicen kunnen laten doorzoeken.'

Jerrik maakte een grimas. 'Ik had gehoopt dat te kunnen vermijden.'

'Misschien heeft iemand ze geleend,' stelde Yaldin voor.

'Ik heb het iedereen gevraagd,' zei Jerrik met een zucht en hij schudde zijn hoofd. 'Niemand heeft ze gezien.'

'Mij is niets gevraagd,' merkte Rothen op.

Jerrik keek hem ontzet aan.

'Nee, ik heb ze niet,' zei Rothen lachend. 'Maar misschien zijn er anderen die u over het hoofd gezien hebt. Misschien kunt u het vragen op de eerstvolgende vergadering. Dat is al over twee dagen. Misschien komen de boeken dan boven water.'

Jerrik kromp even ineen. 'Misschien is dat wel het beste.'

Rothen zag een bekende, lange gestalte de Nachtzaal binnen komen, en verontschuldigde zich. Hij liep naar Dannyl en trok de magiër opzij, naar een rustige hoek van het vertrek.

'Is het gelukt?' vroeg hij zacht.

Dannyl haalde zijn schouders op. 'Nee, maar in ieder geval werd ik deze keer niet gevolgd door buitenlanders met messen. En jij?'

Rothen deed zijn mond al open, maar sloot die weer toen er een bediende langs kwam met een blad vol glazen wijn. Hij maakte aanstalten er een te pakken, maar verstijfde toen een arm in een zwarte mouw achter Dannyl vandaan kwam. Akkarin pakte een glas en liep om Dannyl heen naar Rothen toe.

'Hoe gaat het met de zoektocht, heer Rothen?'

Dannyls ogen gingen wijd open en hij keek de opperheer aan.

'We hadden haar twee weken geleden bijna te pakken, opperheer,' antwoordde Rothen. 'Haar beschermers gebruikten echter een dubbelgangster. Tegen de tijd dat we beseften dat we het verkeerde meisje hadden, was ze weer verdwenen. We vonden ook een boek over magie.'

Het gezicht van de opperheer versomberde. 'Dat is slecht nieuws.'

'Het was oud en achterhaald,' voegde Dannyl eraan toe.

'Niettemin kunnen we dergelijke boeken buiten het Gilde niet toestaan,' zei Akkarin. 'Misschien moeten we alle pandjeswinkels doorzoeken voor het geval er meer in de stad opduiken. Ik zal het er met Lorlen over hebben. Maar ondertussen...' Hij keek naar Dannyl. 'Heeft u enig succes gehad in uw contacten met de Dieven?'

Dannyl werd wit, en toen rood. 'Nee,' antwoordde hij met verstikte stem. 'Ze hebben mijn verzoeken om een gesprek nu al wekenlang afgewezen.'

Er lag een halve glimlach om Akkarins mond. 'Ik neem aan dat u uw best gedaan heeft hen te overtuigen van de gevaren die ze lopen met een ongetrainde magiër in hun midden?'

Dannyl knikte. 'Jazeker, maar ze leken zich geen zorgen te maken.'

'Dat komt nog wel. Ga door met uw pogingen hen te ontmoeten. Als ze weigeren u persoonlijk te zien, stuur dan boodschappen. Geef aan welke problemen ze kunnen verwachten als haar magie onbeheersbaar wordt. Het zal niet lang duren voor ze beseffen dat u de waarheid spreekt. Hou me op de hoogte van uw bevindingen.'

Dannyl slikte. 'Jazeker, opperheer.'

Akkarin knikte tegen hen beiden. 'Goedenavond.' Hij draaide zich om en liep weg, en de twee magiërs staarden naar zijn rug.

Dannyl ademde bevend uit. 'Hoe wist hij het?' vroeg hij fluisterend.

Rothen haalde zijn schouders op. 'Men zegt dat hij meer weet over wat er in de stad speelt dan de koning zelf, maar het kan ook zijn dat Yaldin iets heeft losgelaten.'

Dannyl fronste en keek naar de oudere magiër aan de andere kant van de zaal. 'Dat is niets voor Yaldin.'

'Nee,' gaf Rothen toe. Hij glimlachte en klopte Dannyl op de schouder.

'Het ziet ernaar uit dat je jezelf in ieder geval niet in de nesten gewerkt hebt. Het ziet er zelfs naar uit dat je een persoonlijk verzoek hebt gekregen van de opperheer.'

Sonea maakte een ezelsoor in de pagina en zuchtte. Waarom konden de schrijvers van het Gilde geen gewone, normale woorden gebruiken! Deze auteur verdraaide zijn zinnen tot ze in niets meer op gewone gesproken taal leken. Zelfs Serin, de oudere schrijver die haar leerde lezen, kon veel van de termen en zinnen niet uitleggen.

Ze wreef in haar ogen en leunde achterover in haar stoel. Ze had enkele dagen in de kelder van Serin doorgebracht. Het vertrek was verbazend comfortabel, met een grote haard en stevige meubels, en ze wist dat ze het jammer zou vinden hier straks weer weg te moeten.

Nadat ze bijna gevangengenomen was, op de nacht dat Cery haar naar het Gilde had gebracht, had Faren haar naar Serins huis in het Noorderkwartier gebracht. Hij had besloten dat ze geen magie meer mocht oefenen tot hij betere, gunstiger gelegen schuilplaatsen had gevonden. In de tussentijd, had hij gezegd, kon ze de boeken bestuderen die Cery had 'gevonden'.

Ze keek weer naar de pagina en trok een gezicht. Er stond een woord voor haar neus – een onbekend, vreemd en lastig woord dat weigerde iets te betekenen. Ze staarde ernaar, wetend dat de betekenis van de hele zin afhing van dit ene irritante woord. Weer wreef ze in haar ogen. Ze schrok toen er op de deur geklopt werd.

Ze stond op, keek door het gaatje en deed glimlachend de deur open.

'Goedenavond,' zei Faren terwijl hij de kamer betrad. Hij gaf haar een fles. 'Ik heb iets voor je meegebracht om je te bemoedigen.'

Sonea haalde de kurk van de fles en rook. 'Pachiwijn!' riep ze uit.

'Inderdaad.'

Sonea liep naar een kast en pakte twee bekers. 'Ik denk dat deze niet echt geschikt zijn voor pachiwijn,' zei ze, 'maar iets anders heb ik niet – tenzij je Serin om iets beters wilt vragen.'

'We doen het er wel mee.' Faren trok een stoel naar de tafel en ging zitten. Hij pakte een beker van het heldergroene vocht aan en nam een slok. Met een tevreden zucht leunde hij achterover in zijn stoel. 'Warm en gekruid is het natuurlijk nog beter.'

'Dat zou ik niet weten,' zei Sonea. 'Ik heb het nog nooit gedronken.' Ze nam een slokje en glimlachte toen de zoete, frisse smaak haar mond vulde.

Faren grinnikte toen hij haar gezicht zag. 'Ik dacht wel dat je het lekker zou vinden.' Hij strekte zich uit en leunde behaaglijk tegen de rugleuning van zijn stoel. 'Ik heb ook nog een nieuwtje voor je. Je tante en oom krijgen een baby.'

Sonea staarde hem aan. 'Echt waar?'

'Je krijgt een neefje of nichtje,' verzekerde hij haar. Hij nam een slokje en keek haar onderzoekend aan. 'Cery heeft me verteld dat je moeder is gestorven toen je nog jong was, en dat je vader kort daarna Kyralia heeft verlaten.' Hij zweeg. 'Heeft een van je ouders ooit enig teken vertoond van magische krachten in hun bloed?'

Ze schudde haar hoofd. 'Voor zover ik weet niet.'

Hij tuitte zijn lippen. 'Ik heb Cery verzocht om het aan je tante te vragen. Zij zegt dat er geen magische krachten in je ouders of grootouders aanwezig waren.'

'Maakt het uit?'

'Magiërs hebben bijna altijd magiërs als voorouders,' antwoordde hij. 'In mijn moeders familie kwamen magiërs voor. Ik weet het omdat haar broer – mijn oom – magiër is, en de broer van mijn grootvader ook – als hij nog leeft.'

'Je hebt magiërs in je familie?'

'Ja, hoewel ik geen van hen ooit heb ontmoet, en dat zal waarschijnlijk ook nooit gebeuren.'

'Maar...' Sonea schudde haar hoofd. 'Hoe kan dat dan?'

'Mijn moeder was de dochter van een rijke Lonmarse koopman. Mijn vader was een zeeman uit Kyralia, en werkte voor een kapitein die goederen vervoerde voor de vader van mijn moeder.'

'Hoe hebben ze elkaar ontmoet?'

'Eerst per ongeluk, later in het geheim. Je weet misschien dat de Lonmar hun vrouwen verborgen houden. Ze testen hen niet op magische krachten, omdat ze die alleen maar in het Gilde kunnen leren gebruiken. Volgens de Lonmar hoort een vrouw niet ver van huis te gaan – en ze mag niet spreken tegen mannen die niet tot haar familie behoren.' Faren stopte even en nam een slok wijn. Sonea keek hem verwachtingsvol aan terwijl hij slikte. Hij glimlachte.

'Toen haar vader ontdekte dat mijn moeder omgang had gehad met een zeeman, werd ze gestraft,' ging hij verder. 'Ze hebben haar zweepslagen gegeven en haar opgesloten in een van hun torens. Mijn vader verliet zijn schip en vestigde zich in Lonmar, waar hij zich bezon op een manier om haar vrij te krijgen. Dat kostte niet veel moeite, want toen haar familie ontdekte dat ze zwanger was, werd ze op straat gezet.'

'Op straat gezet? Maar ze konden toch gewoon een ander huis voor het kind zoeken?'

'Nee.' Farens gezicht versomberde. 'In hun ogen was ze bezoedeld, een schande voor de familie. Hun traditie schreef voor dat ze een permanent merkteken kreeg, zodat andere mannen wisten wat ze gedaan had, en dat ze zou worden verkocht op de slavenmarkt. Ze had twee lange littekens op iedere wang, en een in het midden van haar voorhoofd.'

'Dat is afschuwelijk!' riep Sonea uit.

Faren haalde zijn schouders op. 'Ja, voor ons wel. Maar de Lonmar vinden dat zij het meest geciviliseerde volk van de wereld zijn.' Hij nam nog een slok wijn. 'Mijn vader kocht haar en een scheepsreis voor hen allebei naar Imardin. Maar dat was niet het eind van hun problemen. Door mijn vaders schuld was de kapitein een belangrijke klant kwijtgeraakt, aangezien mijn moeders familie geen zaken meer met hem wilde doen. En geen enkele andere reder wilde mijn vader daarna nog in dienst nemen, dus mijn ouders werden steeds armer. Ze bouwden een huis in de sloppen en mijn vader vond een baan in een gorinslachthuis. Ik werd kort daarna geboren.

Hij dronk zijn beker leeg, keek haar aan en glimlachte. 'Zie je? Zelfs een onbetekenende Dief kan magie in zijn bloed hebben.'

'Onbetekenend?' snoof Sonea.

Ze had Faren nog niet eerder zo openhartig meegemaakt. Wat zou hij haar nog meer kunnen vertellen? Ze schonk meer wijn in en maakte een ongeduldig handgebaar. 'Maar hoe kon de zoon van een slachter nu een leider worden bij de Dieven?'

Faren zette de beker aan zijn lippen, nam een slok en liet de beker weer zakken. 'Mijn vader stierf in de strijd die volgde op de eerste Opruiming. Om genoeg geld te hebben om van te leven moest mijn moeder dansen in een bordeel.' Hij maakte een grimas. 'Het was geen gemakkelijk leven. Een van haar klanten had nogal wat invloed bij de Dieven. Hij mocht mij wel, en nam me aan als een soort zoon. Toen hij te oud werd voor het werk, volgde ik hem op. Daarna heb ik mezelf omhoog gewerkt.'

'Dus iedereen kan een Dief worden?' zei Sonea. 'Als je de goede mensen kent, dan.'

'Er is meer voor nodig dan de juiste connecties.' Hij glimlachte. 'Heb je plannen voor je vriend?'

Ze fronste en deed alsof ze verbaasd was. 'Vriend? Nee, hoor, ik dacht aan mijzelf.'

Hij gooide het hoofd in de nek en lachte luid. Toen hief hij zijn beker in haar richting. 'Op Sonea, een vrouw met weinig ambities. Eerst magiër, dan Dief.'

Ze dronken samen hun bekers leeg, en toen keek Faren naar de tafel. Hij trok het boek naar zich toe en draaide het om.

'Begrijp je er al iets meer van?'

Ze zuchtte. 'Zelfs Serin snapt niet alles. Het is geschreven voor iemand die veel meer weet dan ik. Ik heb een boek voor beginners nodig.' Ze keek naar Faren. 'Heeft Cery nog succes gehad?'

Hij schudde zijn hoofd. 'Misschien had je toch beter kunnen blijven oefenen. Dan had het Gilde andere dingen te doen gehad. In de afgelopen weken zijn ze alle pandjesbazen van de stad en daarbuiten langs geweest. Als er al boeken over magie in de stad waren, dan zijn ze er nu niet meer.'

Ze drukte haar handen tegen haar slapen. 'Wat doen ze nu?'

'Ze blijven in de sloppen rondsnuffelen. Ze wachten tot jij je magie weer gebruikt.'

Sonea dacht aan haar oom en tante, en aan het kind dat ze verwachtten. Tot de magiërs ophielden met zoeken kon ze hen niet bezoeken. Ze verlangde ernaar hen te spreken. Ze keek naar het boek en voelde een golf van woede en frustratie omhoog komen. 'Geven ze het dan nooit op?'

Ze sprong overeind toen ze een luide knal hoorde, gevolgd door het geluid van iets dat over de grond rolde. Sonea keek omlaag en zag de scherven van een witte vaas.

'Sonea,' zei Faren terwijl hij met zijn wijsvinger schudde, 'ik geloof niet dat dit een aardige manier is om Serin te belonen voor...' Hij stopte abrupt, sloeg zich op het voorhoofd en kreunde. 'Nu weten ze dat je in de stad bent.' Hij fronste en keek haar afkeurend aan. 'Er zijn meerdere redenen waarom ik je heb gevraagd geen magie te gebruiken zolang je hier bent, Sonea.'

Sonea werd rood. 'Het spijt me, Faren, maar het ging per ongeluk.' Ze pakte een van de scherven van de vloer. 'Eerst kan ik het niet laten gebeuren als ik het wil, en nu gebeurt het terwijl ik er niet eens over nadenk.'

Farens blik werd zachter. 'Als je er echt niets aan kunt doen, dan kan ik het je niet kwalijk nemen.' Hij maakte een handgebaar, verstijfde en staarde haar aan.

'Wat is er?' vroeg ze.

Hij slikte en wendde zich af. 'Niets. Het is maar een gedachte... De magiërs zullen niet dicht genoeg in de buurt geweest zijn om te weten waar je precies zit, maar ze zullen morgen waarschijnlijk het hele Noorderkwartier overhoop halen. Ik denk niet dat we je nu al hoeven te verhuizen. Probeer alleen geen magie meer te gebruiken.'

Sonea knikte. 'Ik zal mijn best doen.'

'Larkin de koopman?'

Dannyl draaide zich om en zag een bediende van het bolhuis achter zich staan. Hij knikte.

De man gebaarde met zijn hoofd om aan te geven dat Dannyl hem moest volgen.

Even staarde Dannyl de man aan, niet in staat te geloven dat hij eindelijk een stap verder was gekomen. Toen stond hij haastig op van zijn kruk. Hij volgde de man door de menigte, en dacht aan de inhoud van zijn laatste brief aan Gorin. Waarom had de Dief er nu eindelijk in toegestemd om hem te spreken?

Buiten sneeuwde het. De gids trok zijn mantel dichter om zich heen, boog zijn schouders en begon snel door de straat te lopen. Toen ze bij de ingang van de eerstvolgende steeg waren, kwam een figuur in gewaad te voorschijn en ging recht voor Dannyl staan, zodat hij niet verder kon.

'Heer Dannyl. Wat een verrassing! Of moet ik zeggen, wat een vermomming?'

Fergun grijnsde breeduit. Dannyl staarde naar de magiër, en zijn ongeloof ging snel over in ergernis. Hij herinnerde zich vroegere tijden, vele jaren geleden, toen een jongere Fergun ook steeds achter hem aan gelopen was om hem te treiteren, en hij voelde zich ongemakkelijk. Toen werd hij kwaad op zichzelf. Hij rechtte zijn schouders en genoot even van het feit dat hij zeker een kop groter was dan de ander.

'Wat moet je, Fergun?'

Ferguns fijn getekende wenkbrauwen schoten omhoog. 'Ik wil weten waarom je in deze kleding door de sloppen wandelt, héér Dannyl.'

'En je verwacht van mij dat ik je dat ga vertellen?'

De schouders van de krijger rechtten zich. 'Als je niets wilt zeggen, zal ik ernaar moeten raden, nietwaar? Ik weet zeker dat mijn vrienden me graag zullen helpen met mijn speculaties.' Hij legde een vinger tegen zijn lippen. 'Hmm. Het is duidelijk dat je niet wilt dat men weet waarom je hier bent. Verberg je soms een schandaal? Ben je betrokken bij iets dat zo schandelijk is dat je je als een bedelaar moet kleden om te voorkomen dat je wordt herkend?' Ferguns ogen vlogen wijd open. 'Ach! Je bezoekt bordelen?'

Dannyl keek over Ferguns schouder. Zoals hij verwacht had, was zijn gids verdwenen.

'O, was hij het, dan?' vroeg Fergun terwijl hij achterom keek. 'Een beetje een ruwe klant, zo te zien. Niet dat ik weet wat jij precies voor smaak hebt.'

Dannyl voelde de woede in zich opborrelen als ijswater. Het was jaren geleden dat Fergun hem voor het laatst op deze manier in een hoek gedreven had, maar de haat die deze pesterige opmerking opwekte was even sterk als vroeger. 'Laat me erlangs, Fergun.'

Ferguns ogen schitterden van pret. 'Nee, hoor,' zei hij, nu niet langer spottend. 'Niet tot ik weet wat je van plan bent.'

Het zou al te eenvoudig zijn om Fergun tegen de vlakte te slaan, bedacht Dannyl. Het kostte hem moeite om zijn woede in bedwang te houden. 'Fergun, iedereen weet dat je graag kletst, en het liefst zo laag-bij-de-gronds mogelijk. Niemand zal je geloven, wat je ook zegt. Ga opzij, anders voel ik me gedwongen een klacht in te dienen.'

De ogen van de krijger werden staalhard. 'Ik weet zeker dat de hogere magiërs erg geïnteresseerd zullen zijn in jouw handelingen. Ik meen me te herinneren dat er een uitermate strenge wet is die aangeeft waar en wanneer magiërs geacht worden om hun gewaden te dragen. Weten ze dat jij die wet op dit moment overtreedt?'

Dannyl glimlachte. 'Het is niet geheel onbekend.'

Er verscheen een glimp van twijfel in Ferguns blik. 'En ze staan het toe?'

'Zij – of liever gezegd, hij – heeft het me opgedragen,' antwoordde Dannyl. Hij staarde in de verte en schudde zijn hoofd. 'Ik heb nooit leren ontdekken wanneer hij me wel of niet in de gaten houdt. Hij moet dit natuurlijk weten. Ik zal het hem moeten vertellen zodra ik terug ben.'

Fergun werd bleek. 'Niet nodig! Ik zal het hem zelf wel vertellen.' Hij deed een stap opzij. 'Ga maar. Maak je werk af.' Hij deed nog een stap naar achteren, draaide zich om en liep haastig weg.

Dannyl keek glimlachend hoe de krijger in de sneeuw verdween. Hij betwijfelde of Fergun echt iets tegen de opperheer zou zeggen.

Maar zijn tevredenheid verdween al snel toen hij besefte dat hij alleen stond, in een lege straat. Hij keek in de schaduwen waar zijn gids was verdwenen. Net iets voor Fergun om te verschijnen als de Dieven eindelijk hadden toegestemd hem te ontmoeten. Met een zucht maakte Dannyl aanstalten om terug te lopen in de richting van de Noordweg en het Gilde.

Hij hoorde haastige voetstappen in de sneeuw achter zijn rug. Hij keek om en knipperde verbaasd met zijn ogen toen hij zijn gids zag. Hij wachtte op de man.

'Zeg, waar ging dat allemaal over?' vroeg deze.

'Een van onze zoekers werd wat al te nieuwsgierig.' Hij glimlachte. 'Hij is zoiets als een lastig jonger broertje.'

De man grinnikte zijn vieze tanden bloot. 'Ik begrijp wat u bedoelt.' Hij haalde zijn schouders op en hield zijn hoofd schuin om aan te geven dat Dannyl hem moest volgen. Dannyl keek of Fergun niet toevallig ergens was blijven staan om hem te bespioneren, en liep toen verder door de vallende sneeuw.

'"Vermeerder de kracht heel langzaam, tot de hitte het glas smelt,"' las Serin.

'Maar zo werkt het helemaal niet!' riep Sonea uit. Ze stond op en ijsbeerde door het vertrek. 'Het is net zoiets als... als een waterzak met een klein gaatje erin. Als je erin knijpt, komt er water uit, maar je kunt het niet richten of...'

Ze stopte toen er op de deur geklopt werd. Serin stond op en keek door het gaatje voordat hij open deed.

'Sonea,' zei Faren terwijl hij naar de schrijver gebaarde dat hij kon gaan, 'ik heb bezoek voor je.'

Hij stapte grijnzend verder de kamer in. Achter hem stond een breedgeschouderde man met slaperige ogen en een klein vrouwtje met een dikke sjaal over haar hoofd.

'Ranel!' riep Sonea uit. 'Jonna!' Ze rende achter de tafel vandaan en omhelsde haar tante.

'Sonea,' zei Jonna, die even naar adem snakte. 'We waren zo ongerust over je.' Ze hield Sonea een armlengte van zich af en knikte goedkeurend. 'Je ziet er goed uit.'

Tot groot plezier van Sonea keek Jonna met samengeknepen ogen naar Faren. De Dief leunde tegen de muur en glimlachte. Sonea liep naar Ranel en omhelsde hem.

Hij keek haar onderzoekend aan. 'Harrin zei dat je magie hebt gebruikt.'
Sonea trok een gezicht. 'Dat klopt.'
'En de magiërs zoeken je.'
'Ja. Faren verbergt me voor hen.'
'Tegen welke prijs? Je magie?'
Sonea knikte. 'Inderdaad. Niet dat hij er veel aan heeft op dit moment. Ik ben er niet erg goed in.'
Jonna snoof zacht. 'Je zult er ook wel niet slecht in zijn, anders zou hij de

moeite niet nemen om je te verbergen.' Ze keek om zich heen naar de inrichting van de kamer en knikte. 'Niet zo erg als ik dacht.' Ze liep naar een stoel, ging zitten en trok haar sjaal af.

Sonea hurkte naast de stoel neer. 'Ik hoorde dat je een nieuw vak gaat leren?'

Haar tante fronste. 'Een nieuw vak?'

'Mijn neefjes en nichtjes grootbrengen, bedoel ik.'

De frons verzachtte en Jonna klopte op haar buik. 'Dus dat heb je gehoord. Ja, deze zomer krijgen we een nieuw gezinslid.' Jonna keek naar Ranel, die breed grijnsde.

Sonea keek naar hen en voelde een golf van liefde en verlangen omhoog komen, gevolgd door het inmiddels overbekende gevoel in haar hoofd. Ze snakte naar adem, stond op, maar zag niets vreemds.

'Wat is er?' vroeg Faren.

'Ik heb iets gedaan.' Ze bloosde toen ze besefte dat haar oom en tante haar aanstaarden. 'Zo voelde het in ieder geval wel.'

De Dief keek de kamer rond en haalde zijn schouders op. 'Misschien heb je een beetje zand achter de muur verschoven.'

Jonna keek haar vragend aan. 'Wat bedoel je?'

'Ik heb magie gebruikt,' legde Sonea uit. 'Het was niet de bedoeling, maar soms gebeurt het per ongeluk.'

'Maar je weet niet wat je deed?' vroeg Jonna, en ze legde haar hand steviger op haar buik.

'Nee.' Sonea slikte en keek van haar weg. De geschrokken blik van haar tante deed haar pijn, maar ze begreep wel waarom Jonna bang was. De gedachte dat ze per ongeluk...

Nee, dacht ze. *Denk er zelfs niet aan.* Ze ademde diep in en blies de lucht heel langzaam weer uit. 'Faren, ik denk dat je ze beter weer weg kunt brengen. Voor de zekerheid.'

Hij knikte. Jonna stond op. Haar gezicht was ongerust. Ze wendde zich tot Sonea en deed haar mond open om iets te zeggen. Toen schudde ze haar hoofd en hield haar armen wijd. Sonea omhelsde haar tante stevig voordat ze zich terugtrok.

'Ik zal jullie later opzoeken' zei ze tegen hen. 'Als ik alles weer op een rijtje heb.'

Ranel knikte. 'Pas goed op jezelf.'

'Natuurlijk,' beloofde ze.

Faren bracht het tweetal naar buiten. Sonea draaide zich om en luisterde naar hun voetstappen die de trap opgingen. Haar oog viel op een vreemd, kleurig voorwerp op de vloer. De sjaal van haar tante.

Ze pakte hem op, liep naar de deur en ging de trap op. Toen ze bijna boven was zag ze haar tante en oom met Faren in Serins keuken staan. Ze staarden ergens naar. Toen ze naast hen kwam staan, zag ze wat er aan de hand was.

De vloer was ooit bekleed geweest met zware stenen plavuizen. Nu lag er een vreemde mengeling van stukken steen en aarde. Een zware houten tafel had in het midden van het vertrek gestaan, en die was gereduceerd tot een berg verwrongen, gespleten hout.

Sonea voelde dat haar mond droog werd. Toen verschoof er iets in haar hoofd, en de tafel vatte vlam. Faren keerde zich om naar haar en worstelde duidelijk met zichzelf voordat hij iets zei.

'Zoals ik al zei,' sprak hij, 'is dit waarschijnlijk gewoon een moeilijke fase. Sonea, ga terug naar beneden en pak je spullen in. Ik breng je bezoek naar huis en haal iemand om het vuur te blussen. Alles komt goed.'

Sonea knikte, gaf haar tante de sjaal en vluchtte de trap af, de kelder in.

14

Een onwillige helper

Rothen stopte even in een steegje om op adem te komen en gebruikte een klein beetje magische energie om zijn vermoeidheid te verdrijven.

Hij opende zijn ogen en keek naar de sneeuw die tegen de zijkanten van de gebouwen was opgewaaid. Het mildere weer van de afgelopen weken was nu nog slechts een vage herinnering, nu de winterse sneeuwstormen Imardin hadden bereikt. Hij keek of zijn gewaad goed onder zijn mantel verborgen was, en maakte aanstalten de straat in te lopen.

Hij stopte toen hij een overbekend gezoem hoorde in zijn achterhoofd. Hij sloot zijn ogen en vloekte binnensmonds toen hij besefte hoe ver hij van de bron van het gezoem vandaan was. Hij schudde zijn hoofd en liep de straat in.

Dannyl?

Ik hoorde haar. Ze is nu een paar straten bij mij vandaan.

Is ze verhuisd?

Ja.

Rothen fronste. Als ze gevlucht was, waarom gebruikte ze dan nog steeds haar kracht?

Wie zijn er verder nog in de buurt?

Wij zijn dichterbij, riep heer Kerrin. *Ze moet minder dan honderd passen van ons vandaan zijn.*

Sarle en ik zijn ongeveer even ver van haar vandaan, zond heer Kiano.

Ga erheen, zei Rothen tegen hen. *Maar niet in je eentje.*

Hij stak de straat over en rende een steeg door. Een oude bedelaar staarde hem met blinde ogen na toen hij voorbij kwam.

Rothen? riep Dannyl. *Kijk hier eens naar.*

Rothen zag het beeld van een huis in oranje vlammen, met grote rookwolken die opstegen naar de hemel. Een gevoel van bange vermoedens en vrees vergezelden het beeld.

Denk je dat ze...

Nee, dan zouden we iets dramatischers te zien krijgen dan dit, antwoordde Rothen.

Aan het eind van de steeg stapte Rothen een bredere straat in. Hij hield zijn pas in toen hij het brandende huis zag. Er verzamelde zich al een hele menigte toeschouwers, en toen hij dichterbij kwam zag hij de bewoners van de naastliggende huizen naar buiten komen, hun armen vol met bezittingen.

Een lange schaduw maakte zich los uit de duisternis van een andere steeg en kwam naar hem toe.

'Ze moet dichtbij zijn,' zei Dannyl. 'Als we...'

Ze verstijfden plotseling allebei toen een kortere, sterkere zoemtoon hun zintuigen bereikte.

'Achter dat gebouw!' wees Rothen.

Dannyl liep naar voren. 'Ik ken dit gebied. Er is een steeg naast dat huis daar die uitkomt op twee andere.'

Ze liepen de duisternis tussen de gebouwen in. Rothen hield zijn pas in toen hij een nieuwe scherpe vibratie voelde, honderd passen links van de vorige.

'Ze loopt snel,' mompelde Dannyl terwijl hij begon te rennen.

Rothen holde achter hem aan. 'Er is iets mis,' hijgde hij. 'Wekenlange stilte, dan deze week iedere dag – en waarom gebruikt ze haar krachten nog steeds?'

'Misschien kan ze het niet helpen.'

'Dan had Akkarin gelijk.'

Rothen zond een mentale boodschap: *Kiano?*

Ze komt onze kant op.

Kerrin?

Ze is ons net gepasseerd, in zuidelijke richting.

We hebben haar omsingeld, zei Rothen tegen de anderen. *Wees voorzichtig. Het zou kunnen dat ze de beheersing over haar krachten verloren is. Kiano en Sarle, kom langzaam haar kant op. Kerrin en Fergun, blijf rechts van haar. We zullen haar insluiten...*

Ik heb haar gevonden, zond Fergun.

Rothen fronste. *Fergun, waar zit je?*

Even bleef het stil.

Ze bevindt zich in de tunnels onder mij. Ik kan haar zien door een rooster in de muur.

Blijf daar, beval Rothen. *Ga niet in je eentje op haar af.*

Een ogenblik later voelde Rothen weer een vibratie, en toen nog enkele achter elkaar. Hij voelde de vrees van de andere magiërs en begon sneller te lopen.

Fergun? Wat gebeurt er?

Ze heeft me gezien.

Ga niet naar haar toe! waarschuwde Rothen.

Het zoemen van de magie stopte abrupt. Dannyl en Rothen keken elkaar aan en haastten zich verder. Toen ze bij een kruispunt kwamen, zagen ze Fergun in een van de steegjes staan. Hij keek door een rooster in een muur.

'Ze is weg,' zei hij.

Dannyl liep naar het rooster, opende het en keek de gang in.

'Wat is er gebeurd?' vroeg Rothen.

'Ik stond op Kerrin te wachten,' antwoordde Fergun, 'toen ik geluid hoorde door het rooster.'

Dannyl stond op. 'Dus ben je zelf naar binnen gegaan en heb je haar laten schrikken.'

Fergun kneep zijn ogen half dicht en keek de andere magiër vuil aan. 'Ik ben hier blijven staan, zoals me is opgedragen.'

'Heeft ze je zien kijken en is ze daarvan geschrokken?' vroeg Rothen. 'Was dat waarom ze haar kracht ineens weer begon te gebruiken?'

'Ja.' Fergun haalde zijn schouders op. 'Tot haar vrienden haar bewusteloos sloegen en wegrenden.'

'Je bent hen niet gevolgd?' vroeg Dannyl.

Fergun trok zijn wenkbrauwen op. 'Nee. Ik ben hier gebleven, zoals me is opgedragen,' herhaalde hij.

Dannyl mompelde iets binnensmonds en liep met grote passen de steeg uit.

Toen de andere magiërs arriveerden liep Rothen hen tegemoet. Hij legde uit wat er gebeurd was en zond hen en Fergun terug naar het Gilde.

Hij vond Dannyl zittend op een drempel, bezig om een sneeuwbal te maken van een handjevol verse sneeuw.

'Ze verliest haar beheersing,' zei hij.

'Ja,' stemde Rothen in. 'Ik zal de zoektocht moeten afblazen. Als we haar nu opjagen of confronteren, vernietigen we waarschijnlijk het laatste restje controle dat ze nog heeft.'

'Wat moeten we nu doen?'

Rothen keek zijn vriend met een veelbetekenende blik aan. 'Onderhandelen.'

De geur van rook hing zwaar en rauw in Cery's longen. Hij rende de gang door, rond de schimmige gedaanten van andere mannen die het Pad gebruikten. Hij stopte voor een deur en gaf zichzelf even de gelegenheid om op adem te komen.

De bewaker die de deur opende knikte toen hij Cery zag. Cery rende de smalle houten trap op, maakte het luik bovenaan open en klom een slecht verlichte kamer binnen. Hij zag de drie zwaargebouwde bewakers in de schaduwen, de donkere man bij het raam, en het figuurtje dat lag te slapen in een stoel.

'Wat is er gebeurd?'

Faren draaide zich om en keek hem aan. 'We hebben haar iets gegeven zodat ze kon slapen. Ze was bang dat ze anders nog meer schade zou aanrichten.'

Cery liep naar de stoel en bekeek Sonea's gezicht. Een donkere, gezwollen kneuzing verkleurde haar slaap. Haar huid was bleek en haar haren waren nat van het zweet. Toen hij naar de rest van haar keek, zag hij dat de zoom van haar mouw verschroeid was en dat haar hand in het verband zat.

'Het vuur breidt zich uit,' merkte Faren op.

Cery richtte zich op en ging naast de Dief bij het raam staan. Drie van de huizen aan de overkant stonden in brand. Door de oplaaiende vlammen leken de ramen net vurige ogen, en waar de daken gezeten hadden, schoten nog hogere vlammen als wild oranje haar naar boven. Er kwam rook uit het raam van een ander huis.

'Ze zei dat ze droomde – een nachtmerrie,' vertelde Faren hem. 'Toen ze wakker werd waren er overal kleine vuurtjes in haar kamer. Te veel om te kunnen blussen. Hoe banger ze werd, hoe meer vuur er ontstond.'

Ze bleven lange tijd zwijgen. Toen haalde Cery diep adem en keek de Dief aan. 'Wat ga je nu doen?'

Tot zijn verrassing glimlachte Faren. 'Ik ga haar voorstellen aan een vriend van een kennis van ons.' Hij draaide zich om en wees naar een van de mannen in de schaduw. 'Jarin, draag haar.'

Een grote, gespierde man liep naar voren, het oranje licht van het vuur in. Hij boog zich voorover om Sonea op te pakken, maar toen hij haar bij de schouders pakte knipperde ze met haar ogen. Jarin trok zijn handen terug en deed een stap naar achteren.

'Cery?' mompelde ze.

Cery liep snel naar haar toe. Ze knipperde even met haar ogen en probeerde haar blik helder te krijgen.

'Hallo,' zei hij met een glimlach.

Haar ogen gingen weer dicht. 'Ze zijn me niet gevolgd, Cery. Ze hebben me laten gaan. Is dat niet vreemd?' Weer opende ze haar ogen en haar blik gleed over zijn schouder. 'Faren?'

'Je bent wakker,' merkte Faren op. 'Je zou nog minstens twee uur hebben moeten slapen.'

Ze gaapte. 'Ik voel me niet wakker.'

Cery grinnikte. 'Je ziet er ook niet echt wakker uit. Ga maar weer slapen. Je hebt je rust hard nodig. We brengen je naar een veilige plek.'

Ze knikte en sloot haar ogen, en haar ademhaling werd langzamer toen ze weer insliep.

Faren keek naar Jarin en knikte naar het bewusteloze meisje. De grote man pakte haar met tegenzin op. Sonea's ogen bewogen heel even, maar ze werd niet wakker. Faren pakte een lamp en liep naar het luik. Hij schopte het open en ging naar beneden.

Ze liepen in stilte door de gangen. Cery voelde een steek in zijn hart toen hij naar het gezicht van Sonea keek. Het overbekende, ongemakkelijke gevoel van vroeger was ondertussen sterker geworden dan alles wat hij ooit in zijn leven gevoeld had. Hij lag er 's nachts van wakker en het kwelde hem overdag, en het kostte hem moeite zich een tijd te herinneren dat hij er niet misselijk van geweest was.

Het was voornamelijk angst voor haar veiligheid, maar de laatste tijd was hij ook bang geweest om in haar nabijheid te verkeren. De magie in haar was aan haar beheersing ontglipt. Iedere dag, soms ieder uur, explodeerde er iets in haar buurt, of viel iets in stukken uiteen of vloog in brand. Ze had er die ochtend nog om gelachen, en gezegd dat ze heel veel oefening kreeg in het blussen van kleine brandjes en het ontwijken van rondvliegende voorwerpen.

Iedere keer dat haar magie per ongeluk naar buiten glipte, kwamen de magiërs uit alle hoeken van de stad aangerend. Ze moest in beweging blijven, bracht langere tijd door in de gangen dan in de schuilplaatsen van Faren, en ondertussen was ze uitgeput en terneergeslagen.

Cery ging zo op in zijn zorgelijke gedachten dat hij niet oplette welke kant ze op liepen. Op een gegeven moment gingen ze een steile trap af en onder een enorme platte steen door. Hij herkende de fundamenten van de Buitenmuur en wist dat ze het Noorderkwartier betraden. Hij vroeg zich af wie die mysterieuze vriend van Faren was.

Niet lang daarna stond Faren stil en droeg de bewaker op Sonea neer te zetten. Ze werd wakker, en deze keer leek ze zich wat meer bewust van haar omgeving. Faren trok zijn jas uit, en met Jarins hulp liet hij Sonea's armen in de mouwen glijden. Daarna trok hij de capuchon omhoog.

'Denk je dat je kunt lopen?' vroeg hij haar.

Ze haalde haar schouders op. 'Ik zal het proberen.'

'Als we iemand tegenkomen, probeer dan uit het zicht te blijven,' zei hij.

In het begin had ze assistentie nodig, maar even later had ze haar evenwicht hervonden. Ze liepen nog een half uur en kwamen steeds meer mensen tegen in de ondergrondse gangen. Tenslotte bleef Faren staan voor een deur en klopte aan. Een bewaker deed de deur open, leidde hen een kleine kamer in en klopte op een tweede deur.

Een kleine man met donker haar en een puntige neus deed de deur open en keek de Dief aan.

'Faren,' zei hij. 'Wat brengt jou hierheen?'

'Zaken,' antwoordde Faren.

Cery fronste. Er was iets bekends aan die stem.

De kraaloogjes van de man vernauwden zich. 'Kom dan maar binnen.'

Faren stapte de kamer binnen en wees naar de bewakers. 'Hier blijven, jullie.' Toen wees hij naar Cery en Sonea. 'Jullie gaan met mij mee.'

De man fronste. 'Ik weet niet of...' Hij aarzelde, kneep zijn ogen half dicht en keek naar Cery. Plotseling glimlachte hij. 'Aha, het is de kleine Ceryni. Dus je hebt Torrins joch bij je gehouden, Faren. Ik had het me al afgevraagd.'

Cery glimlachte toen hij de man herkende. 'Hallo, Ravi.'

'Kom binnen.'

Cery betrad de kamer, en Sonea liep achter hem aan. Cery keek om zich heen en zijn blik viel op een oude man die in een stoel bij een van de muren zat en zijn lange witte baard streelde. Cery knikte, maar de man beantwoordde zijn beleefde groet niet.

'En wie is dit?' vroeg Ravi met een hoofdgebaar in de richting van Sonea.

Faren trok haar capuchon omlaag. Sonea staarde naar Ravi, met grote, wijde pupillen als gevolg van het verdovende middel.

'Dit is Sonea,' zei Faren met een humorloze glimlach rond zijn mond. 'Sonea, dit is Ravi.'

'Hallo,' zei Sonea zacht.

Ravi deed een stap naar achteren. 'Dit is... zij? Maar ik...'

'Hoe durf je haar hierheen te brengen!'

Iedereen draaide zich om in de richting van de stem. De oude man was opgestaan uit zijn stoel en keek Faren nijdig aan. Sonea snakte naar adem en deed een stap naar achteren.

Faren legde zijn handen op haar schouders en voorkwam dat ze omviel. 'Maak je niet druk, Sonea,' zei hij zacht. 'Hij durft je niets te doen. Als hij iets deed, zouden wij het Gilde alles over hem moeten vertellen, en ik zou niet graag willen dat ze ontdekken dat hij niet dood is, zoals zij geloven.'

Cery staarde naar de oude man. Plotseling begreep hij waarom de vreemdeling zijn begroeting niet beantwoord had.

'Want zie je,' zei Faren zelfvoldaan, 'hij en jij hebben veel gemeen, Sonea. Jullie worden allebei beschermd door de Dieven, jullie beschikken allebei over magie en jullie willen geen van beiden door het Gilde gevonden worden. En nu je Senfel gezien hebt, heeft hij geen andere keuze dan je te leren hoe je je magie in bedwang kunt krijgen – want als hij dat niet doet, dan zullen de magiërs je vinden en dan kun je hun alles over hem vertellen.'

'Hij is een magiër?' fluisterde ze terwijl ze met grote ogen naar de oude man staarde.

'Een ex-magiër,' corrigeerde Faren haar.

Tot Cery's opluchting vulden haar ogen zich met hoop, niet met angst.

'Kun je me helpen?' vroeg ze de oude man.

Senfel sloeg zijn armen over elkaar. 'Nee.'

'Nee?' herhaalde ze zacht.

De oude man fronste en zijn lip krulde minachtend. 'Verdovende middelen maken het alleen maar erger, Dief.'

Sonea ademde scherp in. Cery zag de angst terugkeren in haar ogen. Hij liep naar haar toe en pakte haar handen in de zijne.

'Het is in orde,' fluisterde hij tegen haar. 'Het was maar een slaapmiddel.'

'Nee, het is niet in orde,' zei Senfel. Hij keek met half dichtgeknepen ogen naar Faren. 'Ik kan haar niet helpen.'

'Je hebt geen keus,' zei Faren.

Senfel glimlachte. 'Nee? Ga dan maar naar het Gilde. Vertel hun dat ik hier ben. Ik word liever door hen gevonden dan dat ze sterf omdat ze de controle over haar krachten straks helemaal kwijt is.'

Cery voelde Sonea verstijven en wendde zich tot de oude man. 'Hou op met haar bang te maken,' siste hij.

Senfel staarde naar hem en richtte zijn blik toen weer op Sonea. Ze staarde opstandig terug. Het gezicht van de oude man werd zachter.

'Ga naar hen toe,' zei hij overredend. 'Ze zullen je niet doden. Het ergste wat ze met je doen kunnen is je krachten binden, zodat je ze niet meer kan gebruiken. Dat is toch beter dan dood zijn, nietwaar?'

Ze bleef hem nijdig aankijken. Senfel haalde zijn schouders op, rechtte zijn rug en keek Faren met staalharde ogen aan. 'Er zijn minstens drie magiërs hier in de buurt. Het zou me weinig moeite kosten om ze te roepen, en ik weet zeker dat ik kan zorgen dat jullie niet kunnen ontsnappen terwijl ze deze kamer zoeken. Wil je nog steeds mijn aanwezigheid verraden aan het Gilde?'

Farens kaak bewoog heen en weer terwijl hij de magiër aankeek. Hij schudde zijn hoofd. 'Nee.'

'Ga dan – en als ze straks weer nuchter is, herhaal dan wat ik heb gezegd. Als ze niet naar het Gilde gaat en om hulp vraagt, zal ze sterven.'

'Help haar dan,' zei Cery.

De oude man schudde zijn hoofd. 'Dat kan ik niet. Ik ben niet sterk genoeg, en zij is al te ver heen. Alleen het Gilde kan haar nu nog helpen.'

De eigenaar van het bolhuis trok een ton onder de tafel vandaan en liet hem met een kreunende zucht op de bank vallen. Hij keek Dannyl betekenisvol aan terwijl hij de bekers vulde en ronddeelde. Hij leunde voorover, zette met een klap een beker voor Dannyls neus, sloeg zijn armen over elkaar en wachtte.

Dannyl fronste afwezig naar de man en gaf hem een muntstuk. De man bleef kijken. Dannyl keek naar zijn drankje, en wist dat hij het niet langer kon uitstellen. Hij moest de rommel nu echt opdrinken.

Hij pakte de beker, nam een voorzichtige slok en knipperde verrast met zijn ogen. Een zoete, rijke smaak vulde zijn mond. De smaak kwam hem bekend voor, en enkele tellen later wist hij wat het was: Chebolsaus, maar dan zonder de kruiden.

Enkele slokken later voelde hij de warmte in zijn maag. Hij hief de beker op in de richting van de eigenaar, die het gebaar met een goedkeurende knik beantwoordde. De man bleef hem echter aanstaren, en Dannyl was opgelucht toen een jongeman met veel misbaar binnenkwam en een gesprek begon.

'Hoe staan de zaken, Kol?'

De man haalde zijn schouders op. 'Zoals gewoonlijk.'

'Hoeveel vaten wil je dit keer?'

Dannyl luisterde naar de onderhandelingen van het tweetal. Toen ze een prijs overeengekomen waren, ging de nieuwkomer met een plof op een stoel zitten en keek om zich heen.

'Waar is die vreemdeling met die glimmende ringen gebleven die hier altijd zat?'

'Die Sachakan?' De barman haalde zijn schouders op. ''Is een paar weken geleden overhoop gestoken. Ze hebben hem ergens in een steegje gevonden.'

'Echt waar?'

'Echt waar.'

Dannyl snoof zachtjes. *Een passend einde*, dacht hij.

'Heb je gehoord van die brand gisteren?' vroeg de barman.

'Ik woon in de buurt. De hele straat is in de as gelegd. Goed dat het geen zomer was, anders had de hele wijk plat kunnen branden.'

'Niet dat het die lui in de stad wat zou kunnen schelen,' zei de barman. 'Vuur komt nooit langs de muur naar binnen.'

Dannyl voelde een hand op zijn schouder. Hij keek op en herkende de magere man die de Dieven hadden aangewezen als zijn persoonlijke gids. De man gebaarde met zijn hoofd naar de deur.

Dannyl dronk de rest van de bol op en zette zijn beker neer. Toen hij opstond, knikte de eigenaar vriendelijk naar hem. Met een glimlach beantwoordde Dannyl het gebaar, en toen volgde hij zijn gids naar buiten.

15

Goedschiks of kwaadschiks...

onea keek hoe het water dat uit een scheur hoog in de muur sijpelde, zich verzamelde tot er een druppeltje was gevormd, dat naar beneden gleed langs de haak, waar nu geen lamp aan hing, om er aan het eind af te vallen en met een harde tik op de stenen vloer uiteen te spatten. Toen keek ze weer omhoog, waar een nieuw druppeltje gevormd werd.

Faren had deze laatste schuilplaats verstandig uitgekozen. Een lege ondergrondse voorraadkamer, met stenen muren en een stenen bank om op te slapen. Er bevond zich niets van waarde, en ook niets brandbaars.

Behalve zijzelf.

De gedachte bezorgde haar rillingen van angst. Ze sloot haar ogen en dacht snel aan iets anders.

Ze had er geen idee van hoe lang ze al in deze kamer was. Het konden dagen zijn, of slechts uren. Er was niets waaraan ze het verstrijken van de tijd kon afmeten.

Sinds haar aankomst hier had ze de nu vertrouwde verschuiving in haar gedachten niet meer gevoeld. De lijst van emoties die haar krachten tot uitbarsting brachten was inmiddels zo lang dat ze het niet meer bijhield. Ze lag op haar rug in de voorraadkamer en deed haar best om kalm te blijven. Iedere keer dat er een gedachte haar kalmte dreigde te verdrijven, haalde ze diep adem en duwde de gedachte van zich af. Ze voelde zich prettig onthecht.

Misschien werd dit wel veroorzaakt door het drankje dat Faren haar gegeven had.

Haar verdoven maakt het alleen maar erger. Ze huiverde toen ze zich de vreemde droom herinnerde die ze na de brand gehad had. Daarin had ze een magiër bezocht, in de sloppen. Hoewel haar eigen verbeelding een helper had geschapen, waren zijn woorden weinig troostend geweest. Ze haalde diep adem en zette ook deze herinnering van zich af.

Het was duidelijk dat ze het bij het verkeerde eind had gehad toen ze had aangenomen dat ze een voorraad woede moest vasthouden die ze kon aanroepen als ze iets magisch wilde doen. Ze bewonderde de magiërs nu om hun beheersing, maar weten dat ze emotieloze wezens waren gaf haar geen verdere redenen om hen te mogen.

Er werd zacht op de deur geklopt, en de deur ging langzaam open. Ze onderdrukte een vlaag van angst, ging rechtop zitten en keek hoe de kier steeds groter werd. Cery werd zichtbaar, met een grimas van de inspanning die het hem kostte om de zware metalen deur te openen. Toen hij de deur zo ver open had dat hij er zelf doorheen paste, stapte hij naar binnen en wenkte haar.

'Je moet weer verkassen.'

'Maar ik heb niets gedaan.'

'Misschien is het onbewust gebeurd.'

Hij glipte terug door de deur en ze dacht na over de betekenis van zijn woorden. Zou de verdoving misschien voorkomen dat ze zelf voelde hoe de magie uit haar wegvloeide? Ze had niets zien ontploffen of ontbranden. Waren haar krachten nog altijd aan het weglekken, maar dan nu in een minder verwoestende vorm?

De vragen brachten haar gevaarlijk dicht bij sterke emoties, dus duwde zij ze van zich af. Ze stond op en volgde Cery, zich erop concentrerend kalm te blijven. Hij bleef staan bij een roestige ladder tegen de muur en begon te klimmen. Bovenaan duwde hij een luik open en klauterde naar buiten, waardoor er vers gevallen sneeuw de gang in dwarrelde.

Sonea, die vlak achter hem klom, voelde koude lucht op haar gezicht. Ze bereikte het luik en hees zich naar buiten. Ze stonden in een verlaten steegje.

Cery grinnikte toen ze de sneeuw van haar kleren sloeg. 'Je hebt sneeuw in je haren.' Hij strekte zijn hand uit om de sneeuw weg te vegen, maar trok hem haastig terug. 'Au! Wat...?' Hij strekte zijn hand weer, en kromp in elkaar van de pijn. 'Je hebt een soort schild om je heen, Sonea.'

'Nee, hoor,' zei ze, nog altijd zeker dat ze geen magie had gebruikt. Ze strekte haar arm en voelde een schok van pijn toen haar hand op een onzichtbare barrière stootte. Ze zag iets bewegen achter Cery en keek langs hem heen. Er verscheen een man in de steeg die op haar afkwam.

'Achter je,' waarschuwde ze.

Maar Cery keek omhoog naar iets dat zich achter haar bevond. 'Magiër!' siste hij, en wees.

Ze keek op en snakte naar adem. Op het dak boven hen stond een man die haar met een intense blik aanstaarde. Ze hijgde van schrik toen hij over de rand van het gebouw stapte, maar in plaats van te vallen zweefde hij omlaag.

Er ging een trilling door de lucht toen Cery met een vuist op haar barrière timmerde. 'Rennen!' riep hij. 'Maak dat je wegkomt!'

Ze deinsde achteruit van de landende magiër. Zonder nog langer te proberen om kalm te blijven, rende ze de steeg door. Het geluid van laarzen in de sneeuw achter haar vertelde haar dat de magiër de grond had bereikt.

Voor haar kruisten twee stegen elkaar. Voorbij die kruising kwam er nog iemand op haar af. Met een kreet wierp ze zich naar voren, met alle kracht van iemand in paniek. Triomfantelijk bereikte ze de kruising net voordat hij er was. Ze remde snel af en sprong naar rechts... en kwam bijna ten val doordat ze abrupt haar pas inhield. Daar stond ook een man, met de armen over elkaar. Naar adem snakkend sprong ze achteruit.

Ze draaide zich om en sprong de enige overgebleven straat in, waar ze glijdend tot stilstand kwam. Er stond een vierde man een paar passen bij haar vandaan, die haar laatste vluchtweg afsneed.

Vloekend keek ze achterom. De derde man keek haar aandachtig aan, maar bewoog zich niet. Ze keek naar de vierde, die naar haar toe begon te lopen.

Haar hart ging als een razende tekeer. Ze keek omhoog langs de muren. Die waren zoals gebruikelijk van ruwe stenen, maar ze wist dat het geen zin had om te proberen omhoog te klimmen. Zelfs al had ze er tijd voor gehad, dan zouden de magiërs haar zo weer naar beneden getrokken hebben. Ze voelde een afschuwelijke, loodzware kou in haar maagstreek.

Ik zit in de val. Ik kan nergens heen.

Ze keek achterom en voelde een steek van angst toen ze zag dat de eerste twee mannen zich bij de derde gevoegd hadden, en weer voelde ze dat bekende, schuivende gevoel in haar hoofd. Stof en stukken steen regenden naar beneden toen een deel van de muur boven de hoofden van de mannen ontplofte. De rommel vloog zonder enige schade te doen over hun hoofden heen.

De magiërs staarden naar de muur en keken toen berekenend in haar richting. Bang dat ze dachten dat ze aanviel, en zouden terugslaan, stapte ze achteruit. Ze voelde weer dat vreemde schuiven. Een verschroeiende hitte steeg op langs haar benen, en toen ze omlaag keek zag ze de sneeuw rond haar voeten smelten tot een borrelende plas water. Stoom steeg omhoog en vulde de steeg met een warme, ondoordringbare mist.

Ze zien me niet! Ze voelde een golf van hoop omhoog komen. *Ik kan langs hen heen glippen.*

Ze draaide zich om en sprong de steeg in. Een donkere schaduw kwam op haar af om haar de pas af te snijden. Ze aarzelde en stak haar hand in haar jas. Haar zoekende vingers vonden het koude handvat van het mes. Toen de magiër een hand uitstrekte om haar te grijpen, dook ze onder zijn armen door en wierp zich met haar volle gewicht tegen hem aan. Hij struikelde naar achteren, maar viel niet. Voordat hij zijn evenwicht kon hervinden, had ze het mes met een forse uithaal in zijn dijbeen geplant.

Het mes zakte misselijkmakend diep in zijn vlees. Toen hij een gil slaakte van verrassing en pijn, voelde ze een gemeen soort voldoening. Ze trok het mes los en duwde nogmaals met al haar kracht tegen hem aan. Terwijl hij kreunend tegen de muur viel, draaide ze zich om en begon te rennen.

Vingers omsloten haar pols. Met een grauw draaide ze zich om en probeerde zich los te rukken. Hij versterkte zijn greep tot het pijn deed, en ze voelde het mes uit haar hand glijden.

Een windvlaag verjoeg de mist uit de steeg en ze zag de drie andere magiërs op haar afkomen. Ze voelde de paniek weer omhoog borrelen en verzette zich heftig, waarbij haar voeten steeds uitgleden op het gladde plaveisel. Met een kreun van inspanning trok de man aan haar arm en sleurde haar in de richting van de drie anderen.

Doodsangst beving haar toen ze aan alle kanten handen om haar arm voelde. Ze draaide zich om en probeerde zich los te rukken, maar ze hielden haar stevig vast. Handen duwden haar tegen de muur en hielden haar stil. Hijgend stond ze tussen de magiërs, die haar allemaal met glinsterende ogen aankeken.

'Dat is een wilde,' zei een van de mannen. De gewonde man lachte kort en ietwat schaapachtig.

Toen ze naar de dichtstbijzijnde magiër keek voelde ze een schok van herkenning. Dit was de magiër die haar tijdens de Opruiming had gezien. Hij staarde haar met een intense blik aan.

'Niet bang zijn, Sonea,' zei hij. 'We zullen je geen kwaad doen.'

Een van de magiërs mompelde iets. De oudere magiër knikte en de anderen trokken hun handen van haar af.

Een onzichtbaar krachtveld drukte haar tegen de muur. Ze kon zich niet meer bewegen, en ze voelde een golf van wanhoop over zich heenslaan, gevolgd door het bekende gevoel van magie die haar ontglipte. De drie andere magiërs doken ineen toen de muur achter hen ontplofte en de stenen de steeg in regenden.

Een man met een bakkersschort voor dook in de opening op, zijn gezicht paars van woede. Toen hij de vier magiërs zag, aarzelde hij en zijn ogen vlogen open.

Een van de magiërs draaide zich om en maakte een abrupt gebaar. 'Maak dat je hier wegkomt!' blafte hij. 'En iedereen die verder nog in dit blok is.'

De man met het bakkersschort stapte naar achteren en verdween in de duisternis van het huis.

'Sonea.' De oudere magiër keek haar recht in de ogen. 'Luister naar mij. We zullen je geen kwaad doen. We...'

Een helse hitte sloeg tegen haar gezicht. Ze draaide zich om en zag dat de stenen van de muur achter haar roodgloeiend waren. Er liep een straaltje van het een of ander langs de muur omlaag. Ze hoorde een van de magiërs vloeken.

'Sonea,' zei de oudere magiër, nu op veel strengere toon, 'verzet je niet langer. Op deze manier doe je jezelf nog iets aan.'

De muur achter haar begon te schudden. De magiërs spreidden hun armen toen de trilling zich verspreidde. Sonea hapte naar adem toen ze de scheuren in de grond zag verschijnen, uitwaaierend vanaf de plaats waar haar voeten stonden.

'Langzaam ademhalen,' moedigde de oudere magiër haar aan. 'Probeer jezelf te kalmeren.'

Ze sloot haar ogen en schudde haar hoofd. Het had geen zin. De magie

170

stroomde uit haar als water uit een gebroken leiding. Ze voelde een hand op haar voorhoofd en deed haar ogen weer open.

De magiër trok zijn hand terug. Zijn gezicht stond gespannen. Hij zei iets tegen de anderen en keek haar toen recht in de ogen.

'Ik kan je helpen, Sonea,' zei hij. 'Ik kan je laten zien hoe je dit kunt stoppen, maar niet als jij het niet toestaat. Ik weet dat je alle redenen hebt om ons te vrezen en te wantrouwen, maar als we dit nu niet doen, zul je jezelf en heel veel mensen in dit gebied vernietigen. Begrijp je dat?'

Ze staarde hem aan. Helpen? Waarom zou hij haar willen helpen?

Maar als hij me had willen vermoorden, besefte ze plotseling, *dan zou hij dat al lang gedaan hebben.*

Zijn gezicht begon vreemd te glimmen, en ze merkte ineens dat de lucht om haar heen kolkte van de hitte. De hitte schroeide haar gezicht en ze slikte een kreet van pijn in. De magiër en zijn metgezellen leken nergens last van te hebben, maar ze keken grimmig. Hoewel een deel van haar opstandig werd van het idee alleen al, wist ze dat er iets vreselijks zou gebeuren als ze niet deed wat deze magiërs van haar wilden.

De oudere magiër fronste. 'Sonea,' zei hij streng, 'we hebben niet genoeg tijd om alles uit te leggen. Ik ga proberen om je te laten zien wat we willen, maar je moet je niet verzetten.'

De magiër tilde zijn hand op en raakte haar voorhoofd aan. Hij sloot zijn ogen.

Ineens voelde ze een persoon aan de rand van haar bewustzijn. Ze wist meteen dat dit Rothen was. Anders dan de aanwezigheid van de magiërs die ze had gevoeld toen ze haar zochten, wist ze dat deze haar kon zien. Ze sloot haar ogen en concentreerde zich op zijn aanwezigheid.

Luister naar mij. Je bent bijna alle macht over je krachten kwijt.

Hoewel ze geen woorden kon horen, was de betekenis duidelijk – en beangstigend. Ze begreep meteen dat de kracht die ze in zich had haar zou doden als ze hem niet leerde bedwingen.

Zoek dit op in je bewustzijn.

Iets – een gedachte zonder woorden – een bevel om te zoeken. Ze werd zich bewust van een plaats in haarzelf die zowel bekend als vreemd was. Toen ze zich erop concentreerde, werd hij duidelijker. Een grote, oogverblindende bol van licht zweefde in de duisternis...

Dit is jouw kracht. Dit is een grote hoeveelheid opgeslagen energie, die groeit ook als jij er niets mee doet. Je moet deze energie loslaten – maar langzaam, beheerst.

Dit was haar magie? Ze voelde eraan. Onmiddellijk sprong er een witte lichtflits uit de bol. Pijn schoot door haar heen en ergens in de verte hoorde ze iemand roepen.

Niet proberen om het aan te raken – niet tot ik je heb laten zien hoe dat moet. Kijk wat ik doe...

Hij nam haar aandacht mee. Ze volgde hem naar elders, en ze zag een andere bol van licht.

Kijk goed.

Ze keek hoe hij, met een kleine beweging van zijn wil, kracht uit de bol trok en die vormgaf en liet gaan.

Probeer jij het maar.

Ze richtte zich op haar eigen lichtbol en trok er een klein beetje energie uit met haar wil. Magie doorstroomde haar bewustzijn. Ze hoefde slechts te bedenken wat ze wilde doen en de energie verdween.

Dat gaat prima. Probeer het nogmaals, en blijf doorgaan tot je alles verbruikt hebt.

Alles?

Niet bang zijn. Je kunt het aan, en de oefening die ik je heb laten zien verbruikt de magie zonder dat er schade mee wordt aangericht.

Ze ademde diep in, zodat haar borstkas opzwol, en liet de adem weer gaan. Weer zocht ze haar kracht en begon de energie te vormen en los te laten, steeds opnieuw. Toen ze eenmaal was begonnen, leek de kracht met alle plezier te doen wat zij wilde. De bol begon te slinken, tot er niet veel meer overbleef dan een klein vonkje in de duisternis.

Daar, het is gebeurd.

Ze opende haar ogen en knipperde toen ze de verwoesting om zich heen zag. De muren waren verdwenen, en in een straal van een meter of vijf om haar heen lag overal rokend puin. De magiërs hielden haar nauwlettend in de gaten.

Hoewel de muur achter haar weg was, hield het onzichtbare krachtveld haar nog altijd overeind. Toen ze haar loslieten, wankelde ze op haar voeten. Haar benen trilden van vermoeidheid en ze zakte bijna door haar knieën. Met moeite hield ze haar rug recht en keek fronsend naar de oudere magiër.

Hij glimlachte en legde een hand op haar schouder.

Voor dit moment ben je veilig, Sonea. Je hebt al je energie verbruikt. Rust maar uit nu. We praten later verder.

Terwijl hij haar optilde, voelde ze een golf van duizeligheid, en toen daalde er een zwarte stilte op haar neer die iedere gedachte smoorde.

Cery hijgde van de pijn en de inspanning terwijl hij steun zocht tegen de kapotte muur. Sonea's uitroep galmde nog na in zijn oren. Hij duwde zijn handpalmen tegen zijn hoofd en sloot zijn ogen.

'Sonea...' fluisterde hij.

Met een zucht haalde hij zijn handen weer weg. Hij hoorde de voetstappen achter zich veel te laat. Toen hij opkeek zag hij dat de man die zijn vluchtweg uit de steeg had geblokkeerd was teruggekeerd en hem nu aandachtig stond te bekijken.

Cery negeerde hem. Zijn ogen hadden een helder vlekje ontdekt tussen het stof en de gebroken stenen. Hij ging op zijn hurken zitten en wreef met zijn vingers over een rood lint dat langs een gebroken steen sijpelde. Bloed.

Voetstappen kwamen dichterbij. Een laars verscheen naast het bloed — een laars met knopen in de vorm van het Gilde-symbool. Cery voelde een heftige woede opkomen. Hij stond op, en in dezelfde beweging mikte hij op het gezicht van de magiër.

De man ving Cery's vuist handig op en draaide zijn hand. Cery raakte uit balans, struikelde en viel, met zijn hoofd tegen de gebroken muur. Kleuren flitsten voor zijn ogen. Hijgend krabbelde hij overeind en drukte zijn handen tegen zijn hoofd in een poging de wereld te laten ophouden met draaien.

De magiër grinnikte. 'Stomme slopper,' zei hij.

Hij streek met zijn vingers door zijn fijne blonde haren, draaide zich met een ruk om en liep met grote passen weg.

Deel Twee

16

Introducties

Naarmate de ochtend verstreek, voelde Rothen de vermoeidheid achter zijn ogen branden. Hij sloot ze en gebruikte een klein beetje helende magie om zichzelf te verkwikken, waarna hij zijn boek optilde en zich dwong iets te lezen.

Voordat hij de pagina had uitgelezen, zat hij alweer naar het slapende meisje te kijken. Ze lag in de kleine slaapkamer die bij zijn vertrekken hoorde, in het bed dat ooit van zijn zoon geweest was. Niet iedereen was het ermee eens geweest dat hij haar in de magiërsverblijven wilde onderbrengen. Hoewel hij hun argumenten niet kon onderschrijven, had hij haar wel in de gaten gehouden – voor de zekerheid.

In het donkerste deel van de nacht had hij Yaldin toegestaan bij haar te blijven zodat hij zelf kon slapen. Maar in plaats van te slapen had hij wakker gelegen en nagedacht over haar. Er was zoveel uit te leggen. Hij wilde goed voorbereid zijn op alle vragen en beschuldigingen die ze zou hebben. Steeds opnieuw speelde hij in zijn hoofd de diverse gesprekken af die ze zouden kunnen hebben, en uiteindelijk had hij het hele idee van slapen maar opgegeven en was hij weer naast haar gaan zitten.

Ze had bijna de hele dag geslapen. Magische oververmoeidheid had vaak dit effect op jongeren. In de twee maanden na de Opruiming waren haar haren iets langer geworden, maar haar huid was bleek en lag strak over de botten van haar gezicht. Rothen herinnerde zich hoe weinig ze had gewogen, en schudde zijn hoofd. Haar tijd met de Dieven had haar gezondheid geen goed gedaan. Hij zuchtte en pakte zijn boek weer op.

Toen hij erin geslaagd was nog een bladzijde te lezen, keek hij weer op. Donkere ogen staarden terug.

De ogen gleden omlaag naar zijn gewaad. Met een snelle beweging probeerde het meisje zich los te maken uit de beddenlakens die aan haar lichaam leken te plakken. Toen ze zich eenmaal bevrijd had, keek ze met ontzetting naar het zware katoenen nachthemd dat ze droeg.

Rothen legde het boek op tafeltje naast het bed en stond op, met langzame, behoedzame bewegingen. Ze drukte zich plat tegen de muur, haar ogen wijd open. Hij liep bij haar vandaan, opende een kastdeur achter in de kamer en pakte daar een dikke kamerjas uit.

'Hier,' zei hij, en hield de jas voor haar omhoog. 'Deze is voor jou.'

Ze staarde naar de jas alsof het een verscheurend beest was.

'Neem hem maar,' moedigde hij haar aan, en hij deed een paar stappen in haar richting. 'Je zult het wel koud hebben.'

Ze fronste, kwam voorzichtig naar voren en griste de jas uit zijn handen. Zonder haar ogen van hem af te wenden stak ze haar armen in de mouwen van het kledingstuk en trok het strak rondom haar magere lijfje, waarna ze weer tegen de muur kroop.

'Mijn naam is Rothen,' zei hij.

Ze bleef staren en zei niets.

'We willen je geen kwaad doen, Sonea,' zei hij. 'Je hoeft nergens bang voor te zijn.'

Ze kneep haar ogen half dicht en haar mond werd een smalle streep.

'Je gelooft me niet.' Hij haalde zijn schouders op. 'Dat zou ik ook niet doen als ik in jouw plaats was. Heb je onze brief gelezen, Sonea?'

Ze fronste, en een blik van minachting gleed over haar gezicht. Hij deed zijn best om zijn glimlach verborgen te houden.

'Natuurlijk geloofde je die ook niet, waarom zou je? Vertel eens, wat vind je het moeilijkst te geloven?'

Ze vouwde haar armen over elkaar en keek uit het raam zonder antwoord te geven. Hij zette een milde ergernis van zich af. Verzet, en zelfs dit kinderachtige zwijgen, was te verwachten geweest.

'Sonea, we moeten praten,' zei hij zacht. 'Je hebt een kracht in je die je, of je nu wilt of niet, zult moeten leren beheersen. Als je dat niet doet, zal je eraan doodgaan. Ik weet dat je dit begrijpt.'

Ze fronste haar voorhoofd maar bleef zwijgend uit het raam staren. Rothen stond zichzelf toe even te zuchten.

'Welke redenen je ook hebt om ons niet te mogen, je moet wel beseffen dat het geen zin heeft om onze hulp af te slaan. Gisteren hebben we slechts je opgebouwde krachten losgelaten. Het zal niet lang duren voor je krachten weer sterk en gevaarlijk zijn. Denk erover na.' Hij zweeg even. 'Maar niet te lang.'

Hij liep naar de deur en pakte de deurkruk.

'Wat moet ik doen?'

Haar stem was hoog en zwak. Hij voelde een opwelling van triomf, maar zorgde er meteen voor dat dit niet te zien was. Hij draaide zich weer om en voelde een steek in zijn hart bij de aanblik van de angst in haar ogen.

'Je moet leren om mij te vertrouwen,' zei hij.

De magiër – Rothen – was teruggekeerd naar zijn stoel. Sonea's hart ging nog altijd tekeer, maar niet meer zo snel. Door de kamerjas voelde ze zich minder kwetsbaar. Ze wist dat geen jas haar zou kunnen beschermen tegen magie, maar in ieder geval bedekte hij dat belachelijke nachthemd dat ze haar hadden aangetrokken.

178

De kamer waarin ze lag was niet zo groot. Er stond een hoge kast aan de ene wand, terwijl het bed tegen de andere wand stond. In het midden stond een klein tafeltje. De meubels waren van duur, gepolitoerd hout. Op de tafel lagen kleine kammen en schrijfwaren van zilver. Erboven hing een spiegel, en achter de magiër hing een schilderij.

'Beheersing is een subtiele vaardigheid,' zei Rothen tegen haar. 'Om je dit te laten zien moet ik je gedachten betreden, maar dat kan ik niet als je je verzet.'

Sonea herinnerde zich de novicen in de kamer, steeds één die zijn handen tegen de slapen van de andere drukte. Ze voelde zich op een ongemakkelijke manier toch tevreden dat ze wist dat deze magiër de waarheid vertelde. Geen enkele magiër kon haar gedachten lezen als zij dat niet wilde.

Toen fronste ze en dacht aan de aanwezigheid die haar gisteren had laten zien waar de bron van haar magie was en hoe ze die kon gebruiken. 'U bent gisteren wél mijn geest binnengedrongen.'

Hij schudde zijn hoofd. 'Nee, ik heb je laten zien waar je eigen kracht zich bevond, en heb toen met de mijne gedemonstreerd wat je moest doen. Dat is iets anders. Om je te leren hoe je je krachten moet beheersen, moet ik naar de plaats gaan waar jij je kracht verzamelt, en om dat te doen moet ik je bewustzijn binnen.'

Sonea keek een andere kant op. Een magiër haar gedachten laten lezen? Wat zou hij zien? Alles, of alleen wat ze hem wilde laten zien? Had ze een keus?

'Praat tegen me,' moedigde de magiër haar aan. 'Vraag me wat je maar wilt. Als je meer te weten komt over mij, zul je vanzelf beseffen dat ik te vertrouwen ben. Je hoeft niet het hele Gilde aardig te vinden, het is niet eens nodig dat je mij aardig vindt. Je moet me alleen goed genoeg kennen om erop te durven vertrouwen dat ik je zal leren wat je moet leren zonder dat ik je kwaad doe.'

Sonea keek hem aandachtig aan. Hij was van middelbare leeftijd of ouder. Hoewel hij grijze strepen in zijn donkergrijze haren had, waren zijn ogen blauw en levendig. De rimpels rond zijn ogen en mond gaven hem een vrolijke uitstraling. Hij zag eruit als een zachtmoedige, vaderlijke man – maar ze was niet gek. Oplichters zagen er ook altijd eerlijk en aantrekkelijk uit. Als dat niet zo was, verdienden ze niets. Het Gilde zou vast wel gezorgd hebben dat zij hun meest vertrouwenwekkende magiër als eerste ontmoette.

Ze moest dieper kijken. Ze staarde hem aan, en hij beantwoorde haar blik zonder te knipperen. Zijn zelfvertrouwen maakte haar onrustig. Of hij wist zeker dat ze niets afschrikwekkends zou vinden, of hij geloofde stellig dat hij haar voor de gek kon houden.

Hoe dan ook, hij had een moeilijke taak op zich genomen, was haar eindconclusie.

'Waarom zou ik geloven wat u zegt?' vroeg ze.

Hij rechtte zijn schouders. 'Waarom zou ik liegen?'

'Om te krijgen wat u wilt. Waarom anders?'

'Wat wil ik dan?'

Ze aarzelde. 'Dat weet ik nog niet.'

'Het enige wat ik wil, Sonea, is jou helpen.' Hij klonk oprecht bezorgd.

'Ik geloof u niet.'

'Waarom niet?'

'U bent een magiër. Ze zeggen dat u moet zweren om de mensen te beschermen, maar ik heb jullie zien doden.'

De rimpels tussen zijn wenkbrauwen werden dieper, en hij knikte langzaam. 'Dat is zo. Zoals we in onze brief al zeiden, was het niet onze opzet die dag iemand te verwonden – jou niet, en de jongen ook niet.' Hij zuchtte. 'Het was een afschuwelijke vergissing. Als ik had geweten wat er zou gebeuren, zou ik nooit jouw kant op gewezen hebben.

Er zijn veel manieren om iemand te raken met magie, en de meest voorkomende vorm is een lichtaanval. De zwakste vorm is een verdoofspreuk, bedoeld om iemand tijdelijk te verlammen – zijn spieren te bevriezen zodat hij zich niet meer kan bewegen. De magiërs die de jongen raakten gebruikten allemaal die verdoofspreuk. Kun je je de kleur van het licht nog herinneren?'

Sonea schudde haar hoofd. 'Ik keek niet.' *Te druk bezig met wegvluchten*, dacht ze, maar ze was niet van plan dat hardop te zeggen.

Hij fronste zijn voorhoofd. 'Dan zul je me op mijn woord moeten geloven als ik zeg dat het licht rood was, en een verdoofspreuk is rood. Maar omdat er zoveel magiërs tegelijk handelden, versmolten sommige van die lichtflitsen met elkaar en vormden samen een sterkere aanval, een vuurspreuk. De magiërs waren stuk voor stuk niet van plan om iemand iets aan te doen, ze wilden de jongen alleen tegenhouden. Ik verzeker je dat deze vergissing ons veel verdriet heeft gedaan, en dat de koning en de Huizen het ten zeerste afkeurden.'

Sonea snoof. 'Alsof het ze wat kan schelen.'

Zijn wenkbrauwen gingen omhoog. 'Dat kan het zeker wel. Ik geef toe dat hun redenen meer te maken hebben met het feit dat ze het Gilde in stand willen houden dan met enige vorm van medeleven voor de jongen of zijn familie, maar we zijn toch zeker wel gestraft voor onze vergissing.'

'Hoe dan?'

Hij glimlachte scheef. 'Protestbrieven. Openbare redevoeringen. Een waarschuwing van de koning. Het klinkt niet ernstig, maar in de wereld van de politiek zijn woorden krachtiger dan stokken of magie.'

Sonea schudde haar hoofd. 'Magie is wat jullie doen. Waar jullie goed in zijn. Een enkele magiër kan zich vergissen, maar zoveel tegelijk?'

Hij rechtte zijn schouders. 'Denk je soms dat wij onze dagen doorbrengen met ons voorbereiden op een eenvoudig meisje dat ons aanvalt met magisch aangedreven stenen? Onze krijgers zijn opgeleid om subtiele manoeuvres uit te voeren, en oorlogsstrategieën te bedenken, maar er is geen enkele situatie in de Arena die hen had kunnen voorbereiden op een aanval van iemand van hun eigen soort – iemand van wie zij dachten dat ze ongevaarlijk was.'

Sonea snoof luid. Ongevaarlijk. Ze zag Rothens mond verstrakken bij het geluid. *Waarschijnlijk walgt hij van mij*, dacht ze. Voor magiërs waren de bewoners van de sloppen smerig, lelijk en lastig. Hadden ze enig idee hoe diep de haat van de sloppers voor hen was?

'Maar eerder hebben jullie bijna even akelige dingen gedaan,' zei ze. 'Ik heb mensen gezien met brandwonden die ze van de magiërs gekregen hebben. En er worden mensen vertrapt als jullie de menigte laten schrikken, zodat ze gaan rennen. Maar ze sterven voornamelijk van de kou, later, in de sloppen.' Ze kneep haar ogen half dicht. 'Maar u zult vast niet denken dat het Gilde daar schuldig aan is, wel dan?'

'Er zijn al eerder ongelukken gebeurd,' gaf hij toe. 'Magiërs die onvoorzichtig waren. Waar mogelijk zijn de slachtoffers genezen en gecompenseerd. Wat de Opruiming zelf betreft...' Hij schudde zijn hoofd. 'Er zijn veel magiërs die vinden dat die niet meer nodig is. Weet je hoe hij ooit is begonnen?'

Sonea deed haar mond al open om een scherp antwoord te geven, maar aarzelde toen. Het kon geen kwaad om te weten hoe hij dacht dat de Opruiming was begonnen. 'Vertel eens.'

Rothens blik werd vaag. 'Ongeveer dertig jaar geleden explodeerde er een berg in het verre noorden. Er hing overal stof in de lucht, die de warmte van de zon blokkeerde. De winter die daarop volgde was zou koud dat we geen echte zomer hadden voordat het weer winter werd. Overal in Kyralia en Elyne mislukte de oogst en ging het vee dood. Honderden, misschien wel duizenden boeren en hun families kwamen naar de stad, maar er was niet genoeg ruimte om hen te huisvesten, en ook niet genoeg werk.

De stad vulde zich met hongerige mensen. De koning deelde voedsel uit en zorgde ervoor dat plaatsen als de renbaan werden gebruikt om hen te huisvesten. Hij stuurde boeren terug naar huis met genoeg voedsel tot de volgende zomer. Er was echter niet genoeg om iedereen te eten te geven.

We zeiden tegen de mensen dat het volgende winter beter zou gaan, maar velen van hen wilden ons niet geloven. Sommige mensen dachten zelfs dat de wereld helemaal zou bevriezen en wij allemaal zouden sterven. Zij lieten alle eerlijkheid varen en beroofden anderen, met het idee dat er niemand in leven zou zijn om hen te straffen. Bendes braken in in huizen en mensen werden in hun bed vermoord. Het was vreselijk.' Hij schudde zijn hoofd. 'Ik zal die tijd nooit vergeten.

De koning stuurde soldaten om de bendes uit de stad te verdrijven. Toen het duidelijk werd dat het niet zonder bloedvergieten kon gebeuren, besloot hij het Gilde om hulp te vragen. De volgende winter was weer koud, en toen de koning zag dat dezelfde problemen begonnen te ontstaan, liet hij de straten ontruimen voordat de situatie gevaarlijk werd. En sindsdien gaat het ieder jaar zo.' Rothen zuchtte. 'Veel mensen zeggen dat de Opruiming al jaren geleden had moeten worden gestopt, maar herinneringen hebben een lang leven en de sloppenwijken zijn nu vele malen groter dan ze in die vreselijke winter waren. Velen zijn bang voor wat er zou gebeuren als de straten niet elke winter worden ontruimd, vooral sinds het ontstaan van de Dieven. Ze zijn bang dat de Dieven gebruik zouden maken van de situatie om de stad in hun greep te krijgen.'

'Wat belachelijk!' riep Sonea uit. Rothens versie van het verhaal was eenzijdig, zoals ze al verwacht had, maar enkele van de redenen die hij gaf voor de eerste Opruiming waren nieuw en vreemd. Exploderende bergen? Het had geen zin om ertegenin te gaan. Hij zou toch alleen maar zeggen dat ze geen verstand had van die dingen. Maar zij wist iets dat hij blijkbaar niet wist.

'Het was de Opruiming die de Dieven deed ontstaan,' zei ze tegen hem. 'Denkt u werkelijk dat alle mensen die u verdreef overvallers en bendeleden waren? U verdreef de hongerige boeren en hun families, en mensen zoals bedelaars en daklozen die de stad nodig hebben om te kunnen overleven. Deze mensen zochten elkaar op zodat ze elkaar konden helpen. Ze bleven in leven door zich aan te sluiten bij de wettelozen, omdat ze geen reden meer zagen om de wetten van de koning te gehoorzamen. Hij had hen verdreven in plaats van geholpen.'

'Hij hielp zoveel mensen als hij kon.'

'Niet iedereen. Toen niet, en nu al helemaal niet meer. Denkt u dat hij straatrovers en bendes verdrijft? Nee, het zijn de goeden die het moeten ontgelden – mensen die hun geld verdienen met wat rijkere mensen weggooien, of mensen die in de stad werken maar in de sloppenwijken wonen. De wettelozen zijn de Dieven – en de Dieven trekken zich niets aan van de Opruiming omdat ze de stad in en uit kunnen wanneer ze maar willen.'

Rothen knikte langzaam en bedachtzaam. 'Dat vermoeden had ik al.' Hij leunde voorover. 'Sonea, ik vind de Opruiming even afschuwelijk als jij – en ik ben niet de enige magiër die er zo over denkt.'

'Waarom doen jullie het dan?'

'Omdat wij gezworen hebben de koning te gehoorzamen, en hij ons dit beveelt.'

Sonea snoof weer. 'Dus jullie kunnen de koning overal de schuld van geven.'

'We zijn allemaal onderdanen van de koning,' bracht hij haar in herinnering. 'Het Gilde moet hem gehoorzamen, zodat de mensen er zeker van kunnen zijn dat de magiërs niet zullen proberen om de macht te grijpen en Kyralia zelf te besturen.' Hij leunde weer achterover in zijn stoel. 'Als we de genadeloze moordenaars waren die jij denkt dat we zijn, waarom hebben we dat dan niet gedaan, Sonea? Waarom hebben de magiërs het land niet veroverd?'

Sonea haalde haar schouders op. 'Dat weet ik niet, maar het maakt voor de sloppers niets uit. Wanneer hebben jullie ooit iets gedaan waar wij wat aan hadden?'

Rothen keek haar met half dichtgeknepen ogen aan. 'Er is veel dat je niet ziet.'

'Zoals?'

'We houden de haven vrij van slib, bijvoorbeeld. Zonder ons zou Imardin geen schepen kunnen ontvangen, en zou de handel naar elders verplaatst worden.'

'En wat hebben de sloppers daar aan?'

'De haven voorziet Imardianen van alle klassen van werk. Schepen brengen zeelui die onderdak zoeken, eten en goederen kopen. Werkers moeten de schepen inladen en uitladen. Ambachtslieden maken de goederen die verhandeld worden.' Hij keek haar aan en schudde zijn hoofd. 'Misschien is ons werk te ver van je eigen leven om te zien wat je eraan hebt. Maar als je zou willen zien hoe wij mensen rechtstreeks helpen, denk dan aan onze genezers. Zij werken hard om...'

'Genezers!' Sonea rolde met haar ogen. 'Wie heeft er nu geld voor een genezer? Hun gage is tien keer zoveel als een goede Dief in zijn hele leven kan verdienen!'

Rothen zweeg even. 'Natuurlijk heb je gelijk,' zei hij zacht. 'Er zijn simpelweg te weinig genezers – net genoeg om te zorgen voor de zieken die ons opzoeken. De hoge honoraria zorgen ervoor dat mensen niet voor ieder wissewasje de genezers lastig vallen, en het geld wordt gebruikt om niet-magiërs de beginselen van de geneeskunde te onderwijzen, zodat ze kleinere problemen kunnen behandelen. Deze medici helpen de rest van de burgers van Imardin.'

'Niet de sloppers,' zei Sonea. 'Wij hebben zalvers, maar de kans dat die je beter maken is net zo groot als de kans dat ze je zieker maken. Toen ik in het Noorderkwartier woonde kende ik maar een paar artsen, en die kostten handen vol geld.'

Rothen keek naar buiten. 'Sonea, als ik het probleem van klassen en armoede in de stad kon oplossen, zou ik het zonder enige aarzeling doen. Maar zelfs wij magiërs kunnen maar weinig uitrichten.'

'O ja? Als jullie de Opruiming werkelijk zo erg vinden, weiger dan. Zeg tegen de koning dat je verder alles doet wat hij wil, maar dat niet. Het is eerder gebeurd.'

Hij fronste en wist duidelijk niet wat ze bedoelde.

'Toen koning Palen weigerde de Alliantie te tekenen.' Ze glimlachte om zijn verbaasde uitdrukking. 'Zorg dat de koning een behoorlijk rioolstelsel laat aanleggen in de sloppen. Zijn overgrootvader heeft het in de rest van de stad gedaan, waarom niet voor ons?'

Zijn wenkbrauwen schoten omhoog. 'Dus je wilt niet dat alle sloppers in de stad worden ondergebracht?'

Sonea schudde haar hoofd. 'Er zijn goede wijken in de Buitencirkel. De stad zal niet ophouden te groeien. Misschien moet de koning een nieuwe muur bouwen.'

'Muren bouwen is achterhaald. We hebben geen vijanden meer. Maar de rest is... interessant.' Hij keek haar schattend aan. 'En wat zou je nog meer gedaan willen hebben?'

'Ga de sloppen in en genees mensen.'

Hij maakte een grimas. 'Er zijn niet genoeg genezers.'

'Een paar is beter dan geen. Waarom is de gebroken arm van een zoon van een Huis belangrijker dan die van een slopper?'

Hij glimlachte, en ineens had Sonea het akelige gevoel dat haar antwoorden hem alleen maar amuseerden. Wat kon het hem schelen? Hij probeerde alleen maar haar te doen geloven dat hij met haar meevoelde. Er was echter meer nodig voor ze hem zou willen vertrouwen.

'Dat doen jullie toch niet,' gromde ze. 'U zegt steeds dat sommigen van u zouden helpen als ze dat konden, maar de waarheid is dat een magiër die het echt iets kon schelen, daar ook zou zijn, in de sloppen. Er is geen enkele wet die het verbiedt, dus waarom gaat er niemand heen? Dat kan ik wel vertellen. De sloppen stinken, ze zijn ruw en vuil, en jullie doen liever alsof ze niet bestaan. Hier is het leven veel comfortabeler.' Ze gebaarde naar de kamer en de mooie meubels. 'Iedereen weet dat de koning u veel betaalt. Als jullie dan zoveel medelijden met ons hadden, zouden jullie een deel van dat geld gebruiken om mensen te helpen, maar dat gebeurt niet. Jullie houden het liever allemaal zelf.'

Hij beet op zijn lip en dacht na. Ze merkte dat ze zich vreemd bewust was van de stilte in de kamer. Toen ze besefte dat ze zich door hem uit haar tent had laten lokken, klemde ze haar kaken opeen.

'Als iemand die je kent in de sloppen veel geld zou krijgen,' zei hij langzaam, 'zou die het dan allemaal gebruiken om anderen te helpen?'

'Ja,' antwoordde ze.

Hij trok een wenkbrauw op. 'Dus niemand zou in de verleiding komen om het allemaal zelf te houden?'

Sonea dacht na. Ze kende wel een aantal mensen die dat niet zou doen. Meer dan een paar, zelfs.

'Sommigen wel, denk ik,' gaf ze toe.

'Aha,' zei hij. 'Maar je zou niet willen dat ik geloofde dat alle sloppers alleen aan zichzelf denken, nietwaar? Dan moet jij op jouw beurt ook niet geloven dat alle magiërs egoïsten zijn. Je zult me er ongetwijfeld van willen overtuigen dat de mensen die je kent, al breken ze de wet soms en gedragen ze zich ruw, in de grond eerlijk en betrouwbaar zijn. Het is dus ook onzinnig om alle magiërs te veroordelen wegens de daden van een enkeling, of omdat ze uit rijke families komen. Ik verzeker je dat de meesten hun best doen om goede mensen te zijn.'

Sonea fronste en keek opzij. Wat hij had gezegd klonk logisch, maar bood weinig troost. 'Misschien,' zei ze. 'Maar ik zie nog altijd geen magiërs die proberen de bewoners van de sloppenwijken te helpen.'

Rothen knikte. 'Omdat we weten dat ze die hulp niet zouden aannemen.'

184

Sonea aarzelde. Hij had gelijk, maar als de sloppers de hulp van het Gilde weigerden, kwam dat voornamelijk omdat het Gilde hun reden had gegeven hen te haten. 'Geld zouden ze wel aannemen,' zei ze.

'Vooropgesteld dat jij niet een van die mensen bent die alles voor jezelf zou willen houden, wat zou jij doen als ik je honderd goudstukken gaf om te besteden zoals je dat zelf wilde?'

'Ik zou eten kopen voor de mensen.'

'Honderd goudstukken is genoeg om een paar mensen een paar weken te voeden, of veel mensen een paar dagen. Daarna zijn die mensen nog even arm als daarvoor. Het maakt weinig verschil.'

Sonea opende haar mond en sloot die weer. Daar had ze niets tegen in te brengen. Hij had gelijk, maar toch ook weer niet. Er was iets verkeerds aan helemaal niets doen.

Ze zuchtte en keek fronsend omlaag naar het vreemde kledingstuk dat ze droeg. Hoewel ze wist dat hij zou denken dat hij de discussie gewonnen had als ze nu van onderwerp veranderde, plukte ze toch aan de kamerjas. 'Waar zijn mijn kleren?'

Hij keek naar zijn handen. 'Weg. Ik zorg wel voor nieuwe.'

'Ik wil mijn eigen kleren.'

'Die heb ik laten verbranden.'

Ze keek hem ongelovig aan. Haar mantel was dan wel vies, en had hier en daar een schroeivlek, maar hij was van goede kwaliteit – en Cery had hem aan haar gegeven.

Er werd op de deur geklopt. Rothen stond op. 'Ik moet nu gaan, Sonea,' zei hij tegen haar. 'Over een uur ben ik terug.'

Ze keek hem na terwijl hij naar de deur liep en die opende. Achter de deur zag ze een ander weelderig ingericht vertrek. Toen hij de deur sloot luisterde ze of ze een sleutel kon horen, en met een vage opwelling van hoop hoorde ze dat het niet zo was.

Ze fronste en keek naar de deur. Was hij op magische manier gesloten? Ze glipte het bed uit en deed een paar stappen in de richting van de deur. Ze hoorde het gedempte geluid van stemmen aan de andere kant.

Het had nu geen zin om de deur te proberen, maar later...

Pijn omknelde zijn hoofd als een tang, maar hij voelde iets koels achter zijn oren. Cery deed zijn ogen open en zag een vaag gezicht in het donker. Het gezicht van een vrouw.

'Sonea?'

'Hallo.' De stem was onbekend. 'Het werd tijd dat je bij ons terugkwam.'

Cery sloot zijn ogen heel stevig en opende ze weer. Het gezicht werd duidelijker. Lange zwarte haren rond een prachtig, exotisch gezicht. De huid van de vrouw was donker, maar niet zo zwart als die van Faren. De Kyrali-aanse neus gaf het lange gezicht een zekere schoonheid. Alsof Sonea en Faren tot één persoon waren samengesmolten.

Ik droom, dacht hij.

'Nee, dat doe je niet,' zei de vrouw. Ze keek op naar iets boven zijn hoofd. 'Hij moet behoorlijk geraakt zijn. Wil je hem nu spreken?'

'Ik kan het net zo goed proberen.' Deze stem klonk bekend. Toen Faren in zicht kwam, herinnerde Cery zich ineens alles weer. Hij probeerde rechtop te gaan zitten. Duisternis golfde over hem heen en zijn hoofd barstte bijna van de pijn. Hij voelde handen op zijn schouders en liet met tegenzin toe dat hij teruggeduwd werd op zijn rug.

'Hallo, Cery. Dit is Kaira.'

'Ze lijkt op jou, maar dan mooi,' mompelde Cery.

Faren lachte. 'Dank je. Ze is mijn zusje.'

De vrouw glimlachte en liep weg. Cery hoorde ergens rechts van hem een deur dichtslaan. Hij staarde Faren aan.

'Waar is Sonea?'

De Dief werd ernstig. 'De magiërs hebben haar. Ze hebben haar meegenomen naar het Gilde.'

De woorden galmden na in Cery's hoofd. Hij voelde iets vreselijks aan zijn ingewanden trekken. *Ze is weg!* Hoe kon hij ooit geloofd hebben dat hij haar kon beschermen? Maar nee, het was Faren die haar had moeten beschermen! Hij voelde een steek van woede. Hij haalde diep adem om iets te zeggen...

Nee. Ik moet haar vinden. Ik moet haar terugkrijgen. Ik heb Farens hulp misschien nog nodig.

Alle woede gleed weg. Cery keek de Dief aan. 'Wat is er gebeurd?'

Faren zuchtte. 'Het onvermijdelijke. Ze hebben haar gevonden.' Hij schudde zijn hoofd. 'Ik weet niet hoe ik hen had kunnen tegenhouden. Ik had alles al geprobeerd.'

Cery knikte. 'En wat nu?'

De Dief glimlachte half, maar zonder plezier. 'Ik heb mijn kant van de afspraak niet kunnen nakomen. En Sonea heeft nooit de kans gekregen om haar magie voor mij te gebruiken. We hebben allebei ons best gedaan, maar hebben gefaald. Wat jou betreft.' Farens glimlach verdween. 'Ik zou het prettig vinden als je bij mij bleef.'

Cery staarde de Dief aan. Hoe kon hij Sonea zo gemakkelijk aan haar lot overlaten?

'Je mag gaan als je wilt,' zei Faren.

'En Sonea dan?'

De Dief fronste. 'Die is in het Gilde.'

'Daar kun je zonder problemen naar binnen. Dat heb ik al eerder gedaan.'

Farens frons werd dieper. 'Dat zou onzinnig zijn. Ze zullen haar goed bewaken.'

'We kunnen ze afleiden.'

'We doen helemaal niets.' Farens ogen spoten vuur. Hij deed een paar stappen naar achteren en liep toen terug naar Cery. 'De Dieven hebben zich nooit verzet tegen het Gilde, en dat zullen we ook nooit doen. We zijn niet stom genoeg om te denken dat we kunnen winnen.'

'Ze zijn echt niet zo slim. Geloof me, ik heb...'

'Nee!' onderbrak Faren hem. Hij haalde diep adem en blies die langzaam uit. 'Het is niet zo eenvoudig als jij denkt, Cery. Rust uit. Word beter. Denk eens na over wie en wat je bent. We spreken elkaar binnenkort weer.'

Hij liep weg. Cery hoorde de deur opengaan en weer stevig gesloten worden. Hij probeerde overeind te komen, maar zijn hoofd voelde aan alsof het ieder moment kon ontploffen. Hij sloot zijn ogen en ging hijgend weer plat liggen.

Hij kon Faren ervan trachten te overtuigen dat ze Sonea moesten redden, maar hij wist dat het niet zou lukken. Nee. Als ze gered moest worden, moest hij dat zelf doen.

17

Sonea's voornemen

S onea keek de kamer weer rond. Hoewel hij niet groot was, was hij luxueus ingericht. Het leek alsof ze zich in een van de huizen in de Binnencirkel bevond, maar betwijfelde of dat het geval was.

Ze liep naar het raam en zette het prachtig versierde scherm opzij dat het bedekte. Toen hapte ze naar adem en deed een paar passen achteruit.

De tuinen van het Gilde strekten zich voor haar uit. Het gebouw van de universiteit doemde rechts van haar op, en het huis van de opperheer lag links van haar, half achter de bomen verscholen. Ze bevond zich op de twee-de verdieping van het gebouw dat Cery het 'magiërsgebouw' had genoemd.

Het wemelde hier van de magiërs. Waar ze ook keek, zag ze figuren in gewaden: in de tuin, in de vertrekken die zichtbaar waren door de ramen van de gebouwen, op het met sneeuw omzoomde pad net onder haar raam. Huiverend zette ze het scherm terug en wendde zich af van het venster.

Ze voelde een grote somberheid over zich neerdalen. *Ik zit in de val. Ik zal hier nooit vandaan kunnen komen. Ik zal Jonna en Ranel, en Cery, nooit meer zien.*

Ze knipperde met haar ogen toen de tranen haar het zicht ontnamen. In haar ooghoek zag ze iets bewegen, en toen ze zich omdraaide zag ze haar reflectie in een glanzende ovalen spiegel. Ze keek naar het gezicht met de roodomrande ogen. De mond van het meisje vertrok vol minachting.

Wil ik het dan zo gemakkelijk opgeven? vroeg ze haar spiegelbeeld. *Wil ik hier zitten janken als een klein kind? Nee!*

Het Gilde was dan overdag wel vol met magiërs, maar ze was hier 's nachts geweest en wist hoe gemakkelijk het was om hier te lopen zonder gezien te worden. Als ze wachtte tot het nacht was en erin slaagde naar buiten te glippen, zou niets haar ervan weerhouden om terug te keren naar de slop-pen.

Het moeilijkste zou zijn om naar buiten te komen. De magiërs hadden haar vast en zeker opgesloten. Maar Rothen zelf had gezegd dat magiërs ook wel eens fouten maakten. Ze zou wachten en op haar hoede blijven. Zodra ze haar kans schoon zag, zou ze ontsnappen.

Het gezicht in de spiegel had nu droge ogen en zag er vastberaden uit. Ze voelde zich beter en liep naar de kleine tafel. Ze pakte een haarborstel en streek waarderend over het zilveren handvat. Een dingetje als dit zou genoeg opleveren in een pandjeshuis om nieuwe kleren te kopen en eten voor een paar dagen.

Had Rothen zelfs maar overwogen dat ze zou kunnen proberen ze te stelen? Hij zou zich natuurlijk niet druk maken over mogelijke diefstal als hij ervan overtuigd was dat ze niet zou kunnen ontsnappen. Het had weinig nut om waardevolle zaken achterover te drukken als ze vastzat in het Gilde.

Ze keek weer om zich heen en merkte op dat dit een vreemde plaats was om gevangen gehouden te worden. Ze had een koude cel verwacht, geen comfortabele, luxe kamer. Misschien waren ze echt van plan haar te vragen bij het Gilde te komen.

Ze keek omhoog naar de spiegel en stelde zich voor hoe ze eruit zou zien in een gewaad. Haar huid prikte van afschuw.

Nee. Ik zou nooit een van hen kunnen worden. Het zou zijn alsof ik iedereen had verraden — mijn vrienden, iedereen in de sloppen, mijzelf...

Maar ze moest leren om haar krachten in bedwang te houden. Het gevaar was reëel, en Rothen was vast van plan haar iets te leren — al was het maar om te voorkomen dat ze de stad in de as legde. Ze betwijfelde echter of hij haar verder nog iets zou willen bijbrengen. Ze herinnerde zich haar frustratie en afschuw van de laatste zes weken en huiverde. Haar krachten hadden haar al genoeg ellende gebracht. Ze zou niet teleurgesteld zijn als ze er nooit meer iets mee zou kunnen doen.

Wat zou er dan met haar gebeuren? Zou het Gilde haar laten terugkeren naar de sloppen? Vast niet. Rothen zei dat het Gilde wilde dat zij zich bij hen aansloot. Zij? Een meisje uit de sloppen? Ook niet erg waarschijnlijk.

Maar waarom zouden ze het dan aanbieden? Was er nog een andere reden? Omkoping? Misschien beloofden ze haar magie te leren als ze... als ze wát deed? Wat zou het Gilde in vredesnaam van haar kunnen willen?

Ze fronste toen het antwoord ineens in haar opkwam. *De Dieven.*

Als ze ontsnapte, zou Faren haar dan nog steeds willen verbergen? Vast wel, vooral als haar kracht niet langer gevaarlijk was. Als ze eenmaal zijn vertrouwen had gewonnen, zou het niet moeilijk zijn om de Dief te bedriegen. Ze zou haar mentale krachten kunnen gebruiken om het Gilde informatie te sturen over de criminele groeperingen in de stad.

Ze snoof. Zelfs als ze met het Gilde wilde samenwerken, zouden de Dieven er snel genoeg achter komen hoe de vork in de steel zat. Geen enkele slopper was stom genoeg om de Dieven te verraden. En wellicht kon ze zichzelf beschermen met haar magie, maar ze zou niet in staat zijn te voorkomen dat de Dieven haar vrienden en familie iets aandeden. De Dieven waren meedogenloos als men ze de voet dwars zette.

Maar had ze wel een keus? Stel dat het Gilde dreigde haar te doden als ze niet meewerkte? Als zij nu eens dreigden haar familie en vrienden iets aan te doen? Met een schok van angst vroeg ze zich af of het Gilde weet had van het bestaan van Jonna en Ranel.

Ze zette de gedachte van zich af. Ze was nog altijd bang voor sterke emoties die haar greep op de magie misschien zouden kunnen aantasten. Ze schudde haar hoofd en keek weg van de spiegel. Er lag een boek op de kleine tafel naast het bed. Ze liep de kamer door, pakte het op en bladerde het door. Het viel haar op dat ze bijna alle woorden kon lezen. De lessen van Serin hadden haar meer goed gedaan dan ze gedacht had.

De tekst leek over boten te gaan. Nadat Sonea een paar regels had gelezen, besefte ze dat het laatste woord van ieder paar regels met dezelfde klank eindigde, net als de teksten van de liedjes van artiesten op markten en in bolhuizen.

Ze verstijfde toen er op de deur geklopt werd. Snel legde Sonea het boek terug op de tafel. Toen ze opkeek, zag ze Rothen in de deuropening staan, met een bundeltje onder zijn arm.

'Kun je lezen?' vroeg hij.

'Een beetje,' gaf ze toe.

Hij sloot de deur en gebaarde naar het boek. 'Laat eens zien. Lees eens een stukje voor.'

Ze voelde twijfel opkomen, maar negeerde die. Ze pakte het boek weer op, opende het en begon te lezen. Ze had er vrijwel meteen spijt van dat ze eraan begonnen was. Ze voelde de magiër naar haar kijken en vond het moeilijk zich te concentreren. De pagina die ze had uitgezocht was moeilijk, en ze voelde dat haar wangen rood werden toen ze over de onbekende woorden struikelde.

'Sche-pen, niet schep-pen.'

De onderbreking irriteerde haar. Ze sloot het boek en gooide het op het bed. Met een verontschuldigende glimlach liet Rothen zijn bundeltje ernaast vallen.

'Hoe heb je leren lezen?' vroeg hij.

'Mijn tante heeft het me geleerd.'

'En je hebt de laatste tijd geoefend.'

Ze keek van hem weg. 'Er zijn altijd dingen om te lezen. Borden, etiketten, beloningen die worden uitgeloofd...'

Hij glimlachte weer. 'We vonden een boek over magie in een van je schuilplaatsen. Begreep je er iets van?'

Een waarschuwende rilling gleed langs haar ruggengraat. Hij zou haar niet geloven als ze ontkende dat ze het boek had gelezen, maar als ze het toegaf, zou hij meer vragen gaan stellen, en dan zou ze misschien wel eens per ongeluk kunnen laten merken wat ze nog meer gelezen had, zoals de boeken die Cery uit het Gilde had gestolen. Als Rothen wist dat ze waren gestolen, zou hij beseffen dat ze midden in de nacht het Gilde was binnengedrongen, en zou hij haar veel beter in de gaten houden.

In plaats van antwoord te geven op zijn vraag gebaarde ze naar de bundel op haar bed. 'Wat is dat?'

Hij keek haar even aandachtig aan en haalde toen zijn schouders op. 'Kleren.'

Sonea keek er vol twijfel naar.

'Ik zal je even de tijd geven om je om te kleden, daarna stuur ik een bediende naar binnen met iets te eten.' Hij draaide zich om en verliet de kamer.

Sonea rolde het bundeltje open. Tot haar opluchting had hij geen gewaad meegebracht. In plaats daarvan vond ze een eenvoudige broek, een hemd en een bloes met een grote kraag – net zoiets als de kleren die ze in de sloppen had gedragen, maar dan van zachter, duurder materiaal. Ze deed de kamerjas en het nachthemd uit en trok haar nieuwe kleren aan. Hoewel ze nu nette kleren aanhad, voelde haar huid nog steeds vreemd bloot aan. Ze keek naar haar handen en zag dat haar vingernagels waren geknipt en schoongemaakt. Ze bracht ze naar haar neus en rook zeep.

Een huivering van angst en verontwaardiging schoot door haar heen. Iemand had haar gewassen terwijl ze sliep. Ze staarde naar de deur. Rothen?

Nee, besloot ze, dat soort werk zou aan de bedienden worden overgelaten. Ze streek met haar hand door haar haren en voelde dat ook die gewassen waren.

Na enige tijd werd er zacht op de deur geklopt. Sonea herinnerde zich dat de magiër een bediende zou sturen, dus wachtte ze tot er iemand binnenkwam. Er werd nogmaals geklopt. 'Vrouwe?' riep iemand met gedempte stem achter de deur. 'Mag ik binnenkomen?'

Geamuseerd ging Sonea op het bed zitten. Niemand had haar ooit 'vrouwe' genoemd. 'Als je wilt,' zei ze.

Een vrouw van een jaar of dertig kwam binnen. Ze droeg een eenvoudige grijze tuniek met bijpassende broek en had een dienblad in haar handen. Sonea keek hoe ze het dienblad naar de tafel bracht en daar neerzette. Toen de vrouw het deksel optilde, zag ze haar hand trillen. Sonea fronste. Waarom was ze bang? Toch niet van een eenvoudig meisje uit de sloppen?

De vrouw schikte een aantal dingen op het blad en maakte een diepe buiging voor Sonea voordat ze snel weer naar buiten liep.

Sonea zat enkele minuten naar de deur te staren. De vrouw had een buiging gemaakt voor haar. Dat was... vreemd. Verontrustend. Ze begreep niet waarom.

Toen trok de geur van warm brood en iets verrukkelijk kruidigs haar aandacht, en ze keek naar het dienblad. Er stond een grote kom soep op, en een bord met kleine, zoete gebakjes. Ze voelde haar maag rammelen.

Ze glimlachte. De magiërs zouden er mettertijd wel achter komen dat ze Faren voor geen prijs zou verraden, maar ze hoefden dat niet meteen te weten. Als ze het spel een klein beetje meespeelde, zouden ze haar misschien langere tijd zo goed behandelen.

En ze had er geen moeite mee om misbruik van hen te maken.

Sonea liep de ontvangstkamer binnen met de waakzaamheid van een wild dier dat uit een kooi gelaten werd. Haar ogen schoten heen en weer en bleven een moment op elk van de deuren gericht, alsof ze keek welke vluchtwegen er open waren voor het geval er zich een noodsituatie zou voordoen. Uiteindelijk richtte ze haar blik op Rothen.

'Die deur leidt naar een kleine badkamer,' zei Rothen tegen haar. 'Mijn slaapkamer is daar, en die deur leidt naar de galerij van het gebouw.'

Ze staarde naar de buitendeur en wierp hem een onderzoekende blik toe voor ze naar de boekenkast liep. Rothen glimlachte, alsof het hem plezier deed dat ze zich aangetrokken voelde tot boeken.

Ze keek hem nogmaals aan, met opgetrokken wenkbrauwen, en richtte haar blik toen weer op de boeken. Ze hief een hand op en streelde met een vinger de rug van een boek, maar verstijfde toen ze de gong van de universiteit hoorde slaan.

'Die geeft aan dat de novicen terug moeten naar hun klassen,' legde hij uit. Hij liep naar een van de ramen en gebaarde dat ze moest komen kijken.

Ze liep naar het raam ernaast en keek naar buiten. Haar gezicht verstrakte van spanning. Haar ogen schoten heen en weer tussen de vele magiërs en novicen die terugliepen naar de universiteit.

'Wat betekenen de kleuren?'

Rothen fronste. 'Kleuren?'

'De gewaden hebben verschillende kleuren.'

'Aha.' Hij leunde op de vensterbank. 'Dan moet ik je eerst iets vertellen over de diverse disciplines. Er zijn drie belangrijke manieren waarop magie kan worden gebruikt: Genezing, Alchemie en Krijgskunst.' Hij wees naar een tweetal genezers die langzaam door de tuin wandelden. 'De genezers dragen groen. Genezing is meer dan alleen de magische manier om wonden en ziekten te behandelen. Het heeft ook te maken met de kennis van medicijnen en dergelijke. Daarom is het een discipline waar iemand zijn leven aan zal moeten wijden.'

Hij keek naar Sonea en zag haar geïnteresseerde blik. 'Krijgers dragen rood,' ging hij verder, 'en bestuderen strategieën en de diverse manieren waarop magie kan worden aangewend in tijden van oorlog. Sommigen van hen beoefenen ook de traditionele vormen van vechtsport en kunnen met een zwaard overweg.'

Hij gebaarde naar zijn eigen gewaad. 'Paars is voor de alchemisten, en die houden zich bezig met alle andere dingen die met magie gedaan kunnen worden. Hieronder valt scheikunde, wiskunde, architectuur, en nog heel veel andere zaken.'

Sonea knikte nadenkend. 'En de bruine gewaden?'

'Dat zijn novicen.' Hij wees naar een stel jongens. 'Zie je dat hun gewaden maar tot boven aan hun dijbenen komen?'

Sonea knikte.

'Pas als ze afgestudeerd zijn, krijgen ze een echt gewaad, dat aangeeft dat ze gekozen hebben in welke discipline ze zich verder willen bekwamen.'

'Maar als ze er nu meer dan één willen leren?'

Rothen grinnikte. 'Daar is gewoonweg niet genoeg tijd voor.'

'Hoe lang duurt hun studie dan?'

'Dat ligt eraan hoe lang ze erover doen om de benodigde vaardigheden onder de knie te krijgen. Meestal vijf jaar.'

'Die man daar,' wees Sonea, 'draagt een andere kleur riem.'

Rothen keek omlaag en zag heer Balkan voorbij komen met een frons op zijn scherpgesneden gezicht, alsof hij over een moeilijk probleem nadacht.

'Aha, dat is heel opmerkzaam van je. Zijn riem is zwart. Dat geeft aan dat de man het hoofd is van zijn gekozen discipline.'

'Hij is dus het hoofd van de krijgers,' zei Sonea. Ze keek naar Rothen. 'Wat voor soort alchemie bestudeert u?'

'Scheikunde. Daar geef ik ook les in.'

'Wat is dat?'

Hij zweeg even en dacht na over de eenvoudigste manier om het uit te leggen, zodat zij het zou begrijpen. 'We werken met stoffen: vloeistoffen, vaste stoffen en gassen. We mengen ze door elkaar of verhitten ze, of doen er andere dingen mee, en kijken dan wat er gebeurt.'

Sonea fronste. 'Waarom?'

Rothen glimlachte scheef. 'Om te zien of we iets nuttigs te weten komen.'

Sonea trok haar wenkbrauwen op. 'Wat heeft u voor nuttige dingen ontdekt?'

'Ikzelf, of de scheikundigen van het Gilde?'

'Uzelf.'

Hij lachte. 'Niet veel! Ik denk dat je mij een mislukte alchemist zou kunnen noemen, maar ik heb wel iets belangrijks ontdekt tijdens mijn studies.'

'Wat dan?'

'Dat ik een heel goede leraar ben.' Hij liep bij het raam vandaan en keek naar de boekenkasten. 'Als je wilt, kan ik je helpen om beter te leren lezen. Zou je daar vanmiddag aan willen werken?'

Ze keek hem lange tijd aan, op haar hoede, maar ook nadenkend. Uiteindelijk knikte ze stijfjes. 'Wat denkt u dat ik moet proberen?'

Rothen liep naar de kast en liet zijn ogen over de boeken glijden. Hij had iets nodig dat gemakkelijk te lezen was, maar toch interessant genoeg om haar aandacht vast te houden. Hij pakte een boek en bladerde erin.

Ze was handelbaarder dan hij had verwacht. Haar nieuwsgierigheid was enorm, en het was een onverwacht voordeel dat ze al kon lezen en duidelijk interesse had in boeken. Dat gaf aan dat ze zich misschien zonder al te veel problemen zou kunnen aanpassen aan een leven als student.

Ja, het zou allemaal wel goed komen. Hij hoefde haar er alleen maar van te overtuigen dat het Gilde niet zo slecht was als zij wel dacht.

Dannyl glimlachte naar zijn vriend. Sinds Rothen die avond bij Yaldin en zijn vrouw naar binnen was gekomen voor een gezellige avond, was hij aan één stuk door aan het woord geweest. Dannyl had Rothen lange tijd niet zo enthousiast gezien over een potentiële novice – hoewel hij eigenlijk wel hoopte dat zijn vriend even enthousiast was geweest toen hij hem bijlessen had gegeven.

'Je bent zo'n optimist, Rothen,' zei hij. 'Je kent haar nog maar nauwelijks en je praat nu al alsof ze het kroonjuweel van de universiteit zal worden.'

Hij glimlachte toen zijn vriend hem opstandig aankeek.

'Is dat zo?' vroeg Rothen. 'Als ik er niet zo over dacht, zou ik dan in de afgelopen jaren ook zoveel succes hebben gehad met novicen? Als ik niet meer in hen geloof, dan hebben ze ook geen reden meer om hun best te doen.'

Dannyl knikte. Zelf was hij niet de meest gewillige leerling geweest, en hij had heftig weerstand geboden tegen Rothens aanvankelijke pogingen om zijn aandacht af te leiden van zijn ruzie met Fergun en zijn medeleerlingen. Ondanks alles wat Dannyl had gedaan om te bewijzen dat Rothen het bij het verkeerde eind had, had zijn leraar hem nooit laten vallen.

'Heb je haar verteld dat we haar geen kwaad willen doen?' vroeg Ezrille.

'Ik heb haar uitgelegd waarom die jongen is gestorven en dat we haar alleen maar willen leren haar kracht te bedwingen. Maar of ze me gelooft?' Hij haalde zijn schouders op.

'Heb je haar verteld dat ze lid kan worden van het Gilde?'

Rothen maakte een grimas. 'Daar ben ik maar niet te lang op doorgegaan. Ze mag ons niet zo. Niet dat ze ons verantwoordelijk houdt voor de toestand van de armen, maar ze vindt wel dat we er iets aan zouden moeten doen.' Hij fronste. 'Zij zegt dat ze ons nooit iets goeds heeft zien doen, en dat is waarschijnlijk waar. Het meeste werk dat wij in de stad doen heeft weinig invloed op haar of de andere sloppers. En dan is er nog de Opruiming.'

'Dan is het niet erg vreemd dat ze geen hoge dunk heeft van het Gilde,' zei Ezrille. Ze leunde voorover. 'Maar wat is ze voor meisje?'

Rothen dacht na. 'Rustig, maar opstandig. Ze is duidelijk bang, maar ik denk niet dat we veel tranen van haar zullen zien. Ik weet zeker dat ze begrijpt dat ze beheersing moet leren, dus ik denk niet dat we voorlopig bang hoeven te zijn dat ze probeert te ontsnappen.'

'En als ze eenmaal geleerd heeft haar krachten te beheersen?' vroeg Yaldin.

'Hopelijk hebben we haar tegen die tijd ervan weten te overtuigen dat ze zich bij ons moet aansluiten.'

'En als ze weigert?'

Rothen haalde diep adem. 'Ik weet niet zeker wat er dan gebeurt. We kunnen niemand dwingen zich bij ons aan te sluiten, maar we kunnen ook niet toestaan dat er magiërs buiten het Gilde bestaan. Als ze weigert,' zei hij met een vreemd vertrokken gezicht, 'dan zullen we geen andere keus hebben dan haar krachten te blokkeren.'

Ezrilles ogen vlogen wijd open. 'Blokkeren? Is dat erg?'

'Nee. Het is... Nou ja, het zou voor de meeste magiërs wel erg zijn, omdat ze eraan gewend zijn hun krachten te kunnen gebruiken. In Sonea's geval hebben we iemand die er niet aan gewend is om magie te gebruiken – niet op een nuttige manier in ieder geval.' Hij haalde zijn schouders op. 'Ze zal het minder missen.'

'Hoe lang denk je dat het gaat duren om haar beheersing te leren?' vroeg Yaldin. 'Ik vind het geen prettig idee dat er een paar deuren verder een onbeheerste magiër woont.'

'Het zal enige tijd duren voor ik haar vertrouwen gewonnen heb,' zei Rothen. 'Het kan wel eens een paar weken gaan duren.'

'Nee toch?' riep Yaldin uit. 'Het kost meestal hooguit een week of twee, zelfs bij de moeilijkste novicen.'

'Maar zij is geen verwend, nerveus kind van een van de Huizen.'

'Ik neem aan dat je gelijk hebt.' Yaldin schudde zijn hoofd en zuchtte. 'Na een week zal ik hier zitten bibberen van de zenuwen.'

Rothen glimlachte en hief zijn beker naar hem op. 'Ach, hoe langer het duurt, hoe meer tijd ik heb om haar ervan te overtuigen dat ze moet blijven.'

Sonea zat op het bed en keek door een kleine opening in het raamscherm naar buiten, terwijl ze met een smalle haarspeld speelde. Het was nacht en de maan was op. De sneeuw langs de paden glom zacht in het subtiele licht.

Een uur eerder had de gong weer geklonken. Terwijl de magiërs en novicen zich over de paden gerept hadden op weg naar hun kamers, had ze zitten wachten en kijken. Alles was nu stil, er kwam alleen af en toe een bediende voorbij, wiens adem een spoor van dampwolkjes achterliet in de kille lucht.

Ze stond op, liep naar de deur en legde haar oor ertegen. Hoewel ze luisterde tot haar nek pijn deed, hoorde ze geen enkel geluid uit de kamer naast de hare komen.

Ze keek naar de deurknop. Die was van zacht, glimmend gewreven hout. Er waren stukjes donkerder hout ingezet, die samen het symbool van het Gilde vormden. Sonea liet haar vingers over het patroon glijden, verbaasd over het vakmanschap en het werk dat aan een simpele deurknop besteed was.

Langzaam, heel zachtjes, draaide ze aan de knop. Hij gaf maar een klein stukje mee voordat hij blokkeerde. Ze trok voorzichtig aan de deur, maar hij zat nog steeds in het slot. Niet uit het veld geslagen, draaide ze een andere kant op, maar ook nu gaf de knop maar een klein stukje mee. Ze trok aan de deur, maar die bewoog niet.

Ze boog zich voorover om een haarspeld in het slot te steken, maar stopte halverwege de beweging. Er was geen sleutelgat.

Sonea zuchtte en ging op haar hurken zitten. Ze had geen enkele keer dat Rothen de kamer had verlaten een sleutel gehoord, en het was haar al eerder opgevallen dat er aan de andere kant van de deur geen grendels waren. De deur werd magisch gesloten.

Niet dat ze ergens heen kon als ze erin zou slagen de deur te openen. Ze moest hier blijven tot ze haar krachten kon beheersen. Maar ze moest nu haar grenzen aftasten. Als ze nu niet zocht naar een mogelijke manier om te ontsnappen, zou ze die misschien nooit vinden.

Ze stond op en liep naar het tafeltje naast het bed. Het boek met liedjes lag er nog. Ze pakte het op en keek naar de eerste bladzijde. Er stond iets op geschreven. Ze liep naar de grote tafel en stak de kaars aan die Rothen had achtergelaten.

'Voor mijn liefste Rothen, ter herinnering aan de geboorte van onze zoon. Yilara.'

Sonea tuitte haar lippen. Hij was dus getrouwd, en had minstens één kind. Ze vroeg zich af waar zijn gezin was. Gezien Rothens leeftijd, moest zijn zoon inmiddels volwassen zijn.

Hij leek haar een goed mens. Ze had zichzelf altijd beschouwd als iemand met behoorlijk wat mensenkennis – iets dat ze van haar tante geleerd had. Haar instinct vertelde haar dat Rothen vriendelijk was en het goed bedoelde. Maar dat betekende niet dat ze hem kon vertrouwen, hield ze zichzelf voor. Hij was en bleef een magiër.

Een zachte, hoge lach klonk buiten, en trok haar aandacht weer naar het raam. Sonea duwde tegen het scherm en keek naar het tweetal dat buiten liep, beiden in groene gewaden die leken te glimmen in het maanlicht. Voor hen uit liepen twee spelende kinderen die sneeuwballen naar elkaar gooiden.

Sonea keek hen na terwijl ze voorbij liepen, en volgde de vrouw met haar ogen. Ze had nog nooit een vrouwelijke magiër gezien tijdens de Opruiming. Ze vroeg zich af of ze er niet aan deel wilden nemen, of dat er een regel was die het verbood.

Jonna had haar ooit verteld dat de dochters van rijke families nauwlettend in de gaten gehouden werden, tot ze trouwden met mannen die hun vaders voor hen uitzochten. Vrouwen namen geen belangrijke beslissingen in de Huizen.

In de sloppen werden huwelijken nooit gearrangeerd. Hoewel de vrouwen wel probeerden een man te vinden die in staat was een gezin te onderhouden, trouwden ze meestal uit liefde. Jonna geloofde dat dit beter was, maar Sonea was cynischer. Ze had gemerkt dat vrouwen vaak heel veel konden verdragen als ze van iemand hielden, maar dat liefde de neiging had te verbleken in de loop der tijd. Je was beter af met een man die je graag mocht en kon vertrouwen.

Werden vrouwelijke magiërs in de watten gelegd? Werden ze aangemoedigd om de leiding van het Gilde aan de mannen over te laten? Het moest frustrerend zijn om over krachtige magie te beschikken en niettemin afhankelijk te zijn van anderen.

Het gezin verdween uit Sonea's gezichtsveld, en ze wilde zich net afwenden van het raam, toen ze iets zag bewegen in een van de ramen van de universiteit. Ze keek wat beter en zag een man met een bleek, ovaal gezicht die door het raam naar buiten stond te kijken. Aan zijn kleding te zien was

196

hij een magiër. Hoewel ze niet zeker was van haar zaak, kreeg ze toch de indruk dat hij haar in de gaten hield. Ze voelde een rilling over haar rug lopen en trok het scherm dicht.

Nerveus liep ze de kamer door en blies de kaars uit. Toen ging ze op het bed liggen en rolde zich in de dekens. Ze voelde zich uitgeput, moe van het denken, moe van het bang zijn. Moe van het moe zijn...

Maar terwijl ze naar het plafond staarde, wist ze dat het niet eenvoudig zou zijn om in slaap te vallen.

18

Buiten het bereik
van nieuwsgierige blikken

Een ijl, zwak licht lag over de bomen en gebouwen van het Gilde. Cery fronste. De laatste keer dat hij gekeken had was alles donker geweest. Hij moest in slaap zijn gevallen, maar hij kon zich niet eens herinneren dat hij zijn ogen gesloten had. Hij wreef over zijn gezicht, keek om zich heen en dacht na over de lange nacht die hij achter de rug had.

Het was begonnen met Faren. Cery was inmiddels hersteld en had gegeten, en had weer aan de Dief gevraagd of deze hem wilde helpen om Sonea terug te halen. Farens weigering was niet mis te verstaan geweest.

'Als ze door soldaten gevangengenomen was, of zelfs in het paleis was opgesloten, dan zou ik haar nu al terug hebben gehaald – en ervan hebben genoten dat ik kon bewijzen dat het mogelijk was.' Farens gezicht had een harde trek gekregen. 'Maar dit is het Gilde, Cery. Wat jij voorstelt gaat boven mijn macht.'

'Dat is niet waar,' had Cery volgehouden. 'Ze hebben geen bewaking, geen magische barrières. Ze...'

'Nee, Cery.' Farens ogen hadden vuur gespuwd. 'Het heeft niets te maken met bewakers of barrières. Het Gilde heeft nooit genoeg redenen gehad om maatregelen tegen de Dieven te nemen. Maar als we het meisje zouden terughalen, zou dat voor hen wel eens een aanleiding kunnen zijn om hun beleid ten aanzien van ons te wijzigen. En geloof me, Cery, niemand wil weten of we hen zouden weten te ontwijken.'

'De Dieven zijn bang voor hen?'

'Ja.' Farens gezicht was ongewoon ernstig geweest. 'Dat zijn we. En met recht.'

'En als we het nu eens zo inkleedden dat het leek alsof het iemand anders geweest was...'

'Dan zou het Gilde misschien toch denken dat wij erachter zaten. Luister, Cery. Ik ken je goed genoeg om te weten dat je het in je eentje zult proberen. Denk hierover na: de anderen zullen je vermoorden als ze denken dat je een bedreiging bent. Ze houden ons scherp in de gaten.'

Cery had daar geen antwoord op gehad.

'Wil je voor mij blijven werken?'

Cery had geknikt.

'Mooi. Ik heb een klusje voor je, als je wilt.'

Farens klusje had Cery naar de havens geleid, zo ver mogelijk van het Gilde vandaan. Na afloop was hij de stad doorgelopen, had de muur van het Gilde beklommen en was in het bos gaan zitten om te kijken.

Toen het rustiger was geworden en de nacht donkerder, had Cery iets zien bewegen in een van de ramen van de universiteit. Het gezicht van een man die aandachtig naar het gebouw van de magiërs had staan kijken.

De man was daar een half uur blijven staan. Uiteindelijk was er een bleek gezicht verschenen in een van de ramen van het gebouw van de magiërs, en Cery's hart had een sprongetje gemaakt. Zelfs vanaf deze afstand had hij haar herkend. Sonea had even naar de tuinen gekeken, en toen had ze opgekeken naar de man achter het raam van de universiteit. Toen ze hem zag, was ze snel weer bij het raam vandaan gegaan. De man was korte tijd later ook verdwenen. Hoewel Cery de hele nacht was blijven zitten, had hij niets meer zien bewegen, geen magiërs, en ook Sonea niet. Nu het bijna licht was, wist hij dat hij moest zorgen dat hij terugkwam bij Faren. De Dief zou het niet eens zijn met Cery's spionageactiviteiten, maar Cery had daar rekening mee gehouden. Als hij toegaf dat Sonea goed in de gaten gehouden werd, zou dat de Dief waarschijnlijk geruststellen. Faren had hem verboden te proberen haar te redden, maar had niets gezegd over het vergaren van informatie. En hij had vast wel verwacht dat Cery erachter zou proberen te komen of ze nog leefde.

Cery stond op en rekte zich uit. Hij was niet van plan Faren te vertellen wat hij die nacht had ontdekt. Behalve de mysterieuze man in het raam was er geen bewaking bij het gebouw. Als Sonea alleen in die kamer was, was er nog hoop voor haar.

Cery glimlachte voor het eerst in dagen, en liep door het bos terug naar de sloppen.

Sonea werd met een schok wakker en zag Rothens bediende naar haar staren. 'Vergeef me, vrouwe,' zei de vrouw haastig. 'Maar ik zag dat het bed leeg was en ik dacht... Waarom slaapt u op de grond?'

Sonea maakte zich los uit de dekens en stond op. 'Het bed,' zei ze. 'Het zakt te veel in. Het voelt net alsof ik er ieder moment dwars doorheen kan vallen.'

'Zakt in?' De vrouw knipperde verbaasd met haar ogen. 'U bedoelt dat het te zacht is?' Ze glimlachte vrolijk. 'Maar u heeft vast niet eerder op een matras van reberwol geslapen. Kijk.'

Ze haalde de lakens van het bed en toonde een aantal lagen dikke, zachte matrassen. Ze pakte de helft ervan en trok ze van het bed. 'Denkt u dat het zo gemakkelijker zal liggen?' vroeg ze terwijl ze de overgebleven lagen platstreek.

Sonea aarzelde en ging op het matras zitten. Het was nog altijd zacht, maar nu voelde ze de houten bodem erdoorheen. Ze knikte.

'Mooi,' koerde de bediende. 'Wel, ik heb water meegebracht zodat u zich kunt wassen, en... O, u hebt in uw kleren geslapen. Dat maakt niet uit, ik heb schone meegebracht. Als u klaar bent, kunt u naar het gastenverblijf komen. Er staan koeken en sumi om de dag mee te beginnen.'

Sonea keek geamuseerd toe hoe de vrouw de matrassen bij elkaar raapte en de kamer uit trippelde. Toen de deur dicht was, ging ze op het bed zitten en zuchtte. *Ik ben er nog.*

Ze dacht terug aan de vorige avond: de gesprekken met Rothen, haar voornemen te ontsnappen, de mensen die ze door het raam had gezien. Na een tijdje stond ze op en bekeek de kom met water, de zeep en de handdoek die de bediende had neergezet. Ze haalde haar schouders op, kleedde zich uit, waste zich en trok de schone kleren aan. Daarna liep ze naar de deur. Ze stak haar hand uit naar de deurknop, maar aarzelde toen. Ongetwijfeld zou Rothen daar op haar zitten te wachten. Ze voelde een vage ongerustheid, maar geen angst.

Hij was een magiër. Ze zou eigenlijk bang voor hem moeten zijn, maar hij had gezegd dat hij haar geen kwaad zou doen, en ze had ervoor gekozen hem te geloven – voorlopig.

Het was minder eenvoudig om hem toe te staan in haar gedachten te kijken. Ze had er geen idee van of hij haar op die manier kwaad zou kunnen berokkenen. Stel dat hij iets kon veranderen aan haar manier van denken, zodat ze van het Gilde ging houden?

Welke andere keus had ze? Ze moest erop vertrouwen dat hij zoiets niet zou doen, of niet kon doen. Het was een risico dat ze moest nemen, en erover tobben maakte het alleen maar erger.

Ze rechtte haar rug en opende de deur. De kamer die ze binnenliep leek die te zijn waar Rothen het grootste deel van zijn tijd doorbracht. Er stonden een paar stoelen rondom een lage tafel midden in de kamer. Langs de muren stonden boekenkasten en hoge tafels. Rothen zat in een van de dik beklede stoelen en liet zijn ogen over de pagina's van een boek glijden.

Hij keek op en glimlachte. 'Goedemorgen, Sonea.'

De bediende stond naast een van de hoge tafels. Sonea ging in de stoel tegenover die van Rothen zitten. De bediende bracht een dienblad naar de tafel, zette een beker voor Rothen neer, en een tweede voor Sonea.

Rothen legde het boek op de tafel. 'Dit is Tania,' zei hij terwijl hij naar de vrouw keek. 'Mijn huishoudster.'

Sonea knikte. 'Hallo, Tania.'

'Het is een eer u te ontmoeten, vrouwe,' antwoordde de vrouw met een buiging.

Sonea voelde dat ze begon te blozen van schaamte, en ze keek snel een andere kant op. Tot haar opluchting liep Tania terug naar de tafel met voedsel. Terwijl ze keek hoe de vrouw een stapel koeken op een bord legde, vroeg

Sonea zich af of ze zich gevleid moest voelen door deze onderdanigheid. Misschien hoopten ze dat ze het prettig zou gaan vinden, net als alle andere luxe hier, zodat ze meer geneigd was om mee te werken.

De vrouw voelde de blik van Sonea en keek op met een zenuwachtige glimlach.

'Goed geslapen, Sonea?' vroeg Rothen.

Ze keek hem aan en haalde haar schouders op. 'Gaat wel.'

'Wil je vandaag verder gaan met je leeslessen?'

Ze keek naar het boek dat hij zat te lezen en fronste toen ze besefte dat het haar bekend voorkwam.

Hij volgde haar blik. 'Ja, *Fiens Aantekeningen betreffende het Gebruik van Magie*. Ik dacht dat je moest weten wat je gelezen had. Het is een oud geschiedenis-boek, geen lesboek, en de informatie erin is waarschijnlijk achterhaald. Mis-schien...'

Hij werd onderbroken doordat er iemand op de deur klopte. Hij stond op, liep naar de deur en deed hem een klein stukje open. Sonea wist dat hij haar gemakkelijk kon tegenhouden als ze probeerde te ontsnappen, dus nam ze aan dat hij wilde voorkomen dat zij de bezoeker zag – of misschien dat de bezoeker haar zag?

'Ja, heer Fergun? Wat kan ik voor u doen?'

'Ik wil het meisje zien.'

De stem was glad en geaffecteerd. Sonea schrok toen Tania een linnen servet op haar schoot legde. De bediende fronste naar Rothens rug voordat ze weer wegliep.

'Daarvoor is het te vroeg,' zei Rothen. 'Ze is...' Hij aarzelde en liep toen naar buiten. Hij sloot de deur achter zich. Achter de deur hoorde Sonea het vage gemurmel van stemmen toen de mannen het gesprek voortzetten.

Ze keek op toen Tania weer naast haar kwam staan, deze keer met een bord zoete koeken in haar handen. Sonea koos er een uit en nam voorzichtig een slokje van de beker die voor haar stond. Een bittere smaak vulde haar mond, en ze trok een gezicht.

Tania's wenkbrauwen schoten omhoog en ze knikte naar de beker in Sonea's hand. 'Ik durf te wedden dat dit betekent dat u niet van sumi houdt,' zei ze. 'Wat wilt u drinken?'

'Raka,' antwoordde Sonea.

De bediende keek oprecht verontschuldigend. 'We hebben geen raka in huis, het spijt me. Kan ik wat pachisap voor u halen?'

'Nee, dank u.'

'Water?'

Sonea keek haar verbijsterd aan.

Tania glimlachte. 'Het water is hier schoon. Laat mij maar even iets halen.' Ze ging terug naar de tafel achter in de kamer, vulde een glas vanuit een kan en bracht het naar Sonea.

'Dank je,' zei Sonea. Ze pakte het glas aan en zag tot haar verbazing dat de vloeistof helder was. Nog niet het kleinste deeltje zweefde erin. Ze nam een slok en proefde alleen een vaag zoetige smaak.

'Ziet u?' zei Tania. 'Ik zal uw kamer opruimen. Ik ben even weg, maar als u iets nodig heeft, roep dan maar.'

Sonea knikte en luisterde naar de voetstappen van de weglopende bediende. Ze glimlachte toen de slaapkamerdeur gesloten werd. Sonea nam het glas, dronk het in één teug leeg en droogde de binnenkant snel af met het servet. Ze liep zachtjes naar de deur en zette het glas tegen het hout, waarna ze haar oor tegen de achterkant drukte.

'... om haar hier te houden. Het is gevaarlijk.' Dit was de stem van de vreemdeling.

'Niet tot ze haar kracht weer terug heeft,' zei Rothen. 'En als dat gebeurt, kan ik haar laten zien hoe ze die weer moet laten wegvloeien, zoals we gisteren ook gedaan hebben. Er is geen gevaar.'

Even was het stil. 'Niettemin zie ik geen reden om haar bij iedereen vandaan te houden.'

'Zoals ik al zei, is ze gemakkelijk van haar stuk te brengen, en buitengewoon verward. Ze heeft geen behoefte aan een hele troep magiërs die haar allemaal op verschillende manieren hetzelfde proberen te vertellen.'

'Geen troep, alleen ikzelf – en ik wil haar alleen maar leren kennen. Ik zal het lesgeven aan jou overlaten. Daar schuilt toch geen kwaad in?'

'Ik begrijp het wel, maar daarvoor is later altijd nog tijd, als ze wat meer zelfvertrouwen heeft.'

'Er is geen enkele wet van het Gilde die zegt dat jij het recht hebt haar van mij weg te houden, Rothen,' zei de vreemdeling met een waarschuwende klank in zijn stem.

'Nee, maar ik denk dat de meesten zullen begrijpen waarom ik het doe.'

De vreemdeling zuchtte. 'Ik maak me net zoveel zorgen om haar welzijn als jij, Rothen, en ik heb net zo lang en hard naar haar gezocht. Ik denk dat veel mensen het met mij eens zullen zijn dat ik recht van spreken heb.'

'Je krijgt je kans nog wel om haar te ontmoeten, Fergun,' zei Rothen.

'Wanneer?'

'Als ze er klaar voor is.'

'En dat is jouw beslissing.'

'Op dit moment wel.'

'Dat zullen we dan nog wel eens zien.'

Er volgde een stilte, en de deurknop draaide. Sonea rende terug naar haar stoel en legde het servet weer op haar schoot. Toen Rothen binnenkwam, maakte zijn geërgerde uitdrukking plaats voor een vriendelijke.

'Wie was dat?' vroeg Sonea.

Hij haalde zijn schouders op. 'Gewoon iemand die wilde weten hoe het met je gaat.'

Sonea knikte en leunde voorover om nog een koek te pakken. 'Waarom buigt Tania voor me en noemt ze me vrouwe?'

'Ach,' zei Rothen terwijl hij zich in een stoel liet vallen en de beker met bittere vloeistof pakte die Tania voor hem had neergezet. 'Alle magiërs worden heer of vrouwe genoemd.' Hij haalde zijn schouders op. 'Dat is altijd zo geweest.'

'Maar ik ben geen magiër,' bracht Sonea in het midden.

'Ze loopt een beetje op de zaken vooruit,' zei Rothen grinnikend.

'Ik denk...' Sonea fronste. 'Ik denk dat ze bang voor me is.'

Hij fronste naar haar over de rand van zijn beker. 'Ze is gewoon een beetje zenuwachtig. Het kan gevaarlijk zijn om in de buurt van een magiër te zijn die zich nog niet kan beheersen.' Hij glimlachte scheef. 'Blijkbaar is ze niet de enige die zich zorgen maakt. Jij kent de risico's beter dan de meesten van ons, dus je kunt je vast wel voorstellen hoe sommige magiërs zich voelen bij het idee dat jij hier woont, in hun eigen gebouw. Jij bent niet de enige die vannacht slecht geslapen heeft.'

Ze dacht terug aan het moment dat ze haar gevangengenomen hadden, de gebroken muren en het puin dat ze had gezien voordat ze het bewustzijn verloor, en ze huiverde. 'Hoe lang duurt het voor u me beheersing geleerd heeft?'

Zijn gezicht werd ernstig. 'Ik weet het niet,' gaf hij toe. 'Maar maak je geen zorgen. Als je weer problemen krijgt met een te grote opbouw van kracht, dan zullen we die weer laten wegvloeien, zoals we al eerder hebben gedaan.'

Ze knikte, maar toen ze naar de koek in haar hand keek, voelde ze haar maag ineenkrimpen. Haar mond was plotseling veel te droog voor zoetigheid. Ze slikte en legde de koek weg.

De ochtend was broeierig en donker geweest, en tegen het midden van de middag hingen er lage, dreigende wolken boven de stad. Alles was in schaduw gehuld, alsof de nacht te ongeduldig was geworden om het eind van de dag af te wachten. Op dagen als deze was de vage gloed die van de binnenmuren van de universiteit afstraalde des te opvallender.

Rothen zuchtte toen Dannyl sneller ging lopen zodra ze in de gang van de universiteit waren. Hij deed zijn best om hem bij te houden, maar gaf het al snel op.

'Vreemd,' zei hij tegen Dannyls rug, 'dat je ineens niet meer met je been trekt.'

Dannyl draaide zich om en knipperde verbaasd met zijn ogen toen hij zag hoe ver Rothen achteropgeraakt was. Hij ging langzamer lopen en de aarzeling kroop terug in zijn tred.

'Aha, daar is het weer,' knikte Rothen. 'Waarom zo'n haast, Dannyl?'

'Ik wil er gewoon van af zijn.'

'We hoeven alleen maar verslag te doen,' zei Rothen. 'Waarschijnlijk zal ik degene zijn die het woord voert.'

'Ik was degene die door de opperheer naar de Dieven is gestuurd,' mompelde Dannyl. 'Ik zal al zijn vragen moeten beantwoorden.'

'Hij is maar een paar jaar ouder dan jij, Dannyl, net als Lorlen. En voor hem ben je niet zo belachelijk bang.'

Dannyl deed zijn mond open om te protesteren, maar sloot hem weer en schudde zijn hoofd.

Ze kwamen aan het eind van de gang. Rothen liep naar de deur van het kantoor van de administrateur en glimlachte toen hij Dannyl diep hoorde zuchten. Toen Rothen klopte, zwaaide de deur naar binnen open, een grote, schaars gemeubileerde kamer in. Een lichtbol hing boven een bureau achterin en verlichtte het donkerblauwe gewaad van de administrateur.

Lorlen keek op en wenkte hen met zijn pen. 'Kom binnen, heer Rothen, heer Dannyl. Ga zitten.'

Rothen keek de kamer rond. Er zat geen man in een zwart gewaad in een van de stoelen of de donkere hoeken. Dannyl slaakte een zucht van opluchting.

Lorlen glimlachte toen ze op de twee stoelen voor zijn bureau gingen zitten. Hij leunde voorover en pakte de papieren die Rothen hem aanbood. 'Ik zag uit naar uw verslagen. Ik weet zeker dat het verhaal van heer Dannyl fascinerend zal zijn.'

Dannyl kromp ineen, maar zei niets.

'De opperheer zendt u zijn felicitaties,' zei Lorlen terwijl zijn ogen van Rothen naar Dannyl gleden. 'En ik voeg de mijne daaraan toe.'

'Dan danken wij u beiden,' zei Rothen.

Lorlen knikte. 'Akkarin is vooral blij dat hij weer zonder onderbrekingen kan doorslapen nu zijn nachtrust niet meer wordt verstoord door onhandige pogingen om magie te bedrijven.'

Dannyls ogen gingen wat verder open. 'Blijkbaar heeft het ook zijn nadelen om zo gevoelig te zijn.' Hij probeerde zich een voorstelling te maken van de opperheer die midden in de nacht in zijn slaapkamer liep te ijsberen en het meisje uit de sloppen vervloekte. Het beeld paste niet echt bij de altijd zo ernstige leider van het Gilde. Hij fronste. Hoeveel interesse zou Akkarin in Sonea hebben nu ze gevonden was?

'Administrateur, denkt u dat de opperheer Sonea zou willen ontmoeten?' vroeg Rothen.

Lorlen schudde zijn hoofd. 'Nee. Zijn voornaamste zorg was dat we haar misschien niet zouden vinden voordat haar krachten destructief werden – en dat de koning zich zou beginnen af te vragen of we wel in staat waren onze eigen zaken te regelen. Ik denk dat ik begrijp waarom u die vraag stelt. Akkarin kan nogal intimiderend zijn, vooral voor jongere novicen, en Sonea is waarschijnlijk snel angstig.'

'Dat brengt me op een andere kwestie,' zei Rothen terwijl hij voorover leunde. 'Ze is inderdaad snel nerveus, en haar wantrouwen jegens ons is heel diep. Ik zal tijd nodig hebben om haar angsten te overwinnen. Ik zou haar het liefst bij iedereen vandaan houden tot ze een klein beetje zelfvertrouwen heeft, en haar dan één voor één aan de anderen voorstellen.'

'Dat klinkt redelijk.'

'Fergun wilde haar vanochtend spreken.'

'Aha.' Lorlen knikte en trommelde met zijn vingers op de tafel. 'Hmm. Ik weet nu al welke argumenten hij zal gaan gebruiken om zijn zin te krijgen. Ik kan natuurlijk verordonneren dat niemand haar mag bezoeken tot ze er klaar voor is, maar ik denk niet dat hij tevreden zal zijn tot ik een definitie van "klaar" heb gegeven en een datum heb vastgesteld.'

Hij stond op en begon te ijsberen achter zijn bureau. 'De twee aanvragen voor het mentorschap hebben de zaken nog gecompliceerder gemaakt. Iedereen aanvaardt dat u, gezien uw ervaring met het aanleren van beheersing, degene zult moeten zijn die haar dat gaat bijbrengen. Maar als Fergun gedurende de eerste stadia van Sonea's opleiding bij haar vandaan gehouden wordt, zal men zijn aanvraag steunen uit een misplaatst medelijden.' Hij zweeg even. 'Is het mogelijk om haar als eerste aan Fergun voor te stellen?'

Rothen schudde zijn hoofd. 'Ze ziet veel, en kan de gevoelens van anderen goed peilen. Fergun is niet bepaald dol op mij. Als ik haar ervan wil overtuigen dat we allemaal vriendelijk zijn, dan zal het niet helpen als ze merkt dat er onderlinge conflicten bestaan. Bovendien kan het zijn dat ze zijn uitdrukkelijke wens haar te zien te krijgen interpreteert als een wens om haar iets aan te doen.'

Lorlen keek hem even aan en sloeg toen zijn armen over elkaar. 'Iedereen wil dat Sonea zich zo snel mogelijk leert beheersen. Ik denk niet dat iemand er bezwaar tegen zal hebben als ik zeg dat niets haar mag afleiden terwijl ze dat leert. Hoe lang denkt u dat het gaat kosten?'

'Ik weet het niet,' gaf Rothen toe. 'Ik heb allerlei ongeïnteresseerde en snel afgeleide novicen geholpen, maar ik heb nog nooit geprobeerd beheersing te leren aan iemand die zoveel wantrouwen koestert jegens magiërs als zij. Het kan wel eens weken gaan duren.'

Lorlen ging weer zitten. 'Zoveel tijd kan ik u niet geven. Ik geef u twee weken, en in die tijd is het aan u om te beslissen wie haar mag zien. Daarna zal ik u om de paar dagen bezoeken om te zien hoe lang het nog duurt voor ze een redelijke beheersing heeft.' Hij zweeg even en tikte met een vingernagel op het bureau. 'Stel haar tegen die tijd aan ten minste één andere magiër voor. Ik zal Fergun vertellen dat hij haar kan spreken zodra ze zich kan beheersen, maar denk erom, hoe langer het duurt, hoe meer medestanders hij zal krijgen.'

Rothen knikte. 'Ik begrijp het.'

'Men zal verwachten dat de hoorzitting zal plaatsvinden tijdens de eerste vergadering nadat ze de beheersing machtig is.'

'Als ik haar ervan kan overtuigen om te blijven,' zei Rothen.

Lorlen fronste. 'Denkt u dat ze zal weigeren zich bij het Gilde aan te sluiten?'

'Het is te vroeg om dat nu al te zeggen. We kunnen haar niet dwingen de eed af te leggen.'

Lorlen leunde achterover in zijn stoel en keek Rothen bedachtzaam aan, met een bezorgde frons op zijn voorhoofd. 'Is ze zich bewust van het alternatief?'

'Nog niet. Aangezien ik probeer haar vertrouwen te winnen, leek het me beter om dat nieuws nog even te laten rusten.'

'Dat begrijp ik. Als u het juiste moment weet te kiezen, kunt u haar misschien overhalen om te blijven.' Hij keek peinzend. 'Als ze niet blijft, zal Fergun ervan overtuigd zijn dat het uw schuld is, en dat u het hebt gedaan om hem de voet dwars te zeten. Hoe dan ook, er staat u nog heel wat te wachten, Rothen.'

Dannyl fronste. 'Staat hij dan zo sterk met zijn aanvraag?'

'Het is moeilijk te zeggen. Er hangt veel af van de mate van steun die u beiden ontvangt. Maar ik mag het er eigenlijk niet over hebben vóór de hoorzitting.' Lorlen ging rechtop zitten en keek van Rothen naar Dannyl. 'Ik heb geen verdere vragen. Heeft een van u nog iets te bespreken?'

'Nee.' Rothen stond op en boog. 'Dank u, administrateur.'

Toen ze eenmaal in de gang stonden, keek Rothen zijn metgezel aan. 'Dat viel nog wel mee, nietwaar?'

Dannyl haalde zijn schouders op. 'Hij was er niet.'

'Nee.'

Toen een andere magiër de gang op kwam, ging Dannyl ineens langzamer lopen en begon weer met zijn been te trekken. Rothen schudde zijn hoofd. 'Je overdrijft behoorlijk met dat been van je!'

Dannyl keek hem gekwetst aan. 'Het was een diepe snee, Rothen.'

'Zo diep nu ook weer niet!'

'Vrouwe Vinara zei dat het wel een paar dagen zou gaan duren voordat het niet meer stijf was.'

'Is dat zo?'

Dannyl trok zijn wenkbrauwen op. 'En het zal jou geen kwaad doen als we mensen eraan herinneren wat we hebben moeten doorstaan om dat meisje te pakken te krijgen.'

Rothen gniffelde. 'Ik ben je uiterst dankbaar voor het opofferen van je waardigheid.'

Dannyl maakte een zacht, afkeurend geluidje. 'Als Fergun een hele week kan rondlopen met een pleister op een heel klein sneetje in zijn slaap, dan mag ik met mijn been trekken.'

'Ik begrijp het,' zei Rothen, en hij knikte langzaam. 'Dan is het in orde.'

Ze kwamen bij de achteruitgang van de universiteit en bleven staan. De sneeuw viel als een dichte deken uit de hemel. Ze keken elkaar aan, zuchtten, en stapten naar buiten in de witte, wervelende vlokken.

19

De lessen beginnen

Een week van steeds slechter weer had het Gilde onder een dikke laag sneeuw bedekt. De gazons, tuinen en daken waren verdwenen onder een glinsterende witte deken. Comfortabel onder de bescherming van zijn eigen magische schild kon Dannyl naar hartenlust genieten van het schouwspel zonder dat hij ergens last van had.

Hij zag novicen bij de ingang van de universiteit staan. Toen hij naar binnen ging, zag hij een drietal haastig langs hem heen lopen met hun mantels stijf om de schouders geslagen. Hij nam aan dat ze met midwinter begonnen waren. Het duurde een paar weken voordat de nieuwe novicen zover waren dat ze een schild konden maken om de kou buiten te houden.

Hij liep de trap op en zag een kleine groep novicen buiten het alchemielokaal staan waar Rothen normaal gesproken les gaf. Hij gebaarde dat ze door konden lopen en maakte aanstalten hen te volgen.

'Heer Dannyl.'

Dannyl herkende de stem en onderdrukte een kreun. Hij draaide zich om en zag Fergun door de gang wandelen met heer Kerrin aan zijn zij.

Fergun bleef vlak bij Dannyl staan en keek het klaslokaal in. 'Was jij van plan Rothens lokaal in te gaan?'

'Ja,' antwoordde Dannyl.

'Geef jij les?'

'Ja.'

'Aha.' Fergun wendde zich af en Kerrin volgde hem. Met zachte stem, maar luid genoeg zodat Dannyl het ook kon horen, voegde hij eraan toe: 'Het verbaast me dat ze dat goedvinden.'

'Hoezo?' vroeg Kerrin.

'Weet je dan niet meer hoeveel problemen hij zich op de hals haalde toen hij nog een novice was?'

'O, dat,' zei Kerrin, en hij lachte. Het geluid galmde door de gang. 'Hij zou wel eens een slechte invloed kunnen hebben.'

Dannyl klemde zijn tanden op elkaar en draaide zich om. Rothen stond op de drempel.

'Rothen!' riep Dannyl uit. 'Wat doe jij hier?'

'Ik zat in de bibliotheek,' zei Rothen, die naar Ferguns rug bleef staren.

'Het verbaast me hoe lang jullie je onenigheid hebben volgehouden. Zullen jullie het verleden ooit achter je kunnen laten?'

'Het is voor hem meer dan een onenigheid,' gromde Dannyl. 'Het is een sport, en hij vindt het veel te leuk om er nu mee op te houden.'

Rothen trok zijn wenkbrauwen op. 'Als hij zich blijft gedragen als een hatelijke novice, zullen de mensen zijn woorden ook wel in die context beoordelen.' Hij glimlachte toen drie novicen haastig door de gang kwamen aangerend en naar binnen schoten. 'Hoe doen ze het toch?'

Dannyl trok een gezicht. 'Ik weet niet hoe je het volhoudt, Rothen. Je bent toch niet van plan mij hier al te lang in de steek te laten, of wel?'

'Geen idee. Weken. Maanden, misschien.'

Dannyl kreunde. 'Denk je dat Sonea er al klaar voor is om beheersing te gaan leren?'

Rothen schudde zijn hoofd. 'Nee.'

'Maar ze is hier al een week.'

'Pàs een week,' zei Rothen. 'Zelfs als we haar zes maanden de tijd gaven om te wennen, betwijfel ik of ze ons aan het eind ervan zou vertrouwen. Het is niet zo dat ze ons als individu niet zou mogen, maar ze gelooft niet dat het Gilde het goed bedoelt. En dat zal ze ook niet geloven tot ze bewijs van het tegendeel ziet. En daar hebben we geen tijd voor. Als Lorlen ons straks opzoekt, verwacht hij dat we al met de lessen zijn begonnen.'

'Op dit moment hoef je haar alleen te leren om zich te beheersen, en daarvoor hoeft ze alleen jou te vertrouwen, Rothen. En jij bent een aardige vent. Je meent het goed met haar.' Hij aarzelde. 'Als je het haar niet kunt vertéllen, waarom laat je het haar dan niet zién?'

Rothen fronste, maar ineens begreep hij het. 'Je bedoelt dat ik haar in mijn gedachten moet laten kijken?'

'Ja. Dan weet ze zeker dat je de waarheid vertelt.'

'Dat... dat is niet nodig om beheersing te leren, maar de omstandigheden zijn natuurlijk verre van normaal,' zei Rothen peinzend. 'Maar er zijn wel een aantal dingen die ik voor haar verborgen moet houden...'

'Verberg die dan,' zei Dannyl. 'Welnu, er wacht hier een hele klas van jouw novicen op mij, die allemaal vol ongeduld zitten te wachten om hun pesterijtjes op mij uit te proberen. Ik waarschuw je maar vast dat ik nog veel strenger ben dan Lorlen. Ik verwacht dat je vanavond als we elkaar weer zien héél veel vooruitgang geboekt hebt!'

Rothen grinnikte. 'Wees redelijk tegen ze, dan zijn zij ook redelijk tegen jou, Dannyl.'

Dannyl liet een kort, vreugdeloos lachje horen. Ergens boven hem sloeg iemand op de gong. Met een zucht rechtte Dannyl zijn schouders en betrad het klaslokaal.

Sonea leunde op de vensterbank en keek hoe de laatste magiërs en novicen haastig voorbij liepen. Ze hadden echter niet allemaal gereageerd op de gong van de universiteit. In de verte stonden nog twee mensen te praten, aan de overkant van de tuin. De een was een vrouw in een groen gewaad met een zwarte riem – het hoofd van de genezers. *Dus vrouwen hadden inderdaad wel iets te vertellen in het Gilde,* bedacht ze.

De ander was een man in een blauw gewaad. Ze dacht aan Rothens uitleg over de diverse kleuren gewaden, maar kon zich niet herinneren dat hij het over blauw had gehad. Ze zag de kleur niet vaak, dus misschien was hij ook een invloedrijk magiër.

Rothen had uitgelegd dat de magiërs in hoge posities door middel van stemming werden gekozen door de leden van het Gilde. Deze methode om leiders te kiezen bij meerderheid van stemmen intrigeerde haar. Ze had verwacht dat de sterkste magiërs de leiding zouden hebben.

Volgens Rothen bracht de rest van de magiërs hun tijd door met lesgeven, experimenteren of openbare werken. Het werk liep uiteen van imposant tot belachelijk. Het had haar verbaasd te horen dat de magiërs de haven hadden gebouwd, en het had haar geamuseerd te horen dat er ooit een magiër was geweest die zijn leven had doorgebracht met het uitvinden van steeds sterkere lijmsoorten.

Ze tikte met haar vingers op de vensterbank en keek nogmaals de kamer rond. In de afgelopen week had ze alles bekeken, zelfs de kamer waar Rothen sliep. Een zorgvuldige zoektocht in alle kasten, kisten en laden had niet veel anders opgeleverd dan dagelijkse gebruiksvoorwerpen en kleding. De paar sloten die ze had gevonden waren zonder problemen te openen voor iemand met haar ervaring, maar hadden niet veel meer opgeleverd dan wat oude documenten.

Ze zag iets bewegen aan de rand van haar gezichtsveld en draaide zich om naar het raam. De twee magiërs waren uit elkaar gegaan, en de man in het blauwe gewaad liep nu langs de rand van de tuin in de richting van het huis van de opperheer.

Ze herinnerde zich de nacht dat ze daar naar binnen gekeken had, en huiverde. Rothen had niets gezegd over eventuele moordenaars onder de magiërs, maar dat was natuurlijk niet zo vreemd. Hij probeerde haar ervan te overtuigen dat het Gilde vriendelijk en nuttig was. Als de magiër in de zwarte mantel geen moordenaar was, wat was hij dan?

Ze herinnerde zich de man in de met bloed bevlekte kleding. 'Het is gebeurd,' had de man gezegd. 'Heb je mijn gewaad voor me?'

Ze schrok toen de deur achter haar open ging. Ze draaide zich om en zag dat het Rothen was. Zijn purperen gewaad sloeg tegen zijn benen.

'Sorry dat het zo lang geduurd heeft.'

Hij was een magiër, maar toch verontschuldigde hij zich tegenover haar. Geamuseerd haalde ze haar schouders op.

'Ik heb wat boeken uit de bibliotheek gehaald.' Hij rechtte zijn schouders en keek haar ernstig aan. 'Maar ik dacht dat we misschien konden beginnen met wat gedachtenoefeningen. Wat denk jij?'

'Gedachtenoefeningen?' Ze fronste en merkte dat ze koud werd toen de betekenis van zijn woorden tot haar doordrong. Dacht hij nu echt dat ze hem na een week al vertrouwde?

Doe ik dat?

Hij keek haar aandachtig aan. 'Voor we beginnen met de lessen in beheersing,' zei hij tegen haar, 'moet je bekend raken met mentale communicatie, in voorbereiding op de lessen.'

Ze dacht na over de voorafgaande week en wat ze al van hem geleerd had. Hij had het grootste deel van de tijd doorgebracht met haar te leren lezen. Eerst was ze wantrouwend geweest, en had ze verwacht dat de teksten in de boeken misschien als lokaas of omkoping gebruikt konden worden. Ze was bijna teleurgesteld geweest toen ze slechts simpele avonturenverhalen te lezen kreeg, waar bijna geen magie aan te pas kwam.

Anders dan Serin, die zijn best had gedaan om haar vooral niet kwaad te maken, aarzelde Rothen niet om haar te verbeteren als ze een fout maakte. Hij kon best streng zijn, maar tot haar verbazing had ze ontdekt dat ze helemaal niet bang van hem was. Ze had zelfs gemerkt dat ze hem het liefst een beetje wilde plagen als hij zo ernstig deed.

Als hij niet bezig was met lesgeven, probeerde hij met haar te praten. Ze wist dat ze het hem niet gemakkelijk maakte omdat ze weigerde over heel veel onderwerpen iets te zeggen. Hoewel hij altijd bereid was antwoord te geven op haar vragen, had hij niet geprobeerd haar op zijn beurt uit haar tent te lokken zodat ze iets over zichzelf zou loslaten.

Zou mentale communicatie ook zoiets zijn? Zou ze nog altijd in staat zijn delen van haarzelf te verbergen?

De enige manier om daar achter te komen is door het te proberen, zei ze tegen zichzelf. Ze slikte en knikte even. 'Hoe moeten we beginnen?'

Hij keek haar onderzoekend aan. 'Als je het niet wilt, dan kunnen we nog wel een paar dagen wachten.'

'Nee.' Ze schudde haar hoofd. 'Nu is prima.'

Ze liet zich in een stoel zakken en keek hoe hij de lage tafel opzij schoof en een andere stoel tegenover de hare zette. Hij zou wel heel dicht naast haar komen te zitten, bedacht ze ongerust.

'Ik ga je vragen je ogen te sluiten,' zei hij, 'en dan pak ik je bij de handen. Hoewel het niet nodig is om elkaar aan te raken onder het spreken, zal het je helpen je gedachten te ordenen. Klaar?'

Ze knikte.

'Sluit je ogen,' zei hij, 'en ontspan je. Adem diep en gelijkmatig. Luister naar het geluid van je ademhaling.'

Ze deed wat hij haar opdroeg. Lange tijd bleef hij stil. Na enige tijd merkte ze dat ze in hetzelfde ritme ademden, en ze vroeg zich af of hij zijn ademhaling aan de hare had aangepast.

'Denk je in dat je met iedere inademing een deel van je lichaam ontspant. Eerst je tenen, dan je voeten, dan je enkels. Je kuiten, knieën, bovenbenen.

Laat je vingers rusten, je handen, je polsen, je armen, je rug. Laat je schouders zakken. Laat je hoofd een stukje naar voren hangen.'

Hoewel ze zijn instructies vreemd vond, deed ze wat hij zei. Ze voelde alle spanning uit haar ledematen wegvloeien en voelde iets fladderen in haar maag.

'Nu ga ik je handen pakken,' zei hij.

Sonea was zich er plotseling van bewust dat ze omgeven werd door heel veel kleine geluidjes. Ieder geluidje sprong op haar af en eiste identificatie: het geluid van voetstappen buiten, de stemmen van magiërs en bedienden, zowel van binnen het gebouw als daarbuiten...

'Laat de geluiden buiten deze kamer wegsterven. Concentreer je op de geluiden in deze kamer.'

Binnen was het rustiger. Het enige geluid was hun ademhaling, nu weer met twee verschillende ritmes.

'Laat die geluiden nu ook vervagen. Luister naar de geluiden binnen in je lichaam. Het langzame kloppen van je hart...'

Ze fronste. Behalve haar ademhaling kon ze niets horen in haar lichaam.

'... het suizen van het bloed door je lichaam.'

Hoe ze zich ook inspande, ze kon het niet horen.

'... het geluid van je maag...'

... of wel? Er was wel iets...

'... het zoemen van je oren...'

Toen besefte ze dat dit geluiden waren die ze niet zozeer hoorde, maar voelde.

'... en luister nu naar de geluiden van je gedachten.'

Even voelde Sonea verwarring na deze opdracht, maar toen voelde ze een aanwezigheid aan de rand van haar bewustzijn.

Hallo, Sonea.

Rothen?

Inderdaad.

De aanwezigheid werd tastbaarder. De persoonlijkheid die ze kon voelen was verbazend bekend. Het was net alsof ze een stem herkende, een stem die aan geen ander kon toebehoren omdat hij uniek was.

Dus dit is mentale communicatie, dacht ze.

Ja. Op deze manier kunnen we over grote afstanden met elkaar spreken.

Ze besefte dat ze niet zozeer woorden hoorde, maar meer de betekenis voelde van gedachten die hij haar richting op stuurde. Ze flitsten op in haar geest en werden zo snel en volledig begrepen dat ze zeker wist wat hij haar wilde vertellen.

Dit is een stuk sneller dan praten!

Ja, en er is veel minder kans op misverstanden.

Zou ik op deze manier met mijn tante kunnen praten? Dan weet ze in ieder geval dat ik leef en dat het goed met me gaat.

Ja en nee. Alleen magiërs kunnen op deze manier met elkaar spreken, zelfs zonder elkaar aan te raken. Je kunt je tante wel iets vertellen, maar dan moet je haar aanraken. Er is geen enkele reden om je tante niet via de gebruikelijke kanalen bericht te sturen...

Waarmee ze dus meteen zou verraden waar ze woonden, besefte ze. Sonea voelde haar enthousiasme voor mentale communicatie ineens wankelen. Ze moest voorzichtig zijn.

Praten magiërs altijd zo met elkaar?

Niet vaak.

Waarom niet?

Er zijn grenzen aan deze vorm van communiceren. Je voelt ook de emoties achter de gedachten die anderen zenden. Het is bijvoorbeeld makkelijk te horen of iemand liegt of niet.

Is dat erg?

Op zich niet, maar stel je eens voor dat je ineens zag dat je vriend kaal werd. Hij zou de geamuseerdheid achter je woorden voelen, maar hoewel hij niet zou weten wat jij zo leuk vind, zou hij wel voelen dat je hem uitlachte. En stel je nu eens voor dat het niet je vergevingsgezinde vriend was, maar iemand voor wie je respect had en op wie je graag een goed indruk wilt maken.

Ik begrijp wat u bedoelt.

Mooi. En nu het volgende deel van je les. Ik wil dat je je voorstelt dat je bewustzijn een kamer is – een ruimte met muren, een vloer en een plafond.

Ineens stond ze in het midden van een kamer. Er was iets bekends aan, hoewel ze zich niet kon herinneren dat ze ooit een dergelijke kamer gezien had. De kamer was leeg, zonder deuren en ramen, en de muren waren van hout.

Wat zie je?

De muren zijn van hout, en het is leeg, antwoordde ze.

Aha, ik zie hem nu ook. Deze kamer is het bewuste deel van je gedachten.

Dus nu kunt u mijn gedachten zien?

Nee, je stuurt mij een beeld van wat jij denkt. Kijk, ik stuur het terug.

Een beeld van de kamer kwam op in haar gedachten. Het was wazig en niet erg gedetailleerd meer.

Het is anders. Een beetje wazig, zei ze.

Dat komt omdat er een klein beetje tijd voorbij gegaan is, en mijn herinnering eraan is alweer een beetje vervaagd. Het verschil dat je voelt heeft te maken met het feit dat mijn gedachten details invulden die niet in mijn herinnering hoorden, zoals de kleur en de textuur van de wanden. Nu heeft je kamer een deur nodig.

Meteen verscheen er een deur die er tot dat moment niet was geweest.

Ga naar de deur. Weet je nog hoe je kracht eruitzag?

Ja, het was een gloeiende bol van licht.

Dat is de meest gangbare manier om hem zichtbaar te maken. Ik wil dat je denkt aan hoe hij eruitzag toen hij sterk was, en gevaarlijk, en hoe hij eruitzag nadat je hem geleegd had. Weet je dat nog?

Ja...

Doe de deur open.

Toen de deur openzwaaide stond ze op een drempel naar de duisternis. Een witte bol hing voor haar, helder stralend. Het was niet mogelijk te zien hoe ver hij van de deur verwijderd was. Het ene moment leek hij een armlengte van haar vandaan te zijn, het volgende moment wist ze zeker dat hij kolossaal was, en heel ver weg hing.

Hoe groot is hij in vergelijking met je herinnering?

Kleiner dan toen hij gevaarlijk was. Ze stuurde hem een beeld.

Mooi. Hij groeit sneller dan ik verwacht had, maar we hebben nog wel even de tijd voor je magie weer ongevraagd naar boven komt borrelen. Doe de deur dicht en ga terug naar de kamer.

De deur ging dicht en verdween en ze stond weer in het midden van de kamer.

Ik wil dat je je nu een andere deur voorstelt. Deze keer is het de deur naar buiten, dus maak hem groter.

Er verscheen een dubbele deur, en ze herkende de hoofdingang van het pension waar ze woonde voor de Opruiming.

Als je de deuren opent, zul je buiten een huis zien. Het ziet er ongeveer zó uit.

Een wit huis flitste door haar gedachten, een beetje zoals de grotere huizen van de kooplieden in het Westerkwartier. Toen ze de dubbele deuren in haar gedachten openduwde, stond ze tegenover het gebouw. Tussen haar kamer en het huis was een smalle straat.

Ga naar het huis toe.

Het huis had een enkele rode deur. Het beeld trilde iets en ineens stond ze ervoor. Toen ze de deurknop aanraakte, draaide de deur naar binnen en ze stapte een grote witte kamer binnen.

Er hingen schilderijen aan de muur en er stonden gecapitonneerde stoelen in de hoeken. Het deed haar een beetje denken aan een luxere versie van Rothens ontvangstkamer. Het gevoel van zijn persoonlijkheid was hier sterk, als een zwaar parfum of de warmte van de zon.

Welkom, Sonea. Je bent nu in wat je de eerste kamer van mijn bewustzijn zou kunnen noemen. Ik kan je hier beelden laten zien. Kijk maar naar de schilderijen.

Ze liep naar het dichtstbijzijnde schilderij. Het was zijzelf, in het gewaad van een magiër, in gesprek met ander magiërs. Geschrokken stapte ze naar achteren.

Wacht, Sonea, kijk naar het volgende schilderij.

Met tegenzin liep ze langs de muur. In het schilderij droeg ze een groen gewaad en genas een man met een gewond been. Ze wendde zich snel af.

Waarom boezemt deze toekomst je afkeer in?

Dit ben ik niet.

Je zou het kunnen zijn, Sonea. Zie je nu dat ik je de waarheid verteld heb?

Ze keek naar de schilderijen en begreep plotseling dat hij inderdaad de waarheid sprak. Hier kon hij niet tegen haar liegen. Hij liet haar echte mogelijkheden zien. Het Gilde wilde echt dat ze lid werd...

Toen vond ze een zwarte deur in een gang die ze niet eerder gezien had.

Toen ze ernaar keek, wist ze dat hij op slot zat, en ze voelde alle wantrouwen terugkeren. Hij kon hier dan wel niet liegen, maar hij kon wel een heleboel verborgen houden.

U verbergt dingen voor mij, zei ze beschuldigend.

Ja, zei hij. *We hebben allemaal het vermogen om delen van ons die we persoonlijk willen houden te verbergen. Anders zou niemand van ons een ander kunnen toelaten in zijn gedachten. Ik zal je leren hoe je dit doet, want jij hebt meer behoefte aan privacy dan de meesten van ons. Kijk goed, dan zal ik je heel even laten zien wat er achter die deur zit.*

De deur ging naar binnen open. Sonea zag een vrouw op een bed liggen, haar gezicht dodelijk bleek. Een gevoel van intens verdriet kwam naar buiten. Zonder enige waarschuwing sloeg de deur weer dicht.

Mijn vrouw.

Is ze gestorven?

Ja. Begrijp je nu waarom ik dat deel van mij verborgen houd?

Ja. Het... het spijt me.

Het was lang geleden, en ik begrijp dat je het moest zien om te weten dat ik de waarheid sprak.

Sonea wendde haar gezicht af van de zwarte deur. Er was een vleug nieuwe lucht naar binnen gekomen, die vaag naar bloemen rook en nog iets anders, iets scherps en onplezierigs. De schilderijen van haarzelf in een gewaad waren groter geworden en vulden de muren, maar de kleuren waren vervaagd.

We hebben veel bereikt. Zullen we teruggaan naar jouw bewustzijn?

De kamer gleed weg onder haar voeten en ze schoof naar de rode deur. Toen ze buiten stond keek ze omhoog. De gevel van haar eigen huis werd zichtbaar. Het was een eenvoudig houten huis, een beetje versleten, maar stevig. Het was typisch een huis zoals dat in de betere buurten in de sloppen zou staan. Ze stak de straat over en ging de eerste kamer van haar eigen bewustzijn binnen. De dubbele deuren sloten zich achter haar.

Draai je om en kijk naar buiten.

Toen ze de deuren weer opende, zag ze tot haar verbazing dat Rothen voor haar stond. Hij zag er jonger uit, en misschien een stukje kleiner.

'Wil je me uitnodigen om naar binnen te komen?' vroeg hij met een glimlach.

Ze stapte naar achteren en gebaarde dat hij naar binnen kom komen. Toen ze over de drempel stapte, voelde ze zijn persoonlijkheid in de kamer. Hij keek om zich heen, en ze besefte ineens dat de kamer niet langer leeg was.

Ze voelde een fel schuldgevoel toen ze een kist op een tafel zag staan. Het was een van de kisten die ze had opengebroken. Het deksel hing ernaast en de documenten waren zichtbaar.

Toen zag ze Cery op de grond zitten, in kleermakerszit, met drie bekende boeken in zijn handen.

214

En in een andere hoek stonden Jonna en Ranel.

'Sonea.'

Ze draaide zich om en zag dat Rothen zijn handen voor zijn ogen geslagen had.

'Stop alles wat je mij niet wilt laten zien achter deuren,' zei hij.

Ze keek de kamer rond en concentreerde zich. Toen ze de voorwerpen begon weg te duwen, verdwenen ze achter de muren, uit het zicht.

Sonea?

Ze keek op en besefte dat Rothen verdwenen was.

Heb ik u ook naar buiten geduwd?

Ja. Laten we dat nog eens proberen.

Weer deed ze de buitendeur open en stapte naar achteren om Rothen binnen te laten. Ze zag iets bewegen in haar ooghoek en keek opzij, maar wat het ook geweest was schoot achter de muren. Toen ze zich omdraaide zag ze dat er een nieuwe kamer bijgekomen was. Er stond een deur open aan de andere kant van de kamer, en Rothen stond in de deuropening.

Hij stapte de deur door en alles verdween. Ineens waren er twee kamers tussen hen in, toen drie.

Genoeg!

Ze voelde dat zijn handen de hare loslieten. Plotseling werd ze zich weer bewust van de werkelijke wereld en opende haar ogen. Rothen leunde achterover in zijn stoel, met een vertrokken gezicht. Hij wreef over zijn slapen.

'Gaat het?' vroeg ze bezorgd. 'Wat is er gebeurd?'

'Het gaat prima.' Hij liet zijn handen vallen en glimlachte wrang. 'Je hebt me gewoon je bewustzijn uit geduwd. Dat is een natuurlijke reactie, en een die je kunt leren beheersen. Maak je geen zorgen, ik ben eraan gewend. Ik heb al vaker novicen les gegeven.'

Ze knikte en wreef in haar handen. 'Wilt u het nog eens proberen?'

Hij schudde zijn hoofd. 'Nu even niet. We rusten nu wat uit en dan gaan we verder met lezen. Misschien vanmiddag.'

20

Gevangene van het Gilde

Cery gaapte. Sinds Sonea gevangengenomen was, kostte het hem de grootste moeite om te kunnen slapen. Slaap leek hem te ontwijken als hij die nodig had, en aan te vallen als hij wakker moest blijven. Op dit moment moest hij zorgen dat hij waakzamer was dan hij ooit in zijn leven geweest was.

Een ijskoude wind blies door de bomen en heggen en vulde de lucht met herrie en zo af en toe een twijgje of een blad. De kou kroop in zijn spieren en bezorgde hem kramp. Hij ging voorzichtig verzitten, strekte en wreef eerst zijn ene been en toen zijn andere.

Hij keek weer omhoog naar het raam en besloot dat zijn hoofd zou ontploffen als hij nog één keer 'kijk naar buiten' dacht. Het was wel duidelijk dat Sonea's talent om andermans bewustzijn te voelen zich niet uitstrekte tot onverwachte bezoekers onder haar raam.

Hij keek naar de sneeuwballen die hij gemaakt had en begon weer te twijfelen. Als hij er een naar haar raam gooide, moest hij dat zo hard doen dat ze er wakker van zou worden, maar niet zo hard dat iemand anders het kon horen. Hij had er geen idee van of ze nog altijd in dat vertrek was, en of ze alleen was.

Toen hij hier kwam had er licht gebrand, maar dat had niet lang geduurd. De ramen links van haar waren donker, maar rechts gloeide nog licht. Hij keek zenuwachtig naar het gebouw van de universiteit dat links van hem opdoemde. De ramen waren donker. Sinds die eerste nacht, toen hij Sonea had gezien, had Cery de mysterieuze toeschouwer niet meer opgemerkt.

Ergens in zijn ooghoek zag hij een licht uitgaan. Hij keek omhoog naar het gebouw van de magiërs. Het licht in de kamer naast die van Sonea was weg. Cery glimlachte grimmig en masseerde zijn verdoofde benen. Nog heel even...

Toen er een bleek gezicht in het raam verscheen dacht hij even dat hij in slaap was gevallen en zat te dromen. Hij keek met bonzend hart hoe Sonea naar buiten keek, eerst naar de tuinen en toen omhoog naar de universiteit.

Toen verdween ze weer.

Cery was ineens niet moe meer. Hij pakte een sneeuwbal. Zijn benen protesteerden toen hij zich onder de heg vandaan wurmde. Hij richtte en dook terug de heg in zodra de sneeuwbal zijn hand verlaten had.

Een vage bons bereikte zijn oren toen de sneeuwbal tegen het raam sloeg. Zijn hart zong triomfantelijk toen Sonea's gezicht weer verscheen. Ze staarde naar de plek sneeuw op het raam en keek weer de tuin in.

Cery bekeek de andere ramen, maar zag nergens iemand. Hij wurmde zich een stukje onder de heg vandaan en zag Sonea's ogen wijd open gaan toen ze hem opmerkte. Haar verbazing werd gevolgd door een brede grijns.

Hij wuifde en gebaarde vragend naar haar. Ze antwoordde 'ja'. Er was niets met haar gebeurd. Hij slaakte een zucht van verlichting.

De door de Dieven gebruikte gebarentaal was beperkt tot korte gebaren voor 'klaar?', 'nu', 'wacht', 'wegwezen', en het gebruikelijke 'ja' en 'nee'. Er was geen gebaar voor: 'Ik wil je komen redden, is je raam op slot?' Hij wees naar zichzelf, maakte klimbewegingen en deed alsof hij een raam opende. Hij wees naar haar, toen naar zichzelf en eindigde met het gebaar voor 'wegwezen'.

Ze antwoordde 'wachten', wees op zichzelf, gebaarde 'wegwezen' en schudde haar hoofd.

Hij fronste. Hoewel zij beter op de hoogte was van de gebaren dan de meeste sloppers, was ze er nooit zo goed in geweest als hij. Ze zei misschien dat ze niet weg mocht, dat ze niet weg wilde, of dat hij later terug moest komen. Hij krabde op zijn hoofd en gebaarde 'wegwezen' en 'nu'.

Ze schudde haar hoofd, en toen zag ze iets rechts van hem en haar ogen vlogen wijd open. Ze deed een stap naar achteren en gebaarde 'wegwezen' een aantal keer achter elkaar. Cery trok zich terug in de heg en hoopte dat de wind het geluid van de bladeren zou verbergen.

Hij hoorde geen voetstappen, en begon zich al af te vragen waarvan ze zo geschrokken was, toen hij warme lucht over zijn huid voelde strijken en zijn nekharen overeind gingen staan.

'Kom eruit,' zei een beschaafde stem, ongemakkelijk dicht in de buurt. 'Ik weet dat je daar zit.'

Cery keek door de heg en zag de zachte plooien van een gewaad een paar passen bij hem vandaan. Er verscheen een tastende hand in de bladeren. Cery kroop naar achteren, de heg uit, en ging met bonzend hart tegen de muur zitten. De magiër kwam overeind. Cery wist dat de man hem zou kunnen zien. Hij sprong op en rende langs het gebouw in de richting van het bos.

Er sloeg iets tegen zijn rug en hij viel voorover in de sneeuw. Een gewicht hield hem daar vast, zo krachtig dat hij bijna geen adem kon krijgen, en de koude van de sneeuw brandde tegen zijn gezicht. Hij hoorde voetstappen naderbij komen en raakte in paniek.

Kalm blijven, kalm blijven, zei hij tegen zichzelf. *Je hebt nog nooit gehoord dat ze indringers doden. Maar je hebt ook nog nooit gehoord dat ze indringers te pakken kregen...*

De druk werd minder. Toen hij zich op handen en knieën omhoog duwde, voelde Cery een hand om zijn arm. Hij werd overeind getrokken en door de heg naar het pad gesleurd.

Hij keek op en voelde zich ijskoud worden toen hij de magiër herkende.

De magiër keek hem door zijn oogharen aan. 'Je ziet er bekend uit... Aha, ik weet het weer. De smerige slopper die me probeerde te slaan.' Hij keek naar Sonea's raam en grijnsde. 'Dus onze Sonea heeft een bewonderaar. Wat schattig.'

Hij keek Cery bedachtzaam aan en er verscheen een glinstering in zijn ogen. 'Wat zal ik met je doen? Ik geloof dat indringers meestal ondervraagd worden en dan naar buiten begeleid. Laten we maar beginnen.'

Cery verzette zich terwijl de magiër hem langs het pad naar de universiteit trok. Diens smalle hand was onverwacht sterk.

'Laat me los!' eiste Cery.

De magiër zuchtte. 'Als je zo aan mijn arm blijft trekken, zal ik je met minder fysieke middelen rustig moeten houden. Werk even mee. Ik wil dit net zo graag afronden en achter de rug hebben als jij.'

'Waar brengt u me naar toe?'

'Allereerst uit deze luidruchtige wind.' Ze kwamen bij het eind van het magiërsgebouw en liepen in de richting van de universiteit.

'Heer Fergun.'

De magiër stopte en keek achterom. Twee silhouetten in gewaden kwamen naar hem toe. Cery voelde de hand van de magiër verstijven, en wist niet of hij nu opgelucht of juist nerveus moest zijn over de komst van deze nieuwelingen. Het was wel duidelijk dat Fergun niet blij was met de onderbreking.

'Administrateur,' zei Fergun. 'Wat een gelukkig toeval. Ik stond op het punt u te gaan halen. Ik heb een indringer gevonden. Blijkbaar was hij van plan het meisje uit de sloppen te bereiken.'

'Dat hoorde ik,' zei de langere nieuwkomer met een blik op zijn metgezel.

'Wilt u hem ondervragen?' Fergun klonk hoopvol, maar zijn greep op Cery's arm werd krachtiger.

'Ja,' antwoordde de lange magiër. Hij maakte een ontspannen gebaar en een lichtbol verscheen boven hen. Cery voelde de warmte over zich heen glijden toen de wind verdween. Hij keek om zich heen en zag nog altijd de bomen zwaaien, maar de drie magiërs hadden er geen last meer van.

In het sterkere licht zag hij dat de magiërs kleurige gewaden droegen. De lange man droeg blauw, zijn metgezel, een oudere man, droeg paars, en de man die Cery gevangengenomen had droeg rood. De lange magiër keek omlaag naar Cery en glimlachte vaag.

'Wil je Sonea spreken, Cery?'

Cery knipperde verbaasd met zijn ogen en fronste toen. Hoe wist deze man hoe hij heette?

Sonea moest het hem verteld hebben. Als ze Cery had willen waarschuwen, zou ze de naam wel veranderd hebben... tenzij ze haar gedwongen hadden het te vertellen, of het in haar gedachten hadden gelezen, of...

Wat maakte het uit? Ze hadden hem te pakken. Als ze hem kwaad wilden doen, dan was hij toch al verloren. Hij kon net zo goed eerst met Sonea praten. Hij knikte.

De lange magiër keek naar Fergun. 'Laat hem los.'

Fergun verstevigde nog even zijn greep voordat hij Cery's arm losliet. De magiër in het blauw gebaarde dat Cery hem moest volgen en liep naar het magiërsgebouw.

De deuren openden zich vanzelf. Cery was zich bewust van de twee mannen die als soldaten achter hem aan liepen, en volgde de lange magiër naar boven, een korte trap op tot aan de bovenste verdieping. Ze liepen door een brede gang naar een van de vele eenvoudige deuren. De oudere magiër stapte naar voren en raakte de deurknop aan. De deur zwaaide naar binnen open.

Binnen was een weelderige kamer met beklede stoelen en mooie meubels. Hij zag Sonea in een van de stoelen zitten. Toen ze Cery zag, glimlachte ze breed.

'Ga maar,' zei de magiër in het blauw.

Met heftig bonzend hart liep Cery de kamer in. Toen de deur zich sloot, keek hij achterom en vroeg zich af of hij in de val was gelopen.

'Cery,' fluisterde Sonea. 'Het is goed om je weer te zien.'

Hij draaide zich om en bekeek haar aandachtig. Ze glimlachte nogmaals, maar de glimlach verdween meteen weer.

'Ga zitten, Cery. Ik heb Rothen gevraagd of ik met je kon spreken. Ik heb hem verteld dat je zou blijven proberen me te redden tenzij ik je uitlegde waarom ik niet weg kan.' Ze wees naar een stoel.

Hij ging met tegenzin zitten. 'Waarom kun je niet weg?'

Ze zuchtte. 'Ik weet niet hoe ik het kan uitleggen op zo'n manier dat jij het ook begrijpt.' Ze leunde achterover in haar stoel. 'Magiërs moeten leren om hun magie te beheersen, en alleen een andere magiër kan ze dat leren, omdat het via gedachtenoverdracht moet. Als ze niet leren om hun magie te beheersen, dan werkt de magie op elk moment dat de magiër een emotie ondergaat. De magie neemt dan simpele, gevaarlijke vormen aan, en wordt steeds krachtiger. Uiteindelijk...' Ze trok een gezicht. 'Ik... ik ben bijna dood-gegaan op de dag dat ze me vonden, Cery. Ze hebben mijn leven gered.'

Cery huiverde. 'Ik heb het gezien, Sonea. De gebouwen... waren gewoon verdwenen.'

'Het zou erger zijn geweest als ze me niet gevonden hadden. Er zouden mensen zijn omgekomen. Veel mensen.'

Hij keek naar zijn handen. 'Dus je kunt niet naar huis.'

Ze gniffelde, een geluid dat zo onverwacht vrolijk was dat hij haar verbaasd aanstaarde. 'Met mij is alles in orde,' zei ze. 'Als ik me eenmaal heb leren beheersen, is er geen gevaar meer. Ik leer nu hoe de dingen hier wer-ken.' Ze knipoogde tegen hem. 'Waar woon je nu?'

Hij grinnikte. 'Zelfde plaats. Beste bolhuis in de sloppen.'

Ze knikte. 'En je... vriend? Geeft hij je nog altijd werk?'

'Ja.' Cery schudde zijn hoofd. 'Maar misschien niet meer als hij ontdekt wat ik vanavond gedaan heb.'

Terwijl ze erover nadacht, zag hij de bekende ongeruste frons op haar voorhoofd. Hij voelde iets in zijn hartstreek dat bijna pijn deed. Hij balde zijn vuisten en keek opzij. Het liefst zou hij alle schuldgevoelens die hij sinds haar gevangenneming had gehad eindelijk uitspreken, maar hij dacht aan de anderen die misschien meeluisterden en slikte de woorden weer in.

Hij keek naar de weelderige kamer en troostte zich met de gedachte dat ze in ieder geval goed behandeld werd. Hij zag dat ze gaapte en besefte dat het laat was.

'Ik denk dat ik beter kan gaan.' Hij stond op en stopte toen. Hij wilde haar niet alleen laten.

Ze glimlachte, deze keer droevig. 'Zeg tegen iedereen dat het goed met me gaat.'

'Doe ik.'

Hij bleef gewoon zitten. Haar glimlach gleed weg toen hij naar haar bleef staren, en ze gebaarde naar de deur. 'Ik ben in orde, Cery. Vertrouw op mij. Ga maar.'

Op een of andere manier slaagde hij erin zichzelf ertoe te brengen naar de deur te gaan en te kloppen. De deur ging open. De drie magiërs keken hem aandachtig aan toen hij de gang in liep. 'Zal ik onze bezoeker naar de poort brengen?' stelde Fergun voor.

'Ja, dank u,' antwoordde de magiër in het blauw.

De ander knikte kort. Cery draaide zich om en liep naar de trap. De blonde magiër volgde hem.

Terwijl hij de trap af liep, dacht hij na over wat Sonea had gezegd. Haar gebaren waren nu duidelijk geweest. Ze moest wachten tot ze had geleerd haar magie te beheersen, en daarna kon ze pas weer proberen te ontsnappen. Hij kon weinig doen om haar te helpen, behalve te zorgen dat ze een veilige plaats had om naar terug te keren.

'Ben jij Sonea's man?'

Cery keek de magiër verbaasd aan. 'Nee.'

'Haar, eh... minnaar, dan?'

Cery voelde dat hij bloosde. Hij wendde zijn blik af. 'Nee, we zijn gewoon vrienden.'

'Ik begrijp het. Het was heel dapper van je om hierheen te komen.'

Cery besloot dat hij daar geen antwoord op hoefde te geven. Even later stapte hij het gebouw uit, de koude wind in, en begon in de richting van de tuin te lopen.

Fergun bleef staan. 'Wacht, laten we door de universiteit gaan. Dat is een stuk warmer.'

Zijn hart maakte een sprongetje. De universiteit. Hij had altijd al willen zien hoe dat grote gebouw er van binnen uitzag. Als Sonea eenmaal ontsnapt was, zou hij die kans nooit meer krijgen. Hij haalde echter zijn schouders op alsof het hem allemaal niet uitmaakte en liep naar de achterkant van het enorme gebouw.

Zijn hart ging als een razende tekeer toen ze de trap op liepen. Ze kwamen in een vertrek vol met rijk gebeeldhouwde trappen. Het licht van de magiër verdween terwijl hij Cery door een zijdeur leidde, een brede gang in die oneindig lang leek. Aan weerszijden zag hij deuren en gangen. Cery keek om zich heen, maar kon nergens een lichtbron vinden. Het leek wel alsof de muren zelf gloeiden.

'Sonea was nogal een verrassing voor ons,' zei Fergun plotseling. Zijn stem galmde. 'We hebben nog nooit iemand met talent in de lagere klassen gevonden. Normaal gesproken blijft dat beperkt tot de Huizen.' Hij keek Cery vol verwachting aan. Het was duidelijk dat hij met hem wilde praten.

'Het was voor haar ook een verrassing,' zei Cery.

'Deze kant op.' De magiër ging Cery voor door een van de zijgangen. 'Heb je ooit gehoord dat er nog meer sloppers met magie waren?'

'Nee.'

Ze gingen een hoek om, een deur door en een smalle kamer in, daarna liepen ze via een andere deur een bredere gang in. Hier waren de muren, anders dan in de vorige gangen, met hout bekleed. Op gezette afstanden hingen schilderijen.

'Het is hier nogal een doolhof,' zei Fergun met een lichte zucht. 'Kom, ik weet een kortere weg.'

Hij stopte naast een schilderij en stak zijn hand erachter. Onmiddellijk gleed een deel van de muur opzij, en er verscheen een rechthoek van duisternis ter grootte van een kleine deur. Cery keek de magiër vragend aan.

'Ik ben altijd al dol geweest op geheimen,' zei Fergun met schitterende ogen. 'Ben je verbaasd dat ook wij ondergrondse gangen hebben? Deze komt uit in de Binnencirkel. Een droge reis, zonder wind. Zullen we?'

Cery keek naar de deur, en toen weer naar de magiër. Gangen onder het Gilde? Dat leek hem wat al te vreemd. Hij stapte achteruit en schudde zijn hoofd. 'Ik heb genoeg gangen gezien,' zei hij, 'en ik heb geen moeite met de kou. De mooie dingen in dit gebouw zijn veel interessanter.'

De magiër sloot zijn ogen en knikte. 'Ik begrijp het.' Hij glimlachte. 'Ik ben blij dat je geen moeite hebt met kou.'

Cery voelde iets tegen zijn rug, en hij werd gedwongen de gang te betreden. Hij gilde en pakte de zijkanten van het gat beet, maar het duwen tegen zijn rug was sterker en zijn vingers gleden van het gladde hout af. Hij viel naar voren en bracht zijn handen nog net op tijd voor zijn gezicht om dit te beschermen toen hij tegen een muur botste. De kracht hield hem stevig tegen de stenen gedrukt. Hij kon geen vinger bewegen. Zijn hart ging als een razende tekeer, en hij vervloekte zichzelf dat hij de magiërs had vertrouwd. De geheime deur achter hem ging dicht.

Vanuit het donker naast hem klonk Ferguns stem. 'Je kunt gillen zoveel als je wilt,' gniffelde hij zacht. 'Niemand komt ooit hier, dus niemand zal last van je hebben.'

Cery voelde een stuk stof tegen zijn gezicht dat stevig werd vastgebonden. Zijn handen werden achter zijn rug gebonden met nog meer stof. Toen de druk op zijn rug afnam, greep een hand hem bij de kraag en duwde hem naar voren.

Cery struikelde de gang in. Na een paar stappen kwamen ze bij een steile trap. Hij ging op de tast naar beneden, en Ferguns handen duwden hem door gangen die in hele wijde bochten leken te lopen.

De temperatuur daalde snel. Na een paar honderd passen stond Fergun stil. Cery voelde zijn moed in zijn schoenen zakken toen hij het geluid van een sleutel in een slot hoorde.

De blinddoek werd weggetrokken en Cery zag dat hij in de deuropening van een grote, lege ruimte stond. Zijn polsen werden losgemaakt. 'Naar binnen jij.'

Langzaam, verdoofd liep hij de cel in. De deur ging dicht, en het gedempte geluid van voetstappen verwijderde zich.

Met een zucht ging hij zitten. Faren zou woest zijn.

21

De belofte van vrijheid

Terwijl hij haastig door de gangen van de magiërsverblijven liep, voelde Rothen een groot aantal vragende blikken van alle magiërs die hij tegenkwam. Hij knikte naar enkelen, glimlachte naar degenen die hij wat beter kende, maar hield zijn pas niet in. Toen hij bij zijn eigen appartement was, pakte hij de deurkruk en duwde met zijn wil het slot open.

Toen de deur opende hoorde hij twee stemmen vanuit de ontvangstkamer binnen.

'...mijn vader was een bediende van heer Margen, de mentor van heer Rothen. Mijn grootvader werkte hier ook.'

'Dan heb je hier vast veel familieleden.'

'Wel een paar,' gaf Tania toe. 'Maar de meesten van hen zijn hier vertrokken en werken nu in de Huizen.'

De twee vrouwen zaten naast elkaar op de stoelen. Toen ze hem zag bloosde Tania en sprong ze snel overeind.

'Stoor je niet aan mij,' zei Rothen met een handgebaar.

Tania boog haar hoofd. 'Ik ben nog niet klaar met mijn werk, mijn heer.' Nog altijd blozend haastte ze zich naar zijn slaapkamer.

Sonea, met wie ze had zitten praten, keek haar na, duidelijk geamuseerd. *Ik geloof niet dat ze nog bang voor me is.*

Rothen keek naar zijn bediende, die met een bundel kleren en beddengoed onder haar arm weer naar buiten kwam. *Nee,* zei hij tegen Sonea. *Jullie kunnen het blijkbaar goed met elkaar vinden.*

Tania bleef staan en keek Rothen oplettend aan. Toen keek ze onderzoekend naar Sonea.

Weet ze dat we mentaal met elkaar spreken? vroeg Sonea.

Ze ziet onze gezichtsuitdrukking veranderen. Je hoeft niet lang tussen de magiërs te leven om te beseffen dat dit een duidelijk teken is dat er een stille discussie plaatsvindt.

'Neem ons niet kwalijk, Tania,' zei Rothen hardop.

Tania's wenkbrauwen gingen omhoog, maar toen haalde ze haar schouders op en liet het wasgoed in een mand vallen. 'Is dat alles, heer Rothen?'

'Ja, Tania, dank je.'

Rothen wachtte tot de deur achter haar gesloten was, en ging toen naast Sonea zitten. 'Het is denk ik de hoogste tijd dat ik je uitleg dat het niet beleefd wordt gevonden om in gedachten te communiceren als er anderen bij zijn, zeker als die niet mee kunnen praten. Het is net zoiets als achter iemands rug fluisteren.'

Sonea fronste. 'Heb ik Tania beledigd?'

'Nee.' Rothen glimlachte toen hij haar opluchting zag. 'Ik moet je echter ook waarschuwen dat mentale communicatie niet zo geheim is als je misschien denkt. Mentale conversaties kunnen worden opgevangen door andere magiërs, vooral als ze ernaar op zoek zijn.'

'Dus het kan zijn dat iemand ons zojuist heeft afgeluisterd?'

Hij schudde zijn hoofd. 'Het is mogelijk, maar ik betwijfel het. Het getuigt van onbeleefdheid en gebrek aan respect om af te luisteren – bovendien is er concentratie en inspanning voor nodig. Als dat niet zo was, zouden we helemaal gestoord worden van de gesprekken van anderen.'

Sonea dacht na. 'Als je niets hoort tot je luistert, hoe weet je dan wanneer iemand je iets wil zeggen?'

'Hoe dichter je bij de ander bent, hoe eenvoudiger het is om hen te horen,' zei hij. 'Als je in dezelfde kamer bent, hoor je meestal de gedachten die op je gericht worden. Als je verder weg bent, moet iemand eerst je aandacht trekken.' Hij legde een hand op zijn borst. 'Als je met mij wil praten terwijl ik bijvoorbeeld in het universiteitsgebouw ben, dan moet je mijn naam heel hard in mijn richting projecteren. Andere magiërs zullen dat ook opvangen, maar zij zullen geen antwoord geven of hun best doen om de daaropvolgende communicatie te horen. Als ik heel hard jouw naam terug projecteer, dan weet jij dat ik je gehoord heb, en dan kunnen we praten. Als we er goed in zijn, en elkaars mentale stem redelijk goed kennen, dan kunnen we het anderen moeilijk maken om ons te horen door onze geprojecteerde gedachten te bundelen, maar dat is onmogelijk over langere afstand.'

'Heeft iemand die regels ooit genegeerd?'

'Waarschijnlijk wel.' Rothen haalde zijn schouders op. 'Daarom moet je er ook om denken dat mentale gesprekken nooit helemaal privé kunnen zijn. We hebben hier een gezegde: over geheimen kun je beter fluisteren dan spreken.'

Sonea snoof. 'Dat slaat nergens op.'

'Niet als je het letterlijk neemt.' Hij grinnikte. 'Maar de woorden "spreken" en "horen" hebben binnen het Gilde een andere betekenis. Ondanks de normale beleefdheidsregels, is het verbazend hoe vaak mensen ontdekken dat het geheim dat ze zo zorgvuldig verborgen probeerden te houden ineens onderwerp is van de laatste roddels. We vergeten vaak dat niet alleen magiërs ons kunnen horen.'

Haar ogen glommen geïnteresseerd. 'Is dat zo?'

'Niet alle kinderen met talent voor magie worden lid van het Gilde,' zei hij. 'Als het kind bijvoorbeeld de oudste jongen is, dan is hij voor zijn familie misschien nuttiger als erfgenaam. Er zijn wetten in de meeste landen die het magiërs verbieden om zich met politiek te bemoeien. Een magiër kan bijvoorbeeld nooit koning worden. Om die reden is het niet verstandig om een magiër aan het hoofd van de familie te hebben.

Mentale communicatie is een talent dat samenhangt met magisch talent. Soms, maar niet zo vaak, ontdekt iemand die geen magiër is geworden dat hij of zij een natuurlijke aanleg heeft om mentaal te communiceren. Deze mensen kunnen bijvoorbeeld leren waarheidsvinden, en dat is een hele nuttige vaardigheid.'

'Waarheidsvinden?'

Rothen knikte. 'Het kan natuurlijk niet gedaan worden met iemand die dat niet wil, dus het is alleen nuttig als iemand een ander wil laten zien wat ze gezien of gehoord hebben. We hebben een wet in het Gilde met betrekking tot beschuldigingen. Als iemand een magiër beschuldigt van een leugen of een misdaad, dan moet degene die aanklaagt toestaan dat een waarheidsvinder hun gedachten onderzoekt, en anders moeten ze hun beschuldiging intrekken.'

'Dat lijkt me niet eerlijk,' zei Sonea. 'Het is tenslotte de ander die iets verkeerds gedaan heeft.'

'Ja, maar het voorkomt wel dat iemand valselijk beschuldigd wordt. De beschuldigde, magiër of niet, kan een waarheidslezing gemakkelijk weigeren.' Hij aarzelde. 'Er is echter een uitzondering.'

Sonea fronste. 'Ja?'

Rothen leunde achterover in zijn stoel en vouwde zijn handen. 'Een paar jaar geleden was een man die ervan verdacht werd dat hij een vreselijke moord had gepleegd voor het Gilde gebracht. De opperheer – onze leider – las zijn gedachten en bevestigde dat hij schuldig was. Er is grote vaardigheid nodig om de blokkades van een onwillig bewustzijn te omzeilen. Akkarin is de enige die hier ooit in geslaagd is, hoewel ik heb gehoord dat er in het verleden wel magiërs waren die dat konden. Hij is een heel bijzonder mens.'

Sonea dacht na. 'Maar zou de moordenaar zijn geheimen dan niet gewoon achter deuren kunnen stoppen, zoals u mij heeft laten zien?'

Rothen haalde zijn schouders op. 'Niemand weet precies hoe Akkarin het gedaan heeft, maar toen hij eenmaal binnen was, kon de man niet meer voorkomen dat zijn gedachten hem verraadden.' Hij keek haar aandachtig aan. 'Je weet zelf dat het moeilijk is om geheimen achter deuren te houden. En hoe bezorgder je bent dat ze ontdekt worden, des te moeilijker is het om ze te verbergen.'

Sonea's ogen gingen wijd open, en ze keek van hem weg. Haar blik was plotseling waakzaam.

Rothen kon wel raden wat ze dacht. Iedere keer dat hij haar bewustzijn betreden had waren de objecten en mensen die ze had willen verbergen verschenen. Iedere keer dat dit gebeurde was ze in paniek geraakt en had ze hem naar buiten geduwd.

Alle novicen reageerden in zekere mate zoals zij. Hij had het nooit over de geheimen die hij zag. De verborgen gedachten van de jongemannen die hij had opgeleid gingen meestal over aspecten van hun levensstijl of lichamelijke gewoonten – en af en toe een politiek schandaal – en waren niet moeilijk te negeren. Door er niet over te spreken kon hij de novice ervan doordringen dat zijn persoonlijke geheimen gerespecteerd werden.

Maar voor Sonea was dit zwijgen juist een extra reden om zenuwachtig te worden, en hij had niet zoveel tijd meer. Aan het eind van de week zou Lorlen haar voor het eerst bezoeken, en dan zou hij verwachten dat hij begonnen was haar beheersing te leren. En als ze dat ooit wilde leren, dan moest ze nu die angsten opzij kunnen zetten.

'Sonea.'

Ze keek hem met tegenzin aan. 'Ja?'

'Ik denk dat we het over je lessen moeten gaan hebben.'

Ze knikte.

Hij leunde naar voeren en zette zijn ellebogen op zijn knieën. 'Meestal praat ik niet over datgene wat ik in de gedachten van een novice heb ontdekt. Daardoor is het voor hen gemakkelijker om mij te leren vertrouwen. Maar in ons geval werkt dat dus niet. Je weet dat ik dingen heb gezien die jij verborgen wil houden, en het helpt niet als ik doe alsof er niets aan de hand is.'

Ze staarde naar de tafel en greep de stoelleuningen zo stevig vast dat haar knokkels wit werden.

'Om te beginnen,' zei hij, 'had ik wel verwacht dat jij mijn appartement zou doorzoeken. Dat zou ik in jouw geval ook gedaan hebben. Het stoort mij niet, dus vergeet het maar.'

Ze kleurde licht, maar zei niets.

'Ten tweede lopen je familie en vrienden geen gevaar van onze kant.' Ze keek op en ontmoette zijn blik. 'Je maakt je zorgen of we hen misschien iets zullen aandoen als je niet meewerkt.' Hij hield haar blik vast. 'Dat gebeurt niet, Sonea. Dat is tegen de wetten van de koning.'

Ze keek weer van hem weg, en haar gezicht verhardde zich.

'Aha, je maakt je niettemin zorgen. Je hebt ook weinig reden om aan te nemen dat wij ons iets zouden aantrekken van de wetten van de koning,' gaf Rothen toe. 'Weinig reden om ons te vertrouwen. En dat brengt me bij je derde angst: dat ik zal ontdekken dat je van plan bent te ontsnappen.'

Haar gezicht werd langzaam bleek.

'Je hoeft geen plannen te maken,' zei hij. 'We zullen je niet dwingen te blijven als je dat niet wilt. Als je jezelf eenmaal kunt beheersen, mag je blijven of vertrekken, wat je zelf wilt. Als je magiër wilt worden moet je een eed zweren – een eed die je hele leven blijft gelden. Het is geen belofte die je tegen je zin mag doen.'

Ze staarde hem met half open mond aan. 'Jullie zullen me laten gaan?'

Hij knikte, en koos zijn volgende woorden zorgvuldig. Het was te vroeg om haar te vertellen dat het Gilde haar alleen zou laten vertrekken als haar krachten geblokkeerd waren, maar ze diende wel te weten dat ze geen magische vermogens meer zou hebben. 'Maar ik moet je wel waarschuwen: als je geen opleiding volgt, zul je ook niets kunnen doen met je magie. Alles wat je eerst wel kon, zal ook niet meer mogelijk zijn. Je zult helemaal geen magie meer kunnen gebruiken.' Hij zweeg even. 'Je zult dus ook niet langer van nut zijn voor de Dieven.'

Tot zijn verbazing keek ze opgelucht. Een vage glimlach speelde rond haar lippen. 'Dat lijkt me geen probleem.'

Rothen keek haar onderzoekend aan. 'Weet je zeker dat je terug wilt naar de sloppen? Je zult geen enkel middel hebben om je daar te verdedigen.'

Sonea rechtte haar schouders. 'Het zal niet veel anders zijn dan eerst. Ik heb me altijd kunnen redden.'

Rothen fronste. Haar zelfvertrouwen maakte indruk op hem, maar het idee dat hij haar weer terug moest sturen naar de armoede stond hem niet aan. 'Ik weet dat je graag weer bij je familie zou zijn. Maar als je lid wordt van het Gilde hoef je hen niet in de steek te laten, Sonea. Ze kunnen je komen bezoeken, of jij hen.'

Ze schudde haar hoofd. 'Nee.'

'Denk je dat ze bang voor je zullen zijn, of vind je het verraad aan alle sloppers als je wordt wat zij haten?'

De snelle, doordringende blik die ze hem zond gaf aan dat hij haar beter begreep dan ze verwacht had.

'Wat zou ervoor nodig zijn om door hen aanvaard te blijven?'

Ze snoof. 'Alsof het Gilde – of de koning – mij zou laten doen wat ik wilde alleen maar om de sloppers een plezier te doen!'

'Ik ga je niet voor de gek houden en je wijsmaken dat het makkelijk zou zijn,' zei Rothen. 'Maar het is een mogelijkheid die je zou moeten overwegen. Magie is geen doorsnee talent. Veel mensen zouden er al hun rijkdommen voor over hebben. Bedenk wat je hier zou kunnen leren. Denk je eens in hoe je daar anderen mee zou kunnen helpen.'

Even leek ze te twijfelen, maar toen verhardde haar blik zich. 'Ik wil beheersing leren, en verder niets.'

Hij knikte bedachtzaam. 'Als dat alles is wat je wilt, dan is dat alles wat we je kunnen geven. Het zal iedereen hier verbazen als ze horen dat je ervoor gekozen hebt terug te keren naar de sloppen. Veel mensen zullen niet begrijpen waarom iemand die haar hele leven arm is geweest een dergelijk offer zou willen brengen. Ik ken je goed genoeg om te weten dat je weinig waarde hecht aan rijkdom en verworvenheden.' Hij haalde zijn schouders op en glimlachte. 'En ik zal niet de enige zijn die je erom zal bewonderen. Maar je moet weten dat ik mijn uiterste best zal doen om je ervan te overtuigen hier te blijven.'

Voor het eerst sinds hij haar gezien had, glimlachte ze voluit. 'Bedankt voor de waarschuwing.'

Rothen voelde zich tevreden over zichzelf, en hij wreef in zijn handen.

'Goed, dat is het dan. Zullen we dan nu met je lessen beginnen?'

Ze aarzelde, en draaide toen haar stoel om zodat ze tegenover elkaar kwamen te zitten. Verbaasd over haar plotselinge enthousiasme pakte hij haar uitgestoken handen.

Hij sloot zijn ogen, ging langzamer ademhalen en zocht de aanwezigheid die hem naar haar bewustzijn kon leiden. Ze was inmiddels goed in visualiseren, en hij stond vrijwel onmiddellijk voor een open deur. Hij liep naar binnen, de inmiddels bekende ruimte in. Sonea stond in het midden.

De lucht leek vervuld van een gevoel van vastberadenheid. Hij wachtte op de gebruikelijke storingen in het beeld, maar er verschenen geen ongewenste objecten in de kamer. Verrast en opgetogen knikte hij tegen het beeld van Sonea.

Laat mij de deur naar je krachtbron zien.

Ze keek een andere kant op. Hij volgde haar blik en stond voor een witte deur.

Doe hem nu open en luister goed. Ik ga je laten zien hoe je die kracht van je in bedwang kunt houden.

Cery liet zich op zijn knieën vallen en siste gefrustreerd. Hij had zijn gevangenis tot in de uiterste hoeken onderzocht, waarbij zijn adem iedere keer in zijn keel stokte als hij de achtpotige faren onder zijn handen voelde rondkruipen. Zijn zoektocht had hem geleerd dat de muren bestonden uit grote natuurstenen, en de vloer uit aangestampte aarde. De deur was dik en van hout, met grote ijzeren scharnieren.

Zodra hij de voetstappen van de magiër niet meer had kunnen horen, had hij een instrumentje uit zijn jas gehaald en de deur gezocht. Hij vond het sleutelgat en had net zo lang aan het slot zitten prutsen tot hij het mechanisme had horen draaien. Toen hij echter aan de deur trok ging deze niet open.

Hij herinnerde zich nog dat hij daarom had moeten lachen, omdat hij zich had gerealiseerd dat de magiër de deur niet op slot had gedaan – hij had dus zelf het slot dichtgemaakt.

Toen hij het mechanisme echter terug had gedraaid, bleef de deur dicht. Hij wist dat hij een sleutel had gehoord, en besloot dat er elders nog een slot moest zijn. Hij zocht naar een ander sleutelgat.

Toen hij niets vond, nam hij aan dat de deur met het slot slechts aan de buitenkant een sleutelgat had. Hij had een instrumentje tussen de deur en de sponning gestoken, en voelde iets. Blij dat hij het slot had gevonden, had hij aan het stukje gereedschap gerukt om het los te maken, maar het ding was blijven steken.

Toen hij probeerde eraan te morrelen of te draaien rekte het uit. Bang dat hij het stuk zou maken, had hij het in de deur laten zitten en een tweede instrumentje gepakt. Dit had hij net boven het eerste naar binnen gestoken. Voordat hij had kunnen voelen waardoor het andere vastzat, was ook het tweede vast komen te zitten. Vloekend had Cery er met al zijn kracht aan getrokken, maar hij was er slechts in geslaagd het ding te buigen. Hij had een derde gepakt en dit tussen de vloer en de deur gestoken, waar het onmiddellijk vast was blijven zitten. Hij kon zich niets voorstellen dat een inbrekerswerktuig zo snel kon grijpen en vasthouden. Behalve magie, natuurlijk.

Zijn benen waren intussen verkrampt geraakt van de kou, dus was hij opgestaan. Met een hand tegen de muur had hij zich staande gehouden, omdat zijn hoofd was beginnen te tollen. Zijn maag rommelde, zodat hij wist dat hij al veel te lang niet gegeten had, maar de dorst was erger. Hij verlangde naar een beker bol of éen glas pachisap, of zelfs gewoon water.

Hij vroeg zich weer af of hij in deze cel was gesmeten om er te sterven. Als het Gilde hem dood had gewenst, zouden ze dit vast wel hebben geregeld voordat ze zijn lichaam ergens verstopten. Dat gaf hem enige hoop. Het betekende dat het voor hun plannen in ieder geval noodzakelijk was dat hij in leven bleef – voorlopig, althans. Als de plannen echter mislukten, dan zou hij misschien wel erg veel honger gaan krijgen in de toekomst.

Hij dacht aan de andere magiër – de man met het blauwe gewaad – en kon zich geen enkel teken van verraad of oneerlijkheid in het gedrag van de man herinneren. De magiër was of heel goed in het projecteren van betrouwbaarheid, of hij had echt niet geweten dat Cery gevangen gezet zou worden. En als dat laatste het geval was, dan was dit geheel en al Ferguns plannetje.

Of de blonde magiër nu alleen iets van plan was of niet, Cery kon maar twee redenen zien om hem gevangen te nemen: de Dieven of Sonea.

Als de magiërs van plan waren Cery te gebruiken om de Dieven te manipuleren, dan zouden ze teleurgesteld worden. Faren had Cery niet zo hard nodig, en was nu ook weer niet zó dol op hem.

Ze zouden hem misschien martelen om informatie te verkrijgen. Hoewel hij het liefst zou denken dat hij daar weerstand aan zou kunnen bieden, was hij niet van plan om zichzelf echt voor de gek te houden. Hij had er geen idee van of hij zou weten te zwijgen. De tijd zou het leren.

Het was ook mogelijk dat de magiërs zijn gedachten konden lezen. Als dat zo was, zouden ze al snel ontdekken dat hij te weinig wist om hem tegen de Dieven te gebruiken. Als ze dat eenmaal beseften, zouden ze hem waarschijnlijk voorgoed hier laten zitten. Maar hij betwijfelde of de Dieven wel hun doelwit waren. Dan zouden ze hem ondertussen wel ondervraagd hebben.

Nee, de vragen die hem gesteld waren hadden allemaal met Sonea te maken gehad. Gedurende hun tocht door het universiteitsgebouw had Fergun gevraagd wat de relatie tussen Sonea en Cery was. Als de magiërs wilden weten of hij belangrijk voor haar was, betekende dat waarschijnlijk dat ze hem wilden gebruiken om haar onder druk te zetten en te dwingen iets te doen dat ze niet wilde.

De gedachte dat hij haar situatie erger had gemaakt, plaagde hem net zozeer, of misschien zelfs meer, dan de angst om hier te moeten sterven.

Had hij zich nu maar niet laten verleiden de universiteit van binnen te bekijken. Hoe langer Cery erover nadacht, des te meer hij zichzelf vervloekte voor zijn nieuwsgierigheid.

Tussen twee ademhalingen in hoorde hij ineens het geluid van voetstappen in de verte. Naarmate ze luider werden, smolt zijn woede weg en begon zijn hart sneller te kloppen.

De voetstappen hielden stil voor de deur. Er klonk een dof metaalachtig geluid, gevolgd door het lichte tikken van het gereedschap op de vloer. Een lange streep geel licht verscheen toen de deur openzwaaide.

Fergun glipte naar binnen, met zijn lichtbol achter zich aan. Cery knipperde in het felle licht en zag de magiër met samengeknepen ogen naar hem kijken, om vervolgens zijn blik op de vloer te richten.

'Kijk nu eens,' mompelde Fergun. Hij draaide zich om en liet het bord en de fles die hij vasthield los. In plaats van te vallen, zweefden ze langzaam naar de vloer. Hij spreidde zijn vingers en de gereedschapjes die Cery had gebruikt vlogen gehoorzaam naar zijn hand.

Toen hij ze beter bekeek, trok de magiër zijn wenkbrauwen op. Hij keek naar Cery en glimlachte. 'Je dacht toch niet dat deze speeltjes zouden helpen? Ik had wel verwacht dat je daar een beetje handigheid in zou kunnen hebben, dus heb ik voorzorgsmaatregelen genomen.' Hij liet zijn ogen op Cery's kleding vallen. 'Heb je nog meer van dit soort speeltjes?'

Cery slikte de ontkenning in. Fergun zou hem toch niet geloven.

De magiër glimlachte en stak zijn hand uit. 'Geef ze maar aan mij.'

Cery aarzelde. Als hij een aantal van de objecten die hij in zijn kleren verborgen had zou opgeven, zou hij misschien enkele van zijn meer waardevolle bezittingen mogen houden.

Fergun kwam dichterbij. 'Kom, wat heb je er hier nog aan?' Hij bewoog zijn vingers. 'Geef ze maar aan mij.'

Langzaam stak Cery zijn handen in zijn jas en trok er een handvol van de minder nuttige stukken gereedschap uit. Hij keek de magiër vuil aan en liet ze in zijn hand vallen.

Fergun bekeek ze aandachtig en keek toen in Cery's ogen. Een valse glimlach maakte zijn mond smaller. 'Denk je nu echt dat ik geloof dat dit alles is dat je bij je hebt?'

Zijn vingers bewogen. Cery voelde iets onzichtbaars tegen zijn borstkas drukken en struikelde naar achteren tot hij tegen de muur viel. Een kracht omhulde hem en duwde hem tegen de stenen.

Fergun kwam dichterbij en doorzocht Cery's jas. Met een ruk scheurde hij de voering open en onderzocht de verborgen zakken. Hij plukte alles eruit en keek toen naar de rest van Cery's kleding.

Toen hij de messen uit Cery's laarzen had getrokken gromde hij tevreden, om daarna met een wat meer waarderend 'aha' de dolken te vinden. Hij ging rechtop staan en trok een van de wapens uit de schede. Hij bekeek het breedste deel van het mes, waar een grove afbeelding op geëtst was van het dier waarnaar Cery vernoemd was. 'Ceryni,' zei de magiër. Hij keek naar Cery.

Cery staarde opstandig terug. Fergun grinnikte en stapte naar achteren. Hij pakte een grote vierkante lap uit zijn gewaad en pakte het gereedschap en de wapens in, waarna hij naar de deur liep.

Toen hij besefte dat de magiër zou vertrekken zonder verdere uitleg, sloeg Cery's hart een slag over.

'Wacht! Wat wilt u van me? Waarom ben ik hier?'

Fergun negeerde hem. Toen de deur dicht ging, verdween ook het magische krachtveld, en Cery viel voorover op zijn knieën. Hijgend van woede doorzocht hij zijn jas, en hij vloekte toen hij besefte dat hij bijna al zijn eigendommen kwijt was. Het verlies van de dolken vond hij het ergst, maar wapens van een dergelijk formaat waren niet gemakkelijk te verbergen.

Hij ging op zijn hurken zitten en zuchtte diep. Hij had nog een paar dingetjes. Misschien dat hij er wat aan had. Hij moest een plan verzinnen.

22

Een onverwacht aanbod

Moet het echt?'
'Ja.' Dannyl pakte Rothen bij de schouders, draaide hem rond en duwde hem naar buiten. 'Als je je de hele dag verborgen houdt, bevestig je alleen maar de argumenten van de magiërs die Fergun steunen.'

Rothen zuchtte en volgde Dannyl de gang door. 'Natuurlijk heb je gelijk. Ik heb de afgelopen twee weken bijna niemand gesproken. En ik moet heer Lorlen vragen of hij zijn bezoek een paar dagen kan uitstellen. Wacht...' Rothen keek op. 'Wat zeggen de volgelingen van Fergun eigenlijk?'

Dannyl keek grimmig. 'Dat het een paar dagen geduurd heeft voor ze zich leerde beheersen, en dat je haar nu verborgen houdt zodat Fergun haar niet te zien krijgt.'

Rothen maakte een onbeleefd geluid. 'Wat een onzin. Ik zou hen wel eens willen zien met de hoofdpijn die ik de afgelopen dagen te verduren heb gekregen.' Hij maakte een grimas. 'Ik neem aan dat dit ook betekent dat ik het bezoek van Lorlen niet langer kan uitstellen.'

'Nee,' gaf Dannyl toe.

Ze kwamen bij de ingang van de magiërsvertrekken en stapten naar buiten. Hoewel de sneeuw op de paden al was gesmolten door de vele novicen die er iedere ochtend en avond op liepen, lag er alweer een dun, poederig laagje op de binnenplaats. Het kraakte onder hun voeten terwijl ze naar de Zeven Bogen liepen.

Toen ze de warmte van de Nachtzaal binnenkwamen draaide een aantal hoofden hun kant op. Dannyl hoorde zijn metgezel zacht kreunen toen diverse magiërs aanstalten maakten naar hem toe te komen. Sarrin, Hoofd der Alchemisten, was de eerste.

'Goedenavond, heer Rothen, heer Dannyl. Hoe gaat het met u beiden?'

'Heel goed, heer Sarrin,' antwoordde Rothen.

'Al voortgang geboekt met dat sloppenmeisje?'

Rothen zweeg even en wachtte tot een aantal anderen binnen gehoorsafstand was. 'Sonea doet het goed,' zei hij tegen hen allemaal. 'Het duurde even voor ze ophield mij uit haar gedachten te duwen. Zoals te verwachten is, koestert ze nogal een diep wantrouwen jegens ons.'

'Goed?' mompelde een magiër ergens achteraan. 'Er zijn weinig novicen die er twee hele weken over doen.'

Dannyl glimlachte toen Rothens gezicht versomberde.

Zijn vriend wendde zich tot de spreker. 'U moet wel bedenken dat dit geen novice is die met tegenzin door haar toegewijde familie hierheen is gestuurd. Tot twee weken geleden was ze er rotsvast van overtuigd dat wij van plan waren haar te vermoorden. Het heeft enige tijd geduurd voordat ze een klein beetje vertrouwen kreeg.'

'Wanneer bent u begonnen met de beheersingsoefeningen?' vroeg een ander.

Rothen aarzelde. 'Twee dagen geleden.'

Er klonk gemompel onder de magiërs. Een aantal schudde het hoofd.

'In dat geval denk ik dat u een indrukwekkende vooruitgang geboekt hebt, heer Rothen,' sprak een nieuwe stem.

Dannyl draaide zich om en zag vrouwe Vinara door de menigte aan komen lopen. Magiërs stapten vol ontzag opzij toen het Hoofd der Genezers naderde.

'Wat heeft u gezien van haar krachten?' vroeg ze.

Rothen glimlachte. 'De eerste keer dat ik zag hoeveel kracht ze in zich had, geloofde ik het zelf niet. Ze is onvoorstelbaar sterk!'

Het geroezemoes werd luider. *Mooi*, dacht Dannyl. *Als ze zo sterk is, dan zullen mensen liever Rothen als haar mentor zien.*

Een oudere magiër vooraan haalde zijn schouders op. 'We wisten dat ze sterk moest zijn, anders hadden haar krachten zich niet spontaan ontwikkeld.'

Vinara knikte. 'Natuurlijk is kracht niet de belangrijkste test van een novice. Heeft ze al enig talent laten zien?'

'Ze kan heel goed visualiseren,' zei Rothen. 'Dat zal haar bij de meeste disciplines kunnen helpen. Haar geheugen is ook prima. Ik heb gemerkt dat ze oplettend is, en intelligent.'

'Heeft ze al geprobeerd haar krachten te gebruiken?' vroeg een magiër in een rood gewaad.

'Niet sinds haar komst hier. Ze begrijpt de gevaren heel goed.'

De vragen gingen door. Dannyl keek naar de menigte om hen heen en zag een glad blond hoofd temidden van een groep naderende magiërs. Hij ging dichter bij Rothen staan en wachtte op een geschikt moment om hem te waarschuwen.

Heer Dannyl.

Een paar magiërs knipperden met de ogen en keken naar Dannyl. Deze herkende de stem en keek de zaal rond tot hij administrateur Lorlen in zijn gebruikelijke stoel zag zitten. De magiër in het blauwe gewaad wees naar Rothen en wenkte.

Dannyl knikte en fluisterde Rothen in het oor: 'Ik geloof dat de administrateur je wil redden.'

Toen Rothen zich omdraaide in de richting van de administrateur zag Dannyl dat Fergun aan de rand van de groep stond. Een bekende stem mengde zich in de discussie, en een aantal gezichten draaiden zich om naar de krijgsheer.

'Ik moet mij verontschuldigen,' zei Rothen. 'Administrateur Lorlen wil mij spreken.' Hij boog even beleefd het hoofd en duwde Dannyl in de richting van de administrateur.

Dannyl keek om en ving even de blik van Fergun op. De lippen van de krijgsheer waren in een tevreden glimlach geplooid.

Toen ze bij Lorlens stoel aankwamen, gebaarde de administrateur naar de twee stoelen naast hem. 'Goedenavond, heer Rothen, heer Dannyl. Ga zitten en vertel me hoe het met Sonea gaat.'

Rothen bleef staan. 'Ik had gehoopt u even persoonlijk te kunnen spreken, administrateur.'

Lorlen trok zijn wenkbrauwen op. 'Natuurlijk. Zullen we naar de Banketzaal gaan?'

'Graag.'

De administrateur stond op en ging hen voor naar een deur. Toen ze er doorheen liepen, maakte hij een lichtbol boven zijn hoofd, die de lange tafel verlichtte die het grootste deel van de zaal in beslag nam.

Lorlen pakte een van de stoelen bij de tafel en ging zitten. 'Hoe is het met uw been, heer Dannyl?'

Dannyl keek verrast op. 'Beter.'

'Ik had het idee dat u er vanavond weer wat meer mee trok,' observeerde Lorlen.

'Dat komt door de kou,' zei Dannyl.

'Aha, ik begrijp het.' Lorlen knikte en wendde zich tot Rothen. 'Wat wilt u bespreken?'

'Ik ben twee dagen geleden met de beheersingsoefeningen begonnen,' vertelde Rothen. Lorlen fronste, maar zweeg terwijl Rothen verder ging. 'U wilde na twee weken haar vooruitgang controleren, en u vroeg of ik haar voor die tijd aan een andere magiër kon voorstellen. Vanwege haar gebrek aan vooruitgang heb ik haar niet willen afleiden met bezoekers, maar ik heb het gevoel dat ze er nu bijna klaar voor is. Kunt u uw bezoek nog een paar dagen uitstellen?'

Lorlen keek Rothen met vaste blik aan en knikte toen. 'Maar niet meer dan een paar dagen.'

'Dank u. Er is echter nog iets dat ik wilde bespreken. Een mogelijkheid die we beter nu dan later onder ogen dienen te zien.'

Lorlen trok zijn wenkbrauwen op. 'Ja?'

'Sonea wil geen lid van het Gilde worden. Ik heb...' Hij zuchtte. 'Om haar vertrouwen te winnen heb ik haar verteld dat ze, als ze dat wil, terug kan keren naar de sloppen. We kunnen haar tenslotte niet dwingen de eed af te leggen.'

'Heeft u haar verteld dat we dan wel haar krachten zullen moeten blokkeren?'

'Nog niet. Hoewel ik niet denk dat het haar iets zal kunnen schelen. Ik heb haar wel gewaarschuwd dat ze haar magie niet zou kunnen gebruiken, maar ik had de indruk dat dat idee haar eigenlijk wel beviel. Ik denk dat ze haar talent liever kwijt dan rijk is.'

Lorlen knikte. 'Het verbaast me niets. Ze heeft magie slechts ervaren als een onbedwingbare, vernietigende kracht.' Hij zweeg even. 'Misschien kunt u haar enkele nuttige trucs leren zodat ze het gebruik van magie prettiger gaat vinden.'

Rothen schudde zijn hoofd. 'Het is niet de bedoeling dat ze haar kracht gebruikt tot ze die volledig kan beheersen, en zodra ze hem kan beheersen, zal ze van ons verwachten dat we haar laten gaan.'

'Zij kent het verschil nog niet tussen een beheersingsoefening en een werkelijke les in magie,' merkte Dannyl op. 'Laat de lessen gewoon overgaan van beheersing in magie. Dat geeft je ook meer tijd om haar ervan te overtuigen om te blijven.'

'Niet veel,' zei Lorlen. 'Fergun hoeft niet te weten wanneer ze precies de volledige beheersing bereikt, maar hij kan niet zo lang voor de gek gehouden worden. Misschien dat het u een extra week kan opleveren.'

Rothen keek Lorlen verwachtingsvol aan. De administrateur wreef over zijn voorhoofd. 'Goed dan. Maar zorg ervoor dat hij het niet ontdekt, anders zal ik het de rest van mijn leven moeten horen.'

'Als hij het ontdekt, zeggen we gewoon dat we haar beheersing aan het testen zijn,' zei Dannyl. 'Tenslotte is ze opmerkelijk sterk. Ik zou niet willen dat ze zich vergiste.'

Lorlen keek Dannyl aandachtig aan. Even leek het alsof hij op het punt stond iets te gaan zeggen, maar in plaats daarvan wendde hij zich tot Rothen. 'Is dat alles dat u wilde bespreken?'

'Jawel, administrateur. Dank u,' antwoordde Rothen.

'Dan zal ik over enkele dagen op bezoek komen. Hebt u al een idee aan wie u haar het eerst zou willen voorstellen?'

Dannyl knipperde met zijn ogen toen Rothen nadrukkelijk naar hem keek. 'Ik?'

Rothen glimlachte. 'Morgenmiddag, denk ik.'

Dannyl deed zijn mond open om te protesteren, maar sloot die weer toen hij Lorlen naar hem zag kijken. 'Goed dan,' zei hij met tegenzin. 'Als je maar zorgt dat je eerst het bestek opbergt.'

Sonea verveelde zich. Het was te vroeg om al te gaan slapen. Tania was kort geleden na het eten met de vuile borden naar de keuken gegaan, en Rothen was kort daarna verdwenen. Omdat ze het boek dat Rothen die ochtend voor haar had meegebracht al uit had, ijsbeerde Sonea door de kamer en bekeek snuisterijen en boekenkasten. Omdat ze niets vond dat ze interessant of zelfs maar begrijpelijk vond, liep ze naar het raam en keek naar buiten. Er was geen maan, en de tuinen waren donker. Ze zag niets.

Ze besloot om dan maar vroeg naar bed te gaan. Ze liet het scherm voor het raam dicht glijden en liep naar haar slaapkamer – en bleef toen stokstijf staan, omdat er op de buitendeur geklopt werd.

Ze draaide zich om en staarde naar de deur. Rothen klopte nooit voordat hij binnenkwam, en Tania klopte altijd zachtjes en beleefd, niet zo nadrukkelijk als dit. Er waren eerder bezoekers geweest die hadden geklopt, maar Rothen had hen nooit binnen gelaten.

Ze voelde een rilling over haar rug glijden toen de bezoeker nogmaals klopte. Sonea sloop de kamer door in de richting van de deur.

'Wie is daar?'

'Een vriend,' klonk het gedempt.

'Rothen is er niet.'

'Ik wil Rothen niet spreken. Ik wil jou spreken, Sonea.'

'Waarom?'

Het antwoord was nog zachter. 'Ik heb je iets te vertellen. Iets belangrijks, iets dat hij je niet zal laten weten.'

Rothen hield iets voor haar achter? Haar hart klopte nog harder van schrik en opwinding. Wie deze vreemdeling ook was, hij was blijkbaar van plan de voorschriften van de magiërs te negeren om haar iets te vertellen. Ze wenste dat ze door de deur heen kon kijken om te zien wie de bezoeker was.

Maar was het wel een goed idee om op dit moment iets onrustbarends over Rothen te leren, nu ze hem moest kunnen vertrouwen?

'Sonea, laat me binnen. De gang is leeg, maar dat zal niet lang duren. Dit is mijn enige kans om je te spreken te krijgen.'

'Dat kan ik niet. De deur zit op slot.'

'Probeer het nog eens.'

Ze keek naar de deurknop. Hoewel ze gedurende haar eerste dagen in het appartement geprobeerd had de deur te openen, was die altijd op slot geweest. Ze stak haar hand uit en draaide aan de knop. Tot haar verbazing zwaaide de deur open.

Een man in het lange rode gewaad van een magiër kwam binnen. Sonea deed een stap naar achteren en keek de man ontzet aan. Ze had een bediende verwacht, een redder in de kleding van een bediende, misschien. Tenzij deze man zo brutaal was dat hij een gewaad durfde te stelen zodat hij haar te spreken kon krijgen...

De man sloot de deur zachtjes achter zich. 'Hallo, Sonea. Dus we ontmoeten elkaar eindelijk. Mijn naam is heer Fergun.'

'U bent een magiër?'

'Jazeker, maar een ander soort magiër dan heer Rothen.' Hij legde een hand op zijn borst.

Sonea fronste. 'U bent een krijgsheer?'

Fergun knikte. Hij was veel jonger dan Rothen, zag ze, en vrij aantrekke-

236

lijk. Zijn haar was blond en netjes gekamd, en zijn gezicht was fijngetekend, maar toch krachtig. Ze wist dat ze hem eerder gezien had, maar kon zich niet herinneren wanneer.

'Dat ben ik,' zei hij. 'Maar dat is niet het verschil dat ik bedoel. Ik sta aan jouw kant.'

'En Rothen niet?'

'Nee, hoewel hij het goed bedoelt,' antwoordde hij. 'Rothen is het soort man dat gelooft dat hij weet wat het beste is voor anderen, vooral voor jonge vrouwen zoals jij. Ik zie je echter als een volwassene die haar eigen beslissingen zou moeten nemen.' Hij trok een wenkbrauw op. 'Wil je naar me luisteren, of zal ik je nu alleen laten?'

Hoewel haar hart nog altijd als een razende tekeer ging, knikte ze en gebaarde naar de stoelen. 'Ga zitten,' zei ze. 'Ik zal luisteren.'

Hij boog beleefd zijn hoofd en nam plaats. Ze ging tegenover hem zitten en keek hem verwachtingsvol aan.

'Ten eerste, heeft Rothen je al verteld dat je lid kunt worden van het Gilde?' vroeg hij.

'Ja.'

'En heeft hij verteld wat je moet doen om magiër te worden?'

Ze haalde haar schouders op. 'Een beetje. Er is een eed, en een opleiding van jaren.'

'En weet je ook wat je moet zweren?'

Ze schudde haar hoofd. 'Nee, maar dat maakt niet uit. Ik wil toch geen lid worden van het Gilde.'

Hij knipperde met zijn ogen. 'Je wilt geen lid worden van het Gilde?' zei hij.

'Nee.'

Hij leunde achterover in zijn stoel en keek even peinzend voor zich uit. Toen keek hij haar weer aan. 'Mag ik je vragen waarom?'

Sonea keek hem onderzoekend aan. Rothen had haar verteld dat veel van de magiërs verrast zouden zijn als ze het aanbod van het Gilde weigerde aan te nemen.

'Ik wil naar huis,' zei ze tegen hem.

Hij knikte. 'Weet je dat het Gilde het niet toestaat dat er magiërs zijn die niet binnen hun invloedssfeer vallen?'

'Ja,' zei ze. 'Dat weet iedereen.'

'Dus je weet dat ze je niet zomaar zullen laten vertrekken.'

'Ik zal mijn krachten toch niet meer kunnen gebruiken, dus ik zal geen bedreiging zijn.'

Hij keek verbaasd op. 'Dus Rothen heeft je al verteld dat je krachten geblokkeerd zullen worden?'

Sonea fronste. Geblokkeerd?

Hij knikte langzaam. 'Dat dacht ik al. Hij vertelt je slechts de halve waarheid.' Hij leunde naar voren. 'De hogere magiërs zullen je krachten opsluiten in een soort kooi, zodat je er niet meer bij kunt. Het is... een onprettige procedure, erg onprettig, en die kooi zal daar voor de rest van je leven blijven. Zie je, zelfs al weet je nu niet hoe je je krachten kunt gebruiken, dan is er altijd nog de kans dat je dit zelf ontdekt, of dat er een wilde magiër is die het je zou willen leren – hoewel dat vrij onwaarschijnlijk is. Volgens de wet moet het Gilde er zeker van zijn dat je geen magie kunt gebruiken, welke hulp je eventueel later ook krijgt.'

Sonea voelde een kilte in zich omhoog komen terwijl hij sprak. Ze keek naar de tafel en bedacht wat Rothen precies gezegd had. Had hij de waarheid met opzet zo verdraaid dat het minder beangstigend zou klinken? Waarschijnlijk wel. Haar wantrouwen werd sterker toen ze besefte dat Rothen alleen maar gezegd had dat ze vrij zou zijn. Ze had het niet in zijn bewustzijn gelezen...

Ze keek op naar de magiër in het rode gewaad. Hoe kon ze hem vertrouwen? Ze kon zich niet voorstellen dat hij iets te winnen had bij een leugen, aangezien ze de waarheid toch zou ontdekken als haar beheersing eenmaal compleet was.

'Waarom vertelt u me dit?'

'Zoals ik zei, sta ik aan jouw kant. Je moet de waarheid weten... en ik heb een alternatief te bieden.'

Ze ging rechtop zitten. 'Welk alternatief?'

'Het zal niet eenvoudig zijn. Heeft Rothen je al uitgelegd hoe het werkt met novicen en mentoren?'

Ze schudde haar hoofd.

Hij rolde met zijn ogen. 'Hij heeft je maar bar weinig verteld! Luister.' Hij leunde voorover en zette zijn ellebogen op zijn knieën. 'Een mentor kan de opleiding van een novice sturen. Rothen heeft zich na de Opruiming opgeworpen als jouw mentor. Toen ik dat hoorde, heb ik besloten mij ook aan te melden. Daarom zal het Gilde straks een hoorzitting moeten houden, waar besloten zal worden wie van ons jouw mentor wordt. Jij zult mij helpen om te winnen, en dan...'

'Waarom zouden ze een hoorzitting houden als ik niet van plan ben me bij het Gilde aan te sluiten?' onderbrak Sonea hem.

Hij hief zijn hand in een kalmerend gebaar. 'Laat me even uitpraten, Sonea.' Hij haalde diep adem en ging verder. 'Als je weigert je bij het Gilde aan te sluiten zullen je krachten worden geblokkeerd en dan word je teruggestuurd naar de sloppen. Als je echter blijft, en mij in staat stelt jouw mentor te worden, dan kan ik je helpen.'

Sonea fronste. 'Hoe dan?'

Hij glimlachte. 'Je kunt op een dag gewoon verdwijnen. Je kunt terugkeren naar de sloppen als je dat wilt. Ik zal je leren hoe je magie kunt bedrijven zonder dat dit opgemerkt wordt – en je krachten zullen niet geblokkeerd worden. Ze zullen eerst naar je zoeken, maar als je slim bent, zullen ze je deze keer niet vinden.'

Ze staarde hem vol ongeloof aan. 'Maar dan breekt u de wetten van het Gilde.'

Hij knikte langzaam. 'Dat weet ik.' Een aantal opeenvolgende emoties gleed over zijn gezicht. Hij stond op en liep naar het raam. 'Ik vind het niet prettig om te zien hoe mensen gedwongen worden om iets te zijn dat ze niet willen zijn.' Hij draaide zich om en stak zijn hand naar haar uit. 'Kijk.' De huid van zijn handpalm was eeltig en vol littekens. 'Zwaarden. Ik ben een krijger, zoals je al gezien had. Dit komt het dichtst bij wat ik ooit had willen worden. Als jongen droomde ik ervan om een zwaardvechter te zijn. Ik oefende uren lang, iedere dag. Ik droomde dat ik de beste leraren zou krijgen.'

Hij schudde zijn hoofd. 'Toen ontdekte men dat ik magisch talent had. Het was niet veel, maar mijn ouders wilden graag een magiër in de familie. Ik zou hun Huis groot aanzien geven, zeiden ze.

Dus werd ik gedwongen me bij het Gilde aan te sluiten. Ik was te jong om te weigeren, veel te vol met twijfel om te beseffen dat magie niet mijn werkelijke roeping was. Mijn krachten zijn niet sterk, en hoewel ik ze goed heb leren gebruiken, kan ik er niet van genieten. Ik heb mijn gevechtstechniek echter altijd bijgehouden, hoewel de meeste andere magiërs weinig op hebben met eerlijke strijd. Dichter kom ik niet bij het leven waarvan ik ooit droomde.'

Hij keek haar aan met een schittering in zijn ogen. 'Ik zal niet toestaan dat Rothen zoiets met jou doet. Als je geen lid wilt worden van het Gilde, dan zal ik je helpen ontsnappen. Maar je moet me vertrouwen. De politiek en de wetten van het Gilde zijn krom en verwarrend.' Hij liep terug naar de stoel, maar ging niet zitten. 'Wil je dat ik je help?'

Sonea keek naar de tafel. Zijn verhaal, en de gepassioneerde manier waarop hij het verteld had, hadden indruk op haar gemaakt, maar er waren onderdelen waarbij ze zich ongemakkelijk voelde. Was het behouden van haar magie de moeite waard om weer als vluchtelinge te moeten leven?

Toen stelde ze zich voor wat Cery zou zeggen. Waarom zouden de hogere klassen het monopolie op magie hebben? Als het Gilde niemand van de lagere klassen wenste aan te nemen, waarom zouden die klassen dan niet hun eigen magiërs mogen hebben?

'Ja.' Ze keek op en ontmoette zijn blik. 'Maar ik moet erover nadenken. Ik ken u niet. Ik wil deze hele mentor-toestand goed uitzoeken voordat ik ergens mee instem.'

Hij knikte. 'Dat begrijp ik. Denk erover na, maar niet te lang. Rothen is erin geslaagd administrateur Lorlen ervan te overtuigen dat hij iedereen bij je vandaan moet houden tot je je magie kunt beheersen – ongetwijfeld om te zorgen dat je de waarheid niet ontdekt. Ik heb veel op het spel gezet door tegen die beslissing in te gaan. Ik zal proberen zo snel mogelijk weer langs te komen, maar dan moet je wel een antwoord hebben. Misschien krijg ik geen derde kans.'

'Dat is goed.'

Hij keek naar de deur. 'Ik kan maar beter gaan. Het zou me geen goed doen als hij me hier vond.'

Hij liep naar de deur, deed deze een stukje open en keek naar buiten. Hij stopte slechts om haar een laatste, ietwat grimmige glimlach te schenken voordat hij naar buiten glipte. De deur sloot zich achter hem.

Sonea bleef alleen zitten en staarde naar de tafel. De woorden van de magiër tolden rond in haar hoofd. Ze kon geen enkele reden bedenken waarom Fergun tegen haar zou liegen, maar ze zou al zijn beweringen toetsen: het blokkeren van krachten, het mentorschap, zijn verhaal over gebroken dromen. Als ze Rothen heel voorzichtig enkele vragen stelde, zou ze hem misschien zover kunnen krijgen dat hij iets van Ferguns woorden zou bevestigen.

Maar niet vanavond. Ze was te nerveus door het bezoek om een kalm gezicht te kunnen trekken als Rothen terugkeerde. Ze stond op, ging haar slaapkamer binnen en sloot de deur.

23

Rothens vriend

'Vandaag waren er geen lessen.'

Rothen keek op van het boek dat hij zat te lezen. Sonea leunde op de vensterbank en er vormde zich een kleine cirkel van damp waar ze tegen het glas ademde.

'Nee,' zei hij. 'Het is een studiedag. We hebben geen lessen op de laatste dag van de week.'

'Wat doen jullie dan?'

Hij haalde zijn schouders op. 'Dat hangt van de magiër af. Sommigen bezoeken de wedrennen, of andere sporten of interesses. Sommigen bezoeken hun familie.'

'En de novicen?'

'Hetzelfde, hoewel de oudere novicen vaak de hele dag studeren.'

'En ze moeten nog steeds sneeuwruimen.'

Haar ogen volgden iets onder het raam. Rothen kon wel raden wat het was, en grinnikte. 'Sneeuwruimen is een van de vele taken die novicen tijdens hun eerste studiejaar krijgen. Daarna zijn dergelijke karweitjes nog slechts een manier om iemand te straffen.'

Ze keek hem met opgetrokken wenkbrauwen aan. 'Straffen?'

'Voor kinderachtige grapjes of brutaal gedrag tegenover ouderen,' legde hij uit. 'Ze zijn wat te oud voor een pak slaag.'

Haar mondhoek trilde en ze keek weer naar buiten. 'Daarom ziet hij er zo chagrijnig uit.'

Rothen zuchtte toen hij zag dat ze met haar vingers op het frame van het raamscherm stond te trommelen. Twee dagen lang had ze snel geleerd, en ze had de beheersingsoefeningen sneller begrepen dan iedere andere novice die hij had lesgegeven. Vandaag had haar concentratie haar echter diverse malen in de steek gelaten. Hoewel ze het goed verborgen hield – waarmee ze bewees dat haar mentale discipline een stuk sterker geworden was – was het wel duidelijk geworden dat haar iets dwars zat.

Eerst had hij zichzelf de schuld gegeven. Hij had haar niets verteld over het bezoek van Dannyl, omdat hij bang was dat het idee dat ze een vreemdeling ging ontmoeten haar concentratievermogen zou schaden. Ze had gemerkt dat hij iets verborgen gehouden had, en was wantrouwend geworden. Toen hij besefte dat hij een vergissing begaan had, had hij haar over het bezoek verteld.

'Ik vroeg me al af wanneer ik andere magiërs zou mogen ontmoeten,' had ze gezegd.

'Als je vanavond geen bezoek wilt, dan kan ik hem vragen om een andere keer terug te komen,' had hij gezegd.

Ze had haar hoofd geschud. 'Nee, ik wil uw vriend graag ontmoeten.'

Verrast en blij met haar reactie had hij geprobeerd de lessen voort te zetten. Ze bleef echter problemen houden om haar aandacht bij de oefeningen te houden, en hij had haar frustratie en ongeduld voelen groeien. Iedere keer dat ze even gepauzeerd hadden, was ze naar het raam gegaan om naar buiten te staren.

Hij keek haar weer aan en dacht eraan hoe lang ze al wel niet hier zat opgesloten. Het was gemakkelijk om te vergeten dat zijn appartement haar gevangenis was. Ze was waarschijnlijk moe van haar omgeving en verveelde zich.

Vandaar dat dit ook een uitstekend tijdstip was om haar voor te stellen aan Dannyl, besloot hij. De lange magiër was vaak nogal intimiderend voor degenen die hem niet kenden, maar zijn vriendelijke manier van doen stelde mensen meestal snel op hun gemak. Hij hoopte dat ze aan het gezelschap van Dannyl zou wennen voor Lorlen hen bezocht.

En daarna? Hij keek naar haar trommelende vingers en glimlachte. Daarna zou hij haar mee naar buiten nemen voor een rondleiding over het Gildeterrein.

Zijn gedachtegang werd onderbroken doordat er op de deur geklopt werd. Hij stond op en deed de voordeur open. Dannyl stond buiten, lichtelijk gespannen.

'Je bent vroeg,' merkte Rothen op.

Dannyl vrolijkte merkbaar op. 'Zal ik straks terugkomen?'

Rothen schudde zijn hoofd. 'Nee, kom binnen.'

Hij keek achterom en observeerde Sonea's gezicht toen Dannyl binnenkwam. Ze keek de lange magiër onderzoekend aan.

'Dannyl, dit is Sonea,' zei hij.

'Het is mij een eer je te ontmoeten,' zei Dannyl terwijl hij zijn hoofd boog.

Sonea knikte. 'Wederzijds.' Ze kneep haar ogen half dicht en er verscheen een ondeugende uitdrukking op haar gezicht. 'Ik denk dat we elkaar al eerder ontmoet hebben.' Ze keek naar beneden. 'Hoe is het met uw been?'

Dannyl knipperde met zijn ogen, en toen plooide zijn mond zich in een glimlach. 'Veel beter, dank je.'

Rothen bedekte zijn mond met zijn hand en probeerde zonder veel succes zijn lachen in te houden. Hij deed alsof hij hoestte en gebaarde naar de stoelen. 'Ga zitten. Ik zal sumi maken.'

Sonea stapte bij het raam vandaan en ging tegenover Dannyl zitten. Het tweetal staarde naar elkaar, allebei op hun hoede. Rothen liep naar een tafel bij de muur en plaatste alle benodigdheden voor de sumi op een dienblad.

'Hoe gaat het met je lessen?' vroeg Dannyl.

'Goed, denk ik. En de uwe?'

'De mijne?'

'U geeft les aan Rothens klas, is het niet?'

'O. Ja. Dat is... een uitdaging. Ik heb nog nooit eerder lesgegeven, dus ik heb soms het gevoel dat ik meer te leren heb dan de novicen.'

'Wat doet u gewoonlijk?'

'Experimenten. Kleine projecten voornamelijk. Soms help ik bij grotere proeven.'

Rothen bracht het dienblad naar de tafel en ging zitten. 'Vertel haar eens over je gedachtendrukpers,' stelde hij voor.

'O, dat is maar een liefhebberij,' zei Dannyl met een wegwerpgebaar. 'Dat interesseert niemand.'

'Wat is het dan?' vroeg Sonea.

'Een manier om beelden vanuit je gedachten op papier te zetten.'

Sonea's ogen glommen van interesse. 'Is dat mogelijk?'

Dannyl pakte een kop sumi aan van Rothen. 'Nee, nog niet. Veel magiërs hebben het in de afgelopen eeuwen geprobeerd, maar niemand is erin geslaagd een substantie te vinden die het beeld lang kan vasthouden.' Hij stopte even en nam een slok van de hete drank. 'Ik heb speciaal papier laten maken van de bladeren van anivopelianen, en dat kan het beeld enkele dagen vasthouden, maar daarna lopen de kleuren door elkaar en zijn binnen twee uur helemaal vervaagd. In het ideale geval zou het beeld permanent moeten zijn.'

'Waar zou u ze voor willen gebruiken?'

Dannyl haalde zijn schouders op. 'Identificatie, om te beginnen. Het zou de zaken heel wat vereenvoudigd hebben als we dit bijvoorbeeld hadden kunnen doen toen we jou zochten. Rothen was de enige van ons die je gezien had. Als hij je beeltenis op papier had kunnen zetten, dan hadden we die portretten mee kunnen nemen om ze aan mensen te laten zien.'

'Hoe zien de plaatjes eruit als de kleur weg is?'

'Vaag. Wazig. Maar je kunt soms nog wel zien wat er ooit op heeft gestaan.'

'Kan... kan ik er een zien?'

'Natuurlijk. Ik kan er een paar brengen.'

Sonea's ogen glommen van nieuwsgierigheid. Als Dannyl zijn experiment hier opzette, bedacht Rothen, zou ze het zelf kunnen zien. Hij keek om zich heen en stelde zich voor dat ze alle rommel, reageerbuizen en drukperzen uit Dannyls ontvangstkamer naar de zijne zouden brengen...

'Ik weet zeker dat Dannyl er geen bezwaar tegen heeft als we naar zijn appartement gaan voor een kleine demonstratie,' zei hij.

Dannyls ogen vlogen wijd open. 'Nu?' vroeg hij.

Rothen deed zijn mond al open om zijn vriend gerust te stellen, maar hij aarzelde. Sonea keek hem vol opwinding aan. Hij keek naar het tweetal. Het was duidelijk dat ze helemaal niet geïntimideerd werd door Dannyl. Van het tweetal leek zij het minst zenuwachtig door de aanwezigheid van de ander. Dannyls appartement was op een lagere verdieping van de magiërsresidentie, dus ze hoefden niet ver.

'Ik zie niet in waarom niet,' antwoordde hij.

Weet je zeker dat het verstandig is? zond Dannyl.

Sonea's ogen schoten in zijn richting. Rothen negeerde de vraag en keek Sonea vragend aan. 'Zou jij dat leuk vinden?'

'Ja,' antwoordde ze terwijl ze zich tot Dannyl wendde. 'Als u het niet vervelend vindt.'

'Helemaal niet.' Dannyl keek naar Rothen. 'Het is alleen... mijn appartement is nogal rommelig.'

'Nogal?' Rothen pakte zijn kop op en nam de laatste slok van zijn sumi.

'Heeft u geen bediende?' vroeg Sonea.

'Jawel,' antwoordde Dannyl, 'maar ik heb hem gewaarschuwd dat hij van mijn experimenten af moet blijven.'

'Waarom ga je niet vast naar beneden om te zorgen dat we ergens kunnen zitten?' zei Rothen.

Met een zucht stond Dannyl op. 'Goed dan.'

Rothen volgde zijn vriend naar de deur en stapte naar buiten. Dannyl draaide zich onmiddellijk om en keek hem aan.

'Ben je gek geworden? Als iemand jullie ziet, wat dan?' fluisterde Dannyl. 'Als je haar mee naar buiten neemt, zal Fergun geen enkele reden meer zien om hem bij haar weg te houden.'

'Dan mag hij haar bezoeken,' zei Rothen terwijl hij zijn schouders ophaalde. 'De enige reden waarom ik haar in afzondering wilde houden was om te voorkomen dat hij haar zou bezoeken op een moment dat een onbekende magiër haar angst zou aanjagen. Maar als ze zo kalm en zelfverzekerd is waar jij bij bent, dan weet ik zeker dat Fergun haar ook niet zal storen.'

'Dank je,' zei Dannyl droogjes.

'Omdat jij er veel intimiderender uitziet dan hij,' legde Rothen uit.

'Is dat zo?'

'En hij is veel charmanter,' voegde Rothen er met een glimlach aan toe. Hij gebaarde in de richting van de trap. 'Ga maar naar beneden. Als je klaar bent – en de gang leeg is – stuur me dan bericht. Besteed niet te veel tijd aan opruimen, want anders zullen we allebei gaan denken dat je iets te verbergen hebt.'

Terwijl zijn vriend haastig wegliep, ging Rothen zijn kamer weer in. Sonea stond voor haar stoel en bloosde licht. Ze ging zitten toen hij de tafel begon af te ruimen.

'Het klinkt niet alsof hij graag bezoek wil ontvangen,' zei ze aarzelend.

'Hij vindt het niet erg,' verzekerde Rothen haar. 'Maar hij is niet dol op verrassingen.'

Hij pakte het dienblad op en droeg het terug naar de tafel bij de muur. Toen pakte hij een stuk papier uit een lade en schreef een briefje voor Tania, om de bediende te laten weten waar ze waren. Terwijl hij het briefje opvouw-de, hoorde hij Dannyl zijn naam roepen.

Er is hier nu een klein beetje ruimte. Kom maar naar beneden.

Sonea stond op en keek Rothen verwachtingsvol aan. Met een glimlach opende hij de deur. Haar ogen schoten van links naar rechts toen ze buiten kwam en ze bestudeerde de brede gang en de vele deuren.

'Hoeveel magiërs wonen hier?' vroeg ze terwijl ze de trap af gingen.

'Meer dan tachtig, met hun gezinnen.'

'Dus er wonen hier andere mensen behalve magiërs?'

'Ja, maar alleen de partners en kinderen van magiërs, geen andere fami-lieleden.'

'Waarom niet?'

Hij grinnikte. 'Als we alle familieleden van alle magiërs onderdak moesten verlenen, zouden we de hele Binnencirkel hierheen moeten verhuizen.'

'Natuurlijk,' zei ze droogjes. 'Wat gebeurt er als de kinderen volwassen worden?'

'Als ze magisch talent hebben worden ze meestal lid van het Gilde. Zo niet, dan vertrekken ze.'

'Waar gaan ze heen?'

'Naar familieleden in de stad.'

'In de Binnencirkel.'

'Ja.'

Ze dacht hierover na en keek naar hem op. 'Wonen er ook magiërs in de stad zelf?'

'Een paar. Het wordt niet aangemoedigd.'

'Waarom niet?'

'We worden geacht elkaar in de gaten te houden, weet je nog, om te zorgen dat geen van ons te diep betrokken raakt bij de politiek, of een complot tegen de koning. Het is moeilijker om zoiets te doen als we allemaal bij elkaar wonen in het Gilde.'

'Waarom mogen sommige magiërs dan wel naar de stad verhuizen?'

Ze stonden aan het eind van de gang. Rothen liep de wenteltrap af en Sonea volgde hem.

'Om verschillende redenen, die allemaal individueel bepaald worden. Ou-derdom, ziekte.'

'Wonen er ook magiërs die geen lid wilden worden van het Gilde – die wel beheersing leerden, maar niet geleerd hebben magie te gebruiken?'

Hij schudde zijn hoofd. 'Nee. Bij de jonge mannen en vrouwen die zich bij ons voegen zijn de krachten nog niet vrijgemaakt. Daarna leren ze pas beheersing. Bedenk goed dat jij uniek bent, omdat je krachten zich spontaan hebben gemanifesteerd.'

Ze fronste. 'Heeft ooit eerder iemand het Gilde verlaten?'

'Nee.'

Ze keek hem aandachtig aan. Beneden hoorden ze de stem van Dannyl, en die van een ander. Rothen ging langzamer lopen, zodat Sonea de tijd kreeg om de aanwezigheid van een andere magiër gewaar te worden.

Ze schoot opzij toen een magiër de trap op zweefde, met zijn voeten bungelend in de lucht. Rothen herkende de man en knikte hem toe.

'Goedenavond, heer Garrel.'

'Goedenavond,' antwoordde de magiër. Hij trok een wenkbrauw op toen hij Sonea zag.

Sonea staarde met wijd open ogen naar de magiër. Toen Garrels voeten op het niveau van de bovenste verdieping waren, stapte hij op de vloer van de gang. Hij keek nogmaals naar Sonea, met een blik vol interesse, en liep weg.

'Levitatie,' zei Rothen tegen Sonea. 'Indrukwekkend, vind je niet? Er is behoorlijk veel vaardigheid voor nodig. Ongeveer de helft van ons kan het.'

'Kunt u het?' vroeg ze.

'Vroeger deed ik niet anders,' antwoordde Rothen. 'Maar ik heb lang niet meer geoefend. Dannyl kan het wel.'

'Ja, maar ik ben niet zo'n opschepper als Garrel.'

Rothen keek omlaag en zag Dannyl onder aan de trap staan wachten.

'Ik gebruik liever mijn benen,' zei Rothen tegen Sonea. 'Mijn vroegere mentor zei altijd dat lichamelijke oefening even noodzakelijk is als mentale oefening. Als je het lichaam verwaarloost...'

'... verwaarloos je ook de hersenen,' maakte Dannyl de zin kreunend af. 'Zijn mentor was een wijze, eerbare man,' zei hij tegen Sonea toen ze bij hem aankwamen. 'Heer Margen hield niet eens van wijn.'

'Dat is waarschijnlijk de reden waarom jij hem nooit hebt gemogen,' zei Rothen glimlachend.

'Mentor?' vroeg Sonea.

'Dat is een traditie hier,' legde hij uit. 'Heer Margen heeft ervoor gekozen mijn opleiding te begeleiden toen ik nog een novice was, en ik heb hetzelfde gedaan met die van Dannyl.'

Ze ging naast hem lopen toen hij in de richting van Dannyls appartement ging. 'Hoe heeft u hem begeleid?'

Rothen haalde zijn schouders op. 'Op allerlei manieren. Voornamelijk door de hiaten in zijn kennis op te vullen. Sommige waren daar omdat bepaalde leraren hun werk niet goed gedaan hadden, andere werden veroorzaakt door luiheid of gebrek aan enthousiasme.'

Sonea keek naar Dannyl, die glimlachte en instemmend knikte.

'Door mij met mijn werk te helpen, leerde Dannyl ook meer door ervaring dan hij in de klas zou kunnen leren. Het idee van mentorschap is om een novice te helpen het beste uit zichzelf te halen.'

'Hebben alle novicen mentors?'

Rothen schudde zijn hoofd. 'Nee. Het is niet gebruikelijk. Niet alle magiërs kunnen of willen verantwoordelijk zijn voor de opleiding van een novice. Alleen novicen die uitzonderlijk veelbelovend zijn krijgen er een.'

Haar wenkbrauwen schoten omhoog. 'Waarom...' Ze fronste en schudde haar hoofd.

Toen Dannyl bij zijn voordeur kwam, raakte hij die licht aan. De deur zwaaide naar binnen open, en de vage geur van chemicaliën kwam de gang in.

'Welkom,' zei hij terwijl hij hen binnen liet.

Hoewel zijn ontvangstkamer net zo groot was als die van Rothen, was hij voor de helft gevuld met werktafels. Er stonden allerlei bouwsels bovenop en stapels dozen eronder. Dannyls werk was echter wel netjes georganiseerd.

Sonea keek de kamer rond, overduidelijk geamuseerd. Hoewel Rothen al veel vaker in Dannyls appartement geweest was, vond hij het altijd vreemd om een alchemie-experiment te zien in het midden van een woonvertrek. Er was weinig ruimte in het gebouw van de universiteit, dus de enkele magiërs die een eigen liefhebberij hadden waren net als Dannyl vaak gedwongen hun appartement te gebruiken voor de beoefening ervan.

'Het is niet moeilijk te zien waarom Ezrille niet meer verwacht dat ze ooit een geschikte vrouw voor je zal vinden, Dannyl,' zei Rothen.

Zijn vriend trok een gezicht. 'Ik ben te jong voor een vrouw.'

'Onzin,' zei Rothen. 'Je hebt er gewoon geen plaats voor.'

Dannyl wenkte Sonea. Ze ging dichter bij de werktafels staan en luisterde naar zijn uitleg van de diverse experimenten. Hij gaf haar enkele vervaagde beelden en ze onderzocht ze nauwlettend.

'Het moet kunnen,' stelde hij. 'De enige uitdaging is om te voorkomen dat ze helemaal vervagen.'

'Kunt u het beeld niet door een schilder laten overschilderen voordat het helemaal weg is?' stelde ze voor.

'Dat zou kunnen.' Dannyl dacht na.. 'Ik denk dat het probleem dan aanzienlijk kleiner wordt. Maar het moet wel een goede schilder zijn. En een snelle.'

Ze gaf de afbeeldingen terug en liep naar een ingelijste kaart aan een van de muren. 'U heeft helemaal geen schilderijen,' zei ze met een blik langs de wanden van het vertrek. 'Alleen maar kaarten.'

'Ja,' zei Dannyl. 'Ik verzamel kaarten en plattegronden.'

Ze liep naar een andere. 'Dit is het Gilde.'

Rothen ging naast haar staan. Op de plattegrond stonden alle namen, in het handschrift van de bekendste architect van het Gilde, heer Coren.

'Hier zijn we nu,' wees Dannyl. 'In de magiërsverblijven.' Zijn vinger gleed opzij naar een rechthoek. 'Dit zijn de novicenverblijven. Alle novicen die naar het Gilde komen om te studeren wonen hier, zelfs als ze huizen in de stad hebben.'

'Waarom?'

'Zodat we hun leven tot een hel kunnen maken,' antwoordde Dannyl.

Sonea keek hem recht in de ogen en snoof zachtjes.

'De novicen worden bij hun familie weggehaald als ze hierheen komen,' zei Rothen tegen haar. 'We moeten zorgen dat ze niet langer betrokken zijn bij de kleine intriges waar de Huizen zo dol op zijn.'

'We krijgen heel veel nieuwe novicen die nooit voor de middag op hoefden te staan,' zei Dannyl. 'Het is nogal een schok voor hen om te ontdekken hoe vroeg ze moeten opstaan om op tijd in de klas te zijn. We zouden geen enkele kans hebben om hen op tijd op school te krijgen als ze thuis woonden.'

Hij wees naar een rond gebouw op de kaart. 'Dit is het genezersgebouw. Daar wonen een aantal van de genezers, maar de meeste vertrekken zijn voor behandelingen en lessen.' Zijn vinger gleed naar een kleinere cirkel in de tuin. 'Dit gebouw heet de Arena. Het wordt gebruikt als oefenterrein voor de krijgsheren. Er hangt een schild omheen, gedragen door masten, dat de magie van iedereen binnen absorbeert en vasthoudt, en de mensen erbuiten beschermt. Van tijd tot tijd laten we een deel van onze kracht in het schild stromen om het op sterkte te houden.'

Sonea staarde naar de plattegrond en keek hoe Dannyls vinger naar het gebogen gebouw naast de magiërsverblijven gleed.

'Dit is het badhuis. Het is gebouwd op een plaats waar ooit een beek vanaf een bron in het bos de heuvel af stroomde. We hebben de beek omgeleid naar het gebouw, waar het water in baden wordt verzameld en dan verhit. Daarnaast staan de Zeven Bogen, met de vertrekken die we gebruiken voor ontspanning.'

'Wat zijn de woningen?' vroeg Sonea.

'Een aantal kleine huisjes waar de oudste magiërs wonen,' legde Dannyl uit. 'Hier kun je ze zien, op een oudere plattegrond.' Ze liepen naar de andere kant van de kamer waar een vergeelde plattegrond van de stad hing. Dannyl wees naar een rij kleine vierkantjes. 'Daar, naast het oude kerkhof.'

'Op deze plattegrond staan maar weinig van de gebouwen van het Gilde,' merkte Sonea op.

Dannyl knikte. 'Deze plattegrond is meer dan driehonderd jaar oud. Toen de stad opnieuw werd opgebouwd, maakten de Huizen van de gelegenheid gebruik om hem opnieuw te ontwerpen.

Je ziet hoe de stad in concentrische cirkels is gebouwd.' Hij wees naar het centrum. 'Eerst is er een muur neergezet rond de restanten van het koninklijk paleis, toen een tweede, rondom de stad. De Buitenmuur is enkele tientallen jaren later opgetrokken. De oude stad werd toen de Binnencirkel, en het nieuwe gebied werd in vier wijken onderverdeeld.'

Zijn vinger trok een cirkel rondom het Gilde. 'Het hele Oosterkwartier werd aan de magiërs gegeven, in dank voor het feit dat zij de invallers uit Sachakan wisten te verslaan. Het was een weloverwogen beslissing,' voegde hij eraan toe. 'In die dagen kregen het paleis en de Binnencirkel hun water uit de bron, en door het Gilde daar omheen te bouwen, werd de kans dat iemand het water zou vergiftigen een stuk kleiner – in de oorlog was dat namelijk wel gebeurd.'

Dannyl wees naar een kleine rechthoek op het terrein. 'Het eerste gebouw dat is neergezet was de Gildehal. Die is gebouwd van de plaatselijke harde grijze natuursteen. De magiërs en hun leerlingen woonden daar en er was ruimte voor lessen en een vergaderzaal. Volgens de geschiedenisboeken werden onze voorgangers verenigd door een sterk saamhorigheidsgevoel. Door kennis met elkaar te delen, ontdekten ze nieuwe manieren om magie te gebruiken en te vormen. Het duurde niet lang voor het Gilde de grootste en machtigste school voor magie in de bekende wereld was geworden.

En hij bleef groeien. Toen Lonmar, Elyne, Vin, Lan en Kyralia de Alliantie vormden, kwam men onder andere overeen dat magiërs uit alle landen hier zouden worden opgeleid. Plotseling was de Gildehal niet groot genoeg meer, dus er moest een aantal nieuwe gebouwen worden neergezet.'

'Wat gebeurt er met magiërs uit andere landen als ze klaar zijn met hun opleiding?' vroeg Sonea.

'Meestal gaan ze terug naar hun thuisland,' antwoordde Rothen. 'Sommigen kiezen ervoor om hier te blijven.'

'Hoe houden jullie ze dan in de gaten?'

'We hebben in alle landen ambassadeurs die de buitenlandse magiërs volgen,' zei Dannyl. 'Net zoals wij zweren om de koning te dienen en Kyralia te beschermen, zweren zij trouw aan hun eigen leider.'

Haar ogen gleden naar een kaart van het gebied elders aan de muur. 'Het lijkt me niet zo slim om magiërs uit andere landen op te leiden. Stel dat ze Kyralia weer willen aanvallen?'

Rothen haalde zijn schouders op. 'Als we hen niet toelaten tot het Gilde, richtten ze gewoon hun eigen school op, net als in het verleden. Of we hen nu al dan niet opleiden zal een eventuele invasie niet verhinderen, maar door dit wel te doen kunnen we zelf bepalen wat we hun leren. We leren onze eigen mensen niets anders, dus ze weten dat we hen niet onrechtvaardig behandelen.'

'Ze zouden ons toch niet durven aanvallen,' voegde Dannyl eraan toe. 'Kyralianen hebben sterke magische bloedlijnen. We produceren meer magiërs dan de andere rassen, en sterkere.'

'De Vindo en de Lans zijn het zwakst,' zei Rothen. 'Daarom zijn er hier niet veel. We krijgen meer novicen uit Lonmar en Elyne, maar hun krachten zijn zelden imponerend.'

'De Sachakans waren vroeger machtige magiërs,' zei Dannyl met een blik op de kaart. 'Maar de oorlog heeft daar een eind aan gemaakt...'

'Zodat wij nu het machtigste land in de regio zijn,' maakte Rothen de zin af.

Sonea kneep haar ogen half dicht. 'Waarom valt de koning de andere landen dan niet binnen?'

'De Alliantie is gesloten om dat te voorkomen,' antwoordde Rothen. 'En zoals jij me wist te vertellen in ons eerste gesprek, weigerde koning Palen in eerste instantie om die te tekenen. Het Gilde kondigde aan dat het zich misschien niet langer buiten de politiek wilde houden als hij dat niet deed.'

Haar mond krulde op in een glimlach. 'Waarom vechten de andere landen niet onder elkaar?'

'Omdat er heel veel diplomatie bedreven wordt. Maar het werkt niet altijd. Er zijn een paar kleine confrontaties geweest sinds de Alliantie. Het is altijd een lastige situatie voor het Gilde. Disputen hebben meestal te maken met grenzen en...'

Er werd zacht geklopt, en hij zweeg. Aan het gezicht van Dannyl zag hij dat zijn vriend hetzelfde dacht: wist Fergun nu al dat Sonea het appartement verlaten had en naar dat van Dannyl was gegaan?

'Verwacht je iemand?'

Dannyl schudde zijn hoofd en liep naar de deur. Toen hij die opende hoorde Rothen Tania's stem en hij zuchtte van verlichting.

'Ik heb het eten naar beneden gebracht,' zei de bediende terwijl ze binnenkwam. Twee bedienden volgden haar met dienbladen. Ze zetten hun last neer op de enige lege tafel, maakten een buiging en vertrokken weer.

De geur van voedsel vulde de kamer. Dannyl snoof waarderend. 'Ik besefte niet hoeveel tijd er verstreken was,' zei hij.

Rothen keek Sonea aan. 'Honger?'

Ze knikte en haar ogen gleden naar het eten.

Hij glimlachte. 'Dan denk ik dat we voor vandaag genoeg geschiedenislles hebben gehad. Laten we aan tafel gaan.'

24

Onbeantwoorde vragen

Toen hij aan het eind van de gang in het universiteitsgebouw was aangekome, bleef Dannyl staan omdat de deur van het kantoor van de administrateur openging.

'Administrateur,' riep Dannyl.

Lorlen stopte en draaide zich om. Toen hij Dannyl aan zag komen, glimlachte hij. 'Goedemorgen, heer Dannyl.'

'Ik was net naar u op weg. Heeft u een ogenblikje?'

'Natuurlijk, maar niet te lang.'

'Dank u.' Dannyl wreef langzaam zijn handpalmen tegen elkaar. 'Ik heb gisteren een boodschap ontvangen van de Dief. Hij vroeg of we iets wisten over een man die Sonea's metgezel was toen ze zich nog voor ons verborg. Ik dacht dat het misschien ging om de jongeman die probeerde haar te redden.'

Lorlen knikte. 'De opperheer heeft een gelijksoortige boodschap ontvangen.'

Dannyl knipperde verbaasd met zijn ogen. 'De Dief heeft rechtstreeks contact met hem opgenomen?'

'Ja. Akkarin verzekerde Gorin ervan dat hij het hem zou laten weten zodra hij hem gevonden had.'

'Dan zal ik hetzelfde antwoord sturen.'

Lorlen keek hem vanonder zijn oogleden aan. 'Is dit de eerste keer dat de Dieven contact met u hebben gezocht sinds jullie Sonea gevonden hebben?'

'Ja,' zei Dannyl met een nogal schaapachtige glimlach. 'Ik had gedacht dat ik nooit meer iets van hen zou horen. Hun boodschap was nogal een verrassing.'

Lorlen trok een wenkbrauw op. 'Het was voor velen van ons nogal een verrassing dat u met hen gesproken had.'

Dannyl voelde dat hij het warm kreeg. 'Niet voor iedereen. De opperheer wist het, hoewel ik er geen idee van heb hoe.'

'Dat nu is voor mij helemaal geen verrassing. Akkarin laat misschien weinig blijken van zijn interesse, maar denk niet dat hij niet let op wat er gebeurt. Hij weet meer van mensen, zowel hier als in de stad, dan wie dan ook.'

'Maar u moet toch zeker meer weten dan hij als het om de zaken van het Gilde gaat?'

Lorlen schudde zijn hoofd. 'Hij weet altijd meer dan ik.' Hij zweeg even. 'Ik sta op het punt naar hem toe te gaan. Is er nog iets dat u hem zou willen vragen?'

'Nee,' antwoordde Dannyl haastig. 'Ik moet gaan. Dank u voor uw tijd, administrateur.'

Lorlen knikte naar hem en liep weg. Dannyl liep terug door de gang en bevond zich al snel tussen een hele groep novicen en magiërs. De eerste klassen zouden weldra beginnen, en het gebouw was vol mensen en activiteit.

Hij dacht weer na over de boodschap van de Dief. Er was een ondertoon van beschuldiging in de brief geweest, alsof Gorin geloofde dat het Gilde iets te maken had met de verdwijning van deze man. Dannyl geloofde niet dat de Dief even snel al zijn problemen aan het Gilde zou wijten als de gemiddelde slopper dat deed – of dat hij de opperheer zou aanschrijven als hij daar geen gegronde reden voor zag.

Dus Gorin moest wel van mening zijn dat het Gilde deze man voor hem zou kunnen vinden. Dannyl gniffelde toen de ironie van de hele situatie tot hem doordrong. De Dieven hadden het Gilde geholpen om Sonea te vinden, en nu wilden ze eenzelfde soort dienst in ruil. Hij vroeg zich af of de beloning even hoog zou zijn.

Maar waarom dacht Gorin eigenlijk dat het Gilde zou weten waar de man kon zijn? Dannyl knipperde met zijn ogen toen het antwoord in hem opkwam.

Sonea.

Maar als Gorin dacht dat Sonea wist waar haar vriend was, waarom had hij dan niet rechtstreeks contact met haar opgenomen? Geloofde hij soms dat ze het niet zou vertellen? Tenslotte waren het de Dieven die haar uiteindelijk aan het Gilde verkocht hadden.

En misschien had Sonea's metgezel een goede reden gehad om te verdwijnen.

Dannyl wreef over zijn voorhoofd. Hij kon Sonea vragen of ze wist wat er aan de hand was, maar als ze niet wist dat haar vriend verdwenen was, zou dit nieuws haar wel eens van streek kunnen maken. Misschien dat ook zij zou denken dat het Gilde er de hand in had gehad. Het kon alles wat Rothen inmiddels bereikt had weer tenietdoen.

Een bekend gezicht verscheen tussen de novicen vóór hem. Dannyl werd heel even nerveus, maar Fergun keek niet op. In plaats daarvan haastte de krijger zich langs hem heen, een zijgang in.

Dannyl bleef verrast staan. Wat kon Fergun zo compleet in beslag hebben genomen dat hij zijn favoriete vijand niet eens zag? Dannyl liep terug door de gang, keek om de hoek en zag een glimp van een rood gewaad voordat Fergun om de hoek verdween.

Fergun had iets in zijn handen gehad. Dannyl bleef bij de gang staan, en onderdrukte de wens om hem te volgen. Als novice zou hij niets liever gedaan hebben dan Ferguns kleine geheimpjes ontdekken. Maar hij was geen novice meer, en Fergun had die strijd al lang geleden gewonnen.

Dannyl haalde zijn schouders op en liep terug in de richting van Rothens klaslokaal. Hij had nog maar vijf minuten voor de lessen zouden beginnen, en had dus geen tijd om voor spion te spelen.

Na een week in het donker waren Cery's zintuigen aanzienlijk scherper geworden. Zijn oren hoorden nu zelfs het roffelen van insectenpootjes, zijn vingers voelden de minieme oneffenheid waar een vlekje roest de metalen priem had aangevreten die hij uit de zoom van zijn mantel getrokken had.

Terwijl hij zijn duim tegen de scherpe punt zette, voelde hij woede opborrelen. Zijn cipier was twee keer teruggekomen met voedsel en water. Beide keren had Cery geprobeerd erachter te komen waarom hij hier gevangen gehouden werd. Al zijn pogingen om Fergun tot een gesprek te verleiden waren echter op niets uitgedraaid. Hij had gevraagd, geëist en zelfs gesmeekt om een uitleg, maar de magiër had hem botweg genegeerd. *Dat kan toch niet,* dacht Cery woest. Slechteriken hoorden hun plannen altijd te verraden, hetzij per ongeluk, hetzij door op te scheppen.

Cery hoorde heel vaag iets tikken. Hij hief zijn hoofd op en sprong overeind toen het geluid overging in voetstappen. Hij greep de priem, ging achter de deur staan en wachtte.

De voetstappen hielden stil bij de deur. Hij hoorde een grendel klikken en verstijfde toen de deur naar binnen gleed. Licht kwam de kamer binnen en viel op het lege bord dat hij naast de deur had gezet. De magiër deed een stap naar voren, stopte en draaide zich om naar de mantel en de broek die half onder een deken in de hoek lagen.

Cery sprong naar voren en stootte de priem in de richting van Ferguns hart.

De priem raakte iets hards en viel uit zijn handen. De magiër draaide zich om en er sloeg iets tegen Cery's borstkas zodat hij achteruit struikelde. Hij hoorde iets kraken toen hij tegen de muur botste, en een felle pijn schoot door zijn arm. Hij viel op de grond, zijn arm omklemd houdend, en snakte naar adem.

Achter hem klonk een lange, theatrale zucht. 'Dat was dom. Kijk nou eens wat ik moest doen.'

Fergun stond over hem heen gebogen met zijn armen over elkaar. Cery klemde zijn kaken opeen en keek hem nijdig aan.

'En dit is jouw manier om me te bedanken nadat ik de moeite heb genomen om je dekens te brengen?' Fergun schudde zijn hoofd en liet zich op zijn hurken zakken.

Cery probeerde weg te kruipen, maar dat deed alleen maar meer pijn. Hij onderdrukte een schreeuw toen Fergun zijn gewonde arm onderzocht. Hij probeerde de arm terug te trekken, en weer schoot de pijn door hem heen.

'Gebroken,' mompelde de magiër. Zijn ogen leken gericht te zijn op iets onder de stoffige vloer. Plotseling werd de pijn doffer, en een warmte verspreidde zich door Cery's arm.

Hij besefte dat hij genezen werd, en dwong zich stil te blijven zitten. Hij staarde naar Ferguns gezicht en zag de smalle kaak en de dunne lippen. Het blonde haar van de man, dat normaal gesproken glad naar achteren gekamd was, hing nu over zijn voorhoofd.

Cery wist dat hij zich dit gezicht voor de rest van zijn leven zou herinneren. *Op een dag neem ik wraak,* dacht hij. *En als je Sonea iets hebt aangedaan, kun je verwachten dat je dood langzaam en pijnlijk zal zijn.*

De magiër knipperde met zijn ogen en liet Cery's arm los. Hij stond op, maakte een grimas en wreef met zijn hand over zijn voorhoofd.

'Hij is nog niet helemaal genezen. Ik kan niet al mijn kracht aan jou verspillen. Doe voorzichtig met die arm, anders is het bot zo weer gebroken.' Hij kneep zijn ogen half dicht. 'Als je weer zoiets probeert, zal ik je moeten vastbinden. Om te voorkomen dat je jezelf iets aandoet, begrijp je.'

Hij keek omlaag. Het bord dat hij in zijn handen had gehad was gebroken en het voedsel lag overal. De fles lag ernaast, en het water drupte langzaam uit een scheur in de buurt van de kurk.

'Als ik jou was, zou ik dat niet verspillen,' zei Fergun. Hij bukte zich, pakte Cery's priem, draaide zich om en beende de cel uit.

Toen de deur weer werd gesloten, bleef Cery kreunend op zijn rug liggen. Had hij nu werkelijk verwacht dat hij een magiër zou kunnen doden met een priem? Hij duwde voorzichtig met zijn vingertoppen tegen zijn arm. Hij voelde niets meer dan een milde pijn.

In de duisternis rook het verse brood extra sterk, en zijn maag begon te knorren. Hij zuchtte toen hij aan het verspilde voedsel dacht. De enige manier waarop hij wist hoeveel tijd er verstreek, was zijn hongergevoel, en hij schatte dat de magiër iedere twee dagen kwam. Als hij niets at, zou hij verzwakken. Wat nog erger was, was de gedachte aan wat er op zijn voedsel af zou komen vanuit de hoek die hij voor zijn andere lichamelijke behoeften gebruikte.

Hij duwde zich overeind op zijn knieën en kroop naar voren, waarbij hij zijn handen zoekend over de stoffige vloer liet glijden.

Sonea hield haar adem in toen de magiër in de blauwe mantel de kamer binnenkwam. Hij was lang en slank, met donkere haren die achter in zijn nek bijeengebonden waren. Even dacht ze dat hij de moordenaar was die ze onder het huis van de opperheer had gezien. Toen draaide de man zich naar haar om, en ze zag dat zijn gezicht lang niet zo hard was als dat van de man die ze zich herinnerde.

'Dit is administrateur Lorlen,' zei Rothen tegen haar.

Ze knikte naar de magiër. 'Het is mij een eer u te mogen ontmoeten.'

'Het is mij een eer om jou te ontmoeten, Sonea,' antwoordde de man.

'Gaat u alstublieft zitten,' zei Rothen met een gebaar naar de stoelen.

Terwijl ze plaats namen, serveerde Tania de bittere drank waar magiërs zo van schenen te houden. Sonea pakte een glas water van haar aan en keek hoe de administrateur een slok uit zijn kop nam. Hij glimlachte waarderend, maar toen hij naar haar keek werd hij ernstig.

'Rothen vreesde dat je te erg zou schrikken als ik je bezocht toen je hier nog maar net was,' zei hij tegen haar. 'Dus moet je me vergeven dat ik je nu pas kom opzoeken. Als administrateur van het Gilde wil ik mij allereerst officieel verontschuldigen voor al het ongemak dat wij je veroorzaakt hebben. Begrijp je nu beter waarom we je moesten vinden?'

Sonea voelde dat ze bloosde. 'Jawel.'

'Dat is een hele opluchting,' zei hij. 'Ik heb nog wat vragen voor je, en als jij mij op jouw beurt iets wil vragen, schroom dan niet. Gaat het goed met je beheersingsoefeningen?'

Sonea keek even naar Rothen en zag hem bemoedigend knikken. 'Ik denk dat ik vooruitga,' zei ze. 'De testoefeningen gaan steeds beter.'

De administrateur knikte bedachtzaam. 'Het is net zoiets als leren lopen. Eerst moet je bij elke stap nadenken, maar als je het een poosje gedaan hebt doe je het zonder er verder bij stil te staan.'

'Behalve dat mensen niet in hun slaap lopen,' zei ze.

'Meestal niet,' zei de administrateur lachend. Toen keek hij haar ineens met een scherpe blik aan. 'Rothen heeft me verteld dat je niet bij ons wilt blijven. Is dat waar?'

Sonea knikte.

'Mag ik vragen waarom niet?'

'Ik wil naar huis,' antwoordde ze.

Hij leunde naar voren. 'We zullen je niet tegenhouden als je je familie en vrienden wilt opzoeken. Je kunt hen op studiedagen altijd bezoeken.'

Ze schudde haar hoofd. 'Dat weet ik, maar ik wil hier niet blijven.'

'We zullen het jammer vinden om iemand met jouw mogelijkheden kwijt te raken,' zei hij. 'Weet je zeker dat je je krachten wilt opgeven?'

Ze herinnerde zich Ferguns woorden, en haar hart sloeg een slag over. 'Mijn krachten opgeven?' herhaalde ze langzaam, met een blik op Rothen. 'Dat is niet hoe Rothen het heeft omschreven.'

De administrateur trok een wenkbrauw op. 'Wat heeft hij je verteld?'

'Dat ik ze niet zal kunnen gebruiken omdat ik niet zal weten hoe.'

'Denk je dat je het jezelf zult kunnen leren?'

Ze zweeg even. 'Is dat mogelijk?'

'Nee. Wat Rothen heeft verteld is waar. Maar omdat hij wist hoezeer het succes van je lessen afhing van jouw vertrouwen in hem, heeft hij het aan mij overgelaten om je uit te leggen wat de wetten zijn betreffende het vertrek van magiërs uit het Gilde.'

Toen ze besefte dat ze op het punt stond te horen of Fergun de waarheid had gesproken of had gelogen, ging Sonea's hart sneller kloppen.

'De wet zegt dat iedere man en vrouw die actieve magische krachten heeft lid van het Gilde moet worden, of dat zijn of haar krachten geblokkeerd moeten worden,' zei Lorlen. 'Blokkeren kan pas gedaan worden als de beheersing volledig is, maar als de blokkade eenmaal geplaatst is, is het voor een magiër niet langer mogelijk om op welke manier dan ook magie te bedrijven.'

In de stilte die op zijn woorden volgde, keken de magiërs haar aandachtig aan. Ze ontweek hun blikken.

Dus Rothen had inderdaad iets voor haar achtergehouden. Maar ze begreep ook wel waarom. Het vooruitzicht dat de magiërs bij haar afscheid iets zouden doen met haar bewustzijn zou het voor haar niet gemakkelijker hebben gemaakt om Rothen te leren vertrouwen.

Hoe dan ook, Fergun had dus wel gelijk gehad...

'Heb je nog vragen, Sonea?' vroeg Lorlen.

Ze aarzelde en dacht na over iets anders dat Fergun gezegd had. 'Dit blokkeren... is het pijnlijk?'

Hij schudde zijn hoofd. 'Je voelt er niets van. Er is een gevoel van weerstand als je probeert je magie te gebruiken, maar dat is niet pijnlijk. Aangezien je er niet aan gewend bent om magie te gebruiken, zul je de blokkade waarschijnlijk nauwelijks opmerken.'

Sonea knikte langzaam. De administrateur keek haar zwijgend aan en glimlachte toen. 'Ik ga niet proberen je om te praten zodat je zult blijven. Ik wil je alleen op het hart drukken dat er een plaats voor je is in het Gilde als je dat wilt. Heb je verder nog vragen?'

Sonea schudde haar hoofd. 'Nee. Dank u, administrateur.'

Hij stond op en zijn gewaden ruisten. 'Ik moet nu weer aan het werk. Ik zal je binnenkort weer komen bezoeken, Sonea. Misschien kunnen we dan wat langer praten.'

Ze knikte en keek hoe Rothen de administrateur uitliet. Toen de deur dicht was, draaide Rothen zich om en keek haar aan.

'En, wat vind je van Lorlen?'

Ze dacht even na. 'Hij lijkt me wel aardig, maar hij is erg formeel.'

Rothen grinnikte. 'Dat kan hij inderdaad zijn, ja.'

Hij ging naar zijn slaapkamer en kwam terug met zijn mantel aan. Verrast zag Sonea hem naar haar toe lopen. Hij had een tweede mantel over zijn arm.

'Ga eens staan,' zei hij. 'Ik wil zien of deze je past.'

Ze stond op en bleef stil staan terwijl hij de mantel over haar schouders schikte. Hij viel bijna tot aan de grond.

'Een beetje lang. Ik zal hem korter laten maken. Tot die tijd moet je maar uitkijken dat je er niet over struikelt.'

'Is die voor mij?'

'Jazeker,' zei hij. 'Ik dacht dat we misschien een wandeling zouden kunnen maken. Heb je daar zin in?'

Ze knikte en keek opzij, omdat ze niet wilde dat hij haar gezicht zag. Het idee om naar buiten te gaan had haar met intens verlangen vervuld. Ze had minder dan drie weken in zijn appartement doorgebracht, maar het voelde alsof het maanden waren.

'Dannyl wacht beneden op ons,' zei hij tegen haar terwijl hij naar de deur liep.

'Nu?'

Hij knikte en wenkte. Ze haalde diep adem en liep naar de deur.

Anders dan de vorige keer was de gang nu niet leeg. Er stonden een paar magiërs rechts van hen, en links van hen liep een vrouw in gewone kleren, met twee kleine kinderen. Ze staarden Sonea allemaal verbaasd en nieuwsgierig aan.

Rothen knikte naar de anderen en liep naar de trap. Sonea volgde hem en onderdrukte de impuls om achterom te kijken. Deze keer zweefden er geen magiërs langs de trap omhoog terwijl ze naar beneden liepen. In plaats daarvan stond een bekende, lange magiër onder aan de trap te wachten.

'Goedenavond, Sonea,' zei Dannyl glimlachend.

'Goedenavond,' antwoordde ze.

Dannyl draaide zich om en maakte een breed gebaar naar een paar deuren aan het eind van de gang op de begane grond. De deuren zwaaiden langzaam open en er kwam een vlaag ijskoude lucht naar binnen.

Achter de deuren was de binnenplaats die ze gezien had toen ze met Cery het Gilde had bekeken. Toen was het nacht geweest. Nu was het schemerig, zodat alles er vaag en onecht uitzag.

Sonea volgde Rothen naar buiten en voelde de koude lucht op haar huid. Hoewel ze bibberde, was ze er toch blij mee. *Buitenlucht...*

Ineens gleed er warmte over haar huid, en ze voelde de lucht rondom haar vibreren. Verrast keek ze om zich heen, maar ze zag geen enkele verandering. Rothen keek naar haar.

'Een eenvoudige truc,' zei hij. 'Het is een magisch schild dat de warmte binnen houdt. Je kunt er zo onderuit lopen. Probeer het maar.'

Ze deed een paar stappen in de richting van de deuren en voelde de kou op haar gezicht. Haar adem maakte wolkjes in de lucht. Ze strekte haar arm en voelde haar hand de warmte binnenglijden.

Rothen glimlachte bemoedigend en wenkte. Ze haalde haar schouders op en ging naast hem lopen.

De achterkant van de universiteit torende links boven hen uit. Ze keek om zich heen en herkende de meeste gebouwen die ze op Dannyls plattegrond had gezien. Haar oog viel op een vreemde ronde structuur aan de overzijde van de binnenplaats.

'Wat is dat?'

Rothen volgde haar blik. 'Dat is de Koepel. Eeuwen geleden, voor de bouw van de Arena, werden de meeste krijgerslessen daar gehouden. Helaas kon je, doordat de Koepel geen ramen heeft, alleen zien wat de leerlingen daarbinnen deden door samen met hen het gebouw te betreden, dus de leraren moesten krachtig genoeg zijn om zich te kunnen beschermen tegen rondvliegende magie van slecht richtende leerlingen. Het wordt niet meer gebruikt.'

Sonea keek naar het gebouw. 'Het ziet eruit als een grote bol die half in de grond is verzonken.'

'Dat is het ook.'

'Hoe kun je dan naar binnen?'

'Door een ondergrondse gang. Er is een deur in de vorm van een gigantische ronde stop, die alleen maar naar binnen open kan. De muren zijn drie passen dik.'

De deur naar de novicenvertrekken ging open. Drie jongens renden naar buiten, gehuld in dikke mantels. Ze renden de binnenplaats rond en tikten tegen de lantaarns die rond het geplaveide plein stonden. Iedere lantaarn die ze aanraakten begon te branden. Zodra alle lampen op de binnenplaats aan waren, renden de drie weg in drie verschillende richtingen om ook daar de lampen te ontsteken. De een ging naar de voorzijde van de novicenvertrekken, de tweede verdween in de tuinen aan de andere kant van de universiteit, terwijl de derde tussen het badhuis en de magiërsvertrekken door rende, waar een lang pad met een wijde boog in het bos verdween.

Dannyl keek Rothen vragend aan. Hoewel de twee magiërs elkaar plaagden als twee oude vrienden, was het Sonea opgevallen dat Dannyl zijn voormalige mentor altijd de beslissingen liet nemen.

'Waar gaan we heen?' vroeg Dannyl.

Rothen draaide zich om in de richting van het bos. 'Die kant op.'

Sonea bleef naast Rothen lopen toen de magiër de straat overstak en het pad op ging. De novice, die klaar was met het aansteken van de lampen, rende terug naar de novicenvertrekken.

Toen ze langs de achterzijde van de magiërsvertrekken liepen, zag Sonea vanuit haar ooghoek iets bewegen. Ze keek en zag een blonde magiër naar haar staren. Ze schrok toen ze hem herkende. Hij trok zich snel terug in de duisternis. Met een frons richtte ze haar blik weer op het pad. Ze had er geen idee van wanneer Fergun haar weer zou bezoeken, maar als hij het deed, zou hij willen weten of ze zijn aanbod wilde aannemen. Ze moest nu snel beslissen.

Tot haar gesprek met Lorlen had ze niet geweten of alles wat Fergun had beweerd ook werkelijk waar was. Ze had gewacht op een kans om tijdens een onderhoud met Rothen het onderwerp van het gesprek op geloftes en mentors te brengen, of op Fergun zelf, maar er waren nauwelijks gelegenheden geweest. Kon ze het hem rechtstreeks vragen zonder zijn argwaan te wekken?

Hoewel Rothen haar wel had verteld wat een mentor deed, had hij nog niet gezegd dat hij de hare wilde zijn. Het zou haar niet verbazen als hij besloten had dat ze dit niet hoefde te weten tenzij ze besloot te blijven.

Zodra ze beheersing geleerd had, had ze twee mogelijkheden: ze kon terugkeren naar de sloppen met haar krachten geblokkeerd, of ze kon Fergun helpen om haar mentor te worden zodat ze zou kunnen ontsnappen met haar krachten intact.

Toen ze bij het bos kwamen, keek Sonea naar het doolhof van boomstammen. Ferguns plannen gaven haar een ongemakkelijk gevoel. Er was heel veel risico aan verbonden, en heel veel bedrog voor nodig. Ze zou moeten doen alsof ze wilde blijven, misschien wel liegen om te zorgen dat Fergun haar mentor werd, een eed afleggen die ze van plan was te breken, en die daarna weer breken – evenals de wetten van de koning – door het Gilde te verlaten.

Was ze dan zo op Rothen gesteld geraakt dat het idee om tegen hem te moeten liegen haar tegenstond? *Hij is een magiër,* bracht ze zichzelf in herinnering. *Zijn loyaliteit ligt bij het Gilde en de koning.* En hoewel ze geloofde dat hij haar niet zou willen opsluiten of iets dergelijks, dacht ze dat hij het wel zou doen als het hem werd opgedragen.

Of kwam het door het idee dat ze een eed moest afleggen terwijl ze al wist dat ze die zou breken? Harrin en zijn vrienden bedrogen en stalen iedere dag, maar ze beschouwden het breken van een eed als een onvergeeflijke zonde. Om te voorkomen dat ze ooit in de verleiding kwamen iets dergelijks te doen, deden ze hun uiterste best om situaties te vermijden waarin ze zich genoodzaakt zouden kunnen zien een eed af te leggen.

En als een eed niettemin onvermijdelijk was, probeerden ze de schade te beperken door hem niet al te zorgvuldig te formuleren...

'Je bent stil vanavond,' zei Rothen plotseling. 'Geen vragen?'

Sonea keek op naar Rothen en zag dat hij haar met een blik vol genegenheid aankeek. Toen ze zijn glimlach zag, besloot ze dat het tijd was om een paar vragen te stellen.

'Ik dacht na over de eed die magiërs moeten afleggen.'

Tot haar opluchting gingen zijn wenkbrauwen niet argwanend naar beneden, maar juist blij verrast omhoog. 'Er zijn er twee, om precies te zijn. De noviceneed en de magiërseed. De een wordt afgenomen als een novice lid wordt van het Gilde, de tweede als hij of zij afstudeert.'

'Wat moet je dan zweren?'

'Vier dingen,' zei Rothen terwijl hij de vingers van zijn rechterhand omhoog stak. 'De novicen zweren om nooit een andere man of vrouw opzettelijk kwaad te doen, tenzij het gebeurt om de geallieerde landen te verdedigen.' Hij tikte de punten af op zijn vingers. 'Om de regels van het Gilde en de wetten van de koning te gehoorzamen. Om de bevelen van welke magiër dan ook op te volgen, tenzij die bevelen inhouden dat er een wet of regel overtreden zou moeten worden. En tenslotte om nooit magie te gebruiken, tenzij dit door een magiër wordt opgedragen.'

Sonea fronste. 'Waarom mogen novicen geen magie gebruiken tenzij een magiër ze opdracht daartoe geeft?'

Rothen grinnikte. 'Erg veel novicen hebben zichzelf verwond tijdens het experimenteren zonder toezicht. Magiërs moeten ook nog oppassen, trouwens. Alle leraren weten dat als ze tegen een novice zeggen dat hij "moet gaan oefenen", zonder specifiek te zeggen waarin, de novice die opdracht zal interpreteren als "ga oefenen wat je maar wilt". Ik kan me herinneren dat ik die redenering gebruikt heb om een dagje te gaan vissen.'

Dannyl snoof. 'Dat is nog niets.'

Terwijl de jongere magiër vertelde over zijn eigen streken als novice, dacht Sonea na over de noviceneed. Ze kende niet alle regels van het Gilde. Misschien werd het tijd om Rothen ernaar te vragen. De laatste twee regels van de eed leken eraan toegevoegd te zijn om te zorgen dat de novicen zich niet misdroegen.

Als ze het Gilde verliet zonder haar kracht te laten blokkeren, zou ze het tweede deel van haar eed breken. Vreemd genoeg had ze geen bezwaar tegen het overtreden van een wet, tenzij dit inhield dat ze ook een eed brak.

Toen Dannyl aan het eind van zijn anekdote was gekomen, ging Rothen verder met zijn uitleg. 'De eerste twee delen van de magiërseed zijn hetzelfde als die van de noviceneed. Maar het derde deel is een belofte om de leider van het eigen land te dienen, en het vierde een belofte om nooit kwade vormen van magie te gebruiken.'

Sonea knikte. Door haar te laten ontsnappen zou Fergun een wet overtreden en zijn magiërseed breken.

'Wat is de straf als een magiër zijn eed breekt?'

Rothen haalde zijn schouders op. 'Dat ligt eraan hoe de eed gebroken wordt, in welk land de magiër woont, en wat de leider van dat land ervan vindt.'

'En als de magiër uit Kyralia komt?'

'De ergste straf is de dood, en die wordt alleen uitgedeeld aan moordenaars. De daaropvolgende straf is verbanning.'

'Jullie... jullie blokkeren de kracht van de magiër en sturen hem weg.'

'Ja. Geen van de landen van de Alliantie zal zo iemand onderdak willen verlenen. Dat was een onderdeel van de overeenkomst.'

Ze knikte. Ze kon hem niet vragen wat Fergun te wachten stond als het Gilde zou ontdekken dat hij ervoor wilde zorgen dat ze kon vertrekken zonder dat haar krachten waren geblokkeerd. Die vraag zou beslist Rothens argwaan wekken.

Als ze instemde met het plan van Fergun, zou ze zich goed moeten verbergen, omdat haar anders dezelfde straf boven het hoofd hing. Het Gilde zou haar geen tweede kans bieden. Ze had dan geen enkele keus, behalve erop vertrouwen dat een Dief haar weer wilde verbergen. En ze wist zeker dat Faren dat met alle plezier zou doen als haar krachten niet geblokkeerd waren, en wel beheersbaar.

Wat zou hij in ruil van haar verwachten? Ze trok een gezicht toen ze nadacht over het vooruitzicht om haar hele leven te moeten onderduiken en de bevelen te moeten opvolgen van een Dief. Ze wilde eigenlijk alleen maar bij haar familie zijn.

Ze keek naar de opgewaaide sneeuw aan weerszijden van het pad en voelde een steek van ongerustheid toen ze dacht aan haar tante en oom, die ergens in een klein kamertje zatten te rillen van de kou. Dit zou een moeilijke tijd voor hen zijn. Ze hadden waarschijnlijk weinig klanten. Hoe konden ze, met Jonna's baby op komst, en Ranels been dat in de kou altijd nog stijver werd dan anders, nu zorgen dat de spullen werden afgeleverd? Sonea voelde zich schuldig. Ze moest teruggaan om hen te helpen in plaats van magie te willen bedrijven voor een of andere Dief.

Maar als ze met haar magie terugkeerde en Faren diende, zou hij ervoor zorgen dat haar tante en oom het goed kregen, en dan zou ze misschien genezingen kunnen gaan doen...

Als ze daarentegen met Rothen meewerkte, zou ze binnen een paar weken terug kunnen zijn bij haar oom en tante. Ferguns plan zou wel eens maanden kunnen gaan duren...

Het was zo moeilijk om te beslissen.

Gefrustreerd wenste ze, zoals zo vaak, dat ze nooit haar kracht had ontdekt. Die had haar leven verwoest. Ze was er bijna aan doodgegaan, en het dwong haar dankbaar te zijn jegens de gehate magiërs omdat ze haar leven hadden gered, terwijl ze niets liever wilde dan van het hele stelletje af te zijn.

Rothen ging langzamer lopen. Sonea keek op en besefte dat het pad hier uitkwam op een brede, geplaveide weg, waarlangs een rij nette kleine huisjes stond.

'Dit zijn de woonhuizen,' vertelde Rothen haar.

De zwartgeblakerde restanten van verscheidene huizen lagen tussen de andere in. Rothen zei er niets over. Hij liep door tot waar de weg ophield, bij een groot rond plein dat breed genoeg was om er een koets te kunnen laten keren. Hij liep naar een omgevallen boom naast de weg en ging zitten.

Terwijl Dannyl zijn lange benen opvouwde en naast de oudere magiër plaats nam, keek Sonea om zich heen naar het bos. Tussen de bomen door zag ze een rij donkere vormen in de sneeuw, te regelmatig om natuurlijk te zijn.

'Wat zijn dat?'

Rothen volgde haar blik. 'Dat is het oude kerkhof. Zullen we een kijkje nemen?'

Dannyl draaide zich abrupt om en staarde de oudere magiër aan. 'Nu?'

'We zijn er al bijna,' zei Rothen terwijl hij opstond. 'Het kan geen kwaad om een klein stukje verder te lopen.'

'Kunnen we dat niet uitstellen tot morgen?' vroeg Dannyl met een nerveuze blik op de vormen in de verte.

Rothen hief zijn hand op en een klein lichtpuntje verscheen net boven zijn handpalm. Het puntje groeide snel uit tot een ronde bol van licht. Er verscheen een tweede bol van licht boven Dannyls hand.

'Bang in het donker, Dannyl?' vroeg Rothen over zijn schouder.

De lange magiër gaf geen antwoord.

Rothen stapte over de omgevallen boom heen en liep naar de open plek. Er stonden enkele rijen stenen in de duisternis. Toen ze dichterbij kwamen stuurde Rothen zijn lichtbol vooruit, zodat deze net boven een van de stenen bleef hangen. De sneeuw smolt snel, zodat er letters zichtbaar werden op het oppervlak van de steen. Rothen liet het licht verder opstijgen en gebaarde naar Sonea dat ze dichterbij moest komen.

Er was een sierrand uitgehouwen langs de rand van de steen, en ze zag merktekens in het midden die ooit woorden moesten zijn geweest.

'Kun je dit lezen?' vroeg Rothen.

Sonea liet haar hand over de gegraveerde letters glijden. 'Heer Gamor,' las ze, 'en een jaartal...' Ze fronste. 'Nee, dat moet ik verkeerd zien.'

'Ik geloof dat er vijfentwintig Urdon staat,' zei Rothen.

'Deze steen is zeven eeuwen oud?'

'Inderdaad. Al deze graven zijn minstens vijf eeuwen oud. Ze zijn een raadsel voor ons.'

Sonea keek naar de rijen stenen. 'Wat is er zo raadselachtig aan?'

'Er zijn na die tijd geen magiërs meer hier begraven, en ook niet elders, binnen of buiten het Gilde.'

'Waar worden ze dan begraven?'

'Nergens.'

Sonea keek hem bevreemd aan, niet zeker wat ze hiervan moest denken.

Er klonk een vaag, fluisterend geluid tussen de bomen, en Dannyl draaide zich abrupt om, met wijd opengesperde ogen. Sonea voelde de haren in haar nek overeind gaan staan.

Toen er verder niets gebeurde, wendde ze zich weer tot Rothen. 'Wat bedoelt u met dat ze nergens worden begraven?' vroeg ze.

Rothen keek neer op het graf. 'Vier eeuwen geleden beschreef een magiër zijn magie als een constante metgezel. Het kan een behulpzame vriend zijn, schreef hij, maar ook een dodelijke tegenstander.' Hij keek naar Sonea, maar zijn ogen gingen schuil onder zijn dikke wenkbrauwen. 'Denk maar aan alles wat je tot nu toe over magie en beheersing geleerd hebt. Jouw kracht heeft zich op natuurlijke wijze ontwikkeld, maar voor de meesten van ons geldt dat we onze vaardigheden moeten laten ontsluiten door een andere magiër. Als dat eenmaal gedaan is, zijn we de rest van ons leven gebonden aan de eisen die deze kracht aan ons stelt. We moeten de kracht leren beheersen, en die beheersing ook altijd vasthouden. Als we dat niet doen, zal onze magie ons uiteindelijk vernietigen.' Hij zweeg even. 'Voor ons allemaal geldt dat we op het moment van onze dood geen controle meer hebben over onze magie, zodat die in één keer vrijkomt, in een verblindende explosie van licht. We worden er letterlijk door verteerd.'

Sonea keek neer op het graf. Ondanks Rothens warmteschild voelde ze zich koud tot op het bot.

Ze had gedacht dat ze van haar magie af zou zijn als ze die had leren beheersen, maar nu besefte ze dat ze er nooit van af zou komen. Wat ze ook deed, haar magie zou er altijd zijn. Op een dag zou ze, ergens in een huis in de sloppen, in een plotselinge flits ophouden te bestaan...

'Als we een natuurlijke dood sterven is dat meestal geen probleem,' voegde Rothen eraan toe. 'De kracht wordt meestal zwakker in de loop der jaren. Als de dood echter onnatuurlijk is... Er is een oud gezegde: Alleen een dwaas, een martelaar of een genie kan een magiër doden.'

Sonea keek naar Dannyl en begreep plotseling waarom hij zich zo slecht op zijn gemak voelde. Het ging hem niet om de aanwezigheid van de doden, maar om het feit dat hij eraan herinnerd werd hoe hij zelf uiteindelijk zou sterven. Maar hij had dit leven gekozen, bracht ze zichzelf in herinnering. Zij niet.

En Fergun ook niet. Zijn ouders hadden hem gedwongen magiër te worden, en daarmee dit einde onder ogen te zien. Ze vroeg zich af hoeveel magiërs tegen hun zin lid werden van het Gilde. Verbaasd over dit nieuwe inlevingsvermogen keek ze op het graf neer.

'Als magiërs aan het eind van hun leven door hun magie worden verteerd, hoe kan het dan dat hier magiërs begraven liggen?' vroeg ze.

Rothen haalde zijn schouders op. 'We hebben geen idee. Ze zouden er eigenlijk niet moeten zijn. Veel van onze historici geloven dat deze magiërs al hun kracht lieten wegstromen als ze hun dood voelden naderen, en zich vervolgens dood staken of gif innamen om er zeker van te zijn dat ze overleden op een moment dat hun kracht was uitgeput. We weten dat ze allemaal begeleid werden door derden op het moment van hun sterven. Misschien was het de taak van de begeleiders om ervoor te zorgen dat ze op het juiste moment stierven. Zelfs een klein restje kracht kan genoeg zijn om het lichaam te vernietigen, dus het was belangrijk het moment goed te kiezen, vooral omdat magiërs in die tijd uitzonderlijk machtig waren.'

'We weten niet of dat wel echt waar is,' nuanceerde Dannyl. 'De verhalen over hun macht zijn misschien een tikje overdreven. Helden hebben de neiging om steeds machtiger te worden naarmate hun verhaal vaker wordt verteld.'

'Maar we hebben ook boeken die tijdens hun leven geschreven zijn,' bracht Rothen hem in herinnering. 'En zelfs dagboeken van de magiërs zelf. Waarom zouden ze hun eigen krachten willen overdrijven?'

'Tja, waarom?' zei Dannyl droogjes.

Rothen draaide zich om en leidde hen terug over de sneeuw die ze zojuist vertrapt hadden. 'Ik geloof dat die eerste magiërs echt veel sterker waren,' zei hij. 'En dat we sinds die tijd alleen maar zwakker zijn geworden.'

Dannyl keek naar Sonea. 'Wat denk jij?'

Ze knipperde verbaasd met haar ogen. 'Geen idee. Misschien hadden ze een manier om zichzelf sterker te maken.'

Dannyl schudde zijn hoofd. 'Er zijn geen manieren om de kracht van een magiër te vermeerderen. Waar hij mee geboren wordt, is waar hij het de rest van zijn leven mee zal moeten doen.'

Ze bereikten de weg en liepen verder. Het was nu nacht, en er gloeiden lampen in de ramen van de huizen langs de weg. Toen ze langs een geblakerde ruïne liepen, huiverde Sonea. Was het huis vernietigd door een uitbarsting van hitte en licht toen de magiër stierf?

Ze liepen zwijgend verder. Toen ze bij het begin van het pad kwamen, stuurde Rothen zijn lichtbol vooruit om de weg te verlichten. In de stilte leek het geluid van de insecten in het bos veel luider.

Toen ze de magiërsvertrekken zagen opdoemen, dacht Sonea aan alle magiërs die hier woonden, die allemaal hun krachten in bedwang moesten houden, zelfs als ze sliepen. Misschien hadden die eerste architecten een hele andere reden gehad om de magiërs een eigen wijk te geven in hun nieuwe stad.

'Meer lichaamsbeweging heb ik vannacht niet nodig, denk ik,' zei Rothen plotseling. 'Het is zowat tijd voor het avondeten. Eet je met ons mee, Dannyl?'

'Natuurlijk,' antwoordde de lange magiër. 'Ik doe niets liever.'

25

Een wijziging in de plannen

De zon hing boven de torens van het paleis in de verte als een enorme magische lichtbol, en liet lange oranje strepen op de tuin vallen. Terwijl ze over het pad liepen, zweeg Sonea en piekerde.

Rothen wist dat ze had geraden wat het idee was achter de diverse uitstapjes die hij met haar maakte, en dat ze zichzelf mentaal hardde zodat er niets was dat haar kon overhalen om bij het Gilde te blijven.

Hij glimlachte. Hoewel ze misschien vastbesloten was zich niet te laten beïnvloeden, was Rothen toch van plan haar zoveel mogelijk van het Gilde te laten zien. Ze moest zien wat ze te verliezen had.

Verrast door haar standvastige besluit om te vertrekken, was Rothen na gaan denken over zijn eigen leven. Zoals alle kinderen van de Huizen was hij rond zijn tiende getest op magische krachten. Hij herinnerde zich nog hoe opgewonden zijn ouders waren geweest toen hij die inderdaad bleek te bezitten. Ze hadden hem verteld dat hij geluk had, en dat hij bijzonder was. Vanaf die dag had hij ernaar uitgezien om lid te worden van het Gilde.

Sonea echter had nooit de mogelijkheid gehad om magiër te worden. Ze had geleerd hen als de vijand te zien, een groep die overal de schuld van kreeg en die gehaat werd. Gezien haar opvoeding was het niet zo vreemd dat ze het als verraad jegens de mensen met wie ze was opgegroeid beschouwde als ze inderdaad lid werd van het Gilde.

Maar dat hoefde niet zo te zijn. Als hij haar ervan kon overtuigen dat ze uiteindelijk haar krachten kon aanwenden om haar eigen mensen te helpen, zou ze misschien wel willen blijven.

Aan het eind van de universiteit sloeg Rothen rechtsaf. Ze liepen langs de tuinen aan de andere kant van het gebouw toen de gong klonk, gevolgd door het geluid van novicen die zich van de universiteit naar hun kamers repten. Rothen had besloten die dag naar het genezersgebouw te gaan. Hij verheugde zich op dit uitstapje. Genezen was de edelste vorm van magie, en de enige vaardigheid die Sonea leek te waarderen. Hij wist dat krijgskunst waarschijnlijk weinig indruk op haar zou maken, dus had hij haar daar als eerste heengebracht. Ze was echter meer van streek geweest door het bezoek dan hij had verwacht. Ondanks het feit dat de leraar de regels had uitgelegd en had laten zien welke beschermingsmaatregelen er werden genomen, was ze achteruit gedeinsd zodra de leerlingen met hun schijngevecht begonnen.

Hij vroeg zich af hoe hij Sonea uit haar zelfgekozen isolement kon halen. Hoewel Dannyls experimenten met het afdrukken van mentale beelden haar iets had laten zien van het werkelijke nut van alchemie, was dit slechts een hobby. Als hij indruk wilde maken, moest hij haar iets laten zien dat nuttiger was. Hij had nog niet besloten wat dat dan moest zijn.

Toen ze bij het ronde genezersgebouw aankwamen, keek Rothen weer naar Sonea. Hoewel ze op haar hoede leek, glommen haar ogen van nieuwsgierigheid. Hij hield stil bij de ingang. 'Dit is het tweede genezersgebouw dat is neergezet,' zei hij tegen Sonea. 'Het eerste was nogal weelderig. Helaas hadden onze voorgangers wat moeite met een aantal welgestelde patiënten die dachten dat ze tegen de juiste betaling de rest van hun leven verzorgd konden worden. Toen de universiteit en de andere Gildegebouwen werden neergezet, werd dat gebouw gesloopt en kwam dit ervoor in de plaats.'

Hoewel het gebouw er aan de buitenkant prettig uitzag, was het lang niet zo indrukwekkend als de universiteit. Rothen leidde Sonea door de openstaande deuren naar binnen, waar een geur van ontsmettingsmiddelen hing..

Twee genezers, een man van middelbare leeftijd en een jongere vrouw, keken op toen Rothen en Sonea de hal betraden. De man keek Sonea weifelend aan en draaide zich toen om, maar de jonge vrouw glimlachte en liep naar hen toe. 'Gegroet, heer Rothen,' zei ze.

'Gegroet, vrouwe Indria,' antwoordde hij. 'Dit is Sonea.'

Indria boog het hoofd. 'Het is me een genoegen je te ontmoeten, Sonea.'

'Indria zal ons een rondleiding geven door het genezersgebouw,' legde Rothen uit.

De genezer glimlachte naar Sonea. 'Ik hoop dat je mijn rondleiding interessant zult vinden.' Ze keek Rothen aan. 'Zullen we beginnen?'

Rothen knikte.

'Deze kant op dan.'

Ze leidde hen naar een tweetal deuren, duwde deze met haar wil open en bracht Rothen en Sonea naar een brede, gebogen hal. Ze liepen langs enkele open deuren, en Sonea nam de kans waar om in de kamers erachter te kijken.

'De begane grond van het gebouw is in zijn geheel in gebruik voor het behandelen en huisvesten van patiënten,' zei Indria. 'We kunnen tenslotte niet van een zieke verwachten dat hij trappen beklimt.' Ze keek naar Sonea, die erin slaagde ietwat verwonderd te kijken bij wijze van antwoord.

'Op de bovenste verdieping zijn klaslokalen en de kamers van de genezers die hier wonen. De meesten wonen niet in de magiërsverblijven, maar hier. Zo kunnen we sneller reageren als zich een spoedgeval voordoet.' Ze wees naar links. 'De kamers van de patiënten hebben een mooi uitzicht over het bos.' Toen wees ze naar rechts. 'De binnenste vertrekken zijn onze behandelkamers. Kom, ik zal er een laten zien.'

De kamer was klein, met niet veel meer dan een bed, een kast en een aantal houten stoelen. 'Hier voeren we kleine genezingen en behandelingen uit,' zei Indria. Ze opende een deur en liet diverse rijen flessen en dozen zien. 'Alle medicijnen die we van tevoren kunnen mengen of snel kunnen klaarmaken staan binnen handbereik. We hebben andere kamers boven waar de wat meer gecompliceerde medicijnen worden gemaakt.'

Indria liep de kamer weer uit en leidde hen naar een gang naast de behandelkamer. Ze wees naar een deur aan het eind. 'In het midden van het gebouw zijn genezerskamers,' zei ze. 'Ik zal zien of deze leeg is.'

Ze liep de gang door en keek door een glazen ruit in een deur. Toen draaide ze zich weer naar hen om en knikte. 'Hij is leeg. Kom binnen.'

Rothen liep naar toe en glimlachte toen Indria de deur voor hem en de anderen openhield. De kamer die ze betraden was groter dan de eerste die ze gezien hadden. Een smal bed stond in het midden en overal langs de muren stonden kasten.

'Dit is waar we belangrijke geneeskunst en chirurgie bedrijven,' zei Indria. 'Niemand mag hier binnenkomen als er behandelingen aan de gang zijn, behalve de genezers – en de patiënt natuurlijk.'

Sonea's ogen gleden door de kamer. Ze liep naar een gat in de muur. Indria volgde haar. 'De medicijnen worden klaargemaakt in vertrekken recht boven ons,' legde de genezer uit terwijl ze in de nis omhoog wees. 'We hebben genezers die zich specialiseren in het klaarmaken van medicijnen. Zij laten de vers gemaakte medicijnen door deze buizen naar beneden vallen als we ze nodig hebben.'

Nu haar nieuwsgierigheid bevredigd was, ging Sonea weer naast Rothen staan. Indria liep naar een kast. Ze deed hem open en pakte er een fles uit.

'We beschikken hier in het Gilde over de grootste kennis van medicijnen in de wereld,' zei ze met onverholen trots. 'We genezen mensen niet alleen met magie. Als we dat deden, zouden we de vraag naar onze hulp niet kunnen bijbenen.' Ze haalde haar schouders op. 'Niet dat het nu wel lukt. Er zijn gewoonweg niet genoeg genezers.'

Ze deed een la open en pakte een stukje wit materiaal. Ze wendde zich tot Sonea en keek toen vragend naar Rothen. Toen hij besefte wat ze wilde doen, schudde hij zijn hoofd. Indria beet op haar lip, keek naar Sonea en daarna naar de voorwerpen in haar handen. 'Misschien moeten we dit onderdeel van de rondleiding maar overslaan.'

Sonea keek met grote ogen van nieuwsgierigheid naar het flesje. 'Welk deel?'

Indria draaide de fles zodat Sonea het etiket kon lezen. 'Het is een verdovende zalf,' legde ze uit. 'Ik smeer meestal een klein beetje op de handpalm van een bezoeker om te demonstreren hoe krachtig onze medicijnen zijn.'

Sonea fronste. 'Verdovend?'

'Je huid wordt erdoor verdoofd, zodat hij gevoelloos wordt. Dat duurt meestal ongeveer een uur.'

Sonea peinsde even. Toen haalde ze haar schouders op en stak haar hand uit. 'Ik wil het wel proberen.'

Rothen hield zijn adem in en keek Sonea verbaasd aan. Dit was opmerkelijk. Waar was al haar wantrouwen jegens de magiërs ineens gebleven? Goedkeurend keek hij toe hoe Indria het flesje openschroefde en een beetje van de inhoud op het stukje materiaal aanbracht.

'Je voelt niet meteen iets. Na een minuut of wat krijg je het gevoel alsof je huid heel erg dik is. Wil je het nog altijd proberen?'

Sonea knikte.

Indria wreef een beetje van de pasta op Sonea's handpalm. 'Wees voorzichtig dat je niet in je ogen wrijft. Je wordt er niet blind van, maar geloof me, het is een raar gevoel om verdoofde oogleden te hebben.'

Sonea keek naar haar hand. Indria zette het flesje terug en liet het stukje stof in een emmer in een van de kasten vallen. Daarna wreef ze haar handpalmen tegen elkaar. 'Laten we naar boven gaan en de klaslokalen bekijken.'

Ze ging hen voor het vertrek uit, terug naar de gang. Ze passeerden diverse genezers en een aantal novicen. Sommigen keken Sonea nieuwsgierig aan. Tot Rothens ontzetting waren er echter anderen die afkeurend fronsten.

'Indria!'

De genezer draaide zich om. Haar groene gewaad bolde op door deze onverwachte beweging. 'Darlen?'

'Hier.'

De stem kwam uit een behandelkamer in de buurt. Indria liep naar de deur. 'Ja?'

'Kun je even helpen?'

Indria draaide zich om en grinnikte naar Rothen. 'Ik zal vragen of de patiënt het erg vindt om publiek te hebben,' zei ze zachtjes.

Ze stapte naar binnen en Rothen hoorde enkele stemmen zachtjes praten. Sonea keek Rothen met een ondefinieerbare uitdrukking aan en keek toen een andere kant op.

Indria verscheen in de deuropening en wenkte hen. 'Kom binnen.'

Rothen knikte. 'Een momentje.'

Terwijl de genezer zich terugtrok, keek Rothen aandachtig naar Sonea. 'Ik weet niet wat we daar binnen te zien zullen krijgen, maar ik denk niet dat Indria ons binnen zou roepen als het echt vreselijk was. Maar als je niet tegen bloed kunt, kun je waarschijnlijk beter buiten blijven.'

Sonea keek hem geamuseerd aan. 'Ik kan er wel tegen.'

Rothen haalde zijn schouders op en gebaarde naar de deur. Sonea liep naar binnen en zag dat dit vertrek er hetzelfde uitzag als de kamer waar ze zojuist waren geweest. Op het bed lag een jongen van een jaar of acht. De stem die om hulp had gevraagd was van een jongeman in een groen gewaad, heer Darlen, die op dit moment bezig was voorzichtig een bloederig verband van de hand van de jongen te halen. Een jong echtpaar zat op houten stoelen en keek angstig toe.

'Ga daar staan, alstublieft,' gebaarde Indria, plotseling heel streng.

Rothen ging in de hoek staan en Sonea volgde hem. Darlen keek hen aan voordat hij zijn aandacht weer op de jongen richtte.

'Doet het nog pijn?' vroeg hij.

De jongen schudde zijn hoofd.

Rothen keek naar het echtpaar. Hoewel ze eruitzagen alsof ze zich haastig hadden aangekleed, waren hun kleren uiterst kostbaar. De man droeg een lange jas volgens de laatste mode, met knopen van edelstenen, en de vrouw droeg een simpele zwarte mantel met een capuchon met bontrand.

Naast hem maakte Sonea even een geluidje. Rothen keek naar het bed en zag dat het laatste verband van de hand van de jongen was gehaald. Hij had twee diepe sneden in zijn handpalmen waar nog altijd bloed uit drupte.

Darlen trok de mouw van de jongen omhoog en pakte zijn arm stevig vast. Het bloeden stopte. Hij keek naar de ouders.

'Hoe is dit gebeurd?'

De man bloosde en keek naar de vloer. 'Hij speelde met mijn zwaard. Ik had het hem verboden, maar hij...' De man schudde zijn hoofd en keek grimmig.

'Hm.' Darlen draaide de hand een klein stukje. 'Het zal waarschijnlijk goed genezen, hoewel hij de rest van zijn leven interessante littekens zal hebben.'

De vrouw slikte en barstte in tranen uit. Haar echtgenoot legde een arm om haar heen en keek de genezer hoopvol aan.

Darlen gebaarde naar Indria. Ze knikte en liep naar een kast. Uit een lade pakte ze nog meer van het witte materiaal, een kom en een grote fles water. Ze liep naar het bed en waste de hand heel voorzichtig. Toen hij schoon was, legde Darlen voorzichtig zijn handpalm over die van de jongen en sloot zijn ogen.

Er volgde een stilte. Hoewel de moeder af en toe snikte, leken alle geluiden gedempt te zijn. De jongen begon te wiebelen, maar Indria boog zich voorover en legde een hand op zijn schouder.

'Stil liggen. Verbreek zijn concentratie niet.'

'Maar het kriebelt,' protesteerde hij.

'Dat duurt niet lang.'

Rothen zag beweging naast zich en draaide zich om. Hij zag dat Sonea over haar handpalm wreef. Darlen haalde diep adem en opende zijn ogen weer. Hij keek naar de hand en streek er met zijn vingers over. Waar eerst diepe wonden hadden gezeten, liepen nu twee smalle rode lijntjes. Darlen glimlachte naar de jongen.

'Je hand is genezen, maar het is noodzakelijk dat je iedere dag een vers verband aanbrengt. Je wilt al het werk dat ik zojuist gedaan heb toch niet tenietdoen, is het wel?'

De jongen schudde zijn hoofd. Hij hief zijn hand op en volgde de littekens met zijn vinger. Darlen klopte hem op de schouder.

'Over twee weken mag hij voorzichtig wat oefeningen gaan doen.' Hij keek naar de ouders. 'Er zal waarschijnlijk geen blijvende schade zijn. Uiteindelijk zal hij er weer alles mee kunnen doen, inclusief zijn vaders zwaard hanteren.' Hij leunde voorover en porde zachtjes met een vinger in de borst van de jongen. 'Maar niet tot hij volwassen is.'

De jongen grinnikte. Darlen hielp hem met opstaan en glimlachte toen de jongen naar zijn ouders rende, die hem in de armen sloten.

De vader keek op naar Darlen, met glinsterende ogen, en deed zijn mond open om iets te zeggen. De genezer hief zijn hand op om hem het zwijgen op te leggen en draaide zich om naar Indria.

Ze gebaarde naar Rothen en Sonea dat ze haar moesten volgen en ze glipten snel de kamer uit. Terwijl ze door de gang liepen, hoorde Rothen de vader de genezer uitgebreid bedanken.

'Het ziet er eenvoudig uit, nietwaar?' zei Indria. 'Maar het is in werkelijkheid heel moeilijk.'

'Genezen is de moeilijkste van alle vaardigheden,' legde Rothen uit. 'Er is een heel verfijnde beheersing voor nodig en jaren oefening.'

'Daarom zijn er maar weinig jongeren in geïnteresseerd,' zei Indria snuivend. 'Ze zijn te lui.'

'Ik heb heel veel novicen die verre van lui zijn,' zei Rothen beledigd.

Indria grinnikte. 'Maar u bent ook zo'n goede leraar, Rothen. Hoe zou het mogelijk zijn dat uw leerlingen niet de meest toegewijde pupillen van de universiteit zijn?'

Rothen lachte. 'Ik zou vaker naar de genezers moeten komen. Jullie zijn goed voor mijn ego.'

'Hm,' bromde ze. 'We zien u meestal alleen maar als u iets te klagen hebt over uw spijsvertering of over de brandwonden die u oploopt tijdens uw experimenten.'

'Zeg dat nou niet,' zei Rothen terwijl hij een vinger op zijn lippen legde. 'Straks wil ik Sonea nog rondleiden door de alchemievertrekken.'

Indria keek Sonea vol medeleven aan. 'Veel succes. Probeer niet in slaap te vallen.'

Rothen rechtte zijn schouders en wees naar de trap. 'Schiet maar op met je rondleiding, brutale meid,' beval hij. 'Je bent pas een jaar afgestudeerd, en krijgt nu al praatjes tegenover je meerderen.'

'Jazeker, mijn heer.' Grinnikend maakte ze een theatrale buiging en liep de gang in.

Sonea schoof Rothens raamschermen opzij en keek door het glas naar de wervelende sneeuw. Ze wreef afwezig over haar handpalm. Hoewel het gevoel erin al uren geleden was teruggekeerd, was de herinnering aan de verdoving nog altijd sterk.

Ze had verwacht dat Rothen haar zou laten zien hoe de genezers werkten, en dat ze weerstand zou moeten bieden aan de wens om dit zelf ook te leren. Ondanks haar voornemen om zich afstandelijk op te stellen, had het zien hoe een kind werd genezen allerlei ongewenste gevoelens in haar opgeroepen. Hoewel ze had geweten dat ze het talent had om dergelijke dingen te leren, besefte ze pas op dat moment wat ze werkelijk zou kunnen doen.

En dat was natuurlijk precies Rothens bedoeling geweest. Ze tikte op de rand van het raamscherm. Zoals ze verwacht had was hij van plan haar te overreden om te blijven door haar alle fantastische dingen te laten zien die ze met haar magie zou kunnen doen.

Maar hij kon moeilijk verwacht hebben dat ze onder de indruk zou zijn van de demonstratie van krijgskunst van de vorige dag. Zien hoe novicen magie naar elkaars hoofd slingerden was nu niet bepaald de aangewezen manier om haar over te halen te blijven. Misschien was het de bedoeling dat ze zag dat de gevechten in werkelijkheid niets voorstelden. Vanwege de strikte regels was het meer sport dan strijd.

Toen ze erover nadacht, kwam de wijze waarop de magiërs hadden gereageerd toen Sonea hen had 'aangevallen' op het Noordplein haar opeens heel begrijpelijk voor. Dat kwam omdat ze gewend waren aan 'binnenschilden' en het tellen van 'doelpunten'. Het moest een grote verrassing zijn geweest om te zien wat magie kon doen met iemand die niet in staat was zich te verdedigen.

Ze zuchtte. Waarschijnlijk zou ze binnenkort worden rondgeleid door de alchemievertrekken. Tegen haar wil voelde ze toch iets van nieuwsgierigheid. Van alle disciplines begreep ze alchemie het minst.

Ze fronste toen er op de buitendeur werd geklopt. Tania had haar al enige tijd geleden goedenacht gewenst en Rothen was nog niet zo lang weg. Haar hart sloeg een slag over toen er een naam door haar heen schoot.

Fergun.

Hij wilde natuurlijk een antwoord, en ze had nog geen beslissing genomen. Met tegenzin liep ze de kamer door. Ze hoopte dat het iemand anders was. 'Wie is het?' vroeg ze.

'Fergun. Laat me binnen, Sonea.'

Ze haalde diep adem en pakte de deurkruk. De deur zwaaide onmiddellijk naar binnen open. De magiër in het rode gewaad schreed elegant naar binnen en sloot de deur achter zich.

'Hoe kunt u die open krijgen?' vroeg ze terwijl ze naar de deurkruk keek. 'Ik dacht dat hij op slot zat.'

Fergun glimlachte. 'Dat is ook zo, maar hij gaat open als de deurkruk van binnen en van buiten tegelijk wordt neergedrukt.'

'Is dat de bedoeling?'

Fergun knikte. 'Het is een voorzorgsmaatregel, voor als er zich een noodgeval voordoet en Rothen is er niet om de deur te openen. Nu kan iemand anders de deur openen als jij hier bijvoorbeeld per ongeluk brand zou stichten.'

Ze trok een gezicht. 'Hopelijk zal dat nooit meer een probleem zijn.' Ze gebaarde naar de stoelen. 'Ga zitten, Fergun.'

Hij liep naar de stoelen en ging zitten. Terwijl zij in de stoel tegenover hem plaatsnam, leunde hij gretig naar voren.

'En, gaan de beheersingsoefeningen goed?'

'Ja... denk ik.'

'Hm. Vertel eens wat je gisteren gedaan hebt.'

Ze glimlachte een beetje schaapachtig. 'Ik moest een doos optillen van de vloer. Het was niet gemakkelijk.'

Ferguns adem stokte even en zijn ogen werden groot. Sonea voelde haar hart een slag overslaan. 'Wat hij je daar leert is geen beheersingsoefening. Hij laat je zien hoe je je magie kunt gebruiken. Als hij dat doet, moet je beheersing al goed zijn.'

Sonea voelde een trilling van opwinding en hoop. 'Hij zei dat hij mijn beheersing wilde testen.'

Fergun knikte nadenkend. 'Alle magie is een test van beheersing. Hij zou je niet leren om objecten op te tillen als je niet genoeg beheersing had. Je bent klaar, Sonea.'

Sonea leunde achterover in haar stoel en een glimlach trok over haar gezicht. *Eindelijk*, dacht ze. *Ik kan naar huis!*

Een onverwachte steek van spijt volgde op die gedachte. Als ze vertrok, zou ze Rothen nooit meer terugzien.

'Ben je er nu van overtuigd dat ik je de waarheid verteld heb – dat Rothen informatie heeft achtergehouden?'

Ze keek Fergun aan en knikte. 'Het meeste weet ik nu. Administrateur Lorlen heeft me uitgelegd hoe het blokkeren van kracht precies werkt.'

Fergun keek verrast. 'Lorlen zelf. Mooi.'

'Hij zei ook dat het niet onplezierig was, en dat ik er nooit meer iets van zou merken.'

'Als het goed is niet. Maar het Gilde heeft het al vele, vele jaren niet meer hoeven doen.' Hij maakte een grimas. 'De laatste keer dat ze het deden ging het een klein beetje mis – maar je hoeft je daar geen zorgen over te maken. Als je mijn aanbod aanneemt, zul je het risico niet hoeven te nemen.' Hij glimlachte. 'En, gaan we samenwerken?'

Ze aarzelde, bevangen door twijfel.

Hij zag haar gezicht en vroeg: 'Heb je al een beslissing genomen?'

'Nee.'

'Dus je weet het nog niet?'

'Ik ben niet zo zeker van uw plan,' gaf ze toe. 'Delen ervan in ieder geval.'

'Welke delen?'

Ze haalde diep adem. 'Als ik een novice wordt, moet ik een eed afleggen waarvan ik weet dat ik die zal breken.'

Hij fronste. 'En?'

'En dat vind ik... niet prettig.'

Hij kneep zijn ogen half dicht. 'Je maakt je zorgen over het breken van een eed?' Hij schudde zijn hoofd. 'Ik ben bereid om de wetten van de koning voor je te overtreden, Sonea. Hoewel ik zeker weet dat we het zo kunnen inkleden dat het zal lijken alsof je op eigen kracht ontsnapt bent, is er niettemin een kans dat mijn hulp wordt ontdekt. Ik ben bereid dat risico te nemen, voor jou.' Hij leunde naar voren. 'Je moet besluiten of de koning het recht heeft om je je kracht af te nemen. Zo niet, wat stelt een eed dan nog voor?'

Sonea knikte langzaam. Hij had gelijk. Faren zou het ermee eens zijn, en Cery ook. De Huizen hadden de magie al te lang voor zichzelf gehouden – en gebruikten hem zelfs tegen de armen in de Opruiming. De sloppers zouden het haar niet kwalijk nemen als ze de noviceneed brak. En het was hun mening die telde, niet die van de koning of de magiërs.

Als ze naar de sloppen terugkeerde met al haar krachten, zou ze zichzelf magie kunnen leren, en misschien anderen ook. Ze zou haar eigen geheime Gilde kunnen starten.

Het zou wel betekenen dat ze erop moest vertrouwen dat Faren haar verborgen kon houden voor het Gilde. En het betekende ook dat ze niet kon terugkeren naar haar familie. Maar het zou tevens betekenen dat ze uiteindelijk haar kracht zou kunnen gebruiken om haar eigen mensen te helpen. En dat maakte het risico misschien de moeite waard.

Ze keek naar de magiër tegenover haar. Zou Fergun haar ook zo graag helpen ontsnappen als hij wist wat ze nu dacht? Ze fronste. Als ze zijn novice werd, zou hij misschien in haar geest moeten kijken om haar dingen te kunnen leren. Het was mogelijk dat hij haar plannen ontdekte en van gedachten veranderde omdat hij de gevolgen niet prettig vond.

Zijn voorstel dwong haar volledig op hem te vertrouwen. Maar ze kende hem niet en had nooit in zijn gedachten gekeken.

Kon ze maar weggaan – ontsnappen – zonder zijn hulp.

Plotseling voelde ze opwinding. Misschien was dat mogelijk! Ze had nu beheersing bereikt. Rothen wist niet dat ze het al wist. Hij zou het uiteindelijk moeten toegeven, en zodra hij dat gedaan had, zou hij erop toezien dat ze niet ontsnapte. Maar nu nog niet. Nu was het perfecte moment om het te proberen.

Maar als ze de kans niet kreeg, of faalde?

Dan zou ze Ferguns voorstel altijd nog kunnen aannemen. Nu was het zaak om tijd te rekken.

Ze keek Fergun aan, zuchtte en schudde haar hoofd. 'Ik weet het niet. Stel dat uw plan werkt, dan krijg ik het hele Gilde achter me aan.'

'Ze zullen je niet kunnen vinden,' verzekerde hij haar. 'Ik zal je leren hoe je je kracht kunt verbergen. Ze zullen niet ontdekken waar je bent, en uiteindelijk zullen ze het zoeken moeten staken. Je bent niet de enige die de vorige speurtocht beu werd, Sonea. Ze zullen niet eeuwig blijven zoeken.'

'Er zijn dingen die u niet weet,' zei ze. 'Als ik met magie terugkeer in de sloppen, zullen de Dieven me dwingen voor hen te werken. Ik wil niet hun werktuig worden.'

Hij glimlachte. 'Je hebt magie, Sonea. Ze kunnen je niet dwingen iets te doen dat je niet wilt.'

Ze keek van hem weg en schudde haar hoofd. 'Ik heb familie, Fergun. De Dieven kunnen mij misschien niets doen, maar anderen wel. Ik...' Ze wreef over haar slapen en keek hem verontschuldigend aan. 'Ik heb meer tijd nodig om na te denken.'

Zijn glimlach verdween. 'Hoe lang?'

Ze haalde haar schouders op. 'Een paar weken?'

'Ik heb niet zoveel tijd.' Zijn gezichtsuitdrukking veranderde en werd dreigend. 'Jij hebt niet zoveel tijd.'

Sonea fronste. 'Waarom niet?'

Hij stond abrupt op en trok uit zijn gewaad iets dat hij voor haar op de tafel gooide.

Ze snakte naar adem toen ze de dolk herkende. Ze had zo vaak toegekeken hoe dit wapen liefdevol en voorzichtig geslepen werd. Ze kon zich de dag herinneren, vele jaren geleden, dat de afbeelding van het kleine knaagdiertje in het metaal geëtst werd.

'Ik zie dat je hem herkent.' Fergun torende nu boven haar uit en zijn ogen glinsterden kwaadaardig. 'Ik heb de eigenaar van dit wapen opgesloten in een klein kamertje dat niemand hier weet te vinden.' Zijn lippen plooiden zich in een valse glimlach. 'En het is maar goed ook dat ze het niet weten, anders zouden ze zich misschien zorgen gaan maken over de afmetingen die sommige van deze knaagdieren kunnen aannemen.' Hij liet zich voor haar stoel op zijn hurken zakken en legde zijn handen op de armleuningen. Sonea deinsde achteruit, ontzet door zijn kwaadaardige blik.

'Doe wat ik je zeg, en ik laat je vriendje los. Als je moeilijk doet, dan zal ik hem daar voor eeuwig laten zitten.' Hij kneep zijn ogen tot spleetjes. 'Begrijp je me?'

Ontzet, niet in staat een woord uit te brengen, knikte Sonea.

'Luister goed,' zei hij. 'Ik ga je vertellen wat je moet doen. Eerst ga je Rothen vertellen dat je besloten hebt te blijven. Als je dat doet zal hij bekendmaken dat je de beheersing machtig bent, zodat je tot het Gilde kan toetreden voor je van gedachten verandert. Er zal binnen een week een vergadering zijn, en daar zal een hoorzitting gepland worden om te beslissen wie je mentor zal zijn.

Op deze hoorzitting ga jij iedereen vertellen dat ik je tijdens de Opruiming heb gezien voordat Rothen je zag. Je zult hun vertellen dat ik naar je keek op het moment dat de steen door de barrière vloog, net voordat hij me raakte. De hogere magiërs zullen dan geen andere keuze hebben dan mij als jouw mentor aan te wijzen. Je zult lid worden van het Gilde, maar ik verzeker je dat dit niet lang zal duren. Zodra je een kleine taak voor me hebt uitgevoerd, zul je teruggestuurd worden naar waar je thuishoort. Je krijgt wat je wilt, en ik ook. Je hebt niets te verliezen als je mij helpt, maar...' Hij pakte de dolk en streek met een vinger langs het snijvlak. 'Maar je zult je vriendje verliezen als je het niet doet.' Hij hield haar blik vast terwijl hij de dolk terug liet glijden in zijn gewaad. 'Zorg dat Rothen hier niet achterkomt. Niemand weet waar die kleine ceryni zit, behalve ik, en als ik hem geen eten breng zal hij heel erg hongerig worden.'

Hij stond op, liep naar de deur en opende die op een kier. Hij keek achterom met een blik vol minachting, en Sonea's hart sloeg een slag over toen ze zich plotseling herinnerde waar ze hem eerder gezien had. Hij was de magiër die ze met de steen had geraakt tijdens de Opruiming.

'Ik verwacht dat Rothen morgen zal aankondigen dat je opleiding met succes is afgerond. Ik zie je later.' Hij glipte door de deur en trok die achter zich dicht.

Sonea luisterde naar de voetstappen die zich verwijderden. Ze sloeg haar handen voor haar ogen. *Magiërs.* Ze vloekte. *Ik zal ze nooit meer vertrouwen!*

Toen dacht ze aan Rothen, en haar woede verdween. Hoewel hij haar had doen geloven dat ze de beheersing nog niet machtig was, wist ze zeker dat Rothen het goed bedoelde. Hij had waarschijnlijk geprobeerd tijd te rekken zodat ze langer kon nadenken of ze echt wel weg wilde. Als dat zo was, dan had hij niets gedaan dat ze zelf niet ook zou hebben gedaan in zijn plaats – en ze wist zeker dat hij haar zou helpen als ze dat vroeg.

Maar ze durfde het hem niet te vragen. Een verstikkend gevoel van hulpeloosheid overviel haar. Als ze niet deed wat Fergun haar opdroeg, zou Cery sterven.

Ze krulde zich op in de stoel en sloeg haar armen om zich heen. *O, Cery,* dacht ze. *Waar ben je? Had ik niet gezegd dat je je niet moest laten pakken?*

Waarom deed Fergun dit? Ze dacht aan de eerste keer dat ze die blik vol minachting had gezien en huiverde.

Wraak. Eenvoudigweg kinderachtige wraak voor het vernederende feit dat hij door een smerige slopper buiten westen geslagen was. Hij was natuurlijk woest dat ze niet gestraft was, maar in plaats daarvan was uitgenodigd om lid te worden van het Gilde. Maar waarom maakte hij zich zo druk als ze toch niet wilde blijven?

Ze dacht na over zijn woorden. *Zodra je een kleine taak voor me hebt uitgevoerd, zul je teruggestuurd worden naar waar je thuishoort.* Om lid te worden van het Gilde en dan weer te worden weggestuurd... Hij was van plan haar zwaar te laten boeten voor het gooien van die steen.

Hij wilde er zeker van zijn dat ze nooit meer van gedachten kon veranderen en alsnog terug zou kunnen keren naar het Gilde.

26

Het bedrog begint

In de ruimte tussen de twee handpalmen – de een groot en oud, de tweede slank en eeltig – hingen twee kleine lichtpuntjes die dansten als kleine insectjes. De lichtjes wervelden om elkaar heen, doken en draaiden rondjes, alsof ze een ingewikkeld spel aan het spelen waren. Het blauwe licht dook ineens op het gele af. Het gele veranderde in een kring van licht en Rothen lachte toen het blauwe puntje erdoorheen schoot.

'Genoeg!' riep hij uit.

De schaduwen om hen heen hielden op met dansen toen de twee lichtpuntjes doofden. Rothen keek de schemerige kamer rond en was verbaasd te zien hoe laat het was. Hij gebruikte zijn wilskracht om een lichtbol te maken en het scherm voor het raam te laten glijden.

'Je leert snel,' zei hij tegen haar. 'Je beheersing over je krachten groeit.'

'Ik heb al dagen geleden beheersing geleerd,' zei ze. 'U heeft het me alleen niet verteld.'

Verrast keek Rothen haar aan. Ze keek terug zonder te knipperen. Er was geen spoor van twijfel in haar stem geweest. Op een of andere manier was ze er zelf achter gekomen.

Hij leunde achterover in zijn stoel en dacht na over de situatie. Als hij ontkende, zou ze des te opstandiger zijn als ze er later achter kwam. Het was beter om uit te leggen waarom hij het moment had uitgesteld.

Maar het betekende wel dat zijn tijd op was. Hij had geen reden meer om haar hier te houden. In een dag of twee zou ze weg zijn. Hij kon Lorlen vragen het blokkeren uit te stellen, maar hij kende haar inmiddels goed genoeg om te weten dat hij haar niet in een paar dagen van gedachten kon laten veranderen.

Hij knikte. 'Een paar lessen geleden dacht ik al dat je een punt bereikt had waarop ik normaal gesproken zou zeggen dat de beheersing van een novice voldoende was. Maar ik voelde dat het voor jou extra belangrijk was dat je je kracht inderdaad goed beheerste, omdat we je niet zouden kunnen helpen als er iets mis ging.'

In plaats van opluchting zag hij slechts angst in haar blik. 'Niet dat ik denk dat er iets mis kan gaan,' verzekerde hij haar. 'Je beheersing is...'

'Ik blijf,' zei ze.

Hij staarde haar aan, even te verbaasd om te kunnen spreken. 'Je blijft?' riep hij uit. 'Je bent van gedachten veranderd?'

Ze knikte.

Hij sprong overeind. 'Dat is fantastisch!'

Sonea staarde hem met wijd open ogen aan. Hij had haar het liefst overeind getrokken en omhelsd, maar hij wist dat dat haar alleen maar zou doen schrikken. In plaats daarvan liep hij naar een kast achter in de kamer.

'Dat moeten we vieren!' Hij pakte een fles pachiwijn en een paar glazen en bracht die naar de stoelen. Ze keek, kalm en zwijgend, hoe hij de kurk uit de fles trok en de gele drank in de glazen schonk.

Sonea's hand trilde toen ze een glas aannam. Rothen kalmeerde wat toen hij besefte dat ze zich waarschijnlijk overweldigd voelde – en misschien ook wel een beetje bang.

'Wat heeft je van gedachten doen veranderen?' vroeg hij terwijl hij ging zitten.

Ze beet even op haar lip en keek van hem weg. 'Ik wil iemands leven redden.'

'Aha!' Hij knikte. 'Dus de genezers hebben de meeste indruk op je gemaakt.'

'Ja,' gaf ze toe. Ze nam een slok en keek verheugd op. 'Pachiwijn!'

'Je kende het al?'

Ze glimlachte. 'Een Dief heeft me ooit een fles gegeven.'

'Je hebt me nooit veel verteld over de Dieven. Ik wilde het je niet vragen, voor het geval je zou denken dat ik je probeerde uit te horen.'

'Ik heb nooit veel over hen ontdekt,' zei ze schouderophalend. 'Ik was meestal alleen.'

'Ik neem aan dat ze wilden dat je magie voor hen bedreef in ruil voor hun hulp?'

'Ja. Maar ik heb de Dief nooit echt kunnen geven wat hij wilde.' Er verscheen een frons op haar voorhoofd. 'Ik vraag me af of ze denken dat ik onze overeenkomst heb verbroken door hier te blijven?'

'Hij is er niet in geslaagd je te beschermen,' stelde Rothen vast. 'Hoe kan hij dan verwachten dat jij jouw kant van de overeenkomst nakomt?'

'Hij heeft veel moeite gedaan en veel kosten gemaakt om mij te verbergen.'

Rothen schudde zijn hoofd. 'Maak je geen zorgen. De Dieven zullen je met rust laten. Zij hebben ons verteld waar we je konden vinden.'

Sonea's ogen vlogen wijd open. 'Ze hebben me verraden?' fluisterde ze.

Hij fronste, verbaasd over de woede in haar blik. 'Ik ben bang van wel. Ik denk niet dat ze dat wilden, maar het was duidelijk dat je krachten te gevaarlijk werden.'

Ze keek naar haar glas en zat enige tijd in gedachten verzonken.

'Wat gaat er nu gebeuren?' vroeg ze plotseling.

Rothen aarzelde toen hij besefte dat hij de verschillende aanvragen voor het mentorschap zou moeten uitleggen. De gedachte dat ze misschien zou worden overgeleverd aan een magiër die ze niet kende of vertrouwde zou ertoe kunnen leiden dat ze weer van gedachten veranderde, maar hij moest haar waarschuwen voor de mogelijkheid.

'Er zijn een aantal zaken die geregeld moeten worden voordat je de noviceneed aflegt,' zei hij. 'Je moet goed kunnen lezen en schrijven, en een algemene kennis hebben van rekenen. Je moet ook de regels en gebruiken van het Gilde kennen. En er moet besloten worden wie je mentor gaat worden.'

'Mentor?' Ze leunde achterover in haar stoel. 'U zei dat alleen getalenteerde novicen mentors krijgen.'

Rothen knikte. 'Vanaf het begin heb ik beseft dat je een mentor nodig zou hebben. Als de enige novice die niet afkomstig is uit een van de Huizen zul je van tijd tot tijd tegen problemen aanlopen. Als je een magiër hebt die je mentor wil zijn, dan kan dat helpen. Vandaar dat ik dus een aanvraag heb ingediend.

Maar ik ben niet de enige magiër die de eer wil hebben. Er is een andere, jongere magiër die Fergun heet. Als twee magiërs een aanvraag indienen om mentor te worden van een bepaalde novice, dan moet er een hoorzitting gehouden worden om te beslissen welke aanvraag gehonoreerd gaat worden. De regels van het Gilde schrijven voor dat als meer dan één magiër iemands mentor wil worden, de eerste die het potentieel van de novice heeft herkend de eer krijgt, dus de beslissing is meestal eenvoudig.' Hij trok een gezicht. 'Maar deze keer niet.

We hebben je magie niet ontdekt door middel van de gebruikelijke testen. Sommige magiërs vinden dat ik, als de eerste die je gezien heeft, de eerste was die je kracht herkende. Anderen zeggen dat Fergun, de man die jouw steen tegen zijn hoofd kreeg, de eerste was, aangezien hij het effect van je kracht direct heeft gevoeld.' Rothen grinnikte. 'Blijkbaar woedt deze discussie al enkele maanden binnen het Gilde.'

Hij zweeg even en nam een slok wijn. 'De hoorzitting zal na de volgende vergadering worden gehouden, die over een week zal plaatsvinden. Daarna ga je verder met je lessen onder mijn leiding, of die van Fergun.'

'Dus een novice mag zijn of haar mentor niet zelf kiezen?'

Hij schudde zijn hoofd. 'Nee.'

'Dan kan ik deze Fergun maar beter leren kennen,' zei ze langzaam. 'Om te zien wat voor soort man hij is.'

Rothen keek haar onderzoekend aan, verbaasd over de kalme manier waarop ze de situatie opnam. Hij zou daar blij om moeten zijn, zei hij tegen zichzelf, maar hij voelde zich niettemin een beetje teleurgesteld. Het zou zoveel prettiger zijn geweest voor zijn ego als ze had geprotesteerd tegen het idee dat ze bij hem weggehaald zou worden.

'Ik kan een ontmoeting regelen, als je dat wilt. Hij zal je zeker willen spreken. Evenals veel anderen. Maar voor het zover is kan ik je maar beter een aantal gewoonten en regels van het Gilde bijbrengen.'

Ze keek op en er verscheen een belangstellende glinstering in haar ogen. Rothen was blij dat haar nieuwsgierigheid blijkbaar terug was. 'Om te beginnen is er de gewoonte om te buigen.'

Haar uitdrukking veranderde in ontzetting. Rothen grinnikte meelevend. 'Jazeker. Buigen. Alle niet-magiërs – behalve leden van de koninklijke familie natuurlijk – horen te buigen voor magiërs.'

Ze trok een gezicht. 'Waarom?'

'Als een gebaar van respect.' Rothen haalde zijn schouders op. 'Het klinkt misschien heel dom, maar sommigen van ons zijn behoorlijk beledigd als iemand niet voor ons buigt.'

Ze kneep haar ogen half dicht. 'U ook?'

'Meestal niet. Maar er zijn momenten dat niet buigen duidelijk bedoelt is als belediging.'

Ze keek hem wantrouwend aan. 'Verwacht u dat ik vanaf nu voor u buig?'

'Ja en nee. Ik verwacht het niet als we onder elkaar zijn, maar je moet wel buigen als we buiten dit appartement zijn, zelfs al is het maar om gewend te raken aan de gewoonte. Je moet ook mijn titel gebruiken. Magiërs worden heer of vrouwe genoemd, behalve in het geval van rectoren, administrateurs en de opperheer, die met hun titel worden aangesproken.'

Hij glimlachte om Sonea's gezicht. 'Ik dacht al dat je het niet leuk zou vinden. Je bent dan misschien opgegroeid in de laagste klasse van onze maatschappij, maar je hebt de trots van een koning.' Hij leunde naar voren. 'Op een dag zal iedereen voor jou buigen, Sonea. En dat zal nog veel moeilijker te accepteren zijn.'

Ze fronste, pakte haar glas en dronk het leeg.

'Wel,' ging Rothen verder, 'dan zijn er nog de regels van het Gilde. Hier.' Hij schonk een tweede glas wijn voor haar in. 'Laten we eens zien of die wat gemakkelijker te verteren zijn.'

Rothen ging net na het eten weg, waarschijnlijk om het nieuws te verspreiden. Terwijl Tania de tafel begon af te ruimen, liep Sonea naar een raam. Ze stopte even en keek naar het scherm dat ervoor stond. Ze besefte nu pas dat het ingewikkelde patroon eigenlijk bestond uit een groot aantal minuscule Gilde-symbooltjes.

Haar tante had een oud, door vocht en schimmel aangetast stel schermen gehad. Ze pasten niet bij het raam van hun kamer in het pension, maar haar tante had ze toch tegen het glas gezet. Als de zon door het papier scheen, was het niet moeilijk om de lelijke plekken te negeren.

De herinnering bracht niet de gebruikelijke steek van heimwee met zich mee, maar slechts een vaag verlangen. Ze keek om zich heen naar de kostbare stoffering, de boeken en de glimmend gewreven meubels, en zuchtte.

Ze zou het comfort en het voedsel missen, maar daar kon ze zich wel bij neerleggen. Het zou minder eenvoudig zijn om Rothen te verlaten. Ze voelde zich prettig in zijn gezelschap – zijn gesprekken, hun lessen, hun mentale tweespraken.

Ik was toch al van plan geweest om te vertrekken, bracht ze zichzelf voor de honderdste keer in herinnering. *Ik had er gewoon nog niet over nagedacht hoeveel ik hier gevonden had.*

De wetenschap dat ze gedwongen zou worden het Gilde te verlaten had haar duidelijk gemaakt wat ze zou verliezen. Het kostte haar opvallend weinig moeite om te doen alsof ze wilde blijven.

Het is maar goed dat Fergun het niet weet, bedacht ze. *Het zou zijn wraak zoveel zoeter maken.*

Fergun riskeerde veel om haar te kunnen terugbetalen voor zijn vernedering. Hij moest wel heel erg kwaad zijn – of heel zeker dat hij er zonder kleerscheuren van af zou komen. Hoe dan ook, hij was bereid om heel veel moeite te doen om haar uit het Gilde te verbannen.

'Vrouwe?'

Sonea draaide zich om en zag Tania achter zich staan.

De bediende glimlachte. 'Ik wilde u gewoon even laten weten dat ik blij ben dat u hebt besloten te blijven,' zei ze. 'Het zou zo jammer zijn als u het niet deed.'

Sonea voelde dat ze begon te blozen. 'Dank je, Tania.'

De vrouw vouwde haar handen ineen. 'U ziet eruit alsof u nog twijfelt. U heeft de juiste beslissing genomen. Het Gilde neemt nooit arme mensen aan. Het zal ze goed doen te zien dat u alles kunt wat zij ook kunnen, en net zo goed als zij.'

Sonea voelde een koude rilling over haar rug glijden. Deze hele situatie had niets te maken met wraak!

Het Gilde was niet verplicht haar aan te nemen. Ze hadden al eerder haar krachten kunnen blokkeren en haar kunnen terugsturen naar de sloppen. Maar dat was niet gebeurd. Voor het eerst in eeuwen hadden de magiërs overwogen iemand op te leiden die van buiten de Huizen kwam.

Ferguns woorden klonken na in haar hoofd: *'Zodra je een kleine taak voor me hebt uitgevoerd, zul je teruggestuurd worden naar waar je thuishoort.'* Naar waar ze thuishoorde?

Ze had de minachting in zijn stem wel gehoord, maar de betekenis ervan niet begrepen. Fergun wilde niet alleen zeker zijn dat zij geen lid van het Gilde zou worden, maar hij wilde er ook voor zorgen dat er nooit meer een slopper de kans zou krijgen. De 'taak' die Fergun voor haar in petto had was waarschijnlijk iets dat zou bewijzen dat sloppers onbetrouwbaar waren. Het Gilde zou nooit meer overwegen om een slopper in hun midden toe te laten.

Ze greep de vensterbank vast en haar hart ging als een razende tekeer van woede. *Ze openen hun deuren voor mij, een slopper, maar ik zal weglopen alsof dat niets voorstelt!*

Een overbekend gevoel van hulpeloosheid bekroop haar. Ze kon hier niet blijven. Cery's leven hing ervan af dat ze vertrok.

'Vrouwe?'

Sonea knipperde met haar ogen en keek Tania aan. De bediende legde even een hand op haar arm.

'U zult het goed doen,' verzekerde Tania haar. 'Rothen zegt dat u erg sterk bent, en erg snel leert.'

'Is dat zo?'

'O, ja.' Tania draaide zich om en pakte haar mand met borden. 'Welnu, ik zie u morgenochtend weer. Maak u geen zorgen. Het komt allemaal goed.'

Sonea glimlachte. 'Dank je, Tania.'

De bediende grinnikte. 'Goedenacht.'

'Goedenacht.'

De bediende glipte de deur uit en liet Sonea alleen achter. Zuchtend staarde ze naar buiten. Het sneeuwde weer en de witte vlokken dansten in de nacht.

Cery, waar ben je?

Ze dacht aan de dolk die Fergun haar had laten zien en fronste. Het was mogelijk dat hij die gevonden had; dat hij Cery niet had opgesloten...

Ze ging bij het raam vandaan en liet zich in een stoel vallen. Er was zoveel om over na te denken: Cery, Fergun, de hoorzitting, het mentorschap. Ondanks de geruststellende woorden van Tania zou ze de komende weken niet veel slaap krijgen.

Iedere driedag at Dannyl bij Yaldin en zijn vrouw. Ezrille had dit jaren geleden ingevoerd. Ze was ongerust over het feit dat Dannyl nog geen vrouw had gevonden, en maakte zich zorgen dat hij zou vereenzamen als hij iedere dag alleen was.

Dannyl slaakte een tevreden zucht toen hij zijn lege bord aan Yaldins bediende gaf. Hoewel hij er zelf aan twijfelde of hij ooit ten prooi zou kunnen vallen aan melancholie, zoals Ezrille vreesde, was het inderdaad veel prettiger om in gezelschap te eten dan in zijn eentje.

'Ik heb geruchten over je gehoord, Dannyl,' zei Yaldin.

Dannyl fronste en zijn tevredenheid verdween. Fergun was toch niet weer bezig? 'Wat voor geruchten dan?'

'Dat de administrateur zo onder de indruk is van jouw onderhandelingen met de Dieven dat hij erover denkt je ambassadeur te maken.'

Dannyl ging rechtop zitten en staarde de oudere magiër aan. 'Is dat zo?'

Yaldin knikte. 'Wat denk je? Zie je het zitten om te reizen?'

'Ik...' Dannyl schudde zijn hoofd. 'Ik heb er nooit over nagedacht. Ik? Ambassadeur?'

'Ja.' Yaldin gniffelde. 'Je bent niet zo jong en onstuimig meer als vroeger.'

'Dank je,' zei Dannyl droogjes.

'Het zou goed voor je kunnen zijn,' zei Ezrille. Ze glimlachte en schudde met haar wijsvinger naar hem. 'Misschien breng je zelfs wel een vrouw mee terug.'

Dannyl keek haar vuil aan. 'Begin nou niet weer, Ezrille!'

Ze haalde haar schouders op. 'Wel, aangezien er duidelijk geen enkele vrouw in Kyralia is die goed genoeg is voor...'

'Ezrille,' zei Dannyl streng, 'de laatste jonge vrouw die ik ontmoet heb heeft een mes in me gestoken. Je weet dat ik vervloekt ben als het om vrouwen gaat.'

'Dat is belachelijk. Je probeerde haar gevangen te nemen, niet het hof te maken. Hoe is het eigenlijk met Sonea?'

'Rothen zegt dat haar lessen goed gaan, hoewel ze nog altijd wil vertrekken. Ze praat heel veel met Tania de laatste tijd.'

'Ik neem aan dat ze zich meer op haar gemak voelt met bedienden dan met ons,' bedacht Yaldin. 'Ze zijn niet zo ver boven haar status verheven als wij.'

Dannyl kromp ineen. Ooit zou hij geen moment hebben nagedacht over deze opmerking – hij zou het er van harte mee eens geweest zijn – maar nu hij Sonea had gesproken leek het zo oneerlijk. Beledigend zelfs. 'Rothen zou dat niet graag horen.'

'Nee,' gaf Yaldin toe. 'Maar hij staat alleen in zijn opvattingen. De rest van het Gilde vindt klasse en status erg belangrijk.'

'Wat zeggen ze momenteel?'

Yaldin haalde zijn schouders op. 'De weddenschappen over haar mentorschap zijn niet langer vriendelijk. Veel mensen vragen zich af of het wel verstandig is om iemand met haar achtergrond tot het Gilde toe te laten.'

'Alweer? Wat zijn hun redenen nu weer?'

'Zal ze zich aan haar eed houden?' zei Yaldin. 'Zal ze een slechte invloed hebben op de andere novicen?' Hij leunde voorover. 'Jij hebt haar ontmoet. Wat vind je van haar?'

Dannyl haalde zijn schouders op en veegde de suiker van zijn vingers met een servet. 'Ik ben de laatste persoon die je het moet vragen. Ze heeft me gestoken, weet je nog?'

'We kunnen het moeilijk vergeten,' zei Ezrille, 'aangezien je erover blijft praten. Kom nou, je moet meer gezien hebben dan dat.'

'Haar spraak is plat, maar niet zo erg als ik verwacht had. Ze heeft niet de manieren waar wij aan gewend zijn. Ze buigt niet en zegt geen "heer".'

'Dat zal Rothen haar wel bijbrengen als het zover is,' zei Ezrille.

Yaldin snoof zacht. 'Hij kan maar beter zorgen dat ze het weet vóór de hoorzitting.'

'Jullie vergeten allebei dat ze niet wil blijven. Waarom zou hij dan de moeite nemen haar de etiquette bij te brengen?'

'Misschien zou het gemakkelijker zijn voor iedereen als ze inderdaad vertrok.'

Ezrille keek haar echtgenoot verwijtend aan. 'Yaldin,' schold ze. 'Zou jij het meisje terugsturen naar de armoede nadat ze alle rijkdommen hier gezien heeft? Dat zou gemeen zijn.'

De oude man haalde zijn schouders op. 'Natuurlijk niet, maar ze wil weg, en het zal gemakkelijker zijn als ze ook gaat. Geen hoorzitting, om te beginnen, en geen gezeur meer over het al dan niet toelaten van personen buiten de Huizen.'

'Ze verdoen hun adem met die discussies,' zei Dannyl. 'We weten allemaal dat de koning wil dat ze hier blijft, onder onze hoede.'

'Dan zal hij er wel niet zo gelukkig zijn mee zijn als ze erbij blijft dat ze wil vertrekken.'

'Nee,' stemde Dannyl in. 'Maar hij kan haar niet dwingen de eed af te leggen als ze dat niet wil.'

Yaldin fronste en keek naar de deur toen er iemand aanklopte. Hij maakte een lui handgebaar en de deur zwaaide open.

Rothen kwam stralend naar binnen. 'Ze wil blijven!'

'Dat is dan het einde van deze discussie,' zei Ezrille.

Yaldin knikte. 'Maar niet helemaal, Ezrille. Er komt nog een hoorzitting waar we ons zorgen over moeten maken.'

'De hoorzitting?'' Rothen maakte een wegwerpgebaar. 'Daar maken we ons later wel druk om. Op dit moment wil ik het alleen maar vieren!'

27

Crgens onder het universiteitsgebouw

Sonea zat opgekruld in haar stoel, gaapte en dacht aan hoe haar dag tot dan toe verlopen was.

Die ochtend had administrateur Lorlen haar opgezocht om te vragen wat ze uiteindelijk had besloten, en om vele malen opnieuw uit te leggen hoe het zat met mentorschap en de hoorzitting. Ze had zich schuldig gevoeld over zijn oprechte vreugde dat ze zou blijven – een gevoel dat in de loop van die dag alleen nog maar sterker zou worden.

Er waren andere bezoekers gekomen: Dannyl, gevolgd door het strenge en intimiderende Hoofd der Genezers, en een ouder echtpaar met wie Rothen bevriend was. Iedere keer dat er iemand op de deur geklopt had, was ze opgeschrikt, bang dat het Fergun was, maar de krijgsheer was niet verschenen.

Ze had het idee dat hij haar niet zou bezoeken tot ze alleen was, en was bijna opgelucht toen Rothen na het eten vertrok met de mededeling dat hij tot laat in de avond weg zou blijven, dus dat ze niet op hem hoefde te wachten.

'Ik wil wel wat blijven praten, als u wilt,' bood Tania aan.

Sonea glimlachte dankbaar. 'Dank je, Tania, maar ik denk dat ik vanavond liever alleen ben.'

De bediende knikte. 'Ik begrijp het.' Ze draaide zich om naar de tafel, maar stopte toen iemand op de deur klopte.

'Zal ik opendoen, vrouwe?'

Sonea knikte. Ze haalde diep adem en keek hoe de bediende de deur op een kier zette.

'Is vrouwe Sonea binnen?'

Sonea herkende de stem en voelde haar maag ineenkrimpen van angst.

'Jawel, heer Fergun,' antwoordde Tania. Ze keek nerveus achterom naar Sonea. 'Ik zal zien of ze u kan ontvangen.'

'Laat hem maar binnen, Tania.' Hoewel haar hart als een razende tekeer ging, slaagde Sonea erin kalm te spreken.

Terwijl de bediende bij de deur vandaan ging, kwam de in het rood gehulde magiër binnen. Hij boog het hoofd in Sonea's richting en legde een hand op zijn borst.

'Ik ben Fergun. Ik geloof dat heer Rothen je over mij heeft verteld?' Zijn ogen gleden naar Tania en weer terug naar Sonea. Sonea knikte.

'Ja,' zei ze. 'Dat heeft hij. Gaat u zitten.'

'Dank je,' zei hij terwijl hij zich elegant in een stoel liet zakken.

Stuur dat mens weg.

Sonea slikte en keek op naar Tania. 'Is er nog iets dat je moet doen, Tania?'

De bediende keek naar de tafel en schudde haar hoofd. 'Nee, vrouwe. Ik kom straks wel terug voor de borden.' Ze boog en glipte de kamer uit.

Toen de deur achter haar dicht viel, verdween de vriendelijke uitdrukking op Ferguns gezicht. 'Ik hoorde pas vanochtend dat Rothen heeft verklaard dat je klaar ben. Het heeft dus even geduurd voor je het hem kon vertellen.'

'Ik moest het juiste moment afwachten,' zei ze. 'Anders was het heel vreemd overgekomen.'

Fergun staarde haar aan en wuifde het toen weg. 'Het is gebeurd. Om er zeker van te zijn dat je mijn instructies begrijpt, wil ik dat je ze voor me herhaalt.'

Hij knikte toen ze opzei wat hij haar had opgedragen te doen.

'Mooi. Heb je nog vragen?'

'Ja. Hoe weet ik nu of u Cery werkelijk vasthoudt? Ik heb alleen maar een dolk gezien.'

Hij glimlachte. 'Je zult me moeten vertrouwen.'

'U vertrouwen?' Sonea snoof luid en dwong zich hem recht in de ogen te kijken. 'Ik wil hem zien. Zo niet, dan vraag ik administrateur Lorlen of chantage een misdaad is in het Gilde.'

Zijn lip krulde in een sneer. 'Je bent niet in de positie om te dreigen.'

'Is dat zo?' Ze stond op en liep naar de tafel bij de muur om voor zichzelf een glas water in te schenken. Haar handen trilden en ze was blij dat ze met haar rug naar hem toe stond. 'Ik weet alles van dit soort chantage. Ik heb bij de Dieven gewoond, weet u nog? U zult moeten bewijzen dat u uw dreigement daadwerkelijk kunt uitvoeren. Ik heb alleen maar een dolk gezien. Waarom zou ik dan geloven dat u de eigenaar ervan in uw macht hebt?'

Ze draaide zich om en keek hem aan. Het deed haar plezier dat ze zijn blik zag wegglijden. Hij balde zijn vuisten en knikte toen langzaam.

'Goed,' zei hij terwijl hij opstond. 'Ik zal je naar hem toe brengen.'

Ze voelde even een flits van triomf, maar die was snel verdwenen. Hij zou er nooit mee hebben ingestemd als hij Cery niet ergens opgesloten had. Ze wist ook dat als iemands leven werd geruild voor een bepaalde dienst, het moeilijkste deel van de overeenkomst bestond uit het voorkomen dat de kidnapper zijn slachtoffer zou doden zodra hij zijn zin had gekregen.

Fergun liep naar de deur, opende die en wachtte tot ze buiten stond. Toen ze de gang in kwam, keken twee magiërs haar geschrokken aan. Ze ontspanden zich echter weer toen ze Fergun achter haar aan zagen komen.

'Heeft Rothen je verteld over alle gebouwen van het Gilde?' vroeg Fergun vrolijk terwijl ze naar de trap liepen.

'Ja,' antwoordde ze.

'Ze zijn ongeveer vierhonderd jaar geleden gebouwd,' zei hij, zonder acht te slaan op haar antwoord. 'Het Gilde was te groot geworden...'

Eindelijk het eind van de week! dacht Dannyl juichend terwijl hij de klas uit liep. De mogelijkheid dat Sonea zich zou aansluiten bij het Gilde was bij veel novicen niet eerder opgekomen. Ze hadden er de hele dag over gesproken, en hij was gedwongen geweest twee van zijn leerlingen te laten nablijven omdat ze de rest van de klas te veel gestoord hadden.

Met een zucht nam hij zijn boeken, papier en schrijfdoos onder zijn arm en liep de gang van het universiteitsgebouw door. Toen hij bij de trap kwam, verstijfde hij, niet in staat te geloven wat hij in de gang onder aan de trap zag.

Fergun en Sonea waren zojuist de universiteit binnengelopen. De krijger blikte de hal rond en keek toen naar de trap tegenover hem. Dannyl deed een stap naar achteren zodat hij niet gezien kon worden en luisterde naar de voetstappen van het tweetal beneden, die vager werden naarmate ze verder de gang in liepen.

Zo zachtjes als hij maar kon sloop Dannyl de trap af. Hij liep naar het begin van de gang op de begane grond en keek om de hoek. Fergun en Sonea waren enkele passen van hem verwijderd en liepen haastig voort. Terwijl hij keek sloegen ze een zijgang in. Dannyl ging hen achterna.

Zijn hart klopte in zijn keel. Toen hij bij de zijgang kwam besefte hij dat dit dezelfde gang was waar hij Fergun enkele dagen geleden in had zien verdwijnen. Hij riskeerde een snelle blik.

De gang was leeg. Hij ging de hoek om en luisterde aandachtig. Het uiterst zwakke geluid van Ferguns stem bracht hem naar een deur die naar de binnenste gangen van het universiteitsgebouw leidde. Dannyl glipte de deur door en volgde de stem door nog meer gangen, tot die abrupt zweeg.

De plotselinge stilte deed zijn huid prikken. Had Fergun gemerkt dat hij gevolgd werd? Wachtte hij tot zijn achtervolger hem had ingehaald?

Dannyl kwam bij een bocht in de gang en vloekte binnensmonds. Zonder het geluid van Ferguns stem had hij er geen idee van of hij misschien per ongeluk tegen de magiër aan zou botsen. Hij keek voorzichtig de hoek om en slaakte een zucht van verlichting. De gang was leeg.

Hij liep naar voren en stond plotseling voor een blinde muur. Het was niet echt een doodlopende weg, die bestonden niet in het universiteitsgebouw. Een van de deuren leidde naar een gang die weer op de hoofdgang uitkwam. Maar als Fergun die kant op gegaan was, zou Dannyl wel een deur hebben horen dichtslaan. Fergun had niet bepaald zijn best gedaan om geen geluid te maken. Maar misschien had hij dat wel gedaan nadat hij had beseft dat iemand hem volgde.

Dannyl pakte de kruk van de deur naar de zijgang en drukte die naar beneden. De scharnieren piepten dramatisch, alsof ze Dannyl wilden geruststellen dat hij Fergun beslist gehoord zou hebben als hij deze deur had geopend. Hij keek de gang in en zag niets. Daarna keek hij de hoofdgang in, maar die was ook leeg. Verbaasd liep Dannyl terug en probeerde andere deuren, maar nergens vond hij een teken van Fergun of Sonea.

Verbijsterd keerde hij terug naar de universiteit. De vragen tuimelden door zijn hoofd. Waarom had Fergun Sonea uit Rothens appartement gehaald? Waarom had hij haar meegenomen naar de verlaten binnenste gangen van de universiteit? Hoe konden ze verdwenen zijn?

Rothen?

Dannyl.

Waar zit je?

In de Nachtzaal.

Dannyl keek nijdig. Dus Fergun had gewacht tot Rothen weg was voor hij Sonea benaderde. Echt iets voor hem.

Blijf daar. Ik kom naar je toe.

Cery trok de deken dichter om zijn schouders en luisterde naar het klapperen van zijn tanden. De temperatuur van de kamer was de afgelopen dagen drastisch gedaald, en het was nu zo koud dat het vocht op de muur bevroor. Ergens boven hem verstevigde de winter zijn greep op de stad.

De magiër bracht hem nu een kaars bij elke maaltijd, maar die brandde slechts een paar uur. Als de duisternis weer inviel, sliep Cery, of liep hij in de kamer op en neer om zijn bloedcirculatie op gang te houden. Hij hield de waterfles tegen zijn borst om te voorkomen dat die ook zou bevriezen.

Hij hoorde een zacht geluid en bleef staan. Hij wist zeker dat hij andere voetstappen had gehoord behalve de zijne. Maar het bleef stil. Hij zuchtte en begon weer te ijsberen.

In zijn hoofd had hij al duizenden gesprekken gevoerd met zijn cipier. Cery had uren verdaan met het bedenken van manieren om de magiër te doden. Het was onmogelijk om uit de cel te ontsnappen, en hij vormde geen bedreiging voor de man die hem gevangen hield. Zijn lot rustte geheel in de handen van de magiër.

Hoewel hij er een vieze smaak van in zijn mond kreeg, moest hij erkennen dat zijn enige kans op ontsnapping lag in het winnen van het vertrouwen van zijn cipier. Het leek een onmogelijke taak – de magiër wilde niet met hem praten en hij bekeek Cery met onverholen minachting. *Voor Sonea's bestwil moet ik het proberen.*

Sonea. Cery schudde zijn hoofd en zuchtte. Het was mogelijk dat men haar gedwongen had hem te vertellen dat ze het Gilde nodig had om haar krachten te leren beheersen, maar op een of andere manier betwijfelde hij dat. Hij had gezien hoe haar magie op haar emoties reageerde, en hoe gevaarlijk dat proces geworden was. Het was niet moeilijk te geloven dat de magie haar uiteindelijk zou hebben gedood.

En dat betekende dat Sonea naar de Dieven brengen zo ongeveer de slechtste beslissing was die hij had kunnen nemen. Door haar in een situatie te plaatsen waarin ze bijna elke dag haar magie moest gebruiken, was haar kracht sterk toegenomen, waardoor ze misschien wel sneller dan gebruikelijk de macht erover had verloren. Uiteindelijk zou ze toch wel op dat punt gekomen zijn, wat hij ook gedaan had. Vroeg of laat zou het Gilde haar hebben gevonden – of ze zou zijn gestorven.

Hij dacht aan de brief die de magiërs gestuurd hadden, waarin ze beweerden dat ze Sonea geen kwaad zouden doen en haar een plaats in hun midden beloofden. Sonea had hen niet geloofd. Faren ook niet. Maar Cery had een oude kennis die als bediende in het Gilde werkte. Deze man had de waarheid van de brief misschien kunnen bevestigen, maar Cery had het hem niet gevraagd.

Ik wilde het niet weten. Ik wilde dat we samen waren, Sonea en ik, en samen voor de Dieven werkten. Of in ieder geval samen...

Maar zij was niet voor de Dieven – of voor hem. Ze had magie. Of ze dat nu leuk vond of niet, ze hoorde bij de magiërs.

Hij voelde even een steek van jaloezie, maar duwde die snel weer weg. In het donker had hij nagedacht over zijn haat jegens het Gilde. Zijns ondanks was hij gaan beseffen dat als de magiërs zo hun best hadden gedaan om haar – en veel andere sloppers met haar – te behoeden voor de gevolgen van haar kracht, ze niet zo ongevoelig konden zijn als de sloppers dachten.

En kon hij zich een betere toekomst denken voor Sonea? Ze zou rijkdom bezitten, kennis en macht. Hoe kon hij haar dat nu misgunnen?

Dat kon hij niet. Hij had niets over haar te zeggen. Deze wetenschap was als de pijn van een gekneusde rib na een fikse dreun tegen zijn borstkas. Hoewel zijn hart een sprongetje had gemaakt op het moment dat ze weer in zijn leven was verschenen, had hijzelf nooit iets anders laten blijken dan een innige vriendschap.

Hij hoorde weer een vaag geluid en werd stil. In de verte hoorde hij het zwakke, maar sterker wordende geluid van voetstappen. Toen ze dichterbij kwamen, ging hij naar achteren zodat de magiër binnen kon komen. Aan de snelheid te horen had Fergun haast.

De voetstappen vertraagden niet toen ze bij de deur kwamen, maar gingen eraan voorbij.

Cery deed een stap naar voren. Was dit de man die hem gevangen hield, die op weg naar een andere bestemming langs zijn cel liep? Of was dit heel iemand anders? Hij rende naar de deur en hief een vuist op om ermee op het hout te beuken, maar plotseling werd hij overvallen door twijfels. Als hij gelijk had, en Fergun hem gebruikte om Sonea onder druk te zetten, zou zijn ontsnapping dan Sonea in gevaar brengen doordat Ferguns plannen in de war geschopt werden?

Als Fergun Sonea te veel verteld had, zou hij haar misschien doden om zijn misdaad te verbergen. Cery had veel verhalen gehoord over kidnapping en chantage, en hij huiverde toen hij terugdacht aan de onplezierige manier waarop sommige van die verhalen waren geëindigd.

De voetstappen waren inmiddels niet meer te horen. Cery legde zijn hoofd tegen de deurpost en zuchtte. Het was te laat. Als het iemand anders was geweest, was hij nu verdwenen.

Hij nam zich voor te blijven proberen vriendschap te sluiten met Fergun, al was het maar om te ontdekken wat de magiër van plan was. Weer speelden zich diverse gesprekken af in Cery's gedachten. Toen de voetstappen opnieuw klonken, geloofde hij bijna dat hij het zich verbeeldde.

Maar toen ze luider werden, wist hij dat ze echt waren. Zijn hart begon als een razende te kloppen toen hij besefte dat hij twee paar voeten hoorde. De eigenaren van die voeten stopten voor de deur, en Cery hoorde Ferguns stem, gedempt door het hout.

'Stop. We zijn er.'

Het slot klikte en de deur zwaaide open. Een lichtbol hing boven Ferguns hoofd en verblindde Cery. Ondanks het felle licht herkende Cery echter het silhouet van de ander. Zijn hart maakte een sprongetje.

'Sonea!'

'Cery?'

Sonea bracht haar hand naar haar gezicht en trok de blinddoek los die voor haar ogen gebonden was. Ze knipperde tegen het licht en kwam toen snel de cel binnen.

'Ben je in orde, Cery? Je bent niet ziek, of gewond?' Haar ogen vlogen over zijn lichaam, op zoek naar tekenen van verwondingen.

Hij schudde zijn hoofd. 'Nee. En jij?'

'Met mij gaat het goed.' Ze keek naar Fergun, die hen met interesse stond te observeren. 'Fergun heeft je niets gedaan?'

Cery slaagde erin wrang te glimlachen. 'Alleen toen ik er zelf om vroeg.'

Haar wenkbrauwen schoten omhoog. Toen vernauwden haar ogen zich. 'Geef me de tijd om alleen met hem te spreken,' vroeg ze aan Fergun.

Fergun aarzelde, maar haalde toen zijn schouders op. 'Best. Een paar minuten, meer niet.'

Hij gebaarde naar de deur, die dicht viel, zodat ze in het donker achterbleven.

Cery zuchtte. 'Nu zitten we samen in de val.'

'Hij laat mij hier heus niet zitten. Hij heeft me nog nodig.'

'Waarom?'

'Dat is een ingewikkeld verhaal. Hij wil dat ik erin toestem me bij het Gilde aan te sluiten, zodat hij me kan dwingen om een wet te overtreden en ik eruit gegooid word. Ik denk dat het zijn manier is om wraak te nemen voor die steen tijdens de Opruiming – maar ik vermoed dat het ook de bedoeling is dat hij het Gilde ervan weet te overtuigen dat ze geen sloppers moeten aanvaarden. Het maakt niet uit. Als ik doe wat hij zegt, laat hij je gaan. Denk jij dat hij dat zal doen?'

Cery schudde zijn hoofd, hoewel hij wist dat ze hem niet kon zien. 'Ik weet het niet. Hij is niet gemeen geweest tot nu toe. Dieven zouden ergere dingen gedaan hebben.' Hij aarzelde. 'Ik denk niet dat hij beseft waar hij mee bezig is. Probeer iemand te waarschuwen.'

'Nee. Als ik iemand iets vertel, zal Fergun je hier laten wegrotten, waar niemand je kan vinden. Je zult doodgaan van de honger.'

'Er moeten toch meer mensen zijn die deze tunnels kennen?'

'Het kan dagen duren voor ze je vinden, Cery. We hebben heel lang moeten lopen voor we hier waren. Je bent misschien niet eens meer binnen het terrein van het Gilde.'

'Het leek mij niet zo v...'

'Het maakt niet uit, Cery. Ik was niet van plan te blijven, dus het heeft geen zin om je leven op het spel te zetten.'

'Je was niet van plan bij het Gilde te blijven?'

'Nee.'

Zijn hart ging sneller kloppen. 'Waarom niet?'

'Heel veel redenen. Iedereen haat magiërs, om te beginnen. Ik zou het gevoel hebben dat ik de mensen die ik ken zou verraden als ik een van hen werd.'

Hij glimlachte. Het was echt iets voor haar om het zo te zien. Hij haalde diep adem. 'Sonea, je moet blijven. Je moet je magie leren gebruiken.'

'Maar iedereen zal me haten.'

'Welnee. De waarheid is dat iedereen maar wat graag een magiër zou willen zijn, als hij de kans kreeg. Als je de magiërs afwijst, zal niemand je erom bewonderen. Integendeel, iedereen zal denken dat je gek bent, of dom. Ze zullen het begrijpen als je blijft. Ze zouden niet willen dat je die kans zomaar opgeeft.'

Ze aarzelde. 'Maar zullen ze mij niet haten?'

'Nee.'

'Dat zou ik wel doen.'

'De mensen die je kent zouden beslist niet denken dat het verkeerd was.'

'Maar... maar het zou nog altijd voelen alsof ik aan de verkeerde kant stond.'

Cery zuchtte. 'Doe niet zo stom, Sonea. Als jij magiër bent, zou je mensen kunnen helpen. Misschien kun je zelfs iets doen aan de Opruiming. Mensen zouden naar jou wel luisteren.'

'Maar... maar ik hoor bij Jonna en Ranel. Ze hebben me nodig.'

'Nee, dat hebben ze niet. Het gaat goed met ze. Denk je eens in hoe trots ze zullen zijn. Hun nichtje bij het Gilde.'

Ze stampvoette. 'Het maakt allemaal niet uit, Cery. Ik kan niet blijven. Fergun zegt dat hij je anders zal doden. Ik ben niet van plan een vriend in de steek te laten om een paar magische trucs te leren.'

Een vriend. Cery liet zijn schouders hangen. Hij sloot zijn ogen en haalde diep adem. 'Sonea, herinner je je nog die nacht dat we in het Gilde spioneerden?'

'Natuurlijk.' Hij hoorde de glimlach in haar stem.

'Ik zei toen dat ik iemand kende, een bediende in het Gilde. Ik had hem kunnen opzoeken en hem kunnen vragen wat het Gilde met je van plan was, maar dat heb ik niet gedaan. En weet je waarom?'

'Nee.' Nu klonk ze verbaasd.

'Ik wilde niet weten of het Gilde je echt wilde helpen. Je was nog maar net teruggekomen, en ik wilde niet dat je zou weggaan. Ik wilde je niet opnieuw verliezen.'

Ze zei niets. Haar zwijgen was een kwelling voor hem. Hij slikte. Zijn mond was kurkdroog. 'Ik heb lang kunnen nadenken. Ik heb... nou ja, ik heb mezelf verteld dat ik onder ogen moet zien dat er tussen ons alleen vriendschap bestaat, dus dat het niet eerlijk is dat...'

Ze slaakte een zacht kreetje. 'O, Cery. Je hebt nooit iets gezegd!'

Hij voelde zijn gezicht brandden en was blij dat het zo donker was. Hij hield zijn adem in en wachtte tot ze iets zei. Hij hoopte dat ze zou zeggen hoe zij zich voelde, of dat ze hem zou aanraken...

De stilte duurde voort tot hij het niet meer kon verdragen. 'Het maakt nu niet meer uit,' zei hij. 'Wat wel belangrijk is, is dat jij niet in de sloppen thuishoort. Niet sinds je je magische kracht hebt ontdekt. Misschien dat je hier ook niet past, maar je moet het in ieder geval proberen.'

'Nee,' zei ze op ferme toon. 'Ik moet zorgen dat jij hier uitkomt. Ik weet niet hoe lang Fergun van plan is jou te gebruiken om mij onder druk te zetten, maar hij kan je niet eeuwig verborgen houden. Ik zal zorgen dat hij van tijd tot tijd een boodschap van jou brengt zodat ik weet dat je nog leeft. Zodra hij dat niet meer doet, werk ik niet meer mee. Herinner je je het verhaal nog over Hurin de timmerman?'

'Natuurlijk.'

'We zullen doen wat hij deed. Ik weet niet hoe lang het gaat duren voor hij je laat gaan, maar ik...'

Ze zweeg toen de deur open klikte. Het magische licht viel op haar gezicht en Cery voelde zijn hart ineenkrimpen.

'Je bent hier nu lang genoeg geweest,' snauwde Fergun.

Sonea draaide zich om naar Cery en sloeg even haar armen om hem heen voordat ze wegliep. Hij slikte. Op een of andere manier deed deze korte aanraking meer pijn dan het lange zwijgen.

'Zorg dat je warm blijft,' zei ze. Ze stapte naar achteren en liep langs Fergun de gang in. Toen het slot dichtklikte, haastte Cery zich naar voren en legde zijn oor tegen de deur.

'Doe wat ik zeg, en je krijgt hem weer te zien,' zei Fergun. 'En anders...'

'Dat weet ik, dat weet ik,' zei Sonea. 'Maar houd in gedachten wat Dieven doen met mensen die hun beloften breken.'

Goed zo, wrijf het er maar flink in, dacht Cery met grimmige voldoening.

Vanaf het moment dat Dannyl de Nachtzaal binnenkwam was het duidelijk dat hem iets dwars zat. Rothen verliet de kring van magiërs die hem aan het bestoken waren met vragen en liep de zaal door om zijn vriend te begroeten.

'Wat is er aan de hand?'

'Ik kan hier niet praten,' zei Dannyl terwijl hij zijn ogen door het vertrek liet glijden.

'Buiten, dan?' stelde Rothen voor.

Ze liepen de vallende sneeuw in. Witte vlokken dansten om hen heen en sisten tegen Rothens schild. Dannyl liep naar de fontein en bleef daar staan.

'Raad eens wie ik zojuist in de universiteit zag lopen?'

'Wie?'

'Fergun en Sonea.'

'Sonea?' Rothen voelde even een flits van angst, maar duwde die snel weg. 'Hij heeft nu het recht om haar te spreken, Dannyl.'

'Spreken, ja. Maar haar meenemen uit jouw appartement?'

Rothen haalde zijn schouders op. 'Er is geen regel die hem dat verbiedt.'

'Maak je je niet ongerust?'

'Jawel, maar het haalt weinig uit om te protesteren, Dannyl. Het is beter dat Fergun een keer te ver gaat, dan dat ik bij iedere zet van zijn kant begin te protesteren. Ik betwijfel of ze met hem zou zijn meegegaan als ze dat zelf niet gewild had.'

Dannyl fronste. 'Wil je niet weten waar hij haar heen bracht?'

'Waar?'

Een getergde blik verscheen op Dannyls gezicht. 'Ik weet het niet precies. Ik volgde hen door de universiteit. Fergun nam haar mee naar de binnenste gangen. Daarna ben ik hen kwijtgeraakt. Ze verdwenen gewoon.'

'Ze verdwenen voor je ogen?'

'Nee. Ik hoorde Fergun praten, en toen was het ineens stil. Veel te stil. Ik had voetstappen moeten horen, of een deur die dichtsloeg. Wat dan ook.'

Weer zette Rothen zijn opkomende angst van zich af. 'Hm. Ik zou inderdaad wel willen weten waar hij haar heen heeft gebracht. Wat kon hij haar in vredesnaam willen laten zien in de universiteit? Ik zal het haar morgen vragen.'

'En als ze het niet wil vertellen?'

Rothen keek naar de sneeuw op de grond en dacht na. De binnenste gangen van de universiteit leidden naar kleine vertrekken. De meeste daarvan waren afgesloten of leeg. Er was verder niets, behalve...

'Ik neem aan dat hij haar niet de ondergrondse tunnels wilde laten zien,' mompelde hij.

'Natuurlijk!' Dannyls ogen begonnen te schitteren, en Rothen had meteen spijt van zijn woorden. 'Dat is het!'

'Het is heel onwaarschijnlijk, Dannyl. Niemand weet waar die tunnels heen voeren.'

Dannyl luisterde al niet meer. 'Nu begrijp ik het! Waarom heb ik daar niet eerder aan gedacht?' Hij duwde zijn handen tegen de zijkanten van zijn hoofd.

'Dannyl, ik raad je met klem aan uit die tunnels weg te blijven. Er zijn goede redenen waarom het verboden is daar te komen. Ze zijn oud en niet veilig.'

Dannyl trok zijn wenkbrauwen op. 'Hoe zit het dan met de geruchten dat een zeker lid van het Gilde ze regelmatig gebruikt?'

Rothen sloeg zijn armen over elkaar. 'Hij kan doen wat hij wil, en ik weet zeker dat hij het zal overleven als een tunnel instort. Ik weet alleen niet of hij het prettig zou vinden als je daar rondsnuffelde. Wat ga je zeggen als hij je ontdekt?'

Het licht in Dannyls ogen doofde even toen hij erover nadacht. 'Ik moet voorzichtig zijn. Zeker weten dat hij elders is.'

'Overweeg het zelfs niet,' waarschuwde Rothen. 'Je zult verdwalen.'

Dannyl snoof. 'Het kan niet erger zijn dan de sloppen.'

'Je gaat niet, Dannyl!'

Maar Rothen wist dat als Dannyls nieuwsgierigheid eenmaal gewekt was, niets of niemand zijn vriend ervan zou kunnen weerhouden op onderzoek uit te gaan, behalve de dreiging dat hij zou worden uitgestoten. Het Gilde zou hem echter niet verbannen voor het overtreden van zo'n onbetekenend regeltje. 'Denk er nog eens over na, Dannyl. Je wilt je kans om ambassadeur te worden toch niet verspelen?'

Dannyl haalde zijn schouders op. 'Als ik met Dieven kan onderhandelen zonder dat het gevolgen heeft, dan betwijfel ik of een beetje rondneuzen onder de universiteit me veel problemen zal geven.'

Rothen wist dat hij verslagen was. Hij draaide zich om en liep terug naar de Nachtzaal. 'Dat mag dan wel zo zijn, maar soms maakt het verschil wiens afkeuring je over jezelf afroept.'

28

De hoorzitting begint

'Maak je geen zorgen, Sonea,' fluisterde Tania toen ze bij de voorkant van de universiteit stonden. 'Het stelt niets voor. De magiërs zijn niets meer dan een groepje oude mannen die liever in hun appartement zouden zitten met een goed glas wijn dan in deze tochtige oude zaal. Voordat je goed en wel beseft dat het begonnen is, is het alweer voorbij.'

Sonea glimlachte onwillekeurig om Tania's beschrijving. Ze haalde diep adem en volgde Tania de trap van het imposante gebouw op. Toen ze door de grote open deuren kwamen, snakte ze naar adem.

Ze stonden in een vertrek vol met trappen. Elke trap was gemaakt van gesmolten en versmolten steen en glas, en zag er te fragiel uit om het gewicht van een volwassen man te kunnen dragen. De trappen gingen met een draai omhoog, om elkaar heen, als een groot, glinsterend sieraad.

'De andere kant van de universiteit ziet er heel anders uit!' riep ze uit.

Tania schudde haar hoofd. 'De achteringang is voor novicen en magiërs. Dit is de ingang voor bezoekers, dus die moet indrukwekkender zijn.'

De bediende liep door het vertrek en sloeg een korte gang in. Sonea zag de onderste helft van een tweede stel enorme deuren voor haar. Toen ze aan het eind van de gang waren, stopte Sonea en keek vol ontzag om zich heen.

Ze stonden op de drempel van een enorm vertrek. Witte muren rezen op naar een plafond van glazen panelen die schitterden in het gouden licht van de middagzon. Ter hoogte van de derde verdieping liep een heel web van balkons rond de zaal – zo fijn dat het leek alsof ze in de lucht zweefden.

Voor haar stond een gebouw. Een gebouw in een gebouw. De ruwe grijze muren vormden een dramatisch contrast met het luchtige wit van de zaal. Langs de zijmuur zag ze een lange rij smalle ramen, als soldaten op een rij.

'Dit is de Grote Zaal,' zei Tania. 'En dat,' zei ze met een gebaar naar het gebouw, 'is de Gildehal. Die is meer dan zeven eeuwen oud.'

'Dat is de Gildehal?' Sonea schudde verbaasd haar hoofd. 'Ik dacht dat ze die hadden vervangen.'

'Nee,' zei Tania met een glimlach. 'Het was goed gebouwd en het heeft historische waarde, dus zou het jammer zijn geweest om het te slopen. Ze hebben de binnenmuren eruit gehaald en er een zaal van gemaakt.'

Onder de indruk volgde Sonea de bediende rond het gebouw. Er leidden diverse openingen van de Grote Zaal naar elders. Tania wees naar een stel deuren in de zijmuur van de Gildehal. 'Daar moet je naar binnen. Ze zijn nu aan het vergaderen. De hoorzitting begint als de vergadering is afgelopen.'

Sonea voelde haar maag ineenkrimpen. Daarbinnen zaten honderd magiërs te wachten om over haar toekomst te beslissen. En ze stond op het punt om tegenover hen allemaal te gaan liegen.

Ze voelde een misselijkmakende angst. Stel dat Fergun ondanks haar medewerking zijn zin niet zou krijgen? Zou hij Cery dan toch laten gaan? Cery...

Ze schudde haar hoofd toen ze terugdacht aan zijn gestamelde bekentenis in de donkere cel. 'Ik wilde niet weten of het Gilde je echt wilde helpen. Je was nog maar net teruggekomen, en ik wilde niet dat je weer zou weggaan. Ik wilde je niet opnieuw verliezen.'

Hij hield van haar. Eerst was ze letterlijk met stomheid geslagen geweest, maar toen ze terugdacht aan alle keren dat ze hem naar haar had zien kijken, en aan de manier waarop hij soms was gaan stotteren als hij haar iets wilde vertellen, en aan hoe Faren zich af en toe had gedragen, alsof Cery meer was dan alleen een goede vriend, begreep ze plotseling alles.

Voelde zij hetzelfde voor hem? Ze had zich die vraag talloze malen gesteld sinds hun ontmoeting, maar ze kon hem niet met zekerheid beantwoorden. Ze had niet het gevoel dat ze verliefd was, maar misschien was de angst die zich van haar meester maakte als ze dacht aan het gevaar dat hem bedreigde wel een uiting van liefde. Of zou ze dat voelen voor iedereen die ze graag mocht, vriend of meer dan een vriend?

Als ze van hem hield had haar hart toch een sprongetje moeten maken toen hij zijn bekentenis deed? Dan zou ze toch dankbaar moeten zijn dat hij haar had proberen te redden, in plaats dat ze zich schuldig voelde dat zijn genegenheid tot zijn gevangenneming had geleid?

En als ze van hem hield, zou ze zich dit soort dingen toch helemaal niet hoeven afvragen?

Ze duwde de gedachte opzij, haalde diep adem en blies de lucht langzaam weer uit.

Tania klopte haar op de schouder. 'Hopelijk duurt het niet lang, maar je weet nooit...'

Er galmde een luide klik door de zaal en de deuren die Tania had aangewezen zwaaiden open. Er kwam een magiër naar buiten, en nog een. Toen er steeds meer kwamen, begon Sonea zich af te vragen hoeveel magiërs eigenlijk vertrokken. Was de hoorzitting misschien uitgesteld?

'Waar gaan ze heen?'

'Alleen degenen die geïnteresseerd zijn in het volgen van de hoorzitting blijven zitten,' zei Tania tegen haar.

Hoewel een aantal magiërs de Grote Zaal verlieten, bleven sommigen in kleine groepjes staan om met elkaar te praten. Een enkeling keek naar haar met een nieuwsgierige blik. Sonea keek nerveus een andere kant op.

Sonea?

Ze schrok en keek toen in de richting van de Gildehal. *Rothen?*

Het was een korte vergadering – snel voorbij. Je wordt zo naar binnen geroepen.

Sonea keek naar de deuren van de Gildehal en zag een donkere gedaante naar buiten komen. Haar hart sloeg een slag over toen ze hem herkende. *De moordenaar!*

Ze staarde hem aan, ervan overtuigd dat dit de man was die ze had gezien in die nacht dat ze spioneerde in het Gilde. Hij had dezelfde peinzende, grimmige uitdrukking op zijn gezicht die ze zich herinnerde. Zijn zwarte gewaad zwierde rond zijn benen toen hij met grote passen de zaal verliet.

Enkele magiërs knikten naar hem met hetzelfde respect dat Faren toonde voor een moordenaar van de Dieven. Hij boog in antwoord, maar vertraagde zijn pas niet. Hoewel ze wist dat ze zijn aandacht zou trekken als ze zo bleef staren, kon ze haar ogen niet van hem afhouden. Even gleed zijn blik haar richting op. Zijn ogen bleven een moment op haar rusten en schoten toen een andere kant op.

Ze maakte een sprongetje van schrik toen ze een hand op haar schouder voelde.

'Daar is heer Osen,' zei Tania, en ze wees naar de deur van de Gildehal. 'De secretaris van de administrateur.'

Een jonge magiër stond in de deuropening. Toen hij zag dat ze zijn kant op keek, wenkte hij haar.

'Ga maar,' fluisterde Tania terwijl ze Sonea weer op de schouder klopte. 'Het komt allemaal goed.'

Sonea haalde diep adem en dwong zich de zaal door te lopen in de richting van de deur. Toen ze bij de jonge magiër aankwam, boog hij beleefd het hoofd.

'Gegroet, Sonea,' zei hij. 'Welkom in de Gildehal.'

'Dank u, heer Osen.' Ze maakte een snelle, onhandige buiging.

Met een glimlach gebaarde hij dat ze hem moest volgen, de Gildehal in. De geur van hout en boenwas vulde haar neusgaten toen ze naar binnen stapte. De hal zag er groter uit dan hij van buitenaf geleken had. De muren steunden een groot, donker plafond. Een aantal magische lichtbollen hing onder de nokbalken en vulden de zaal met een gouden gloed. Rijen houten stoelen stonden over de hele lengte van de zaal, aan beide kanten. Sonea voelde haar mond droog worden toen ze de mannen en vrouwen in gewaad naar haar zag kijken. Ze slikte en wendde haar blik af.

Osen stopte en gaf aan dat ze moest blijven waar ze was. Toen beklom hij een steile tribune van houten stoelen rechts van haar. Ze wist dat dit de zetels van de hogere magiërs waren. Rothen had een schets gemaakt van waar iedereen zat, zodat ze de namen en titels van de magiërs uit het hoofd kon leren.

Ze keek op en zag dat de bovenste rij leeg was. Rothen had haar ervan verzekerd dat de koning zelden aanwezig was bij dit soort Gilde-aangelegenheden. Zijn stoel in het midden was groter dan alle andere, en op het kussen tegen de rugleuning was het koninklijk embleem geborduurd.

Eronder stond een enkele stoel. Sonea voelde zich vaag teleurgesteld toen ze zag dat die leeg was. Ze had gehoopt een glimp van de opperheer te kunnen opvangen.

Administrateur Lorlen zat in het midden van de derde rij. De stoelen naast hem waren leeg. Hij sprak met Osen, en met een man met een lang gezicht in de stoel onder de zijne, die een rood gewaad droeg met een zwarte riem. Dit, wist Sonea, was heer Balkan, het Hoofd der Krijgers.

Links van Balkan zat vrouwe Vinara, het Hoofd der Genezers, die Rothen bezocht had nadat hij had aangekondigd dat Sonea wilde blijven. Rechts zat een oude man met een hoekig gezicht en een grote neus – heer Sarrin, Hoofd der Alchemisten. Beiden keken ze Lorlen aandachtig aan.

Op de onderste rij zetels zaten de Hoofden – de magiërs die de lessen van de universiteit regelden en organiseerden. Slechts twee van de drie stoelen waren bezet. Sonea fronste toen ze probeerde zich te herinneren waarom dat was, en keek op naar heer Balkan. De krijger bekleedde beide functies, herinnerde ze zich.

Osen rechtte zijn schouders en kwam weer naar beneden. De hogere magiërs draaiden zich om en keken de zaal in. Administrateur Lorlen stond op, stak zijn kin naar voren en keek naar de magiërs die in de zaal zaten.

'De hoorzitting om te beslissen wie de mentor wordt van Sonea zal nu beginnen,' zei hij formeel. 'Willen heer Rothen en heer Fergun, de beide gegadigden voor die functie, alstublieft naar voren komen.'

Sonea hoorde laarzen schuifelen en keek op naar de rijen magiërs. Toen Rothen een paar passen van Osen vandaan ging staan, keek hij haar met een glimlach aan. Ze voelde een onverwachte golf van genegenheid in zich opkomen en wilde zijn glimlach beantwoorden, maar toen herinnerde ze zich ineens wat ze op het punt stond te gaan doen, en ze keek naar de vloer. Hij zou teleurgesteld zijn in haar...

Nog meer voetstappen weerklonken. Ze keek op en zag dat Fergun enkele stappen van Rothen verwijderd was. Ook hij glimlachte naar haar. Ze onderdrukte een huivering en richtte haar blik strak op de administrateur.

'Zowel heer Rothen als heer Fergun hebben het mentorschap van Sonea aangevraagd,' zei Lorlen. 'Elk gelooft dat hij de eerste was die haar potentiële kracht heeft ontdekt. We moeten nu beslissen welke aanvraag gehonoreerd zal worden. Ik laat de procedures voor deze hoorzitting over aan mijn assistent, Osen.'

De jongeman die haar naar binnen had geroepen deed een stap naar voren. Sonea haalde diep adem, keek naar de vloer en bereidde zich voor op wat ze moest doen.

'Heer Rothen.'

Rothen wendde zich tot heer Osen.

'Kunt u ons alstublieft vertellen wat vooraf ging aan uw herkenning van het magisch potentieel in Sonea.'

Rothen knikte en schraapte zijn keel. 'Op de dag dat ik de kracht van Sonea herkende – de dag van de Opruiming – stond ik samen met heer Fergun op het Noordplein. We hielpen met het ophouden van het schild. Zoals altijd was er een groep jongelui die met stenen gooiden.

Op dat moment stond ik tegenover heer Fergun en keek hem aan. Het schild was ongeveer drie passen rechts van mij. Vanuit mijn ooghoek zag ik een lichtflits in de buurt van het schild, en op hetzelfde moment voelde ik het schild scheuren. Ik zag een steen door de lucht vliegen net voordat deze heer Fergun tegen de slaap raakte, zodat hij het bewustzijn verloor.'

Rothen zweeg even en keek Fergun aan. 'Ik ving heer Fergun op toen hij viel. Toen hij veilig op de grond lag, zocht ik wie de steen had gegooid, en toen zag ik Sonea.'

Osen deed een stap in Rothens richting. 'Dus dit was de eerste keer dat u Sonea zag?'

'Ja.'

'Heeft u op enig moment gezien dat Sonea daadwerkelijk magie gebruikte?'

Rothen aarzelde. 'Nee, dat heb ik niet,' gaf hij met tegenzin toe.

Een zacht gemompel ging door de magiërs rechts van hem, maar dat stierf snel weg toen heer Osen die kant op keek.

'Hoe wist u dat zij degene was die de steen had gegooid die door het schild drong?'

'Ik wist uit welke richting de steen was gekomen, en dacht dat het een van de twee jongelui moest zijn. De dichtstbijzijnde, een jongen, keek niet eens. Sonea staarde echter verbijsterd naar haar handen. Toen ik haar kant op keek, keek zij naar mij en ik zag aan haar gezicht dat zij die steen geworpen had.'

'En u gelooft niet dat heer Fergun haar voor die tijd gezien kan hebben?'

'Nee, heer Fergun kon Sonea die dag helemaal niet gezien hebben,' zei Rothen droogjes, 'vanwege de onfortuinlijke aard van zijn verwonding.'

Er klonk wat gegniffel en gekuch in de zaal. Heer Osen knikte en liep bij hem vandaan. Hij stopte voor Fergun.

'Heer Fergun,' zei hij, 'kunt u ons alstublieft vertellen wat u die dag gezien hebt?'

Fergun neigde beleefd het hoofd. 'Ik hielp mee met de barrière op het Noordplein, zoals Rothen dat al heeft beschreven. Een groep jongelui kwam naar voren en begon stenen te gooien. Ik zag dat er ongeveer tien waren. Een van hen was een meisje.' Fergun keek in Sonea's richting. 'Ik dacht dat ze zich vreemd gedroeg, dus toen ik me afwendde bleef ik vanuit mijn ooghoek naar haar kijken. Toen ze de steen gooide, dacht ik er niet verder over na totdat ik een lichtflits zag en besefte dat ze op een of andere manier de barrière doorbroken moest hebben.' Fergun glimlachte. 'Dit verbaasde me zo dat ik de steen niet terugkaatste, maar in plaats daarvan haar kant op keek om te bevestigen dat zij het inderdaad geweest was.'

'Dus u besefte dat Sonea magie had gebruikt nadat de steen door de barrière was gegaan, en voordat hij u raakte.'

'Ja,' antwoordde Fergun.

Er werd luid gediscussieerd in de zaal toen hij zijn verhaal had afgemaakt. Rothen klemde zijn kaken opeen en weerstond de aanvechting om naar Fergun te staren. Het verhaal van de krijgsheer was een regelrechte leugen. Fergun had op geen enkel moment Sonea's kant op gekeken. Rothen wierp een snelle blik op haar. Ze stond in de schaduw en haar schouders hingen omlaag. Hij hoopte dat ze begreep hoe belangrijk het was dat haar verhaal het zijne zou bevestigen.

'Heer Fergun.'

Het werd stil in de zaal toen deze nieuwe stem boven het geroezemoes uitkwam. Rothen keek op naar vrouwe Vinara. De genezer keek Fergun met haar beroemde starende blik aan, zonder met haar ogen te knipperen.

'Als u naar Sonea keek, hoe kan het dan dat de steen u op de rechterslaap raakte? Dat geeft mij de indruk dat u op dat moment naar Rothen keek.'

Fergun knikte. 'Het ging allemaal heel snel, vrouwe,' zei hij. 'Ik zag de lichtflits en keek snel naar Sonea. Het was slechts een heel vluchtige blik – ik herinner me nog dat ik mijn metgezel wilde vragen of hij gezien had wat ik zag.'

'En u deed geen enkele poging om te bukken?' vroeg heer Balkan ongelovig.

Fergun glimlachte schaapachtig. 'Ik ben er niet aan gewend dat men stenen naar me gooit. Ik denk dat ik zo verbaasd was dat ik eenvoudig vergat te bukken.'

Heer Balkan keek naar de magiërs naast zich, die hun schouders ophaalden. Osen keek hen aandachtig aan, maar er kwamen geen vragen meer. Hij wendde zich tot Rothen.

'Heer Rothen, heeft u Fergun naar Sonea zien kijken tussen het moment dat de steen de barrière doorbrak en het moment dat hij geraakt werd?'

'Nee,' antwoordde Rothen, die de grootste moeite had de woede uit zijn stem te weren. 'Hij sprak tegen mij. De steen raakte hem midden in een zin.'

Osens wenkbrauw vloog omhoog. Hij keek naar de hogere magiërs en toen naar het publiek. 'Heeft iemand anders hier iets gezien dat de verhalen die we hebben gehoord kan bevestigen, tegenspreken of aanvullen?'

Het bleef stil.

Osen knikte en keek naar Sonea. 'Dan vraag ik Sonea om op te treden als getuige voor deze gebeurtenis.'

Sonea kwam uit de schaduw naar voren en ging enkele passen bij Fergun vandaan staan. Ze keek op naar de hogere magiërs en maakte een snelle buiging.

Rothen voelde een steek van medeleven voor haar. Enkele weken geleden was ze nog doodsbang van hem geweest, en nu stond ze voor een hele zaal vol magiërs die allemaal naar haar keken.

Osen glimlachte haar bemoedigend toe. 'Sonea,' zei hij, 'vertel ons alsjeblieft jouw versie van de gebeurtenis die we besproken hebben.'

Ze slikte en keek naar de vloer. 'Ik stond bij de jongens. Ze gooiden met stenen. Ik doe dat meestal niet – meestal blijf ik thuis, bij mijn tante.' Ze keek op en bloosde, waarna ze haastig verder ging. 'Ik denk dat ik me heb laten meeslepen. Ik begon niet gelijk met stenen gooien. Ik keek naar de anderen die stenen gooiden naar de magiërs. Ik weet nog dat ik... dat ik kwaad was, dus toen ik een steen gooide, legde ik al mijn kwaadheid in de worp. Later besefte ik dat ik iets ongewoons gedaan had, maar op dat moment was alles... verwarrend.' Ze zweeg even om haar gedachten te ordenen.

'Toen ik de steen wierp ging deze door de barrière. Heer Fergun keek naar me en toen raakte de steen hem. Ro... heer Rothen ving hem op. De rest van de magiërs keek naar andere dingen, en toen zag ik heer Rothen naar me kijken. Daarna ben ik weggerend.'

Een koude golf van ongeloof sloeg Rothen in het gezicht. Hij staarde naar Sonea, maar die hield haar blik op de vloer gericht. Hij keek naar Fergun en zag een sluwe glimlach op het gezicht van de man. Toen de krijgsheer besefte dat Rothen naar hem keek, verdween de glimlach.

Rothen kon niets anders doen dan hulpeloos zijn vuisten ballen terwijl de rest van het Gilde zijn instemming betuigde.

Het beeld van de Gildehal begon te vervagen toen Dannyl een golf van woede, ongeloof en pijn over zich heen voelde spoelen. Hij ging geschrokken rechtop zitten.

Wat is er aan de hand, Rothen?

Ze heeft gelogen! Ze heeft Ferguns leugen bevestigd!

Voorzichtig, maande Dannyl hem. *Ze zullen je horen.*

Dat maakt me niet uit. Ik weet dat hij liegt!

Misschien heeft zij het zo gezien.

Nee. Fergun heeft geen moment haar kant op gekeken. Ik stond met hem te praten, weet je nog?

Dannyl zuchtte en schudde zijn hoofd. Rothen had eindelijk ervaren wat een enge man Fergun was. Dit zou Dannyl normaal gesproken hebben moeten plezieren, maar niet nu. Fergun had weer gewonnen.

Of toch niet?

Heb je al iets ontdekt? vroeg Rothen.

Nee, maar ik blijf zoeken.

We hebben meer tijd nodig. Nu Sonea Fergun steunt, zullen ze waarschijnlijk over enkele minuten een beslissing nemen.

Probeer tijd te rekken.

Hoe?

Dannyl tikte met zijn vingers tegen de muur. *Vraag of je haar mag spreken.*

Dannyl voelde Rothens aanwezigheid verdwijnen toen die zich weer op de hoorzitting richtte. Met een grimas bekeek Dannyl de muren vóór hem. Iedere magiër wist dat er geheime deuren waren naar de verboden tunnels onder het universiteitsgebouw. Hij had geraden dat die ingangen goed verborgen moesten zijn, anders zouden de novicen de regel constant aan hun laars lappen.

Zoals hij al had verwacht had het doorzoeken van de gangen niets opgeleverd. Hoewel hij zeker wist dat hij uiteindelijk iets zou vinden als hij de muren bleef bekijken, wist hij ook dat hij daar de tijd niet voor had.

Hij had een aanwijzing nodig. Voetstappen, misschien. De ondergrondse tunnels waren vast heel stoffig. Fergun moest ergens een aanwijzing achtergelaten hebben. Met zijn ogen op de vloer gericht liep Dannyl nogmaals de gang door.

Hij ging een hoek om en botste tegen een kort, dik figuurtje op. De vrouw slaakte een verraste gil en stapte naar achteren met een hand op haar hart.

'Vergeef me, heer!' Ze maakte een buiging en het water in haar emmer klotste over de rand. 'U liep zo zachtjes dat ik u niet hoorde aankomen!'

Hij keek naar de emmer en onderdrukte een kreun. De bedienden zouden alle aanwijzingen van Ferguns aanwezigheid regelmatig wegpoetsen. De vrouw liep langs hem heen de gang in. Hij keek haar na en bedacht dat zij waarschijnlijk meer wist over de binnenste gangen van de universiteit dan welke magiër dan ook.

'Wacht!' riep Dannyl.

Ze stopte. 'Ja, heer?'

Dannyl liep naar haar toe. 'Maakt u altijd dit deel van de universiteit schoon?'

Ze knikte.

'Heeft u de laatste tijd nog vreemde dingen gezien? Modderig voetstappen of iets dergelijks?'

De bediende kneep haar lippen opeen. 'Laatst heeft iemand eten op de grond laten vallen. De novicen mogen hier helemaal geen eten naar binnen brengen.'

'Voedsel? Waar lag het?'

De bediende keek hem vreemd aan, maar leidde hem toen naar een schilderij verderop in de gang.

'Het zat ook nog op het schilderij,' wees ze. 'Alsof er iemand met vieze vingers aangezeten had.'

'Ik zie het.' Dannyl tuurde met samengeknepen ogen naar het schilderij. Het was een strandgezicht, met kleine spiraalvormige schelpjes in de gebeeldhouwde lijst. 'Dank u,' zei hij. 'U kunt gaan.'

Ze haalde haar schouders op, maakte een snelle buiging en haastte zich bij hem vandaan. Dannyl onderzocht het schilderij nauwgezet en haalde het toen van de muur. Erachter zag hij de gebruikelijke panelen. Hij streek er met zijn hand overheen en tastte ernaar met zijn gedachten. Met een schok voelde hij metalen vormen. Hij volgde de contouren en vond een stuk paneel dat hij naar binnen kon drukken.

Een zacht glijdend geluid volgde, en een stuk van de muur schoof opzij. Duisternis en koude kwamen op hem af. Blozend van triomf en opwinding hing hij het schilderij terug, maakte een lichtbol en stapte naar binnen.

Links van hem ging een steile trap omlaag. Hij vond een handvat aan de binnenkant van de deur, trok eraan en zag de deur dichtgaan. Dannyl glimlachte in zichzelf en begon de trap af te dalen.

De gang was smal en hij moest zich bukken om te voorkomen dat hij zijn hoofd zou stoten tegen het plafond. Er hingen wat farenwebben in de hoeken. Toen hij bij de eerste zijgang kwam, pakte hij een potje gekleurde pasta uit zijn zak. Hij maakte het potje open en smeerde wat van de inhoud op de muur naast zich.

De pasta zou langzaam van wit naar een doorzichtig vernis verkleuren in de volgende uren, zodat hij een merkteken had dat weldra niet meer zou opvallen. Zelfs als hij enkele uren kwijt was met zoeken, zou hij toch nog de weg terug kunnen vinden door te zoeken naar de vernis.

Hij keek omlaag en lachte hardop.

Er stonden duidelijke voetstappen in de dikke laag stof. Dannyl liet zich op zijn hurken zakken en identificeerde de bekende voetafdruk van de laarzen van een magiër. Aan het aantal voetstappen te zien was het duidelijk dat hier vaker iemand langsgekomen moest zijn.

Hij stond op en volgde de voetstappen een paar honderd passen. Hij kwam bij een zijgang en zag dat de voetstappen zowel door de brede gang als de zijgang liepen. Hij ging weer op zijn hurken zitten en keek er nauwkeuriger naar. De zijgang had slechts vier stel voetstappen, twee daarvan van kleinere schoenen. De afdrukken in de andere gang waren verser, en talrijker.

Een vaag geluid bereikte zijn oren, gevolgd door een zeer menselijke zucht. Dannyl verstijfde en een rilling kroop over zijn rug omhoog. De duisternis voorbij zijn lichtbol leek ineens een stuk dichter, en gevuld met onplezierige mogelijkheden. Plotseling wist hij zeker dat iemand naar hem keek.

Belachelijk, zei hij tegen zichzelf. *Er is hier niets.*

Hij haalde diep adem en dwong zichzelf ertoe zich te concentreren op de voetstappen. Hij liep naar voren en volgde het spoor nog een paar honderd passen, waarbij hij meer zijgangen ontdekte met oudere voetstappen.

Weer voelde hij dat hij gevolgd werd. Achter zijn voetstappen klonk de echo van een zachtere tred. Een lichte bries bracht de geur van rotting en iets levends, maar smerigs met zich mee...

Hij ging een hoek om en zijn visioenen verdwenen. Voor hem, twintig passen verderop, eindigden de voetstappen bij een deur. Hij stapte naar voren en verstijfde van schrik toen iemand uit de zijgang naast hem opdoemde.

'Heer Dannyl. Mag ik vragen wat uw redenen zijn om hier te lopen?'

Dannyl staarde naar de man en zijn hersenen leken zich in tweeën te splitsen. Terwijl het ene deel excuses stamelde, keek het andere hulpeloos toe hoe hij zichzelf voor schut zette.

En ergens aan de rand van zijn bewustzijn voelde hij een bekende aanwezigheid die zowel medeleven als zelfvoldaanheid projecteerde.

Ik zei toch dat je daar niet moest gaan rondsnuffelen, zond Rothen.

In de duisternis en de stilte hoorde Cery zijn maag als een razende tekeergaan. Cery wreef over zijn buik en ging door met ijsberen.

Hij wist nu zeker dat er meer dan een dag voorbij gegaan was sinds zijn laatste maaltijd, hetgeen betekende dat het een week geleden was dat hij Sonea had gezien. Hij leunde even tegen de deur en wenste Fergun iedere smerige ziekte toe die hij bedenken kon. Toen hij even ophield met vloeken, hoorde hij het geluid van voetstappen, en hij verstijfde.

Zijn maag begon heftiger te knorren door het vooruitzicht van voedsel. De voetstappen werden trager, alsof ze hem wilden treiteren Ze kwamen dichterbij en stopten. Het vage geluid van stemmen bereikte hem. Twee stemmen. Twee mannen.

Hij ademde snel in en duwde zijn oor tegen de deur.

'... tunnels zijn zeer uitgebreid. Het is gemakkelijk om hier te verdwalen. Er zijn magiërs die hier weken hebben rondgezworven en uitgehongerd zijn teruggekeerd. Ik stel voor dat u uw weg terug zoekt.' De stem was streng en klonk niet bekend.

Een andere stem gaf antwoord. Cery ving maar enkele woorden op, maar begreep dat de ander zich verontschuldigde. Ook deze stem was onbekend, hoewel hij zich kon voorstellen dat Fergun zo hoog en zwak zou klinken als hij onzin uitkraamde.

De strenge magiër was het duidelijk niet eens met Ferguns aanwezigheid in de gangen. Hij zou het waarschijnlijk ook niet goedkeuren dat Fergun hier een gevangene vasthield. Cery hoefde alleen maar te roepen, op de deur te bonzen, en Ferguns gevangenis zou opengaan.

Hij hief zijn vuisten op, maar stopte toen de stemmen zwegen. Haastige voetstappen gingen bij hem vandaan, een ander stel voetstappen naderde. Cery stapte bij de deur vandaan. Welke magiër was het? Fergun of de strenge vreemdeling?

Het slot klikte. Cery ging tegen de muur staan. Toen de deur openging viel er licht in het vertrek, en hij sloot zijn ogen tegen de felheid ervan.

'Wie ben jij?' vroeg een onbekende stem. 'Wat doe je hier?'

Cery deed zijn ogen open en zijn opluchting maakte plaats voor verbijstering toen hij de man in de deuropening herkende.

Bij de magiërs mogen wonen

'Ze zei dat hij het deed opdat niemand ooit meer zou durven denken dat sloppers ook magiërs zouden kunnen worden,' maakte Cery zijn verhaal af.

De magiër kneep zijn ogen half dicht. 'Dat klinkt wel naar Fergun.' Terwijl de donkere ogen weer naar Cery gleden, verscheen er een kleine frons op het voorhoofd van de magiër. 'De hoorzitting vindt op dit moment plaats. Ik kan de misdaden van Fergun onthullen, maar alleen als ik bewijs heb dat hij de man is over wie je spreekt.'

Cery zuchtte en keek de cel rond. 'Ik heb niets anders dan de dingen die hij me heeft gegeven, maar hij heeft mijn gereedschap en mijn wapens afgepakt. Zou het genoeg zijn als we die konden vinden?'

De man schudde langzaam zijn hoofd. 'Nee. Wat ik nodig heb zijn je herinneringen. Wil je me toestaan je gedachten te lezen?'

Cery staarde de magiër aan. *Mijn gedachten lezen?*

Hij had veel geheimen. Dingen die zijn vader hem verteld had. Dingen die Faren hem verteld had. Dingen die zelfs Faren zouden verbazen. Wat als de magiër die zag?

Maar als ik het hem niet toesta, kan ik Sonea niet redden.

Hij kon niet toestaan dat een paar stoffige geheimen hem ervan zouden weerhouden haar te redden – en de magiër zou ze misschien niet eens zien. Cery slikte zijn angst in en keek op naar de lange magiër. 'Goed. Doe maar.'

De magiër keek Cery ernstig aan. 'Het doet geen pijn, en je houdt er niets aan over. Doe je ogen dicht.'

Cery haalde diep adem en deed wat hem was opgedragen. Hij voelde vingers tegen zijn slapen. Onmiddellijk werd hij het bewustzijn van een ander gewaar, dat schijnbaar ergens achter het zijne zweefde. Toen sprak er een stem uit het niets.

Denk terug aan de dag dat je vriendin werd opgepakt.

Een herinnering verscheen voor zijn ogen. De ander leek die te vangen en stil te houden. Cery bevond zich in een steegje vol sneeuw. Het was een visioen, helder, maar zonder details. Hij zag Sonea bij hem vandaan rennen en voelde de echo van dezelfde angst en wanhoop die hij had gevoeld toen hij tegen de onzichtbare barrière die hen scheidde was opgelopen. Hij draaide zich om en zag een man in een mantel achter zich staan.

Dit is de man die je gevangengenomen heeft?

Ja.

Laat me zien hoe.

Weer flitste er een herinnering door zijn hoofd die handig werd opgevangen en afgespeeld. Hij stond achter de magiërsverblijven en keek omhoog naar Sonea. Fergun verscheen. Rende achter hem aan. Ving hem. De magiër in het blauwe gewaad verscheen met zijn metgezel, nam Cery mee naar waar Sonea was. Zijn herinnering versnelde even. Hij nam afscheid van Sonea en liep door de magiërsverblijven. Fergun stelde voor dat ze door de universiteit zouden gaan. Ze gingen het gebouw binnen en liepen door allerlei gangen.

Toen opende Fergun de geheime deur en duwde hem naar binnen. Hij voelde weer de blinddoek op zijn gezicht en hoorde zijn eigen voetstappen toen hij door de ondergrondse gang liep. Hij zag de cel weer voor zich, liep naar binnen, hoorde dat de deur gesloten werd...

Wanneer zag je hem weer?

Herinneringen aan de bezoeken van de magiër volgden. Cery zag hoe hij werd gefouilleerd en hoe zijn bezittingen hem werden afgenomen, herbeleefde zijn mislukte aanval en zijn genezing. Hij zag Sonea de kamer binnenkomen en hoorde hun gesprek weer.

Daarna leek het andere bewustzijn langs het zijne te strijken en te verdwijnen. Cery voelde dat de vingers van zijn slapen werden afgenomen. Hij opende zijn ogen.

De magiër knikte. 'Dat is meer dan genoeg,' zei hij. 'Kom mee. We moeten snel zijn als we de hoorzitting nog willen bijwonen.'

Hij draaide zich om en liep het vertrek uit. Cery volgde hem en voelde een golf van opluchting over zich heen spoelen toen hij zijn cel uit stapte. Hij keek een keer om en snelde toen achter zijn redder aan.

De man liep met grote passen door de gang, zodat Cery moest rennen om hem bij te houden. De gang kwam uit op een andere, en nog een, en nog een. Hij herkende niets..

Ze kwamen bij een kleine trap. De magiër klom omhoog en staarde naar de muur. Cery zag een klein kringetje van licht rond zijn oog, zodat Cery wist dat hij door een gat keek.

'Dank u voor uw hulp,' zei hij. 'Er is waarschijnlijk weinig dat een kruimeldief kan doen om u te belonen, maar als u iets nodig heeft, hoeft u het maar te vragen.'

De magiër draaide zich om en keek hem ernstig aan. 'Weet je wie ik ben?'

Cery voelde dat hij bloosde. 'Natuurlijk. Er is niets dat uw soort nodig kan hebben van iemand als ik. Maar ik wilde het toch aanbieden, dat is alles.'

Een vage glimlach verscheen op het gezicht van de magiër. 'Je meende het echt?'

Cery voelde zich plotseling ongemakkelijk. Hij schuifelde met zijn voeten. 'Natuurlijk,' zei hij met tegenzin.

De glimlach van de ander werd breder. 'Ik wil je niet dwingen een over-eenkomst te sluiten met mij. Wat je ook gaat zeggen, Ferguns daden moeten onthuld en gestraft worden. Je vriendin mag dan vertrekken, als dat is wat zij wil.' Hij zweeg even. 'Maar misschien zal ik in de toekomst contact met je opnemen. Ik zal niets van je vragen dat je positie bij de Dieven in gevaar kan brengen. Het is aan jou om te beslissen of mijn verzoek aanvaardbaar is.' Hij trok een wenkbrauw op. 'Is dat redelijk?'

Cery keek naar de grond. Wat de man voorstelde was meer dan redelijk. Hij knikte. 'Jawel.'

De magiër stak zijn hand uit. Cery pakte de hand en voelde een sterke greep. Hij keek de man in de ogen en zag tot zijn genoegen dat de donkere blik heel standvastig was.

'Afgesproken,' zei Cery.

'Afgesproken,' herhaalde de magiër. Toen wendde hij zich weer naar de muur. Nadat hij nogmaals door het gat had gekeken trok hij ergens aan een handgreep. Een paneel gleed opzij. De magiër stapte erdoor en zijn lichtbol volgde hem.

Cery haastte zich achter hem aan en ontdekte dat ze zich in een grote kamer bevonden. Aan een zijkant stond een bureau, met stoelen ervoor.

'Waar ben ik?'

'In het universiteitsgebouw,' antwoordde de man terwijl hij het paneel terug op zijn plaats schoof. 'Volg mij.'

De magiër beende de kamer door en opende een deur. Cery liep achter hem aan en zag een brede gang. Twee magiërs in groene gewaden stonden stil en staarden naar hem, en toen omhoog naar zijn gids. Ze knipperden verrast en knikten toen respectvol.

De magiër negeerde hen en liep naar het eind van de gang. Cery liep vlak achter hem aan. Toen ze een deur door kwamen, keek Cery omhoog en snakte naar adem. Ze waren in een vertrek vol schitterende wenteltrappen. Aan een kant stonden de deuren van de universiteit wijd open, zodat de besneeuwde tuinen te zien waren en een uitzicht op de Binnencirkel. Cery draaide helemaal in het rond en besefte toen dat de magiër alweer een flink stuk verder gelopen was.

'Harrin gelooft me nooit,' mompelde hij terwijl hij haastig achter hem aan liep.

'Dat is niet hoe het gebeurd is,' zei Rothen tegen haar.

Sonea keek hem niet aan. 'Ik weet wat ik zag,' zei ze. 'Wilt u dan dat ik lieg?' De woorden lieten een bittere smaak achter in haar mond. Ze slikte en deed haar best verbaasd te kijken.

Rothen staarde haar aan en schudde zijn hoofd. 'Nee, dat wil ik niet. Als ontdekt werd dat je vandaag gelogen had, zouden veel mensen zich gaan afvragen of je wel lid zou kunnen worden van het Gilde.'

'Daarom moest ik het doen.'

Rothen zuchtte. 'Dus dat is wat je je herinnert?'

'Dat zei ik toch?' Sonea keek hem smekend aan. 'Maak het nu niet moeilijker dan het al is, Rothen.'

Zijn gezichtsuitdrukking werd zachter. 'Goed dan. Misschien heb ik die dag iets over het hoofd gezien. Het is jammer, maar er is niets aan te doen.' Hij schudde zijn hoofd. 'Ik zal onze lessen missen, Sonea. Als er...'

'Heer Rothen.'

Ze draaiden zich om en zagen Osen wenken. Rothen zuchtte en liep terug naar zijn plaats. Toen Fergun naar Sonea toe kwam, onderdrukte ze een kreun.

Nadat Rothen had gevraagd haar onder vier ogen te mogen spreken, had Fergun prompt hetzelfde gevraagd. Wat wilde hij zeggen? Ze wilde alleen maar dat de hoorzitting voorbij was.

Fergun keek haar met een weke glimlach aan toen hij haar bereikte. 'Gaat alles volgens plan?' vroeg hij.

'Ja.'

'Mooi,' zei hij voldaan. 'Heel mooi. Je verhaal was overtuigend, hoewel niet erg goed onder woorden gebracht. Maar het had een charmant soort oprechtheid.'

'Ik ben blij dat u het mooi vond,' zei ze droogjes.

Hij keek op naar de hogere magiërs. 'Ik betwijfel of ze hier nog lang over door zullen willen spreken. Ze zullen nu wel snel een beslissing nemen. Daarna zal ik zorgen dat je een kamer krijgt in de novicenverblijven. Je moet glimlachen, Sonea. We willen dat de mensen denken dat je verrukt bent bij het idee dat je mijn novice mag zijn.'

'Ik ben dit zat,' zei ze tussen opeengeklemde tanden door. 'Laten we teruggaan en zorgen dat we dit zo snel mogelijk achter de rug hebben.'

Hij trok zijn wenkbrauwen op. 'Nee hoor. Ik wil mijn volle tien minuten.'

Sonea klemde haar lippen op elkaar en nam zich voor om geen woord meer te zeggen. Toen hij haar weer aansprak, negeerde ze hem. Ze zag de ergernis opvlammen in zijn ogen, en plotseling was het een stuk eenvoudiger om te glimlachen.

'Heer Fergun?'

Ze draaide zich om en zag heer Osen wenken. Ze slaakte een zucht van verlichting en volgde Fergun naar de voorzijde van de zaal. De zaal was nog altijd vol geroezemoes.

Osen hief een hand op. 'Stilte, alstublieft!'

Gezichten draaiden zich weer naar voren en er viel een verwachtingsvolle stilte in de zaal.

Vanuit haar ooghoek zag Sonea Rothen naar haar staren. Ze voelde een steek van wroeging.

'Uit de verklaringen van vandaag kunnen we duidelijk opmaken dat heer Fergun de eerste was die Sonea's kracht herkende,' zei heer Osen. 'Is hier iemand die deze conclusie wil aanvechten?'

'Ja, ik.'

De stem was diep, en op een vreemde manier toch bekend, en galmde ergens achter haar rug. Ze hoorde gestommel en geruis van gewaden in de hal toen iedereen zich omdraaide. Ook Sonea draaide zich om, en ze zag dat een van de grote deuren een klein stukje open stond. Twee mensen kwamen via het gangpad haar kant op.

Toen ze de kortere van de twee herkende, slaakte ze een vreugdekreet.

'Cery!'

Ze deed een stap naar voren, maar verstijfde toen ze Cery's metgezel zag. Aan weerszijden van haar werden vragen gefluisterd. Toen de magiër in het zwart dichterbij kwam, keek hij haar onderzoekend aan. Zijn blik maakte haar nerveus, en ze richtte haar aandacht op Cery.

Hoewel hij bleek zag en vuil was, grijnsde Cery vrolijk. 'Hij vond me en heeft me vrijgelaten,' zei hij tegen haar. 'Alles komt in orde.'

Sonea keek vragend naar de magiër in het zwart. Zijn lippen krulden zich in een halve glimlach, maar hij zei niets. Hij liep langs haar heen, knikte naar Osen en ging de trap op tussen de hoge magiërs door. Niemand protesteerde toen hij plaats nam in de stoel boven die van de administrateur.

'En wat is uw reden om deze conclusie aan te vechten, opperheer?' vroeg Osen.

De zaal leek rond Sonea te tollen. Ze staarde naar de magiër in het zwart. Deze man was geen professionele moordenaar, maar de leider van het Gilde.

'Bewijs van bedrog,' antwoordde de hoge magiër. 'Het meisje werd gedwongen te liegen.'

Sonea hoorde een verstikt gekuch naast haar. Ze draaide zich om en zag dat Fergun bleek geworden was. Ze voelde triomf en woede opvlammen, vergat de aanwezigheid van de magiër in het zwart en stak haar vinger uit naar Fergun.

'Hij dwong me te liegen!' zei ze beschuldigend. 'Hij zei dat hij Cery zou vermoorden als ik niet deed wat hij zei!'

Overal klonken kreten en gesis van verbijstering. Sonea voelde Cery's greep op haar arm verstrakken. Ze draaide zich om naar Rothen, en toen ze zijn blik ontmoette, zag ze dat hij alles begreep.

'Er is een beschuldiging geuit,' observeerde vrouwe Vinara.

De zaal werd stil. Rothen opende zijn mond om iets te zeggen, fronste en schudde zijn hoofd.

'Sonea. Je weet wat de wet zegt in verband met beschuldigingen?' vroeg heer Osen.

Sonea hield haar adem in toen ze het zich herinnerde. 'Jazeker,' zei ze. 'Een waarheidslezing?'

Osen knikte en wendde zich tot de hogere magiërs. 'Wie zal de waarheidslezing uitvoeren?'

Het bleef even stil. De hogere magiërs keken elkaar aan, en keken toen omhoog naar Lorlen. De administrateur knikte en stond op.

'Ik zal de waarheidslezing uitvoeren.'

Toen hij naar beneden kwam, trok Cery aan haar arm. 'Wat gaat hij doen?' vroeg hij.

'Hij gaat mijn gedachten lezen,' zei ze tegen hem.

'O,' zei hij, en hij ontspande zich. 'Is dat alles?'

Geamuseerd keek ze hem aan. 'Het is niet zo simpel als je zou denken, Cery.'

Hij haalde zijn schouders op. 'Ik vond het niet echt moeilijk.'

'Sonea.'

Ze keek op en zag dat Lorlen naast haar stond. 'Zie je Rothen daar, Cery?' Ze wees hem aan. 'Hij is een goed mens. Ga maar bij hem staan.'

Cery knikte en gaf haar een kneepje in haar arm voor hij wegliep. Toen hij naast Rothen stond, draaide Sonea zich om naar Lorlen. De administrateur keek haar ernstig aan.

'Je hebt ervaring opgedaan met het delen van gedachten tijdens je beheersingsoefeningen,' zei hij. 'Dit zal anders zijn. Ik zal je herinneringen willen zien. Er is veel concentratie voor nodig om datgene wat je met mij wilt delen te scheiden van de andere dingen die in je opkomen. Om je te helpen, zal ik vragen stellen. Ben je er klaar voor?'

Ze knikte.

'Sluit je ogen.'

Ze gehoorzaamde en voelde zijn handen op haar slapen.

Laat me de kamer zien die je bewustzijn is.

Ze tekende de houten muren en deuren, en stuurde Lorlen een beeld van de kamer. Ze voelde een vleugje geamuseerdheid.

Wat een bescheiden onderkomen. Doe nu de deuren open.

Ze wendde zich tot de dubbele deuren en wenste ze open. In plaats van huizen en een straat zag ze slechts duisternis buiten. Er stond een figuurtje in een blauwe mantel voor de deur.

Hallo, Sonea.

Het beeld van Lorlen glimlachte. Hij liep de duisternis door en stopte vlak voor de deur. Daar stak hij zijn hand uit en knikte naar haar.

Breng me naar binnen.

Ze stak haar hand uit en pakte de zijne. Toen ze hem aanraakte, leek de kamer onder zijn voeten door te glijden.

Wees niet bang of bezorgd, zei hij tegen haar. *Ik zal naar je herinneringen kijken en dan ben ik weer weg.* Hij liep naar een muur. *Laat me Fergun zien.*

Ze richtte haar aandacht op de muur en schiep een schilderij. Daarin bracht ze een beeld aan van Ferguns gezicht.

Mooi. Laat me nu zien wat hij deed om jou voor hem te laten liegen.

Er was geen spoortje wilskracht voor nodig om het beeld van Fergun tot leven te brengen. Het schilderij groeide tot het de muur bedekte en veranderde in de ontvangstkamer van Rothen. Fergun liep naar hen toe en legde het mes van Cery op de tafel vóór hen.

Ik heb de eigenaar van dit mes opgesloten in een donker kamertje dat niemand hier weet te vinden...

Het beeld vervaagde, en Fergun zat voor hen op zijn hurken, meer dan levensgroot.

Doe wat ik je opdraag, en ik laat je vriendje vrij. Als je moeilijk doet, dan zal ik hem daar voor eeuwig laten zitten... Als je hun dit vertelt, zullen de hogere magiërs geen andere keuze hebben dan mij als jouw mentor aan te wijzen. Je zult lid worden van het Gilde, maar ik verzeker je dat het niet lang zal duren. Zodra je een kleine taak voor me hebt uitgevoerd zal ik je terugsturen naar waar je thuishoort.

Je krijgt wat je wilt, en ik ook. Je hebt niets te verliezen als je mij helpt, maar... Hij pakte de dolk op en liet zijn vinger langs de snede glijden. *Je bent dat vriendje van je kwijt als je het niet doet.*

Ze voelde een golf van woede uit de aanwezigheid naast haar omhoog komen. Afgeleid, staarde ze naar Lorlen, en het schilderij vervaagde. Ze draaide zich om en bracht het beeld terug.

Ze zocht in haar herinneringen en vulde het schilderij met het beeld van Cery, vies en mager, in de cel waarin hij gevangen gehouden werd. Fergun stond naast hen met een zelfvoldane grijns op zijn gezicht. De geur van oud voedsel en menselijke afscheidingsproducten vloeide vanuit het schilderij de kamer in.

Toen de aanwezigheid van Lorlen dit zag schudde hij ontsteld zijn hoofd. Hij draaide zich naar haar om.

Dit is onvoorstelbaar! Het is inderdaad maar goed dat de opperheer je vriend vandaag gevonden heeft.

Toen hij de magiër in het zwart ter sprake bracht, voelde Sonea het schilderij veranderen. Toen ze ernaar keek, volgde Lorlen haar blik en hij ademde scherp in.

Wat is dit?

In de lijst stond de opperheer, gekleed in bebloede bedelaarskleding.

Lorlen staarde haar aan. *Wanneer heb je dit gezien?*

Weken geleden.

Hoe? Waar?

Sonea aarzelde. Als ze hem de herinneringen liet zien, zou hij weten dat ze was binnengedrongen om in het Gilde te spioneren. Hij was niet in haar bewustzijn gekomen om dat te zien, en ze wist zeker dat hij niet kon protesteren als ze hem nu naar buiten zou duwen.

Maar een deel van haar wilde dat hij het zag. Het kon nu geen kwaad meer als de magiërs ontdekten dat ze hier eerder was binnengedrongen, en ze verlangde ernaar een antwoord te krijgen op het raadsel van de magiër in het zwart.

Goed dan. Het begon zo...

Het schilderij veranderde en toonde Cery die haar door het Gilde-terrein leidde. Ze voelde Lorlens verrassing, en een groeiende geamuseerdheid toen het beeld van plaats naar plaats sprong. Het ene moment loerde ze door ramen, het volgende moment rende ze tussen de bomen door en keek ze naar de boeken die Cery had gestolen. Ze voelde dat dit Lorlen amuseerde. *Wie had ooit kunnen raden dat Jerriks boeken op die manier verdwenen waren? Maar hoe zit het nu met Akkarin?*

Sonea aarzelde. Ze wilde die herinnering liever niet prijsgeven.

Alsjeblieft, Sonea. Hij is onze leider, en mijn vriend. Ik moet het weten. Was hij gewond?

Ze riep de herinnering op van een bos en projecteerde die op het schilderij. Weer liep ze tussen de bomen door naar het grijze huis. De bediende verscheen, en ze liet zich tussen de struiken en de muur vallen. Het gerinkel dat haar naar het rooster had getrokken klonk luid in de kamer van haar bewustzijn.

De opperheer stond weer in het schilderij, deze keer in een zwarte mantel. De bediende arriveerde en ze voelde dat Lorlen hem herkende.

Takan.

Het is gebeurd, zei de opperheer, en hij verwijderde zijn zwarte mantel, waaronder de met bloed besmeurde kleren zichtbaar werden. Hij keek vol afschuw naar beneden. *Heb je mijn gewaad meegebracht?*

De bediende mompelde een antwoord en de opperheer trok de armoedige tuniek uit. Daaronder had hij een leren riem om zijn middel en een zak met een dolk erin. Hij waste zich, verdween uit beeld en kwam terug in een zwart gewaad.

Hij greep de zak, pakte de glimmende dolk en begon die met een doek schoon te maken. Ze voelde de verrassing en verwondering van Lorlen. De opperheer keek naar de bediende.

Het gevecht heeft me verzwakt, zei hij. *Ik heb je kracht nodig.*

De bediende liet zich op een knie vallen en stak zijn arm uit. De opperheer liet het mes over de huid van de man glijden en legde toen een hand op de wonde. Sonea voelde de echo van het vreemde fladderen in haar hoofd.

Nee!

Een golf van afschuw overspoelde haar. Geschrokken door de kracht van Lorlens emoties verloor Sonea haar concentratie. Het schilderij werd zwart en verdween toen helemaal.

Dat kan niet! Niet Akkarin!

Wat gebeurde er? Ik begrijp het niet. Wat deed hij dan?

Lorlen leek zijn emoties weer naar binnen te zuigen. Zijn beeld vervaagde langzaam en ze besefte dat hij haar gedachten had verlaten.

Hou je ogen dicht en beweeg je niet. Ik moet hierover nadenken voordat ik hem weer in de ogen kan kijken.

Hij bleef enkele ogenblikken stil staan, en toen kwam zijn aanwezigheid weer terug.

Wat je gezien hebt is verboden, vertelde hij haar. *Het is wat wij zwarte magie noemen. Door dit te gebruiken kan een magiër kracht onttrekken aan een levend wezen, of het nu een mens is of een dier. Dat Akkarin dit doet is... te afschuwelijk om te geloven.*

311

Hij is krachtig – sterker dan wie ook van ons... Aha! Dat is dus de reden voor zijn opmerkelijke kracht! Als dat zo is, dan moet hij deze smerige kunsten al hebben uitgevoerd voordat hij uit het buitenland terugkeerde...

Lorlen zweeg even en dacht na.

Hij heeft zijn eed gebroken. Hij zou uit zijn rang gezet moeten worden en moeten worden verbannen. Als hij deze krachten heeft gebruikt om te moorden, dan wacht hem de doodstraf... maar...

Sonea voelde dat de magiër van streek was. Er volgde een nieuwe stilte.

Lorlen?

Hij leek zich te vermannen. *Ach, Sonea, het spijt me. Hij is al mijn vriend sinds we beiden novicen waren. Zoveel jaren... en dan moet juist ik het zijn die dit ontdekt!*

Hij zweeg weer even, en toen hij verder ging klonk er een kille vastberadenheid door in zijn mentale stem. *We moeten hem verwijderen, maar nu niet. Hij is te sterk. Als we tegen hem opstaan en hij weerstand biedt, zou hij zonder problemen kunnen winnen. En iedere moord die hij pleegde zou hem sterker maken. Als zijn geheim openbaar werd en hij geen reden meer had om zijn misdaden te verbergen, dan zou hij zonder aanzien des persoons kunnen moorden. De hele stad zou gevaar lopen.*

Geschokt door wat hij beschreef huiverde Sonea.

Niet bang zijn, Sonea, zei Lorlen geruststellend. *Ik zal dat niet laten gebeuren. We kunnen niet tegen hem in opstand komen tot we weten dat we hem kunnen verslaan. Tot die tijd moeten we dit aan niemand laten weten. We moeten ons in het geheim voorbereiden. Dat betekent dat je met niemand hierover mag spreken. Begrijp je dat?*

Ja. Maar... maar moet u hem Gildeleider laten blijven?

Helaas wel. Als ik weet dat we sterk genoeg zijn, zal ik alle magiërs bijeenroepen. Ik zal snel moeten handelen, zonder waarschuwing. Tot die tijd mogen alleen jij en ik hier van afweten.

Ik begrijp het.

Ik weet dat je liever terugkeert naar de sloppen, Sonea, en het zou me niet verbazen als deze ontdekking je wil om terug te gaan alleen nog maar sterker gemaakt heeft, maar ik wil je toch vragen om alsjeblieft te blijven. We zullen alle hulp kunnen gebruiken die we krijgen kunnen als het moment daar is. En ik ben ook bang, al denk ik er liever niet aan, dat jij een aantrekkelijk slachtoffer zou zijn voor hem. Met je krachten geblokkeerd, in de stad, buiten het gezichtsveld van hen die een dood door zwarte magie zouden kunnen herkennen, zou jij het volmaakte slachtoffer zijn. Alsjeblieft, voor jouw bestwil en het onze, blijf hier.

U wilt dat ik hier ga wonen, recht onder zijn neus?

Ja. Hier zul je veiliger zijn.

Als u mij niet kon vinden zonder hulp van de Dieven, hoe zou het hem dan lukken?

Akkarin heeft scherpere zintuigen dan de rest van ons. Hij was de eerste die wist dat je je krachten ging gebruiken. Ik ben bang dat hij je gemakkelijk zal vinden.

Ze voelde dat hij oprecht vreesde voor haar veiligheid. Hoe kon ze tegen de wil van de administrateur van het Gilde in gaan? Als hij geloofde dat ze gevaar zou lopen, dan had hij waarschijnlijk gelijk.

Ze had geen keus. Ze moest blijven. Tot haar verbazing voelde ze geen

312

boosheid of teleurstelling, maar opluchting. Cery had haar gezegd dat ze zichzelf niet als verrader mocht zien als ze magiër werd. Ze zou leren haar magie te gebruiken, leren genezen, en misschien zou ze op een dag met wat ze geleerd had terugkeren naar de mensen die ze had achtergelaten om hen te helpen.

En het zou haar een zekere voldoening geven om de magiërs die, net als Fergun, vonden dat sloppers niet in het Gilde thuishoorden, de voet dwars te zetten.

Ja, zond ze. *Ik zal blijven.*

Dank je, Sonea. Dan is er nog maar één ander die we ons geheim moeten toevertrouwen. Als je mentor zal Rothen af en toe reden hebben om je bewustzijn te betreden, vooral als het tijd wordt om je genezing te leren. Hij zou dan misschien kunnen zien wat je mij vandaag hebt getoond. Je moet Rothen vertellen over Akkarin, en alles wat ik je vandaag heb gezegd. Ik weet dat hij te vertrouwen is, en dat hij zal zwijgen.

Ik zal het doen.

Mooi. Nu zal ik je loslaten en Ferguns misdaad bevestigen. Probeer niet te laten zien dat je bang bent voor Akkarin. Als het helpt, kijk hem dan helemaal niet aan – en laat je gedachten diep verborgen.

Ze voelde zijn handen haar slapen loslaten en opende haar ogen. Lorlen keek haar ernstig aan, met een schittering in zijn ogen. Toen trok hij zijn gezicht in de plooi en wendde zich tot de hogere magiërs.

'Ze spreekt de waarheid,' zei hij.

Er volgde een geschokte stilte op Lorlens woorden, en toen klonken er overal vragen, uitroepen en opmerkingen. Lorlen hief een hand op en het werd weer stil.

'Heer Fergun heeft deze jongeman gevangen gezet,' zei Lorlen met een gebaar in Cery's richting, 'nadat hij mij had verteld dat hij hem naar de poorten zou begeleiden. Hij heeft hem opgesloten in een cel onder het Gilde en Sonea verteld dat hij haar vriend zou vermoorden als ze niet zou liegen tijdens deze hoorzitting om zijn verhaal te bevestigen. Hij was van plan om haar, zodra hij zijn zin had gekregen, te dwingen een van onze regels te overtreden zodat ze in het openbaar zou worden uitgestoten.'

'Maar waarom?' siste vrouwe Vinara.

'Sonea begreep,' zei Lorlen, 'dat hij ons ervan wilde weerhouden ooit nog een plaats in het Gilde aan iemand uit de lagere klassen te geven.'

'Ze wilde toch weg.'

Alle ogen richtten zich op Fergun. Hij staarde de hogere magiërs opstandig aan.

'Ik geef toe dat ik me heb laten meeslepen,' zei hij, 'maar ik wilde het Gilde slechts tegen zichzelf beschermen. Jullie zouden willen dat we bedelaars en Dieven in ons midden toelieten, zonder erbij stil te staan wat wij, of de Huizen, of zelfs de koning die wij dienen daarvan zou vinden. Misschien lijkt het onbelangrijk, een bedelaarskind tot het Gilde toelaten, maar waar zou het uiteindelijk toe kunnen leiden?' Zijn stem ging de hoogte in. 'Moeten

313

we dan maar iedereen toelaten? Moeten we dan een Dievengilde worden?'

Er volgde een gemompel, en toen Sonea naar de magiërs aan weerszijden keek, zag ze een aantal hoofden heftig schudden.

Fergun keek haar aan en glimlachte. 'Ze wilde haar krachten laten blokkeren zodat ze terug naar huis kon. Vraag het maar aan heer Rothen. Hij zal het niet ontkennen. Vraag het aan administrateur Lorlen. Ik heb haar niet gevraagd iets te doen dat ze niet wilde.'

Sonea balde haar vuisten. 'Niets dat ik niet wilde?' spuwde ze. 'Ik wilde niet dat ik een eed moest afleggen om die daarna te breken. Ik wilde niet liegen. U heeft mijn vriend opgesloten. U heeft gedreigd hem te doden. U bent...' Ze stopte toen ze zich ervan bewust werd dat iedereen haar aankeek. Ze haalde diep adem en wendde zich tot de hogere magiërs. 'Toen ik hier kwam, duurde het lang voor ik besefte dat u niet...' Ze zweeg, omdat ze het niet prettig vond hier in de Gildehal te staan en de magiërs uit te schelden. In plaats daarvan wees ze naar Fergun. 'Maar hij daar is alles wat ik geleerd heb te geloven dat alle magiërs zijn.'

Er volgde een stilte op haar woorden. Lorlen keek haar ernstig aan en knikte toen. Hij wendde zich tot Fergun.

'U heeft een aantal misdaden op uw geweten, heer Fergun,' zei hij. 'En een aantal daarvan zijn ernstig. Ik hoef u niet te vragen uitleg te geven, dat heeft u zelf al voldoende gedaan. Een hoorzitting om uw gedrag te bespreken en een beslissing te nemen over de straf die daarop zal volgen zal over drie dagen gehouden worden. Ik stel voor dat u in de tussentijd alle medewerking verleent aan ons onderzoek.'

Hij liep langs Osen en tussen de hogere magiërs door naar boven. De opperheer keek naar hem met een halve glimlach op zijn gezicht. Sonea huiverde toen ze besefte welke tegenstrijdige emoties Lorlen moest voelen onder die blik.

'Het geschil waarvoor wij bijeengekomen zijn, is nu niet langer relevant,' kondigde Lorlen aan. 'Ik wijs bij deze het mentorschap over Sonea toe aan heer Rothen, en verklaar deze zitting voor gesloten.'

De zaal vulde zich met stemmen en het schuifel van laarzen op de stenen toen de magiërs opstonden. Sonea sloot haar ogen en zuchtte. *Het is voorbij!*

Toen herinnerde ze zich Akkarin. *Nee, dat is het niet,* bracht ze zichzelf in herinnering. *Maar voorlopig is dat niet mijn zorg.*

'Je had het me moeten vertellen, Sonea.'

Ze opende haar ogen en zag Rothen voor zich staan, met Cery naast hem. Ze keek naar de vloer. 'Het spijt me.'

Tot haar verrassing sloeg Rothen even zijn armen om haar heen. 'Je hoeft je niet te verontschuldigen,' zei hij. 'Je moest je vriend beschermen.' Hij draaide zich om naar Cery. 'Ik verontschuldig mij namens het Gilde voor je behandeling.'

Cery glimlachte en wuifde de verontschuldiging weg. 'Als ik mijn spullen terugkrijg, zal ik er niet meer aan denken.'

Rothen fronste. 'Wat ben je kwijt?'

'Twee dolken, een paar messen, mijn gereedschap.'

'Gereedschap?' herhaalde Rothen.

'Inbrekerswerktuigen.'

Rothen trok een wenkbrauw op naar Sonea. 'Hij maakt geen grapje, hè?' Ze schudde haar hoofd.

'Ik zal zien wat ik kan doen,' zei Rothen met een zucht. Toen keek hij over Sonea's schouder. 'Aha, daar is iemand die bekender is met de Dieven – heer Dannyl.'

Sonea voelde een hand op haar schouder en zag de lange magiër met een grijns op haar neerkijken.

'Goed gedaan,' zei hij tegen haar. 'Je hebt mij, en het Gilde, een dienst bewezen.'

Rothen glimlachte scheef. 'Voel je je uitzonderlijk vrolijk vandaag, Dannyl?'

Dannyl keek zijn vriend quasi hooghartig aan. 'Wie had er gelijk over Fergun?'

Rothen zuchtte en knikte. 'Jij.'

'Begrijp je nu waarom ik zo'n hekel aan hem heb?' Toen zag Dannyl Cery, en zijn blik werd peinzend. 'Ik denk dat de Dieven je zoeken. Ze stuurden me een boodschap met de vraag of ik enig idee had waar een voormalig metgezel van Sonea kon zijn. Ze klonken nogal bezorgd.'

Cery keek de lange magiër schattend aan. 'Wie heeft die boodschap gestuurd?'

'Een man die Gorin heet.'

Sonea fronste. 'Dus het was Gorin, en niet Faren, die het Gilde verteld heeft waar ze mij konden vinden.'

Cery draaide zich om en staarde haar aan. 'Ze hebben je verraden?'

Ze haalde haar schouders op. 'Ze hadden geen keus. Het was maar goed dat ze het gedaan hebben, achteraf.'

'Daar gaat het niet om.' Cery's ogen glommen. Sonea glimlachte toen ze zijn gedachten raadde.

Ik hou heel veel van hem, dacht ze plotseling. *Maar op dit moment is het de liefde van een vriend.* Misschien zou dit gevoel, als ze meer tijd samen konden doorbrengen, zonder alle afleiding die ze de laatste maanden gehad hadden, wel kunnen uitgroeien tot iets groters. Maar dat was niet mogelijk. Niet nu zij lid zou worden van het Gilde, en hij waarschijnlijk zou terugkeren naar de Dieven. Deze wetenschap bezorgde haar een steek van spijt, die ze snel onderdrukte.

Ze keek de zaal rond en zag tot haar verbazing dat die bijna leeg was. Fergun stond er nog, omringd door een aantal magiërs. Toen ze naar hem keek ving hij haar blik op en keek haar vol geringschatting aan.

'Moet je dat stel nu zien,' zei hij. 'De een geeft zich af met bedelaars, de ander met Dieven.' Zijn metgezellen lachten.

'Moet hij niet worden opgesloten of zo?' bedacht ze hardop.

Rothen, Dannyl en Cery keken naar de magiër.

'Nee,' antwoordde Rothen. 'Hij zal in de gaten gehouden worden, maar hij weet dat er een kans is dat we hem niet zullen uitwijzen als hij doet alsof hij spijt heeft. Waarschijnlijk krijgt hij een taak opgelegd die niemand wil doen, en die hem hoogstwaarschijnlijk enkele jaren in een verafgelegen oord aan het werk zal houden.'

Fergun keek nijdig hun kant op, draaide zich om en beende naar de deur. Zijn metgezellen volgden hem. Dannyls glimlach werd breder, maar Rothen schudde droevig zijn hoofd.

Cery haalde zijn schouders op en keek Sonea aan. 'En jij?' vroeg hij.

'Sonea is vrij om te gaan,' antwoordde Rothen. 'Ze moet hier nog een dag of twee blijven, want volgens de wet moeten haar krachten geblokkeerd worden voordat ze naar de sloppen terugkeert.'

Cery keek haar aan en fronste. 'Blokkeren? Ze gaan je magie blokkeren?'

Sonea schudde haar hoofd. 'Nee.'

Rothen keek haar aandachtig aan. 'Nee?'

'Natuurlijk niet. Dan zou het een beetje moeilijk worden om mij nog iets te leren, nietwaar?'

Hij knipperde met zijn ogen. 'Je wilt werkelijk blijven?'

'Ja.' Ze glimlachte. 'Ik wil werkelijk blijven.'

Epiloog

Boven de tafel zweefde een lichtpuntje in de lucht. Het werd langzaam groter, tot het een bol was ter grootte van het hoofd van een kind. Het steeg op naar het plafond.

'Dat is het,' zei Rothen tegen Sonea. 'Je hebt een lichtbol gemaakt.'

Ze glimlachte. 'Nu voel ik me pas echt een magiër.'

Rothen keek naar haar en voelde zijn hart warm worden. Het was moeilijk om weerstand te bieden aan de verleiding haar magie te leren, omdat ze er duidelijk zo van genoot. 'Met de snelheid waarmee jij leert, zul je weken op de andere novicen voor zijn als je op de universiteit begint. In ieder geval in magie. Maar...' Hij pakte een stapel boeken die naast zijn stoel lag en bladerde ze een voor een door. 'Je rekenwerk is ver beneden peil,' zei hij op ferme toon. 'Het is de hoogste tijd om écht werk te gaan doen.'

Sonea keek naar de boeken en zuchtte. 'Ik wou dat ik van tevoren geweten had waarmee ik gemarteld zou worden voordat ik de beslissing nam om te blijven.'

Rothen gniffelde en schoof haar een boek toe over de tafel. Toen stopte hij en keek haar met samengeknepen ogen aan.

'Je hebt mijn vraag nog niet beantwoord.'

'Welke vraag?'

'Wanneer besloot je om te blijven?'

De hand die zich naar het boek uitstrekte lag ineens stil. Sonea keek naar hem op. Haar glimlach bereikte haar ogen niet.

'Toen het in me opkwam dat ik niet anders kon,' zei ze.

Rothen schudde met zijn vinger. 'Probeer niet weer de vraag te ontwijken.'

Ze leunde achterover in haar stoel. 'Ik nam het besluit tijdens de hoorzitting,' zei ze. 'Fergun deed me beseffen wat ik op het punt stond op te geven, maar dat was niet waardoor ik van gedachten veranderde. Cery zei dat hij het stom van me zou vinden als ik terug naar huis ging, en dat hielp ook.'

Rothen lachte. 'Ik mag die vriend van je wel. Ik ben het niet eens met zijn manier van leven, maar ik mag hem wel.'

Ze knikte en beet op haar lip. 'Rothen, is er ook maar de kleinste kans dat iemand ons hier zou kunnen horen? Bedienden? Andere magiërs?'

Hij schudde zijn hoofd. 'Nee.'

Ze leunde voorover. 'Weet u het absoluut zeker?'

'Ja,' zei hij.

'Er is...' Ze zweeg, gleed van haar stoel af en knielde naast hem neer. Haar stem daalde tot een zacht gefluister. 'Er is iets dat ik van heer Lorlen aan u moet vertellen.'

Woordenlijst

Dieren:

agamotten – schadelijke insecten die kleding aantasten
anyi – zeedier met korte stekels
ceryni – klein knaagdier
enka – klein gehoornd dier, gehouden voor zijn vlees
eyoma – zoutwater bloedzuigers
faren – spinnen en aanverwanten
gorin – groot gehoornd dier, gehouden voor zijn vlees
harrel – klein diertje, gehouden voor zijn vlees
limek – wilde, vleesetende hond
mulloek – wilde nachtvogel
rassoek – vogel die gehouden wordt voor het vlees en de veren
ravi – knaagdier, groter dan een ceryni
reber – dier dat wordt gehouden voor vlees en wol
sapvlieg – bosinsect
sevli – giftige hagedis
skimp – eekhoornachtig diertje dat voedsel steelt
zill – klein, intelligent zoogdier dat soms als huisdier gehouden wordt

Planten/voedsel

bol – (ook 'rivierschuim') sterke drank gemaakt van tugor
brasi – groente met grote bladeren en kleine knopjes
chebolsaus – rijke vleessaus gemaakt van bol
crotten – grote, paarse bonen
curem – zachte, nootachtige specerij
curren – ruw graan met sterke smaak
dal – lang fruit met bitter, oranje vruchtvlees en veel zaden
gan-gan – bloeiende struik uit Lan
ikker – stimulerend middel, ook wel gebruikt als liefdesdrank
jerras – lange gele bonen
kreppa – smerig ruikend medicinaal kruid
marin – rode citrusvrucht
monyo – bolgewas
myk – hallucinerend middel
nalar – scherp smakende wortel
pachi – harde, zoete vrucht

papea – peperachtige specerij
piorre – klein, klokvormig vruchtje
raka/suka – stimulerende drank van geroosterde bonen, afkomstig uit Sachaka
sumi – bittere drank
telk – oliehoudend zaad
tenn – graan dat kan worden gekookt, gebroken of tot meel gemalen
tugor – wortelgewas
vare – bessen waar wijn van wordt gemaakt